KB162395

을 유 세 계 문 학 전 집 · 29

폴란드 기병

(상)

El JINETE POLACO

을 유 세 계 문 학 전 집 · 29

폴란드 기병

El jinete polaco

(상)

안토니오 무뇨스 몰리나 지음 · 권미선 옮김

을유문화사

옮긴이 **권미선**

고려대학교 서어서문학과를 졸업하고 스페인 마드리드 국립대학에서 문학 석 · 박사 학위를 받았다. 현재 경희대학교 스페인어과 교수로 재직 중이다. 주요 논문으로 「황금세기 피카레스크 소설 장르에 관한 연구」, 「'돈키호테' 에 나타난 소설의 개념과 소설론」 등이 있으며, 옮긴 책으로는 『영혼의 집』, 『달콤 쌉싸름한 초콜릿』, 『소외』, 『정본 이솝 우화』 등 다수가 있다.

을유세계문학전집 29

폴란드 기병(상)

초판 제1쇄 인쇄 · 2010년 1월 25일 | 초판 제1쇄 발행 · 2010년 1월 30일
지은이 · 안토니오 무뇨스 몰리나 | 옮긴이 · 권미선 | 펴낸이 · 정지영 | 펴낸곳 · (주)을유문화사
창립일 · 1945년 12월 1일 | 주소 · 서울특별시 종로구 수송동 46-1
전화 · 734-3515, 733-8152~3 | FAX · 732-9154 | E-Mail · eulyoo@chol.com
ISBN 978-89-324-0359-5 04870 978-89-324-0330-4(세트) | 값 13,000원

차례

상권

제1부

목소리들의 왕국

제1장

그들도 모르는 사이 어느덧 밤이 찾아왔다. 그들은 많은 시간 방 밖을 나서지 않았으며, 그 방에서 서로를 꼭 끌어안은 채 점점 작아지는 목소리로 대화를 나눴다. 그들이 깨닫지 못한 희미한 불빛과 그 후 찾아든 어둠이 목소리 톤을 점차 잦아들게 하기라도 한 듯. 점심 식사 후 아일랜드 선술집을 나와 눈을 맞으면서 추위를 뚫고 돌아왔을 때 욕망과 함께 찾아들었던 조급한 마음도 잦아들었다. 그러나 서로에게 말하고 싶은 열망은 잦아들지 않았다. 테이블보가 충분히 가려 주지 않았는데도, 그녀의 맨발은 부끄러움도 없이 조용히 그를 찾았고, 엘리베이터 안에서, 현관 앞에서, 복도에서, 욕실에서 추격전이 펼쳐지면서 달콤한 분노가 뒤섞인 조급함이 옷을 벗겼다. 느지막한 오후 후끈하게 달아오른 방에서 두 사람의 호흡이 점차 거칠게 가빠지는 동안 그들은 서로의 입술을 깨물었다. 블라인드 사이로 빛줄기가 줄무늬를 그리며 들어왔다. 그리고 길 건너편에 한 줄로 늘어서 있는, 나무줄기가 벗겨진 가로수들이 블라인드 사이로 보였다. 그녀는 그 가로수의 이름을 말해 주지 못했다. 그리고 현관에 금빛 노커가 달려 있고, 문이 번쩍이는 검은색 페인트로 칠해져 한 줄로 늘어서 있는 붉은 벽돌집들도 블라인드 사이로 보였다. 그가 런던이나, 어느 다른 앵글로색슨계의 조용한 도시에 와 있는 것처럼 편안한 느낌이 드는 집들이다. 대로(大路)에서는 교통 소음과 경찰차와 소방차들의 사이렌 소리가 들려왔지만, 한계를 모르는 섬뜩한 도시가 비좁은 오피스텔 공간을 감싸 안는 듯한 묵직한 소리가 두 사람이 내쉬는 숨소리를 집어삼켰다. 잠수함과 같은 안전한 밀실에서 잠시 동작을 멈추고 생각해 보면, 그들은 자기네가 수백만 명의 남자들과 여자들, 얼굴들, 이름들, 외침들, 언어들, 전화 통화들 속에서 만났다는 것 자체가 거의 불가능에 가까웠다.

그들은 찾지도, 바라지도 않았던 기적 속에서 자연스럽게 지냈다. 며칠 전까지만 해도 거의 모르는 사이였는데, 지금은 각기 상대방의 시선과 목소리, 육체에서 서로를 알아보고 있다. 그들은 차분하면서도 뜨겁게 사랑하는 습관뿐 아니라, 과거에서부터 문득 찾아온 세계의 목소리와 증거들로도 연결되어 있다. 겨우내 말라비틀어져 죽은 것처럼 보였던 나뭇가지에 다시 생기가 피어오르듯, 그 세계의 목소리와 증거들이 요란하게 찾아왔다. 그리고 그들은 밤을 헤치며 말을 달려온 기병의 모습으로, 70년 동안 썩지 않고 벽에 갇혀 있던 여자의 어둠과 허공을 응시하는 눈동자로, 사진사 라미로의 사진들이 담긴 궤짝과 알아보기 어려운 16세기 스페인어로 적힌 개신교 성서로도 연결되어 있다. 백 년 훨씬 전부터 공간과 시간 속에서 길을 잃고 헤매다가, 바다 건너편의 한 도시에 죽어서 묻힌 사람들이 그 성서를 손으로 넘겼듯이, 지금은 그들이 그 성서를 손으로 넘기고 있다. 이 세상 어디에도 존재하지 않는 듯한 오피스텔에서 그 도시의 이름을 입에 올리자니, 그들에게는 너무나도 낯설게 느껴졌다. 마히나. 모음은 정오의 빛처럼 쩌렁쩌렁하게 울렸고, 자음은 아침의 햇살에는 노란빛을 띠고, 해 질 녘에는 구릿빛을 띠고, 비 오는 날에는 거의 잿빛을 띠는 모래 빛 석조 궁전의 귀퉁이 돌처럼 단단했다. 그리고 그들도 끝까지 모르는 채 공유했던 사춘기 시절의 겨울도 거의 잿빛이었다. 그때 그녀는 붉은 머리카락과 아일랜드인 특유의 턱을 가졌으며, 그렇게 반은 외국인의 모습으로 막 미국에서 도착했다. 그리고 그는 무뚝뚝하고 말이 없었으며, 마드리드든, 파리든, 뉴욕이든, 샌프란시스코든, 와이트 섬이든, 마히나만 아니면 어디가 됐든, 세상 어디라도 떠나고 싶어 했다. 어렸을 때 조명이 들어오는 라디오를 통해 들었던 도시와 나라 어디든 상관없었다. 라디오에서는 그가 단어들의 의미를 구별하고 이해하기 훨씬 전부터 매료되었던 언어들이 흘러나왔다. 그의 아버지가 조심스럽게 다이얼을 돌리며 라디오 피레나이카*에서 리에고 군가*를 들을 때처럼, 그는 한밤중에 혼자 밤을 새우면서 주파수가 짧은 외국 방송들을 찾으며, 자신의 운명과 천생연분이, 자기는 절대 가 보지 못한 어느 도시에선가 자기를 기다리고 있을 거라 상상했다. 그녀는 습한 바람과 갈매기, 제방 냄새와 진흙 냄새가 가끔 만(灣)에서부터 실려 오는 붉은 벽돌집이나 하얀 나무집들이 있는 변두리에서 태어나, 아일랜드 억양이 섞인 영어와 스페인 내전 이전에 마드리드에서 사용되던 정확한 스페인어로 교육을 받았다. 그 스페인어는 그녀의 두 눈에 담긴 집요하면서도 진지한 표정처럼 그녀의 아버지에게서 물려받은 것이다. 그는 폭풍우가 휘몰아치는 겨울밤 촛불 아래서 태어나, 마히나의 농장과 올리브 밭에서 성장했다. 그는 열넷이나 열다섯 살이 되면 학교를 그만두고 아버지와 조부모 곁에서 땅을 일구다가, 일정한 연령이 되면 어렸을 때부터 알았던 누군가를 애인으로 삼아 7년이나 8년쯤 맥 빠지는 연애를 하다가 하얀 웨딩드레스를 입혀 제단 앞으로 데리고 가야 할 운명이었다. 손재주가 없고 뚱한 데다 조용하고 반항적인 그는 분노로 이글거리는 자신의 불행을 학교 공책에 일기로 쓰며, 자기가 살고 있는 도시와 자기가 알고 있는 유일한 삶을 증오했다. 그 삶은 노래와 책, 영화를 통해, 그리고 훨씬 전 그가 어렸을 때 라디오 소리와 세계 지도에서 알았던 도시들의 이름을 통해 알게 된 다른 삶들을 합법적으로 기다리게 한 삶이었다. 그는 꽤 키가 큰 편으로 그때 막 열일곱이 되려고 할 때였으며, 얼른 어른이 되고 싶어 초조해하고 애달파 했다. 그때 그는 나디아를 앞에 두고도 알아보지 못했다. 그는 항상 어두운 색의 옷을 입고 다녔으며, 새까만 머리카락이 이마를 덮어 시선이 그늘져 보였다. 그는 부모님의 성화에도 절대 일요일에도 벗지 않는 청바지와 공산당 군복 분위기가 느껴지는 목까지 단추를 채우는 남색 재킷을 입고 다녔다. 물론 그 옷은 마누엘 외할아버지의 옷장 안에서 30년 넘게 보관되어 있던 돌격대*의 전투복으로, 옷장 바닥에 꼭꼭 숨겨져 있었다. 그 옷은 임명장, 혁대, 주석 통과 함께 외할아버지가 공화국의 화폐라며 친구들에게 자랑스럽게 보여 주었던 은행권 지폐들이 잔뜩 들어 있는 양철통 옆에 숨겨져 있었다. 그는 늘 라디오에서 목소리와 외국 노래들을 찾으면서, 가방을 어깨에 둘러메고 훌쩍 떠나는 상상을 했다. 그리고 마드리드 국도가 북쪽까지, 그가 이름을 바꾸고 영어로만 말하며 일하고 살 수 있는 곳까지 무한대로 뻗어 있다고 상상했다. 그는 에드거 앨런 포, 짐 모리슨, 에릭 버든과 같은, 자기가 존경하는 영웅들처럼 머리를 어깨까지 기르는 상상을 했다. 그는 그곳을 떠나 다시는 돌아오고 싶지 않을 정도로 절망에 몸부림쳤다. 당시 사랑하던 여자와 친구들을 다시는 보지 못한다 해도 상관없을 것 같았다. 흥분과 욕망보다는 비겁함과 문학으로 이뤄진 사랑이었다. 그 사랑은 그의 삶이나 무작정 멀리 도망치는 꿈, 지겨운 수업 시간에 노트에 끼적거리던 시와 고백 못지않게 멋지면서도 아프고 어설픈 사랑이었다. 그가 다니던 학교에서는 마드리드 출신의 선생님이 그 시골구석까지 내려왔다는 자괴감과 서글픔에 젖어 문학을 가르쳤다. 전교에서 가장 불량한 학생이 그에게 '이론적 실천'이라는 의미의 프락시스라는 별명을 지어 주었다. 이름이 파트리시오 파본 파체코인 그 아이는 이미 그때 마리화나를 말아 피웠고 용병들이 하고 다니는 문신을 양팔에 새기고 다녔으며 나중에 커서는 군병대 중위가 되었다. 마누엘과 나디아는 마히나의 거리에서 서로 마주쳤어도 알아보지 못했고, 몇백 년을 떨어져 산 사람처럼 너무나도 낯설어 했다. 그들의 의식 깊은 곳에는 어른들의 목소리가 자리 잡고 있었으며, 그들의 의식이 형성되기 훨씬 이전의 실패한 가치들을 물려받았다. 그것은 그들은 전혀 모르는, 기억에 남을 일이나 황당한 일들로 이뤄진 가치들이었다. 그들은 자기네 뜻과는 전혀 상관없이 고독과 고통, 사랑을 잉태한 사람들에게서 그 가치들을 물려받았다.

그는 침대 옆 작은 테이블에 놓인 담배를 찾아 몸을 일으켰다가, 그제야 자명종의 시간을 보고 얼마나 늦었는지 알았다. 그러고는 본능적으로 마히나는 지금쯤 몇 시나 되었을까 계산해 보았다. 이미 날이 밝았을 테고, 아버지는 물기를 촉촉이 머금은 윤이 나는 채소들을 시장의 대리석 진열대에 정리하고 있을 것이다. 그러다가 가끔은 그가 어디에 있을지, 통역사라는 떠돌이 직업이 사춘기 시절 그가 가고 싶어 하던 도시들 중 어느 도시로 데려다 주었을까 생각할 것이다. 그는 전화기를 바라보며, 마지막으로 부모님과 통화를 한 게 언제였는지를 생각하며 미안해했다. 그는 담배에 불을 붙인 후 나디아의 얼굴과 머리카락을 살며시 어루만지며 그녀의 입에 담배를 물려 주었다. 벌써 자정이 되었지만 아직은 불을 켜고 싶지 않았다. 시간이 얼마나 흘렀는지 감각도 없었고, 급히 서둘러 뭔가를 해야겠다는 마음도, 어디론가 가야 한다는 마음도 없었다. 우리는 왜 그때 만나지 못했을까? 그가 칠흑과도 같은 어둠 속에서 그녀 쪽으로 몸을 기울이며 말했다. 몇 달 전이 아닌 18년 전에. 왜 우리에게는 용기와 현명함, 아이러니, 지혜가 부족했을까. 적어도 나는 그랬어. 대체 내 눈에 뭐가 씌었기에 지금보다 두 배나 젊지만 지금이 훨씬 매력적인 당신을, 나 자신과 똑같은 당신을 앞에 두고도 알아보지 못했을까. 그는 그녀가 전혀 기억나지 않았지만 기억해 보려고 노력했다. 아일랜드인의 얼굴과 스페인인의 눈, 햇빛을 받으면 붉게 변하는 밤색 머리카락, 방향도 없이 느긋하게 걷는 모습을 상상해 보았다. 그녀는 운동화를 신고 청바지를 입었던 그 시절뿐만 아니라, 그의 눈길과 욕망을 사로잡기 위해 꽉 끼는 미니스커트를 입고 하이힐을 신은 지금도 그렇게 걸었다. 그렇게 입고 거리로 나가면 얼어 죽기 십상이라, 그녀는 오피스텔의 닫힌 공간에서만 그렇게 입고 있었다. 노란 원피스 아래로는 맨살과 은은한 입욕제 향, 향수 냄새, 여자의 체취 이외에는 아무것도 없었다. 그러나 며칠 후에는 그의 체취와 침 냄새, 정액 냄새도 배어 있었다. 스케줄도, 날짜도 없는 시간의 어둠 속에서 얘기를 나누며 즐거워하는 그들 두 사람의 목소리가 기억과 정체성만큼이나 뒤섞인 냄새였다. 오전, 오후, 저녁, 새벽이 무채색을 띠었다가 잠시 후 푸르스름한 빛으로 그 방을 감싸는 동안, 그는 잠든 그녀를 바라보며 여러 언어들 중에서 그녀에게 붙여 줄 이름을 골라 보았다. 그렇게 그는 그녀가 깨어날 때까지 점차 애무의 수위를 조절해 갔다. 조용히 본능에 따라 그녀를 소유하려는 게 아니라 — 그는 자신에게 가장 소중한 것은 절대 소유할 줄도 몰랐고, 소유하고 싶어 하지도 않았다 — 그녀를 기분 좋게 하고 돌봐 주고 싶어서였다. 자신의 인내와 끈기 있는 애정으로 그녀 인생의 모든 불행을 지워 주고 싶어서였다. 사랑받는다는 느낌이 만족스러울 때 그녀의 눈가와 입가에 찬란하게 맺히는 나른한 미소가 보고 싶어서였다. 그리고 그녀가 다시 그의 품 안에서 잠들면, 깨지 않도록 조심스럽게 그녀를 떼어 놓고 부엌으로 가서 커피와 오렌지 주스, 토스트, 스크램블드에그를 준비하고 싶어서였다. 그 오피스텔에서 평생 함께 살기라도 한 듯 자연스러워지고 싶어서였다. 몇 달 전까지만 해도 그녀는 그 오피스텔에서 다른 남자, 그러니까 전남편과 함께 살았다. 전남편의 사진들은 그 집에서 자취를 감추었다 — 그를 만나기 전 그녀가 바람이라도 피운 듯, 그는 질투심에 휩싸여 그녀가 함께했던 남자들을 생각하고 괴로워하며 사진들을 찾았었다 — 그리고 그녀는 그 오피스텔에서 금발 아들과도 함께 살았다. 그는 아들에게 미소를 지어 보였고, 아들도 그에게 미소를 지어 보였다. 그는 침대 옆 작은 테이블과 책장, 그녀가 작업하는 책상 옆에 있는 아들의 사진들을 바라보면서 자기가 침입자라는 생각이 들었다. 그는 약간 두려워하며 텅 빈 방을 조심스럽게 돌아보았다. 알록달록한 시트가 덮인 침대와 책장에 가지런히 놓인 장난감들, 만화책에 나오는 슈퍼 영웅들, 배와 오토바이 운전사들, 그녀가 아버지에게 선물로 받고, 또 향수 가득한 마음을 담아 아들에게 물려준 양철 회전목마를 바라보고 있자니, 자기가 침입자라는 느낌이 더욱 강하게 들었다. 그는 자식을 낳을 생각이나 가능성은 전혀 염두에 두지 않았기 때문에, 그에게 지속성이란 개념은 금지된 개념이었다. 그런데 지금, 아들을 낳은 여자를 사랑하게 된 지금, 자식이라는 존재를 통해 자기를 바라본다는 자긍심을 이해하거나, 대충이라도 감을 잡을 수 있을 것 같았다. 정말 묘하군. 그는 생각했다. 그녀에게서 태어난 누군가가 나보다 그녀를 더 많이 필요로 하다니. 그는 잠든 그녀를 내려놓고, 땀에 젖은 머리카락을 얼굴에서 떼어 낸 후 그녀의 입술과 눈가, 이마에 키스했다. 그러고는 겨울 아침 햇살에 그녀가 깨지 않도록 침실의 블라인드를 모두 내리고 커튼을 쳤다. 그러자 침대 앞에 걸려 있는 기병의 그림 위로 다시 밤이 찾아오고 강 옆에 피워 둔 불길을 누군가 되살릴 것 같았다. 차르에 맞서 반란을 일으킨 타타르인들이 시뻘겋게 될 때까지 칼날을 불에 달구고 있었다. 보아하니, 미하일 스트로고프* 의 눈을 멀게 하려는 것 같았다.

누굴까. 그는 다시 자기 자신에게 물었다. 어디를 향해 말을 몰고 가는 것일까. 언제부터. 몇 년 동안. 그리고 갈라스 소령은 얼마나 많은 장소에서 그 기병의 어두운 그림을 바라보았을까. 타타르 모자를 쓴 기병은 화살통과 화살을 말 엉덩이에 매단 채 멋진 포즈로 오른손으로 허리를 짚고, 왼손으론 말갈기를 잡고 있었다. 기병의 시선은 자신의 미스터리와 이름을 알아맞혀 보라며 부추기고 있었다. 기병의 시선은 어둠 속에서 거의 구별되지 않는 길 쪽이 아니라, 그 그림을 보는 사람의 눈 너머로 향하고 있었다. 그는 그녀가 샤워를 마치고 나와 걸치는, 향긋하고 시원한 피부 위로 물줄기처럼 미끄러지듯 휘감기는 실크 가운을 바닥에서 주워 들었다. 그러고는 자신의 숨결로 가운이 축축해질 때까지 가운의 냄새를 맡아 보았다. 그러고 나서 그는 커피를 준비하고 부엌의 시계를 쳐다보았다. 신문과 정부에서 발표했는데도 그녀가 귀찮아 하며 시간을 바꾸지 않아, 시계는 부정확한 시간을 가리키고 있었다. 그는 잔을 들고 다시 응접실로 돌아와, 전날 밤 들었던 볼라 데 니에베*의 음반을 아주 나지막하게 틀었다. 그러고는 침실 문지방에 가만히 서서, 볼레로의 가사를 조용히 중얼거리며 다시 그녀를 바라보았다. 한참을 다정하게 바라보고 있으려니 홀연히 욕구가 되살아나면서 무릎의 힘이 빠졌다. 다시 열여섯 살로 돌아가, 양다리를 벌리고 수북이 곱실거리는 털을 절반쯤 드러내 놓고 허벅지 사이에 이불을 낀 채 벌거벗고 자는 여자를 난생처음 보는 것 같았다. 양쪽 사타구니 가장자리는 확실하게 면도가 되어 있었다. 그는 체벌에 대한 위협 없이 마음껏 그녀를 바라보았다. 그녀의 몸속으로 혀나 손가락을 집어넣어 그녀를 깨울 수 있다는 게 고맙기까지 했다. 불경스럽고 신성한 도그, 우에이드, 브라우센, 엘로힘. 그는 생각했다. 나의 친구여, 나는 파라오가 모는 마차의 암말과 당신을 비교했노라. 그가 나지막이 그녀의 이름을 반복해서 불렀다. 나디아. 나디아 앨리슨. 나디아 갈라스. 그가 직업상 구사하는 각기 다양한 언어들의 억양으로 그녀의 이름을 불러 보았다. 그러고 나서 그는 아래를 내려다보며 아이러니와 자긍심으로, 거의 허영심으로 바라보고 있는 물건의 즉각적이면서도 화려한 결과를 보았다. **그는 와인이 있는 방으로 나를 데려가 내 위로 사랑의 쟁반을 올려놓았다.** 그녀가 돈 메르쿠리오의 성서를 읽어 줬었다. 그는 다시 그녀를 깨우고 싶은 유혹에 빠지지 않기 위해 바지를 입고, 사진사 라미로의 궤짝과 지난 40년 동안 사진사 라미로가 마히나에서 찍은 사진 전부를 대충 정리해 놓은 곳으로 향했다. 사진들은 바닥과 소파 쿠션 위에 흩어져 있었고, 사진 몇 장은 책장의 책들에 기댄 채 나디아 아들의 컬러 사진 옆에 세워져 있었다. 그는 자기네 집의 다락방에서 늘 닫혀 있던 그 궤짝을 떠올려 보았다. 일곱 살인가 여덟 살쯤 되었을 때 가끔 그는 다락방으로 숨어들었다. 그는 소설에 등장하는 조난자들이 무인도 바닷가에서 발견하는 기적적인 궤짝들을 떠올렸다. 특별한 사건이나 사물들, 다시는 반복되지 않을 것 같은 기분, 울림 없는 말들, 격리된 공간들은 느껴지지 않았다. 그냥 그의 주변으로, 그의 의식 속으로, 그의 시선 속으로, 심지어 그의 살갗 위로, 모든 사물들이 시간과 공간 속에 서로 연결되어 빛을 발하고 있었다. 모든 게 과거와 현재 사이에 놓인, 절대 끊어지지 않는 연결 고리 안에 들어 있었다. 마히나와 그가 가 보았거나, 아니면 가 보고 싶어 하며 꿈꿨던 세계의 모든 도시들을 이어 주고 있었다. 그리고 그 자신과 나디아, 흑백 사진 속 얼굴들을 이어 주고 있었다. 그 사진들 속의 사건뿐만 아니라, 그들 삶의 가장 머나먼 기원까지도 구별하고 연결시킬 수 있었다. 그는 도무지 믿지 못하며, 세 살 때 마히나의 장터에서 목마를 타고 있는 자신을 다시 바라보았다. 그는 코르도바 모자를 쓰고, 줄무늬 남방과 반바지를 입고, 흰 양말과 에나멜 구두를 신고 있었다. 그 사진이 그렇게나 멀리 떨어진 이곳에, 다른 세상에 와 있다는 게 정말이지 거짓말 같았다. 이곳에서 그는 너무나 오랫동안 잊고 있었고, 잃어버렸던 사진을 되찾았다. 그는 결혼식 날의 부모님도 보았고, 집 계단에 앉아 있는 페드로 외증조부도 보았고, 헤네랄오르두냐 광장의 집무실에 있는 플로렌시오 페레스 형사도 보았다. 큼지막한 성서 위로 노쇠한 얼굴을 기대고 있는 돈 메르쿠리오 의사도 보았고, 카사 데 라스 토레스의 벽에 매장되었던 여자의 얼굴도 다시 보았다. 그녀의 두 눈이 어둠과 죽음에 놀라 있었다. 돌격대 군복을 입고 있는 마누엘 외할아버지도 보았다. 그러면서 그는 이제 마히나로 돌아갈 시간이 되었다고 생각했다. 이제는 그 도시가 자기를 아프게 할 수도 붙잡아 둘 수도 없으므로, 나디아와 함께 돌아가 그녀가 제대로 기억하지 못하는 곳들을 보여 줄 때가 되었다고 생각했다. 나디아를 꼭 끌어안고서 헤네랄오르두냐 광장의 아케이드와 누에바 거리, 산타 마리아 거리, 산 로렌소 광장과 카사 데 라스 토레스로 이어지는 돌길이 깔린 거리를 거닐 때가 되었다고 생각했다. 그녀에게 귓속말을 속삭이며, 입술로 그녀의 머리카락을 살포시 어루만지며, 열여덟 살 때는 만남 자체가 불가능했던 그녀가 지금은 자기 것이라는 열정과 확신을 느끼며 그녀를 꼭 끌어안고 걸을 때가 되었다. 그는 자기 집의 노커 소리를 떠올렸다. 그러고는 그제야 자기가 태어난 도시와 자기 사이에 얼마나 깊디깊은 심연이 가로놓여 있는지 확실하게 깨달았다. 마천루와 철교, 산업이 발달한 풍경, 공항, 바다, 달빛을 받아 반짝이는 강들, 도시가 얼음 별을 닮은 밤의 대륙들. 아찔한 현기증이 이는 절벽에서 넓게 펼쳐진 지구를 향해 고개를 내밀듯, 그가 어렸을 때 질문하며 선명한 색깔들로 그려진 세계 지도의 얼룩들 위로 비스듬히 여행하던 날들. 그러나 그는 여느 때와 다름없이, 살면서 거의 매번 그랬던 것처럼 슬픔도, 조급함도, 두려움도 느끼지 않았다. 그가 철이 들 무렵부터, 그리고 불행이 우연한 모습으로 찾아와 강박 관념에 얽매여 살았을 때부터 그를 심란하게 했던 아무 이유 없는 회한도 들지 않았다. 그는 몇 시간 자지 못해 느껴지는, 무게감이 없는 피로 때문에 침실의 어둠과 후끈한 냄새가 있는 곳으로 다시 돌아가고 싶었다.

그는 복도의 불빛이 들어오지 못하도록 조심스럽게 문을 닫은 후 입을 살짝 벌린 채 자고 있는 나디아의 숨소리를 들었다. 그는 바지를 벗은 후 돌아누운 그녀 옆으로 바짝 다가가 누우며, 엉덩이를 딱 붙인 채 그녀의 몸 위로 다리를 올렸다. 그는 자리를 잡은 다음 두 눈을 감고 가만히 있었다. 그 누구도 범할 수 없는 피신처로 돌아온 기분이었다. 그리고 도시의 소음과 아침 햇살이 뒤늦게 찾아온 오후나, 나른하고 정적인 해 질 녘의 고요함 속으로 차분히 가라앉는 기분이었다. 점심 식사 후 침대에 누울 때처럼. 뻔뻔하고 소름 끼치고 무지한 일상의 시간보다 훨씬 넓고 고요한 시간에 서로 대화하며 애무를 나누다 보면 그들도 모르는 사이에 날이 저물었다. 그들은 서로 부끄러운 줄 모르고 사랑으로 강하게 무장했다. 그들은 함께 공범이 되어 아무 소리나 떠들며 웃다가, 갑자기 침묵을 지키며 한참 동안 서로의 눈을 들여다보았다. 두려움과 공포를 느끼며, 자기네에게 동시에 일어난 기적의 증인들답게. 그러고는 잠시 후 그들은 애무에 기진맥진해져 땀으로 번들거렸다. 그러면 침묵 속에서 그들의 숨소리가 들려왔고, 다시 서로를 찾는 손길과 입술이 느껴졌다. 이제 그들은 서두르지 않고 이불 아래서 발장난을 쳤다. 여전히, 늘 원하는 육체를 온몸으로 확인하고 느끼려는 듯. 그리고 목소리들은 기억과 비밀을 간직한 음색을 띠었다. 그 속에서 시간은 강가에 진흙 삼각주를 쌓으며 천천히 흘러가는 강물처럼 길게 늘어났다. 그리고 그들은 드러누워 서로에게 몸을 맡긴 채, 천천히 흘러가는 말들의 흐름 속에 자신을 떠맡겼다. 그는 침대 옆 작은 테이블에 놓인 담배를 찾기 위해, 라이터 불빛에 반사된 나디아의 얼굴과 단발머리를 찾기 위해, 그리고 냉장고의 맥주를 가져와 거품이 잔뜩 올라온 잔을 그녀와 함께 나눠 마시기 위해 이따금 몸을 일으켰다. 그들은 항상 말을 했으며, 어쩌면 백 년 전 다른 사람들의 욕망을 흥분시켰던 먼지로 뒤덮인 성서의 인쇄된 말들을 반복했을 수도 있다. **밤에 나는 내 영혼이 사랑하는 이를 내 침대에서 찾았노라. 나는 그를 찾았지만 그를 찾지 못했노라.** 그들은 이름과 노래들을 열거했으며, 그들은 같은 나이에 정확히 같은 음악을 사랑했었다. 그리고 그들은 자기네도 모르는 사이에 이미 과거를 공유했었다는 사실을 계속 놀라워하며, 오랜 세월이 흐른 지금, 다시 그 노래들을 들었다. 그들은 무인도에 표류한 생존자처럼 낮이나 밤, 달력이나 시계와는 전혀 상관없는 섬에 와 있었다. 목소리들의 섬으로, 그들만의 목소리가 아닌, 상상과 기억 속에서 합친 목소리들이었다. 그들이 말하는 말들만이 아니라, 그들이 잠들었는지 깨어 있는지 확실히 알지 못할 때 그들의 눈동자에 비친 모습들과 다시 되찾은 느낌들이었다. 나디아는 몇 분 잠들었다가, 두 눈을 지그시 감고 빙그레 미소를 머금더니 깨어나 말했다. 아버지가 나에게 자주 읽어 주었던 스페인 동화책에 나오는 그림들과 우리 아버지의 꿈을 꿨어요. 그들은 잠이 들어서도 계속 얘기하는 꿈을 꾸었고, 사진사 라미로의 셀 수도 없이 많은 사진들을 다시 보는 꿈을 꾸었다. 그러고는 눈을 뜨면 방의 어둠과 기병의 모습을 맨 먼저 보았다. 기병은 곧 날이 밝아 오거나, 아니면 곧 해가 질 풍경을 배경으로 말을 달리고 있었다. 그 기병은 외롭고, 침착하고, 경계심 많고, 자존심 강한 나그네였다. 그 기병은 미소를 머금은 듯한 모습으로 성(城)의 그림자가 보이는 언덕을 등지고 있었다. 그림에는 보이지 않는 어딘가를 향해, 목적도 없이 말을 달리는 것 같았다. 기병의 이름은 아무도 몰랐다. 기병이 말을 몰아 달려가는 나라의 크기와 위치 역시 아무도 모르는 것처럼.

제2장

아직 완전히 어두워지지 않은 밋밋한 보랏빛 하늘 아래로 불빛들이 하나둘 켜지는 모습이 마히나의 전망대에서 보인다. 광장에 켜진 가스 불빛과 등불, 그리고 변두리 집들이 옹기종기 모여 있는 골목길에서 흔들리며 깜빡이는 전구들이 보인다. 바람이 지붕들 사이에 매달린 전깃줄을 흔들 때마다, 불빛이 환하고 둥근 원을 그리면서 오르내린다. 그러면 그 불빛은 고개를 푹 숙이고 양털 두건에 턱을 파묻은 채 주석 우유 통이나, 시뻘겋게 이글거리는 불덩이에 재를 덮어 부삽으로 떠 가지고 걸어가는 외로운 여자들의 그림자를 멀리까지 쫓아간다. 여자들은 털 타이츠와 검은 천 신발을 신고, 목까지 올라오는 털 재킷을 앞치마 위로 단단히 껴입고는, 밤과 맞서서, 아니면 바람과 맞서서, 몸을 숙이고 집까지 걸어간다. 그래도 아직은 불을 켜지 않은 채 시뻘건 불덩이가 담긴 부삽을 현관 앞에 내려놓고, 화로를 찾아와 절반 정도 석탄을 채운다. 그러고 나서 그 위로 시뻘겋게 달아오른 불덩이를 뿌리고, 바닷바람처럼 부드러운 해 질 녘의 바람에 빨리 불이 붙기를 기다리며 문 앞에 내다 놓는다. 기억이 아니라, 시선이 얘기하는 것이다. 차가운 어둠 속에서 점점 살아나는 불씨가 보인다. 그러면 그사이 어둠이 거리를 정복한다. 연기와 추위 냄새가 난다. 푸른빛이 감도는 해 질 녘, 금빛으로 붉게 타오르는 석탄과 끓어오르는 송진, 올리브기름이 묻은 장작에서 풍겨 나오는 연기의 냄새가 난다. 겨울 냄새가 난다. 돼지 잡는 철이 끝나고 아직 올리브철이 되지 않아 약간 여유가 있는, 서글픈 고요함에 잠긴 11월이나 12월 밤의 냄새가 난다. 백발을 하나로 올려 묶고 검은 숄을 두른 여자가 떠오른다. 미쳐서 정신이 나간 그녀는 오후 해 질 녘이 되면, 벽 쪽으로 몸을 딱 붙인 채 빠른 걸음으로 포소 거리로 내려와 카사 데 라스 토레스의 공사장에서 생벽돌을 한 장씩 훔쳐, 마치 고양이라도 품듯 숄 안에 생벽돌을 숨기고 실실 웃으며 시치미를 떼고 중얼거리면서 돌아갔다. 생벽돌에게, 만들어 낸 고양이에게, 그녀가 젊었을 때 죽었다는 아이에게 말을 거는 것 같았다.

남자들은 한참 전에 들판에서 돌아와 짐승들을 철책에 묶고 짐과 연장들을 내려놓았다. 그들은 돌을 쌓아 만든 현관 입구와 분뇨 냄새가 진동하는 후텁지근한 마구간에 노란 불빛을 밝혔다. 그들은 고된 노동에 심신이 지치고 피곤해 말이 없다. 하지만 여자들이 나지막하게 소곤거리며 이야기를 나누거나, 바느질 소리와 함께 바쁜 침묵이 감도는 방에는 아직 길거리의 전구 불빛과 서쪽 먼 곳을 푸르고 붉게 물들이며 하늘에 남아 있던 마지막 환한 기운이 어둠을 흐릿하게 밝혀 주고 있다. 방에는, 불을 켜자마자 닫아 놓을 창문 옆으로, 출처를 알 수 없는 하얀 찌꺼기가 남아 있는데, 그것은 얼굴과 손, 수틀의 흰색 천, 눈동자의 반짝임을 얼룩처럼 두드러져 보이게 한다. 눈동자는 허공을 바라보며, 발소리와 유난히 또렷하게 들리는 이야기 소리를 응시하며, 라디오 주파수와 이름들, 몇몇 여자들의 고향과 머나먼 나라들이 들어 있는 조명이 켜진 라디오의 스위치를 응시한다. 손이 스위치를 천천히 움직이면, 지리적으로 갈 수 없는 머나먼 곳까지 바늘이 움직이다가 멈춰 서면서 음악 소리가 흘러나온다. 처음에는 음악 소리가 요란한 경적 소리와 외국 목소리, 종이가 찢어지는 알 수 없는 소리, 광고 음악이나 노래 음악, 연속극 음악과 혼동된다. 그 조그만 상자 안에 어떻게 사람들이 들어갈 수 있을까. 어떻게 크기를 작게 줄일 수 있을까. 어디로 들어가는 거지. 개미들처럼 틈새로 들어가나. 아나운서의 목소리가 엄숙하게, 거의 위협적으로 흘러나온다. “하비에르 데 몬테핀의 원작 소설인,” 아나운서가 낭독한다. “『13번 차』는…….” 그러고는 천천히 걸어가는 말발굽 소리와 다른 세기에 다른 도시에서, 외국의 겨울비가 내리는 돌길 위로 쇠바퀴가 끼익 소리를 내며 굴러가는 소리가 방 안으로 퍼져 나간다. 사람들만 들어 있는 게 아니다. 라디오에서는 비도 내리고, 말들도 질주한다. 아나운서가 ‘파리’ 라고 말하지만, 이제 더는 아나운서의 말소리가 들리지 않는다. 마구간에서 우는 짐승들의 말발굽 소리와 거리감이 그 목소리를 지워 버린다. 주파수를 잃어버린 듯 그 소리들은 내게서 멀어져 간다. 그래도 나는 라디오에서 흘러나오는 묘한 불빛을, 문 아래로 흘러나오는 빛줄기와 같은 묘한 불빛을 바라보며, 쓸데없이 계속해서 스위치를 돌릴 것이다. 굳게 문이 닫힌 집 안에는 목소리만이, 이 세상에서는 불가능해 보이는 모든 목소리들이 살고 있다. 카사 데 라스 토레스의 창문 한 곳에 밝혀진 불빛. 그곳에는 옛날에 부패하지 않은 젊은 여인의 미라를 발견한 관리인 여자가 미쳐서 혼자 살고 있다. 마누엘 외할아버지의 얘기에 따르면, 그 젊은 여자는 무어 왕에게 붙잡혀 벽에 매장되었다고 했다. 말들이 끄는 마차 한 대가 포소 거리 아래로 내려가고 있고, 쇠바퀴와 말발굽 소리가 돌길 위에 요란하게 울려 퍼진다. 커튼 뒤로 아무도 보이지 않지만, 마차가 지나가면 아이들은 돈 메르쿠리오의 노래를 부른다. "또옥똑 또옥똑." "누구십니까?" "어제 왕진 때 못 받은 돈을 받으러 온 곱사등이 의사입니다." 아이들은 납골함처럼 시커먼 천으로 차창 유리를 덮은 커튼 뒤로 의사의 누런 얼굴을 보기 위해 초록 조끼를 입은 마부의 부아를 돋우며 창살까지 기어 올라간다. 나무 울타리와 나 사이의 거리처럼 그 소리들이 너무나도 아득하게 들려온다. 그리고 생벽돌을 가슴에 숨기고 도망치는 여자의 그림자와, 젊었을 때 불행히도 양쪽 눈에 총을 맞고 말이 녹초가 될 정도로 분노에 휩싸여 질주했던 장님의 그림자가 보인다. 겨울밤, 도시의 묵직하고 조용한 소음이 들려온다. 나는 아무 이유도 없이, 그 소리를 교통 소음과 연관시킨다. 하지만 마히나에서는 그 소리가 불가능하다. 몇 년인지 제대로 가늠도 하지 못하는 그해 겨울에는 불가능하다. 분명히 내 기억과 내 삶 이전에 존재했던 겨울일 것이다. 그때는 자동차

엔진 소리도 제대로 들리지 않았다. 어찌 됐든 나는 그 소리를 듣기에는 너무나도 멀리 와 있다. 안개가 자욱하게 낀 바다의 수평선에서 제대로 보이지 않는 항구 대도시의 불빛을 앞에 두고, 요트에 올라 지나가는 것과 같다. 내가 유일하게 들을 수 있는 소리는 남자들의 목소리와 말발굽 소리, 마차 바퀴 소리, 노커의 쇠 울림 소리, 개 짖는 소리, 옆집 여자들의 목소리, 밤마다 밀려드는 거대한 두려움을 몰아내기 위해 아이들이 부르는 노랫소리다. 아, 나는 얼마나 무서워하며 그곳을 지나갔던가. 미라가 내 소리를 들으면 어떡하지. 모든 소리를 침묵으로 누빈 것 같았다. 기도 시간이나 장례식을 알리며 어두컴컴한 방에서 여자들에게 성호를 긋게 하던 성당의 종소리. 성벽의 여물통에서 암소들에게 물을 먹이고 마구간으로 돌아가는 길에, 우직한 목동들이 몽둥이로 돌변한 커다란 지팡이로 등을 때리며 소를 몰고 가면, 산 로렌소 광장으로 올라가면서 느리게 울던 암소들의 울음소리. 암소들이 포소 거리로 행렬을 이루고 지나가면 더욱 강해지는 편자 울림 소리. 그러면 엄마들이 부르는 소리에 귀를 기울이지 않고 그때까지 밖에서 놀고 있거나, 골목의 불빛 아래 이야기를 나누며 마지막까지 남아 있던 아이들은 소한테 받힐까 봐 무서워 한쪽으로 비켜서며 문지방 아래로 숨으면서 위험을 쫓아내기 위해 노래를 부른다. 음매, 음매, 흑인한테 덤벼라. 황인종한테 덤벼라. 백인한테는 안 돼. 너무 까칠하거든.

소들이 지나가고 나면 거리에는 후끈한 훈기와 분뇨 냄새가 남고, 아무 설명도 없이 불빛이 격렬해지는 밤의 슬픔이 확실하게, 어김없이 찾아온다. 사무실 창문으로, 남자들이 무지막지하게 와인을 들이켜는 어두침침한 술집으로, 저 너머, 북쪽 조금 더 위쪽으로, 경찰서의 테라스와 똑같은 시간에, 똑같이 번들거리는 톤으로 시계의 조명이 켜지는 헤네랄오르두냐 광장의 공허한 분위기 저 너머로, 텅 빈 상점들의 쇼윈도로 찾아온다. 손이 신부 손처럼 새하얗고 부드러운 상점 종업원들은 손을 비비는 것도 신부들과 똑같다. 그들은 문을 닫고, 가죽을 댄 목 부위까지 점퍼를 높이 올리고 농담을 건네며 퇴근하기 전에 번들거리는 나무 진열대에서 옷감을 거둬들인다. 그들은 성당과 같은 부드러운 추위에 얼어붙은 손을 더욱 열심히 비벼 댄다. 마히나에서 가장 큰 포목점인 '시스테마 메트리코'의 종업원들은 성직자처럼 순종적이다. 그 포목점은 트리니다드 성당 앞에 위치하며, 가장 낮은 서열의 심부름꾼 로렌시토 케사다가 허드렛일을 도맡아 한다. 훗날 그는 열정적 리포터로 활동하며 「싱글라두라」 지역 신문의 특파원이 되었다. 그 신문은 아주 가까이 있는 광장의 가판대에서 판매했으며, 아버지는 두 페이지의 지면 가운데에 삽화와 함께 범죄 이야기가 실리는 『시에테 페차스』를 사 오라며 매주 금요일마다 나를 심부름 보냈다. 하지만 나는 그렇게까지 멀리 가고 싶지는 않다. 어머니의 따뜻한 손이 나를 이끌지 않았고, 시커먼 자동차들이 돌아다니는 낯선 거리에서 길을 잃을까 봐 두려워 돌아온다. 몇몇 시커먼 자동차들은 아이들의 피를 빨아 먹기 위해 아이들을 납치한다는 하얀 가운을 입은 폐병 환자가 운전한다. 다시 돌과 어둠이 깔린 포소 거리가 보인다. 기다란 나무 울타리들과 돌 상인방(上引枋)들이 있고, 회랑(回廊)에는 예수나 사크레쾨르(성스러운 심장)가 그려진 판화들이 어둠 속에서 너풀거리며 반짝인다. 그러고 나서 알토사노 광장이 보인다. 레오노르 외할머니의 동생인 안토니오 작은할아버지가 천장의 대들보까지 닿는 거대한 오크 통을 갖다 놓고 와인을 파는 술 창고 건물이 있는 꽤 넓은 광장이다. 우물이 보인다. 우물 옆에서는 매일 아침 수다스러운 여자들이 항아리를 들고 와 자기 차례를 기다리며, 목청껏 떠들면서 이야기를 나눈다. 카사 데 라스 토레스에서 장미수 냄새인지 성당 냄새인지가 나는, 유리관에 담긴 성녀의 썩지 않은 시체가 나타났다고 수군거린다. 밤이 되면 알토사노 광장은 추운 바람에 지쳐, 경계와 심연 비슷한 모습을 띤다. 광장을 비추는 유일한 등불의 둥근 불빛을 바람이 흔들며, 마히나의 건너편 끝에 있는 허허벌판까지 보병대 병영의 문 앞에서 기도 시간을 알리는 작은 나팔 소리를 실어 나른다. 방금 불을 밝힌 옆으로 길게 늘어선 병영 창문들은 도시 끝, 제방 가장자리에 세워진 공장용 창고의 분위기가 난다. 병영은 서쪽 보랏빛 붉은 하늘 아래로 과달키비르 계곡을 앞에 두고 있으며, 강 건너편과 산 아래 마을들로 이어지는 길의 마지막 하얀 커브 길에 있다. 그 마을들은 푸르스름한 어둠 위로 하얀 얼룩처럼 점점이 찍혀 있다. 한 남자가, 승진을 하여 막 마히나로 부임해 온 갈라스 소령이 책을 읽다가 피곤에 지친 시선을 들어, 장교 막사의 자기 방 창문에서 시에라 산의 산허리를 바라보고 있다. 이제는 불을 켜지 않으면 계속해서 책을 읽을 수도 없다. 그는 테이블 위에 놓인 덮여 있는 책과 검은 케이스에 담긴 권총을 바라보며 입을 다문 채 죽는다는 게 정확히 어떤 기분일까, 극한의 두려움은 몇 분, 몇 초나 지속될까 생각하며 두 눈을 감는다. 라파엘 아저씨와 페페 아저씨, 차모로 중위가 아버지의 농장에서 소령 이야기를 많이 했었다. 나는 상상 속의 인물이나, 코사코 베르데,* 미하일 스트로고프, 미아하 장군*과 같은 실존하지 않는 영웅들에게나 붙일 수 있는 너무나도 단호하고, 너무나도 묘한 그 이름에 깊은 인상을 받았다. 갈라스 소령이 혼자서 반란자들의 음모를 무너뜨렸다며, 라파엘 아저씨가 작고 촉촉한 눈으로 우리를 바라보며 이야기했었다. 숨도 제대로 쉬지 못했던 7월의 어느 날 밤, 갈라스 소령이 운동장 한복판에서, 군부대 전체가 정렬해 있는 앞에서 권총을 빼들어 메스타야 중위의 가슴 한복판을 명중시킨 후 말했다. 그는 절대 목소리를 높이지 않았기 때문에 소리는 지르지 않았다. "배신자가 더 있으면 앞으로 한 발짝 나와."

어린 시절 이후로 다시 들어 보지 못한 그 이름이 지금 어느 때보다 나를 감동시킨다. 나는 오랜 세월이 흐른 뒤에 그를, 갈라스 소령을 본다. 하지만 그는 산 자들과 죽은 자들이 동일한 그림자처럼 움직이는, 너무 멀고도 정적인 시간 속에 그대로 침잠해 있다. 큰 키에 약간 구부정한 체구로 외투 차림에 모자를 쓰고 넥타이 대신 리본 끈을 묶은 그는, 지금은 '7월 18일로(路)'라고 부르는 넓고 황량한 거리를 내려가고 있다. 4월이면 아침나절에 새들이 시끄럽게 재잘거리는 커다란 밤나무들이 늘어서 있었는데 아주 오래전에 베어졌다. 나는 의지도, 그리움도 없이 천천히 병영 쪽을 향해 걸어가는 그를 본다. 11월이나 12월, 어느 해 질 녘 기도 시간을 알리는 종소리가 아주 가까이에서 들리자, 그가 우리 집 옆에 멈춰 선다. 우리 집 아래층에는 현재 펍이 들어서 있으며, 천장을 대각선 방향으로 가로지르는 대들보가 어마어마하게 커서 옛날에는 '대들보 방'이라 불렀던 그 집의 다락방은 20년 전부터 아무도 세 들어 살지 않는다. 그런 곳에서 살고 싶어 하거나, 살려고 하는 사람이 이제는 아무도 없기 때문이다. 그는 젊은 시절 그랬던 것처럼 자기가 자동적으로 멈춰 섰다는 걸 깨닫는다. 그는 부동자세를 취하고 오른손을 이마에 갖다 대고 경례를 붙일 뻔했다. 마치 그때 이후로 37년이란 세월이 흐르지 않은 듯. 충성해야 할 조국과 공화국도 없이 군복도 입지 않은 채 반평생을 살지 않은 듯. 다시 걷기 시작했을 때, 이제 그는 더 이상 앞으로 나아가지 못한다. 막연히 밀려드는 멜랑콜리 때문이 아니라 설명도, 위안도 없이 울음이 복받쳐 올라서이다. 그는 돌아섰고, 차가운 바람이 그의 얼굴을 할퀴고 지나치며, 그의 눈가가 촉촉해졌음을 상기시켜 준다. 나는 훨씬 조명이 잘된 중심가 쪽 거리를 향해 천천히 올라오는 그를 본다. 이제 그곳에는 겨울 땅의 고약한 분뇨 냄새도 나지 않고, 덤불과 갈대밭 아래에 숨어 길옆으로 흐르는 도랑물 소리도 들리지 않는다. 도랑이 너무 깊어 그 옆으로 가까이 가면 무섭다. 바닥이 보이지 않을 정도여서, 때로는 쥐나 뱀이 악어나 호랑이, 독사, 말과 인간이 반반씩 섞인 무시무시한 켄타우로스로 변해 그 속에 빠져, 특히 밤에 빠져 허우적대는 상상을 한다. 하지만 들판으로 향하는 길에는 밭일이 늦게 끝난 농부 이외에는 이제 아무도 없다. 농부는 나귀 등에 채소를 잔뜩 싣고 고삐를 잡고 간다. 아니면 아이가 나귀의 꼬리를 붙잡고 언덕길을 오르도록 도와준다. 아이는 졸음과 피로, 추위에 지쳐 죽으려고 한다. 아니면 아주 젊은 청년이, 우리 아버지가 있다. 그는 결혼 때까지 기다려야 할 시간과 어린 송아지를 사는 데 부족한 돈을 계산해 본다. 얼굴은 지나치게 진지해 보이지만 입가는 아직 어린애이며, 약간 곱슬머리라 머릿기름을 발라 눌러 놓은 사춘기 시절의 우리 아버지가 잔뜩 주눅이 들어 사진사 라미로의 카메라를 향해 미소를 머금고 있다. 나는 멀리서도 그를 알아볼 수 있다. 존경과 연민을 불러일으키는 걸음걸이 때문에, 어렸을 때도 얼굴이 보이지 않아도 나는 시장 사람들 사이에서 금세 그를 알아보았다. 하지만 나는 정확한 상황이나 세부 사항을 잘 모르기 때문에 아버지의 나이를 정확히 가늠할 수 없다. 그리고 그날 해 질 녘의 시간은 지금 내 삶의 시간과 비슷하지 않다. 흘러가지 않는 정체된 시간이며, 디지털시계와 전자 달력의 시간과 주, 날짜처럼 그냥 내빼 버리는 시간이다. 시간은 뒤로 돌아 도망쳤다가, 그림자를 드리우는 손전등처럼 희미한 영원성을 얻어 돌아온다. 가끔 그 영원 속에서는 과거가 미래보다 훨씬 뒤에 일어나고, 모든 목소리와 얼굴, 노래, 꿈, 이름들, 특히 노래와 이름들이 동시에 일어나는 현재 속에서 혼란 없이 빛을 발한다.

나는 아주 멀리서부터, 위에서부터 도시에 접근한다. 비행기를 타고 침묵 속에서 여행하는 꿈을 꾸기라도 하듯. 아주 늦은 밤, 안전벨트를 매야 하는데 밤의 끝자락에서 공항의 불빛들이 보일 때처럼. 그러면 시간은 내 앞에서 두루뭉술 너풀거리다가 뒤로 물러나, 기차 창문 너머로 풍경을 바라볼 때와 같은 속도로 바뀐다. 그리고 지금 내가 보고 있는 사람은 마히나로 가는 길에서 옷자락을 걷어붙이고 걸어가는 마누엘 외할아버지이다. 그는 포로수용소에서 1년 동안 포로 생활을 하다가 돌아오는 길이다. 나는 외할아버지가 지쳐서 헐떡이며 걸어가는 모습을 뒤에서부터 바라본다. 그는 이틀 동안 쉬지 않고 길을 걸어왔는데, 이제는 집을 코앞에 두고 지쳐서 내장이 터진 말처럼 땅바닥으로 쓰러질까 봐 두려워한다. 나는 더 부지런히 걸어 올라가 외할아버지를 앞서, 외할아버지가 불 켜진 첫 번째 골목 옆으로 모습을 드러내기 전에 산 로렌소 광장에 도착한다. 나는 밤과 더욱 친숙한 직사각형 모양의 광장을 바라본다. 자동차들에 자리를 내주기 전, 아직 잘려 나가지 않은 포플러 나무 세 그루가 보인다. 나는 소리를 지르며 아이를 부르는 여자의 목소리를 듣는다. 발코니에서 루이스 외삼촌을 부르는 레오노르 외할머니의 목소리이다. 루이스 외삼촌은 소도, 장님도, 귀신도 무서워하지 않았다. 그래서 그는 어두워진 다음에도 늦게까지 거리에서 놀았다. 나는 살짝 열려 있는 문과 습기로 꽁꽁 얼어붙은 땅바닥 위에 드리워진 빛줄기를 본다. 그리고 시선을 내려 아무 장애물 없이 현관 입구까지 다가간다. 그곳에는 새하얀 회벽을 바른 둥근 아치가 있고, 그 위로 둥글게 말아서 말린 이삭들이 걸려 있다. 풍성한 수확을 기원하는 그러한 숭고한 희망은 부활절의 첫 일요일에 자기 집을 번개의 위험으로부터 무사히 지켜 달라며 발코니에 내거는 누런 야자나무 잎을 연상시킨다. 하지만 나는 계속 앞으로 나아가고, 아무도, 나 자신도 나를 보지 못한다. 나는 그림자 사이로 두 번째 문을 알아본다. 그것은 창고 문으로, 아주 작은 문이며, 계단의 빈 공간 아래로 창살이 달린 벽장문이다. 예전에 그곳에서 절반가량 땅속에 묻힌 커다란 항아리 옆으로 뱀 한 마리가 지나가는 것을 보았기 때문에, 나는 그 안으로 들어가기가 무섭다. 항아리 입이 우물처럼 깊고, 그 안에서는 기름 냄새가 진동했다. 나는 부드럽게 문을 젖히고 세 번째 문으로 다가가지만 손이 닿기도 전에 문은 내 앞에서 스르르 열린다. 호수물처럼, 연이은 안개 장막처럼 시간이 양쪽으로 갈라지기 때문에 어쩌면 문을 열 필요도 없다. 나는 돌이 깔린 부엌을 본다. 벽은 맨벽이다. 어쩌면 죽은 에트루리아 사람들처럼 딱딱하게 굳은 미소를 머금고 있는 죽은 자들의 사진을 액자에 끼워 걸어 놓았을 수도 있다. 까만 칠을 한 대들보에는 말린 포도송이들이 걸려 있고, 한쪽 옆으로, 거의 나를 등진 채, 불 앞에 머리가 백발인 남자가 앉아 있다. 그는 자기 가랑이 사이에서 몸을 둥글게 말아 엎드려 있는 개의 등을 쓰다듬고 있다. 페드로 엑스포시토 외증조부이다. 그는 내가 태어나기도 전에 세상을 등졌다. 그는 밭농사를 짓는 아주 가난한 농부가 고아원에서 데려다 길렀으며, 태어나자마자 자기를 버린 가족을 다시는 만나고 싶어 하지 않았다. 그는 쿠바 전쟁*에 참전했으며 증기선을 타고 스페인으로 돌아오는 길에 카리브 해에서 난파당했다가 간신히 살아남았다. 그는 딱 한 번 사진을 찍었다. 문 앞 계단에 앉아 있는 동안, 자신도 모르게 멀리서 찍힌 거였다. 사진사 라미로가 마누엘 외할아버지의 간곡한 부탁을 받고 할 수 없이 카메라를 숨긴 채 앞집 창문에서 구시렁대며 찍은 거였다. 마누엘 외할아버지는 대식구 증명서를 발부받기 위해 식구 전체의 사진이 필요했는데, 장인인 외증조부가 사진을 절대 찍으려 하지 않아 사진을 구할 수 없었던 것이다.

나는 이야기하는 목소리들을, 그런데 내 의식이 아닌, 심지어 내 기억도 아닌 다른 기억이 회상하고 명명하는 말들을 듣는다. 나는 외증조부 페드로 엑스포시토 엑스포시토*의 낯선 목소리를 듣는다. 그가 개에게 얘기하며 머리를 쓰다듬고 있는데, 그 둘은 눈에 비슷한 표정을 담고 불빛을 바라본다. 나는 외증조부가 그 개를 쿠바에서 데리고 왔으며, 개가 외증조부와 거의 비슷한 나이라는 소리를 들었다. 그것이 불가능하다는 것은 나도 이미 안다. 하지만 마누엘 외할아버지는 불가능한 일이라고 해서 얘기를 못 할 건 없다고 생각한다. 오히려 그런 얘기를 더 좋아한다. 그래서 외할아버지는 장인의 이름을 붙이지 않은 그 개가 일흔다섯 살까지 살았다며 아주 천연덕스럽게 말한다. 칠흑같이 어두웠던 어느 날 밤, 알폰소 13세*가 한 변두리에서 자기에게 불을 좀 빌려 달라고 청했다고 말할 때처럼. 시에라 산엔 사람을 싫어하는, 반은 인간이고 반은 말[馬]인 사나운 괴물들이 사는데, 눈이 많이 내리는 겨울에는 굶주려 흉분한 괴물들이 과달키비르 계곡까지 내려와, 말발굽으로 밭의 꽃양배추와 상추만 짓이기는 게 아니라 인육까지 먹는 극단적인 행동을 저지른다는 말을 할 때처럼. 켄타우로스들이 존재한다는 증거는 괴물들의 공격을 받고도 살아남은 겁에 질린 몇몇 사람들의 이야기 이외에도, 살바도르 성당의 돌 현판에 새겨져 남아 있다. 그곳에는 정말 반인반마들이 그려진 벽화가 있다. 성자들의 동상 옆, 주님의 산상 변모 부조(浮彫) 아래, 그토록 성스러운 곳에 괴물들을 조각해 넣었는데도 그것을 못 믿는다면 아주 고약한 이단이라며 외할아버지가 미소를 머금고 나름 논리를 펼친다. 나는 아주 멀리서, 마누엘 외할아버지는 있는지도 모르는 곳에서 그의 목소리를 듣는다. 외할아버지는 아직 돌아가시지 않았지만, 늘 그치는 법 없이 바로크풍으로 과장해서 웃는 웃음소리는 다시 듣지 못할 것이다. 이제 외할아버지는 침묵만을 지키고 있으며, 그의 거대한 육신은 노화로 인해 지쳐 있다. 그는 부엌에서, 테이블보 아래로 화로가 들어 있는 테이블* 옆에서 꼼짝도 않고 있다. 같은 부엌이지만 지금은 반들거리는 하늘색 타일이 깔려 있고, 한쪽 구석에는 텔레비전이 놓여 있다. 그리고 이제는 사진사 라미로의 필기체 사인이 적혀 있지 않은 컬러 사진들이 액자에 담겨 있다. 부엌에는 불이나 초롱불이 켜져 있는데, 그곳은 페드로 외증조부가 과거에 많은 시간을 머물던 곳이다. 그리고 그곳은 채 한 시간도 지나지 않아 누군가 문을 두드릴 테고, 문을 열어 주면 그 앞에 수염이 덥수룩한 낯선 남자가 서 있을 거라는 걸 모르는 열 살짜리 우리 어머니가 있는 곳이다. 어머니는 그가 자기 아버지라는 걸 처음에는 알아보지 못할 것이다. 그녀는 추위와 버림받은 느낌, 두려움으로부터 자기 자신을 지키기 위해, 거리에서 발타사르 왕의 딸의 노래를 부르거나, 카사 데 라스 토레스의 지하실에 산 채로 매장되었다가 밤이 되면 그 시간쯤 구천을 헤매고 돌아다니는 영혼처럼 대리석 바닥이 깔린 방들과 폐허가 된 복도들을 돌아다니기 시작한다는 여자 귀신 이야기를 꺼내는 아이들의 목소리를 듣지 않기 위해, 외할아버지가 가까이 있다는 사실에 안심하며 따뜻한 온기를 찾아 그에게 다가간다. 아이들은 광장 건너편 끝 쪽의 바로 저기, 아주 가까이 횃불이 켜져 있는 홈통 배수구에도 그 여자가 돌아다닌다며 가리킨다. 잠이 오지 않는 밤이면 그녀는 창문을 내다보며, 탑들의 유리창 뒤로 뭔가 움직이는 불빛을 보았다고 믿는다. 유리창에 새하얀 얼굴을 바짝 들이민 귀신을 보았다고 믿는다. 그녀는 그 귀신의 얼굴이 달처럼 하얗고 둥글다고 상상한다. 그녀가 한 번도 본 적 없는 얼굴이 아니라, 악몽 속에서, 불면에 시달리는 환영 속에서 본 얼굴이다. 그 모습들은 어머니의 기억에서 내 기억으로 그대로 전해졌다. 어머니의 목소리뿐만 아니라, 어머니의 눈과 나를 따뜻하게 꼭 감싸 주는 포옹을 통해서, 그리고 내가 너무나도 많이 봐 왔던 두려움을 예감하는 침묵을 통해서도 전해졌다. 그게 언제였는지는 모르겠다. 첫 기억들이 만들어지기 훨씬 전인 것 같다. 우리가 대들보 방이라 부르는 다락방에서 살 때였다. 어머니는 아버지가 오기를 기다리면서 발코니 뒤의 저녁놀을 바라보고 근처 병영의 나팔 소리를 들었다. 아버지는 너무나도 열심히 일해서, 밭에서 돌아올 때면 늘 어두운 길을 따라 걸어왔다.

그들이 나를 만들었고, 나를 잉태했다. 그들이 나에게 모든 것을, 그들이 가진 것과 절대 가지지 못한 것, 말과 두려움, 정(情), 이름, 고통, 나의 얼굴 모양, 나의 눈 색깔, 마히나를 절대 벗어나지 못한다는 느낌, 하늘 경계선이 아직 발그레한 보랏빛으로 물든 드넓은 밤 저 멀리, 저 깊숙이 마히나가 사라져 가는 모습을 바라보고 있는 느낌을 나에게 물려주었다. 마히나는 도시도 아니고, 올리브 나무들 사이로 비가 내리고 바람 부는 어느 날 아침 불길이 살아 있는 모닥불의 연기처럼 순식간에 사라질 듯 울컥하며 치밀어 오르는 그리움도 아니다. 마드리드행 급행열차가 지나는 터널과 협곡들이 뚫려 있는 산맥에서 멈추지 않고 계속 앞으로 가다 보면, 너울거리는 불빛처럼 저 멀리에서 너풀거리다가 남쪽 지평선으로 뒤처져 빛이 서리는 곳이다. 외국인이나 침략자들은 절대 범할 수 없는 나라처럼 외부의 시간과는 너무나도 다른, 자기만의 법칙을 가지고 있는 시간이다. 비행기에서 이륙이 끝나, 담배에 불을 붙이는 라이터 소리와 안전벨트를 푸는 소리가 들리고, 고개를 돌려 창밖을 내다보며 방금 떠나온 도시의 불빛이 있던 곳을 보았는데 어둠밖에는 아무것도 보이지 않을 때와 같은 시간이다. 가끔은 불현듯 내가 이제는 마히나에 있지 않고, 어디서 마히나를 찾아야 할지 모를 때가 있다. 그러면 나는 마누엘 외할아버지와 레오노르 외할머니를 떠올린다. 늙어서 폐인이 된 그들이 비닐 커버를 씌운 소파에 서로 기대앉아 텔레비전을 앞에 두고 존엄성도 없이, 추억도 없이 꾸벅꾸벅 졸고 있을 모습만 상상된다. 내 삶의 활력이었던 이름들이 사라져, 납 조각처럼 울림도 없고 부피도 없는 무기력한 단어들로 바뀐다. 그러고는 다른 말들이 나를 범하며 들어와 소유한다. 동시 통역실의 헤드폰을 통해 내가 다른 언어를 듣고 나의 언어로 재빨리 반복하는 거짓된 말들이, 진부한 말들이, 고통스럽고 역설적인 말들이 나를 소유한다. 순간적으로 그 말을 내뱉은 후에는 내가 그 말을 했다는 것조차 기억나지 않고, 그 말은 자동차 경적 소리나, 고압 전류가 윙윙거리며 흐르는 전깃줄의 소리처럼 나의 청력과 양심을 멍하게 만든다.

나는 계속 기억을 떠올려 보지만 예전 같지 않다. 이제는 보는 것이 중요한 게 아니라, 무기력한 기억이 중요하다. 겨울 냄새도, 곧 쏟아질 비의 냄새도, 시커먼 흙덩이에 파묻혀 썩고 있는 젖은 낙엽 냄새도 나지 않는다. 행복도, 공포도 나를 전율케 하지 않는다. 헤네랄오르두냐 광장도, 동상도, 탑의 시계도 보이지 않고, 경찰서 발코니의 커튼 뒤로 플로렌시오 페레스 형사의 그림자가 있을 거라고 상상되지도 않는다. 플로렌시오 형사는 사진사 라미로가 방금 집무실 책상 위에 남기고 간, 70년 전 벽에 생매장되었던 여자의 사진들을 검토하면서 손가락으로 음절 하나하나를 되짚으며 세어 본다. 지금 내가 다른 나라에서, 다른 시간에 손수 들고서 보고 있는 그 사진들이다. 그러면 나는 두 눈을 감고 잠시 가만히 있는다. 내 것도 아닌데. 늘 나와 함께하지 않았던 것은 들리지도, 냄새가 나지도, 만져지지도 않으면 더 바랄 게 없을 것 같다. 내가 영원히 잃어버린 줄 알았던 사진 속의 얼마 되지 않는 이름들, 느낌들, 페드로 외증조부의 얼굴, 레오노르 외할머니의 얼굴, 어머니의 얼굴. 그런데 지금은 그 사진을 내 지갑 안에 비밀스러운 트로피처럼 고이 간직하고 있다. 공화국 시절의 지폐가 들어 있는 양철통과 마누엘 외할아버지의 돌격대 군복, 궤짝 바닥에 있던 너덜너덜한 실크 양산의 감촉, 라디오 연속극의 우울한 음색, 안토니오 몰리나의 민요, 친구들과 내가 마르토스 바의 주크박스로 들었던 짐 모리슨의 노래, 그 시절 10월 아침 역광에 비친 나디아의 얼굴, 그리고 현재 그녀의 시선. 지금 그녀의 머리카락은 어둠 속에서 구릿빛으로 빛나는 짙은 색이다. 우리도 모르는 사이에 해가 저물어 그녀가 불을 켜려고 일어나면, 나는 양팔로 그녀를 붙잡으며 조금만 더 있자고 애원한다. 그러면 바로 그 순간, 골목길에 전깃불이 들어오면서 헤네랄오르두냐 광장의 종소리가 허공의 정적을 깨는 소리와 저 멀리 병영의 나팔 소리가 들려오는 마히나가 상상된다. 그리고 나는 돈 메르쿠리오의 마차 바퀴 소리와 카사 데 라스 토레스의 굳게 닫힌 대문 앞의 쇠 노커를 두드리는 소리를 떠올린다. 날이 저물어 친구 펠릭스와 길거리에서 놀다가, 불이 켜진 골목 뒤로 무시무시하고 섬뜩한 트라간티아 아주머니 귀신이 나타날까 봐 두려워하며 집으로 돌아오는 모습이 상상된다. 하지만 그것은 진실이 아니다. 나는 침대 옆 작은 테이블 위에서 반짝이는 시계를 바라보며 깨닫는다. 이 시간이 마히나의 시간이 아니라는 것을. 내가 바다 건너 다른 대륙에 있기 때문이 아니라, 오로지 그 도시에만 존재했던 시간은 시계로 재지 못하기 때문이다. 나는 그때가 언제인지 모르겠다. 지금의 내가 있을 수 있도록, 사진사 라미로의 깊이를 헤아릴 수 없는 궤짝에서처럼 산 자들과 죽은 자들의 얼굴과 나이들이 문득 내 앞으로 모여들 수 있도록, 나디아가 내 삶과 계속 이어지는 데 필요한 모든 과거와 미래들 속에서 나는 그때가 언제인지 모르겠다.

제3장

아직 너무나도 멀리 있다. 개인적이고, 조작되고, 불충분하고, 아직은 산만한 두 사람의 기억 저 너머에 머물러 있다. 상상력이 고생하며 간신히 도착한 시간 속에 머물러 있다. 사진사 라미로의 문서 보관함과 같은 확실한 증거조차 없는 시간 속에 머물러 있다. 하지만 계산해 보면, 그들을 잉태해 한자리에 모이게 하는 데 백 년은 걸렸을 우연이라는 가장 깊은 뿌리들이 둥지를 튼 시간 속에 있다. 너무나도 멀리 있어, 지금 그들이 알고 있거나 추측하는 내용을 전해 주는 거의 모든 목소리들은 이미 오래전에 사라져 버렸다. 증인들과 희생자들 대부분의 삶 역시. 그들이 다시 보길 바라는 도시 마히나 역시. 그때도 도시의 이름은 같았지만, 카니발 축제가 있던 어느 화요일 자정에 낯선 사람들에게 납치된 젊은 의사가 막 그곳에 도착해서 보았던 도시를 그들이 보았더라면, 어쩌면 그들은 그 도시를 알아보지 못했을 것이다. 그들은 알고 싶다는 사심이 없는 소명감 때문이 아니라, 자기네들 이전에 있었던, 자기네들을 있게 한 사건들 속에서 서로를 만나고 싶다는 절실한 필요에 따라 움직인다. 그들은 숱한 우연과 불행이, 그리고 무(無)가 모두 결합하여 태어났다. 그들은 그 무(無) 안에서 자기들 역시 옛날 사람들처럼 뿔뿔이 흩어질 거라는 것을 알지만 개의치 않는다. 그들은 욕망에 놀라워하며 서로를 바라볼 때처럼, 두 눈을 크게 뜨고 서로를 껴안을 때처럼 영원하다. 그리고 그들은 시간의 무심한 영속성 안에 있는 그림자들처럼 허망하다. 마누엘과 나디아는 사진사 라미로가 갈라스 소령에게 건네준 궤짝을 뒤지며, 그날 밤의 이야기에 다다를 때까지 목소리들의 이야기를 거슬러 올라가며, 진실의 어느 부분이 그토록 많은 세월이 흐른 후, 비밀과 침묵이란 기나긴 공백 속에서 적어도 세 부분으로 나뉘어 살아남을 수 있었을까를 스스로에게 묻는다. 단 한 번 있었던 일은 70년이라는 세월 동안 설명되지 않은 채 남아 있었고, 그 사건의 순서 역시 아무도 알지 못했다. 그리고 그렇게 계속된 사건의 첫 증인의 기억에서, 그리고 사진사 라미로가 듣고 모아 두었다가 아무도 살아 있지 않은 미래에 갈라스 소령에게 전해 준 말들 속에서 평가 절하되었다. 그래서 그 증언은 믿고 의지할 수가 없다. 죽은 사람들이 산 사람들에게 전해 주고 싶어 했던 것, 말과 추측, 날짜가 아니라, 지금 그 두 사람에게 보다 중요한 뭔가는 산 사람들 속에 남아 있다. 그것은 그들 삶의 이유가 되었고, 지금 그들의 운명이라 할 수 있는, 집요하고 집단적이고 앞을 예측할 수 없는 맹목적인 과제의 일부가 되었다. 그래서 그들은 만나고, 고마워하고, 알게 되었다. 그래서 그들은 사진들을 보며 비밀스러웠던 일들과 사건들을 재구성한다. 그들은 더 많은 사실을 알수록, 백 년 전이나 30년 전, 아니면 두 달 전에 그들이 만났을 수도 있었다는, 온몸을 전율케 하는 가능성이 사라지면서, 옛날에 있었던 일들이 다르게 전개되었을 수도 있다는 사실에 더욱 두려워한다.

그들은 과거라는 미로 속에서 길을 잃고 헤매지 않기 위해, 자기네가 가지고 있는 가장 오래된 증언에서 모든 사건의 실마리를 찾기로 한다. 바로 젊은 의사이다. 어쩌면 의사는 카니발 마지막 날 밤의 시끌벅적한 소리와 배고픔 때문에 침대에서 잠들지 못하고 뒤척이고 있었는지도 모른다. 횃불과 종이 등(燈)의 불빛 이외에는 어떤 불빛도 없는 질척거리는 광장에서 종이 관과 가면을 뒤집어쓴 허수아비 주변에서 미친 듯 춤을 추며 정어리의 장례식을 축하하는 취객들의 고함 소리와 술주정 때문에 잠 못 들고 뒤척였을 수도 있다. 광장 한복판에는 아직 장군의 동상이 세워지지 않았으며, 새벽녘 염소들과 우유를 싣고 가는 나귀들이 목을 적시는, 세 군데서 물이 나오는 샘이 있었다. 젊은 의사는 불과 몇 주 전, 정치적인 박해를 피해 마드리드에서 왔다. 어쩌면 그 역시 분명한 이유를 몰랐기 때문에, 왜 쫓겨 다니는지에 대해서는 확실하게 설명하지 않았다. 하지만 투르코 거리에서 프림 장군*이 암살된 후에 일어난 국제주의자들과 공화주의자들의 집단 도주와 무관하지는 않았을 것이다. 그는 데스페냐페로스의 첫 협곡까지만 오는 삼등칸 기차에서 추위에 떨며 제대로 눈도 붙이지 못한 채 하룻밤을 보냈다. 그리고 그곳에서 제일 후진 마차보다 더 불편하고 느린 달구지를 타고 도시에 도착했다. 계곡과 환상적인 바위로 가득한 골짜기들을 굽이굽이 돌고, 나지막한 산과 황무지가 펼쳐진 황량한 풍경을 지나, 시뻘건 흙이 무한대로 펼쳐진 땅을 지나갔다. 그러고는 해 질 녘이면 다시 푸른빛을 띠는 올리브 나무들이 들어찬 언덕으로 조금씩 변해 가는 석회 언덕을 지나 거의 그 이튿날에 도착했다.

당시에는 톨레도 광장이라 부르던 곳에 달구지가 그를 내려 준 것은 거의 한밤중이 되어서였다. 그 옆에는 불이 켜져 있지 않은 아케이드가 있었고, 앞에는 시커먼 탑이 있었다. 그 탑에는 반세기 후 군인들이 총을 쏘아 멈춰 세운 시계가 아직 달려 있지 않았다. 그는 왕진 가방과 의사 자격증이 들어 있는 주석 통과 여행 경비를 위해 팔려다가 팔지 못한 책 몇 권, 하얀 가운이 들어 있는 천 가방을 땅바닥에 내려놓았다. 그는 턱수염과 선별된 어휘 사용, 청진기와 함께 하얀 가운이 주는 위생적이고 참신한 느낌으로 미래 환자들의 신뢰를 얻을 수 있으리라 기대했다. 그는 모자를 꾹 눌러쓰고, 새로운 각오로 시작하겠다는 마음가짐으로 망토의 주름을 왼쪽 어깨 위로 넘겼다. 그러고는 무작정 걷기 시작했는데 피곤과 추위, 불확실 때문에 이러한 결심도 얼마 가지 않았고, 어디로 가야 할지 갈피도 잡지 못했다. 며칠 후 그는 바로 그곳, 톨레도 광장에 세를 얻었다. 거의 눈이 보이지 않는 지저분한 여자에게서 통풍이 잘되는 빈방 두 개를 세 얻었다. 그러고는 각 방에 적당한 명칭을 붙여 주었다. 사실, 사택(私宅)과 진료실이라고 부르기에는 많은 상상력이 필요했다. 첫 번째 방에는 지푸라기로 매트리스 안을 채운 침대 하나와, 냄새로 짐작해 마구간에서 가져온 게 분명한 담요를 갖다 놓았다. 물론, 거울과 대야 비슷한 것도 갖다 놓았다. 그리고 두 번째 방에는 한참을 생각한 끝에 화로를 놓을 수 있도록 발판이 달린 테이블과 동양 그림들이 그려진 병풍, 수도사 분위기를 풍기는 소파 한 개를 갖다 놓았다. 그는 병풍 뒤에서 병약한 귀부인들이 요란한 소리를 내며 옷을 벗는 모습을 상상해 보았다. 그는 하얀 가운을 입고 팔꿈치를 테이블 끝에 기대고 손으로 턱을 받친 채 그 소파에 앉아 기다렸다. 그는 문과 병풍, 벽에 걸린 의사 자격증, 벽돌 바닥, 습기가 번진 얼룩을 바라보며, 마치 사진 포즈라도 취하듯 생각에 잠긴 모습으로 담배를 피우며 기다렸다. 그는 낙천적이라 우울해하지 않고 가끔 발코니 밖으로 나가, 톨레도 광장과 짓밟혀 짓이겨진 것 같은 나지막하고 지저분한 집들, 어두침침하고 비위생적인 아케이드, 지붕들 위로 노쇠한 거인처럼 우뚝 솟은 시커먼 탑, 그리고 진흙과 짐승 분뇨가 범벅인 여물통에 가까운 샘을 바라보았다.

그는 「포멘토 델 코메르시오」라는 일간지에 광고를 내고, 매일 아침 약간의 허영심으로 자신의 이름과 의사 자격증을 다시 읽어 보았다. 그러면서 주인아주머니가 거의 더듬거리다시피 해서 가져다준 핫 초코 잔을 차분하게 비웠다. 무뚝뚝하지만 인정 많은 주인 여자는 그의 가난을 눈치채고 얼마 되지 않는 월세를 재촉하지 않았다. 그녀는 근처 산 이시도로 성당 교구의 사택에서 몇 해 시중을 들면서, 코코아를 걸쭉하고 달게 타는 최고의 비법을 배운

게 분명했다. 그는 핫 초코를 깔끔하게 비운 후 얼룩진 천으로 입술을 닦고 신문을 반듯하게 접었다. 그러고는 빈약한 화로를 부삽으로 휘저은 뒤, 환자 맞을 준비를 마쳤다. 그는 절박하거나 조급한 마음은 일체 그림자도 내비치지 않았으며, 자기 자신에 대해서나, 의사로서 곧 실력을 인정받아 성공할 거라는 점에 대해서도 전혀 의심하지 않았다. 오랜 세월이 흘러 그는 사진사 라미로에게 그 시절에는 자기가 노련하지 못했다고 말했다. 말라비틀어진 시신을 박제할 때 건성으로 참여해 백 번 꿰맨 것 이외에는 별다른 경험이 없었을 뿐만 아니라, 그의 이론적인 지식은 센트랄 대학의 우중충한 교실에서 간신히 치른 시험들을 대충 모면하기 위해 달달 외운 해부학적 표현과 몇 가지 격언들이 전부라고 했다. 오히려 그 시절의 강의실은 교수님들의 논쟁보다는, 68혁명의 승리를 이끈 정치 논쟁과 격렬한 반란으로 더 많이 들떠 있었다. 당시 많은 교수들이 혁명에 적극 동참했거나, 아니면 왕조의 몰락을 서글퍼하는 늙고 병약한 사람들이었다.

그래서 그는 진료소라 부르는 방의 벽에 의사 자격증을 걸어 놓고 더욱 열심히 공부에 매진했다. 그가 외롭고 가난한 세월을 보내며, 마드리드에서 가져온 건드리지도 않은 엄청난 전집들을 읽기 시작했을 때, 그것은 좋아서가 아니라 지겨워서였다. 마드리드에서 마히나에 도착하는 신문들은, 도착한다 해도 고고학을 방불케 할 정도로 엄청 늦게 도착했다. 그리고 마히나에서 발행되는 신문들은 농사와 관련된 시나 애국 시들, 9일제*를 알리는 광고와 부고들이나 실리는 비참한 종이 몇 장에 불과했다. 전보도, 가스

등도, 카페도 없었다. 발효한 모스토 포도주의 고약한 냄새가 진동하는 음침한 술집들이 전부였다. 없는 게 많다 보니, 환자들도 없었다. 아니, 적어도 카니발 날 밤까지 그토록 다급하고 무례하게 진료를 청한 환자는 보지 못했다. 하지만 그 일이 있었을 때는 마히나에 온 지도 벌써 두 달이 되었을 때였다. 그는 때가 꼬질꼬질하게 낀 와이셔츠를 여전히 갈아입지도 못하고, 거의 실질적으로 주인아주머니의 자비와 관용 덕분에 먹고살았다. 그가 하루에 딱 한 끼 먹는 식사나 다름없는 핫 초코 잔을 그녀가 하루도 거르지 않고 갖다주었던 것이다. 어쩌면 그 핫 초코는 교구의 창고에서 가져온 것일 수도 있었다. 그가 밀린 월세를 곧 갚겠다고 약속할 때나, 조금이라도 보상해 주기 위해 그 유명한 청진기로 그녀의 가슴을 진찰해 주겠다고 할 때마다 그녀는 보이지 않는 눈으로 그를 쳐다보며 성호를 그었다. 그때까지 청진기는 항상 자기 배속을 만족스럽게 진찰할 때만 사용했을 뿐, 단 한 번도 사용할 기회가 없었다.

낙천적인 성격과 확고한 위생 개념이 아니었더라면, 그는 자신이 속아서 오케스트라와 가스라이터가 있는 카페들, 그리고 요동치는 정치 현실의 주무대인 마드리드에서 그렇게 멀리까지 쫓겨났다며 억울해했을 것이다. 하지만 그는 추위 못지않게 역경과 좌절에도 당당하게 맞섰다. 그렇게 그는 마히나에서 첫겨울을 보내면서 가장 춥고 바람이 부는 날에도 망토로 입을 가리지 않고, 매일 아침 산책을 나가 의식적으로 차가운 공기를 들이마시며 폐에 좋은 공기를 들여보내 피를 맑게 했다. 그렇게 그는 가난을 견디며 무료함을 물리쳤다. 그는 마드리드에서 무절제한 보헤미아의 삶을 산 데다 정치 파벌의 병약한 열정으로 허약해진 몸과 마음을 강하게 할 수 있는 여건이라 생각하며 성직자와 다름없는 엄청난 고독을 받아들였다. 다른 사람이 그와 같은 처지였다면 진작 무료을 끊었을 것이다. 그 역시 물러설 곳이 있었다면 그렇게 했을 것이다. 하지만 방법이 전혀 없다는 것이, 고집스럽게 밀고 나가는 방법 이외에 다른 출구가 없다는 역설적인 장점을 안겨 주었다. 그렇게 그는 매일 아침 핫 초코를 마시고, 하얀 가운을 입고, 텅 빈 벽과 병풍의 그림, 그리고 그리 반갑지 않은 절반쯤 눈이 먼 주인아주머니 외에는 아무도 들어오지 않는 문을 바라보았다. 그러고는 매일 밤 옆방으로 건너가기 전에 가운을 벗고, 지푸라기 침대 위에 누워 비위가 강한 사람만이 덮을 수 있는 담요를 덮었다. 그처럼 절대 굴하지 않는 낙천적인 사람만이 그 방을 여전히 자신의 사택이라 생각할 것이다. 그는 짧은 프록코트와 여행용 재킷, 망토, 심지어 박사 가운까지 껴입고 잠을 잤다. 겨울이 깊어지면서 추위도 점점 더 견디기 힘들어졌지만 감기에 걸리거나 초기 폐렴 증상을 보이는 사람은 아무도 없었다. 아니, 그 도시에서 가난하고 젊고 무명인 의사를 찾아와 처방을 구하려는 사람은 아무도 없었다.

그러나 그는 곧 몇 년만 있으면 자신이 최상류층을 상대하는 최고의 의사가 돼 있을 거라는 걸 알고 있는 듯 행동했다. 자기가 걱정이 팔자인 귀부인들의 심복이 될 거라는 걸, 심지어 자기가 그녀들을 유혹할 거라는 걸 아는 듯 행동했다. 그러더니 카니발 축제 때만 약간 우울해졌다. 그는 집단적인 열광에 반항적이고, 남의 우스꽝스러운 행동을 거의 봐주지 못했다. 그는 과음한 사람들의 난폭한 행동과 가난한 사람들의 고약한 취향, 그리고 자기 구원에 방해가 되는 것은 좋게 봐주지 못했다. 그래서 그는 며칠 동안 가급적 외출을 삼갔다. 그리고 화요일 밤에는, 재의 수요일에는 그나마 좀 조용해질 거라 안도하며 잠자리에 들었다. 문고리를 걸었지만 제대로 잠기지 않아 차디찬 바람과 경박한 노래를 목청껏 부르는 소음들이 그대로 들어왔다. 그 노래들에서는 돈 아마데오 데 사보야*의 위엄을 한결같이 강조했다. 그는 평소와 달리 잠드는 데 한참이 걸렸다. 그리고 잠들었을 때는 카니발의 가면들과 음침한 골목길들이 어지럽게 등장하는 꿈을 꾸었다. 꿈속에서 그는 배고파 죽을 것 같은 데다 오줌까지 마려웠다. 그리고 사륜마차들과 가면을 쓴 마부들, 격렬한 나팔 총의 폭음에 쫓겨 골목길을 헤매고 있었다. 어쩌면 그 폭음은 톨레도 광장에 있는 그의 집 발코니 아래서 터진 폭죽들일 수도 있었다.

꿈속에서 세 번 문을 두드리는 소리가 들렸고, 그가 눈을 떴을 때인 의심스러운 현실에서도 그 소리는 다시 반복되었다. 그는 여전히 꿈인지 생시인지 구분이 되지 않았다. 그는 복도로 이어지는 진료실 문이 열리는 소리를 들었다. 열쇠가 없었고, 밖에서도 쉽게 열리는 고리만 걸려 있었다. 그는 아직 두 번째 문이, 즉 방문이 자기를 지켜 줄 거라고 막연하게 믿었다. 그런데 이제 그 문 아래로 가느다란 빛줄기가 비쳤다. 그리고는 가까이 다가오는 발소리가 들렸다. 침대를 박차고 나가, 있지도 않은 자물쇠를 확인해 보고 싶었지만 그는 꼼짝도 하지 않았다. 문 건너편에서는 누군가가 손잡이를 조심성 없이 흔들어 댔다. 그는 자신의 의지를 다해 제발 그 문이 열리지 않기를 절박하게 바라며, 소변을 보고 싶은 마음을 애써 참았다. 어두침침한 창살들이 드리워진 문이 그의 앞으로 조용히 미끄러지면서 직사각형 모양으로 너울거리는 불빛과 꽤 키 큰 그림자 하나가 침대 발치까지 늘어졌다. 어둠 속에서 번들거리는 비로드 망토를 입은 남자가 왼손에는 묵직한 손전등을, 오른손에는 지팡이나 검이 될 수 있는 뭔가를 쥐고 있었다. 실크 모자가 너무 높아, 문의 윗부분에 부딪히지 않으려면 몸을 숙여야 할 정도였다. 남자는 코와 이마에 손수건처럼 딱 달라붙은 노란색 반복면을 쓰고, 하얀 레이스가 달린 목깃을 하고 있었다. 남자는 질문이 아니라 아예 단정 짓는 말을 했다. "당신이 의사요." 그는 망토와 프록코트, 재킷, 담요가 바닥에 떨어지지 않도록 꼭 움켜쥔 채 침대에서 절반쯤 몸을 일으켰다. 마치 흘러내리는 바지를 움켜쥐고 있는 듯한 치욕스러운 기분이었다. 그는 어딘가에서 그 목소리를 들은 적이 있다고 생각했다. 어쩌면 마드리드일 수도 있었다. 가면을 쓴 남자가 누가 됐든, 그 남자가 자기에게 죄를 물으러 왔다고 생각했다. 그리고 그는 자기가 그 사건의 공범이 아니라고 자신할 수가 없었다.

"옷을 입으시오. 나와 함께 가야겠소." 가면을 쓴 남자가 말했다. 협박조도 아니고 명령조는 더더욱 아니었다. 단순히 불복종이나 강요에 익숙지 않은 무뚝뚝하고 권위적인 말투였다. 그는 자기가 옷을 입은 채 잔다는 사실을 낯선 사람에게 들킨 것을 원망하며 일어났다가, 옆방에 누군가 더 있다는 사실을 알았다. 잠시 후 그 사람이 지체가 낮은 사람일 거라고 생각했다. 어쩌면 마부나 기사, 무자비한 자객일 수도 있었다. 그 사람은 반복면을 쓰지 않았다. 그들이 그의 눈을 가리기 전, 그는 마분지 가면 아래로 헝클어진 머리카락과 빳빳한 콧수염, 터질 듯한 아래턱을 보았다. 카니발 때는 유치한 상상을 많이 하고 장난을 많이 치기 때문에, 자신이 그런 장난의 희생자가 되었다고 생각하기로 마음먹었다. 그들이 그의 목뒤로 반복면 끈을 묶는 동안, 그들이 자기를 죽이려 한다는 생각이 들었다. 눈이 뚫린 부위에는 눈 두 개가 그려져 있었다. 그러고는 사형 집행인이 사형수에게 두건을 뒤집어씌운다는 사실을 무덤덤하게 떠올렸다. 토리호스*의 총살 장면을 그린 판화가 떠올랐다. 채찍을 든 남자가 —그는 이미 두 눈을 가렸는데도, 라벤더 비누 향을 풍기며 스치고 지나치는 차갑고 부드러운 망토 주름 때문에 그 남자라는 걸 알았다 — 다정하게 그의 팔을 붙잡고 복도로 이끌었다. 그는 마음의 평온을 유지했다. 그는 웬만해서는 잘 놀라는 편이 아니어서 가급적 아무렇지도 않은 듯 행동하려고 했다. 하지만 양쪽 무릎이 후들거렸고 다리의 근육이 느껴지지 않았다. 다른 남자가 그를 놓쳤더라면 그는 짚으로 만든 허수아비처럼 그냥 맥없이 바닥에 쓰러졌을 것이다. 그는 주인아주머니가 코 고는 소리를 안타까워하며 들었다. 그녀가 너무 심하게 코를 골아 그가 한밤중에 잠에서 깬 적도 몇 번은 되었다. 지금 그들의 손에 죽는다면 주인아주머니에게 진 빚을 갚을 수 없다는 게 진심으로 안타까웠다. 비좁은 계단 통로를 따라 내려오면서 그의 옆구리가 회벽을 스쳤고, 그의 앞쪽에서 마분지 가면을 쓴 남자가 성큼성큼 걸어가는 발소리가 들려왔다. 반복면을 쓰고 목깃을 한 남자는 반장화를 신었으며, 그의 팔꿈치를 꽉 잡고 있는 오른손은 부드러우면서도 동시에 강하고 거칠었다.

그는 자신이 생각해도 비참할 만큼 여린 목소리로, 자기를 어디로 데리고 가는지 물었지만 아무 대답도 얻지 못했다. 그의 의식은 거의 비몽사몽으로 여전히 반신반의하고 있었지만 그의 몸은 공포에 질려 자동적으로 움츠러들었다. 그들이 폐쇄된 마차 안에서 그를 죽일 수도 있었다. 프림 장군이 사륜마차를 타고 가다 총에 맞았을 때처럼 붉은색 바퀴에 검은 덮개를 씌운 사륜마차에서 죽을 수도 있었다. 그들은 그를 변두리 저택으로 끌고 가, 반복면도 벗기지 않은 채 그의 이마나 목 뒷덜미에 총구를 들이밀 테고, 그는 그 총성조차 듣지 못할 수도 있었다. 그는 아직 계단 몇 개가 더 남았다고 생각하다가, 돌이 울퉁불퉁하게 깔리고 축축한 냄새와 술 창고 냄새가 나는 현관 입구에 이르면서 꼬꾸라졌다. 그들이 거리 쪽 문의 빗장을 열자 진눈깨비와 함께 차가운 바람이 휙 하고 지나갔다. 그리고 파티 피리(블로아웃)에서 나오는 강력한 바람과 까르르 웃는 소리, 둥둥 울리는 북소리, 취객들의 노랫소리도 들려왔다. 다 이유가 있어 그가 그토록 카니발을 싫어하는 거였다. 그는 나가다가 또다시, 이번에는 계단에서 꼬꾸라졌다. 그러자 검은 망토를 입은 남자가 그를 붙잡았고, 마부인지 기사인지가 그의 곁으로 가까이 다가왔는데, 양파와 술 냄새가 진동하는 입 냄새가 그의 얼굴을 후려갈겼다. 누가 봐도 술 취한 사람이었다. 비틀거리는 데다가 반복면은 비뚤게 썼고, 술에 취해 쓰러질 것 같아 패거리 친구들이 간신히 부축해 주고 있는 꼴이었다. 밤공기가 그의 근육을 긴장시켰고, 그때까지는 꿈을 꾼 듯 말도 안 되는 상황 때문에 단념하고 멍하니 놓고 있던 정신을 바짝 들게 했다. 그가 본능적으로 도망치려는 제스처를 취했던 것 같다. 비로드 반복면과 목깃이 그의 얼굴을 스쳤고, 가면을 쓴 좀 더 키 큰 남자가 그에게 속삭였다. "도망칠 생각은 마시오. 우리는 당신에게 아무 짓도 하지 않을 거요. 당신이 할 일만 한다면 오히려 이 만남을 기뻐하게 될 것이오."

그는 막연히 고마우면서도, 동시에 무시무시하게 두렵기도 했다. 그 목소리에는 위협이 담겨 있지 않았지만 동정심도 없었다. 이제 그들은 광장 아케이드 쪽으로 내려가면서 좀 더 빨리 걸었다. 반대 방향에서 걸어오는 사람들과 거칠게 부딪치기도 하고, 손바닥에 맞기도 하고, 팔꿈치에 찔리기도 하고, 발에 밟히기도 했다. 곧 그들은 조용하고 한적한 그라다스 거리가 시작하는 쪽으로 방향을 틀었다. 그는 대중들 속에서는 안전한 기분이었다. 물론 그가 칼침을 맞거나 총을 맞은 후, 가면을 쓴 남자들의 다리 사이로 술 취한 사람처럼 속수무책으로 꼬꾸라진다 해도 아무도 그를 눈여겨보지 않을 것이다. 하지만 목소리들이 조금씩 멀어져 갔고, 이제 그들은 누구와도 부딪치지 않고 걸어갔다. 그는 그 좁은 거리에는 불이 없으며, 자기네가 산 이시도로의 공터로 향하고 있다는 것을 알았다. 그곳에는 샘이 있는데, 그는 진흙 속에서 철벅대는 말발굽 소리와 함께 물 흐르는 소리를 들었다. 말이 고개를 흔들자 마차의 장신구 소리가 들려왔다. '이제 총구나 지팡이 끝을 내 배에 들이밀며 올라가라고 하겠지. 손이 까칠한 남자는 마부석에 앉고 다른 남자는 내 옆에 앉아 나를 꼭 붙잡겠지.' 그는 그다지 놀랄 것도 없이 자신의 예언 능력을 확인했다. 그는 문이 삐걱거리고 열리면서 발판을 내려놓는 소리를 들었다. 가면을 쓴 두 남자가 그를 중풍 환자나 죄수처럼 마차 안에 밀어 넣었고, 그는 반항하지 않았다. 그들은 그를 거의 번쩍 들어 안아 올리다시피 했고, 그는 자기 몸의 무게를 느끼지 못했다. 그들이 그를 거칠게 앉힌 의자 커버는 아주 부드럽고 쿠션이 좋은 가죽이었다. 그것은 그가 비밀 조직의 수중에 있지 않을 수도 있다는 가벼운 희망을 안겨 주었다. 비밀 조직의 마차들은 늘 의자 커버 속이 터진 지저분한 합승 마차로, 고약한 담배 냄새와 땀 냄새, 지독한 고양이 오줌 비슷한 냄새가 진동했다. 그의 옆으로 반복면을 쓴 남자의 숨소리가 들려왔다. 남자는 마차의 커튼을 치고, 망토 아래로 육중한 몸을 움직였다. 남자는 아직도 불안해하며 경계를 늦추지 않았지만 한결 안심하는 것 같았다. 마부가 말을 몰며 허공에 채찍을 휘둘렀다. 그러자 꽤 안락한 마차가 말발굽 소리의 차분한 리듬에 맞춰 흔들거리며 진흙투성이 길을 조용히 빠져나가기 시작했다. 그리고 톨레도 광장을 뒤로하면서는 점차 속도가 빨라져, 그는 확 트인 서쪽 벌판으로 향하고 있다고 생각했다. 그곳에는 끝 쪽에 있는 집들 너머로 투우장과 산티아고 병원이 어둠 속에 거인처럼 우뚝 솟아 있었다. 산티아고 병원의 뾰족한 탑들은 그가 마드리드를 떠나 마히나에서 맨 처음으로 본 건물이었다.

그는 침을 삼키고 심호흡을 한 후, 분노가 뒤섞인 진지한 말을 내뱉었다. "신사 양반, 당신이 만일 신사라면, 뭐라 말할 수 없는 당신의 행동으로 보면 좀 의심스럽기는 하지만……." 다른 남자가 언성을 높이지 않은 채 그의 말을 끊었다. "조용히 하거나, 아니면 재갈을 물리겠소. 선택하시오." 죽은 사람은 눈을 감기고 턱을 묶은 후 그 위에 동전 한 닢씩을 얹어 놓는다. 그런데 만일 그들의 손에 죽는다면, 그들이 그를 쓰레기 처리장에 내다 버린다면, 그는 턱으로 피나 침을 질질 흘리며 죽은 사람처럼, 두 눈을 뜬 채 아래턱은 쭉 빠져 있을 것이다. 그는 인생이 얼마나 묘한지, 그리고 운명이 얼마나 어처구니없는지, 절망에 허우적거리면서도 차분하게 생각했다. 한 남자가 우연히 낯선 도시에 도착해 아무도 찾아오지 않는 진료소를 연다. 그는 해부학을 공부하고 뜨거운 핫초코와 말아 피우는 담배에 익숙해진다. 어느 날 밤, 잠이 들었다가 잠시 후 두 눈을 가린 채 끌려 나가고, 그가 죽을 장소는 몇 달 전에는 있는지조차 몰랐던 그 도시가 된다. 한 남자가 스물세 살의 나이에, 수탉처럼 비겁하게 희생되어 파리나 바퀴벌레처럼 죽는다. 그리고 마음씨는 착하지만 약간 덜떨어진 노파만이 그가 사라진 걸 알고, 며칠 있으면 그나마 아무도 그를 기억하지 못하게 된다. 그가 이 세상에 태어나지도 않았던 것처럼.

외곽에서는 말발굽 소리가 울리지 않았으며, 마차가 바람에 흔들려 차창 유리들이 덜컹거렸다. 그의 등 뒤로 아주 멀리서 폭죽 놀이가 한창이었는데, 이따금 음악 소리도 불규칙적으로 들려왔다. 자신이 죽기 전에 그들이 눈 가린 천을 풀어 준다면 폭죽이 새하얀 하늘 위로 올라갔다가 터진 후, 들쑥날쑥한 지붕들과 탑들 위로 눈처럼 조용히 흩뿌려지는 모습을 볼 수 있을 텐데. 하지만 그때 그는 너무 젊어서, 자기가 얼마나 강한 성격인지 깨닫지 못했다. 그는 자기도 모르는 사이에 편안한 가죽 의자에 느긋하게 앉아, 아주 오랜 세월이 흐른 후 자기가 직접 사건의 추이라 명명할 그 사건에 객관적인 관심을 보였다. 누가 자기를 심각하게 모반자로 몰아세울 수 있을까? 그는 약간 어설프기는 하지만 열띠고 격렬한 논쟁을 들으며 카페에서 밤을 새우기도 했다. 그리고 수도 없이 무장 경찰의 칼과 투구 앞에서 죽어라 살아라 고래고래 소리를 지르기도 했고, 지하실과 약국으로 피신했다가 어깨 너머로 슬쩍 살피며 발걸음을 재촉하지 않으면서 한 명씩 그곳을 빠져나오기도 했다. 하지만 제정신이 박힌 사람이라면, 누구도 그를 투르코 거리에서 벌어진 그 엄청난 암살 사건의 용의자들과 연관시킬 수는 없었다. 물론, 그는 자기가 알아서 그곳을 떠나왔다. 하지만 신중함 때문이거나, 아니면 무절제하고 나태한 마드리드 생활이 이미 마음속으로 지겨워져서 그랬을 뿐이었다. 그래서 그는 착오가 있었거나, 아니면 누군가 고약한 장난을 친 것일 수 있으며, 두 경우 모두 — 그들의 손에 죽을 수 있는 세 번째 경우도 있었다 — 말없이 기분 나쁜 내색을 보이며 체면을 지키는 것 이외에는 다른 방법이 없다고 생각했다. 그래서 다른 남자가 그의 기분을 맞춰 주려는 듯, 반복면이 지나치게 꽉 묶여 있지 않느냐고 물었을 때는 고개를 가로저으며 침묵을 지켰다. 그리고 마침내 마차가 멈춰 서 문이 열렸을 때는 어둠 속에서 그의 손을 잡아 주려는 손길을 뿌리치고 발로 발판을 더듬거리며 찾았다. 그러고 나서는 다시 그들이 그의 팔을 붙잡고 돌이 깔린 곳으로 안내할 때까지 움직이지 않고 꼿꼿하게 가만히 서 있었다. 발소리로 미뤄 보건대, 골목길로 접어든 게 분명했다. 그렇다면 마차는 병원 너머의 진흙탕 길에서 멀어지지 않고, 정확한 방향도 없이 몇 바퀴를 돈 다음 시내로 다시 돌아온 것이었다. 틀림없이 그를 헷갈리게 하려는 계산이었을 것이다. 마부는 초조해하며 지팡이로 연방 차창 유리를 두드리는 반복면을 쓴 남자의 재촉을 받고, 말에게 채찍을 가하며 무서운 속도로 마차를 몰아 잃어버린 시간을 따라잡았다.

길을 너무 빨리 달려왔기 때문에 그는 아직도 온몸이 후들후들 떨렸다. 그들은 아주 작은 문을 지나 집 안으로 들어간 후 돌계단을 올라갔다. 그는 그 계단이 불편한 걸로 미뤄, 하인들의 숙소로 이어지는 길이라 추측했다. 그러고 나서 대리석 바닥이 나왔고, 닫혀 있는 창문 건너편인지 커튼 뒤로 아주 빠른 왈츠를 연주하고 있는 오케스트라 소리가 들려왔다. "인내심을 가지시오." 그의 옆에 있던 목소리가 말했다. "이제 도착했소." 그들이 그를 멈춰 세웠고, 그는 자신이 닫힌 방문 앞에 서 있다는 것을 확실하게 알았다. 반복면을 쓴 남자가 천천히 세 번 노크하자, 싸구려 향수 냄새가 나는 여자의 목소리가 들리더니 문이 열렸다. 그들이 그를 방

안으로 안내했다. 그의 등 뒤로 문이 닫히면서, 그와 동시에 짐승의 숨소리와 비슷한 거친 숨소리가 들려왔다. 남자의 부드러운 손가락이 반복면의 매듭을 풀어 주며 그의 목덜미를 스칠 때는 등줄기에 소름이 돋았다. 그 순간 그는 진정으로 두려웠다. 죽는 게 두려운 게 아니라, 갑작스러운 빛보다 그의 눈을 더 시리게 할 뭔가를 곧 보게 될 거라는 두려움이었다. 그는 천장이 낮은 방에 와 있었다. 촛대 두 개가 불을 밝히고 있는 하녀의 방이었다. 그리고 그 앞으로는 쇠 침대가 있었고, 그 이불 아래로는 사람의 거대한 육신이 헐떡거리며 몸부림치고 있었다. 그는 아직 어둠 때문에 멍하니 놀라 꼼짝도 하지 못하다가, 한참이 지나서야 그 몸의 정확한 형체를 알아보았다. 반복면을 쓴 남자가 그의 옆에 있었고, 그에게 왕진 가방을 건네주었다는 사실도 모르고 있었다. 그는 깨진 유리 파편에 비친 모습들을 보듯, 고장 난 렌즈 때문에 초점이 맞지 않아 비뚤어진 모습을 보듯, 사물들을 단편적으로 보았다. 차가운 쇠막대를 양쪽으로 꽉 움켜쥔 창백하고 기다란 손. 반투명한 손목. 발버둥을 치며 침대 시트를 바닥으로 밀어내는, 발목까지 흘러내린 스타킹을 신은 다리. 땀으로 범벅되어 헝클어진 새까만 앞머리 사이로 두려움에 번뜩이는 푸른 눈. 입술이 보이지 않는 얼굴. 입가에 묶은 손수건을 부풀어 오르게 하며 축축하게 적시는 호흡. 갈가리 찢긴 잠옷 아래로 부풀어 올라 금세라도 터질 것 같은 음탕하고 거대한 배. 배꼽도 없이 땀으로 번들거리며 불룩 튀어 올라 헐떡거리는 배. 그러나 비명 소리보다 더 강렬한 두려움에 가득 차 그를 바라보는 두 눈과 푸른 이마, 침대 쇠막대를 움켜쥔 두 손이 특히 더 강렬했다. 허벅지 사이로 흘러나와 이불을 적신 피보다 조금 덜 시커먼 피가 창백한 손톱을 더럽히며 손바닥에 배어 있었다. 그는 그때 난생처음으로 여자가 아기 낳는 것을 보았다고 사진사 라미로에게 말했다. 그러고 나서 자신이 그곳으로 끌려갔을 때는 이미 너무 늦었다고 했다. 한 시간 후, 그는 두려움에 지쳐 거의 탈진한 상태로 팔꿈치까지 피범벅이 되어, 내장들이 뒤엉킨 수렁과 같은 그 거대한 배에서 탯줄로 목을 휘감은 사내아이의 보랏빛 육신을 간신히 꺼냈다.

제4장

나는 산 로렌소 광장의 노커 소리를 우리 옆집 사람들의 얼굴과 목소리만큼이나 하나하나 정확하게 구별한다. 집집마다 문을 두드리는 노커 소리가 다르다. 심지어 남자나 여자, 친척이나 낯선 사람, 거지나 우유 배달부, 물건 팔러 온 사람 등, 누가 두드리느냐에 따라서도 소리는 각기 다르다. 또 한밤중에 다급하거나 두려움에 질려 노커를 두드릴 때면 어떤 소리가 나는지도 안다. 쇳소리가 집 안에 울려 퍼지면, 사람들이 잠을 깨는 소리와 다급하게 계단을 뛰어 올라가는 발소리가 들려온다. 아니면 아직 불이 켜지지 않은 침실에 긴장감이 감도는 침묵도 느껴진다. 나는 고개를 내밀어 누구네 집 문을 두드리는지 확인할 필요가 없다. 바르톨로메의 집 노커 소리는 강력하다. 그가 광장에서 가장 큰 부자이며, 큰 올리브 밭과 노새 몰이꾼들을 거느리고 있어, 그 집 노커의 날카로운 소리를 들으면 금이 연상된다. 그가 현관 입구의 대나무 의자에 푹 파묻혀, 축 처진 아래턱만큼이나 침 묻은 여송연을 헐렁하게 물고, 눈썹도 없는 눈을 도마뱀처럼 끔뻑이며 노새 몰이꾼들과 얘기를 나눌 때면 그들은 고개도 들지 못하고 말한다. 라구나스 네 집의 작은 노커 소리는 들릴락 말락 한다. 그 소리는 주인만큼이나 쇠약하지만, 내시의 목소리처럼 째지고 빠르고 당혹스럽다. 우리 집의 강렬하면서도 진지한 노커 소리는 아버지의 모습과 목소리의 위엄을 갖추고 있다. 그리고 그 노커 소리는 뒷마당 끝까지 들리는데, 카사 데 라스 토레스의 대문까지도 또렷하게 들린다. 우리 집과 벽을 맞대고 있는 골목 집 노커의 죽은 소리는, 몇 년 전부터 아무도 살지 않아 늘 꿀 먹은 벙어리이다. 전쟁 말년에 그 집에 들어와 살던 장님 도밍고 곤살레스가 어둠과 공포로 완전히 미쳐 떠난 후 강가에 버려진 역들* 중 한 곳에 피신해 살면서부터는 그 집에 아무도 살지 않는다.

광장의 조용한 공기 속에서 노커들의 소리를 듣고 있는 나의 모습을 상상해 본다. 매년 계절에 따라 특유의 놀이가 있고, 심지어는 계절 특유의 서사(敍事)와 섬뜩한 이야기들이 있기 때문에 나는 줄넘기를 하며 민요를 부르는 여자아이들과, 계절에 따라 돌던지기와 구슬 맞히기 등 전통 놀이를 즐기는 사내아이들의 목소리와 뒤섞인 특이한 금속성의 소리를 듣는다. 산 안톤*의 모닥불이 피어오르는 밤, 폐병 환자들에 대한 두려움. 고아원의 극심한 학대를 박차고 도망쳐 나와 개들의 목을 따 죽이고 무시무시한 자갈들을 아이들에게 던지는 고라스*의 위협. 산 후안 축제* 전날 밤 골목길 건너편에서 노래로 죽음을 부르는 트라간티아 아주머니의 보이지 않는 존재. 어릴 때 잠이 오지 않을 때 수없이 상상했던 카사 데 라스 토레스 유령의 얼굴. 나는 거의 30년 후 갈라스 소령이 미국으로 가지고 와서 어쩌면 절대 열어 보지도 않았을 궤짝에 들어 있던 사진들 중 하나에서 그 얼굴을 보았다. 우리는 어른들의 노래와 놀이만 반복하는 게 아니라, 그들의 삶도 반복하는 운명을 타고났다. 우리의 상상과 말은 우리가 태어났을 때부터 별다른 생각 없이 어른들에게 물려받은 두려움을 반복하고 있다. 카사 데 라스 토레스의 굳게 닫혀 있는 대문 위로 고리 모양의 노커 소리가 내 의식 안에서도 울려 퍼진다. 그리고 그와 동시에 나의 어머니를 5월 어느 날 아침으로 되돌려 놓으면서, 어머니의 어릴 때 기억 속에서도 울려 퍼진다. 그날 아침, 어머니는 죽은 사람을 싣기 위해 가장 먼저 달려오는 '마캉카'라고 부르는 달구지를 보았다. 달구지가 포소 거리를 품위 없이 내려오고 있었다. 그러고 나서, 어머니는 바르톨로메라는 수말과 베로니카라는 암말이 끄는 돈 메르쿠리오 의사의 검은 마차를 보았다. 그 마차는 훌리안이라는 초록색 외투 차림의 젊은 마부가 끌었다. 나는 훌리안을 힘이 장사인 대머리 택시 기사로 알고 있다. 그는 우리가 주도(主都)에 갈 때 몇 번 데려다 준 적이 있었다. 주도에는 아주 높은 건물들과, 검은 선글라스를 쓰고 골목에 서 있는 장님들, 가죽끈으로 거울을 묶어 이마에 매단 의사들이 있었다.

나의 어머니는 현관 마루에서, 살짝 열려 있는 문 옆에서, 비 내린 후 포플러 나무 잎사귀 비슷한 냄새가 나는 어둠 속에서 바느질을 하고 있었다. 어머니는 아이들과 동떨어져 있다는 생각에 별다른 시샘도 하지 않고, 광장에서 줄넘기를 하며 놀고 있는 여자 아이들의 목소리를 들었다. 그러고는 잠시 후 자기도 모르는 사이에, 침묵이 감도는 소리를 들었다. 금속성의 소리가 아이들의 목소리를 사라지게 했거나, 아니면 소곤거리는 소리까지 잠잠해지게 했다는 걸 알았다. 그러고는 포소 거리의 창문들이 벌컥 열렸다는 것을 알았다. 거친 쇠바퀴가 요란한 소리를 내며 돌이 깔린 거리를 내려왔고, 마부가 허공에 채찍을 휘둘러 댔지만 납득할 수 없는 마캉카라는 이름을 가진 장의차를 끄는 굼뜬 나귀의 발걸음을 더 빨리 재촉하지는 못했다. 그녀는 이해하지 못한 채 들으면서도 뭔가 확실하게 안 좋은 일이 있다는 걸 본능적으로 알게 하는 이름이나 단어들처럼, 마캉카도 그 말 자체가 위협이었다. 그녀는 마캉카가 자기 아버지의 시신을 데리고 올지도 모른다고 생각했다. 그녀는 아버지가 사람들에게 죽임을 당했거나, 아니면 페드로 엑스포시토 외할아버지가 포로수용소라 부르는 그곳에서 굶어 죽었다고 생각했다. 그녀는 그곳이 사방에 철사를 두른 황량한 들판과도 같으며, 아버지가 찢어진 파란색 돌격대 군복을 입고 양 어깨에 군인 망토를 걸친 채 구천을 헤매는 영혼처럼 말라비틀어진 올리브 나무들 사이를 돌아다닌다고 상상했다. 그녀의 아버지는 거짓말한다는 최소한의 의지도 없이 지어낸 거짓말들과 사진들에 등장하는 숭고한 영웅이었고, 또한 많은 경우 어리석음이나 광기와 혼동되는, 절대 고치지 못하는 순진함의 희생자였다. 3월 말 어느 토요일 밤, 적군들이 마히나를 점령했지만, 그는 그 이튿

날 자기가 보초라는 이유로 그 누구의 말도 듣지 않고 군복 차림으로 산티아고 병원을 향해 침착하게 향했다. 그는 그곳에 도착하는 순간 문 앞에 펄럭이는 깃발이 바뀌었다는 것을 알았다. 그 자리에서 포로로 붙잡혀, 돌아오는 데만 2년이 넘게 걸렸다. 그는 신의 있는 남자로, 자신의 의무를 다한 것 이외에는 아무것도 한 게 없었다. 그는 다른 명령을 받지 않았기 때문에, 아침 8시까지 그곳에 가는 게 의무였다. 그는 베레모를 살짝 옆으로 눌러쓰고 양어깨에 힘을 준 뒤, 나의 어머니에게는 금으로 보였던 단추를 목까지 잠그고 거리로 나가 광장 골목을 돌기 전, 딸에게 손을 흔들어 작별 인사를 건넸다. 그녀가 아직은 어려서 시간을 재는 방법이나, 아무 장식 없이 정지 상태에만 머물러 있는 영원을 주, 달, 해 단위로 나누는 방법을 몰랐기 때문에 그녀에게는 너무나도 멀게만 느껴졌던 춥고 잔뜩 흐렸던 3월의 어느 날 아침이었다. "마누엘, 당신 머리가 그렇게 큰 게 다 이유가 있어요." 레오노르 엑스포시토가 문지방에서 그와 헤어지며 말했다. 그리고 거의 아무 말이 없는 페드로 외증조부가 우리 어머니가 흘린 눈물을 손으로 닦아 주며 얼굴을 쓰다듬어 주었다. 그러고는 개에게 말할 때와 같은 목소리로 그녀의 귓가에 대고 속삭였다. "얘야, 네 아버지는 바보 멍청이란다."

그녀는 바느질감을 의자 위에 내려놓았지만, 문밖은 감히 내다보질 못했다. 마캉카가 무서웠을 뿐만 아니라, 그녀의 어머니가 문을 활짝 열지 말라고 명해서였다. 그것이 최근 몇 년 동안의 그녀의 삶이었다. 기억할 수 있는 능력을 지녔을 때부터 그녀의 삶

전체가 그랬다. 돌길이 깔린 현관 마루. 어둠에 잠긴 방들. 밖을 내다보지 못하도록 금지된 살짝 열린 문들. 위험들이 밀림을 이루고 있는 거리에서 들려오는 비현실적인 목소리들. 폭격과 산발적인 총성. 주먹과 무기를 치켜들고 소리를 지르는 남자들과 여자들의 격렬한 외침들. 여자아이들에게 캐러멜을 주거나, 아니면 사람의 머리가 들어 있을지도 모르는 자루를 어깨에 짊어지고 가는 낯선 남자들. 방랑자들. 탈영병들. 해 질 녘 시커멓고 큼지막한 맨발로 옷 위에서 춤을 추며 빨래하러 성벽의 샘으로 내려오는 무어인들. 그들은 담요를 깔아 놓고, 그 위에 무릎을 꿇고 앉아 양팔을 위로 추켜올리고는 단어가 만들어지지 않을 것 같은 언어로 뭐라 소리 지르며 절을 한다. 그게 그들이 기도를 하는 거라고 했다. 하지만 그녀는 너무 가까이에서 쇠바퀴 소리를 들었고, 관처럼 생긴 달구지가 지나갈 때는 포소 거리로 난 창문을 살짝 열고 싶은 유혹에 굴복했다. 달구지 뒷부분에는 난로를 여닫는 것과 똑같이 생긴 쇠꼬챙이가 달려 있었다. 폐병 환자나 목이 매달려 죽었다가 살아난 사람처럼 안색이 창백한 남자가 마차를 몰고 있었다. 그는 오른손으로 마부석의 손잡이를 잡고, 왼손으로는 가죽 채찍을 휘두르며 정신없이 마차를 몰았다. 그는 뼈만 앙상한 나귀의 엉덩이에다가 아무 소용도 없이 화를 내며 채찍을 휘둘러 댔다. 누군가 자살하면 장례식장의 장의차가 시신을 실으러 가지 않고, 천한 마캉카 달구지가 갔다. 그 시신은 공동묘지에 있는 기독교인 구역으로 가지 않고, 십자가도 없이 울타리만 쳐진 가시나무 숲 건너편으로 갔다. 또 마캉카는 전염병이 돌 때나 범죄가 발생했을 때, 아니면 하수구에서 시신이 발견되었는데 그 시신이 누구인지 모르거나, 누군가 고해 성사를 하지 않고 죽었을 때 모습을 드러냈다. 때문에 그 달구지가 지금 산 로렌소 광장에 들어섰다면 그것은 불행한 사건이 일어났다는 의미였다. 갑작스러운 침묵 속에서, 우리 어머니는 바퀴 소리와 나귀 발굽 소리, 채찍 소리가 집 안에서 들렸다고 생각했다. 이제 그녀는 두려움에 사로잡혀 멍한 상태로 부들부들 떨며, 크게 용기를 내서 거리를 내다보았다. 그녀는 그 달구지가 자기네 집 문 앞에 멈춰 섰으며, 마부가 고삐를 잡아당기며 마부석에서 내려와 환자와 같은 눈으로 자기를 응시하고 있다고 상상했다. 그녀도, 그 누구도 감히 쳐다보지 못하는 눈이었다. 하지만 달구지는 멈춰 서지 않았고, 우리 어머니는 뒤쪽에서부터 그 불행의 상징을 바라보았다. 검은색으로 칠한 긴 영구대(靈柩臺)가 텅 빈 광장의 포플러 나무와 닫혀 있는 문들 옆을 지나갔고, 마침내 카사 데 라스 토레스의 대문 앞에서 삐거덕거리던 쇳소리가 멈춰 섰다. 희미해진 방패를 들고 사슬에 묶여 있는 거인들의 부조와 게걸스럽고 무시무시한 일관된 표정을 지으며 처마 위로 고개를 내민 홈통들 아래에 멈춰 섰다. 그녀는 광장의 창문들이 살짝 열려 있고, 발코니에서 발코니로 신호를 보내는 호기심 가득한 여자들의 얼굴을 보았다. 그녀의 어머니인 레오노르 엑스포시토도 벌게진 손을 앞치마에 닦으며 부엌에서 나와 화를 내며 그녀를 바라보았다. 그녀는 딸의 팔을 붙잡아 현관 마루 쪽으로 들여보낸 후, 사이렌이 울리면 서둘러 술 창고로 피신할 때처럼 황급하게 문을 닫았다. 그녀는 페드로 외할아버지를 찾아 문 두 개를 젖히고 뛰어 들어갔다. 그녀가 미뤄 짐작한 대로 외할아버지는 뒷마당에서 털이 다 빠진 늙은 개의 등을 쓰다듬으며 우물 옆에 앉아 있었다. 그는 개에게 쿠바 전쟁 이야기나, 사위가 저지른 멍청한 짓을 나지막한 목소리로 들려주고 있었다. 사위는 다른 사람들처럼 군복을 벗어던지고 잠깐 몸을 숨기거나, 아니면 파란색 셔츠를 입고 누에바 거리에서 아랍인과 왕당파 의용대*에 환호를 보내지 않았다. 오히려 그는 이제 막 입성한 침략자들에게 체포되어 당당하게 감옥에 가려는 듯 하얀색 장갑과 돌격대 군복까지 챙겨 입고 밖으로 나갔다.

페드로 엑스포시토는 손녀딸이 다가오는 걸 보고 개와 나누던 대화를 멈췄다. 개와 대화를 나누는 게 그가 늘 하는 일이지만, 그는 개와 단둘이 있을 때만 얘기를 했다. 그는 개에게 뭔가를 얘기하고, 개의 서글픈 눈동자를 바라보며 한참 동안 가만히 있었다. 개가 그의 말을 알아듣고 주둥이를 끄덕거리며 맞장구치는 것 같았다. 그러다 누군가 오면 그는 얼른 개에게 조심하라는 신호를 보냈고, 그러면 개가 심드렁한 표정을 지으며 침입자를 바라보았다. 마치 자기는 모르는 비밀을 맞혀 보라는 듯. 외할아버지, 얼른 나와 보세요. 무슨 일이 일어난 것 같아요. 죽은 사람을 실어 가는 달구지가 왔어요. 우리 어머니가 너무 흥분한 나머지 말을 더듬었다. 노인은 손녀의 말을 못 알아들은 듯, 아무 말도 하지 않고 빙그레 웃기만 했다. 그는 개의 눈에 담겨 있던 표정과 똑같은 표정을 지으며 달관한 듯 손녀를 바라보았다. 그러고는 다정하고 부드러운 손짓으로 가까이 오라며 손녀를 불렀다. 마치 손녀딸을 부르는 것만으로도 그녀를 위협하는 모든 재앙들을 물리칠 수 있기라도 한 듯. 그는 오른팔을 어머니의 어깨 위에 두르며 부드럽게 껴안고, 거의 닿지도 않은 채 얼굴을 쓰다듬어 주었다. 마치 앞이 보이지 않아 기억을 더듬어 그녀의 얼굴을 그리는 것처럼. 무서워하지 마라. 너 때문에 온 게 아니란다. 그가 그녀에게 말했다.

그녀가 알고 있는 수많은 목소리 중에서 그 목소리만이 그녀를 두려움에서 구해 주었고, 그녀에게는 늘 그 목소리가 어둠과 거짓과는 상관없이 들려왔다. 아버지 마누엘의 목소리는 대부분의 경우 분노가 폭발하는 소리로 변했다. 이제는 아버지의 울음소리 때문에 잠을 깨는 꿈속에서만 그 목소리를 알아볼 수 있었다. 그녀는 갑자기, 이유도 없이 아버지가 고함치는 소리를 들으면 숨으려 했고, 숨어 있던 곳에서부터 — 테이블보와 소파가 보이며, 뭔가 기분 좋은 게 가까이 있다는 느낌이 들고, 오래된 코르덴 냄새와 외할아버지의 담배 냄새가 났다 — 닫힌 문 뒤로 공기 중에 떠다니는 폭언과 엄청난 욕설, 발길질과 때리는 소리를 들었다. 어머니 레오노르의 목소리는, 그녀에게 말할 때 아이러니가 담겨 있지 않을 때면 냉정한 명령조나 고통스러운 탄식이 배어 있었다. 어머니의 그런 말투는 그녀가 유년 시절에서 멀어진 이후에도 오랫동안 상처가 되었다. 어쩌면 그 유년 시절에 대해서는 그녀가 알지 못했던 불확실한 낙원에 대한 기억이 아니라, 두려움과 불확실하고 비밀스러운 고통이 남아 있었을지도 모른다. 어쩌면 나는 어머니에게서 얼굴 생김새와 눈 색깔과 마찬가지로, 그것 역시 똑같이 물려받았는지도 모른다. 하지만 그녀에게는 적어도 페드로 외할아버지의 목소리가 늘 곁에 있었다. 그녀는 외할아버지가 흥얼거리는 아바나 민요를 들으며 요람에서 잠든 이래 계속 그 목소리를 들었기 때문에, 외할아버지의 목소리는 그녀가 기억하기 전부터 그녀의 영혼에게 말을 걸고 있었다. 밤에 옆방에서 외할아버지의 목소리를 듣는 걸로도 충분했다. 아니면 어둠 속의 다른 목소리들, 즉 마녀들의 주문과 버터 인간의 섬뜩한 이야기들, 폭탄 터지는 소리, 날이 밝기 전부터 집 문 앞에 멈춰 선 자동차 엔진 소리, 노커를 마구 두드리는 소리, 목을 비틀러 오는 살인마의 발소리를 침대에서 듣고 있는 어머니와 딸의 탄원 기도 소리가 사라지도록 하기 위해서는 그 목소리를 상상하는 것만으로 충분했다. 아이, 엄마, 엄마, 엄마, 누구일까요. 해 질 녘이면 아이들이 방금 전 불이 들어온 전구 밑으로 모여들어 합창하며 불렀다. 조용히 해라, 애야, 애야, 애야, 이제 곧 갈 거니까. 그리고 그 말은 그녀 이외에는 아무에게도 겁을 주는 것 같지 않았다. 그녀는 잠자리에 들어 머릿속으로 단순하게 계속 반복했다. 그러면 머리 위로 담요를 뒤집어쓰고, 예수 그리스도에게 지켜 달라고 기도해도 아무 소용이 없었다. 계단에서 삐거덕거리는 소리는 누군가의 발소리이고, 천장의 대들보가 벌레 먹어 나는 소리나 헛간의 쥐 소리는 누군가 닫혀 있는 집의 벽에 구멍을 뚫는 소리이고, 누군가 시한폭탄과 같은 불행을 안고 다가오는 소리였다. 아이, 엄마, 엄마, 엄마, 누구일까요. 그녀의 아버지가 감옥에 있다고 말해 주러 온 남자였다. 조용히 해라, 애야, 애야, 애야, 이제 곧 갈 거니까. 골목 끝 집을 찾아와 후스토 솔라나를 검은 트럭에 싣고 간 남자들과 사형 집행인이나 죽은 사람의 얼굴을 한 마캉카의 마부, 곱사등이 의사 돈 메르쿠리오였다. 그는 마히나에서나 볼 수 있는, 말들이 끄는 최신식 마차를 타고 환자들을 찾아다녔는데 장례식장에서 미리 알고 보낸 사람 같았다.

우리 어머니는 그날 아침, 제대로 죽지 못한 사람들을 실어 나르는 달구지가 멈춰 서고 몇 분 후, 돈 메르쿠리오의 마차가 산 로렌소 광장에 나타났다고 얘기한다. 제 주인처럼 시커멓고 노쇠한 모습이었다. 1세기 동안의 모든 태양 빛과 겨울 날씨에 닳고 닳은 가죽 포장과 폭발음으로 균열이 간 유리창, 과부의 베일과 같은 얇은 거즈 커튼이 달려 있었다. 마누엘 외할아버지는 어느 날 밤 그 커튼 뒤로 젊은 여자의 얼굴을 보았다고 했다. 그리고 그 이야기는 돈 메르쿠리오의 정력과 관련된 전설적인 이야기들을 시시콜콜하게 지어내는 데 일조했다. 마누엘 외할아버지에 의하면, 의사는 백 살이 될 때까지도 정력이 변하지 않고 전투적이었다고 했다. 하지만 우리 어머니는 아직 그 마차를 보지 못했고, 불행이 둥지를 튼 그 집의 노커가 울릴 때까지 기다리지도 않았다. 그녀는 페드로 외할아버지의 팔에 안겨 뒷마당에 있었다. 그의 팔은 개에게도 그렇듯 조용히, 여전히 그녀의 양어깨 위에 얹혀 있었다. 페드로 엑스포시토의 목소리는 그 둘에게 보호받고 있다는 든든한 느낌을 전해 주었다. 이제 그는 개의 머리를 쓰다듬으며 말했다. 걱정하지 마라. 우리 때문에 온 게 아니란다.

그들은 카사 데 라스 토레스에서 누군가가 좋지 못한 죽음을 맞이해 온 것이었다. 우물 너머로 옆집 사람들이 앞마당에 모여 얘기하는 소리가 들려왔다. 지난밤 몇몇 사람들이 묵직한 폭발음을 들었고, 그 때문에 창문 유리창들이 흔들렸다. 하지만 습관적으로 그들은 들판이나 폐가가 된 고가(古家)에 버려진 폭탄이 어쩌다 터진 거라고 생각했다. 어떤 여자가 레오노르 엑스포시토에게 들려준 이야기에 의하면, 그들은 목매달아 죽은 미장이 때문에 온 거였다. 그 여자는 잠깐 창문 옆에 서 있다가, 그새 마캉카 주변으로 모여든 두려움에 질린 사람들에게 달려가 합류했다. 그들은 종교 행렬의 하이라이트가 도착하기라도 한 듯 뒤로 물러서며, 돈 메르쿠리오의 마차에 길을 내주었다. 누군가 미장이는 자살한 게 아니라, 발판에서 떨어지면서 목이 부러졌다고 말했다. 처음에는 그가 죽은 줄 알고 마캉카를 불렀는데, 나중에 그에게 실낱같은 목숨이 붙어 있다는 것을 알고, 서둘러 돈 메르쿠리오를 불렀다는 거였다. 마히나에는 그런 절박한 상황에 대처할 의사가 달리 없었다. 그리고 그가 지나갈 때면 울타리와 포도 덩굴 너머로 아이들의 노랫소리가 들려왔기 때문에, 우리 어머니와 외증조부는 그 노랫소리를 듣고 산 로렌소 광장에 돈 메르쿠리오의 마차가 나타났다는 걸 알았다.

또옥똑 또옥똑.

누구십니까?

어제 왕진 때 받지 못한 돈을 받으러 온 곱사등이 의사입니다.

레오노르 외할머니가 어렸을 때도 똑같은 노래를 불렀는데, 그 노래는 이미 그때도 도냐 마리아 데 라스 메르세데스*의 민요만큼이나 오래된 노래였다. 그리고 의사가 죽은 지 20년이 지난 나의 어린 시절에도 그 노래는 계속되었다. 벽에 매장된 여자의 미라가 발견되었을 때 돈 메르쿠리오는 이미 90대였을 것이다. 그런데 신기한 것은 박제된 원숭이와 같은 그의 날렵한 움직임이나, 절대 틀리는 법이 없는 정확한 처방이 아니라, 그의 고풍스러운 모습과 세기 초의 의상과 매너, 망토, 베로니카와 바르톨로메라는 우스꽝스러운 이름을 가진 말들이 끄는 마차였다. 그는 그 마차를 타고 밤낮없이 도시를 누비며 다녔다. 누군가 아주 늦은 시간에 찾아와도, 그는 항상 방금 옷을 차려입은 듯 준비가 되어 있었다. 긴 셀룰로이드 목에 동여맨 검정 가슴받이, 빨간 안감을 댄 비로드 망토, 늘 손이 닿는 곳에 있는 왕진 가방, 항상 말뚝에 묶여 있는 수말과 암말, 돈 메르쿠리오가 자기 삶을 힘들게 한다면서 나지막하게 투덜거리고 귀찮아하면서도 민첩하게 움직이는 마부 역시 준비되어 있었다. 마부는 항상 초록색 외투와 베레모를 쓰고 있었다. 그는 죽은 사람이나 중환자가 누워 있는 집에 들어갈 때면 성직자와 같은 경의를 표하며 베레모를 벗었다. 마누엘 외할아버지는 돈 메르쿠리오가 불멸의 묘약을 만들어 먹었다고 했다. 우리 어머니는 제라늄 화분 뒤에 숨어, 1층 발코니에서부터 카사 데 라스 토레스의 현관 입구 옆에 있는 광장 끝 쪽을 볼 수 있었다고 기억한다. 그녀는 훌리안이 발판을 펴기도 전에 자그맣고 등이 굽은 말쑥한 노인이 용수철처럼 마차에서 뛰어내리는 모습을 보았다.

우리 어머니는 아무리 멀리 있었어도, 돈 메르쿠리오의 너무나도 창백한 얼굴과 머리카락이 다 빠져 울퉁불퉁한 두상이 무서웠다. 의사가 젊었을 때는 상류층 부인들이 쓰러질 정도로 매력적인 남자였다고 했다. 그는 얼른 실크 모자를 쓰며 챙을 살짝 기울여, 자기를 맞기 위해 카사 데 라스 토레스 안에서부터 나온 플로렌시오 페레스 형사와 부검의, 법정 서기에게 인사를 건넸다. 동상처럼 키가 크고 누렇게 뜬 마캉카의 마부는 감히 아무도 쳐다보지 못했다. 그는 마부석에 앉아 돈 메르쿠리오의 마부를 바라보며, 사형 집행인이나 죄인처럼 씁쓸한 고독을 즐기면서 담배를 피우고 있었다. 그는 틀림없이 좋지 못한 감정으로 자기와 그를 비교하고 있었을 것이다. 회색 유니폼을 입은 경관 둘이 겁 없이 말 많은 이웃 여자들을 밀치며 뒤로 물러나게 했다. 그들 중에는 벌레 같은 인간인 라구니야스가 원숭이처럼 펄쩍 뛰며 앵무새처럼 꽥꽥거리고 있었다. 그는 오랜 세월이 흘러 여든 살이 되어서도 박제한 어린애처럼 골골하고 수염도 나지 않았는데, 무슨 변덕이 생겨 결혼하겠다며 설치고 다녔다. 그렇게 그는 뻔뻔하게도 자기 나이와 훌륭한 외모에 대해서는 거짓말을 둘러대며 「싱글라두라」 일간지에 젊고 정숙하고 살림 잘하는 신부를 구한다는 광고를 냈다. 그런데 어느 조심성 없는 과부가 광고를 보고 찾아왔다가, 때가 꼬질꼬질하게 낀 그의 집 대문 앞에서 그를 보고는 귀신을 보고 놀라 도망치듯 포소 거리 쪽으로 정신없이 내달려 갔다. 새로운 소식에 목말라하는 이웃 여자들이 경관들과 대치하고 있었다. 하지만 현관문이 비석처럼 큰 소리를 내며 굳게 닫힌 후, 몇 시간이 흘러 관리인 여자가 경관의 명을 어기고 나올 때까지 그들은 아무것도 알 수 없었다. 관리인 여자가 알토사노 샘 끝에 앉아, 반세기 전부터 방치되어 있던 그 저택의 가족묘에서 썩지 않은 젊은 여자의 시신이 나왔다고 얘기했다. 얼마나 예쁜데, 영화배우 같다니까. 관리인 여자는 말했다가 얼른 말을 바꿨다. 성모 마리아 같다니까. 까만 머리카락이 돌돌 말린 게 옛날 귀부인답게 제대로 차려입었다우. 검정 비로드 드레스를 입고 양손에는 로사리오를 들고 있다우. 비밀리에 순교해, 카사 데 라스 토레스의 제일 깊은 지하실 벽에 매장된 성녀라니까. 수류탄이 터지면서 우연히 벽돌 벽이 무너져 발견된 거라우. 그러고는 이후 며칠 동안 관리인 여자는 샘 옆과 성벽 빨래터로 빽빽이 몰려든 사람들에게 에워싸여 계속해서 이야기를 부풀려 갔다. 이제는 이따금 한밤중에 그녀를 자지러지게 놀라게 했던, 구천을 헤매는 영혼의 목소리와 속삭임, 울음소리처럼 들렸던 소리들을 이야기했다. 그녀는 자기가 높은 탑들과 작은 거탑들이 달린 성채와 같은 대저택에서 혼자 살아 무서워 그런 거라고 생각했는데, 이제 보니 자기를 부르는 성녀의 계시였다고 말했다. 가브리엘라, 이리 오너라. 목소리가 그녀에게 말했다. 가브리엘라, 내가 여기 있다. 하지만 비겁한 그녀는 그 소리를 듣고 싶지 않아, 고개를 베개 밑에 숨기고 자기를 미친 사람으로 여길까 봐 아무에게도 이야기하지 못했다고 했다. 한번은 우리 어머니도 알토사노 샘에서 성녀의 목소리를 흉내 내는 관리인 여자의 얘기를 들은 적이 있었다. 그녀는 라디오 연속극에서처럼 말끝을 으스스하고 길게 늘어뜨리며 흉내 냈다. 그리고 그날 밤, 어머니는 자기 방 창문에서 달빛을 통해 카사 데 라스 토레스의 현판과 홈통들의 울록불록한 그림자를 보았다. 어머니에게도 탄식하는 소리가 들려오는 것 같았다. 자기가 두 눈을 크게 뜨고 있는데도 깜깜한 그곳이, 젊은 여자가 벽에 생매장된 지하실의 어둠이라고 상상했다. 그녀는 해 뜨기 한 시간 전쯤, 광장의 하층토(下層土)가 폭발 때문에 흔들렸던 것을 떠올렸다. 하지만 비행기가 폭탄을 투하했을 때처럼 엄청난 굉음은 나지 않았다. 오히려 지진의 파장에 가까웠다. 그리고 잠자고 있던 많은 사람들이 일어나 꿈을 꿨다고 믿을 정도로, 그 진동은 금세 가라앉았다. 관리인 여자는 자기가 침대에서 요란하게 떨어졌으며, 머리 위로 그녀가 자고 있는 방의 돌 천장이 흔들리는 것을 보았다고 말했다. 그래서 그녀는 대저택이 무너져 깔려 죽을까 봐 두려워, 이미 돌 더미들이 한가득 떨어져 있는 복도로 나왔다. 그 저택이 40년 동안 방치되고 세 번 폭격을 견뎌 낸 후, 이번에는 정말 제대로 무너지는 줄 알았다고 했다. 하지만 그녀가 앞마당으로 내려갔을 때는 이미 침묵이 다시 지배하고 있었다. 그녀는 유리창이 없는 창문들과 폐허가 된 아치들의 평소 모습과 다른 점을 전혀 발견하지 못했다. 그래서 그녀도 여러 지하실 중 한 곳의 입구에서 새벽녘의 희미한 빛과 보랏빛으로 물든 연기 기둥이 솟아오르는 걸 보지 않았더라면, 자기가 꿈을 꿨거나, 아니면 짧은 지진이 있었던 거라 믿었을 거라고 말했다.

그건 계시였다우. 나중에 그녀가 말했다. 믿음이 의심스러운 돈 메르쿠리오나 경관들이 아닌, 이웃 여자들에게는 계시와 다름없었다. 그들은 그 후 몇 주 동안 관리인 여자의 황당무계한 이야기를 다시 믿게 되었다. 하늘이 보낸 신호이거나, 더 이상 가톨릭 신자들의 존경을 받지 못한 채 숨어 지내고 싶어 하지 않는 성녀의 통보라고 믿었다. 관리인 여자는 여자들이 자기 말을 듣기 위해 물 항아리를 채우는 차례도 제대로 신경 쓰지 않는 것을 보고는 약간 우쭐해져서 먼지나 연기 기둥이 치솟아 올랐던 그날 아침을 더욱 생생하게 재현해 냈다. 그녀는 지하실로 이어지는 아치가 있는 쪽으로 가기 위해 용기를 냈다. 그녀가 아는 한, 4백 년 동안 그 저택을 소유하고 있던 식구들 중 마지막 생존자가 그 집을 떠난 이후, 그곳에는 반세기 이상 아무도 내려가지 않았다. 그 저택에는 예전 관리인이었던 그녀의 어머니만 남아 있었는데, 그녀는 일자리뿐만 아니라, 일찍 과부가 된 팔자와 외로움으로 맹신과 광기에 점차 물들어 가는 괴짜 성향까지 물려받았다. 하지만 그녀는 겁쟁이가 아니었다. 박쥐가 둥지를 틀고 천장이 썩은 나무로 되어 있는 회랑들과, 덤불 속에 파묻힌 우물들이 있는 마당들, 댄스장, 토끼처럼 늘 쓸모 있고 재빠른 쥐 떼들이 들락거리는 터널들이 미로처럼 엉킨 그 집에 사는 이상, 그녀는 겁쟁이가 될 수 없었다. 그녀는 노커만 한 큼지막한 열쇠들이 잔뜩 달린 열쇠 꾸러미를 늘 삼줄로 허리에 묶고 혼자 다녔다. 회개할 때 묶는 삼끈처럼 생긴 줄이었다. 그녀는 충직하고 사나운 고양이들에게 에워싸여 살았다. 그녀가 숙소로 사용하는 남쪽 탑의 방들에만 전깃불이 들어왔기 때문에, 밤에는 선박용 칸델라로 불을 밝혔다. 그녀는 자기를 부르는 목소리와 연기가 나는 곳을 밝히기 위해 지하실로 내려가기 전에, 오스트리아-헝가리 제국풍의 두루마기 비슷한 것을 양어깨 위에 걸쳤다. 어쩌면 그 옷은 옛날 카니발 축제 때 입었던 의상들을 보관해 둔 궤짝에서 꺼낸 것일 수도 있었다. 그녀는 죽은 남편의 커다란 장화를 신고, 램프와 목자 지팡이를 챙겨 들었다. 그녀는 '한번 들어가면 영원히 돌아오지 않는 성' 놀이를 하러 그 집에 몰래 숨어 들어오는 아이들과, 춥고 비 오는 날 밤 몸을 피하기 위해 뒷마당 울타리를 뛰어넘는 노숙자들에게 겁을 주기 위해 그 지팡이를 한 번 이상 휘둘렀었다. 그녀는 들쑥날쑥한 계단들을 지팡이로 더듬으며, 빗물 통 비슷한 둥근 천장이 드리워진 지하실의 큰 방이 나올 때까지 아주 조심스럽게 내려갔다. 그곳에서는 큰 쥐들이 어두운 구석으로 후다닥 내빼면서 긁으며 스치고 지나가는 기분 나쁜 소리가 또렷하게 들려왔다. 지하실이 깊고 으스스했지만, 습기 찬 냄새는 나지 않았다. 아주 오랫동안 문을 닫아 놓은 옷장과 같은 케케묵은 냄새가 났다. 관리인이 앞에서 거치적거리는 거미줄을 걷어 냈을 때 매캐하고 고운 먼지가 떨어져 나와 한참 애를 먹였다.

하지만 지하실의 가운데 쪽 복도로 깊이 들어갈수록 격한 냄새가 나기 시작했는데, 그것은 화약 냄새였다. 그 후 거의 마지막 커브를 돌자 피 냄새가 났다. 관리인 여자는 역겨워하며 벽에 들러붙은 피가 잔뜩 묻은 털 뭉치 비슷한 것을 보고, 1초 후 그것이 고양이의 머리가 잘려 나간 것이라는 것을 알았다. 그리고 그녀는 조금 더 들어가다가, 아직도 꿈틀거리는 창자 뭉치를 밟을 뻔했다. 그녀는 화강암이 오목 팬 벽 쪽으로 불을 가까이 갖다 대고, 너덜너덜해진 살 조각과 사방으로 흩어져 있는 핏자국, 나무 파편들, 축축한 쇠 파편을 보았다. 그제야 그녀는 기억이 났다. 2년 전쯤 군인 몇 명이 그곳을 병영이나 창고로 개조하라는 명령을 가지고 왔다며, 카사 데 라스 토레스에 들이닥친 적이 있었다. 그들은 트럭에서 내려와, 기름기와 땟물로 얼룩진 종이를 그녀에게 보여 준 후 상자들을 하역하며 난리 법석을 피우기 시작했다. 하지만 그녀가 지팡이를 휘둘러 그들을 위협하며, 군복을 입은 남자들 중 그녀의 말을 들으려 하지 않는 한 군인의 등을 세게 내리쳤다. 그녀가 어찌나 고래고래 소리 지르며 욕설을 퍼부었던지, 그녀의 얼굴은 처마 끝에 매달린 홈통 조각과 비슷하게 보일 정도로 사정없이 일그러졌다. 군인들이 그녀를 비웃었다. 하지만 그들은 세 명밖에 되지 않았고, 자기네가 가져온 무기를 사용할 줄 몰랐을 뿐 아니라, 무기는 장전조차 되어 있지 않았다. 그들은 관리인 여자의 정확한 몽둥이질과 욕설에 쫓겨, 황급히 상자들을 거두어 다시 서둘러 트럭에 올라타고, 그녀를 총살시키러 다시 돌아오겠다고 맹세하며 시동을 걸었다. 그녀는 그들이 떠나는 모습을 보기 위해 기다리지도 않았다. 열쇠를 세 번 돌려 대문을 꼭꼭 걸어 잠그고, 큼지막한 기둥과 같은 굵직한 빗장과 자물쇠를 확인했다. 그녀는 자신의 승리로 행복하기보다는, 진짜 군인답게`군복도 제대로 차려입지 않은 침입자들의 뻔뻔함에 화가 치밀었다. 그런데 그들이 떨어뜨리고 간 상자들 중 하나에 수류탄 한 개가 들어 있었다. 그래서 그녀는 약간 두려운 마음으로 수류탄을 조심스럽게 살펴본 후, 가능한 한 아주 깊숙이, 지하실 제일 끝 쪽에 보관해 두었다. 관리인 여자는 군인들이 다시 돌아오면 자기가 카사 데 라스 토레스를 건축했던 성주처럼 성을 지키며 수류탄을 사용할 거라고 상상했다. 카사 데 라스 토레스의 성주는 코무네로스* 시절 당시 카를로스 1세에 맞서 반란을 일으킨 소란스러운 다발로스 총수였다. 그러고 나서 관리인 여자는 자기가 반항할 무기를 가지고 있다는 사실을 까마득히 잊고 지냈다. 그러다가 사냥매처럼 그녀를 따르는 들고양이들 중 한 마리가 수류탄의 뇌관을 밟았거나 깨물어, 즉시 폭발하면서 산산조각이 난 것이었다. 그 폭발로 카사 데 라스 토레스의 토대가 흔들렸고, 지하실의 가장 어두운 구석을 뒤덮은 생벽돌과 회반죽을 짓이겨 쌓은 벽이 무너져 내렸다. 그러면서 어둠 속으로 둥둥 떠다니듯, 먼지가 뒤덮인 새하얀 얼굴이 등불의 불빛에 발견되었다. 한밤중 거울에 비친 귀신의 얼굴과도 흡사했고, 촛불이 희미하게 타고 있는 예배당 한쪽 구석에 어렴풋이 보이는 성모상과도 흡사했다. 벽 틈으로 고개를 쑥 내밀고 나를 쳐다보고 있는 것 같았다우. 관리인 여자가 말했다. 나를 바라보며, 놀라지 말라고, 자기는 아주 좋은 사람이라며 나를 해치지 않을 거라고 말했다니까. 처음에는 그녀가 꿈속에서 성녀의 목소리를 들었다고 말했다면, 나중에는 얘기가 점점 더 크게 부풀어 더욱 거창해진 기적이 되었다. 그렇게 꿈에서 들었던 목소리는 봉인된 입술에서 아주 부드럽게 흘러나온 진짜 목소리가 되었다. 성녀가 외출복 차림의 귀부인처럼 의자에 앉아, 영원한 불면증으로 꼼짝도 하지 않는 푸른 눈으로 벽을 응시한 채 어둠 속에 숨어서 괜히 10세기나 12세기를 보낸 게 아니었다. 그 눈은 몇 시간 후 사진사 라미로의 강력한 플래시에 반사되어 반짝하고 빛이 났다. 라미로는 몽롱한 죽은 눈동자를 사진으로 영원히 남겨 놓았다. 내가 지금 그 눈동자를 볼 수 있게, 내가 비밀스러운 타임머신을 타고 이제는 이미 베어지고 없는 포플러 나무 그늘이 드리워져 있던 광장으로 돌아갈 수 있게, 그리고 내가 우리 아버지의 유년 시절에 울려 퍼졌던 목소리들과 아주 오래전부터 아무도 살지 않는 집들의 노커 울림 소리를 떠올릴 수 있게 사진으로 남겨 놓았다.

제5장

도시의 잃어버린 목소리들. 뒤처지고 낯설어진 완고한 증인들. 침묵을 말하고 간직한 사람들. 수년간 기억이나 증오에 빠져든 사람들과 변절과 망각을 선택한 사람들. 헤네랄오르두냐 광장과 누에바 거리의 가게 쇼윈도에 걸려 있는 부고장들. 양로원 텔레비전의 요란한 소음 속에서 도미노 게임을 하고 대화를 나누며 지겨워하는 노인들. 깨진 유리병 조각과 플라스틱 주삿바늘을 밟으면서 카바의 황량한 정원에서 햇볕을 쬐는 노인들. 아니면 합성 비닐로 만든 가구들이 있는 식당의 난로 옆이나, 양로원의 음침한 복도에서 꾸벅꾸벅 졸고 있는 노인들. 죽은 사람들을 기억하는 목소리들과 살아 있으면서도 죽어 있는 사람들의 무감각한 얼굴들. 아무도 듣지 않을 마히나의 목소리들. 날이 밝은 후 거리의 불빛처럼 하나둘 꺼져 가는 목소리들. 로렌시토 케사다의 쓸데없는 의리와 어리석은 열정. 사진사 라미로의 카메라 덕분에 세월이라는 더딘 대이변(大異變)에서 살아남은 얼굴들. 사진사 라미로는 셀 수도 없이 많은 사진들을 궤짝에 보관해 두었다가, 조난객의 다급함을 예감이라도 한 듯, 위협받고 있는 도시를 빠져나가기 전에 보물을 파묻기라도 하듯, 갈라스 소령에게 넘겨주었다.

목소리들. 이름 없는 얼굴들. 시간 속에 정지된 모습들. 죽은 사람의 얼굴들. 사형 집행인의 얼굴들. 무고한 사람의 얼굴들. 희생자의 얼굴들. 플로렌시오 페레스 형사. 그는 범죄 사건 하나 해결하지 못했고, 자백 한 번 받아 내지 못했으며, 자기가 지은 시를 자기 이름으로 출판 한 번 해 보지 못했다. 차모로 중위. 바르셀로나 군관 학교를 졸업한 후 군사 반란을 도왔다는 죄목으로 14년 동안 감옥에 수감되었다가, 석방된 후 22일 만에 다시 붙잡혀 들어갔다. 그는 출소되자마자 프랑코를 처단하겠다며, 참새 엽총으로 무장한 무정부주의자 무리와 함께, 프랑코가 사슴 사냥을 하고 있었거나, 아니면 군목 신부들과 함께 정신 수양을 하고 있던 마히나 산에 가겠다는 정신 나간 생각을 했다. 돌격대 공병(工兵) 마누엘 가르시아. 산티아고 병원 문 앞에 빨갛고 노란 깃발이 올라간 지 몇 분 후 평소와 다름없이 모습을 드러냈다가, 반란죄로 잡혀 들어갔다. 장님 도밍고 곤살레스. 그는 1937년 5월, 간신히 목숨을 구해 마히나에서 도망쳤다. 그는 짚 더미 아래에 숨어 있었는데, 그를 추격했던 사람들 중 하나가 짐승 분뇨 치우는 걸쇠 끝으로 수색하다가 그의 몸을 스쳤다. 그 사람은 장님의 몸을 찌르거나 그가 있다고 알리지 않고, 다른 군인들에게 짚 더미에는 아무도 없으니 그만 가도 된다고 말했다. 훨씬 후 가운을 입은 판사는 침착하게 사형 선고에 서명했고, 옛날 친구이자 같은 고향 사람인 차모로 중위에게 관용을 베풀지 않았다. 완고한 판사로 퇴역한 대령. 그는 마히나로 돌아와, 늙은 후스토 솔라나가 살았던 산 로렌소 광장의 집에서 살았다. 후스토 솔라나는 어느 날 양쪽 눈에 총을 맞고 장님이 된 염세적인 기병으로, 자기 눈을 멀게 한 남자가 자기한테 한 협박을 실행하기 위해 어둠을 뚫고 자기를 죽이러 올 거라고 두려워하며 여생을 살았다. 사진사 라미로. 죽은 여자를 사랑한 슬픈 사진사이며, 자진해서 마히나를 떠난 망명가이자, 마드리드에 뒤늦게 합류한 조난객이다. 그는 스페인 광장에서 신혼여행 온 가난한 신랑 신부들과, 돈키호테와 산초 판사 동상 앞에서 팔짱을 끼고 환한 미소를 띠는 시골 신혼부부들에게 사진을 찍어 주는 사진사였다. 그리고 로렌시토 케사다. '시스테마 메트리코'의 유명한 통신원이자 노련한 직원이었다. 그는 마히나에 있는 언론과 라디오, 텔레비전의 특파원들 중 고참이자, 마히나와 그의 구역 내 저명 인사들의 자서전을 쓰려고 했다가 매번 실패한 자서전 작가였다. 그리고 「싱글라두라」의 특파원으로, 미스터리한 범죄 사건들과 초자연적인 사건들, 텔레파시 능력, 과달키비르 계곡을 찾아 다른 세계에서 온 메신저들을 연구했다. 그리고 그는 '벽에 생매장된 여인의 수수께끼' 또는 '카사 데 라스 토레스의 미스터리'에 대한 다섯 권의 연작을 쓴 작가이기도 했다. 그에게는 두 제목 모두 그럴듯해 보여, 그중 하나를 결정하는 데 한참 걸렸다. 몇 주 동안 그가 밤잠을 설쳐 가며 열심히 작업한 끝에 보낸 30페이지짜리 원고는 「싱글라두라」의 국장이 퇴짜를 놓아 절대 출판되지 않았기 때문에, 어찌 됐든 아무 소용이 없는 결정이었다.

로렌시토 케사다는 형사였다가 나중에 경찰서 부서장이 된 플로렌시오 페레스의 출판되지 않은 비망록을 발굴해, 세상과 마히나에 알리려 한 사람이었다. 그는 끊임없는 열정으로 플로렌시오 페레스의 비망록을 출판하기 위해 돈과 스폰서를 찾아다녔지만 별다른 성과를 얻지 못했다. 그 도시에서는 그 이외에는 아무도 은퇴한 경찰의 문학적 소명감을 알아보지 못했으며, 의심도 못했을 수 있다. 플로렌시오 페레스 형사는 한평생 시를 써서 가명으로 서명한 후 그 주(州)의 거의 모든 문학 공모전에 보냈다. 어쩌다 한 번씩 성과가 있었지만 용기가 없어서인지, 지나치게 수줍음이 많아서인지, 괜히 망신당할지도 모른다는 두려움 때문인지, 그에 대한 결실은 거두지 못했다. 세월이 흐를수록 그 두려움은 점점 더 심해졌고, 거의 죽음에 이르러서는 공식 문서 이면지에 그토록 정성 들여 타자로 옮겨 놓은 전 작품을 비르질리오가 명했거나 몸소 실천한 것처럼 불에 태워 버릴까 하는 유혹까지 느꼈을 정도였다. 그는 정년퇴직할 때까지는 늘 산문을 기피해 왔다. 그가 한번 로렌시토 케사다에게 고백한 바에 의하면, 소설을 비주류 장르라 여겼기 때문이었다. 하지만 아무것도 할 일이 없게 되고, 매일 하던 소일거리가 없어지자 우울증과 무기력증의 위협을 받으면서 자신의 비망록을 쓰겠다는 엉뚱한 발상을 하게 되었다. 그리고 당시 그에게는 삶에 대한 열망이 아니라면, 죽음에 대한 미신에 가까운 두려움이 더욱 두드러지게 나타났었다. 그는 자기 삶에 대한 이야기를 채 마치기도 전에 죽게 될까 봐 두려웠다. 홀아비인 그는 딸의 집에 얹혀살면서 동네 비디오 클럽의 실세인 사위에게 드러내 놓고 무시당했다. 그리고 마드리드에서 형사로 근무하는 아들과, 막내아들이 있었다. 막내아들은 어렸을 때 신학자가 되려 했지만 어떻게 설명할 수 없이 타락해 버렸다. 그는 어깨까지 머리를 기르고는 최신 그룹의 로커가 되려고 했다. 부서장은 자기가 정년퇴직할 때 옛 부하들이 감동적인 은퇴식이나, 아니면 적어도 명예 훈장쯤은 선물할 거라 헛되이 기대했다. 하지만 온갖 일에 관심을 보이는 로렌시토 케사다만이 「싱글라두라」에 그에게 바치는 글을 실었을 뿐이었다. 그리고 부서장은 눈물로 얼룩진 감사의 편지를 그에게 보냈다. 부서장은 신문을 오려 파란 파일에 보관한 후, 딸과 사위가 마련해 준 골방 비슷한 곳에서 중고 타자기와, 얼굴을 붉히며 경찰서에서 슬쩍 가져온 주민 등록 신청서 한 박스와 함께 처박혔다. 그는 진지하게 글을 쓰고 나서야, 자기 인생에서 거의 아무것도 일어나지 않았다는 사실을 깨달으며 망연자실했다. 그래서 매우 지치고 힘든 일이 될 거라 상상했던 그 일은 금세 진부하고 경박한 일이 되어 버렸다. 그러고는 매일 글을 쓴 지 채 1년도 지나지 않아, 전 생애 60년을 거의 몽땅 얘기해 버리고 말았다. 그리고 어느 날 아침, 타자기 앞에 앉은 지 20분 후에는 현재 살고 있는 시점에 이르고 말았다. 그는 잠시 생각에 잠겼다가 타자기에 새 종이를 끼워 넣고, 다음 날에 대한 기억을 차분하게 이야기하기 시작했다. 처음에는 비현실적인 느낌이 들었고, 나중에는 사기를 치는 느낌이 들었다. 마치 혼자 카드 패를 떼면서 자그마한 속임수를 허용하는 것 같았다. 그다음부터는 더욱 자연스럽게, 심지어 기쁜 마음으로 계속해서 글을 써 내려갔다. 그는 집안의 문제아인 막내아들이 돌아온 이야기와 노년의 서글픔을 이야기했다. 막내아들은 이비사 섬의 공동 생활체에서 몇 년을 보낸 뒤, 머리를 짧게 깎고 넥타이까지 매고 그에게 용서를 구하며 후회하면서 돌아왔다. 그리고 마드리드 여행도 이야기했다. 마드리드에서는 전쟁 전에 가끔 묵었던 여인숙에서 지내며, 레티로 공원에서 보트도 타고, 아부엘로 술집에서 그릴에 구운 새우도 먹고, 메디나셀리의 그리스도에게 탕아(蕩兒)가 돌아온 것에 대해 감사도 드렸다. 6월 초 그가 죽었을 때는 비망록이 그 이듬해 크리스마스 초반까지 이르렀다. 마히나의 문화 단체가 경찰과 문학과 결혼한 그의 금혼식을 기념하기 위해, 이데알 시네마 극장에서 그를 위해 주관한 기념식 전날 밤까지 이르렀다.

필사본이 차츰 미래로 접어들어 거짓말로 채워지면서는, 실제 있었던 일들을 서술할 때와 달리 세부 사항들이 점차 풍성해졌다. 실제 있었던 일을 서술할 때는 대충 서둘러 쓰는 바람에 실망스러울 정도로 무미건조했다. 부패하지 않은 여자의 시신이 나타났을 때는 세로 28센티미터, 가로 22센티미터짜리 용지를 반도 채우지 못했고, 놀랄 만한 얘기도 거의 없었다. 형사가 세부 사항들을 잊어버렸을 수도, 아니면 로렌시토가 문학적으로 의심한 것처럼 어떤 숨겨진 강력한 힘이 그 후 40년 동안 비밀을 지키도록 강요했을 수도 있었다. 형사는 그 시절, 경찰의 길을 걷기 시작한 초반부터, 이미 사진사 라미로의 사진들에서 보여 준 인위적인 거만함과 슬픔이 잔뜩 묻은 얼굴을 하고 있었다. 그리고 늙을 때까지 그 표정은 변하지 않았다. "그를 봐 봐." 나디아는 18년 전 그를 처음으로 딱 한 번 봤을 뿐이지만, 기억을 떠올려 그를 알아보며 정감 있게 말했다. 그때 그는 이미 정년퇴직이라는 굴욕을 부인하던 서글픈 늙은 경찰이었다. 나디아가 다른 사진들에서 그 사진을 따로 떼어 내어 마누엘에게 보여 준다. 그는 그녀 뒤에서 침묵을 지키며 가만히 있다가, 그녀를 부드럽게 껴안고 양손으로 블라우스 아래를 더듬기 시작한다. "전혀 변하지 않았어." 나디아가 말한다. 그의 얼굴은 구겨진 마분지로 만든 것 같았고, 삐쭉 삔은 머리카락이 이마 한가운데까지 내려왔다. 머리는 머릿기름을 발라 뒤로 다리미를 다린 듯 넘겼지만, 뻣뻣한 앞머리가 말을 듣지 않고 삔칠 때는 어떻게 가라앉힐 방법이 없었다. 눈썹은 시커먼 아치가 두 개 그려져 있는 것 같았으며, 얼굴 모양은 네모반듯하고 부드러워 보였다. 아랫입술은 두꺼워 축 처졌으며, 불 꺼진 담배꽁초가 늘 매달려 있었다. 하루에 두 번씩 면도해도 아래턱은 늘 시커멨다. 그는 고통에 가득 차, 플로렌시오 페레스 타얀테라는 자기 이름처럼 얼굴도 불능이라고 생각했다. 경찰에게든 시인에게든 너무나 치명적인 이름으로, 폐허나 비석에 어울리는 이름이었다. 한참 후 나디아가 그를 만나게 될 그 장소에서, 사진사 라미로가 그의 사진을 찍었다. 그때와 거의 같은 포즈로, 그는 예수 그리스도의 십자가와 판화, 프랑코의 사진 아래쪽, 책상 앞에 앉아 있었다. 전화기가 그의 오른쪽에 놓여 있었고, 서류함이 왼쪽에 놓여 있었다. 그는 생각에 잠긴 남자와 비슷하게 보이고 싶은 듯, 손으로 턱을 괴고 있었다. 그는 헤네랄오르두냐 광장의 시계탑 옆에 있는 집무실에서 지겨워 몸부림을 틀고 손가락을 꼽으며 음절을 세고 있었다. 그런데 그때 경관 한 명이 들어와, 미친 것 같은 여자가 찾아와 정체불명의 시신이 나타났다고 한다고 보고하며, 틀림없이 체카*의 불명예스러운 지하실에서 희생되어 매장된 빨갱이 쪽 포로 시신일 거라고 했다. 항상 강력한 조치를 취하는 편인 플로렌시오 페레스 형사는 아직 그녀를 보지도, 듣지도 못했기 때문에 신고한 여자를 즉각 체포하라고 명했다. 하지만 경관이 명령을 실행하러 나가고, 형사가 기막힌 결단이고 조치라며 스스로 대견해하고 있을 때 사무실 문이 벌컥 열리면서 관리인 여자가 들이닥쳤다. 그녀는 스페인 만세를 우울하게 외치듯 오른팔을 높이 치켜들고는, 허리춤에 매단 열쇠 꾸러미를 오랏줄처럼 요란하게 흔들며 들어왔다. "나는 산 로렌소 교구에 알리려고 했소이다." 그녀는 형사가 화를 내며 성질을 부릴 시간도 주지 않고 요란하게 말했다. "하지만 이제 이곳에 없다는 게 생각났수다. 그래서 나 자신에게 말했지. 가브리엘라, 개집에 가서 얘기해. 그래도 거기가 최고 기관이니까."

마히나에서 경찰서를 개집이라 부른다는 사실이 플로렌시오 페레스 형사를 더욱 기함하게 했다. 양어깨 위에 너덜거리는 두루마기를 걸치고, 열쇠 꾸러미를 흔들고, 고약한 냄새를 풍기는 장화를 신고 머리를 풀어 헤친 여자가, 그토록 평화로운 아침 시간에 자기 집무실로 들이닥쳤다는 사실을 용납하기 힘들었다. 그가 아무것도 하지 않고, 시구의 11음절을 세며 달콤하게 즐기는 시간이었다. 그런데 그 여자가 자기에게 고래고래 소리를 지르는 것도 모자라 개집이라는 단어까지 들먹이며 당국을 전혀 두려워하지 않아, 그는 거의 심장 발작을 일으키기 일보 직전이었다. 주먹으로 적당히 책상을 내리친다는 것이, 그만 처리해야 할 서류들 위로 재떨이를 쏟고 말았다 — 그는 서류들 사이에 소네트 파지들을 숨겨 놓곤 했다 — 그래도 스스로에 대한 그의 평가는 전혀 나아지지 않았다. 자기는 그 직업에 전혀 쓸모가 없으며, 자기에게는 자질이 부족하다고, 어릴 때 친구인 차모로 중위에게 자주 털어놓았다. 가끔 그는 친구인 차모로 중위를 체포해야 하는 서글픈 의무감에 놓이기도 했다. "아주머니." 그는 안토니오 마차도*가 그랬던 것처럼 바지와 옷깃을 더럽힌 재를 털면서 일어났다. "진정하십시오. 안 그러면 불경죄로 당신을 체포하고 열쇠는 우물에 던져 버리겠습니다." "그게 바로 그 여자가 당한 거라우." 관리인 여자가 말했다. 그녀의 입에서는 장화 못지않게 고약한 고무 냄새와 하수구 냄새가 진동했다. "사람들이 그 여자를 지하 감방에 가두고는, 그 여자가 절대 나오지 못하도록 문을 아예 덮어 버려, 열쇠는 채울 필요가 없었수다." "아이고, 그건 아니지." 경관이 인간적으로 중얼거렸다. 하지만 형사가 못 알아들을 정도로 낮게 말하지는 않았다. "무르시아노, 자네는 물을 때나 대답하게." 형사가 엄하게 말했다. "자네는 나가서 내 명령을 기다리게." 경관은 농부처럼 생긴 데다 경찰복도 헐렁해 자세가 나오지 않았다. 그래서 차렷 자세를 취했을 때는, 회색 경찰복의 4분의 3이 꼴불견의 긴 치마처럼 비참한 몸 위로 삐져나와 있었다. "그러면 이 여자는 체포인 자격으로 데려가지 말까요?" "무르시아노, 아무 자격도 없네." 형사는 자기가 좋아하는 공식 용어를 부하가 남발하는 게 짜증이 나서 말했다. "자네는 나가 보고, 나를 더 열 받게 하지 말게. 취조가 끝나면 그때 가서 자네가 뭘 해야 할지 알려 주겠네." "그럼 나를 개집에 가두지 않겠다는 거유?" 관리인 여자가 기도하듯, 금세 무릎이라도 꿇을 듯 양손을 모으며 다시 형사에게 다가왔다. "내 그럴 줄 알았다니까! 착한 사람 얼굴이라니까. 아이 같아." "아주머니!" 형사는 자기가 가끔 흥분하며 상상하는 것처럼 그렇게 크지 않다는 사실을 재차 확인하며 벌떡 일어났다. 그리고 두 번째로 책상을 내리쳤지만 이번에는 몬세라트 대성당이 그려진 문진(文鎭)의 쇠 모서리를 내리치는 바람에 손만 끔찍하게 아팠다. 그는 모든 물건이 살인 도구로 사용될 수 있다는 사실을 새삼 걱정스럽게 떠올리며, 기계적으로 문진의 무게를 손으로 재 보았다. "앉으십시오." 그가 문진을 다시 책상 위로 올려놓으며 말했다. "조용히 하십시오. 내가 질문하지 않으면 아무 말씀도 하지 마십시오. 그리고 제발 예의를 갖춰 말씀해 주십시오."

하지만 그는 부질없는 짓이라고 생각했다. 그를 존중해 주는 사람은 아무도 없었다. 범인이나 부하들조차도. 아무도, 자식들조차도. 그가 죽은 후 자식들은 그의 비망록을 들춰 보지도 않고 곧바로 로렌시토 케사다에게 건네주었다. 넝마주이에게 낡은 종이를 거저 던져 주듯이. 형사는 마음을 가라앉히기 위해 서툴게 담배를 말았다. 그는 풀 바른 종이 가장자리를 혀로 문지르면서 발코니 유리창 건너편에 있는 오르두냐 장군의 동상을 바라보았다. 그날 아침 그는 장군에게 바치는 소네트 한 편을 짓기 시작했다. "그대의 업적을 기리는 불멸의 동상." 그는 썩 내켜 하지 않아 하며 중얼거렸다. 하지만 굴복하지 않고 "영원히 그대의 업적을 기릴 동상." 그는 왼손 손가락을 꼽아 음절을 세어 가며 유리창을 톡톡 내리쳤다. 그는 너무 몰입해 있는 데다 음률을 맞추는 게 너무 어려워 잔뜩 좌절한 바람에, 자기 등 뒤에 관리인 여자가 있다는 사실을 한참 후에야 떠올렸다. 그녀는 그의 권위 따위는 전혀 존중하지 않고, 질문을 기다리지도 않은 채 혼자서 계속 떠들어 댔다. "……머리가 까맣수다. 그래, 나으리. 하지만 두 눈은 파랗고 아주 크다우. 마치 놀라기라도 한 듯. 그러니까, 사람들에게 아는 척을 했는데, 사람들이 가운데로 선을 긋고는 말도 하지 않고, 아는 척도 하지 않을 때처럼 말요. 머리를 옆으로 돌돌 말아 살짝 틀어 올린 옛날 귀부인 같수다. 가슴이 잔뜩 파인 검은색 옷을 입었수다. 검은색인지 남색인지, 아니면 보라색인지, 틈새가 너무 어두워 나는 잘 보지 못했수다. 그리고 당신네가 올 때까지는 아무것도 건드리지 않으려고, 나도 더 이상은 그 틈새를 열어 보고 싶지도 않았고. 그런데 목에 스카풀라*를 걸고 있더구먼. 내가 그건 확실하게 눈여겨봤지. 내가 보기에는 그게 우리 예수님의 스카풀라 같던데……."

"스페인을 영광으로 충만케 하며." 형사는 관리인 여자를 거들떠보지도, 듣지도 않고 결정 내렸다. “마음속 불과 같은 용기.” “그리고 몸은 대충 당신과 비슷할 거유. 별로 크지는 않지만 아주 가지런하다우. 내가 뭐 제대로 본 건 아니지만. 의자에 앉아 있는 것 같았거든. 그리고 괜히 뭐라도 망가질까 봐, 안은 더 들여다보려고 하지도 않았다우. 죽은 사람은 판사가 보고 명을 내릴 때까지 건드려서는 안 되잖수. 그녀가 누워 있지 않은 건 확실하다우. 내가 보기에는 전혀 죽은 것 같지도 않던데. 피부가 복숭아처럼 부드러운데 어떻게 죽은 것처럼 보이겠수. 하지만 아주 창백했수. 그건 그랬다우, 양초처럼. 내가 듣기로는 그런 귀부인들은 식초를 마신다고 들었는데 아마 그래서 그럴 거유…….” “망각의 성난 종탑.” 형사는 거의 흥분해서 소리 질렀다. 그러고는 절대 토를 달 수 없는 확실한 11음절이 나중에 기억나지 않을까 봐 얼른 책상으로 돌아와, 관리인 여자의 진술 세부 사항을 메모하는 척하면서 서류 가장자리에 적어 놓았다. 한 시간 후에 플로렌시오 페레스 형사는 ‘-아냐스’라는 음률로 끝나는 말도 안 되는 단어들을 더 이상 침묵 속에서 계속 찾을 수도 없고, 관리인 여자도 시간적인 순서대로 진술하지 못하자, 지칠 대로 지친 나머지 벨을 힘껏 여러 번 눌렀다. 그러고 나서 그는 두 번 통화한 후 전화기를 거칠게 내려놓았다. 그는 바바리와 모자를 쓰고 경찰차를 대령하라고 명했다. 나중에 보고서에서 설명한 바에 의하면, 사건 현장에 가능한 한 신속하게 도착하려는 의도에서였다. 그 보고서는 오르두냐 장군에게 바치는 소네트의 첫 줄보다 더 애를 먹였다. 그는 카사 데 라스 토레스의 지하실에서 ‘거미줄’로 끝나는 행을 소네트의 시작 부분에 덧붙였다. 보고서에서 범행 현장이라 부른 곳을 직접 조사할 때, 거미줄이 너무 많아 무지하게 역겨워하며 얼굴과 양손의 거미줄을 계속 떼어 내야 했기 때문이었다. 그는 마음속으로는 범행 현장이라 생각하지 않았지만, '사건 현장'이라는 말을 너무 반복하지 않기 위해 그 단어를 사용했다.

그의 비망록에는 부패하지 않은 여자의 시신이 발견된 지하실에 그와 함께 내려간 증인들의 이름이 적혀 있다. 의사 돈 메르쿠리오와 마부 훌리안, 갈린도 부검의, 메디니야 법정 서기. 메디니야는 세월이 흘러 근사한 사무실을 차린 후, 노조를 통해 국회 의원이 되었다. 그리고 무르시아노 경관과 고집불통의 관리인 여자, 그리고 마지막으로 사진사 라미로와 그의 조수 마티아스가 있었다. 마티아스는 집이 포탄에 맞아 무너진 바람에, 그 잔해 속에서 하루 동안 매몰되었다가 귀머거리에 벙어리까지 되었다. 돈 메르쿠리오는 분명히 아무도 호출하지 않았지만, 그가 모습을 드러내자 다른 사람들이 그의 권위에 주눅이 들어 일제히 공손하게 고개를 숙여 인사하고 자기는 본체만체해, 형사는 기분이 언짢았다. 사람들이 자기는 존재하지도 않은 듯, 그 순간 카사 데 라스 토레스에서 자기가 가장 서열 높은 직급이 아닌 듯 굴어 기분이 상했던 것이다. "미라가 된 특이한 경우입니다." 관리인 여자가 거리 쪽 문을 닫은 후 이웃 여자들의 목소리가 비둘기 소리와 섞여 멀찌감치에서 들리자 부검의가 말했다. "그게 나보다 더 특이하다고는 보지 않습니다." 돈 메르쿠리오가 말했다. 그는 마당의 대리석 기둥들과 불안해 보이는 아치들을 흘낏 감상하며, 형사는 눈에 보이지도 않는 듯 그의 옆에 서서 말했다. "여러분도 아시겠지만, 내 나이가 되면 제일 확실하게 이해하는 게 바로 미라입니다." "입고 있는 옷을 보면 벽에 생매장된 지 60년 내지 70년쯤 된 것 같습니다." 플로렌시오 페레스 형사는 절망적인 경우에는 과학적인 근거로 자신의 위태로운 권위를 회복하려고 노력했다. "60년이라니!" 관리인 여자가 열쇠 꾸러미를 위협적으로 흔들며 신성모독을 비난하듯 소리 질렀다. "차라리 60세기겠지, 이 집이 세워진 이후로 말이오. 무어인들의 포로였을……." "아주머니, 쓸데없는 소리 하지 마십시오." 비밀경찰의 끄나풀인 메디니야 법정서기가 펼쳐져 있던 공책과 만년필을 관리인 여자에게 휘둘렀다. 그는 '본인이 여기 모두 기입한 후 확인했다'라고 메모할 때처럼 만년필을 휘둘러 댔다.

그들은 깨진 동상 조각들과 돌무더기들을 피해 걸어갔다. 그 위로 잡초와 겨자들이 자라고 있었다. 그들이 대리석 돌계단 아래로 움푹하게 구멍이 파인 곳에 이르자, 발소리와 목소리가 납골실에서처럼 울려 퍼졌다. "계단 조심하우." 관리인 여자가 말했다. "까딱하면 넘어지니까." 형사가 앞장서서 내려갔다. 그는 크롬 도금을 입힌, 골이 패어 있는 강력한 랜턴을 들고 갔다. 그들이 똑같이 생긴 다른 지하 창고들로 이어지는 통로들과 지하 창고들을 지나는 동안, 이제는 관리인 여자를 포함해 아무도 말을 하지 않았다. 지하 창고들에는 영구대와 바로크풍 마차의 썩은 골격 못지않게 큼지막한 가구들이 보관되어 있었다. 미장이가 제대로 파헤친 묘 구덩이를 랜턴으로 비춘 순간, 관리인 여자는 낙서를 휘갈기듯 얼른 성호를 그었고, 돈 메르쿠리오를 제외한 모든 사람들은 벽 위로 둥근 원을 그리며 비치는 그림자를 바라보며 일정 거리를 유지했다. 벽 한가운데에 성상을 안치한 벽감의 밀랍 상처럼, 낯선 신의 보호를 받는 이집트 동상처럼, 젊은 여자의 부패하지 않은 시신이 푸른 눈을 뜬 채 허공을 바라보고 있었다. 그녀의 옷은 1850년에 유행했던 제2제국의 유행을 따른 것이었으며, 양손은 무릎 위로 교차해 얹혀 있었고, 목은 상당히 높은 의자 등 받침에 기대 있었다. 랜턴을 비추자 푸른 눈에서 유리와 같은 광채가 번뜩였다. 하지만 섬뜩한 분위기는 전혀 없었다. 오히려 당혹스러울 정도로 자연스러웠다. 70년 동안 생매장된 게 아니라, 막 거실 의자에 앉아 가장 친한 친구들을 맞이하는 것 같았다. 그리고 친구들은 그녀를 존중해, 그녀가 한 명씩 호명할 때까지는 가까이 가지 못하는 것 같았다.

돈 메르쿠리오는 힘든 수술에 몰두한 외과의처럼 뒤도 돌아보지 않은 채 안경과 왕진 가방, 불을 청했다. 옆에서 돈 메르쿠리오의 손동작에 따라 즉각적으로 반응하며 매우 조심스럽게 있던 훌리안이 몸을 숙여 여자를 보며, 다른 사람들에게 돈 메르쿠리오와 거리를 유지하도록 했다. 이제는 훌리안이 랜턴을 들고 있었다. 플로렌시오 페레스 형사는 자기가 너무나도 순순히 훌리안에게 랜턴을 넘겨준 게, 마음속으로 용서가 되지 않았다. 관리인 여자가 석유등을 밝힐 때까지는, 죽은 여자의 얼굴만이 1분 이상 모든 사람들을 휘감고 있는 어둠 밖에 위치했다. 창백하게 빛나는 그녀의 얼굴 주변으로 검은 거즈처럼 먼지가 내려앉은 머리카락이 반짝이고 있었다. 다른 사람들은 비겁한 그림자가 되어, 자기네도 모르는 사이에 서로 몸이 닿아 있었다. 환한 빛을 발하는 둥지 앞에서 돈 메르쿠리오의 등 굽은 작은 실루엣이 긴 손가락을 뻗어 미사 절차나 주문을 외우듯 재빠르게 움직이는 동안, 다른 사람들에게서는 숨소리만 들려왔다. 그의 손가락이 미라의 얼굴에 닿지 않은 채 스쳐 지나갔다. 옆 이마 쪽 둥글게 말아 올린 머리에 닿으면서 희미한 안개 먼지가 피어올라, 의사와 조수가 재채기를 했다.

"훌리안, 잘 보게." 돈 메르쿠리오가 말했다. "이 젊은 여인은 생매장을 견뎌 낸 게 아니었네. 그녀에게 약을 먹인 후 이곳에 생매장한 것일까? 그녀가 깨어난 순간 너무 겁에 질려 움직일 겨를도 없이 경기를 일으킨 것일까? 손가락뼈를 잘 보게 — 돈 메르쿠리오가 안경을 벗고, 왼쪽 누런 눈두덩에 작지만 꽤 강력한 돋보기를 갖다 붙였다 — 생매장된 사람들을 발굴해 보면 거의 비슷한 증상들을 가지고 있네. 손톱이 다 해지고, 손가락뼈는 부러지고, 사지는 부자연스럽게 뒤틀려 있지. 놀라 두 눈을 휘둥그레 뜬 채 두려워 소리를 지르다가 탈골이 돼서 아래턱이 빠져 있네. 그런데 이 부인인지 아가씨는 그렇지 않네. 그녀의 자세를 잘 보게. 완벽할 정도로 차분해. 이곳 납골실의 독특한 분위기가 특별히 작용해 이 불쌍한 여자가 기적처럼 보인 거지. 흔히 있는 일은 아니지만 고고학자나 종교 관계자들이 잘 아는 그런 경이로운 일은 아닐세. 어떤가? 훌리안." 마부에게는 돈 메르쿠리오의 지식이 서글피 우는 통곡과 비슷한 행복감을 여러 번 안겨 주었다. "제가 뭘 알겠습니까, 돈 메르쿠리오. 어르신이 잘 아시지요." "그런 말 하지 말게, 훌리안. 나는 거대한 수수께끼의 경계에 한쪽 발을 내딛고 있네. 나에게 세상의 허영 따위는 아무 소용이 없네, 훌리안. 사실, 영국인들이 말하는 팩트가 중요한 것일세." "조심하십시오, 돈 메르쿠리오." 훌리안이 흘낏 다른 사람들을 훔쳐보며 말했다. "이곳에는 추축국(樞軸國) 사람들이 많이 있습니다." 이제 돈 메르쿠리오는 시력을 검사하는 안과의처럼 자신의 렌즈를 죽은 여자의 눈동자에 가까이 갖다 댔다. "나는 사반세기 동안 연합군 편일세, 훌리안. 무덤을 코앞에 둔 나에게 설마 독일 황제 편을 들라는 건 아니겠지." "이제 독일 황제는 있지도 않습니다, 돈 메르쿠리오." 서기가 끄나풀답게 조심스러운 본성을 발휘해 그들 가까이 다가오며 말했다. "이제 독일을 이끄는 사람은 히틀러입니다."

"많이 변했군." 의사가 뒤도 돌아보지 않고 말했다. 그는 훌리안에게 램프를 조금 더 가까이 갖다 대라고 하면서, 오른손 검지로 미라의 광대뼈를 만진 후 엄지손가락에 갖다 대고 천천히 문지르며 먼지의 감촉을 정확히 느껴 보려고 했다. 나비의 날개와 같은 부드러운 감촉이었다. 손가락이 닿으면, 심지어 입김이 닿으면 훼손될 수도 있는 마 옷감의 표면이나 대리석 동상을 만지는 것 같았다. 그는 죽은 여자의 가슴 위에서 반짝이는 메달을 손수건 끝으로 닦았다. 그러고는 면류관을 쓴 그리스도의 세피아와 사진을 덮고 있는 작은 유리에 아주 부드럽게 입김을 불었다. 그러고 나서 그는 여자를 계속 주시하며 몇 발짝 뒤로 물러나 훌리안에게 돋보기를 돌려주었고, 훌리안은 그것을 가방 안에 조심스럽게 집어넣었다. 그는 매부리코 위로 다시 안경을 쓰기 전에 양쪽 눈을 비볐다. 갑작스러운 피곤이 그의 곱사등을 더욱 돌출시킨 듯, 아니면 금세라도 정신을 잃고 쓰러질 듯, 그는 한순간 갑자기 더 늙고 힘이 없어 보였다. 그의 건강이 갑자기 나빠졌으며 컨디션이 좋지 않다는 걸 훌리안이 금세 눈치채고, 허수아비처럼 가벼운 그의 몸을 신중하게 부축하기 위해 형사에게 랜턴을 넘겨주고 가방을 바닥에 내려놓았다. 훌리안은 돈 메르쿠리오가 바닥에 쓰러지도록 그냥 내버려 두면 영원히 일어나지 못할 것 같았다. 그래서 가급적 그가 쓰러지는 것을 막기 위해 여러 번 그랬던 것처럼 그를 부축했다. 그러나 의사는 마부의 팔을 찾아 허공을 몇 번 더듬다가, 오른손으로 힘껏 붙잡았다. 힘이라고 해 봤자 이제는 순수한 집착에 불과했다. 그는 마부의 팔을 붙잡는 순간 그의 기(氣)라도 전해 받은 듯, 1초 후에 다시 고개를 빳빳하게 치켜들고 모자를 썼다. 그러고는 평소와 다름없이 아이러니하고 늠름한 모습으로, 약간 놀라서 궁금해하며 쳐다보고 있는 다른 사람들의 시선을 마주 보았다.

"내 의견으로는." 그가 말했다. "어찌 됐든 부검을 해야 하는 동료 박사님의 고견을 따라야 하겠지만, 시신을 옮기지 않는 게 가장 신중한 방법일 것 같습니다. 존경하는 형사님이 정확하게 추측하신 대로, 이 젊은 여인은 70년 전 이곳의 벽에 생매장되었습니다. 내가 젊었을 때 좋은 가문의 여식들이 이렇게 옷을 입었던 게 기억나기 때문에 불행히도 그렇다는 것을 압니다. 우리가 아무리 조심한다 해도, 이 여자를 옮기다가 그 시신이 재가 되지 않는다 고 누가 보장할 수 있겠습니까? 형사님, 고인이 되신 이집트 학자 미스터 카터의 작업을 미뤄 짐작해 보십시오. 저는 아주 오래전에 마드리드에서 그를 만나 뵐 수 있는 영광을 누렸습니다. 4천 년 동안 완벽한 상태로 보존되어 있던 미라들도 빛이 너무 밝거나, 갑작스러운 기온 변화와 습기에 노출되면 어쩔 수 없이 훼손될 수 밖에 없습니다."

플로렌시오 페레스 형사는 무슨 말이라도 하고 싶었지만, 돈 메르쿠리오와 하워드 카터*에게 고마운 마음이 들었다. 하워드 카터라는 사람의 업적에 대해서는 전혀 아는 바 없지만, 곧 그의 죽음이 엄청난 비극처럼 여겨지면서 목이 메어 왔다. 그래서 무슨 말이라도 하면 목소리가 피리 소리처럼 흘러나올까 봐 두려웠다. "나도 그와 관련된 영화를 본 적이 있습니다." 옆에서 메디니야 서기가 말하는 소리가 들려왔다. "「미라의 저주」. 하지만 그 영화에 나온 사람은 보리스 칼로프였습니다." "그래서 드리는 말씀인데, — 돈 메르쿠리오는 서기를 쳐다보지도 않았다 — 사진사를 부르고 지하실을 폐쇄하십시오. 그리고 이 아가씨의 안녕이라기보다는 과학의 안녕을 위해 우리보다 훨씬 제대로 된 장비를 갖춘 전문가들에게 도움을 청하십시다. 내가 보기에는, 이제 우리가 그녀의 영원한 휴식을 방해한다고 해도 별 상관이 없어 보이는군요." "아멘." 관리인 여자가 경건하게 말했다. 그리고 돈 메르쿠리오가 자기를 존중하는 것 같아 어느 정도 모멸감에서 회복하고 있던 형사는 한참 전부터 11음절 시 구절을 생각하며("지하 세계의 창백한 안색들이여") 드디어 자기가 주도권을 잡을 때가 되었다고 결심했다. "무르시아노." 그가 단호하면서도 깍듯하게 말했다. "자네가 라미로에게 연락을 취해 주겠나. 그리고 플래시 가져오는 거 잊지 말라고 전하게." "분부대로 하겠습니다 — 무르시아노가 부동자세를 취했다 — 마캉카는 가라고 할까요?" "다시는 오지 말라고 하슈." 관리인 여자가 재빨리 끼어들었다. "보관 차량을 말하는 거라면 — 형사는 돈 메르쿠리오에게 자신의 언어 구사력을 보여 줄 기회가 온 게 고마웠다 — 지금 당장은 서비스가 필요 없다고 기사에게 전해 주게." "잘 말씀하셨수다. 죽은 사람들은 공동묘지로 데려가라고 하슈. 여기는 기독교인의 집이니까." 관리인 여자가 형사에게 너무 들이대고 말하는 바람에 그의 얼굴에 침이 잔뜩 튀었다. "그리고 아주머니는 — 형사는 권위에 취하고, 자기 자신에 대한 자신감에 취해, 흥분해 있으면서도 침착하게 손수건으로 턱을 닦은 후 관리인 여자의 눈을 뚫어져라 바라보았다 — 제발 부탁인데, 내가 이분들과 얘기할 수 있도록 나가 주십시오." "기밀이라." 서기가 사르수엘라*풍으로 까불거리며 말했다. "*Top secret* (일급 비밀)."

훌리안은 관리인 여자와 무르시아노를 따라 나갔다가, 이내 등불을 들고 다시 돌아왔다. 갑자기 불빛이 비치자, 그 누구의 얼굴보다 돈 메르쿠리오의 얼굴이 몇 시간 전보다 훨씬 늙어 보였다. 그는 의사가 다른 사람들에게 말하지 않은, 뭔가를 알고 있다는 생각이 들기 시작했다. 그때까지 의사에게서 보지 못했던 슬픔이 느껴졌던 것이다. 의사가 강철 같은 의지를 포기하고, 내심 죽음이라는 환상에 스스로를 떠맡긴 것 같았다. '그는 그 여자가 누군지 알지만 아무에게도 말하지 않을 거야. 그녀는 살아 있었고, 두 사람이 젊었을 때 그는 그녀를 알고 있었어.' 하지만 훌리안은 그 생각을 하니 무서워졌다. 돈 메르쿠리오가 어쩔 수 없이 나이를 많이 먹었다는 걸 깨닫게 해 준 것이다. 그는 거의 1세기 가까이 여러 번의 전쟁을 목격했고, 이제는 사라진 수많은 남자들과 여자들의 탄생과 노화, 죽음을 지켜보았다. 피의 광풍 속에서 울음을 터뜨리며 보랏빛으로 질린 얼굴들, 무릎을 벌린 채 비명을 지르는 여자들의 흩어진 내장들, 이제 약은 아무 소용도 없지만 여전히 두려움에 질린 땀 냄새가 진동하는 베개 위에 방금 죽음으로 더럽혀진 움직이지 않는 얼굴들을 지켜보았다. 훌리안은 돈 메르쿠리오가 질병과 두려움, 가난, 괴로움 곁에서 매일매일을 살며 그의 기억 속에 저장되어 있을 경험과 공포의 깊이를 생각하니 두려워졌다. 돈 메르쿠리오에게는 산 사람들과 죽은 사람들이 똑같은 그림자이고, 부패에 의해 소리 없이 타락하며 칼에 찔린 듯한 고통에 늘 위협받는 청춘과 아름다움, 정력의 허깨비일 거라는 생각이 들었다. 틀림없이 돈 메르쿠리오에게는 훌리안 자신과 부검의, 형사, 법정 서기가, 70년 전에 죽은 그 여자보다 훨씬 더 남일 거라는 생각이 들었다. 그리고 그에게는 그들 모두가 숨을 쉬고 있는 현재의 시간이 랜턴과 석유등에 비치는 그림자들처럼 환영이나 그림자 연극에 불과할 것 같았다. 아무리 확실한 현실감을 주려고 해도 도저히 줄 수 없는 그의 젊은 시절과는 너무나도 머나먼 미래일 것 같았다.

경찰서 공식 사진사인 라미로가 도착했을 때, 바닥서부터 석유등의 조명을 받으며 묘 구덩이 옆에서 꼼짝도 하지 않고 있는 다섯 그림자를 보았다. 그의 머릿속에서는 그 여자의 얼굴과 시선보다, 그들이 훨씬 덜 현실적이고 지속적이었다. 사진사 라미로는 훗날 30년 넘은 세월이 지난 후 그 여자의 영정 사진을 갈라스 소령에게 보여 주었다. 그 여자를 발견한 이야기가 자신이 꾸며 낸 이야기가 아니라는 것을 설득이라도 하려는 것처럼. 시신이 발견되었을 때와 다름없이 연락이 왔습니다. 그가 말했다. 그는 죽은 사람이나 산 사람이나 똑같이 사진을 찍었다. 그는 독일제 오토바이 뒷자리에 카메라를 넣은 후, 손짓으로 귀머거리에 벙어리인 조수에게 삼각대를 갖고 사이드카에 타라고 지시했다. 그는 고글을 쓰고 카사 데 라스 토레스를 향해 시동을 걸었다. 마침내 그는 지하실로 안내되어, 죽은 사람이 어디 있는지 신속하게 물었다. 그런데 그때 메디니야 서기의 언짢은 목소리가 들려왔다. "죽은 사람이 아니네. 미라 상태의 시신이지."

사진사 라미로는 조수가 삼각대를 펼쳐 적당한 위치에 플래시의 포커들을 맞추는 동안, 가까이에서 얼굴을 보며 미라일 리가 없다고 생각했다. 약간 고풍스럽기는 했지만 아주 젊은 아가씨였다. 잘 보십시오. 그가 이제는 늙어서 떨리는 양손으로 사진을 잡고 갈라스 소령에게 말했다. 광대뼈가 널찍하고 눈이 큰 게 아주 차분하고 아름답습니다. 머리는 둥글게 말아 올렸으며, 색깔을 집어넣어 초상화를 그릴 때처럼 심지어 양 뺨을 살짝 볼 터치를 해서 화장한 것처럼 보이기까지 했지요. 그리고 진짜 살아 있는 여자들은 자기를 한 번도 뚫어져라 쳐다본 적이 없었지만, 죽은 여자의 두 눈은 자기를 뚫어져라 바라보는 것 같았다고 말했다. 여자들은 절대 사진사를 눈여겨보지 않았으며, 아예 그를 거들떠보지도 않았다고 설명했다. 여자들은 우아하고 다정하고 열정적인 헌사를 적어 사진을 보내고 싶어 하는 신사들만 좋아한다고 했다. 그는 얼굴을 유심히 바라보며, 건강하고 둥근 얼굴이라고 생각했다. 어느 소설에선가 그 형용사 두 개를 읽은 적이 있었던 것이다. 그러고 나서 그의 눈은 밀랍과도 같은 목 쪽을 향해 수줍고도 점잖게 내려가다가, 성화가 그려진 메달을 보았다. 순간 그는 경직증 환자의 들릴락 말락 하는 숨소리를 들었다고 믿었다. 라미로만이 유일하게 손가락으로 메달을 들어 살펴본 사람이었다. 그는 다른 사람들이 눈치채지 못하는 틈을 타서 메달을 돌려 보았다. 그러고는 뒷면에 종교화가 아닌, 구스타보 아돌포 베케르*처럼 생긴 콧수염과 카이저수염을 기른 아주 젊은 남자의 사진이 있었다고 갈라스 소령에게 말했다. 그리고 살짝 파인 부분이 시작되는 가슴 쪽에 여러 번 꼬깃꼬깃 접은 것 같은 종이 끝이 보였다고 했다. 그는 먼지가 내려앉은, 창백한 푸른 유리와 같은 그녀의 눈을 계속 응시하며 몸을 뒤로 젖혔다. 그리고 그녀의 눈도 변함없이 그의 눈을 응시했다. 그는 조수와 거의 같은 속도로 재빨리 양손을 움직이며, 플래시 포커들의 위치를 바꿨다. 그는 침묵으로 조수에게 엄청 많은 비난을 쏟아 냈다. 그가 카메라의 검정 비로드 천 아래로 고개를 집어넣자, 그때는 돈 메르쿠리오의 곱사등과 비슷했다. 그는 배처럼 불룩 튀어나온 카메라 셔터의 고무공을 누르려는 순간, 죽은 여자의 뒤집힌 이미지를 보며 자기도 살짝 거꾸로 뒤집혔다는 생각이 들었다. 그러면서 플래시가 터져 그녀의 눈동자를 비추는 순간, 그녀에게 생명이 되돌아오길 간절히 바랐다. 불빛이 사라질 때까지 찰나와 같은 짧은 순간만이라도.

제6장

한겨울의 추위 속에서 눈이 시리도록 푸른 12월 아침에 카사 데 라스 토레스의 회벽과 누런 돌들 위로 얼어붙은 해가 떠오른다. 나는 성벽 망루를 내려다보며, 내 눈앞에 보이는 깊은 절벽과 무한대로 펼쳐진 세상, 계단식 밭, 올리브 나무들이 심어진 구릉, 멀리서 부서질 듯 반짝이는 강, 시에라 산 지맥의 검푸른 빛, 아스나이틴 산의 깎아지른 듯한 모습을 바라보며 아찔한 기분을 떠올린다. 아스나이틴 산허리에는 하얀 집들이 매달려 있으며, 밤이 되면 불빛들이 성당의 촛불처럼 반짝거린다. 그리고 어둠을 가로지르는 외로운 자동차 불빛들은 나란히 심어진 올리브 나무들과 국도의 커브 길들 사이로 활주로 불빛처럼 깜빡이며 홀연히 나타났다가 사라진다. 공기가 혼미할 정도로 투명한 가운데, 가장 멀리 있는 것들도 크리스털처럼 또렷이 보인다. 그것들은 저 너머 산들을 가리키며, 그 건너편에 전쟁의 전선이 있다고, 이따금 남쪽 바람이 먼 곳에 있는 전투의 지체된 천둥을 실어다 준다고 말한다.

그 지평선 위로는 적기들이 가끔 출몰했다. 적기는 거의 한 번도 마히나에 가까이 오지 않았는데, 환한 정오에는 햇빛에 반사되어 반짝이는 금속 조각처럼 보였다. 그곳 너머, 시에라 산 건너편에서 행인들과 도망자들이, 그리고 포로수용소에서 나온 마누엘 외할아버지가 계곡에서부터 언덕길로 걸어 올라오고 있다. 그리고 강 바로 옆의 산허리에서는 도밍고 곤살레스가 소금 총 두 방을 맞고 장님이 되었다. 그는 부상당한 개처럼 몸을 질질 끌며 올리브 숲을 지나 도시 쪽으로 올라갔다. 길이라고 할 수 있는 길들은 모두 단 하나밖에 없는 그 방향을 향해 뻗어 있었다. 한 번도 존재하지 않았던 철길*도 없는 제방들 너머에는, 과달키비르 강의 흙탕물 너머에는, 해 질 녘이면 보랏빛을 띠는 떡갈나무 숲에 사는 켄타우로스들과 폐병 환자들이 사는 요양소가 있었다. 그들은 가끔 텅 비어 있는 커다란 유리병들을 시커먼 트럭에 잔뜩 싣고 마히나에 나타났다. 돌아갈 때면 그 병들이 피로 가득 차 출렁거렸다. 그들이 고무장갑을 끼고 기다란 쇠 바늘로 채취한 사람들의 피였다. 그러고 나서 그들은 이미 날이 어두워져 뒤늦게 집에 돌아가는 아이들의 피를 하얀 가운 자락에 닦았다. 아이들은 시커먼 트럭 문이 열리면서 캐러멜이나 초콜릿 한 덩어리를 내밀며 자기네를 부르는 창백한 손을 보았다. 그 후 쓰레기장이나 도로 갓길에 버려진 핏기 없는 창백한 육신들이 발견되었다. 아이들의 팔이나 목에는 피가 빨린 보랏빛 바늘 자국이 남아 있었다. 우리는 멀리서 하얀 관이 지나가는 것을 보았다. 누군가는 그 안에 폐병 환자들에게 습격당한 어린 사내아이가 세례복 차림으로 자개 커버를 씌운 책과 로사리오를 양손에 들고 누워 있다고 장담했다. 가끔 학교 운동장이나 산 로렌소 광장에서 사람들은 폐병 환자들이 왔다며 수군거렸다. 누군가 그들의 길쭉한 장례차도 보았다고 했다. 아니면 차가 지나가면서 유리병들이 부딪치는 소리를 들었다고도 했다. 누군가는 그들에게 붙잡힐 뻔했는데, 고무장갑을 낀 욕심 많은 차가운 손과 마스크를 뒤집어쓴 얼굴들에서 간신히 빠져나와 도망쳤다고도 했다. 그 마스크들 뒤에는 피에 굶주려 헐떡이는 숨소리가 들렸다고 했다. 그러면 공포가 느닷없이 모습을 드러낼 때처럼 그렇게 사라질 때까지 며칠 동안은 해가 진 다음에는 아무도 거리를 돌아다니지 않았고, 학교 가는 길에 다른 곳으로 새지도 않았다. 우리는 두려움에 떨며, 그 당시 도시를 돌아다니던 몇 대 안 되는 자동차들을 바라보았고, 이른 침묵이 우리 동네 골목길과 광장들 위로 퍼져 나갔다. 그 이른 침묵은 겨울 오후 해질 녘의 대기를 보랏빛으로 물들인 잔잔한 안개와도 같았다. 몇 세대를 거쳐 두려움 속에 태어난 귀신들과 대문의 자물쇠와 노커들의 울림 소리, 낯선 사람들과 취객들, 살인마들, 미친 사람들의 발소리로 빚은 소망이 담긴 침묵이었다. 그들은 마히나의 비겁한 기억과 우리 어른들의 은밀하면서도 모호한 이야기들, 두려움의 잔재, 전쟁의 불행 속에 늘 남아 있는 사람들이었다.

며칠 동안 비가 내린 후 촉촉하게 젖어 금빛이 감도는 빛과, 돌길 틈새로 방금 모습을 드러낸 푸른빛 풀, 그 풀에 반사된 강렬한 햇볕이 떠오른다. 나는 어른이 되어 멀찌감치 거리를 두고, 성냥갑에 집어넣을 벌레들을 찾고 있는 나를, 잠시 후 성냥갑을 귀에 갖다 대고 안테나와 다리를 성냥갑에 비비는 아주 작은 소리를 듣고 있는 나를 바라본다. 나는 친구 펠릭스가 함께 있을 때를 제외하고는 늘 혼자였다. 나는 항상 멀찌감치에서 다른 아이들이 노는 모습을 지켜보았다. 자기네들끼리 거칠게 놀면서, 약한 아이들과 몸집이 작은 아이들, 바보들을 집요하게 못살게 구는 아이들이 무서웠다. 나는 아무 위험도 없이 아이들의 장난과 대화를 감시하기 위해, 현관 입구 쪽 창문 뒤에 숨어 있다. 나는 아주 조그만 풀의 새싹을 숲의 나무로 바꾸고, 벌레들을 영화에서 보았던 선사 시대의 생물체로 바꾸며, 거대한 공간과 물체들이 펼치는 모험을 상상했다. 그리고 성벽을 보며 카사 데 라스 토레스의 굳게 닫힌 현관문을 상상했다. 나는 늘 뭔지도 모르는 채 뭔가를 기다렸고, 올리브 열매와 채소, 건초들을 나귀에 잔뜩 싣고 들판에서 돌아오는 아버지나 마누엘 외할아버지를 기다렸다. 그들은 흙냄새와 마테차 냄새, 갓 베어 낸 풀 냄새를 풍기며 돌아왔다. 그리고 병원에 있다는 어머니를 기다렸다. 어머니는 내가 거의 잊었을 때 즈음해서, 갑자기 나타나 문지방에 서 있었다. 어머니가 나를 바닥에서 일으켜 세우려고 몸을 숙였을 때는, 그녀가 너무 마르고 창백해 처음에는 낯설었다. 어머니는 조용히 흐느끼며 부드럽고 포근한 가슴으로 나를 꽉 끌어안았다. 그녀는 커다란 앞치마에서 손수건을 꺼내 내 눈물을 닦아 주었다. 그런데 그 손수건에서도 아픈 냄새와 병원 냄새가 났다.

그때의 어머니 얼굴은 보이지 않는다. 지금 하얀 눈이 내려앉은 그녀의 머리카락과 늙은 얼굴이 떠오른다. 나는 어머니를 상상하고 싶지 않다. 또한 아버지가 시간으로부터 상처를 받았다고 생각하고 싶지 않고, 죽음의 대기실에서 기다리듯 할 일 없이 소파에 앉아 있는 마누엘 외할아버지와 레오노르 외할머니도 떠올리고 싶지 않다. 그러나 어머니가 지도에서 찾지 못하는 어딘가에서, 꿈이나 영화에서 나온 장면들을 얘기해야만 연결할 수 있는 머나먼 곳에서 내가 전화를 걸었을 때, 그때의 어머니 목소리는 들려온다. 그러면 그때는 어머니가 훨씬 젊었을 때와 똑같은 목소리이며, 나는 어머니의 인자함과 마히나의 악센트를 고마워한다. 그리고 나는 그 목소리에서, 어느 겨울 아침 나를 깨우면서 창문을 활짝 열어 바닥을 쓸고 침대를 정리하며 민요를 부르던 음색과 순수함, 고통을 알아본다. 그 목소리는 내가 태어나기 전부터 어머니의 목소리였다. 나의 어머니로 요약되는 행동들에서 존재감을 알 수 있는 누군가의 목소리가 아니라, 머리를 리본으로 묶고 이가 보이지 않게 입술을 꼭 다물고 카메라를 쳐다보며 미소를 띤 소녀의 목소리이다. 그리고 웨딩드레스를 입고 고개를 살짝 옆으로 기울이며, 자기도 모르게 당시 영화배우가 취했던 포즈를 따라 하고 싶어 하는 그윽한 눈길로 미소를 머금고 원근법에 따라 포즈를 취한 여자의 목소리이다. 그녀는 오른손으로 커튼을 젖히고 있었으며, 그 커튼 뒤로는 계단과 빈약한 프랑스 정원이 보였다. 어쩌면 20년 전, 마히나 스튜디오 사진관의 선도자이고, 사진사 라미로의 전임자이자 스승이었던 돈 오토 체너가 그린 그림일 수도 있다.

어머니의 얼굴이 떠오르지 않는다. 그리고 나는 지금 어머니의 삶이 어떨지 상상해 보는 죄책감에서 도망친다. 노화의 진행. 관절의 고통. 계단을 오르내리는 어려움. 그 누구의 도움도 받지 않고 혼자 집을 청소하고, 해가 밝기 전 불을 지피기 위해 장작을 짊어지고 오는 일. 외할아버지와 외할머니를 돌보고 옷 입히고 씻기는 일. 어머니가 철들었을 때부터 늘 다른 사람들에게 복종하고, 늘 다른 사람들의 잔인함을 두려워하거나, 아니면 그들의 무관심에 아파하며, 자기도 누릴 자격이 있다는 생각과, 다르게 살 수도 있다는 가능성은 전혀 생각도 못한 채 자신을 희생하며 헌신한 노동에 대한 맹목적인 의무감. 나는 전화로 어머니의 젊은 목소리를 들으며, 내 삶과 다른 외부의 삶이 있다는 생각을 하고 싶지 않다. 그 삶에서 어머니는 두려움과 노동, 가난과 고통밖에는 알지 못했다. 나는 작별 인사를 하고 전화기를 내려놓는다. 나는 그리움과 회한에서 벗어나 호텔 방의 창문이나, 아니면 공항의 로비를 바라본다. 우리 집의 서글픈 어둠을 상상하고 싶지 않아, 어머니를 보고 싶지 않아, 나는 그곳에서 어머니에게 전화를 걸었다. 어머니는 아직도 내 목소리를 듣는 걸 단념하지 않은 듯, 전화선의 띠띠소리가 내가 아직도 전화선 너머에 있다는 소중한 신호라도 되는 듯, 수화기를 들고 있을 것이다. 나는 은밀히 도망친다. 나는 열심히 일하는 척하며 내 일을 한다. 나는 여러 나라들을 여행하거나, 아니면 내가 속해 있지 않은 삶들을 여행하듯 두세 개의 언어로 얘기한다. 나는 단 1분도 지체하지 않고, 나에게 배당된 통역실 안으로 들어간다. 나는 마이크와 헤드폰을 확인한 후 담배에 불을 붙이고 싶은 유혹을 떨쳐 낸다. 나는 들려오는 목소리를 듣고, 그 목소리가 무슨 말을 하든 상관하지 않고 있는 그대로 그 말을 스페인어로 반복하려고 노력한다. 그렇게 나는 경청해서 들으며, 중성적인 조심스러운 악센트로 말한다. 나는 통역실의 유리창 너머로, 남자들과 여자들이 비슷하게 차려입은 홀을 바라본다. 그 모습은 늘 그들의 얼굴 표정과 형광등 불빛 못지않게, 너무나도 비현실적이고 미래파적이다. 그들은 물고기처럼 입을 뻥긋거리며 움직이거나 졸고, 그도 아니면 헤드폰의 회색 줄을 외과의의 장식품처럼 턱 주변에 매달고 비비 꼬며 지겨워한다.

그러는 동안 나는 나와 상관없는 말을 듣고, 그 즉시 그에 상응하는 말을 자동적으로 찾는다. 나는 그 목소리들과, 내 목소리 뒤로 다시 돌아와 내 귀에 대고 속삭이는 다른 목소리들을 듣는다. 솜을 넣은 헤드폰 안에서 울리는 목소리처럼 단조로운, 숨어 있는 목소리들을. 내 피의 박동 소리처럼 너무나도 충직한 목소리들을. 나에게 돌아오라고 말하는, 내가 안도하며 전화를 끊어도 계속 존재하고 있다고 말하는 목소리들을. 절대 돌아가지 않겠다는 각오로 정확히 반평생 전에 떠났던 집에서, 포플러 나무들이 베어지고 없는 광장에서, 거리에서 계속 울리고 있는 목소리들을. 이제 대문에는 벨도 없고, 쇠 노커도 없다. 현재 카사 데 라스 토레스는 예술 직업 학교가 되었고, 광장의 모든 집들은 텅 비어 있다. 그리고 이제 땅바닥은 시멘트로 뒤덮여 있고, 골목 끝 집은 막 허물었다. 그 집이 폐가가 된 첫 번째 집이었다. 그 집은 몇 년 동안 쓰러져 가고 있었다. 어머니가 말한다. 사람들에게는 죽은 남자의 집이었어. 기억나니? 그리고 그다음에, 매번 몇 발짝 갔다가 뒤를 돌아보며, 지팡이를 들어 올리고 권총을 꺼내 허공에 대고 협박하던 장님이 살던 곳. 하지만 그토록 오랜 세월이 흐른 후에도, 아직 내 집이라 부르는 그 집의 내부에는 내가 겨울 오후에 혼자 방들을 돌아다닐 때와 똑같은 어둠만이 지배하고 있다는 것을 안다. 그때 나는 서랍장 안에 보관된 하얀 옷 아래서, 그리고 선반 커튼이 쳐진 유리창 뒤에서 사진들과 신기한 물건들을 찾아냈다. 그때 외할아버지와 아버지는 새벽 일찍 올리브를 수확하러 나갔기 때문에, 나는 레오노르 외할머니와 함께 텅 빈 집에서 하루 종일 지냈다. 나는 짐승들이 지나가는 소리와 마차 바퀴 소리, 저녁이 다 되어 패배한 군대처럼 조용히 돌아오는 올리브 수확꾼들의 발소리를 감시했다. 차가운 공기가 밀려 들어와 문이 벌컥 열리면서 목소리들이 왁자지껄 들려왔다. 남자들은 땀범벅인 나귀들에서 짐을 내렸고, 거름 냄새와 흙냄새, 풀 냄새, 자루의 천 냄새, 터진 올리브의 국물 냄새가 진동했다. 어머니는 머리를 헝클어뜨린 채, 끝에 진흙이 묻은 검은색 숄을 두르고, 땅바닥에서 올리브를 줍느라 손은 다 터지고 손가락에는 온통 못이 박였다. 외할아버지는 자신의 거대한 체구에 깔린 나귀 등에 위풍당당하게 앉아 산 로렌소 광장으로 들어왔다. 외할아버지는 집 안이 쩌렁쩌렁 울릴 정도로 호통을 치며 들어왔다. 키가 무척 크고, 지칠 줄 모르며, 성격이 욱하고 화통한 외할아버지는 저녁을 달라고 소리 지르며, 항아리에 있는 얼어붙은 물을 세숫대야에 퍼붓고 부엌에서 양손으로 첨벙거리며 요란하게 세수했다. 부엌에는 저녁때 먹을 냄비가 이미 불 옆에서 끓고 있다. 나는 외할아버지 옆에 앉아, 그가 담뱃불을 붙일 수 있도록 작은 부삽으로 화로의 재를 떠서 건네준다. 나는 그의 면바지 무릎이 툭 튀어나온 부분에 뿌리처럼 얹혀 있는 큼지막한 손을 바라본다. 나는 그의 목소리를 기다린다. 나는 아무 얘기라도 해 달라고, 카사 데 라스 토레스의 벽에 매장된 여자 이야기를 해 달라고, 외할아버지가 전쟁 중 영웅심에 불타 한밤중 산길을 걸어갈 때 봤다는 마히나 산 늑대들의 울음소리를 흉내 내 달라고 조른다. 외할아버지는 미소를 머금으며 천천히 담배를 피운다. 그러고는 레오노르 외할머니에게 들키지 않도록 조심하면서 이야기를 시작한다. 외할머니는 화를 버럭 내고 얘기를 끊으면서, 외할아버지가 자기가 본 것보다 더 많은 거짓말을 해 눈을 뜨고 잠을 자며, 머릿속에는 온통 헛소리와 헛것만 들어차 있다고 말한다. 외할머니는 그가 카사 데 라스 토레스에서 그 미라를 발견했다는 말은 거짓말이라고 한다. 미라가 발견되었을 때 그는 감옥에 갇혀 있었다. 그는 자기가 기억력이 좋다고 자랑하면서도, 자기한테 필요하면 싹 잊어버린다고 한다.

하지만 나는 서랍 안에 숨겨져 있던 사진들과, 지금 나디아가 내 옆에서 자세히 들여다보고 있는, 궤짝에 있던 카피한 사진들을 보았다. 옆에서 그녀는 우리가 보고 있는 얼굴들의 이름을 묻는다. 그녀는 날짜와 관계를 계산해 보라며, 우리가 함께 소유하고 있는 과거의 텅 빈 공간에 우리 두 사람만을 위해 채워 넣을 수 있는 이야기를 들려 달라고 한다. 있을 수 없는 조작된 과거.

그리고 전쟁 마지막 해, 돈 오토 체너의 서명이 새겨진 마누엘 외할아버지의 사진을 찾아낸 순간, 금지된 서랍에서 외할아버지의 사진을 보았을 때 나의 상상력이 마구 뿜어져 나왔던 것처럼 그를 바라본다. 어머니가 어릴 때의 빛으로 그를 상상했던 것처럼. 흑백 사진에서 잔뜩 굳은 채 서 있는 남자가 아니라, 그녀가 아는 그 누구보다 훤칠한 금발에 푸른색 군복과 베레모를 쓴 덩치 좋은 남자로, 매일 병영으로 출근하기 전 허공으로 어지럽게 번쩍 들어 올려 키스를 해 주던 남자로 기억하고 있다. 그런데 그는 그 병영에 갔다가 체포되는 바람에, 한 번은 돌아오지 못했다. 나는 페르디세스 산언덕에서 돌격대의 전투 전체의 폐해를 유창하고 생생하게 이야기하는 외할아버지의 목소리를 들었다. 나는 그에게서 모닥불과 어둠 속에 내리치는 번개, 전쟁, 전투, 세상의 종말, 기관총, 공격, 돌계단, 공산주의, 탱크와 같은 나의 무지 속에서 반짝이는 단어들을 들었다. 나는 외할아버지의 옷장에 있는 옷들 사이에서 금빛 단추와 가죽이 달린 파란색 전투복, 짙은 가죽 냄새가 나는 검은색 권총집을 보았다. 나는 그 안에 아직 권총이라도 들어 있는 듯 무지하게 무서워했다. 나는 양철통을 열어, 그 안에서 검붉은 지폐 뭉치를 보았다. 아주 오래전, 외할아버지가 전쟁에서, 늘 어른들이 떠올리는 그런 전쟁에서 얻은 보물을 숨겨 두었다고 불안해하면서도 자랑스럽게 생각했다. 그리고는 그 전쟁을 영화나 만화에 나오는 전쟁과 어렴풋이 연결시켰다. 외할아버지가 내 앞에서 미아하 장군을 입에 올리면, 나는 빵 부스러기와 같은 부드럽고 둥근 얼굴을 상상했다. 그리고 마누엘 아사냐*라는 이름을 가진 누군가를 얘기하면, 다리가 잘려 나간 남자가 헤네랄오르두냐 광장에서 빌려 주던 『전쟁 무훈담』*이란 만화가 떠올랐다.

나는 수화기를 내려놓는다. 어머니는 부엌으로 돌아가면, 몸집이 커다란 늙은 부처처럼, 감히 아무도 옮길 생각을 하지 못하는 고가구처럼 떡하니 의자에 버티고 앉아 있는 그를 보게 될 것이다. 텔레비전이나 벽, 완벽한 공허를 응시하며 눈물을 지리는 푸른 눈. 어마어마한 무게가 짓눌러 내리듯 앞으로 굽어 축 처진 어깨. 무릎 위로 올려져 있거나 탁자의 둥그런 모서리를 잡고 있는, 올리브 나무의 뿌리처럼 마디지고 휘어진 손. 우중충한 손등에 누런 얼룩들이 번져 있는 손. 화로의 열기를 탐욕스럽게 지키기 위해 류머티즘에 걸린 다리 위로 테이블보를 힘없이 들어 올릴 때나 사용하는 쓸모없는 손. 어머니가 포도 껍질을 태워 일으킨 불덩이를 방금 부삽으로 휘저었고, 그와 동시에 벽난로에서 불길이 활활 타올랐는데도, 외할아버지에게는 늘 온기가 부족했다. 충혈된 무표정한 얼굴에 화색이 돌기는 했지만, 그의 뼛속과 무릎 관절에 자리 잡은 추위는 사라지지 않았다. 움직이지 않아 관절이 굳어졌고, 너무 약해 금세라도 부서질 것 같았다. 그는 힘들어 하며 조금씩 몇 번 시도한 끝에 간신히 일어나도 자신을 지탱하지 못할 것 같았다. 그는 그렇게 시도할 때마다 그 누구의 도움도 받지 않고, 지팡이와 테이블, 의자 등 받침에 의지하며 한 발씩, 더디게 앞으로 걸어갔다. 그는 기관지에 거미줄이 드리워져 있거나, 돌멩이가 들어가 있는 듯 그렁그렁한 숨소리를 내며 걸어갔다. 자정이 넘어 텔레비전 프로그램이 모두 끝난 후 어머니가 텔레비전을 끄고 나서 얼른 자지 않고 뭐 하냐고 하면, 계단을 올라가는 고되고도 영원한 작업이 시작된다. 그는 삐거덕거리는 계단 난간을 붙잡고 조심스럽게, 천천히 신발 고무 바닥으로 대리석 바닥을 질질 끌며 걸어간다. 그리고 전화상으로는 전혀 알아들을 수 없는 힘없는 목소리로 저녁 인사를 중얼거린다. 그러면 뜨개질을 하고 있거나, 어렵사리 띄엄띄엄 신문을 읽고 있거나, 그 시간에 대낮인 나라에서 내가 전화하기를 기다리고 있던 어머니는 하느님이 원하시면, 이라고 대답한다. 그러고는 궤짝만 한 어깨를 무겁게 짊어지고 힘겹게 현관 쪽으로 걸어가는 외할아버지를 바라본다. 어머니가 불을 켜 주고, 외할아버지에게 넘어지지 말라며, 계단 오를 때 조심하라고 주의를 준다. 아무도 도와주지 않는다. 외할아버지는 이제 곧 도움 없이는 계단을 올라가지 못할 것이다. 그러면 매일 몸무게가 불어나는 거대하고 노쇠한 몸을 어머니가 들어 올릴 수 없기 때문에 아래층에 침대를 갖다 놓아야 할 것이다. 어머니는 위층에서 불 켜는 스위치 소리와 침실 문 여는 소리, 이제 그녀의 머리 위에서 들려오는 발소리, 그리고 그의 몸이 침대 위로 올라갈 때 매트리스가 푹 꺼지는 소리가 들리지 않을 때까지는 마음을 놓지 못한다. 그러다가 그는 자기보다 일찍 잠자리에 든 레오노르 외할머니를 깨울 때도 있다. 그러면 외할머니는 거의 매일 밤 그러듯 그의 잘못으로 틀림없이 또 잠을 자지 못하고 꼬박 새울 거라며 비몽사몽간에 윽박지른다. 외할머니는 잠이 오지 않는다고 하면서도 침대에만 누웠다 하면 고래처럼 코를 드르렁 골고 날이 환히 밝을 때까지 일어나지 않는 그와는 같지 않다며 구박한다. 새벽에 어머니가 화로와 난로에 불을 지펴 부엌을 따뜻하게 데워 놓으면, 외할아버지와 외할머니는 그곳에서 하루 종일 나오지 않는다. 세기 초 사진들에 등장하는 경직된 자세와 심각한 얼굴로 조용히 있는 죽은 사람들처럼, 그들은 심각한 얼굴로 꼼짝도 하지 않고 밤색 소파에 나란히 앉아 있다. 이제 이 세상에서 죽음에 대한 두려움 이외에는 아무것도 느끼지 못하는 사람들처럼. 그들은 어리둥절한 채, 감시를 받고 있는, 어쩌면 앙심을 품은 무관심 속에 침잠해 있다. 그들은 잠들었다가 죽을지도 모르기 때문에, 몇 분 간격으로 깜빡 잠들었다가도 자지러지게 놀라며 깨어난다. 조는 동안 마누엘 외할아버지의 머리는 점점 뒤쪽으로 넘어가고, 아래턱은 축 늘어진다. 살짝 감긴 눈으로 까만 눈동자는 보이지 않고, 흰 부위만 보인다. 그러면 그때는 죽은 사람이나 장님의 눈과 비슷하다. 그리고 의치 사이로 휘파람 소리가 난다. 20년 전에 의치를 방금 해 넣었을 때는 그렇게 자랑스러워했다. 그때는 너무나도 어색하고 강렬한 미소를 머금었다. 실수로 젊은 남자의 입이나, 환하게 웃는 가면을 그의 얼굴에 씌워 넣은 것 같았다. 그 시절 그는 이웃 사람들의 탄성을 자아내기 위해, 아니면 사촌과 나를 당황하게 하기 위해 의치를 뺐다. 외할아버지는 입이 두 개인 것처럼 보이게 하면서 시뻘건 의치 아래로 혀를 내밀었다. 똑같이 고른 이들이 나란히 두 줄로 서서 부자연스럽고 위협적으로 꼭 다물고 있는 입과, 아랫입술과 잇몸 사이로 혀끝을 내미는 장난기 넘치는 물렁한 입이었다.

하지만 이제 그는 미소를 머금지도, 말도 거의 하지 않는다. 매일 더 무거워지고 굼떠지는 육신의 늪처럼, 질퍽한 부동(不動)과 침묵 속에서 몽롱한 상태로 있다. 그는 많이 먹고 움직이지 않아 비대해졌다. 언젠간 나쁜 일이 생기고 말 거야. 내가 여행과 여행 사이에 잠깐 짬을 내서 마지막으로 들렀을 때 어머니가 말했다. 외할아버지, 빵을 그렇게 많이 드시지 마세요. 그렇게 수프에 샐러드기름을 잔뜩 치지 마세요. 하지만 외할아버지는 말을 듣지 않는다. 그들 모두처럼, 그도 아직은 굶주림에 대한 두려움을 가지고 있다. 그는 야단맞을 때면 잠든 척한다. 그리고 접시를 앞에 둔 채 그냥 잠이 든 경우가 많은 것도 사실이다. 옷을 버리지 말라고 목에 묶어 놓은 흰 천 때문에 턱이 축 늘어졌다. 양손이 많이 떨리기 때문에 입으로 숟가락을 가져갈 때면 절반은 흘린다. 내게는 그가 모든 모험들의 영웅이었다. 갈라스 소령이 믿고 맡긴 비밀 메시지가 담긴 봉투를 복면을 쓴 남자들이 훔쳐 가려 했을 때 그는 미아하 장군에게 직접, 살아서 봉투를 전하기 위해 총을 갈겨 가며 지켜 냈다. 그는 고함 소리와 허리띠를 휘두르는 소리로 자식들의 어린 시절을 겁에 질리게 했다. 그런데 이제는 어머니가 면도하도록, 목에 침받이를 묶도록, 등이 시리지 않게 털실로 짠 두루마기를 어깨 위에 걸치도록 체념하고 가만히 있다. 하지만 화장실에 갈 때는 절대 그 누구의 도움도 허용하지 않았다. 그래서 어머니는 그냥 단념했다. 안에서 소변을 보라고 플라스틱 관이 달린 용기를 사 줬는데도, 그건 전혀 사용하지 않는다고 한다. 어쩌면 시도해 봤는데 손이 떨려 사용하지 못하는 것일 수도 있다. 때문에 그가 일어나 방을 지나갈 때마다 아주 긴 시간이 흐른다. 그러면 그동안 외할머니와 어머니는 작은 소리에도 민감하게 귀를 기울인다. 오래 걸리는 것 같구나. 아무 소리도 들리지 않는데. 쓰러졌거나 기운이 달리거나, 무슨 일이 생긴 게 아닐까. 아버지가 집에 없을 때면 그들은 외할아버지가 화장실 타일 바닥에서 미끄러져 쓰러지면 어떻게 해야 할지, 그를 어떻게 들어 올릴지, 누구한테 도움을 청해야 할지 겁에 질려 상상한다. 산 로렌소 광장의 집들은 절반이 비어 있고, 그 집들에 사는 사람들 중에는 젊거나 건강한 사람이 아무도 없다. 아직 누가 남아 있더라. 바르톨로메의 미망인. 내가 어릴 때는 화장으로 얼굴이 번들거리던, 몸집이 좋은 여자였다. 그런데 지금은 눈이 먼 데다 중풍을 앓고 있다. 박제된 아이 같은 동안의 여든네 살 라구니야스. 그는 개와 염소 한 마리씩 데리고 살고 있는데, 길에서 낯선 사람을 붙잡고 혹시 애인을 구하는 살림 잘하고 정직한 여자를 모르냐며 묻는다. 얼마 전 홀아비가 된, 눈이 맑고 슬픈 남자. 그는 아무하고도 말을 하지 않는다. 그곳이 지금 내 삶의 중심이 된 곳이다. 돌이 깔린 길들과 하얀 석회 집들이 있는 동네의 심장부이다. 그곳은 장사꾼들이 떠들어 대는 소리와 말의 울음소리로 북적거렸다. 그곳에는 아이들이 무리를 지어, 서 있는 사람들에게 끔찍한 게릴라 전투나 종교 행렬 놀이, 영화 놀이를 하며 놀았다. 그리고 포플러 나무 꼭대기로 새 둥지를 찾아 올라갔으며, 환상적인 미라를 찾아 카사 데 라스 토레스의 돌계단과 지하실로 숨어 들어갔다가 관리인 여자의 고함 소리와 그녀가 휘두르는 몽둥이에 놀라 도망쳤다. 그곳에서는 우물 가장자리로 고개를 내밀면 이웃 사람들의 대화가 들려왔고, 조용한 8월 밤에는 여름 영화의 목소리와 폭풍우가 들려왔고, 영웅들이 말을 타고 위풍당당하게 행진하면서 영화가 끝나면 사람들의 박수갈채와 환호성이 터져 나왔다. 겨울 새벽녘이면 굳게 닫힌 문들 옆으로 올리브 수확꾼들의 일개 부대가 모여들었다. 시멘트 바닥 아래에는 잘려 나간 포플러 나무들의 뿌리와 밖으로 드러난 딱딱한 흙이 아직도 그대로 있다. 그곳에서 우리는 구슬치기를 하기 위해 구멍을 팠으며, 팽이와 투석 놀이를 하기 위해 황량한 골목 옆에다가 그림을 그리고 쇳조각을 박았다. 밤이 되면 옛날처럼 빛이 희미한 곳에 이웃 사람들이 삼삼오오 모여 앉아 시원한 음료수를 마셨다. 나는 그들의 말을 거의 이해하지 못하면서도, 그들의 말에 바짝 귀를 기울이며, 꼼짝도 하지 않던 도롱뇽들이 달려들어 머리를 찧는 벽들을 바라보았다. 도롱뇽의 침은 워낙 독해서, 도롱뇽이 침을 뱉어 놓은 항아리의 물을 마시면 대머리가 되었다.

내가 원치 않는다 해도, 내가 외국어를 구사하며 가짜 정체성을 가지고 숨어 산다고 해도, 불 켜진 라디오 주파수 속에서만 이름을 들어 본 도시들을 거닌다 해도, 나는 돌아가고 있다. 우리는 라디오를 통해 안토니오 몰리나와 후아니토 발데라마의 소설과 노래들을 들었다. 나디아가 어둠 속에서 내 옆에 누워 있지 않다 해도, 그녀가 내 등을 꼭 껴안고 그들이 어땠는지, 어떻게 살았는지,

세상의 모습을 어떻게 상상했는지, 그들이 내가 떠나는 걸 이해하고 받아들였는지, 그들이 분노 없이 살아남아 고통으로 얼룩지지 않기 위해 어떻게 용기와 순수함을 얻었는지 이야기를 들려 달라며 내 귓가에 속삭여도, 나는 돌아가고 있다. 그러면 내 목소리는 그녀를 위해, 다른 목소리들이 나에게 들려준 이야기를 반복한다. 그러면 나는 그녀에게 나 자신의 삶이 아닌, 하나의 인칭 대명사에 정체성 한 개 이상이 숨어 있거나, 아니면 내 의식보다 훨씬 더 깊고 멀리 가지 않는 한, 내가 증인이 될 수 없는 꽤 머나먼 시간대의 이야기를 들려주는 것 같다. 때로는 내 몸과 마찬가지로, 나의 조잡한 기억도 잃어버리고 그녀의 기억과 혼동된다. 그러면 나는 손이나 입술, 숨소리나 침이 두 사람 중 누구의 것인지, 누가 기억하고, 누가 말하는지 모른다. 장님 도밍고 곤살레스가 포소 거리의 돌길을 더듬거리며 지팡이 끝으로 창틀을 치면서 내려오는 걸 누가 보고 있는 건지도 모른다. 그는 항상 권총이나 자갈이 들어 있어 툭 튀어나온 외투 주머니에 오른손을 집어넣고 다녔다. 방에서 잠들지 못하는 누군가가, 자정 때 그 남자의 발소리를 듣게 될지 모른다. 그는 벽을 스치며 우리 집 문 옆을 지나, 자기네 집 앞에 멈춰 서서 꽤 큼지막한 열쇠를 꺼낸다. 나지막한 목소리로 중얼거리면서 문을 여느라 참을 수 없는 몇 분이 지나간다. 그는 어둠 속에서 울리는 발소리가 자기를 장님으로 만들어 놓고, 이제 또 자기를 죽이려고 돌아온 사람들의 발소리일까 봐 두려워 자꾸 뒤돌아본다. 어느 날 밤, 낯선 광장에서 횃불과 깃발을 든 채 흰색 남방을 입고 목에 빨간 손수건을 두른 남자들 사이에서 길을 잃고 헤매던 기억이나 꿈이 누구의 것인지 모른다. 지저분한 턱수염을 하고 공포와 배고픔에 누렇게 질린 채 감옥의 쇠창살에 딱 달라붙어 있는 마누엘 외할아버지의 얼굴을 누가 보는 건지 모른다. 비가 세차게 쏟아 붓는 어느 날 새벽, 라이트를 환하게 밝히고 시동을 건 트럭들이 한 줄로 즐비하게 늘어선 곳에서 누가 정신없이 뛰어다니며 그를 찾고 있는지 모른다. 빗물이 흘러내리는 천막 아래 수갑을 채운 죄수들의 그림자가 모여 있다. 전쟁 초창기의 어느 날 밤, 여섯 살이었던 우리 어머니는 거리에서 길을 잃고 헤매다가, 병영이 있는 들판 쪽으로 달려가는 대중들에 휩쓸려 간 적이 있다. 레오노르 외할머니는 어머니를 찾아 도시 전체를 헤매며 괴로운 몇 시간을 보냈다. 그녀는 자기로서는 이해가 되지 않는 구호들을 외치는 남자들과 여자들과 부딪치면서, 총성을 들으면서 뛰어다녔다. 3년 후 외할머니는 외할아버지가 갇혀 있는 수도원으로 음식 바구니를 가져갔다가, 막 떠나려 하는 트럭들의 라이트를 보았고, 그 트럭 중 하나에 남편이 있다는 이야기를 들었다. 외할머니는 텐트 천 아래에서 비를 바라보고 있는 얼굴들 사이에서 남편을 찾으며 갈라진 목소리로, 시끄러운 엔진 소리와 명령을 내리는 고함 소리에 묻힌 목소리로, 남편의 이름을 외쳐 부르며 트럭들을 일일이 뒤지고 다녔다. 하지만 트럭들은 멀어져 갔다. 이제 더 이상 쫓아갈 힘이 없어졌을 때, 그녀는 마지막 트럭의 붉은 불빛을 보았고, 작별 인사를 하듯, 아니면 그녀를 부르듯 손으로 신호를 보내고 있는 외할아버지를 보았다고 생각했다. 외할머니는 그날 새벽까지는 그가 죽을 수도 있다는 사실을 절대 믿지 않았기 때문에, 그제야 비로소 진실이 두려워졌다. 외할머니는 다른 여자들이 우는 모습을 보며, 그는 아무 짓도 하지 않았는데, 라고 자신에게 말했었다. 그는 절대 그 누구에게도 시비를 걸지 않았고, 도둑질도 하지 않았고, 살인도 하지 않았으니까 그들이 자기네 실수를 깨달으면 곧 풀어 줄 거라고 생각했다. 자기가 해야 할 일을 하고 말이 좀 많았을 뿐인데, 그건 확실히 그랬다, 그걸 갖고, 아무 죄도 짓지 않은 사람을 감옥에 가두는 것은 말도 되지 않는다고 생각했다. 그녀와 달리, 그는 혀를 잘못 놀려 완전히 망했다. 그녀는 자신의 아버지처럼 과묵했다. 그녀의 아버지는 인생 말년에 침묵을 택했다. 마치 허공에다가 허물 수 없는 벽을 쌓아 집을 짓고 개만 데리고, 개에게 나지막한 목소리로 말하며 단둘이 살려는 것 같았다. 그는 노화 때문이 아니라 부모를 알지 못해 엑스포시토라 불렸던, 절대 지워지지 않는 비밀스러운 치욕 때문에 늘 억눌려 살았다. 그리고 우리 외증조부가 고아원에 내다 버려진 지 1세기가 넘은 다음에도, 그녀 역시 여든다섯이란 나이에 그 치욕의 고통을 간직하고 있다. 그녀는 태어난 지 6개월 만에 열병으로 죽은 아들과, 사람들이 몰려와 남편이 감옥에 잡혀갔으니 기다리지 말라고 했던 그날 밤을 매일 밤 떠올렸다.

시간이 흘러도 상처는 전혀 아물지 않듯, 그녀는 촉각을 곤두세운 채 그 모든 걸 마음속에 간직하고 있다. 외할머니는 30년 전 라디오 연속극에 나오던 어두운 금속성의 목소리를 가진 악당들과, 겨울밤 외할아버지가 우리에게 읽어 주던 싸구려 소설의 악당들에게 욕을 퍼부어 대던 것처럼, 지금도 흥분해서 텔레비전의 중남

미 연속극에 나오는 망나니들에게 욕을 퍼부어 댄다. 나는 소파에 앉아 있는 외할머니를 바라본다. 어깨까지 내려오는 파란 두건을 두르고 남색 가운을 입고 있다. 백내장으로 한쪽 눈이 뿌옇게 돼서 거의 장님이 되었다. 젊었을 때 찍은 사진들에서처럼 생각에 잠긴 듯 자긍심이 가득한 모습으로 지금도 고개를 빳빳하게 들고 있다. 널찍하게 돌출된 광대뼈가 그녀의 얼굴에 고전미를 느끼게 한다. 외할머니는 내 머리와 얼굴을 쓰다듬으며, 이제 눈으로는 볼 수 없는 정확함으로 나를 알아보기 위해 한쪽 손을 뻗는다. 네가 꼬맹이였을 때 기억나니? 나에게 내가 어디서 누구랑 살며, 왜 한 번도 오지 않느냐고 물어보면서 밤에 책을 읽어 달라고 조르던 거. 어떻게 네 기억 속에 그렇게 많은 단어들이 들어가, 텔레비전에서 외국인들이 하는 말을 이해할 수 있는 거냐? 한 남자의 까칠한 턱을 만지며 지금 그녀가 보고 있는 사람은 누구일까? 손의 기억으로는 어린 시절의 얼굴을 알아보지 못한다. 외할머니는 내 안부를 물어볼 때 누구를 기억하는 걸까. 어쩌면 그 시간에는 그녀가 걱정돼 잠을 자지 못할까 봐, 내가 비행기를 타고 가고 있다는 말을 해 주지 않았을지도 모른다. 지금 바다 건너편에 있는 누군가와 말하고 있다는, 납득할 수 없는 사실을 완전히 이해하지 못한 채, 전화기에 얼굴을 바짝 붙이고, 어쩌다 한 번씩 전화로 듣는 목소리를 누구의 것이라고 생각할까. 나는 살짝 열린 문 옆의 계단에 서서, 이제는 거의 나가지도 않는 거리를 내다보고 있는 그녀를 떠올린다. 그녀는 어머니에게 기댄 채 무릎 위로 양손을 얌전히 모으고, 택시에 오르는 나를 지켜보고 있다. 어쩌면 그녀는 이번이 나를 보는 마지막이 될지도 모른다는 생각에 나에게 잘 가라는 인사를 하고 있는지도 모른다. 나와 그들을 가장 강하게 묶어 주는 감정이 두려움이기 때문에 어딘가에서, 한밤중에 전화벨이 울려 깜짝 놀라며 벌떡 일어날 때마다, 나는 그들 중 한 명이 방금 운명했다는 목소리를 듣게 될까 봐 두려워하며 깨어난다.

제7장

그의 눈앞으로 점차 모습이 드러나며 얼굴이 보일 것이다. 암실의 검붉은 어둠 속에서, 넘실거리는 현상액 아래로 흐릿한 회색 선들이 먼저 드러나고, 아직은 불분명한 얼룩들이 조금씩 드러나게 될 것이다. 그는 문 뒤로 검은색 짙은 커튼을 치고 암실 안에 있다. 귀머거리에 벙어리인 조수는 절대 그 문을 열지 못하게 되어 있다. 교령술사(交靈術師)와 같은 면이 있기도 했던 그의 스승 돈 오토 체너는 암실이 미스터리의 장소라고 말한 적이 있었다. 그곳은 빛을 다루는 과학이 기적을 행하고, 무(無)와 물, 은염으로부터 사람들의 얼굴과 시선이 흰색 얇은 판지와 투명한 액체 위로 모습을 드러내며 떠오르는 곳이다. 마치 보이지 않는 손이 그들을 그리거나, 아니면 들리지 않는 목소리가 조용히 그들을 부르기라도 하는 듯. 그는 벽에 매장된 젊은 여인의 모습이 1초마다 점차 선명하게 드러나는 모습을 지켜보며, 돈 오토의 문서함에서 본 적이 있는 판화인지 그림의 사진인지를 떠올렸다. 잠들었거나 물에 빠져 죽은 여자였다. 그녀는 거의 움직임이 없는 호수 위에 떠 있었는데, 이 여자처럼 창백했고 헤어스타일도 비슷하고 옷도 비슷했다. 이름이 오펠리아였다. 그 이름이 사진 아래, 독일어로 적힌 전설에서 유일하게 알아본 글자였다. 하지만 그 여자는 눈을 감고 있었고, 이 여자는 두 눈을 뜨고 확실하게 바라보고 있었다. 마치 물 아래서, 죽음 내부에서 숨을 쉬고 있기라도 하듯, 현상 세면대 바닥에서부터 그를 쳐다보고 있었다. 그녀는 70년 동안 쳐다보고 있었고, 사진사 라미로가 찍은 사진 속에서 앞으로 반세기를 더 쳐다보게 될 것이다. 그의 문서함에서 유일하게 확대해 틀까지 끼운 사진이었다. 그 사진은 궤짝 뚜껑 아래 다른 많은 사진들과 함께 잊혀 있었다. 그렇게 그 사진은 새롭게 장소를 바꿔, 다시 어둠 속에 묻혀 있었다. 장례 기념비에서 복구해, 다시 몇십 년 동안 박물관 창고에 누워 있는 동상처럼.

사진사 라미로는 카사 데 라스 토레스에서 찍은 필름들을 현상하면서, 부패하지 않은 여인이 얼마나 엄청난 미인인지 깨닫기 시작했다. 현실에서는 비교 대상을 찾을 수 없었고, 그림은 잘 몰랐기 때문에 유명한 나다르가 초상화로 그린 여자들을 떠올려 보았다. 그는 나다르의 책으로 돈 오토 체너에게 교육을 받았다. 섬세하면서도 확고한 시선과 얼굴선, 시간을 무시하며 아이러니하면서도 진지한 위엄을 갖추고 시간 속에 우뚝 서 있는 변하지 않는 우아함. 그녀 역시 그림 속의 여자들처럼, 절대 산 사람들의 세상과 시간인 적이 없었던 세상과 시간에 속해 있는 것 같았다. 물론,

죽은 사람들에게는 얼굴이나 시선이 없기 때문에 죽은 사람들의 세상과 시간에는 속하지 않았다. 지난 몇 년 동안 사진사 라미로가 가입해 있던 교령술인지, 과학인지, 미신인지, 하여간 그 협회를 비난한 사람들이 그런 말을 했었다. 어찌 됐든 사진사 라미로는 미신을 말로 얼버무리는 사기꾼들에게 멍청하게 당한 것 같기도 했는데, 불면증으로 미쳐 버릴까 봐 두려워서 탈퇴했다. 특히 돈 오토 체너의 문서들 사이에서, 세기 초 마군시아 출신의 심령 사진사가 찍은 혼령들의 가상 사진들이 들어 있는 앨범을 발견한 이후로는 더욱 그랬다. 그가 죽은 사람들의 사진을 보면서 가장 무서웠던 것은 그 사진들이 산 사람들의 사진과 정확하게 똑같다는 거였으며, 그로 인해 그는 점차 산 사람들과 죽은 사람들을 혼동하는 경향이 더욱 심해졌다. 그는 스튜디오에서 포즈를 취하고 있는 누군가를 보면, 천 아래로 고개를 집어넣기도 전에 벌써 그 사람이 죽은 후 사진에서 어떤 얼굴을 하고 있을지를 상상하게 되었다. 그는 렌즈 너머로 거꾸로 뒤집힌 모습을 볼 때만 그 음울한 미래를 잊어버렸다. 그때는 위엄을 갖춘 신사들이나 허영기 가득한 귀부인들, 또는 빨간 베레모와 훈장들로 나뉜 계급 사회의 우스꽝스러운 위엄을 머리 아래로 유지하려고 발버둥 치는 어리석은 평등주의자로 변했다. 그는 카메라 렌즈를 통해 거꾸로 뒤집힌 사람들을 너무 많이 보다 보니, 결국 모든 권위에 대한 존중을 잃고, 은밀하게 불경을 저지르게 되었다. 그래서 거리로 나가 계급이 높은 군인이나 호전적인 성직자, 목에 새끼 양 가죽을 두른 외투와 망토를 입은 귀부인과 마주치면, 고개를 살짝 숙여 인사를 건네는 동시에, 자동적으로 그들이 뒤집혀 걸어가는 모습을 상상하며 터져 나오려는 웃음을 간신히 참았다. 세월이 흐르면서 그는 엑스레이 판에 허옇게 비친 골격을 바라보는 데 익숙한 의사처럼, 인간이란 종족을 냉정하고 무심하게 바라보기 시작했다. 그는 방금 현상한 사진을 볼 때면, 여느 사람들과 다름없이 멀리 보면 그것 역시 죽은 사람의 사진이 될 거라고 생각했다. 그래서 그는 자기가 사진사가 아니라, 일찌감치 사람들을 파묻어 버리는 사람일지도 모른다는 석연치 않은 의심이 들어 늘 불안했다. 그것은 자기가 너무 오랜 시간 혼자 살아 그런 거라고, 자기가 삶을 살기보다는 바라만 보며 귀머거리에 벙어리인 조수 이외에는 아무도 곁에 두지 않아서 그런 거라고, 갈라스 소령에게 서글프게 말했다. 그의 조수는 큰 의미에서 보면 부활한 사람이었다. 막 폭격당한 집의 돌 더미 아래서 그를 꺼냈을 때, 사람들은 그가 죽었다고 생각했다. 그의 부모도 그때 죽었다. 그는 관을 닫기 몇 분 전에 관 속에서 눈을 떴으며, 그때 이후로는 단 한마디도 하지 않고, 뭔가 들린다는 표시도 일절 하지 않았다. 그러고는 영원히 어린애로 남고 싶어 하는 분위기를 풍기며 점점 더 바보스럽고, 복종적이고, 불안해하며, 조용히, 부엉이 눈으로 사진사 라미로를 바라보며 살았다. 그는 허공에서 죽은 사람들의 얼굴이라도 본 듯 늘 놀라움과 공포에 질린 표정으로 스튜디오와 암실, 문서함이 있는 지하실을 돌아다니며 포르말린 병과 같은 침묵 속에서 살았다.

사진사 라미로는 조용히 감탄하며 즐기는 당구 선수처럼, 뜻하지 않은 우연이나 숙련된 테크닉을 막 발견하기라도 한 듯, 약간 붉은 색깔을 띤 액체 아래로 입과 머리카락, 미소, 시선, 두 손, 파인 가슴, 견갑골의 반짝이는 점들이 드러나는 모습을 지켜보았다. 그는 손가락이 종이 끝에 닿을 때까지 경건한 마음으로 손을 집어넣었다. 조금만 몸을 움직여도 기적적으로 나타난 그 모습이 얼룩지거나 지워질까 봐 두려워하며, 아직도 물이 뚝뚝 떨어지는 사진을 핀셋으로 집어 줄에 걸어 놓고 얼이 빠진 얼굴로 암실을 빠져나왔다. 옆방에서는 귀머거리에 벙어리인 조수가 소나 당나귀처럼 뚫어져라 그를 쳐다보고 있었다. 그가 곧 나올 것이며, 나올 때 어떤 얼굴로 나타날지 이미 아는 듯한 얼굴이었다. 사진사 라미로는 의자에 가서 털썩 주저앉았다. 그것 역시 스튜디오에 있는 모든 물건들과 카메라들, 그림이 그려진 막(幕)들, 유명한 인물들의 흉상들처럼 돈 오토 체너의 것이었다. 그가 오른손을 들어 지친 듯 신호를 보내자, 조수는 조용히, 부지런히 축음기를 작동시킨 후 그가 뭘 기다릴지 이미 아는 듯 선반에서 병을 찾아 가지고 돌아왔다. 마지막으로 몇 병 남아 있던 병들 중 하나로 독일 술이었다. 발음하기 힘든 그 술의 이름은 침을 꿀꺽 삼키는 소리처럼 들렸는데, 감히 한 모금을 먹어 보려고 했다가는 완전히 술에 취해 나가떨어질 정도로 엄청나게 독한 술이었다. 돈 오토 체너가 자신의 직업과 스튜디오를 버리고 자기 나라로 돌아가 독일 제국의 기갑 사단에 합류하기 위해 마히나를 떠났을 때, 지하실에는 부리가 길쭉한 병들이 여섯 개 정도 남아 있었다. 그는 곧 볼셰비즘의 승리와 함께 어쩔 수 없이 힘든 삶이 올 거라는 걸 예견하고 그 병들을 보관해 두었었다. 그는 유럽 전쟁이 시작되기 전에는 보헤미안 화가이자 이론가였다. 그가 카페에서 대리석 테이블을 주먹으로 내리치며 r 발음을 특히 강조하면서 얘기한 바에 의하면, 전쟁 때 그는 하사까지 진급했으며, 휴전 이후, 아니면 치욕적으로 다리가 절단된 이후에는 사진을 하기 위해 붓을 꺾었다. 그는 베를린에서 스튜디오를 열었지만, 불확실한 미래와 궁핍 속에서 몇 달을 지낸 후 아시아 유목민의 확실한 공격을 피해 — 그들이 로마노프를 처형했으며, 중앙 제국의 폐허 뒤에 무방비 상태로 남아 있는 유럽을 곧 쳐들어올 판이었다 — 서쪽으로 향하는 더딘 여행을 시작했다. 안정까지는 아니더라도 피신처를 찾을 생각이었다. 그는 붉은 군대의 절박한 물결이 자기를 휩쓸어 버릴까 봐 늘 두려워했다. 그는 일부 성벽이 둘러쳐진 이 작은 도시에서, 세상의 잔혹함과는 동떨어진 이 도시에서, 배은망덕하고 치욕스러운 바이마르의 독일에서는 절대 그의 예술로는 얻을 수 없었던 거의 영광에 가까운 인정을 받았다.

사이드카가 달린 오토바이와, 오토바이를 탈 때 쓰는 고글도 돈 오토의 것이었다. 심지어 아이들이 사진을 찍기 위해 코르도바 모자를 쓰고 올라가는 노란 깃털에 유리 눈이 박힌 목마도 그의 것이었다. "자네에게 모두 물려주겠네. 내가 돌아오지 않는다면 자네가 나의 상속자이자 사도일세." 돈 오토가 뜻밖의 작별 인사를 하며 말했다. 그는 전차 사단 부대가 러시아를 침략했다는 것을 알고, 애국심에 불타는 열정으로 독일 제국의 영광스러운 군대에 합류하기 위해 드넓은 유럽을 다시 거슬러 올라가 횡단하기로 결심했다. 그는 자기 나라에서 가져온 큰 가방에 20년 넘게 보관하고 있던 1914년도의 전투복을 입고, 방금 광을 낸 끝이 뾰족한 군모를 쓰고, 목에는 규칙대로 방독면을 걸고 역에서 아버지답게, 군인답게 그의 제자이면서, 처음이자 단 한 명밖에 없었던 견습생이고 거의 양자와도 같았던 사진사 라미로에게 작별 인사를 고했다. 그는 라미로에게 스튜디오 사진의 숭고한 예술을 계속하겠다는 맹세를 요구한 후 군화를 맞부딪쳐 인사하고 마드리드의 우편열차에 올라탔다. 그는 증기 기관차가 내뿜는 시커먼 연기 사이로, 창문에서 로마식으로 인사를 건네며 이내 사라져 갔다. 노망이 들었거나, 이미 번복할 수 없는 슈납스(火酒)의 효능 때문이었을 수도 있었다. 돈 오토에 대해서는 아무 소식도 전해지지 않았지만, 러시아 스텝 지방으로 떠났던 그의 원정이 알카사르 데 산후안에서 결말이 났다는 얘기가 있다. 그곳에서 그는 스페인 내전의 병영을 착각해 소동을 일으켜 붙잡혔는데, 독일어를 중얼거리며 프로이센 모자 끝으로 정신과 의사들을 습격했다가 레가네스인지, 시엠포수엘로스인지에 있는 정신 병원에 끌려갔다고 했다.

돈 오토가 떠날 때까지 라미로는 몰래 숨어서 독한 술이 들어 있는 병들을 살짝 맛만 보았을 뿐이었다. 그러다가 혼자 남게 되자, 그때부터는 아무 생각 없이 스승의 가장 안 좋은 버릇들을 따라 하기 시작했다. 그는 낮에 현상한 사진들에서 죽은 사람들의 얼굴을 보기 위해, 매일 밤 지하실에 앉아 슈납스를 마시며 독일 음반들을 들었다. 그의 불행과 열정을 위해, 슈베르트의 음악이,

피아노 반주곡의 슬픈 음악과 실내악의 발췌 부분들이 흘러나왔다. 그가 빗소리와 거리의 소음을 듣듯, 견습생으로 들어왔을 때부터 별달리 신경을 쓰지 않고 계속 들었기 때문에 이제는 거의 외울 정도가 되었다. 그 화주는 새로 구할 수 없어 그나마 알코올 중독은 면했지만 슈베르트의 음악은 치료가 불가능했다. 그는 음악을 듣는 순간, 어디서 바늘이 튀어 탁탁 튀는 소리가 날지 정확히 알아맞히거나, 기억했다. 장님이 망각과 어둠으로 인해 갈수록 점점 더 뒤틀린 색상들을 기억하듯.

어쩌면 카사 데 라스 토레스에서 부패하지 않은 여인의 시신이 발견되지 않았더라면, 슈베르트의 효과가 그렇게 치명적이지 않았을 수도 있었다. 그것은 나약하고 안개가 잔뜩 낀 것과 같은 성격을 지닌 — 그는 자신이 사투르누스 신과 같다고 말했다 — 사진사 라미로의 심리 상태가 가장 비참했던 시기와 일치했다. 독일 술을 마신 후에는 자기 자신이 불쌍하고 서글프게 보였을 뿐만 아니라, 전쟁 후 몇 년 동안은 기나긴 일요일 저녁 무렵과 같은 고통 속에서 허우적거렸기 때문에 더욱 그랬다. 그는 자신을 비겁하게 무릎 꿇은 패배자라고, 가난한 보헤미안 생활로 한창 젊었을 때 비참하게 죽을 수밖에 없는 이해받지 못한 외로운 예술가라고 상상했다. 자기는 성공뿐만 아니라, 실패도 불가능한 그 작은 도시에서 길을 잃고 헤매며 잊혔다고 상상했다. 적어도 그가 원했던 실패의 등급은 오페라와 로맨틱한 죽음에서 강조되는 것처럼 위대하고 숭고했다. 마히나의 패배자들이 곁에 두는 화로와 긴 테이블보가 덮인 테이블과 같은 권태로움은 없었다. 시청의 월급을 받으며 공관 창문 뒤에서 소네트를 끼적거리는 시인들. 교구 악단과 합창단을 위해 비참한 모음곡을 쓰는 작곡가들. 교구 시인과 성직자 시인들. 심지어 플로렌시오 페레스 형사와 같은 경찰 시인들까지 있었다. 형사에 대해 끊임없이 들리는 소문이 사실이라면, 그의 남성성에 대해 수군거리는 내용뿐만 아니라, 카페의 몇몇 대화에서 들리는 얘기도 치욕스러웠다. 대식구 증명서와 후원 증명서를 가지고 3년마다 보상금을 타는 예술가들. 잡화점을 운영하며 지방 신문에 잠깐 나온 것을 귀한 훈장처럼 고이 간직하는 화가들……. 그는, 라미로는, 모든 사람들을, 스튜디오의 카메라 앞에 선 허영심 많고 건방진 사람들을 카메라 렌즈에 박쥐처럼 거꾸로 매달아 놓고 사진을 찍었다. 그는 사려 깊고 위엄이 깃든 분위기를 풍기며, 탁자 끝에 팔꿈치를 대고 검지로 뺨을 괴었다. 그는 계단과 정원의 모습이 그려져 있는 천 앞에서, 돈 오토가 제정신이었을 때 존경했던 몇몇 독일 유명인들의 석고상이 있는 기둥 옆에서 사진을 찍었다. 사진사 라미로는 카메라 덮개 아래로, 자발적이지 않은 제스처와 불안에 사로잡힌 시선을 깜짝 놀라게 하는 유리 눈의 면죄부 뒤에 스파이처럼 숨어서, 자기 스튜디오를 찾는 지방 유지들의 텅 빈 허영심과 여자들의 거짓되거나 어리석은 아름다움, 치명적인 비만, 대머리, 어리석음, 쇠락에 차츰 염증을 내며 지켜보았다. 그는 밤에 슈베르트를 듣고 슈납스를 마시면서, 돈 오토가 존중하라고 가르쳐 준 지난 세기의 위대한 예술가들에게 어울릴 만한 여자를 찾으며, 최근에 찍은 사진들을 한 장씩 들춰 보았다. 위대한 나다르조차 멋있게 그려 줄 수 없는 지극히 평범하거나 사납거나 비참한 얼굴들만 있었다. 그가 신호를 보내자, 고분고분하게 미사를 돕는 뚱뚱한 복사 아이처럼 신중하게 거리를 두고 떨어져 눈썹도 깜빡하지 않은 채 그를 지켜보고 있던 조수가 빈 잔을 채워 주었다. 음반이 거의 끝나 가고 있어, 그는 4중주 「죽음과 소녀」의 늘어지는 슬픔으로 다시 돌리라며 조수에게 처음으로 명했다. 슈베르트의 곡 중에서 그가 가장 좋아하는 곡이었는데, 그 곡은 그가 돈 오토의 조수였던 몇 년 전에 찍은 결혼사진을 늘 떠올렸다. 그는 술기운과 음악의 파괴적인 강렬함에 무너져 그 사진을 찾아보려고 했다. 그러나 사진은 찾지 못했지만, 군복을 입은 신랑과 팔짱을 끼고 그에게 기대고 있는 신부는 정확하게 기억났다. 신부는 상당히 마른 편으로, 눈이 크고 맑았으며, 이마는 거의 속이 들여다보일 정도로 투명했고, 머리는 짧은 편으로 갈색이었다. 돈 오토 체너는 그녀의 옆모습이 르네상스 시대의 여자와 비슷하다고 했다. 그들은 다음 날, 결혼식 날 밤에 신부가 지붕 위로 총성을 듣고 발코니로 나갔다가 총에 맞아 죽었다는 사실을 알게 되었다. 화주와 음악에 취한 사진사 라미로는, 자기가 손수 그녀의 결혼사진을 찍었을 때, 불행과 행복이 동시에 경련을 일으켰을 때, 그 순간 죽음의 문턱에 서 있던 여자를 바라보았다. 그가 부패하지 않은 젊은 여인의 얼굴이 현상판에 모습을 드러내는 것을 본 이후로, 그 경련은 훨씬 반복적이고 독성이 더 강해졌다. 그 순간 그가 좋아하는 곡의 제목을 예고하는 것처럼 느껴졌다. 죽음과 소녀. 그날 밤 그는 결혼사진과 플로렌시오 페레스 형사가 요구해 찍은 사진을 비교하며 생각했다. 두 여자가 닮았으며, 공통된 운명으로 연결되어 있다는 생각이 들었다. 1937년의 죽음. 다른 여자가 다시 태어난 건 아닐까? 열정과 그 뒤를 이은 잘못된 사랑의 속죄가 거의 70년 만에 반복된 건 아닐까? 카사 데 라스 토레스의 생매장된 여자와 슈베르트의 소녀와 마찬가지로, 그녀 역시 죽음의 유혹적인 목소리를 듣고 몽유병 환자처럼 침대에서 일어나 발코니로 나간 건 아닐까?

그의 양손이 부들부들 떨렸다. 작업실 책상의 램프 아래서 두 얼굴을 계속 바라보고 있었는데, 보면 볼수록 그 둘이 닮았다는 사실을 깨달았다. 그는 조수에게 가서 자라고 퉁명스럽게 말했다. 그는 상상력이 매우 풍부하고 꽤 내성적인 성격이었다. 그는 열다섯인가 열여섯 살 때부터 성실한 신학자처럼 아무렇지도 않게 정조를 지키며 살아왔다. 실제 여자들과의 은밀한 관계는, 마히나에서 가르송 식으로 머리를 짧게 커트한 여자들이나, 돈 오토 체너가 베를린에서 가져온 엽서 세트에서 벌거벗은 채 담배를 피우며 포르노 자세를 취하고 있는 여자들과의 관계보다 훨씬 힘들고 재미도 없었다. 그는 불과 몇 시간 전 자기가 찍은 신부의 갑작스러운 죽음을 알았을 때는, 일시적으로 그 여자들에게 불성실했다. 그런데 부패하지 않은 젊은 여인의 눈동자가 자기를 바라보는 것 같고, 자기를 알아보며 환하게 광채를 발하는 것 같은 느낌이 들었을 때는, 사춘기 시절의 부끄러운 우정이나 헛된 사랑처럼 그들을 완전히 잊어버렸다. 그는 사진들을 보관하고 일어서는 순간 어지러웠기 때문에 슈납스의 마지막 잔은 마시지 않았다. 그는 전축을 끄고, 불면의 어둠 속에서 뒤척였다. 마침내 간신히 잠들었을 때는 꿈속에서 「죽음과 소녀」가 들려왔다. 하지만 4중주가 아니라, 한 번도 들어 본 적이 없는 오케스트라 버전이었다. 그리고 음악이 점점 흘러갈수록, 현상액에서 모습을 드러낼 때처럼 젊은 여자가 물속에서 천천히 형체를 띠어 갔다. 그러고는 라미로, 사진사 라미로라며 그의 이름을 귓속말로 속삭이는 목소리가 들려 깨어났다. 그에게 그런 톤으로 말을 걸어 온 여자는 단 한 명도 없었다. 이틀 밤 후, 그는 불면증으로 몸부림치다가 도둑처럼 조심스럽게 집 밖으로 나와, 텅 빈 광장들과 마히나의 골목길들을 정처 없이 돌아다녔다. 하지만 자기가 원치 않아도 끝내 그곳에 갈 거라는 걸 알기 때문에 산 로렌소 구역에는 가까이 가고 싶지 않았다. 마치 그의 상상 속에서 계속 들려오는 음악이 그를 밀거나, 아니면 꿈속에서 그의 이름을 그토록 다정하게 불러 주던 목소리가 그를 부르기라도 하는 것 같았다. 그는 바바리 안주머니에 손전등을 무기처럼 숨겨 두었다. 그리고 독주가 들어 있는 납작한 술통과 테두리가 고무로 되어 있는 고글도 가지고 다녔다. 혹 곤란한 상황에 처하면, 그걸 가면처럼 쓰려는 어처구니없는 의도 때문이었다. 알코올과 밤의 고독이 그에게 무책임하고도 제멋대로인 무모함을, 몽유병에 걸려 모험을 찾아 돌아다니는 버릇을 안겨 주었다. 숙취로 고생하는 아침에는 그 버릇이 낙담과 후회로 처참하게 변해 있었다. 그날 밤에는 슈베르트의 슬픔에, 몇 시간 전 라디오에서 들은 '하늘에서 나를 기다려 줘' 라는 제목의 네그로 마친이 부른, 죽음을 사랑하는 부드러운 볼레로 선율이 더해졌다. 골목길의 전구들은 모두 꺼져 있었으며, 얼마 전 비행기 공습경보가 울렸을 때처럼 집집마다 창문에는 불빛도 보이지 않았다. 달빛만이 도시를 아주 희미하게 비추고 있었다. 그리고 그만이, 사진사 라미로만이 그 도시에 사는 것 같았다. 헤네랄오르두냐 광장에는 플로렌시오 페레스 형사의 발코니에조차 불빛이 없었다. 그는 라스트로 거리로 내려갔고, 이제는 집들이 성벽에 딱 달라붙어 있는 곳을 따라 케이포 데 야노 거리를 내려가, 포소 거리의 골목으로 꺾었다. 그 순간, 감히 용기를 내서 창녀촌을 찾아갔던 몇 번 안 되는 그때처럼, 그는 알토사노 바람과 카바 들판의 바람이 휘몰아치는 사거리에서 불안하면서도 창피한 마음이 드는 동시에 온몸에 소름이 돋았다. 그리고 뒤돌아본 순간, 자기 뒤로 술 취한 판토마스의 기다란 그림자를 보았고, 돌길 위로 울려 퍼지는 자신의 발소리를 들었다. 하지만 아니었다. 그가 들은 것은 자신의 발소리가 아니었다. 그것은 그림자가 벽에서 거의 떨어지지 않은 다른 남자의 느릿한 발소리였다. 그래서 사진사 라미로는 문틈 사이로 몸을 숨기고, 유령을 본 듯 겁에 질려 알코올이 넘실거리는 머릿속으로 쿵쿵거리며 울려 퍼지는 발소리를 들었다. 그는 슈베르트의 음악과 바이올린 선율, 네그로 마친의 앵앵거리는 목소리, 발소리, 그리고 아직도 구별되지 않고 계속 울리는 다른 소리를 지우려고 애썼다. 작고, 연속적이고, 마른 소리였으며, 스치는 소리와 뒤섞여 점점 더 가까이에서 들려왔다. 그리고 골목길과 인도 가장자리를 두드리는 지팡이 끝의 금속성 소리도 들렸는데, 창문의 창살을 두드릴 때는 더욱 거세게 들려왔다. 한 남자가 아주 천천히, 지팡이를 들고 외투를 벽 쪽 회벽에 뭉개면서 걸어오고 있었다. 분명히 장님이었다. 하지만 그 시간에 장님이 마히나의 거리에서 뭘 하고 있었으며, 왜 자기를 따라오고 있었단 말인가.

사진사 라미로는 두려움으로 온몸에 소름이 끼쳐 정신이 맑아졌다. 하지만 그는 숨어 있던 문 틈새로 더욱 깊숙이 몸을 숨기며, 독주가 든 술병으로 위안을 얻기 위해 외투 안으로 손을 집어넣었다. 그는 딱 한 모금을 들이켠 후, 음악의 영광과 술에 취한 몽롱한 상태를 회복했다. 소리도 내면 안 되고, 숨도 쉬면 안 되었다. 장님은 이제 그에게서 몇 미터밖에 떨어지지 않았으며, 잠깐 방심하는 순간, 1밀리미터라도 움직이면 들킬 수가 있었다. 장님들의 청각은 초능력을 지녔다. 장님들은 자기네들 근처에서 일어나는 일을 잘 알아맞힐 뿐 아니라, 낯선 사람들의 냄새를 개처럼 맡았다. 사진사 라미로는 그가 자신의 심장 박동 소리를 들을 거라고 생각했다. 하지만 그에게 들리는 소리는 심장 박동 소리가 아니라, 발소리였다. 그는 그 남자의 발소리와 벽에 스치는 외투 소리, 지팡이 끝을 두드리는 소리, 그리고 마치 기도라도 하는 듯한 알아들을 수 없는 소리를 듣고 있었다. 그는 몇 초 동안 자기 앞에 있던 그림자와 순간적으로 번뜩인 안경을 보았다. 그리고 그 남자가 자신이 올라가 있던 계단을 더듬다가, 그의 신발을 거의 건드릴 뻔한 쇳조각 끝의 광채도 보았다. 그리고 인도에서 뒤뚱거리며 걷는 느릿하고 공허한 몸집도 보았다. 그는 사진사 라미로에게서 한 발자국 떨어진 위치에서, 라미로가 있는 쪽을 살짝 돌아보며 장애물을 더듬듯 허공에 지팡이를 휘두르며 잠시 가만히 멈춰 서 있었다. 그러고는 잠시 후 그는 쇠를 매단 귀신에 씐 동상처럼 비인간적으로, 영원히 끝나지 않을 듯 천천히 멀어져 갔다. 산 로렌소 광장에 이르자 발소리는 좀 더 정확한 울림을 띠었고, 사진사 라미로는 열쇠 구멍에서 열쇠 돌아가는 소리가 들리고 문이 갑자기 삐거덕거리며 열리는 소리를 듣고 나서야 움직였다. 장님이 아주 가까이, 광장에 있는 집에서 살았던 것이다. 제일 높은 창문들에 나뭇가지가 닿아 있는 벌거벗은 포플러 나무 세 그루 중 한 그루의 뒤편에 살고 있었다. 라미로는 한 모금을 더 마신 후, 겁에 질린 양손을 비벼 보았다. 순간 그의 상상 속에서 슈베르트 4중주의 격렬한 멜로디가 다시 들리기 시작했다. 카사 데 라스 토레스의 현관 위로 홈통들의 실루엣이 위협적으로 보였다. 그 건물이 한 블록 전체를 차지하고 있었으며, 라미로는 뒤뜰의 반쯤 허물어진 담을 타고 올라가면 그 안으로 들어가는 게 그다지 어렵지 않을 거라 짐작했다.

그는 관리인 여자에게 들킬까 봐 두려워하지 않았다. 그는 독주와 불면증, 음악과 사진들의 혼령에 완전히 중독되어, 그 어느 것도 두렵지 않고, 자기가 취했다는 사실도 알지 못했다. 그러고는 몇 분 전에 자기를 놀라게 했던 그 그림자는 어둠이 만들어 낸 환상일 뿐이라고 생각하기 시작했다. 이제는 슈베르트의 멜로디를 기억할 필요도 없었고, 그 음악을 휘파람으로 불려고도 하지 않았다. 음악이 알코올과 뒤섞여 혈관 안으로 조심스럽게, 고집스럽게 흘러가는 게 느껴졌다. 한계에 이르기 전 산산조각이 날 듯 거침

없이 빨라지다가, 심장이 거의 마비를 일으킬 때쯤 서서히 가라앉는 것 같았다. 그와 함께 순식간에 차분한 음악이 흐르면서 고통과 상(喪), 무모함이 조금씩 폭풍우처럼 밀려올 거라는 걸 암시하고 있었다. 잠시 후 그는 자기가 카사 데 라스 토레스의 지하실과, 슈납스에 취하고 음악에 감동받은 자기 영혼의 깊숙한 내면으로 어떻게 한꺼번에 내려왔는지 기억하지 못했다. 그는 여자가 여전히 두 눈을 크게 뜨고 앉아 있는 묘 구덩이 앞에 와 있었다. 마치 잠도 자지 않고 그를 기다리기라도 한 듯 그녀는 무릎 위로 양손을 얌전히 모으고 있었다. 둥글게 만 머리카락에서 뿌옇게 일어난 먼지 때문에, 그녀는 원래의 크기보다 약간 줄어들어 있었다. 사진에서보다 조금 더 작아졌으며, 덜 아름답고 덜 두려워 보였다. 거의 살림도 잘하고, 기운도 없고, 지루해 보였다. 막상 그녀 앞에 와서 보니, 그는 뭘 어떻게 해야 할지 몰랐다. 그는 안개처럼 뿌연 술기운 속에 자기가 더욱 불필요하고 우스워졌다는 아주 나약한 느낌이 들기 시작했다. 그렇게 가까이에서 보니, 둥글게 만 머리카락은 인형의 머리카락처럼 뻣뻣한 삼 부스러기로 되어 있는 것 같았다. 그리고 그녀의 눈동자는 마치 백내장을 앓는 듯 혼탁하고 불투명했다. 그리고 스튜디오의 불빛 아래 화장이 망가진 여자들처럼, 입술 양가로 작은 균열과 주름살이 가 있었다. 그는 신성 모독을 범하는 불안함으로 그녀의 얼굴을 만져 보았다. 지하실의 돌멩이와 같은 까칠한 느낌이 들면서, 너무나도 건조하고 차갑다는 느낌이 들었다. 하지만 그녀의 시선은, 이제 확실하게 죽어서 보이지 않는 눈먼 시선은 여전히 그를 옴짝달싹 못하게 붙잡아 두고 있었다. 그리고 그녀의 옷과 머리카락에서 나는 먼지 냄새는 언젠가 읽은 적이 있던, 악녀(惡女)들이 사용한다는 양귀비 향수처럼 그를 현기증 나게 했다.

그의 손가락이 그녀의 얼굴과 살짝 열린 입술, 목을 살며시 만진 후 가슴이 파인 곳으로 다가갔다. 그리고 그때 종이의 가장자리가 보였다. 각별히 조심해야 했다. 손을 떨지 않게 마음을 진정시켜야 했다. 그는 예의상 등을 돌리고 독주를 조금 더 들이켰다. 그러고는 금고의 비밀번호를 알아내려는 도둑처럼, 손가락 두 개를 조심스럽게 모아 앞으로 뻗었다. 종이를 펼치는 순간, 부서질 수도 있었다. 그는 종이를 꺼내, 박제한 나비의 양 날개를 떼어 내듯 조심스럽게 종이를 펼쳐 보았지만, 가장자리가 부서지는 건 피할 수가 없었다. 잘 보이지가 않았다. 슈납스 때문에 글자가 모두 하나로 보였고, 손전등의 불빛도 점차 약해졌다. 조금 있으면 완전히 꺼져 버릴 것 같았다. 그러면 어떡한다. 출구도 발견하지 못할 테고, 장님처럼 사방에 부딪히며 지하 창고들 속에서 길을 잃을 것이다. 그러면 낡은 가구들과 마차 골조가 무너져 내릴 테고, 무시무시한 관리인 여자에게 들킬 것이다. 그러면 몇 시간 후 그는 공개 망신을 당할 것이며, 어쩌면 감옥에 갈 수도 있었다. 플로렌시오 페레스 형사의 무표정하고 음산한 얼굴과 스튜디오의 파산, 거지 생활, 빈민 보호소가 그새 상상이 되었다. 음악과 두려움이 거센 폭풍우처럼 그의 의식을 뒤흔들었다. 그의 마음이 결정적으로 폭발해 울음이 터져 나올 듯 음악은 점차 거세졌다. 그리고 손전등이 제대로 지우지 못하는 어둠처럼 두려움이 그를 포위해 왔다. 그리고 한가운데로, 그의 눈앞으로, 붉게 반짝이는 현상액 아래로, 카사 데 라스 토레스의 지하실에 홀로 추방되었다가 발견된 여인이 사진과 꿈의 기억 속에서 점차 모습을 드러냈다. 그녀는 석회처럼 굳은 가슴 사이에, 70년이란 세월이 흐른 후 다시 빛을 보게 될 사랑의 비밀 메시지를 간직하고 있었다. 사진사 라미로는 그날 밤 당장 그 메시지를 읽지 않고, 토한 냄새와 화학 냄새를 풍기는 암실의 돗자리에서 깨어난 후 다음 날 아침에 읽었다. 전축 위를 맴도는 찢어지는 듯한 바늘 소리가 들려왔으며, 그의 머릿속을 집요하게 계속 빙글빙글 돌아 머리를 뚫고 나갈 것 같은 느낌이었다. 그는 외투와 고글도 벗지 않은 채 잠이 들었다. 자기가 언제 고글을 썼는지도 기억나지 않았다. 그리고 그의 얼굴 옆에는 빈 술병이 놓여 있었다. 그는 역겨워하며, 한 손으로 술병을 쳐서 바닥에 떨어뜨렸다. 그는 꼭 쥐고 있던 오른손을 간신히 펼쳐, 똑같이 네 등분 된 두툼한 누런 종이를 보았다. 카사 데 라스 토레스에서 돌아오던 길은 그의 기억에서 지워져 사라지고 없었다. 그게 독주의 가장 안 좋은 점입니다. 그가 갈라스 소령에게 설명했다. 술이 그의 삶에서 몇 시간을 통째로 앗아 가 버렸다. 마지막으로 기억나는 것은 어둠 속에서 지하실에 갇힐 것 같은 두려움과 고양이 우는 소리, 말들이 끄는 마차의 움직이지 않는 그림자였다. 그는 스튜디오로 올라갔다. 그곳에는 무덤에서 나온 죽은 사람을 본 듯 조수가 까무러치게 놀란 얼굴로 그를 바라보고 있었다. 라미로는 손짓으로 그에게 나가 보라고 명한 후, 외투와 고글도 벗지 않은 채 문서 보관소처럼 사용하는 작은 방의 의자에 털

썩 주저앉았다. 밤새도록 술기운이 뿜어져 나와서 그런지, 고글의 고무가 양쪽 이마에 바짝 들러붙어 있었다. 그는 아주 강력한 램프 아래서, 자기 앞으로 종이 네 조각을 펼쳐 놓았다. "당신의 심장 위로 나를 우표처럼 올려놓으시오." 종잇조각들을 간신히 맞춰 드디어 읽을 수 있었다. 그 글을 읽어 내려가면서 다시 슈베르트의 4중주가 들려오는 것 같았다. 그리고 남자 글씨체로 흘려 쓴 필기체의 음악이 그의 피를 다시 뜨겁게 데워, 이유도 없이 자기가 슬픔의 조난자가 된 듯 자기 자신이 불쌍해졌다. "당신의 팔 위로 표시처럼. 사랑이 강하기 때문이오, 죽음처럼. 질투가 강하기 때문이오, 무덤처럼. 숯불들. 새빨갛게 달궈진 숯불들. 강렬한 불꽃들. 많은 물도 사랑을 끌 수는 없고, 강물도 사랑을 덮을 수는 없소." 사진사 라미로는 숙취로 몸이 망가지고, 눈물로 앞이 보이지 않아 새끼 양처럼 흐느끼면서 자기 인생의 위대한 사랑이 자기가 태어나기도 30년 전에 이미 벽에 생매장되어 죽었다는 사실을 슬픔도, 희망도 없이 깨달았다. 하지만 다시는 그녀를 보지 못했습니다. 마치 여자가 살아 있을 때 봤던 사람처럼 그가 갈라스 소령에게 말했다. 그는 2, 3일 후, 마지막으로 몇 병 남아 있던 돈 오토의 독주들 중 한 병을 비우고 다시 용기를 내서 같은 통로를 따라 무덤으로 돌아갔다. 하지만 그의 손전등은 텅 비어 있는 묘 구멍만을 비출 뿐이었다.

제8장

나는 그들의 얼굴을 보며, 내가 그들을 제대로 알지 못했다는 느낌이 든다. 그들이 어떤 사람들이었는지, 나와 상관없는 옛날에는 어땠는지, 그들이 뭘 기억했는지, 뭘 아는지, 배고픔과 공포로 어두웠던 시절에는 어떻게 살았는지, 제대로 알지 못한다는 느낌이 든다. 그것은 수 세기 전도 아니고, 불과 몇 년 전이다. 아주 오래전도 아니고, 아버지와 어머니가 결혼해 내가 태어나기 조금 전이다. 그때 그들은 살림을 차린 다락방의 월세를 낼 돈도, 사진사 라미로가 찍어 준 사진 값을 지불할 돈도 없었다. 어쩌면 그들이 어렸을 때 이미 라미로가 사진을 찍어 주었는데도 기억하지 못하는 것일 수도 있다. 그들의 순진한 얼굴에는 미래에 대한 모든 체념이 적혀 있었다. 아버지는 넥타이를 매고 재킷과 짧은 바지를 입고, 석고 그레이하운드가 놓여 있는 기둥 옆에서 포즈를 취하고 있었다. 어머니는 하얀 샌들에 어두운 색 양말을 신고, 머리에는 리본을 묶고 있었다. 열두 살에서 열세 살 정도 되어 보였으며, 거목처럼 큰 마누엘 외할아버지 옆에서 그의 그림자에게 미소를 띠며 동생 한 명을 안고 있었다. 그때 그는 이미 돌격대의 군복을 입지 않았다. 그 군복은 내가 찾아낸 옷장에서, 아주 오래전부터 걸려 있었을 것이다. 결혼사진 때는 있었던 이마 쪽 금발이 사라진 대머리였다. 그는 바지와 면 조끼에, 턱 밑까지 단추를 채운 깃 없는 와이셔츠 차림이었다. 사진 포즈를 취하는 순간, 자신이 옛날에 바람기 많은 남자였으며, 베레모 챙 아래로 여자들에게 눈길만 줘도 여자들이 넘어갔었다는 사실을 떠올리는 것 같았다. 그는 드물게 애정 표현을 하며, 레오노르 외할머니의 어깨 위에 오른팔을 얹어 포즈를 취했다. 그러고는 약간 감정이 있는 듯 페드로 외증조부를 흘낏 옆으로 쳐다보았다. 외증조부는 자신이 사진 찍힌다는 사실을 모르고 있었다. 그는 해가 모습을 드러낸 여느 날 아침과 똑같이 계단에 앉아, 양다리 사이로 이름 없는 개를 품고 있었다. 외삼촌들의 얼굴과 빡빡 민 머리, 굶주린 무릎과 축 늘어진 양말들. 모두 잠자리에 들고 나면, 에스파르토 밧줄과 바구니들을 짜지 않아도 될 때 외할머니가 자지 않고 밤새 고쳐 주어 입고 있는 어른 재킷. 밧줄과 바구니를 짜다 보면 올리브가 나오는 겨울 아침에 땅의 새싹이 얼어붙은 능선처럼, 손가락의 껍질이 아주 잔인하게 벗겨졌다. 여자들과 아이들은 총알처럼 새까맣고 단단하고 차가운 작은 열매를 한 알씩 줍기 위해 올리브 나무의 가지 아래 무릎을 꿇은 채 힘겹게 앞으로 나아갔다. 거친 땅이나 진흙 위에 무릎을 꿇고 있다가, 올리브 나무들이 양쪽으로 늘어서 있는 가운데 공터에서 몸을 일으킬 때면 양손으로 신장을 잡고 앞을 바라보며 일어섰다. 회색 나무들이 한 줄로 늘어서 있는 곳을 향해. 그곳에는 남자들이 몽둥이로 열심히 나무들을 두드려, 펼쳐 놓은 담요들 위로 올리브 열매들을 마구 떨어뜨렸다. 나는 상상할 줄도, 지어낼 줄도 모른다. 그리고 이제는 그들의 말을 거의 기억할 수도 없다. 그들에게 계속 이야기를 해 달라고 조를 기회도 없을 것 같다. 외할아버지가 끌려갔던 포로수용소는 어땠어요, 라고 그에게 물은 적이 있었다. 사형당할 수도 있다는 사실을 알았을 때 어떤 기분이었는지, 양손으로 총을 쥐고 참호에 엎드려 총을 쏘게 될 얼굴이나, 재빨리 움직이는 실루엣을 향해 건너편을 바라볼 때 어떤 기분인지 물은 적이 있었다. "나는 항상 두 눈을 꽉 감았다." 라파엘 아저씨가 말했다. "내가 총을 너무 못 쏴서, 눈을 감지 않았다 해도 아무도 맞히지 못했을 것이다. 화약 냄새만 맡으면 나는 양손과 무릎이 부들부들 떨리고, 눈앞이 뿌예지면서 물체가 두세 개로 보였단다. 그러면 나는 생각했다. 두고 봐야 해. 건너편 참호에 있는 사람들이 나에게 아무 짓도 하지 않았는데, 그들이 나한테 무슨 짓을 하겠어. 나는 그들을 제대로 알지도 못하는데. 그러고는 두 눈을 질끈 감고 방아쇠를 잡아당기며, 하느님의 뜻대로 되길 바란다고 말했다. 하지만 가만히 생각해 보면 화가 났다. 덩치가 집채만 한 남자들이 해야 할 일은 하지 않고 총이나 쏴 대면서 진군 생각만 하고 있다는 게 말이다."

그들은 그것에 대해, 부당하다는 느낌에 대해, 이해하기 어려운 느낌에 대해 여러 번 얘기한 적이 있었다. 그들은 '저 언덕을 꺾어야 한다'는 명령을 받으면 언덕이 늘 정확히 같은 장소에 있기 때문에 그 언덕에서 적군을 몰아내기는 해도, 꺾을 수는 없다고 생각했다. 폭격으로 언덕은 더욱 헐벗고 황량해지고, 피로 얼룩지고, 양다리를 벌린 채 얼굴이 날아간 시신들로 그득했고, 지저분한 바지들 위에는 내장들이 흩어져 있었다. 하지만 그 언덕은 그 누구도 가져갈 수 없고, 그 언덕에서 이익을 얻을 수도 없는 늘 똑같은 장소라고 라파엘 아저씨가 고개를 흔들며 말했다. 하지만 그들은 두려워하지 않았다. 그들이 두려움을 느끼기에는, 모든 일들이 너무나도 순식간에 일어났다. 그들은 배가 고팠고, 이와 벼룩이 물어 댔고, 망토 아래서 얼어 죽거나, 아니면 철모 아래서 더위 때문에 현기증을 느꼈다. 그들은 군화가 아팠으며 동상이 괴롭혔다고 말했다. 그들은 전쟁 때문에 거두지 못할 그해의 수확을 떠올리며, 촛불 아래서 아내와 부모에게 격식을 차려 어렵사리 편지를 썼다. 아니면 다른 사람에게 불러 주었다. 친애하는 레오노르, 이 편지를 받을 때쯤이면 당신이 잘 지내고 있기를 바라오. 나는 하느님 덕분에 여전히 잘 지내고 있소, 라고 내가 침대 옆 작은 테이블에서 발견한 편지에서 외할아버지는 그렇게 썼다. 그는 패배감이나 즉결 심판에 대한 두려움은 언급하지 않고, 그곳의 날씨나, 내가 영화에서 본 포로수용소쯤으로 상상되는 그곳에서 그녀와 자식들을 그리워하는 마음을 적었다. 한 줄로 늘어선 바라크들, 판자밖에 없는 침상, 라이트와 확성기를 갖춘 감시망, 전기가 흐르는 철사 줄. 그 어느 것도 사실이 아니었다. 보리를 베고 난 공터나, 올리브 나무들이 펼쳐진 곳에 수백 명, 수천 명의 남자들이 그림자처럼 헤매고 돌아다녔다. 외할아버지가 아직 기억력을, 아니면 말하는 재미를 아직 잃지 않았을 때 나에게 말해 줬었다. 그곳에 목장처럼 판자 울타리와 말뚝을 친 뒤, 기관총을 갖다 놓고 감시했다고. 건물들도, 교육장도 없었다. 비나 추위를 피해 들어갈 수 있는 움막 하나도 없었다. 그들은 올리브 나무 아래, 맨바닥에서 잠을 잤다. 나무 기둥이나 나무뿌리가 튀어나온 부분에 기대어 잠을 잤다. 그들은 길 잃은 나그네처럼 며칠이고, 몇 주고, 몇 달이고 무더운 밤에 몸을 뒤척이며 땅 위에 드러누워 잠을 잤다. 그들은 자기네 앞으로 검은 빵 자루라도 떨어지면 개미 떼처럼 몰려와 서로 다퉜다. 그들은 시커먼 땅바닥을 바라보았다. 나뭇가지에는 올리브 열매들이 주렁주렁 달려 있었지만, 4년에서 5년 동안은 아무도 수확하지 않은 거였다. 그렇게 그들은 배를 채우려는 욕심에, 배고픔에, 증오심에 추해져, 항상 편지나 통행증, 사형 선고, 무기 징역을 기다렸다. 글을 쓸 줄 아는 사람들은 연필과 종이를 발견하면, 글을 써서 사랑하는 사람에게 작별 인사를 남겼다. 당신 남편, 마누엘은 이런 사람이오. 그의 목소리처럼, 아니면 그의 표정처럼 환상 가득한 서명을 적었다. 얼마나 힘들게 단어 하나하나를 선별해 적었는지, 그 노력이 엿보일 정도로 한쪽으로 기운 장황한 글체였다. 손가락 사이에 파묻혀 거의 보이지도 않을 만큼 조그만 몽당연필로, 연필 끝에 침을 살짝 묻혀 가며 썼다. 시간이 지나치게 많이 흘러 절반쯤 지워진 말들이었다. 철자가 제대로 맞지 않아 흉측해진 말들이었다. 그곳 수확이 어떻게 되었는지 나중에 나한테 들려주게나. 여기는 비가 많이 왔고 올리브들이 잔뜩 달려 있지만 줍는 사람이 아무도 없네. 참 안타까운 일일세. 그리고 그녀는, 외할머니는 마히나에서, 거리를 정확히 계산할 줄 모르기 때문에 그가 있는 곳이 확실히 멀다고 생각하며, 포소 거리를 걸어오는 우편배달부의 발자국과 휘파람 소리를 듣고 있다가 노커와 호루라기 소리가 들리기도 전에 거리로 달려 나갔다. 우편배달부는 거의 대부분 멈춰 서지 않고 그냥 지나가기 때문에, 그녀는 희망과 두려움으로 바짝 긴장해 있었다. 게다가 그가 멈춰 섰을 경우, 남편이 죽었다거나 돌아오지 못할 거라는 불행한 소식을 전해 줄 가능성도 아예 없지 않았다. 골목 끝 집에 사는 노인이 다시 돌아오지 않았던 것처럼. 그 집에는 지금 아무하고도 얘기하지 않는 장님이 살고 있다. 그녀는 노커 두드리는 소리를 들었다. 그 소리는 텅 빈 그녀의 위장 속으로, 조금 더 위쪽, 가슴 한가운데로 고통스럽게 울려 퍼지는 소리와도 같았다. 그녀는 문을 열고, 얼른 앞치마로 닦은 손으로 봉투를 받아 들었다. 그녀는 남편의 글씨체를 알아보는 순간, 안도하며 어렵사리 자신의 이름, 레오노르 엑스포시토를 읽었다. 그녀는 발신인을 읽어 보고, 아주 조심스럽게 봉투를 찢어, 미스터리한 단어들을 한참 쳐다만 보고 있었다. 그녀는 글자를 제대로 해석하지 못한 채, 남편이 자기에게 하는 말의 절반도 이해하지 못한 채 큰 소리로 한 음절씩 또박또박 읽어 내려가며, 젊었을 때 그랬던 것처럼 부끄러움과 조바심으로 입술을 깨물었다. 그 시절 남편은 서법(書法) 교본과 연애편지, 상용 편지, 안부 편지의 교본을 베껴 그녀에게 보내며 그녀의 마음을 사려고 노력했다. 처음에 그녀는 편지들을 뜯어보지도 않고 돌려보냈다. 그게 관습이었다. 하지만 편지를 받기 시작했을 때도 편지를 뜯어본 경우는 극히 드물었다. 그녀가 글자를 제대로 읽지 못해서였을 뿐만 아니라, 항상 그녀 대신 편지를 읽어 줄 사람이 있었고, 그녀의 삶과 그곳에 적힌 말들 사이에 어떤 연관성이 있으리라고는 상상도 되지 않아서였다. 그녀는 늘 말에 불길한 힘이 들어 있다고 생각했다. 아직도 옷장 안에 고이 간직하고 있는 증서 때문에 남편은 들에서 일하던 것을 그만두고 금빛 단추가 달린 푸른색 군복을 입었다. 그러고는 얼마 지나지 않아, 그는 사무실에서 근무하는 사람처럼 얼굴이 새하얘졌다. 그가 체포되었다고 알려 준 남자들이 노란 봉투 안에 담긴 편지를 가져다주었다. 그가 있었던 첫 번째 감옥으로 면회를 가려면 통행허가증이라는 종이 쪼가리를 보여 줘야 했다. 그리고 이제 그를 포로수용소에서 풀어 달라고 하기 위해서는 또 다른 종이가 필요했다. 그녀가 이 세상에서 유일하게 존경하는 사람인 그녀의 아버지, 페드로 엑스포시토는 글을 읽을 줄도, 쓸 줄도 몰랐다. 그런데도 그는 십자가 성호 한 번 긋지 않고, 서류 밑에 엄지의 지문도 찍지 않았다고 당당하게 우쭐해하며 말했다. 그리고 그녀의 남편이자 나의 외할아버지를 망가뜨린 것은 말이었다. 충성심도 아니고, 의무감도 아니었다. 오로지 그가 그토록 좋아하는, 재치 있고 울림이 큰 말들 때문이었다. 외증조부는 자신의 개에게 말하며, 그것은 시끄러운 소음이고 헛것이라고 무시하듯 중얼거렸다. 어쩌면 그는 그 무엇보다, 침묵의 일반적인 습관과 개를 연결시켰을 수도 있다.

당신은 대체 어디서 그렇게 많은 말들을 배웠어요. 외할아버지가 포로 생활을 하던 때와 영웅심에 대한 이야기를 들려줄 때마다, 나는 외할머니가 외할아버지에게 하는 말을 들었다. 그녀는 외할아버지를 비웃었다. 누가 당신에게 그렇게 말을 많이 하면서, 자기 일은 내동댕이친 채 아무 생각 없이 남의 일에나 참견하라고 했어요. 당신은 항상 번지르르하게 사기 치는 말들이나 늘어놓으며 사람 좋고 호방한 말만 하지. 그러다가 결국 지금 이 모양, 이 꼴이 되었지만. 그녀가 그에게 말한다. 아무 결실도 없이 죽어라 고생만 하고 나서 몸만 절반을 못 쓰게 됐지, 쥐똥만큼의 비참한 연금 이외에는 아무것도 없잖아. 그나마 돌격대에서 몇 년 있었던 것을 인정해 줘서 다행이지. 안 그러면 우리가 뭘 먹고 살겠어. 그들은 극단적인 노화와 죽음에 대한 두려움으로 샴쌍둥이처럼 서로 연결되어 있다. 그들은 인생 말년에 뭐라 말할 수 없는 회한과 동정이 뒤섞인 감정으로, 텔레비전 앞에서 시간과 세월이 흘러가는 걸 지켜본다. 어머니는 이제 그들이 싸우지도 않고, 서로 대놓고 욕설도 퍼붓지 않는다고 말한다. 망각에도 불구하고, 욕설은 그들도 모르는 사이에 혈관 속을 떠돌아다니는 치명적인 독성처럼 여전히 그들을 죽이려 하는지도 모른다. 그가 다른 재산도 없이 낡고 딱딱한 망토와 보따리 하나만 들고 포로수용소를 나온 그날 이후 49년이 흘렀다. 그때 보따리에는 군화 한 켤레와 딱딱하고 시커먼 군대 빵, 말고기로 만든 소시지가 들어 있었다. 지금 외할아버지는 마히나에서 광물처럼 느릿느릿 간신히 일어나, 지팡이 고무 끝으로 바닥을 더듬으며, 자신의 발로는 갈 수 없는 머나먼 거리를 바라본다. 그는 타일 위로 1센티미터씩 질질 끌면서 걸으며, 발바닥의 고통이 잊고 있던 그때의 행군을 일부분 떠올린다. 그때는 칼로 자르듯, 발이 두 동강 날 것 같은 느낌이었다. 두 다리와 몸 전체와 의식이 진흙 속에서 산산이 부서질 것 같은 느낌이었다. 아주 오래전부터 계속 밤이었으며, 새벽에 동이 텄을 때부터 그는 계속 걷기만 했었다. 그는 언제인지, 어디로 가야 할지 알지 못했다. 아무것도 먹지 못했으며, 그의 발밑으로, 그리고 그의 눈앞에 펼쳐진 길이 절대 끝나지 않을 거라는 것만 알고 있었다. 산속 어딘가에서 잃어버린 길. 해가 평원을 짓누르는 듯 곧바로 뻗은 도로. 밤이 되면 담뱃불 이외에는 아무것도 없어 길을 잃고 헤매게 될 푸른 언덕들이 펼쳐진 지평선. 아무리 많이 걸어왔어도, 그의 발소리와 나귀의 마구에 묶은 딸랑거리는 방울 소리 이외에는 아무것도 들리지 않았다. 외할아버지는 그렇게 얘기하시는 걸 좋아하셨어. 내가 나디아에게 말한다. 일일이 설명하고 말을 지어내면서 말이야. 밤의 어둠. 늑대가 울부짖는 소리. 반짝이는 담배 불빛. 시에라 산을 횡단했던 그때, 마치 내가 옆에서 같이 걷기라도 한 듯 너무나도 생생하게 들리는 방울 소리. 외할아버지의 목소리를 거치면 평범한 상황들도 전조들로 가득 찬 은밀한 분위기를 띠게 된다. 외할아버지는 어머니가 약을 먹이기 위해 가져온 컵 안에서 숟가락이 딸랑거리는 소리를 듣고 방울 소리를 떠올린 것이다. 그는 턱이나 가슴에 거의 전부 흘리지 않고서는 약을 먹을 줄 몰랐다. 하지만 그건 늘 그랬단다. 레오노르 외할머니가 말한다. 절대 물약이나 약, 우유도 제대로 마실 줄 몰랐다.

하지만 와인은 절대 한 방울도 흘리지 않았지. 한 항아리를 마셔도 말이다. 그러니 얼마나 신기한 일이니.

현실에 쉽게 방해받는 사소한 꿈속에서처럼, 그의 기억에서는 나의 어머니가 휘젓는 숟가락 소리가 단조로운 방울 소리의 음으로 바뀌어 버린다. 그리고 다리가 피곤해지면 자기도 모르는 사이, 푸른 산 건너편으로 물건을 떼러 다니던 시절로 거슬러 올라간다. 외할아버지는 큰 키를 더욱 키우며, 암거래로 벌어먹고 살던 그 시절을 힘주어 나에게 말하며 산을 가리켰다. 암거래라는 말은 내가 외할아버지의 입을 통해서 배운, 잘 이해되지 않던 또 다른 단어였다. 그는 먼 곳에 있는 마을과 농장에서 감자와 강낭콩, 밀을 사 와, 나중에 마히나에 내다 팔았다. 돈과 영향력이 커서 몇 년 만에 재산을 두 배로 불린 이웃 사람 바르톨로메처럼 도매로 하지는 못했다. 외할아버지는 돈도 그렇게 많지 않았고, 군병대에 걸릴까 봐 주눅이 들어 있어 가난에서 벗어날 가능성은 절대 없었다. 사업을 시작하면서 구입한 나귀의 할부 값을 간신히 지불할 돈도 되지 않았다. 그런데 그 나귀도 어느 겨울날 밤 지나치게 짐을 많이 싣고, 가야르도스 언덕이라는 길에서 가장 힘든 급경사를 지나가다 그만 지쳐서 죽고 말았다. 그래서 그는 나귀를 눈밭에, 멀리서 나귀가 토한 피 냄새를 맡고 쫓아온 늑대들에게 넘겨주었다 — 외할아버지의 이야기에서는 늘 밤이었으며 비가 오거나 아니면 눈이 내렸다. 그리고 바람이 휘몰아치는 소리나 야수들이 울부짖는 소리가 들려왔다 — 하지만 외할아버지는 자신이 기억을 떠올리고 있는지, 아니면 아직도 꿈을 꾸고 있는지 잘 모른다. 그는 지팡이에 의지해 한 발짝씩 앞으로 나아가며, 그 기억이 산산조각 날까 봐 두려워한다. 그는 기억과 꿈을, 자신의 의식 속에 있는 이미지들과 자기 주변이나 텔레비전에서 본 이미지들을 잘 구별하지 못한다. 그의 기억에서는 시간의 경계와 세분화된 시간이 깨져 버렸다. 그리고 지금 살고 있는 이 순간은 현실감이나 개연성이 결여되어 있다. 어쩌면 얼굴과 사물들이 또렷하게 보이지 않아 그럴 수도 있다. 그것들은 아무 이유도 없이 나타났다가, 아무 설명도 없이 사라져 버린다. 몇 개월짜리 갓난아이가 물끄러미 보고 있다가 무너뜨리는 물건들처럼. 큰손자인 내가 왔다가 그냥 가 버리는 것처럼. 나는 그의 방에 들어가 볼 키스를 한 후 안부를 묻는다. 그러면 그는 나를 알아보지 못하고, 놀라기라도 한 듯 물끄러미 바라보다가 갑자기 미소를 머금으며 볼 키스를 받아 준다. 하지만 마음속으로는 내가 말하는 그 사람인지 의심한다. 그리고 자신의 의심을 확인하기 위해 나를 쳐다보려고 할 때나, 아니면 몇 분 자고 난 후 다시 눈을 뜨면 나는 이미 그 방에 없다. 잠깐 꿈을 꾸었는데, 그새 며칠이나 몇 주가 흘러간 것이다. 외할아버지가 내 안부를 묻고, 외할머니가 그에게 말한다. 하지만 거짓말 같군, 마누엘은 여행을 떠났고, 조금 전 그 아이와 전화 통화한 거 기억 안 나요?

기억이 안 나는 게 아니라, 기억의 순서를 다스리는 법을 모르거나, 아니면 다스리고 싶지 않은 것이다. 그는 꿈의 파편들처럼 세밀하면서도 부조리한 이미지들을 보고 있다. 그는 자기 앞에서 젖은 행주로 고무바닥을 닦고 있는 나의 어머니를 바라보고 있다. 그런데 평평한 테이블 위로 몸을 숙이고 있는 여자는 갑자기 다른 여자가, 아주 젊어서 방금 결혼한 레오노르 외할머니가 된다. 새하얗고 탄력 있는 피부와 따듯하고 부드러운 허벅지가 그를 미치게 한다. 그러면 그는 촉촉해진 눈을 지그시 뜨며, 희미하고 어렴풋한 미소를 머금는다. 그리고 몇 초 동안 자기 인생의 낙원이 어렴풋이 비치면서, 여자들과의 사랑과, 젊었을 때의 패기와 용기, 태양이 내리쬐는 거리를 행군하던 행진곡 등, 그 시절이 까마득히 있는 것 같아 굳게 닫힌 입가로 언짢은 표정이 서린다. 행군하면서 그는 고개를 들어 발코니 쪽을 바라보며, 삼색기 위로 팔꿈치를 괴고 박수갈채를 보내는 젊은 여자들을 바라보았다. 포로수용소 울타리에서 마히나로 걸어 돌아온 지 49년이 흘렀다. 그는 그때를 기억하거나 꿈을 꾼다. 밤에 걷다 보면 너무 힘들어, 발걸음을 멈추었는지조차 모르고 잠이 들 때도 몇 번 있었다. 그는 걷고 있는 자신을 너무 생생하게 꿈꾼다. 피곤과 배고픔에도 불구하고, 발뒤꿈치부터 생기가 올라오면서, 폐에 깨끗한 공기가 기분 좋게 느껴지고, 회향과 라벤더, 10월의 눅눅한 밤 냄새가 나면서 다리에 다시 힘이 불끈 솟구치는 게 느껴진다. "나는 쉬지 않고 24시간을 걸었다." 외할아버지가 나에게 가끔 말했다. 그는 마히나에 도착할 때까지 멈추지 않겠다고 마음먹었다. 그래서 걸음을 재촉하기 위해, 4월 14일 열병식에서처럼 행군하고 있다고 상상했다. 머리를 꼿꼿이 세우고, 연발총의 개머리판을 들기 위해 왼쪽 옆구리에 팔꿈치를 직각으로 대고서. 외할아버지는 괭이를 총처럼 사용하며 나에게 설명했다. 오른손은 힘차게 왼쪽 어깨까지 올리고, 균을 죽여 항상 입 밖으로 내보내기 위해 코로 숨을 들이마시면서 고르게 하고. 외할아버지는 군복을 입으면 그 누구보다 늠름했다. 하지만 행군은 제대로 하지 못했다. 그는 행군 때, 특히 맨 앞줄에서 가는 키가 훤칠한 공병들에게 환호성을 보내는 밝은 색상의 옷을 입은 여자들과 삼색기를 바라보며 한눈을 팔았다.

그가 미소를 머금는다. 어쩌면 그는 자기가 왜 웃는지도 모른다. 그는 두 눈을 완전히 뜨고, 조금 전의 꿈을 기억하지 못한다. 그는 주변을 둘러보며, 자기가 있는 방을 알아보지 못한다. 그는 테이블보 아래로 다리를 더듬으며, 다리가 추위로 빳빳하게 굳어 있다는 것을 안다. 그래서 그는 밤에도 지치지 않고 걸었던, 총 대신 어깨에 보따리를 둘러메고 행군하던 그 남자가 될 수 없다. 그는 신발 바닥이 해질 때까지는 절대 벗지 않을 샌들을 신고 도로의 자갈을 밟고 걸어간다. 배급으로 받은 담배를 가지고 다른 포로와 맞바꿔치기한 군화는 시에라 산길을 갈 때 신으려고 아껴 두었다. 그는 졸리고, 피곤하고, 배가 고파서 죽을 것 같았다. 그래도 멈추지 않고, 아직 자기에게 조금 남아 있는 소시지도, 검은 빵도 먹지 않는다. 그는 걷기 시작한 이후로 빵을 두세 번밖에 깨물지 않았다. 마히나에 도착할 때까지 아직 얼마나 남아 있을지, 탑들의 옆모습이 언덕과 성벽, 과달키비르 강, 평원, 올리브 나무들, 촉촉하게 반짝이는 초록빛 과수원 석류나무들 위로 저 멀리서 보일지 누가 안단 말인가. 그는 걷다가 잠이 들어, 얼굴을 땅바닥에 찧으며 깜짝 놀라 깬 적도 있다. 그는 깨어나, 자기가 어디에 있는

지를 모른다. 꿈속에서 또 다른 꿈을 꾼 것이다. 그는 곧 자기를 마히나로 데려다 줄 빛이 없는 도로에 있었다. 그는 텔레비전 프로그램의 음악 소리와 한참 시간이 걸려서야 알아보는, 그를 야단치는 목소리가 들리는 크고 따듯한 방에 있었다. 세상에! 마누엘, 어떻게 이럴 수가 있어요. 또 잠이 들다니.

하지만 그는 잠을 자지 않는다. 자고 싶어 하지 않는다. 오로지 행군할 뿐이다. 그리고 어두컴컴한 하늘에서 새벽을 알리는 첫 징후를 계속 찾고 있다. 그는 자신이 그토록 젊다는 게 거짓말 같다. 그는 하루 낮하고 하루 밤 동안, 강물에 떠밀려 가듯 아무것도 먹지 않은 채, 잠들지 않기 위해 말을 하고, 페페 마르체나의 목소리와 비슷한 목소리로 나지막하게 플라멩코를 부르며 걸었다. 그에게는 타고난 재능이 있었다. 독한 술 두 잔만 마시고 손바닥 치는 소리가 들리면 흥이 나서 곧바로 노래가 흘러나왔다. 그는 나지막하게 장단을 맞추거나, 아니면 미겔 데 몰리나처럼 괴성을 지르며 목청껏 노래를 불렀다. 그는 플라멩코 노래와 알코올만 있으면 모든 것을 잊고 술에 취해 빈털터리가 되어 집으로 돌아왔다. 날이 밝았을 때부터 땅 위에서 몸도 펴지 못하고 일하다가, 밤이 되어 마구간의 짐승들처럼 집으로 돌아가는 게 전부는 아니었다. 레오노르 외할머니는 그것을 이해하려 하지 않았다. 외할아버지가 아무리 늦게 돌아와도, 항상 일어나 그를 기다렸다가 그에게 한량이니, 철면피니, 고주망태니 마구 퍼부어 댔다. 마치 외할아버지가 늘 그러고 다니면서, 자식들을 먹여 살리기 위해 열심히 일하지 않은 것처럼. 외할아버지가 자신의 운명을 선택할 수 있었더라면,

경비 일도 그렇게 못하는 건 아니었지만 가수를 하고 싶어 했을 것이다. 경비 일은 평생직장으로 정부의 녹을 먹었으며, 소비조합 카드와 전철 공짜 표도 나왔다. 그리고 그가 가장 좋아한 것은 유니폼에 대한 존경심이었다. 여자들이 거리에서 자기를 쳐다보는 것도 기분이 좋았다. 그는 영화배우처럼 키가 훤칠했다. 어머니가 그를 기억한다. 모자 끈을 묶은 잘록한 턱과 권위가 깃든 목소리로, 자 갑시다, 어서 가세요, 길을 비켜 주십시오, 줄을 서서 질서를 지켜 주십시오, 아니면 내가 무력을 사용해야 합니다. 나귀를 끌던 아이가 돌격대의 공병이 될 거라고 누가 상상이나 했겠는가.

그러고는 갑자기 그 난리가 찾아왔다. 전쟁 막바지 몇 달이라 쪼들렸고, 전선이 무너질 거라는 소문들도 돌았지만 그는 인생 최고의 전성기를 누리다가 갑자기 벼락을 맞고 두 동강이 난 기분이었다. 그래도 전혀 개의치 않았다. 그는 평소와 다름없이 충분히 침착하게 생각했다. 내가 뭐 나쁜 짓을 했나? 손을 피로 물들였나? "레오노르, 죄가 없으면 무서울 게 없는 법이야." 자유의 몸이었던 마지막 일요일에 그가 외할머니에게 말했다. "나는 부끄러워할 만한 일은 전혀 하지 않았기 때문에 숨을 생각이 없어." 모두 부질없었다. 그가 죄인처럼 수갑에 채워 끌려갔던 그날 아침 이후로는, 모든 것이 영원히 망가졌다. 그날 그는 깨끗한 군화와 하얀 장갑, 의장용 군복을 입고 있었다. 절대 남의 일에 참견하지 않았던 그는, 전쟁 초반까지 일하던 농장이 민병들에게 점령당했을 때 그 때문에 총살당할 뻔한 적이 있었다. 그를 무척 아꼈던 주인마님이 마히나에 있는 자신의 저택으로 그를 불러, 그의 앞에 무릎을 끓고 울면서 말했다. 그녀가 너무 애절하게 울어 그도 함께 울지 않을 수 없었다. "마누엘, 자네가 아무리 그러려고 해도, 그 배은망덕한 놈들과는 다르네. 자네가 농장으로 가서 그들과 잘 얘기해 보게. 뭐라도 건질 수 있는지 알아보게. 자네에게 보상은 충분히 하겠네." 하지만 그가 도착했을 때는 난동꾼들이 이미 집에 불을 질렀고, 그 불길 속에서는 책 몇 권과 은수저 몇 벌, 마히나의 수호 성녀인 가베야르 성녀의 흉상밖에 건질 수 없었다. 그는 재킷 안에 그 물건들을 숨겨 가지고 나오다가, 하마터면 총에 맞아 죽거나, 아니면 불길에 던져져 죽을 뻔했다. 레오노르 외할머니는 불에 그슬린 옷과 숯검정으로 새까맣게 그을린 그의 얼굴을 보며, 민병들이 그에게 말했듯이, 그는 자본주의의 졸개이자 자기 계급을 배반한 배신자가 아니라 바보라고 했다. 그는 지옥 불에서 방금 건져 낸 사람과 같았다. 누가 당신한테 시킨 거야. 그녀가 그에게 소리 질렀다. 당신을 그토록 존중한다는 그 주인 여자에게 직접 가서 찾아오라고 하면 당신이 그 농장에서 뭘 잃는 건데.

그는 목소리에 후음을 더욱 강하게 내며, 모욕받은 것 같은 분위기를 풍기면서 실망이나 멸시가 담긴 씁쓸한 미소를 지었다. 어쩌면 그 표정은 연극배우들에게 배운 것일 수도 있었다. 그는 가난하고, 공부도 많이 못했고, 체면 이외에는 재산도 없었지만, 여자의 애원을 뿌리칠 수 없었다. 그에게 뭔가 편을 드는 게 있다면, 그것은 질서였다. 그리고 그는 항상 행군과 의식을 좋아했고, 「엘 데바테」에서 힐로블레스*의 연설을 읽으면서 감격했다. 물론, 훌리안 베스테이로*와 아사냐의 연설문도 감격스러워했다.

1931년 4월 15일 그는 「ABC」에서 스페인 국민들에게 보내는 알폰소 13세의 편지를 읽으며 눈물을 쏟았다. 하지만 시청 발코니에 삼색기가 올라가는 것을 보고도 마찬가지로 울었다. 아마 마히나에 무어인과 왕당파 의용대가 들어오는 것을 봐도 좋아서 울었을 것이다. 어쩔 수가 없었다. 찬가들은 모두 그의 솜털을 돋게 했다. 그는 연설을 듣거나, 깃발을 쳐다보거나, 아니면 사설을 읽을 때면 두 눈에 눈물이 가득 고였다. 그러고는 무정부주의 미팅이나, 극단적인 보수주의 성직자의 설교를 들어도 똑같이 열렬히 박수를 쳤을 것이다. 그에게는 전염되지 않는 열정도 없었고, 감탄하지 않는 연설도 없었다. 그는 이발소에서 정치 논쟁을 목격하게 되면 말하는 사람들 각자의 입장을 번갈아 취했다. 그리고 큰 목소리로 읽으라고 하면 모든 신문의 기본 연설문에 동의하는 입장을 취했다. 연설이건, 글이건, 말들은 와인처럼 그를 흥분하게 했다. 그래서 그는 이발소에서 돌아올 때도, 술집에서 돌아오는 것처럼 휘청거리며 돌아왔다. 그리고 그는 서로 반대의 입장을 취하는 신문 두 개를 읽을 때도 술을 섞어 마신 다음의 숙취와 비슷한 혼란에 빠졌다.

그가 다방면에서 흥분하다 보니, 나의 유년 시절은 낯선 유명인사들로 가득 찼다. 돈 산티아고 라몬이카할,* 돈 미겔 데 우나무노,* 돈 알레한드로 르루,* 돈 후안 데 라 시에르바,* 라르고 카바예로(스페인의 레닌이라 불린),* 돈 니세토 알칼라사모라,* 돈 미겔 프리모 데 리베라,* 미얀아스트라이,* 미아하 장군, 갈라스 소령, 아사냐, '플러스 울트라'*의 영웅들, 마담 퀴리. 외할아버지는 그녀가 라디오 기계를 발명했다고 했다. 그리고 루스벨트, 스탈린, 플레밍 박사, 무솔리니, 아돌프 히틀러, 심지어 아비시니아 황제. 특히 그의 망명은 마누엘 외할아버지의 눈물을 쏟아 내게 했다. 비록 외할아버지는 황제를 폐위시킨 이탈리아인들의 영웅주의도 사랑했지만 말이다. 외할아버지는 그를 **하이메** 셀라시에* 또는 그 흑인이라고 불렀으며, 피부 색깔 때문에 세계사 책들에서 그에게 그런 이름을 붙였다고 상상했다. 끝에서 세 번째 악센트가 있는 단어들과 말로 하는 연기는 외할아버지의 상상 속에서 보석처럼 빛이 났다. 그래서 그는 가끔 음절이 꼬이는데도 군병대를 '라 베네메리타'라 불렀고 바르셀로나를 '백작의 도시'라 불렀다. 그는 우파 신문들에서 말하는 소요가 대중의 반란을 의미한다는 것과, 지도는 전혀 보지 못하면서도 국제 연맹이 제네바에 있다는 것은 알고 있었다. 그는 국경선이나 강들을 혼동했다. 그것들은 덧셈한 숫자만큼이나 이해하기 힘든 것이었다. 내가 학교 백과사전의 지도에서 마히나가 어디에 있는지 외할아버지에게 설명해 주려 했을 때, 외할아버지는 내 말을 믿으려 하지 않았다. 외할아버지는 어느 날 아침 자신이 아스나이틴 산꼭대기에서, 시에라 산꼭대기에서 바다를 봤는데, 마히나가 그렇게 작고, 바다에서 그렇게 멀리 떨어져 있는 잃어버린 도시일 리 없다고 했다. 그때 그는 걷는 게 너무 힘들어, 눈을 북쪽으로 돌려 마히나를 보기 몇 분 전만 해도 곧 죽는 줄로만 알았었다. 그때 그는 보랏빛 안개가 자욱한, 꼼짝도 않고 있는 대양으로 뒤덮인 과달키비르 계곡을 허깨비처럼 보았다. 그리고 그 안개 너머, 저 멀리로 마히나의 언덕이

섬처럼 우뚝 솟아 있었다.

그가 두 눈을 허공에 고정한 채 눈물을 글썽일 때, 그날 새벽을 떠올리고 있는 건지도 모른다. 그는 사람들이 무슨 생각을 하고 있느냐며 물으면 대꾸도 하지 않거나, 들으려고도 하지 않는다. 그는 눈물샘에서 흘러넘치는 물기를 너무 뒤늦게 눈치챈다. 그가 소파에서 꼼짝도 하지 않기 때문에, 눈물은 멈추지도 않고, 곧바로 양쪽 뺨을 타고 흘러내린다. 마치 난로의 열기에 마비되어, 양손을 움직여 손수건을 찾아 양쪽에서 흘러나오는 눈물을 닦아 낼 힘도 없는 것처럼. 그는 그 눈물을 구박받는 것만큼이나 수치스러워했다. 마치 바지에 오줌이라도 지린 것처럼. 이건 아니야. 그는 생각할 것이다. 적어도 아직은 아니야. 대체 언제까지. 제발 그전에 죽기라도 하면. 그는 잠깐씩 정신이 맑아져서 꿈과 파편화된 이야기와 같은 기억들이 마구 떠오를 때면, 가장 가까운 사람들을 제일 못 미더워하는 욕심쟁이처럼 자신을 위해 그 기억들을 고이 간직할 수도 있다. 그런 이야기들은 장님의 기억에서 시각적인 섬광들이 언뜻 비출 때처럼 혼수상태와 기억 상실의 단조로움 속에서 문득 나타날 수도 있다. 그는 자기가 아직 이성적으로 생각할 수 있으며, 통찰력을 갖고 인생의 사소한 것들을 바라볼 수 있다는 것을 차라리 사람들이 모르기를, 눈치채지 않기를 바랄 것이다. 그는 그런 일들이 실제 일어났을 때는 절대 통찰력을 갖지 못했다. 그리고 지금 그는 욕심과 자존심 때문에, 그리고 말이 그 통찰력을 훼손시킬지도 모른다는 두려움 때문에, 그 이야기들을 누구와도 공유하고 싶어 하지 않는다. 이제 사람들은 그가 말하는 내용을 지어냈다고, 다시는 말하지 않을 것이다. 왜냐면 이제 그는 자기 자신에게만 그 이야기를 하고 있으며, 자기가 본 것들을 얘기한다 해도 사람들이 그 이야기를 믿지 않으면, 그 이야기들은 바다가 집어삼킨 보물처럼 자기와 함께 죽을 거라 생각하며 우울한 만족감을 얻기 때문이다. 그가 수도 없이 큰 목소리로 말했던 약한 울림과 마찬가지로, 그의 상상 속에서 아직도 울려 퍼지고 있을 말들을 이제 더는 아무도 듣지 못할 것이다. 이제 그는 누구에게도 말하지 않을 것이다. 아주 어두웠던 어느 겨울날 밤, 한 남자가 불을 빌려 달라며 청했는데, 라이터 불빛에 보니 알폰소 13세였다는 말도, 언젠가 강가의 덤불에서 켄타우로스의 유골을 발견했다는 말도, 카사 데 라스 토레스에서 며칠 후 도둑맞은 미라가 발견되었을 때 그가 고인이 된 돈 메르쿠리오를 따라갔던 사람들 중 한 명이었다는 말도, 이제는 이야기하지 않을 것이다. 그는 누가 미라를 훔쳐 갔는지 알고 있었다……. 그리고 우리의 기대감을 눈치챌 때면 고개를 푹 숙이며 입술을 꽉 다문 채 아주 심각해지면서 아무 말도 하지 않았다. 자기 뜻과 달리 밝힐 수 없는 비밀을 간직하는 게 너무나도 힘들다는 듯. 어찌 됐든 그의 이야기를 못 믿어 하는 목격자들은 들을 자격이 없었다. 그는 계속 얘기했고, 나는 그에게 요구했다. 조금만 더요. 아직 잠잘 시간이 아니에요. 누가 미라를 훔쳐 갔어요? 왜 그 여자를 벽에 묻었나요? 외할아버지는 흡족해하면서도 장난스럽게 나를 바라보며 웃었다. 그러고는 레오노르 외할머니가 나타나 야단칠까 봐 걱정하며 문 쪽을 살핀 후, 혀를 차며 입으로 손을 가져갔다. 그러고는 조끼 주머니에 넣어 가지고 다니는 태엽으로 벽시계의 밥을 주고 난 후 자러 가면서 덧붙였다. 나는 외할아버지가 그 태엽으로 시간의 흐름을 지배하고 있다고 확신했다. "더 이상 다룰 안건이 없으면 회의를 마치겠다."

제9장

당신의 심장 위로 나를 우표처럼 올려놓으시오. 나디아가 말한다. 그러고는 양손으로 책을 들어, 깨알처럼 적혀 있는 스페인 개신교도들의 낡은 성서를 읽는다. 돈 메르쿠리오가 사진사 라미로에게 유산으로 남긴 책이다. 라미로는 의사가 왜 뒤늦게 그런 엉뚱한 행동을 했는지 영문을 몰랐다. 완고한 무신론자처럼 그 역시 죽음의 침상에서 전혀 뜻밖으로 개종했다는 징후일 수도 있었다. 그 무신론자들은 복음의 용서와 종교 모임인 '아도라시온 녹투르나'의 수줍은 추종자인 플로렌시오 페레스 형사가 테이블에 둘러앉아 대화를 나눌 때 자주 언급했었다. 그렇게 그는 대화를 나누다가, 한번은 전도가 유망하고 활달하고 유순한 청년과 얘기를 나누게 되었다. 로렌시토 케사다였다. 그는 '가톨릭 행동단'의 테이블풋볼 관리자이자, 마히나에 십진법을 처음으로 정착시킨 '시스테마 메트리코' 상점의 고정 점원이고 — 그는 고전적인 점원이라고 말했다 — 개혁 성향의 지방 신문인 「싱글라두라」의 특파원이고, 『마히나의 사람들과 이름들』이라는 끝내 출판되지 않은 책의 저자였다. 그는 사진사 라미로의 '최고의 사진들 100선'을 다시 찍어 낼 생각이었다. 그 사진들 중에서는 의사 돈 메르쿠리오가 세상을 하직하기 몇 달 전에 찍은 사진만큼 섬뜩한 위엄을 지닌 사진이 없었다. 사실, 몇 달 전인지, 몇 주 전인지 그건 로렌시토가 확신할 수 없었다. 라미로에게 정확한 날짜를 물으러 갔을 때, 그는 주소도 남기지 않고 사라진 후였다. 그리고 그의 조수였던 귀머거리에 벙어리인 마티아스는 이제 사료 운반용 작은 마차의 마부가 되어 아주 당당하게 몰고 다녔다. 그 역시 로렌시토에게 그의 스승이 어디로 떠났는지 아무 말도 해 줄 수 없었다. 그는 웃으면서 어깨만 으쓱했을 뿐이다. 30여 년 전 무의식 상태에서 깨어나며 좋아서 바보처럼 실실 지었던 그 웃음이었다. 갈라스 소령을 제외하면 그도, 그 누구도 사진사가 어디로 갔는지 알지 못했다. 하지만 갈라스 소령 역시 그 당시 두 번째이자 마지막으로 사라져 버렸으며, 아무도 그 사실을 눈치채지 못했다. 그는 구식 넥타이가 아닌, 미국 교수 분위기를 풍기는 리본 넥타이를 매고 거의 외국인이 되어 돌아와, 그가 떠나온 뉴욕의 외곽에서 살았던 집과 비슷한 카르멘 구역에 있는 전원주택에서 지냈다. 그때도 마찬가지로 사진사 라미로와 플로렌시오 페레스 형사, 차모로 중위를 제외하고는 거의 아무도 그 사실을 알지 못했다. 사진사 라미로만이, 갈라스 소령과 빨간 머리에 말이 없는 소령의 딸과 작별 인사를 나눴다. 그 후 로렌시토 케사다는 그 두 사람이 도시에서 지냈던 지난 몇 달 동안 고해 신부에게 고해하듯, 사진사 라미로가 소령을 찾아가 자신의 가장 은밀한 비밀들을 털어놓았다는 사실을 알게 되었다. 전직 소령은 — 어쩌면 전직 대령이었는지도 모른다 — 그의 말을 절대 끊지 않았고, 자기에게 왜 그런 비밀을 얘기하는지 이유도 묻지 않았다. 갈라스 소령은 그냥 군인의 예를 갖춰 홍차를 내놓고, 늘 조용히 경청했다. 라미로는 홍차를 마시는 습관이 없었기 때문에 홍차는 입도 대지 않았다. 그는 청춘 막바지에 돈 오토 체너의 독일 화주를 성급하게 털어 넣을 때처럼 코냑을 급히 마셨다. 소령은 그가 옛날 사진들을 보여 줄 때, 조용히 고개를 끄덕였다. 그중에는 시청 앞 공터에서 소령이 부대원들을 소집시켰던 날 밤에 찍은 사진도 있었다. 그때 그는 시장 앞에서 공화국의 헌정 질서에 따라 마히나 수비대의 충성을 바치겠다고 외쳤다. 그리고 다른 사진들도 있었다. 거의 아무도 본 적이 없는 사진들이었다. 돈 메르쿠리오의 사진과 벽에 생매장된 여인의 사진, 결혼식 몇 시간 후 이마에 총을 맞고 죽은 신부의 사진이었다. 사진사 라미로는 또한 의사에게서 물려받은 겉표지가 새까만 성서도 그에게 보여 주었다. 그러고 나서 그는 마티아스가 마차에 싣고 소령의 집으로 가져온 궤짝 안에 성서를 넣어 두었다. 갈라스 소령은 사진사 라미로가 왜 그것들을 물려줄 사람으로 자기를 선택했는지 이유는 알지 못했어도, 그게 당혹스러운, 오히려 어처구니없는 유물일지라도, 예의상 거절하지 못했다. 어쩌면 라미로는 그가 궤짝을 영원히 보관할 뿐, 호기심으로 그것을 열고 그 안의 내용물을 살펴보지 않을 거라 생각했을 수도 있다. 소령이 가장 졸렬한 역모나 배신에도 끄떡없었던 것처럼, 호기심에도 끄떡

없을 거라 생각했을 수도 있다.

사진사 라미로는 마음이 가벼운 나머지 말이 많아졌으며, 술도 적당히 취해 있었다. 거의 영웅이 된 기분이었다. 그는 감기에 걸릴까 봐, 목을 따뜻하게 감싼 남색 목도리와 외투를 벗지 않았다. 사진사 라미로는 소령의 소파에 기댄 채, 주인 없는 고양이들이 돌아다니는 낙엽 쌓인 정원을 물끄러미 바라보았다. 아니면, 산 정상에 탑이 우뚝 솟아 있는 산 옆에서 한밤중에 말을 몰고 가는 기병의 그림을 바라보았다. 그는 단 한 번도 말해 본 적이 없는 사람처럼 말을 했다. 마치 한평생 꼭꼭 간직해 온 말들을 한꺼번에 큰 소리로 말할 수 있는 기회나 권리가 주어진 것처럼. 그는 연방 코냑을 조심스럽게 홀짝거리며, 쑥스러워하지도 않고 한숨을 내쉬었다. 그는 자신의 것이라고 확신하지 못하는 어떤 이야기의 주연인데도 조연처럼 말했다. 그는 마히나를 가볍게 떠나기 위해, 자신의 스튜디오와 모든 문서들을 벗어던지기로 결심한 듯 그 이야기도 벗어던졌다. 그는 모든 것에서 멀리 떨어져, 아무도 자기를 알아보지 못하는 도시에서 정년퇴직과 같은 매력 있고 편안한 실패에 영원히 안주하려고 했다. 그 역시도 각 얼굴과 각 골목에서 그들의 과거에 대한, 그들 삶의 기나긴 사기에 대한 다급한 정보를 얻을 수 없는 곳으로 멀리 떠나고 싶어 했다. 그가 거리에서 만나는 얼굴들이 그의 문서함에 보관된, 그를 자신의 삶으로부터 멀어지게 하는 부담스러운 기억처럼 잔뜩 쌓여 있는 얼굴들을 연상시키거나 그림자가 될 수 없는 도시로 떠나고 싶어 했다. 그녀가 누구인지 알아봐야 했습니다. 그가 갈라스 소령에게 말했다. 그는 카사 데 라스 토레스의 관리인 여자와 산 로렌소 광장에 사는 믿을 수 없는 적대적인 이웃들의 뒤를 괜히 밟아야 했다. 그러고는 개집에 가는 게 소름이 끼쳤기 때문에, 할 수 없이 마지막 방법으로 플로렌시오 페레스 형사를 찾아갔지만 아무 설명도 듣지 못했다. 아마 형사도 설명해 줄 게 없어서 그랬을 것이다. 형사는 헤네랄오르두냐 광장과 맞닿아 있는 발코니에 몸을 반쯤 내민 채 작은 커튼 뒤에 숨어, 감시하는 듯 몰두한 표정으로 아케이드와 동상 주변에 모여 있는 한가한 남자들을 바라보고 있다가, 경찰서 집무실에서 바보처럼 그를 맞이했다. 형사는 단조로운 리듬에 따라 쉬지 않고 오른 손가락을 벽과 자기 바지, 책상 위에 계속 퉁겨 라미로를 불안하게 했다. 형사는 손가락을 가만히 두지 않았으며, 사람들이 자기에게 하는 말도 제대로 듣지 않았다. 마치 다른 곳에 가 있는 사람 같았다. 어려운 음률을 찾는 시인이나, 아니면 미스터리의 열쇠를 발견하기 직전인 염세주의자 형사와도 같았다. 형사는 자기 방에서 꼼짝도 하지 않고 모든 것을 알아내는, 소설에 등장하는 뚱보 형사처럼 되고 싶어 했던 것 같았습니다. 라미로가 말했다. 형사는 깊이 생각하고 추측해, 마히나 주민들 개개인의 머릿속으로 들어가려고 했다. 범죄학자이자 공무원인 만큼, —형사가 아무리 그와의 사이가 좋지 않고 확실하게 적대적이라 해도, 그가 알고 있는, 소매를 접은 남방의 푸른 색깔과 법정에 출두할 때 요란하게 신발을 부딪치는 것 이외에는 별다른 공적도 없이 서열상 높이 오른 다른 사람들과 같지는 않았다 — 플로렌시오 페레스 형사는 밀고와 고문도 어쩌면 필요한 방법이라 생각했다. 하지만 어찌 됐든 그것은 부당한 방법이었다. 그것은 로마식 쟁기나 스파르타 바구니처럼 비참할 정도로 촌스러웠다. 그래서 그는 그런 방법을 과학의 발전과 연역적인 사고방식을 가진 지식인의 순수한 힘, 텔레파시와 최면의 기적, 거짓말 탐지기로 대체해 보려고 했다. 하지만 마히나에는 농업과 상업이 중세 시대 못지않게 낙후되어 있었다. 공공질서의 힘이 종교 재판 법정과 같은 뒤처진 방법들을 법에 적용시키며 사용해야 한다는 게 이상하지 않소? 그가 우울해하며 사진사에게 말했다. 넥타이핀에 몰래 감춘 도청기, 형사가 한숨을 내쉬었다, 눈이 삐뚤어진 음침한 끄나풀 대신 몰래카메라, 따귀를 때리고 협박하지 않아도 진실을 털어놓게 하는 물약, 목 졸라 죽이는 처형대 대신 전기의자가 있어야지!

"대답 없는 심오한 수수께끼들." 형사는 사진사 라미로가 방금 건넨 사진을 책상 서랍에 집어넣기 전에 재빨리 적으며 어깨를 으쓱했다. 불평이 많아 보이는 길쭉한 얼굴이 망친 축제의 가면처럼 축 늘어져 보였다. "돈 메르쿠리오에게 여쭤 보십시오." 라미로가 그에게 말했다. "그는 뭔가 알고 있을지도 모릅니다." "당신은 물어봤나?" 라미로는 책상 서랍이 새로운 무덤이고, 은폐와 망각을 더한 모욕이라 상상하며 형사가 방금 집어넣은 사진을 생각했다. "저에게는 아무 말씀도 하지 않으실 겁니다. 프리메이슨 신념이 그것을 가로막지요." 형사는 자신의 집무실 발코니에서, 광장 건너편에 항상 커튼이 쳐져 있는 돈 메르쿠리오의 진료실 창문들을 볼 수 있었다. 그의 시선이 광장 아케이드 쪽으로 내려갔다. 그곳에는 굶주린 겨울의 투명하고 차가운 태양이 아케이드를 비추면서 사람들이 모여들기 시작했다. 처음에는 한 사람씩 도착했으며, 아직 그들은 천 모자를 쓰고 고개를 푹 숙인 채 홀로 조용히 있었다. 추위를 쫓기 위해 햇볕을 쬐고, 인도 가장자리에서 바닥을 발로 툭툭 치며 가만히 있었다. 그들은 얼굴을 목도리에 푹 파묻고 거친 입김과 담배 연기로 얼굴을 찡그린 채 시계탑과 오르두냐 장군의 동상, 우중충한 경찰서 건물을 바라보며, 불사신과 패배자, 감시자와 순종적인 사람을 동시에 만들어 내는 분노한 인내심으로 기다리고 있었다. 햇볕이 차지하는 공간이 늘어날수록 성벽과 탑의 그림자는 점차 작아졌다. 사람들은 무리를 지어 몰려다녔으며, 그들에게서는 더욱 짙은 입김이 한꺼번에 올라왔다. 형사의 집무실까지 들려오는 부드러우면서도 강력한 목소리들이 웅성대는 소리가 단조로운 소음으로 바뀌었다. 형사는 사진사 라미로가 아직 그곳에 있다는 사실을 잊어버렸다. 그는 주눅 든 양손을 비비며 라미로에게서 등을 돌렸다. 해가 들지 않은 음산한 건물에서는 절대 몸이 데워지지 않았다. 해 질 녘에만 잠깐 햇살이 들어왔고, 건물이 탑과 성벽 끝에 붙어 있다 보니 늘 습했다. 털양말을 신고 무릎까지 오는 내복을 입었는데도, 습기가 형사의 발아래서부터 올라와 조금씩 스며들다가 뼛속까지 스며들어 완전히 그를 장악했다. 그는 자기가 어쩔 수 없이 시를 좋아하는 것과 아주 많이 비슷한, 어처구니없는 부끄러운 기분으로 남몰래 내복을 입었다.

"하지만 누가 그 여자를 데려갔는지 수사해야 합니다." 사진사 라미로가 말했다. "공범들이 있을 겁니다. 틀림없이 목격자들도 있을 거고요. 이 광장에서는 항상 여자들이 그곳을 지나가는 것을 모두 지켜보니까요." 형사는 그의 말을 듣지 않았다. 자기가 철저한 바보와 같다고 느끼지 않기 위해, 형사는 그의 말을 듣고 싶지 않았다. 형사는 제대로 면도하지 않은 얼굴들, 굶주려 창백한 얼굴들, 분노로 경직된 얼굴들, 성난 얼굴들, 무뎌진 얼굴들, 그에게는 전혀 낯설지 않은 얼굴들, 용의자와 같은 얼굴들, 선동자와 같은 얼굴들, 비겁한 얼굴들, 연금도 없이 쫓겨난 얼굴들, 대책 없이 가난한 얼굴들, 게으른 얼굴들, 멍청한 얼굴들, 폐병 환자의 얼굴들을 바라보았다. 망원경이 있어 사진사 라미로의 귀머거리에 벙어리 조수가 그러는 것처럼 입술의 움직임을 읽으면서 대화 내용을 알아내는 소설과 같은 가능성을 상상하면서 바라보았다. 형사는 치욕스럽게 개집이라 부르는 — 그는 동상이 걸린 양손을 비비며, 다 그럴 만한 이유가 있다고 과감하게 생각했다 — 그 건물의 2층 발코니에서 아래를 내려다보면, 가끔은 우월감이 확실하게 들었다. 마치 직책을 수행하는 순간, 자신의 시선이 미치는 세상을, 헤네랄오르두냐 광장에서 만족스럽게 요약되는 세상을 다스리는 기분이었다. 그는 모여들었다가 흩어지는 그룹들을 바다의 물살을 연구하듯 감시하며, 집단 분노와 반란 위험의 조짐을 찾으면서 목소리와 얼굴 표정, 손동작들을 주시해서 살펴보았다. 입술을 재빨리 움직이며 흥분해서 말하는 누군가의 주변으로 사람들이 모여드는 게 보이면 즉각 경계경보를 울려야 했다. 반란을 일으킨 대중과 폭풍처럼 휘몰아친 깃발들, 바로 그 광장에서 오갔던 주먹질에 대한 지워진 기억이 떠올랐다. 지금의 웅성거리는 소리가 당시의 고함 소리와 찬가들, 분노한 군중들의 포효 속에 파묻힌 근심처럼 들려왔다. 그는 잠들지 못하고 노심초사 걱정했던 수많은 밤들을 오르두냐 장군에게 바치는 소네트에 손수 옮겨 적었다. 지금은 그 내용이 먼지에 뒤덮인 채 침묵을 지키는 서류 파일 안에서 자고 있었다. 베케르의 하프처럼. 사진사 라미로가 집착을 보이며 묻는 젊은 여인의 부패하지 않은 시신처럼. 그가 한가한 오전 시간에 집무실에서 지었으면서도 끝내 출판 결정을 내리지 못한 모든 소네트와 11음절 8행시, 8음절 4행시, 8음절 10행시들처럼. 상관들이 자신의 나약함을 알면 뭐라고 할까. 더 끔찍한 일도 있다. 구속된 사람들에게 어떻게 겁을 줄 수 있단 말인가. 어느 날, 그가 문학상이라도 받게 된다면 부하들이 그의 명령을 어떻게 존중한단 말인가. 무르시아노 경관이 이상한 상상을 하며 자기를 모욕하고, 말처럼 킥킥대며 웃을 게 벌써 상상되었다. 형사가 게이일 수도 있어. 그가 사무실로 가기 위해 계단을 올라갈 때 경관이 억지로 웃음을 참고 있을 모습과 그 불쾌감은 상상만 해도 따끔한 동상이 더욱 따끔거렸다. 그는 기운을 내기 위해 진지하게 사진사 라미로를 쳐다보며, 두 손을 꽉 잡고 손마디를 꺾었다. 심문할 때 그런 제스처가 죄수들에게 겁을 준다는 사실을 안 이후 그는 순간적인 안도감을 느꼈다. 어쩌면 죄수들이 그 제스처를 보고 자기네 뼈가 꺾일 수도 있다는 경고로 들을 수도 있었다.

"당신이 나와 함께 있었다는 말은 돈 메르쿠리오에게 하지 마시오." 형사가 말했다. "그리고 뒷문으로 나가는 게 좋겠소. 그가 당신을 보고, 내 편이라 생각할 수도 있으니.” 사진사 라미로는 자신이 야비한 밀고자의 길로 들어선 것 같은 꺼림칙한 기분을 느끼며, 탑 뒤쪽으로 이어지는 골목길로 나왔다. 막연하게나마 적이라고 생각한 그 사람을 상대하며 먹고살아야 한다는 생각에 씁쓸해져, 헤네랄오르두냐 광장으로 서둘러 나왔습니다. 그가 갈라스 소령에게 말했다. 그는 정치는 전혀 이해하지 못했지만, 굶주림과 야간 관제 등화, 군복 입은 자들의 지겨운 행군, 신부복들이 마히나 거리를 어둡게 뒤덮기 전의, 좀 더 행복하고 젊었던 다른 시절에 대한 센티멘털한 그리움을 갖고 있었다. 그때는 돈 오토 체너의 스튜디오에 일감이 부족하지 않아, 장터 천막들 사이에서 노점꾼처럼 사진을 찍지 않아도 되었고, 죽은 사람들의 얼굴을 찍기 위해 시신 보관소에 가지 않아도 되었다. 돈 오토가 그를 본다면, 정신을 차리고 마히나로 돌아와 자신의 제자가, 거의 양아들이, 자신의 사제가 일요일에 성소(聖所)와 같은 스튜디오를 나와, 헤네랄오르두냐 광장 골목에 목마를 옆에 세워 두고, 어린아이들이 말 타는 사진이나 찍어 주는 걸 본다면 뭐라 말할까?

사진사 라미로는 생존해 있는 사람들과 장차 죽을 사람들의 얼굴을 보며, 오르두냐 장군의 총알이 박힌 동상을 피해 광장을 가로질러 갔다. 오르두냐 장군의 동상은 군인을 상징하는 그림들이 그려진 천막 위에서, 장례식이 며칠 지난 후 무덤에서 막 나온 시신과도 같은 분위기를 풍기고 있었다. 총에 맞아 한쪽 청동 눈이 푹 패어 있었고, 가슴과 목에도 총알들이 사방에 박혀 있었다. 그리고 남쪽 방향으로, 카바의 제방과 시에라 산의 머나먼 푸른빛을 향해 고개를 높이 치켜들고, 절대 무적과도 같은 자세를 취하고 있었다. 시선을 어디로 돌려 보아도 변하지 않는 모습과, 거의 모든 사람들이 자기네가 살고 있다고 믿고 있는 시간이 존재하지 않는 현재에 붙잡혀 있는 모습은 보이지 않았다. 그냥 한 기원(基源)의 좌절되고 타락한 흔적들만 보였을 뿐이다. 어쩌면 그 기원에 순수함과 타락의 징후가 있을 수도 있다. 그리고 그러한 징후는 몇 년 지나지 않아 노화와 죽음으로 이어질, 사진과 무덤의 가짜 대리석에 새겨진 이름들이나, 생존자들이 완전히 잊지 않도록 가운데가 볼록한 유리 뒤에 이름들을 새겨 넣은 작은 타원형 메달들 이외에는 다른 기억도, 위안도 없는 절대적인 무(無)로 이어질 수도 있다. 부패하지 않은 여자 시신의 스카풀라 뒷면에 있던 초상화처럼. 새까만 카이저수염과 뻣뻣한 콧수염을 기른 꽤 젊은 남자의 초상화였다. 라미로는 그를 떠올렸다. 대체 누구일까? 누가 도시의 어두운 방에, 아니면 지하실이나 옷장 안에 그 미라를 숨겨놨을까? 뭐 하려고? 유일하게 그녀만 썩지 않고 시간을 이겨 내, 사진사 라미로의 상상과 시선 속에 더욱 생생하게 남아 있었다. 눈동자에 차분한 광채나 생각이 잠긴 욕망을 담고 아케이드 옆을 지나는 모든 남자들과 여자들. 지금 살아 있는 사람들의 눈에서 찾아봤자 부질없는 짓이 될 것이다. 당신의 심장 위로 나를 우표처럼 올려놓으시오, 라고 누군가 그녀에게 편지를 썼다. 당신 팔 위의 징후처럼. 라미로는 그 말을 나지막하게 읊을 때마다 질투와 좌절감에 휩싸였다. 75년 동안 의사의 진료실이었던 그 방에서, 그가 돈 메르쿠리오를 앞에 두고 그 얘기를 꺼냈을 때는 자기가 배신했다는 후회도 들었다. 마치 그 말을 밖으로 뱉어 낸 동시에, 현상액 아래로 드러난 여자의 얼굴이 일깨워 주었던 뜨거운 열정을 받을 자격이 없는 것처럼 느껴졌다. 그녀가 그를 되살려 주었다. 현실에서 그와는 전혀 상관없던, 충만하고 열렬했던 상상 속의 느낌을 되돌려 주었다. 그는 그 느낌을 음악에서만, 꿈에서만, 아주 머나먼 사춘기 시절 그를 흠칫 놀라게 했던 여자들의 시선에서만, 라디오에서 들은 세속적인 열정이 넘치는 노래들에서만 느낄 수 있었다. 그 노래들은 때로 그라다스 거리에 있는 카페 로얄에 오는 가수들이 부르기도 했다. 오랜 세월이 흐른 후 그곳에는 마시스테 살롱이 들어섰고, 땀을 뻘뻘 흘리며 클라케 춤을 추는 '혼혈아 리소스'라는 젊고 쾌활한 흑인 여자와, 미니스커트에 하이힐을 신고 아주 날카롭고도 감미로운 목소리로 셀리아 가메스의 노래를 부르는 백인 여자가 있었다. 당신이 나를 죽이고 싶다면 똑바로 보세요.

초록색 외투를 입고 다니는 마부이자 비서이자, 진료실 조수인 훌리안이 그를 진료실로 안내했다. 체구가 워낙 작은 데다가, 책상 건너편 쪽에 쭈그리고 앉아 있어 그를 찾는 데 약간 시간이 걸렸다. 라미로는 벽과 바닥에 무질서하게 쌓여 있는 수천 권이나 되는 책들 때문에 정신이 팔려 있었다. 그리고 방치되어 있는 프로그레소 박물관의 창고나, 아니면 영화에 나오는 정신 나간 의사들의 연구실처럼 옛날 의료 기구들이 걸어 다니지도 못할 정도로 널려 있었다. 새들이 그려진, 먼지가 뿌옇게 쌓인 병풍을 훌리안이 한쪽으로 젖히자, 돋보기의 도움을 받아 꽤 큰 책을 읽고 있던 돈 메르쿠리오가 환영한다는 뜻인지, 아니면 짜증 난다는 뜻인지 섬뜩한 성직자의 축복처럼 사진사 라미로 쪽을 향해 마지못해 오른손을 들었다. 그는 며칠 전, 카사 데 라스 토레스의 납골실에서 만났을 때보다 더 늙어 보였다. 빳빳한 깃과 나비넥타이도 없고, 외출하기 전 양 볼에 살짝 발라 주는 볼 터치도 없어 훨씬 나이 들어 보이는 것 같았다. 아니면 엄청 지저분해 보이기도 했다. 그는 햇빛에 색 바랜 커튼과 같이 축 늘어진 가운을 입고, 머리에는 비로드 사각모자를 쓰고 있었다. 뒤뜰의 수탉처럼 무표정하고 둥근 눈으로 기계적이면서도 빠르게 눈을 끔뻑이며 그를 쳐다보고 있었다. 그가 말년에 아시아의 거지 못지않게 위엄이 있으면서도 섬뜩해졌다고, 라미로는 돈 오토 체너의 앨범에서 보았던 사진을 떠올리며 생각했다. 명암법으로 그려진 초상화에서처럼 그는 방의 그림자들로 조각되어 있었다.

돈 메르쿠리오가 누런 손을 허공에 흔들며, 자기 앞에 와 앉으라고 청했다. 그는 몇 분 동안 침묵을 지키며 라미로를 가만히 살펴보았다. 끝이 뾰족하고 축축한 코와 고개를 끄덕이며 그의 질문들을 들을 때도, 역시 마찬가지로 무표정한 얼굴이었다. 이가 빠진 입을 오므릴 때는 코가 거의 턱까지 닿았다. 돈 메르쿠리오는 일찍 죽은 장난기 많은 망인(亡人)의 교활함으로 이 세상, 그 누구보다 나이가 들어 보였다. 그는 새나 파충류의 혀와 같은 뾰족하고 새빨간 혀를 입술 사이로 잠깐씩 내비쳤다. 당연히 그 여자를 아네. 그가 말했다. 하지만 그때까지는 그 여자를 한 번 이상은 보지 못했네. 그것도 살아 있을 때. 죽음의 문턱에 있기는 했지만. 아주 먼 옛날 카니발이 열렸던 어느 화요일 새벽이었네. 그 말을 들으면서 라미로의 상상 속에서는 석판화와 싸구려 대중 소설의 분노한 낭만주의가 점차 형체를 띠어 갔다. 검은 망토와 가면을 뒤집어쓴 낯선 남자들에게 납치된 젊은 의사. 말들이 끄는 마차의 포장에 걸린 횃불과 빗줄기 아래 반짝이는 광채. 돌길 위에 울려 퍼지는 말발굽 소리. 70년 후 돈 메르쿠리오가 돌아간 대저택. 그 지하실에서 그는 그날 밤 딱 한 번 보았던 얼굴과 똑같은 얼굴을 알아보고 온몸이 얼어붙었다. 몇 시간 진통 끝에 탯줄을 목에 두른 아이를 낳은 공포에 질린 젊은 여인. 그는 다시 두 눈을 천으로 가리고 마차에 올라, 그가 방향을 잃을 정도로 수도 없이 골목길들을 돌다가 첫 새벽빛이 모습을 드러낼 때 즈음 헤네랄오르두냐 광장에서 내렸다. 그때는 그곳을 톨레도 광장이라 불렀지, 저기 아래. 돈 메르쿠리오가 말했다. 그는 뒤도 돌아보지 않고, 쪽문들이 살짝 열려 있는 창문 쪽을 가리켰다. 그는 손수 반복면을 벗고, 코레데라 거리 쪽으로 황급히 사라지는 마차를 바라보았다. 그는 텅 빈 광장의 침묵 속에서 검은 모자를 쓰고 어깨에 망토를 두르고 말 등에 채찍을 휘두르는 마부와 커튼이 쳐져 있는 유리창을 보았다. "그리고 지금까지." 돈 메르쿠리오가 결론 내렸다. "그때 끌려갔던 곳을 아는 데 70년이나 걸렸다는 것을 누가 알겠는가."

하지만 누구입니까? 라미로가 다시 물었다. 왜 벽에 생매장되었지요? 누가 그랬을까요? 그는 자기 입에선 절대 비밀이 새어

나가지 않을 거라고 맹세했다. 자기는 개집의 치사한 염탐꾼들과 아무 관계가 없으며, 어쩌다 한 번씩 플로렌시오 페레스 형사를 위해 일하는 것은 먹고살기 위해 어쩔 수 없이 하는 거라고 했다. 그 시절에는 사람들이 자기 얼굴도 들여다보고 싶어 하지 않는데, 사진까지 찍어 그 얼굴을 영원히 남기려는 사람이 아무도 없었다고 했다. 자기는 늘 의리 있는 사람들의 편이라고, 아주 나지막한 목소리로 공포했다. 후끈하게 달아올랐던 7월의 어느 토요일 날 밤, 그는 돈 오토 체너의 명령을 어겨 가며 목숨까지 걸고 시청으로 달려갔었다. 그는 갈라스 소령이 바스케스데몰리나 광장에 자신의 보병대를 정렬시킨 후 대리석 계단으로 올라가 시장 앞에서 부동자세를 취하는 순간을 포착하기 위해 대중들 사이를 팔꿈치로 헤치고 앞으로 나아갔다. 그때 시장은 군인들이 자기를 체포하러 왔다고 생각했기 때문에, 아무 말도 하지 못하고 두려움에 벌벌 떨며 미소만 짓고 있었다.

"옛날부터 말들이 있었네." 돈 메르쿠리오가 말했다. 그는 살아있는 사람들의 일과 비밀에는 별 관심이 없는 망자(亡者)처럼 사진사 라미로의 말을 듣고 있었다. "하지만 그 소문들이 그 여인에 대한 건지, 그리고 그들의 얘기가 근거가 있는지는 확신할 수 없네. 그 시절 사람들은 시극과 돈 마누엘 페르난데스 이 곤살레스의 소설 작품을 무척 좋아했지. 그 비참했던 시절, 유성 영화와 라디오 연속극이 똑같이 치명적인 해를 입혔다고 들었네. 지금 생각해 보니, 자네도 그 희생자들 중 한 명이 아닌가, 젊은 친구?" 돈 메르쿠리오의 눈동자가 눈썹이 없는 주름살투성이의 눈꺼풀 사이에서 더욱 확장되어, 광적인 강렬함이 더해지며 반짝였다. 뒷마당의 수탉과 더욱 닮아 보였다. 그는 라미로에게 조금 더 가까이 와서 앉으라며 최면을 거는 듯한 동작을 취하면서 책상 위로 몸을 숙였다. 그는 라미로의 오른쪽 손목을 차디찬 손가락 두 개로 핀셋처럼 정확하게 잡고, 작은 엄지로는 피의 박동이 가장 강하게 느껴지는 곳을 정확히 짚어 눌렀다. 그러고는 겉표지가 까만, 읽고 있던 큼지막한 책 사이에서 은 손잡이가 달린 돋보기를 들어 그를 관찰했다. 그는 라미로의 얼굴을 살피면서, 엉뚱하고도 괴기스러운 표정을 지었다. 사진사가 언젠가 시장의 생선 가게에서 본 적이 있는 문어의 눈과 같은 표정이었다. 시체 보관소에서 수많은 고인들의 사진을 찍었던 그는 자신의 시체 부검을 목격하고 있는 듯한 기분이었다. 무표정하게 부검을 하고 있는 의사 앞에 놓인 시신처럼, 그는 소극적이고 약점투성이였다. "번거롭게 그러실 거 없습니다, 돈 메르쿠리오. 저는 그 어느 때보다 좋습니다." 라미로는 웃으려고 애쓰면서도, 아직까지 책상 위에 손목이 잡힌 채 말했다. 돈 메르쿠리오가 손을 놓았을 때는 손목에 빨간 자국이 남아 있었고, 심장이 평소보다 빨리 뛰었다. 라미로는 판사의 선고 공판이나, 아니 오히려 점쟁이의 점괘를 기다리는 사람처럼 초조하게 그의 말을 기다렸다.

"내 이럴 줄 알았네. 자네를 보는 순간 한눈에 알았지. 맥박이 고르지 못하고, 안색은 건강해 보이지 않을 정도로 지나치게 창백하네. 홍채도 풀렸고, 눈도 충혈되었어. 자네는 햇볕과 운동이 부족하고, 지나치게 정신을 혹사시키는 경향이 있네. 주로 나쁜 공기를 많이 마시고, 식사를 불규칙적으로 하네. 증류식 알코올들을 지나치게 많이 섭취하고. 잠도 편히 자지 못하는 데다 늦게 잠들고. 자위와 같은 산발적인 방법이 아니고는 육체적으로 제대로 풀지도 못하고 말일세. 종교에서 말하듯 그게 그렇게 나쁜 건 아니지만 성인의 신체 균형을 이루기 위해서는 충분하지 않네. *Semen retentum venenum est* (정액을 쌓아 두면 독이 된다)일세, 친구. 내 경험으로 하는 말인데, 독신은, 내 경우에는, 자네도 이해하겠지만 아주 케케묵은 경험일세, 적절한 균형을 이루며 방탕한 게 나쁜 것만은 아닐세. 하지만 내가 보기에 자네는 순결한 요셉보다 더 많이 순결한 것 같군." "그렇지 않습니다, 돈 메르쿠리오. 나도 이곳에서는 못지않게 돌아다닙니다." 사진사 라미로가 말했다. 하지만 자기가 봐도, 자신이 사기 친 말은 진실되어 보이지 않았다. 그가 거짓말을 할 줄 몰라서일 뿐만 아니라, 설령 거짓말을 잘한다 해도, 의사가 그의 생각을 훤히 꿰뚫어 볼 것 같아서였다. 하지만 돈 메르쿠리오는 그의 손금과 슬프고 비겁한 눈에서 그의 모든 과거와 미래는 물론, 돈 오토 체너의 포르노 엽서를 좋아하는 부끄러운 취향과 늘 여자들이 다가오면 생기는 두렵고 불행한 느낌, 미라의 사진에 대한 그의 미친 사랑을 모두 꿰뚫는 무시무시한 점쟁이 같았다. "하지만 계속 말씀해 보십시오, 돈 메르쿠리오." 그는 의사가 기억을 잃을 것 같아 걱정이 되어 말했다. "어르신께서 무슨 전설인가를 말씀하셨는데요."

의사가 기억을 더듬는 데 한참이 걸리는 것 같았다. 아니면 그다지 내키지 않아 그런 척할 수도 있었다. 돈 메르쿠리오는 사진사 라미로의 건강 체크를 마친 후 책상 건너편에서 다시 몸을 움츠렸다. 곱사등이에 늙고 작은 체구를 가진 그는 커튼 천으로 만든 가운과 고리대금업자의 캐리커처 같은 사각모자를 쓰고 있었다. 쭈뼛 곤두선 눈썹 아래로, 두 눈이 반짝이며 응시하고 있었다. 이미 그 눈은 해골의 전형을 보여 주는 큼지막한 광주리 두 개가 그림자를 드리운 것처럼 푹 꺼져 있었다. 며칠인가 몇 주 후, 사진사 라미로는 마히나의 전체 얼굴들 중에서 그의 얼굴이 초상화의 불멸성에 가장 잘 어울리는 유일한 얼굴이라고 확신하며 사진을 찍었다. 그는 박제한 새와 같은 얼굴을 앞으로 내민 채 웃고 있었다. 그리고 두 손은 겉표지가 검은색 가죽으로 된 큼지막한 책 위에 모여 있었다. 어쩌면 나디아와 마누엘이 사진사 라미로의 궤짝에서 발견한 그 성서일 수도 있었다. 하지만 중풍으로 입이 약간 돌아가 있었고, 그의 시선에는 뭔가 확실한 공포가 드리워져 있었다. "전설들." 그가 시뻘겋고 작은 혀를 날름거리며 경멸하듯 말했다. "연재소설이지." 늙은 염세주의자 백작이 카사 데 라스 토레스에서 살았으며, 그는 중세의 성만큼이나 외롭게 살았다. 그는 자기보다 훨씬 젊은 여자와 결혼했으며, 늘 그의 신앙생활을 돌봐 주던 사제 신부가 있었다. 또한 사제 신부는 거의 집사와도 같았다. 어쩌면 가난한 친척으로, 신학 공부를 계속할 수 있도록 백작이 그 학비를 도와줬을 수도 있다. "어찌 됐든 자네는 이제 배역과 지문(地文)을 가지고 있네." 돈 메르쿠리오가 동굴 속에서 울리듯 천천히 말했다. "천장이 둥근 응접실들,

불이 밝혀진 촛대들, 삐걱거리는 현관문, 봉건 귀족, 갇혀 지내는 아름다운 귀부인, 잘생긴 사제 신부. 바리톤과 소프라노, 테너, 충직한 늙은 하인들과 말 많은 이웃 여자들의 코러스. 가장 높은 탑 창문으로 혼령처럼 모습을 드러내는 아주 많이 창백한 귀부인, 폭군인 남편이 시골의 소유지들을 둘러보는 동안 그녀와 단둘이 핫 초코를 마시는 사제 신부. 물론 그 소유지들은 비둘기 집의 팔랑개비까지 모두 저당 잡혀 있는 황무지지. 갑자기 사제 신부가 사라지고, 그에 대해서는 다시는 알지 못하게 되네. 사람들의 말에 따르면, 그가 인간 말종이어서 불량배들과 싸우다가 죽었다 하기도 하고, 아니면 필리핀 대주교의 한 교구를 억지로 떠맡았다고도 했네. 얼마 후 늙은 귀족과 그의 아내도 아주 긴 여행을 떠났네. 사람들 말로는, 그녀가 심한 폐병에 걸려, 남편이 알프스 요양원의 입원비를 대기 위해 궁전과 마지막으로 남아 있던 농장들을 팔았다고 하네. 하지만 또 이런 말들도 있었네. 남편과 함께 마차에 오른 여자가 아내인지 확실치 않다는 얘기일세. 왜냐면 그녀가 검은 베일로 얼굴을 가리고 있었고, 사람들이 기억하는 것보다 훨씬 크거나 뚱뚱하게 보였다는 걸세. 물론, 사람들은 그녀를 거의 본 적이 없었지만 말일세. 그리고 이야기는 여기서 끝나네, 친구. 마지막 장은 없네. 아니면 싸구려 소설의 마지막 장이 뜯겨 나갔던가. 다발로스 백작이 간통한 젊은 아내와, 서원(誓願)과 주인에 대한 충성을 이중으로 배신한 사제 신부를 죽였을까? 그가 카사 데 라스 토레스의 지하실 벽에 아내를 생매장하고, 시녀의 침묵을 돈으로 산 후 시녀를 아내처럼 보이게 하기 위해 베일로 얼굴을 가리고 아내의 옷과 여행용 망토를 입혔을까? 여보게 친구, 연재소설이며 가짜 수염이고, 종이 비스킷일세." 돈 메르쿠리오의 씁쓸한 웃음이 성마른 기침 소리처럼 울려 퍼졌다. 그가 턱을 가슴에 파묻더니, 천천히 눈을 들어 사진사 라미로를 섬뜩할 정도로 뚫어져라 바라보았다. 순간 그는 미라 냄새와 같은 케케묵은 먼지 냄새가 느껴지기 시작했다. 돈 메르쿠리오가 단숨에 책을 펼치고 돋보기를 들어, 검지로 줄을 따라 큰 목소리로 읽어 내려갔다. "그림자를 부여잡고 바람을 좇는 자는 꿈을 바라보는 자와 같다. 그리고 다른 얼굴 앞에 있는 얼굴과 같다. 뭐가 더러운 곳에서 깨끗하게 나올 것인가? 그리고 뭐가 거짓된 것에서 진실되게 나올 것인가?" "하지만 그건 꿈이 아닙니다, 돈 메르쿠리오. 그 여자는 그곳에 있었습니다. 어르신과 제가 그 여자를 봤습니다. 그리고 지금은 누군가 훔쳐 갔고요." 의사는 대답하지 않았다. 그는 넓은 책 페이지 위로 두 손을 모은 채, 그를 한참 동안 가만히 바라보았다. 동정인지 조롱인지, 지친 모습으로 미소를 머금고는 다시 오른눈에 돋보기를 대고, 자기가 찾고자 하는 것을 찾을 때까지 같은 페이지 아래로 검지를 따라 읽어 내려갔다. "나는 순례 길에서 많은 것들을 보았다. 그리고 내가 말할 수 있는 것보다 더 많은 것을 이해했다."

제10장

4월 오후 날씨가 좋아지면 광장의 차분한 금빛 공기 위로 꽃가루가 둥둥 떠다녔으며, 사람들이 방금 꽃을 피운 올리브 나무 가지들을 꺾어 들판에서 돌아올 때면 페드로 외증조부는 다리 사이에 개를 눕힌 채 계단에 앉아 햇빛을 쬐고 있었다. 노란 올리브 싹은 들겨자보다 훨씬 강렬하고 깨끗한 노란색으로, 장차 수확이 어떨지 첫 징후로서 검사받았다. 페드로 외증조부와 개는 무감각한 침묵을 지키며, 아이들이 뛰어노는 모습과 지나가는 사람들, 동물들, 우리 거리나 마히나에 살지 않으면서 이상한 억양으로 소리 질러 가며 물건들을 팔고 다니는 낯선 떠돌이들의 일상적인 행렬을 지켜보았다. 바퀴의 힘으로 칼 가는 돌을 돌리기 위해 자전거를 거꾸로 바닥에 세워 놓고 피리를 불며 칼을 가는 갈리시아 사람들. 낡은 샌들과 토끼 가죽을 소리쳐 부르는 고물 장수들. 페드로 보테로의 용광로와 같은 화덕에서 방금 구워져 나온 것 같은 씁쓸해 보이는 양철 장수들. 아프리카 사람들처럼 시커먼 얼굴과 눈이 반짝이는 무시무시한 석탄 장수들. 검정 블라우스를 입고 하얀색 천 자루에 치즈를 넣어 막대로 어깨에 메고, 광장 전체에서 빵만큼 큼지막하고 딱딱한 치즈를 살 돈이 있는 유일한 바르톨로메의 집을 늘 찾아가는 만차 사람들. 사람을 싫어하는 쓸쓸한 거지들. 기도문을 외우는 거지들. 깡통을 두드리며 필라르 성모 마리아의 탄원 기도와 로시오의 노래를 한목소리로 부르는 늙은 거지 부부. 아이, 나의 로시오, 카네이션 한 묶음을. 기적을 일으킨 민요와 장님의 길잡이인 어린아이들에게 당한 이야기를 떠들고 다니는 장님들. 장님을 안내하는 아이들은 빡빡 민 머리 위에 베레모를 쓰고, 호주머니가 너덜거리는 어른 재킷을 입고 소매에는 상(喪)을 알리는 완장을 차고 다녔다. 나귀에 노랗고 빨간 안장을 채워 끌고 다니며 화분과 항아리를 파는 사람들. 불경스러운 마부들. 우산과 이불을 팔고 다니는 집시들. 날콩을 구운 콩으로 바꿔주는 사람들. 지나가면서 가축의 분뇨 냄새와 흙먼지를 일으키며, 성벽에 있는 말과 소에게 물을 먹이는 곳으로 가축 무리를 끌고 내려온 염소지기와 소몰이꾼들. 찢어지게 가난해 가축 한 마리도 없이, 남의 올리브 나무에서 떨어진 열매나 장작, 채소, 풀을 잔뜩 짊어지고 등이 반으로 접혀 올라가는 농사꾼들.

하지만 지금의 나디아와 나에게는 날짜도 없는 그 시간대의 사람들을 말하고 기억하는 사람은 나의 어머니가 아니라, 바로 나다. 어머니의 상상력은 그 날짜들을 자기와 비슷한 나이에 두고 있으며, 사랑에 지친 어느 어두운 날 밤 여자를 꼭 끌어안으며 귓속말을 소곤거리는 누군가의 기억과 삶이 아닌, 다른 세기에 위치시키는 경향이 있다. 바다 건너 저 멀리, 과달키비르 강가에서 보면, 길게 늘어진 언덕 꼭대기가 훨씬 높아 보인다. 마히나의 누런 지붕과 모래 빛 탑들 위로, 산 로렌소 동네의 현판과 하얀 울타리들 위로, 흙 지붕과 뒷마당에 버려진 움막을 뒤덮은 덤불과 이끼 위로 태양이 반짝이며 몇 시간째 비추고 있다. 오래전 배우들과 관객들이 공기 중에 섬뜩한 목소리들만 남기고 떠나 버린 원래의 무대처럼. 방금 날이 어두워졌는데도, 낮 동안의 소리들의 격정이 침묵 속에 남아 있는 것처럼. 칼 가는 사람의 단조로운 피리 소리. 양들의 방울 소리. 양철 장수가 시끄럽게 떠들며 광고하는 소리. 집집마다 노커를 두드리는 소리. 한참 전에 엄마들이 돌아오라고 불렀는데도, 아직 전구 불빛 아래 놀고 있는 아이들의 떠드는 소리. 한 노인이 매일 오후 똑같은 시간에 카사 데 라스 토레스의 골목을 돌면서 나타나, 등이 굽은 몸으로 포소 거리를 향해 올라갔다. 조금 더 올라가면 있는, 오르텔라노스가(家) 사람들이 사는 거리에서 살기 때문이다. 그는 나의 외증조부 앞에 이르면 자루를 내려놓고 한숨을 돌리며 땀을 닦은 후 말했다. "페드로, 이제 우리 셋하고, 돈 메르쿠리오밖에 남지 않았네." 그러고는 다시 짐을 등에 들쳐 메고, 느리고 힘든 걸음걸이로 계속 걸어갔다. 가벼운 건초 자루의 무게에도 금방 쓰러져 죽을 것 같았다. 그는 어머니로서는 한 번도 본 적이 없는 가장 늙은 노인이었다. 무릎은 구부정하게 굽어서 떨렸으며, 양손은 거무죽죽했고, 눈은 축축했고, 눈동자는 축 처져 눈물샘의 붉은 부위까지 드러났다. 버려진 짐승의 표정이 눈동자에 담겨 있었다. 어머니는 왜 그 노인이 매일 오후 똑같은 말을 하느냐고, 외할아버지에게 자주 물었다. 하지만 외할아버지는 대답은 하지 않은 채 빙그레 웃으며 빰만 쓰다듬어 주고, 그녀는 알 수 없는 뭔가를 계속 골똘히 바라보았다. 그는 광장의 지붕이나 나무 꼭대기, 지나가는 낯선 사람들의 얼굴을 항상 조용히 바라보았다. 하지만 외할아버지는 그녀에게 무섭게 굴지 않았다. 그녀가 동생들을 안고서도, 집 대문 앞에 물을 뿌리고 어른처럼 능숙하게 길을 쓰는 모습이나, 아니면 무릎을 꿇고 앉아 젖은 걸레로 현관 입구의 대리석을 닦는 모습을 지켜보았다. 어머니는 외할아버지가 고통과 애정이 섞인 눈길로 자기를 바라보았다고 기억한다. 그는 변함없이 불가나 뒷마당의 낮은 의자, 문 앞 계단에 앉아 그녀의 성장을 묵묵히 지켜보았다. 그녀는 외할아버지가 언젠가 돌아가실 수 있으며, 매일 오후 건초 자루를 어깨에 짊어 메고 자기네 집 옆을 지나가는 노인처럼, 세월이 흘러 외할아버지도 쇠약하고 비참해질 수 있으리라고는 전혀 생각하지 못했다. 몇 달 후 노인이 헉헉거리며 멈춰 서서 그에게 말했다. "페드로, 이제 우리 둘과 돈 메르쿠리오만 남았네." 그녀가 어머니에게 물어보았지만, 레오노르 엑스포시토 역시 어깨를 으쓱하더니 자기도 그 말은 이해하지 못하며, 나이 든 사람들이 하는 말이라고 대답했다. 레오노르는 자기 아버지가 젊었을 때를 얘기하는 걸 좋아하지 않았다. 어쩌면 아는 게 없어서일 수도 있다. 하지만 제대로 된 성이 없다는 걸 떠올리는 게 더 창피해서이기도 했다. 그녀의 아버지는 태어나자마자 고아원에 버려졌고, 그를 주운 날 수녀들이 페드로란 이름을 붙여 주었다. 그리고 아버지의 성과 어머니의 성 모두, 사생아란 의미의 엑스포시토 엑스포시토인 것도 두 배로 치욕스러운 거였다. 그는 그 치욕에서 아무 죄도 없었지만, 죽을 때까지 그 이름과 더불어 살아야 했다. 그리고 외할머니 역시 어머니의 성을 따르는 두 번째 성 때문에 자식들에게 지울 수 없는 오점을 남겨 주었다.* 마누엘 외할아버지는 외할머니를 아프게 하고 싶을 때면, 극단적으로 그런 말을 했다. 어머니는 외할아버지가 술집에서 술을 마시고 돌아와 외할머니를 때리고, 큼지막하고 무시무시한 허리띠의 버클로 벽과 가구들을 내려치면서 방마다 아이들을 찾으러 다닐 때면 외할아버지가 낯설었고, 이야기 속에 등장하는 거인처럼 위협적이었다고 느꼈다. 어머니는 계단과 침실 바닥을 뒤흔드는 그의 발소리를 들으면서 침대나 테이블보 아래 숨도 쉬지 않고 숨어 있었다. 비명 소리와 허리띠를 휘두르는 소리, 울음소리를 듣지 않기 위해 양손으로 귀를 틀어막은 채 이를 악물었다. 아니면 이름도 없는 개와 함께 그녀 역시 페드로 외할아버지의 다리 아래에 들어가 있었다.

그녀는 그렇게 자랐다. 두려움에 억눌려, 두려움을 먹고 자랐다. 늘 가까이 있는 불행과 벌을 두려워하며, 라디오의 노래와 지나가면서 본 영화 포스터 주인공들의 흑백 사진을 보고 감격하며 자랐다. 그런데 나중에 정작 애인이 생겼을 때는 아무 영화도 보지 못했다. 그때까지도 그녀의 부모님은 동생들을 데리고 나가게 했다. 동생들은 닭장서부터 그녀의 이름을 소리쳐 불렀으며, 그녀와 그녀의 애인, 즉 우리 아버지에게 삼 열매와 해바라기 씨껍질을 던졌고, 그들이 산책할 때면 누에바 거리에서 그들을 쫓아다녔다. 그들은 절대 손을 잡지 않았으며, 일요일 외출복을 입고 뻣뻣하게 행동하며, 말도 제대로 하지 않았다. 영화와 라디오 연속극에서 남자와 여자들이 하는 말과, 그가 그녀를 마음에 두었을 때 연애편지에 썼던 말을 하기에는 두 사람 모두 조용하고, 어설프고, 미숙했다. 그때 그녀는 이미 열여섯이나 열일곱쯤 되었으며, 어릴 때의 두려움이 사춘기의 불확실함으로 그대로 남아 있었다. 자기는 아무것도 누릴 자격이 없으며, 영원히 뒤처져 살 것 같은 두려움이 들었다. 그래서 창문의 커튼 뒤나, 살짝 열려 있는 대문에서 보았던 산 로렌소 광장에서 뛰어노는 다른 여자아이들이 누리는 욕망과 소박한 특권이 자기에겐 금지되어 있다고 생각했다. 이제 그 여자아이들은 일요일이 되면 굽 높은 구두를 신고 입술을 칠하고 외출했으며, 남자가 쳐다봐도 고개를 숙이며 얼굴을 붉히지 않았다. 그녀는 날이 채 밝기도 전에 일어나, 제일 구석에 있는 뒷마당에서 불을 땔 장작들을 한 아름 가져왔고, 계단을 내려오는 아버지의 발소리나 기침 소리를 들으면 무서워 벌벌 떨었다. 그녀는 햄을 넣어 아버지가 밭에서 먹을 점심을 만들었고, 아직 잠이 덜 깬 동생들에게 우유를 데워 주었다. 동생들은 아버지를 두려워하며 그의 말을 잘 들었다. 그들은 학교에 다니는 것은 포기하고, 마구간의 분뇨를 치우고, 나귀들의 마구를 챙기고, 나귀들 위에 곡괭이나 나뭇가지들을 실으며 밤까지 어른들 못지않게 절망과 분노에 휩싸여 일했다. 그들은 낡은 재킷과 베레모, 면바지와 같은, 죽을 때까지 입을 어른들의 옷을 그새 입었다. 그녀는 우물에서 물을 길었으며, 여자들로 샘이 북적거리기 전에 가려고 항아리를 준비했다. 그녀는 잠시 후 외할아버지가 앉을 의자를 불 옆에 갖다 놓았다. 외할아버지는 사위와 부딪치지 않기 위해 조금 늦게 일어났다. 페드로 엑스포시토가 내려오면 따듯한 우유 한 잔과, 그가 개와 나눠 먹을 큼지막한 빵 덩어리 하나가 이미 준비되어 있었다. 외할아버지는 빵을 잘게 부숴 손바닥에 올려놓고 개에게 주었다. 판독할 수 없는 표정을 짓는, 나이가 많은 그 둘은 따듯한 불가에 앉아 쉬지 않고 움직이는 그녀를 바라보았다. 그녀는 더러운 접시들을 설거지하고 부엌 바닥을 쓸었으며, 불 지필 장작을 한 아름 더 가져왔다. 나는 매우 약한 어머니의 모습을 상상한다. 사진처럼 곱슬머리에 얼굴이 동그스름하고 약하면서도 힘이 넘쳤을 것이다. 그녀는 굶주림과 고된 일로 허약했다. 형제들 모두 어린 시절이 끝나는 순간부터 고된 노동에 시달려야 했다. 그녀는 천 샌들을 신고, 어머니의 앞치마를 허리에 두르고, 그녀에게는 지나치게 높은 침대를 정리하고 먼지를 털어 내고 요강을 비우고, 그러고 나서 더 어린 동생들을 깨워 얼굴을 씻기고 학교에 보내기 위해 옷을 입혔다. 그러는 동안 레오노르 외할머니는 현관 입구 앞에서, 속도를 내며 쉬지 않고 돗자리를 짰고, 외증조부는 시뻘겋게 달아오른 불을 바라보았다. 마치 그 불길 속에 한없이 펼쳐진 자신의 인생과 힘들었던 일들, 영광스러웠던 일들, 출생의 비밀, 쿠바 전쟁에서 겪었던 고된 일들이 담겨 있기라도 한 듯.

하지만 그는 그것에 대해서는 절대 이야기하지 않았다. 나의 상상력에 틀을 만들어 준 모든 목소리들을 생각해 보면, 그의 목소리는 없었으며, 나는 그 목소리가 어땠는지 감도 잡을 수 없다. 느렸을 거라 상상한다. 나의 어머니는 그의 목소리가 아주 부드러웠다고, 너무 나지막하게 말해서 알아듣기가 무척 어려웠다고 말한다. 마찬가지로 그는 움직일 때도 아주 조심스럽게 움직였다. 아니면 너무나도 오랜 시간 한자리에 가만히 있어서, 그가 아직 그곳에 있었는지도 잊어버릴 정도였다. 사진사 라미로의 사진에서 그는 지푸라기 한 올이나 풀 한 포기를 입에 물고, 양손을 모아 무릎 위에 올려놓은 채 먼 곳을 바라보는 시선으로 문 앞의 계단에 앉아 있었다. 침묵이 기억을 숨기며 살듯, 그는 자신의 기억을 철저히 숨겼다. 고아원의 어두침침한 방들. 어릴 때 절망감에 몸서리쳤던 새벽녘. 얼굴에 와 닿는 차디찬 물. 수녀들의 차가운 손과 수녀복이 스치는 소리. 백 년도 더 되는, 흔적조차 없는 시간이었다. 하지만 그 시간의 끝은 어둠 속에서 나와 이어져 있으며, 그는 내 인생의 날실을 일부 이루고 있다. 그가 다섯 살인가 여섯 살 때, 자기를 입양한 남자와 여자에게 항상 부모님이라 불렀고, 심지어 누군가 찾아와 친가족을 만나면, 많은 돈을 물려받고 들에서 막노동을 하지 않아도 된다고 했을 때도, 그는 그들을 부모님이라 불렀다. 나는 그의 얼굴 표정과 그의 눈이 심부름 온 사람을 어떻게 쳐다보았을지 상상한다. 우선 자기가 듣고 있는 얘기를 전혀 믿지 않으며, 아무 대답도 하지 않았을 것이다. 그러고 나서 땅바닥을 바라보며, 평생 딱 한 번 찍었던 사진에서처럼 고개를 살짝 기울이며 아주 부드럽게 말했을 것이다. "나는 이미 우리 가족을 알고 있습니다. 나를 버린 사람들은 절대 나의 가족이 아닙니다."

나디아에게 그 말을 하면서 나의 목소리는, 들어 본 적도 없는 페드로 외증조부의 목소리와 어머니 목소리의 울림이 된다. 어쩌면 그녀는 외증조부, 아니면 거창한 말들을 좋아했던 마누엘 외할아버지에게서 그 목소리를 배웠는지도 모른다. 내가 통역실에 있을 때도 마찬가지이다. 나의 목소리는 내 귀에 대고 말하는 다른 사람들의 메아리이고 그림자이다. 하지만 너무 멀리 있는 그 목소리는 사라지지도 않고, 허공과 말들의 혼란 속에서 부서지지도 않는다. 그 목소리는 쇠처럼 반짝이며, 아직도 잿더미 아래 타고 있는 석탄의 열기를 그대로 간직한 채 말들 속에서 지속된다. 그 목소리는 한 남자의 일생에서 남은 것이며, 그가 절대 찍지 못하게 했던 사진 속의 얼굴이며, 어쩔 수 없이 자신의 미래를 결정지었던 나지막한 목소리로 들려준 얼마 되지 않는 말들이다. 그것만이 아니다. 또한 그 목소리는 조용하고 부드러운 성품이며, 차분한 용기이고, 그가 손녀딸을 바라보는 방법이다. 그는 손짓으로 손녀를 불러 머리와 얼굴을 쓰다듬어 주었으며, 노화와 전쟁이라는 두 가지 대이변이 괴롭게 몸부림칠 때도 단호하게 입을 다물었다. 바로 옆집, 장님 곤살레스가 살았던 골목 끝 집에는, 그전에 페드로 외증조부의 유일한 친구가 살았었다. 그는 외증조부와 함께 쿠바 전쟁에서 싸웠는데, 마히나에 군대가 입성한 지 며칠 있다가 아무 설명도 없이 총살당했다. 그때 마누엘 외할아버지는 이미 잡혀 들어갔었다. 해가 제법 길어진 4월과 5월의 오후에는 카사 데 라스 토레스의 홈통들 사이로 자살 특공대처럼 날아와 부딪히는 제비와 제비 비슷한 새들의 날카로운 비명 소리가 들려왔다. 풀 자루를 짊어지고 들에서 돌아오던 노인이 외증조부 앞에 멈춰 서서 지저분한 손수건으로 이마를 닦은 후 말했다. "페드로, 이제 우리 둘하고 돈 메르쿠리오밖에 남지 않았네." 어느 날 오후, 어머니가 열일곱이었을 때, 산타 마리아 종탑에서 고인의 명복을 기리는 종소리가 들리는 것과 동시에 노인이 광장 골목에 나타나는 걸 보며 그녀는 마침내 그 단순한 말의 의미를 알게 되었다. 노인은 그 어느 때보다 지치고 충혈된 눈으로 자루를 바닥에 내려놓고, 종소리가 울리는 쪽을 가리키며 말했다. "페드로, 돈 메르쿠리오를 위해 울리는 거네. 이제 자네와 나밖에 남지 않았네." 그 노인은 인생 말년에, 마히나에서 죽어 가고 있는 쿠바 전쟁의 생존자들 수를 세고 있었던 것이다. 아바나 병원에서 그들을 돌봐 주었던 돈 메르쿠리오가 방금 죽었다는 것을 알았을 때, 어쩌면 그는 참을 수 없는 고독을 느끼며 페드로 외증조부를 바라보았을지도 모른다. 1894년의 징병 대학살을 재개하기 위해 다시 죽음이 찾아온다면 그때는 둘 중 한 명을 택해야 하기 때문에, 이제 그들은 산 사람들의 세상에서 낯선 두 사람이 되었다.

어머니는 어느 날 오후 그 노인이 나타나지 않았다고 말한다. 어머니는 노인이 외할아버지의 삶과 어떻게 연결되었는지 알고 난 이후로는, 그를 보지 못하게 될까 봐 걱정하며 그가 오지 않나 남몰래 살피기 시작했다. 위층 방에 있을 때면 그의 구부정한 모습을 찾아 가끔씩 발코니를 내다보거나, 아니면 아직 태양이 카사 데 라스 토레스의 팔랑개비를 비추며 붉은빛으로 홈통을 감싸는 동안에는 현관으로 내려가 아무 변명이나 늘어놓으며 외할아버지 곁에 있었다. 처음에는, 노인이 보이지 않는 처음 며칠 동안은, 어쩌면 노인이 매일 지나다니는 길을 바꿨거나, 아프다고 생각하고 싶었다. 멀리서 어렴풋이 보고, 그를 다른 남자와 혼동한 것도 한 번 이상은 되었다. 하지만 그녀도, 그녀의 외할아버지도 아무 말 하지 않았지만, 어느 날 외할아버지가 계단에서 일어나 어두운 현관으로 조용히 들어가면서 눈길이 서로 마주친 순간, 두 사람은 자기네가 무슨 생각을 하고 있는지 알고 있었다. 그리고 그날부터 페드로 엑스포시토는 햇빛을 쬐기 위해 다시는 문 앞으로 나오지 않았고, 개에게도 말을 걸지 않았다. 그때 어머니는 얼마 안 있으면 외할아버지가 돌아가실 것이며, 어느 날 오후 산 로렌소 광장 골목에서 흔적도 없이 사라져 버린 그 노인처럼 외할아버지 역시 이 세상에서, 늘 앉아 있던 계단에서, 뒷마당에서, 불가의 향포 의자에서 흔적도 없이 사라질 거라는 불확실한 가능성을 확실하면서도 비겁하게, 조금씩 받아들이기 시작했다. 건강한 사람들을 아픈 사람에게서 떼어 놓듯, 어쩔 수 없이 산 사람들을 죽은 사람들에게서 떼어 놓는 무자비한 법에 따라 그는 이미 멀어지기 시작했으며, 사랑도 동정도 죄책감도 깨부술 수 없는 보이지 않는 경계가 그들 사이에 있다는 걸 그녀는 가슴 아파하며 느꼈다. 그는 동정과 체념 어린 근엄한 얼굴로 이미 그 경계 너머에서부터 그녀를 바라보았다. 어쩌면 고통스러운 미래의 기억처럼, 그녀 역시 사춘기 시절을 마치면 곧 잔인한 어른들의 삶으로 접어들 거라 상상하며 바라보고 있는지도 몰랐다. 그는 그녀를 바라보며, 그녀의 내성적인 성격과 두려움, 거울을 보기 싫어하는 성격, 고통을 견디기 힘들어 하는 모습, 당연한 것도 감히 요구하지 못하는 성격을 알아보았다. 어릴 때 그녀를 양다리로 꼭 감싸 주었듯 그녀를 지켜 주고 싶었다. 하지만 마찬가지로 그는 딸 레오노르를 지켜 줄 줄도 몰랐고, 지켜 줄 수도 없었다. 그는 계속된 구타와 보상도 위안도 없는 노동, 사위의 난폭함과 몰이해 때문에 딸의 미모와 청춘이 시들어 가는 것을 보며 천천히 지속되는 모욕과 같은 고통을 느꼈다. 한번은 그가 마누엘 외할아버지에게 말했다. "자네는 몽둥이 칼로 내 딸을 죽이고 있네." 이제 그는 손녀딸을 바라보며, 그녀에게서도 희생자의 운명이 드리워진 얼굴이 반복되고 있음을 알았다. 하지만 이제 그는 어서 빨리 죽기만을 바라는 단조로운 고통에 지쳐 있었다.

아버지가 처음 찾아갔을 때 외증조부는 가상의 적처럼 묵묵히 그를 주시하며 지켜봤을 것이다. 아버지는 상당히 진지한 청년으로, 말 한마디 건네지 않은 채 몇 달 동안 냄새만 풍기며 그녀의 주변을 맴돌았다. 매일 밤, 그는 그녀의 방 발코니 아래에 서 있었으며, 편지들을 보냈다. 그 편지는 외할아버지가 30년 전에 베꼈던 책에서 베낀 게 분명했는데, 그건 거짓말을 하려거나, 문학에 대한 열정 때문이 아니라, 그게 정확히 그가 해야 할 행동이기 때문이었다. 우리 부모님은 언제 처음 만났을까. 언제 처음으로 아버지는 어머니에게 눈길을 주었을까. 아버지는 왜 어머니를 선택했을까. 일요일 오후에는 여자아이들이 팔짱을 끼고 그룹을 지어, 레알 거리와 누에바 거리를 거닐었다. 그녀들은 하얀 베일을 두르고 산타 마리아 성당에 미사를 드리러 갔다가, 굽 높은 신발 때문에 아픈 발을 이끌고 어두워지기 전에 맥이 풀려 집으로 돌아왔다. 그들은 웃을 때면 손으로 입을 가렸다. 거의 외출을 하지 않는 그녀에게는 헤네랄오르두냐 광장과 누에바 거리를 올라가는 것 자체가, 절대 이뤄지지 않을 것 같은 찬란하면서도 씁쓸한 약속과 모험이 아찔하게 펼쳐지는 영화와 같은 다른 세상이었다. 그녀는 왼쪽 가르마를 타 곱실거리는 단발머리였으며, 가슴에는 리본으로 만든 꽃을 꽂고, 이가 보이지 않도록 입술을 꼭 다물어 애매한 미소를 머금었다. 사람들은 내가 어머니를 빼어 닮았다고 한다. 나디아가 사진을 보고, 조용히 나와 비교하며 웃는다. 눈썹하고 턱, 눈, 새까만 머리카락이 닮았어요. 그녀가 말한다. 그녀는 내가 아닌, 다른 누군가에게서 자기가 사랑하는 사람의 모습을 찾는 걸 좋아한다. 우리의 말이나 기억과 마찬가지로, 우리의 얼굴도 모두 우리의 것은 아니다. 나는 그녀 아버지의 사진에서 나디아의 눈길과 광대뼈를 보면서, 그리고 우연인 듯 아무렇게 방마다 흩어져 있는 그녀의 아들 사진들에서, 나디아라는 정체성의 그림자와 흔적을 알아보며 이제야 그 사실을 이해한다.

하지만 어머니는 자신이 남자에게 선택당하리라고는 전혀 꿈도 꾸지 못했을 거라고 나는 확신한다. 사랑은 다른 여자들에게, 그러니까 애인이 생겨 여자 친구들하고는 더 이상 어울리지 않는 이웃 여자아이들에게나, 노래와 라디오 연속극에 나오는 여자들에게나 있을 수 있는 일이었다. 그 여자들의 이름을 밸런타인데이에 음악을 틀어 주는 프로그램의 아나운서가 거명했었다. 화살이 관통한 심장과 한쪽 눈을 윙크한 작은 하트들이 요 위에 드러누운 듯 흩어져 있는 분홍 구름들, 필기체로 쓴 시들, 사진사 라미로의 정원에서 봤던 것과 매우 흡사한 그림으로 그린 덩굴이 얹힌 지붕 아래서, 지난 세기풍의 아가씨들 앞에 무릎을 꿇고 있는 짝 달라붙은 머리와 붓으로 그린 것 같은 콧수염을 기른 남자들이 그려진 엽서들. 바느질 시간이나 샘가에 줄을 서서, 올리브 열매를 따면서 나지막이 수군거리는 대화들과 낄낄거리며 짓는 웃음들. 고해실의 으스스한 어둠 속에서 느끼는 두려움과 부끄러움, 창피한 욕망. 창살 옆에서 전혀 남자의 목소리 같지 않은 목소리가 웅얼거리는 참회의 기도. 밤에 잠들기 전에, 집 안의 불들이 모두 꺼져 마구간에 있는 가축들의 소리만 들릴 때 그녀는 부들부들 떨며 자기 방의 발코니로 나가, 광장에서 꼼짝도 않고 서 있는 실루엣을, 골목의 전등 불빛 아래, 담배 불빛 아래, 대각선 모양으로 길게 드리워진 그림자를 보기 위해 쪽문을 조심스럽게 살짝 열었다. 그녀는 포소 거리를 내려오는 그의 발소리를 들었으며, 믿을 수가 없어 두려워하면서도 그 남자일 거라는 걸 알고 있었다. 그는 얼굴만 아는 남자였다. 채소 장수의 아들로, 근처 치리노스 거리에서 살았다. 알토사노 광장 너머에 있었고, 그 광장은 밤이 되면 너무 넓고 어두웠으며, 폭풍우가 휘몰아칠 때면 바람이 너무 세게 불어 가깝고도 먼 곳이었다. 그곳은 산 로렌소 동네와 푸엔테 데 라스 리사스, 두 동네 사이에 있는 그 누구의 땅도 아니었으며, 마치 1세기 반 전, 포소 거리의 고딕 문이 열릴 때 중세 성벽에 드리워졌던 끈이 그대로 남아 있는 곳 같았다. 이름이 프란시스코였다. 그가 그녀의 큰오빠이자, 우리 니콜라스 외삼촌의 친구였기 때문에, 그녀는 일요일에 몇 번인가 그들이 누에바 거리를 함께 지나가는 것을 보았다. 그들은 자기네보다 약간 키가 작은 사촌 라파엘과 늘 함께 다녔다. 라파엘은 머리를 빗어 뒤로 넘기고 긴 바지를 입었는데, 세 사람 중에서 제일 멋쟁이였다. 나는 사진사 라미로의 문서 보관함에 있는 사진 한 장에서 주저 없이 아버지를 알아보았다. 우리 집에서는 한 번도 본 적이 없는 사진이었다. 마히나의 죽은 사람들과 낯선 사람들이 있는 수많은 흑백 사진들 중에서 아직도 어릴 때의 얼굴이 남아 있었지만 그래도 어른의 얼굴이 고스란히 담긴 그의 얼굴을 알아본 순간, 어렸을 때 다른 사람들과 얘기를 나누거나, 아니면 시장 좌판에서 구름 떼처럼 몰려든 수다스러운 동네 아줌마들을 상대하는 아버지를 많은 사람들 중에서 확실히 알아보았을 때가 떠올랐다. 그는 이미 새치가 있었으며, 키가 훤칠하고 젊었다. 그는 당혹스러울 정도로 호탕했지만 자기 식구들에게는 절대 그 모습을 보여 주지 않았다. 내가 보기에, 그는 다른 상인들보다 훨씬 깨끗하고 하얀 재킷을 입고 있었다. 대리석 좌판 위에 갓 씻어 내놓은 근대 줄기가 새하얗게 빛나는 것처럼 눈부시게 하얀 재킷이었다.

아버지와 아버지의 사촌 라파엘, 니콜라스 외삼촌, 이렇게 세 사람이 사진사 라미로의 사이드카가 달린 오토바이에 앉아 있다. 틀림없이, 10월 초 장이 선 어느 오후였을 것이다. 외삼촌은 운전하는 척하며 오토바이 의자에 앉아 있고, 아버지와 그의 사촌은 2인석 사이드카에 앉아, 돈 오토 체너의 천 캔버스에 세밀하게 그려진 알프스 정경을 뒤로하고 있다. 이마에 고글을 쓰고 턱을 앞으로 쭉 내민 채 조급한 표정을 지으며 니콜라스 외삼촌은 진짜 바람이라도 맞으면서 달리는 듯 손잡이를 잡고 몸을 앞으로 숙이고 있었다. 그리고 그의 눈에는 놀랍고도 열광적인 표정이 담겨 있다. 아버지와 사촌 라파엘은 갑자기 달리고 싶은 충동이 일기라도 한 듯, 사이드카의 크롬 손잡이를 꽉 잡고 있다. 그들은 가만히 있지를 못하고, 웃음도 참지 못하는 것 같았다. 잘 잡아, 사촌. 라파엘이 그렇게 말했을 것이다. 커브 길이야. 너무 달리지 마, 니콜라스, 우리 죽겠어. 그리고 가난 때문에 거리의 사진사로 몰락한 사진사 라미로는 간신히 웃음을 참으며, 천에서 고개를 빼고 귀머거리에 벙어리인 조수에게 아직 플래시를 터뜨리지 말라고 해야 했을 것이다. 너희들 좀 가만히 있어라, 맙소사, 그러다가 사진이 흔들리겠다. 20년 전에는 주요 인사들과 목이 긴 귀부인들, 가는 콧수염을 기르고 시계가 달린 조끼를 입은 신사들이 돈 오토 앞에서, 유화 초상화 앞에서 포즈를 취할 때 못지않게 위엄을 갖춘 뒤 꼼짝 않고 사진을 찍었다. 그런데 이제는 그들의 방문을 스튜디오에서 기다리지 않고, 격을 낮춰 시끄러운 장터에서 사진을 찍겠다고 나와 이런 사달이 생긴 것이다. 옛날에는 머리에 기름이 끼고 곱슬머리인 데다가, 손에서 짐승의 분뇨 냄새와 땀 냄새를 풍기며 얼굴을 들이 밀고 웃어 대는 그런 얼간이들이 아니었다. 라비로, 보고 있잖아요. 라파엘이 사촌의 어깨 뒤로 고개를 뺐다가 얼른 숨기면서 말했다. 세 사람 중에서는 그가 가장 동안이었고, 아직은 기름을 발라 뒤로 넘긴 머리가 아니라, 가르마를 탄 머리였다. 그가 유일하게 활짝 웃었으며, 약간 어정쩡하게 으스대는 포즈로, 왼손에 든 담배는 뒤로 숨겼다 — 오른손으로 담배를 드는 것은 여자나 게이들이 하는 짓이었다. 그는 긴 바지를 입고 사촌 프란시스코와 함께 장터에 나온 것만으로도 행복해했다. 그는 사촌 프란시스코에게, 사춘기 때에 생겼다가 사춘기가 끝나는 동시에 사라져 버리는 거의 신앙에 가까운 뜨거운 의리를 느꼈다. 그는 너무 만족스러워, 자기 아버지인 라파엘 아저씨도 생각하지 않았다. 라파엘 아저씨는 불행한 운명의 연속으로, 백 년 동안 군대에 끌려 나갔다. 제대하려는 순간 전쟁이 터져 다시 전방으로 끌려가 싸워야 했고, 그 전쟁이 끝나자 이제는 프랑코파들이 빨갱이하고 한 군대는 소용이 없다며 그를 다시 징병해 갔다. 그는 갈라스 소령의 명을 받아 군대 생활 한 것을 너무나도 자랑스러워했다. 농담 잘하는 사람들은 그의 아들에게 짓궂게 물었다. "라파엘, 네 아버지 어디 있니?" 그러면 그는 사람들이 박장대소하며 웃을 거라는 걸 잘 알면서 대답했다. "군대요." 그러면 사람들이 대답했다. "그럼, 이왕 이렇게 된 거 조금 더 기다렸다가 너랑 같이 제대하라고 해라."

사진에서 아버지는 아주 짧은 곱슬머리에, 지금과 똑같은 미소를 머금고 있으며, 지금과 똑같이 고독하면서도 뭔가를 숨기는 듯 신중한 모습이다. 곧 열넷이나 열다섯 살이 될 것이고, 자기가 친구 니콜라스의 여동생을 사랑할 거라는 건 아직 모를 때였다. 피부는 이미 시커멨으며, 손도 어른 손처럼 튼튼했다. 그는 열 살부터 어른들과 함께 농장에서 일했다. 그의 얼굴에서는 강한 자존심과 자기 자신에 대한 확실한 믿음이 느껴졌다. 그리고 고리타분한 어른 옷을 입어서 그런지, 훨씬 조숙하고 진지한 모습과 미소가 두드러져 보였다. 어쩌면 그 모습은 카메라가 앞에 있어서 그런 게 아닐 수도 있다. 그는 하루빨리 어른이 되고 싶어 마음이 급했다. 애인도 사귀고, 충분히 돈을 모아 소도 사고, 나중에 말도 사고, 소작하는 아버지의 농장이 아닌, 물이 풍부한 자기만의 농장도 사고 싶어 했다. 아버지를 바라보는 동안, 오랜 세월이 흘러 그가 나에게 헛되이 주입시키려고 했던 그 소망을 그때 이미 가지고 있었다는 게 느껴졌다. 그는 예의 바르고 존경받는 사람이 되고 싶어 했다. 자기 자신을 위해 열심히 일하며 소와 올리브 나무들을 사들이고, 늘 자기를 도와 일할 수 있는 아들을 갖고 싶어 했다. 하지만 내가 아버지의 사춘기 얼굴에서 본 신중한 야심에는, 헛바람이나 거만은 전혀 들어 있지 않았다. 자기 의지에 대한 확고한 자신감만 들어 있었다. 그는 자신이 바라는 것과 필요한 것을 구분하지 않았으며, 시간과 확신으로 이룰 수 없는 꿈은 아예 꾸지도 않았다.

그들에게는 유년 시절이 너무나도 일찍 끝나 버렸기 때문이다. 나중에 그들은 그 유년 시절을 거의 기억도 하지 못했다. 그들은 전쟁이 시작되자 학교에서 멀어졌으며, 어느 날 문득 집에서 아버지가 사라졌고, 살아남기 위해서는 몇 달 전 학업을 포기했던 것과 마찬가지로 길거리에서 노는 것도 포기해야 했다. 그들은 뼈가 으스러지도록 일하고, 밧줄을 잡고 곡괭이를 파느라 손이 다 벗겨졌다. 남자들이 없기 때문에 그들은 번쩍 들어 올리지 못하는 장작이나 거름, 기름 무게에 짓눌려 어깨가 주저앉는 것부터 배워야 했다. 그들은 전쟁의 불확실함과 이성의 궁핍함 속에 살면서, 마치 그것이 삶의 자연스러운 속성인 듯 익숙해져 갔다. 그들은 뼈가 굳어지기도 전에 건장하고 집요해졌으며, 채 면도를 시작하기도 전에 피부가 새까맣게 그을려, 가죽과 같은 무게감을 얻었다. 그래서 금세 그들은 원래 나이보다 훨씬 나이 들어 보였으며, 그 모습은 절대 사라지지 않았다. 단지 세월이 흘러 그들이 나이보다 겉늙었다는 것을 알았을 때는, 기억을 통해서가 아니라, 무릎의 아픔과 턱없이 일찌감치 약해진 척추의 고통을 통해서였다. 그들은 숙명주의와 유년 시절의 비현실성으로 몽롱한 상태가 되어, 아플 때조차도 그 아픔을 불평하지 못했다. 밭으로 나가기 위해 날이 채 밝기도 전에 일어나, 아직 제대로 쥘 줄도 모르는 낫과 곡괭이를 어깨에 둘러메고 농장으로 가는 길을 내려갈 때처럼 잠이 덜 깬 몽롱한 상태였다.

나는 아버지의 사춘기 시절을 상상하며, 아버지가 어머니를 처음 보았을 때 어떤 감정이었을지 궁금했다. 그걸 아는 일이 불가능하다는 건 안다. 몰이해와 세대 차이뿐만 아니라, 쑥스러워서도 알기 어렵다. 우리는 거의 한 번도 진정한 대화를 나눠 본 적이 없다. 아버지는 거의 한 번도 자기 자신에 대해 나에게 말해 준 적이 없다. 내가 어렸을 때 아버지는 목에 사혈(瀉血)한 상처를 보여 주며, 아프리카 전쟁에서 무어인이 신월도(新月刀)를 휘둘러 그랬다고 했다. 나는 사진을 통해 아버지를 알았는데, 그것은 나디아가 사진들을 통해 알 수 있었던 것과 마찬가지였다. 자존심 강하고, 고독하고, 점잖은 분위기. 결혼식 사진 한 장에서 어머니 쪽으로 성심성의껏 멋지게 몸을 숙인 모습이 있다. 지금의 내 나이보다 거의 10년은 젊었는데도, 시선과 입술에서는 냉정함이 전해지면서, 신비로우면서도 확신에 찬 모습이 느껴진다. 그가 그녀 쪽으로 몸을 기울이고 미소를 머금고 있다. 그건 사진사 라미로가 그렇게 하라고 시켰을 것이다. 고독이나 일에 대한 열정이 아닌, 누군가를 필요로 하거나 그리워하며 열정에 굴복한 아버지의 모습은 상상도 되지 않는다. 여자에 대한 기억 때문에 밤을 새우거나, 어머니를 애무하는 모습이나, 결혼 후 이사해 내가 태어난 방에서 다정하게 어머니에게 속삭이는 모습은 상상도 되지 않는다. 내가 태어난 방은 나팔 소리로 시간을 알 수 있는 병영과 아주 가까이 있는 '대들보 방' 이었다. 당혹스러운 것은 내가 아버지에 대해 아는 게 얼마 없다는 게 아니다. 마치 아버지가 이미 돌아가시기라도 한 듯, 내가 아무 대책도 없이 모르는 게 당연하다고 확신한다는 점이다. 전화를 걸어 아버지에게 물을 수도 있었다. 그러나 나에게는 그렇게 할 재간도 없으며, 아버지를 앞에 두고 다이닝 룸의 식탁에서 단둘이 있을 때조차 물어보지 못할 거라는 걸 안다. 어머니가 부엌에서 설거지를 마친 후 내가 마실 커피를 준비하는 동안 나와 아버지는 단둘이 아무 말도 하지 않고 텔레비전만 물끄러미 보고 있다. 한번은 누군지 기억나지 않는 외국 대표의 연설을 통역한 것을 아버지가 라디오를 통해 들은 적이 있었다. 아버지는 늘 라디오를 들었는데, 들에 갈 때도 가져가고, 잘 때도 베개 밑에 넣고 자는 트랜지스터라디오를 한 대 가지고 있다. 그가 시장에 나가기 위해 비인간적인 시간에 일찍 일어나자마자 맨 먼저 하는 일이 부엌의 라디오를 켜고 커피를 준비하며, 아직 모두가 잠들어 있을 집 안의 침묵을 즐기면서 뉴스를 듣는 거였다. 그때 아버지가 나에게 말했다. "네가 그렇게 계속해서 말을 많이 하는 걸 단 한 번도 들어 본 적이 없구나."

아버지도 나에 대해서는 아는 게 아무것도 없다. 아버지가 나디아를 만난다면 어떻게 생각하실까. 그녀와 어떻게 대화를 나눌까. 그녀가 외국인이기 때문에 그는 목소리를 아주 크게 높일 것이다. 아버지는 외국인과 전화로 서로 알아듣기 위해서는 무조건 크게 말해야 한다고 확신한다. 전쟁이 끝나 갈 무렵 열한 살이 되었을 때, 그는 나중에 점령 부대의 무어인들에게 갖다 팔기 위해 농장의 도랑 옆에 허브 씨를 뿌렸다. 무어인들이 차의 향 때문에 그 허브를 마셨던 것이다. 아버지는 언젠가 소 한 마리를 사기 위해 얼마 되지 않는 돈의 일부를 저금했고, 남은 돈으로는 싸구려 담배와, 잡지에 나온 극단의 공연을 구경 가기 위해 개구멍으로 들어갈 수 있는 입장권을 샀다. 10월 장날과 올리브 수확이 끝나 갈 즈음해서, 몇 주 동안 도시에 돈이 돌고 사람들이 저녁 식사 후 곯아

떨어지지 않을 정도로 많이 피곤해 있지 않을 때면 극단들이 마치 나를 찾아왔다. 일요일 오후에 최대한 빠른 속도로 농장에서 급히 올라오고 있는 아버지가 상상된다. 오랜 세월이 흐른 후 나도 아버지와 똑같았다. 마음이 급해, 부엌 개수대에서 찬물을 첨벙거리며 대충 세수한 후 어른 옷으로 갈아입고, 거울 조각 앞에서 머리에 기름을 발라 빗었다. 그러고 나서 그는 친구들인 니콜라스 외삼촌과 사촌 라파엘과 함께 호주머니에 들어 있는 동전을 자랑스럽게 짤랑거리며, 여자들의 다리를 쳐다보고, 여자들이 옆을 지나갈 때 공기 중에 약속처럼 남겨 놓는 강렬한 싸구려 향수 냄새의 흔적을 맡으면서 헤네랄오르두냐 광장 쪽을 향해 올라갔다. 시장에 채소를 내려놓은 후 한밤중에 집에서 나오는 아버지가 보인다. 드디어 자신의 남성성을 확신하며 막 면도를 마쳤을 것이다. 그는 말문이 터지기보다는, 덜 긴장하기 위해 알토사노 골목에 멈춰 서서 담배 한 대를 피웠다. 그러고는 양손을 바지 주머니에 찔러 넣고 담배를 입 끝에 물고, 시골 남자들이 남자답게 걷는 모습으로 다리를 약간 안짱다리로 하고 느릿느릿 포소 거리를 향해 걸어갔다. 그는 어머니와 얘기하거나, 그녀의 집에 가기 위해 산 로렌소 광장 쪽으로 내려오는 게 아니었다. 그녀의 집에는 2년이나 3년 후에 들어갈 수 있을 것이다. 단지 그녀와 그녀의 식구들, 감시의 눈길을 보내는 옆집 사람들에게 자기가 그녀를 선택했으며, 그녀가 자기 편지에 답장할 때까지는, 일요일에 누에바 거리나 산타 마리아 성당에서 서로 마주쳤을 때 몇 마디 주고받는 걸 그에게 허락할 때까지는 매일 밤 계속해서 그곳에 올 거라는 걸 알리기 위해서였다. 그녀는 미사에서 나오면서 그에게 눈길도 주지 않았는데, 당연히 처음에는 그를 못 본 척했고, 얼굴을 붉히지 않으려고 안간힘을 쓰며 아예 대답도 하지 않았다. 그는 매일 밤 같은 길을 반복해서 갔고, 그녀는 그의 발소리가 들려오기를 기다렸다. 커튼 뒤에서 꼼짝 않고 서 있는 자신의 실루엣을 들키지 않으려고 그녀는 방의 불을 켜지 않았다. 두 사람은 자기네가 서로를 받아들였으며, 처음에는 의지나 감정이 지나치게 개입하지 않는 절차가 시작되었음을 알았다. 엄격하고, 예측이 가능하고, 불안과 인내, 고통으로 가득한 놀이였다. 그리고 그가 그녀에게 써야 했던 편지와 그녀가 답장을 쓰는 데 몇 달이 걸려야 했던 것과 같은 고리타분한 형식으로 가득한 놀이였다. 그녀는 불확신 속에서 학교 책상 앞에 앉아 있는 어린아이처럼 줄 쳐진 종이 위로 몸을 숙였다. 전쟁 초에 수업이 중단되었고, 전쟁이 끝났을 때는 공부를 다시 시작하기엔 이미 늦은 탓에, 그녀는 제대로 글을 쓸 줄 몰랐다. 두 사람은 편지를 쓸 때 이해하지 못하는 단어들을, 그들이 살고 있는 세상에 속하지 않는 단어들을, 백 년 전 사라진 낭만주의에서 꺼내 온 먼지가 풀풀 나는 단어들을 사용했다. 친애하는 아가씨, 당신에게 강력히 애원합니다. 당신에 대한 나의 솔직한 감정을 전할 수 있도록, 다정한 대화를 나눌 수 있는 은혜를 제발 너그러이 베풀어 주십시오. 당신이 내 심장에 너무나도 깊이 박혀 있습니다. 어느 날 밤 그녀는 신호처럼 방의 불을 켜 뒀을 것이다. 그러고 나서 1주일이나 2주일 후 아래층 창문 창살 뒤에서 그를 기다렸을 것이다. 진지함과 침묵 때문에 절망적일 정도로 어설픈 첫 대화를 나눈 후, 그들은 창살을 쥐고 있는 손을 살짝 스치지도 못한 채 몇 달째 얘기만 나눴을 것이다. 그러고 나서 그가 손을 잡으려 했을 것이고, 그녀는 자기 몸이 타서 녹아내릴까 봐 두려워하며 얼른 손을 거둬들였을 것이다. 두 사람은 사람들 몰래 거짓말을 하며 만났다. 마누엘 외할아버지가 밤늦게 광장에 도착하면 그가 얼른 몸을 숨겼고, 어머니는 쪽문을 닫았다. 누구니? 외할아버지가 무섭게 물었다. 누구랑 얘기하고 있었던 거니? 아무하고도 얘기하지 않았어요.

그 후, 우연인 것처럼 창문에서 말하기 시작했던 것과 마찬가지로, 어느 날 밤 그녀는 그가 왔을 때 문틈 사이로 고개를 반쯤 내밀었다. 그녀는 어깨 위로 뜨개질한 재킷을 걸친 채 팔짱을 끼고 소매 끝을 잡고는, 두 발을 가지런히 모아 계단에 서 있었다. 그때부터는 그곳이 매일 밤 그들이 만나는 장소가 되었다. 안에서는 식구들이 웅얼거리는 단조로운 얘기 소리가 들렸는데, 애무하고 싶은 유혹과 말 없는 거부를 감시할 수 있도록 문은 완전히 닫지 않았다. 동생들은 발코니나 현관문 안쪽에서 감시했고, 외할아버지가 그녀를 부르며 골똘히 생각에 잠긴 표정으로 벽시계를 쳐다보면 그녀는 이제 늦었다는 걸 알았다. 2년이나 3년쯤 지난 어느 날, 그는 넥타이를 매고 보다 정성껏 면도를 한 후 그 집에 들어올 수 있는 영광을 청했다. 아버지의 모습을 상상하기란 전혀 어렵지 않다. 진지한 표정으로 그녀에게 미소도 짓지 않은 채 테이블에 앉아, 외할아버지와 외할머니, 페드로 외증조부의 심문하는 듯한 눈길을 피하며 형식적인 질문들을 기다렸을 것이다. 의도가 뭐냐. 그녀와 결혼하기 위해 어떻게 할 거냐. 시간이 흐르면서 그는 더 늦게까지 머물 수 있었으며, 한번은 그의 무릎이나 손이 테이블보 아래서 어머니의 무릎이나 손을 찾았을 것이고, 외할아버지가 저녁 식사 후 읽어 주는 연재소설을 들으며, 올리브 수확이나 비에 대한 얘기를 나눴을 것이다. 무감각할 정도로 더디고, 숨 막힐 듯 형식을 따지며 일들은 그렇게 진행되었다. 추수 순서를 바꾸거나 시기를 빨리 앞당길 수 없는 한, 수확은 여름에 하고, 포도 따기는 9월에 하고, 올리브는 겨울 이외에는 할 엄두도 내지 못하듯, 그나 그녀도 다른 가능성은 전혀 상상하지 못했다. 1층 창문에서 처음으로 만난 지 6년에서 7년쯤 지난 후, 모든 표정과 모든 말들이 부부간의 권태처럼 무거워지고, 각기 서로를 처음 보았을 때 못지않게 아직도 여전히 서로에게 낯설어 있을 때 즈음, 고해 날짜와 결혼 날짜가 정해졌다. 내 생각에는 그녀가 먼저 실망과 공포라는 혼란스러운 감정을 느꼈을 것이다. 그녀의 어머니와 그녀는 혼수로 가져갈 식탁보에 수를 놓고, 그들의 이름 첫 자가 새겨진 이불과 타월, 하얀 옷을 준비하며 자정 넘어서까지 깨어 있었다. 그는 결혼 후 한동안은 셋방에서 살아야 할 거라고 그녀에게 말했다. 그는 아버지의 농장에서 계속 일할 것이며, 시장에 좌판을 얻을 것이고, 무어인들에게 몇 센트씩 받고 허브 묶음을 팔아 모은 돈으로 우유가 나오는 암소를 살 거라고 말했다. 그녀의 부모님은 절대 사용도 하지 않고, 방에도 들어가지 않을 거창하고 우중충한 가구들과 큼지막한 십자가, 마호가니 액자에 담긴 최후의 만찬 부조(浮彫), 부부 침대 양쪽에 거는 작은 성수반(聖水盤) 두 개, 늘 찬장에 넣어 둘 많은 그릇들, 절대 쓰지 않아도 살면서 계속 깨지게 될 커피 잔 세트, 은도금해서 이름 첫 자를 새겨 넣었지만 곧 가짜 광택이 벗겨질 수저와 나이프, 포크를 그들에게 사 줬다. 결혼 며칠 전에는 그 집의 가장 넓은 방에 혼수품들을 전시해 놓고, 포소 거리와 산 로렌소 광장의 모든 이웃 여자들이 구경 와서 나의 어머니에게 축하 인사를 건넸다. 그녀는 사진사 라미로가 스튜디오에서 찍어 준 결혼사진을 볼 때처럼 양장점의 오목 거울 앞에서도 걱정과 부끄러움으로 흘낏 자기 자신을 바라보며 웨딩드레스를 입었다. 그들은 가짜로 해가 지고 있는 흑백 하늘 아래, 하얀 조각들과 도금양 울타리를 어설프게 그려 넣은 프랑스 정원 앞에서 사진을 찍었다.

어쩌면 그녀는 부모님 집에서의 마지막 며칠 밤을 불면으로 지새우며, 자신이 또다시 사기를 당할 것 같은 예감을 느꼈을 수도 있다. 그녀는 왜 그런지 이유를 몰랐으며, 자기 삶이 다르게 전개되리라고는 상상도 하지 못했다. 그녀는 도시 건너편에서 살기로 했다. 어릴 때 그녀가 자주 갔던 알토사노 거리와 푸엔테 데 라스 리사스 거리 너머로, 그녀가 잘 아는 세상이었다. 그녀가 살 곳은 병영과 주물 공장이 가까이 있었는데, 마히나에서는 그곳을 레히오라 불렀다. 그곳에는 아는 사람이 아무도 없었으며, 그곳에는 해가 일찍 지고, 산 로렌소의 돌길이 깔린 골목들보다 바람이 더 세게 분다고 생각했다. 그녀는 어머니와 동생들, 외할아버지, 이름 없는 개가 갑자기 참을 수 없을 정도로 그리운 나머지, 하루도 거르지 않고 매일 그들을 보러 갈 것이며, 절대 남들처럼 살지 않겠다고 맹세했다. 결혼 후 채 한 달도 되지 않은 어느 날 밤, 대들보 방으로 올라오는 계단 소리가 들리고, 곧이어 문을 두드리는 소리와 그녀를 찾는 동생 루이스의 목소리가 들렸다. 페드로 외할아버지가 방금 돌아가셨다는 거였다. 그는 저녁 식사 후 테이블에 앉은 채 돌아가셨다. 그는 잠이 든 듯 고개를 가슴 위에 푹 숙인 채 옆으로 천천히 쓰러졌다. 몇 초 동안은 입을 벌린 채 숨을 거칠게 내쉬었다. 개가 난리를 치며 요란하게 짖어 대지 않았더라면, 식구들은 그가 죽은 줄도 몰랐을 정도였다. 개는 그를 깨우기라도 하려는 듯 앞발을 들어 그의 얼굴을 내리쳤고, 그러고 나서는 낑낑거리며 그의 다리 사이로 들어가 숨었다. 개 역시 며칠 후 죽음을 맞이할 때까지 계속 낑낑거렸다. 개는 집에서 죽지 않고 공동묘지에서, 페드로 엑스포시토 외증조부의 무덤 위에서 몸을 웅크린 채 죽었다.

제11장

시간의 밑바닥까지 닿을 수 없는 흥분과 더불어, 지금 그녀와 함께하는 이 순간의 전율이 느껴진다. 그는 그 느낌을 그녀에게 들려주고 싶다. 기억이나 말들이 아닌, 그의 의지가 개입되지 않고도, 그리움을 떠올리지 않고도, 지금 섬세한 힘으로 그에게 되돌아오고 있는 몇 가지 이미지들을 들려주고 싶다. 나디아를 향한 애정에서 벗어나, 이름의 울림처럼, 과거를 향한 애무의 도구처럼 깨끗하게 그리움으로 돌아간 이미지들이다. 물론, 그는 과거라는 단어를 좋아하지 않는다. 부정확해 보이고, 어쩌면 거짓말처럼 보이기도 한다. 그가 지금 현재 경험하고 있는 게 과거일 리가 없다. 나디아를 등 뒤로 껴안고 가슴에 양손을 집어넣을 때 느껴지는, 잔잔하면서도 부드럽게 요동치는 그녀의 맥박은 현재 그 자체이다. **나에게 사랑하는 사람은 나의 젖가슴 사이에서 편히 쉬고 있는 몰약 한 움큼이다**라고 나디아가 돈 메르쿠리오가 소유했던 성서를 읽는다. 그 순간 손가락이 그녀의 허벅지 안으로 미끄러져 들어가, 촉촉한 손바닥에 느껴지는 은밀한 박동이 전기가 오르듯 잔잔하게 그녀의 가슴으로 올라가 그를 흔들어, 그들은 다시 욕망을 느낀다. 그는 그녀의 무릎을 애무하며 입을 맞춘 후 아래쪽으로 내려가 발을 어루만진다. 발에 입을 맞추자 발목의 단단한 피부 아래가 다시 요동친다. **양말을 신은 그대의 발이 어찌 이리 아름다운지, 오, 왕자의 딸이여**라고 그녀인지 그가 말한다. 그들은 감정들과 말들, 손들, 상대방 위로 몸을 숙여 뻗으면서 서로를 꼭 껴안는 포옹들, 그들을 휘감아 즉각적이면서도 머나먼 아침의 채광에서 빛을 발하게 하는 실크 실들, 아직 보이지 않는 누에고치를 만들기 시작하며 누에들이 짜내는 노란 실을 잊어버리거나, 아니면 그 두 사람 중 누구의 기억인지 구별하지 못한다. 마누엘이 그녀에게 이야기한다. 병영 근처 길거리에 있는 큰 나무들 발치에서 뽕잎들을 주워, 싱싱하게 유지하기 위해 젖은 수건으로 감쌌다고. 그는 겁이 많은 아이라 나무 꼭대기까지 올라가지 못했다. 그와 그의 친구 펠릭스는, 가장 연한 잎사귀가 싹을 틔운 나뭇가지에 원숭이처럼 기어 올라가는 겁 없는 큰 아이들을 바라보고만 있다. 그들, 펠릭스와 그는 다른 아이들이 떨어뜨린 잎사귀들을 바닥에서 주워, 우표 수집하듯 반짝이는 짙은 초록색을 한 장씩 빳빳하게 폈다. 침 냄새와 짓이겨진 뽕 즙 냄새가 나는 축축한 초록색이었다. 뽕잎을 깐 신발 상자 안에는 누에가 들어 있었다.

나디아가 미소를 띠며 급하게 일어나더니 말한다. 잠깐. 나도 기억나요. 그녀가 그의 손을 꼭 잡는다. 그는 그녀의 벌거벗은 등과 어깨 위로 흘러내린 헝클어진 머리카락과 계피 색 피부를 바라본다. 계피 색 피부는 그가 절대 경험해 보지 못한 뜨거운 태양 아래 묻어 놓은 숯불과도 같았다. 그리고 그 순간 그녀는 거의 잃어버렸던 잔인했던 감정을, 다른 어떤 냄새와도 닮지 않은 냄새를, 누에의 냄새를 되찾는다. 지금까지는 거의 기억하지 못했기 때문에 더욱 생생한 냄새를 되찾는다. 그리고 그 냄새와 함께, 그녀의 유년 시절이 섬광처럼 떠오른다. 한번은 그녀의 아버지가 뚜껑에 구멍이 여러 개 뚫린 구두 상자를 가지고 집으로 돌아왔다. 아버지가 아무 이유 없이 가끔 그녀에게 주는 선물들 중 하나였다. 그녀는 양손으로 상자를 받아 든 순간, 무게가 나가지 않는다는 것을 알았다. 그녀는 상자를 열어, 뽕잎과 그 위에서 꿈틀거리며 움직이고 있는 하얀 누에고치들을 보았다. 처음에는 무서웠고 거의 역겹기까지 했지만, 나중에 아버지가 스페인에서는 아이들이 그 동물을 기른다고 설명해 주었다. 아이들은 누에들에게 먹일 뽕잎을 구했는데, 뽕잎이 시들거나, 애벌레들이 잎맥만 남겨 놓고 모두 먹어 치우면 뽕잎을 갈아 준다고 했다. 그러고 나면 아이들은 누에고치들이 누에를 만들어 그 안으로 숨어 들어간 것을 보게 되고, 노란 실크 봉오리에서 날개가 하얀 아주 통통하고 굼뜬 나비 한 마리가 나올 때까지 몇 주 동안 기다린다고 했다. 나비가 자그마한 하얀 알들을 주렁주렁 매달아 놓으면, 다음 해에는 다른 애벌레들이 태어난다고 했다. 처음에 알들은 거의 움직이지도 않고 까만 실처럼 잘 보이지도 않지만, 수도 없이 초록 잎사귀를 갉아먹으면서 점점 자라나 통통해지다가, 결국에는 더욱 굼뜨고 묵직해졌다. 그러면 애벌레들은 천천히 누에를 만들기 위해 상자 한쪽 구석이나, 아니면 덮을 수 있는 마른 잎사귀를 골랐다. 지금, 그녀는 마누엘에게 이야기를 들려주다가 잠잠해지더니, 둘째와 셋째 손가락을 펴 아랫입술을 부드럽게 어루만진다. 그녀는 뭔가 어렵사리 기억하려고 할 때면 늘 그렇게 행동한다. 그녀는 아버지가 어디서 누에들을 구했을지, 자신에게 묻는다. 어쩌면 차이나타운일지 모른다고 상상한다. 그는 늘 딸에게 선물하는 플라스틱 인형과 스페인 양철 장난감들, 카예하 출판사의 작은 동화책 전집을 그곳에서 찾아냈다. 아버지는 스페인에서의 삶이 딸의 유년 시절과 그 후 그녀의 기억 속에서 다시 존재하기를 바라는 마음이나, 그럴 목적으로 혼자 도시를 돌아다녔다. 그러다가 스페인 삶의 전리품들을 어느 뉴욕 가게들에서 파는 것을 찾아냈다. 그는 딸에게 마음의 조국을 조심스럽게 안겨 주고 싶어 했다. 그의 상상 속에서 존재하는, 불행이나 암흑과는 아무 상관 없이 자랑스러운 조국이었다. 책의 실밥이 다 터진 카예하의 동화책들. 그의 생각에 여섯 살이나 일곱 살인 나디아가 많이 닮았다고 생각한 공화당파 소녀 셀리아의 모험들. 밝은 색으로 칠한 양철 오토바이 운전자들. 그녀에게는 만화보다 훨씬 비현실적인 스페인 경치들을 사진으로 찍어서 실은 큼지막한 책들. 누에고치와 뽕잎들. 아버지의 말이나 불평 한마디 없이, 영원히 뿌리째 뽑힌 고통으로 만들어진 나라. 며칠 후 그녀는 누에들에게 먹이 주는 것을 깜빡 잊어버렸고, 텔레비전 소리를 압도하는 어머니의 비명 소리를 들었다. 그녀가 응접실로 들어가자, 늘 그곳에 앉아 있던 어머니가 일어나서 비명을 지르며 까치발로 잔을 들고 손을 높이 치켜든 채 서 있었다. 그녀는 쥐라도 본 듯 소파의 팔걸이 쪽을 바라보고 있었다. 줄무늬가 쳐진 새까만 애벌레 두 마리가 가죽 시트 위에서 작은 머리를 꿈틀거리고 있었다. 그녀의 어머니가 루주를 칠한 빨간 입술을 일그러뜨리며, 역겹고 끔찍하다는 표정으로 손가락을 들어 가리켰다. 어머니는 잔을 내려놓고 부엌으로 향했다. 하지만 부엌이나 화장실로 가서 숨은 게 아니라, 털을 뽑는 핀셋과 삽을 가지고 돌아와 애벌레를 집어 들어 화장실 변기에 갖다 버렸다. 그러고는 흥분해 물탱크 손잡이를 몇 번이나 내렸다. 물 내려가는 소리와 정신없이 울어 대는 나디아의 울음소리가 함께 뒤섞였다.

그들은 지금까지 자기네가 서로 몰랐던 사이라는 것을 누가 정확하고 확실하게 알고 있었는지 신경도 쓰지 않는다. 마치 각자가 상대방의 얼굴을 비추는 유일한 거울이고, 그들의 눈을 보고 싶어 하는 유일한 얼굴인 것처럼 굴었다. 그들은 아직 서로 알지 못했던 시간에서, 두 사람 모두 태어나지 않았던 세상에서 만나고 싶어 한다. 그리고 그들은 자기네가 알아내고 이야기하는 모든 것에서, 처음부터 예정된 운명이나 우연의 힘이 있었던 것 같다고 느낀다. 사랑에 지친 육신들과, 기대와 두려움, 소멸의 경계 너머에서 되살아난 육신들의 낯선 왕국이 너무나도 아프게 보이면서, 그와 동시에 그들을 깨워 준 것 같았다. 그 예정된 운명이나 우연의 힘이 그들도 모르게, 그 누구도 모르게, 자기네들을 지켜 주고 보호해 주었으며, 불행과 고독, 착각, 망명에서 그들을 더욱 강하게 해 준 것 같았다. 그들은 각기 세상 끝에서 태어나, 서로 만날 수 있는 최소한의 가능성도 없었다. 단지 뭔가를 공동으로 소유할 가능성만 있었다. 어쩌면 날씨가 아주 화창했던 머나먼 옛날, 그들이 보았던 푸른색 풍경만을 공동으로 소유했을 수도 있다. 나디아는 이스트 강 건너편으로 보이는 맨해튼의 모습을, 마누엘은 올리브 나무들과 과달키비르 강 너머로 보이는 마히나의 산봉우리들을 보았을 것이다.

그것이 그들의 눈을 통해서 본 첫 번째 머나먼 옛날이었다. 이제 그는 자신이 어른들의 목소리로 빚어졌듯, 그녀의 목소리로도 빚어지고 가르침을 받는다는 사실을 깨닫는다. 어쩌면 그는 그 두 가지 가르침에서 늘 자신이 약간 멀리 있는 것을 발견하고, 시선이 미치는 곳 너머, 자신의 기억을 다시 구축할 수 있는 곳을 찾아가려는 불안을 배웠을지도 모른다. 그는 걸음마를 시작했을 때 아버지의 손을 잡고 9월 13일로(路)나 7월 18일로를 내려가, 맑고 푸른 계곡 풍경이 모두 내려다보이는 제방까지 갔었다. 남쪽에 있는 병영 창문과 쇠 골조 위로 우뚝 솟은 커다란 물탱크를 보면 현기증이 났다. 한번은 그곳에서 신병이 빠져 죽었다는 얘기도 들었다. 남쪽 측면이 제방의 측면과 맞닿아 올라간 병영의 벽은 성벽만큼이나 높았는데, 동화 속에 등장하는 영웅들이나 기어 올라갈 수 있었다. 그리고 그 뒤로, 그가 철들기 훨씬 전부터 어른들에게서 들었던 그 남자가 살고 있었다. 바로 갈라스 소령이었다. 그는 돈 마누엘 아사냐나, 시계 광장에 있는 청동 동상의 장군만큼이나 신화적인 인물로, 굽 높은 군화를 신고 허리에 권총을 찬 상상 속의 강력한 인물이었다. 겨울밤, 막 잠이 들려고 할 때면 바람이 휘몰아치는 가운데, 침묵 속에 연주되는 병영의 나팔 소리가 들려왔다. 그러면 그는 대들보 방에서 자기 위로 몸을 숙이고 있는 아주 젊은 어머니가 보인다. 창고 천장처럼 갈대와 진흙을 짓이겨 만든 천장과 창가의 테이블이 보인다. 창문에는 늘 노랗고 조용한 햇빛이 들어왔으며, 시각적인 것과 청각적인 것이 똑같은 재료로 동시에 만들어진 듯, 인도밤나무 꼭대기에 앉아 있는 새의 울음소리와 학교가 끝났어도 아직 몇 시간은 날이 훤하게 밝은 4월과 5월의 해가 긴 오후에 줄넘기를 하며 뛰어노는 여자아이들의 노랫소리가 들려온다. 하지만 지금 그는 다른 사람들의 기억에 소유되지 않는다. 마치 열심히 헤엄쳐 바닷가에 이르러서는, 바다 바닥에 조심스럽게 발을 내딛고 모래를 만져 보듯, 그는 확실히 자신에게 속한 첫 번째 육지에 발을 내딛는다. 넓게 펼쳐진 파라다이스처럼 아직은 깊고 불확실하며, 거의 닿지 않는 광활하고 정직한 육지이다. 찬장 위로, 그의 손이 닿지 않는 지평선 꼭대기 위로, 아주 부드러운 크림색 물고기들이 그려진 커피 잔들과 약상자에서 오려 낸 마분지로 만든 작은 동물들이 놓여 있다. 새 도자기가 벽에 기대어 움직이지 않은 채 양 날개를 활짝 펴고 있고, 그는 요람에 누워 몇 시간째 새를 바라보고 있다. 창가의 의자에 앉았을 때 보았던 다른 새들처럼 날아오르지 않는 게 이상했다. 하지만 대들보가 대각선 방향으로 가로지르는 천장 위로 드리워진 그림자들처럼, 그가 아버지의 무릎을 껴안으며 손을 치켜들어도 아버지의 허리에도 닿지 않을 때의 아버지 얼굴처럼, 모든 것이 너무나도 높이, 멀리 있다.

그가 들었던 내용이나, 거의 기억하지 못하는 내용은 밤의 지평선 너머로 드리워진 땅과 하늘처럼 그의 기억 속, 아주 오래된 곳에서 혼동된다. "너는 얼음이 크게 얼어붙었던 해에 태어났다." 사람들이 그에게 말했다. 그리고 그의 삶을 언급한 그 말은 자기뿐만 아니라, 인류 전체가 태어나기 훨씬 오래전을 가리키는 것 같았다. 세상이 창조된 이후 처음 몇 세기 동안 아주 어둡고, 아무도 살지 않았던 시대를 가리키는 것 같았다. 대낮인데도 그의 아버지가 침대에 누워 있고, 그는 그 모습이 사물들의 변하지 않는 순서에서 뭔가 어긋나는 거라는 것을 깨닫는다. 새까만 콧수염을 기른, 무섭게 생긴 뚱뚱한 대머리가 떠난 후에도, 계속 공기 중에 떠다니는 약 냄새와 쇠 그릇에 태운 알코올 냄새도 마찬가지라는 것을 깨닫는다. 사람들은 그를 의사라고, 메디나 박사라고 불렀다. 침대 머리 아래쪽에 있는 아버지의 얼굴은 하얀 이불깃과 대비되어 누랬으며, 아래턱도 누런 잿빛이다. 다른 남자가 와서 침대 옆에 앉는다. 남자가 그를 안으며 미소를 지어 보인다. 남자는 그가 무게가 나가지 않는다고 느끼며, 그를 무릎 위에 앉힌다. 그러고는 양손으로 약상자와 가위를 들어, 손가락과 반짝이는 가위가 잠깐 어지럽게 분주하게 움직이더니, 마침내 그 남자의 손바닥 위에 넓게 펼쳐진 마분지 종이가 아니라, 멍멍 하고 짖어 대는 강아지 한 마리가 모습을 드러낸다. 남자가 손가락을 움직여 석회벽 위로 그림자를 드리우며 만들어 낸 강아지처럼, 주둥이가 뾰족한 강아지이다. "사촌, 힘내." 그는 남자가 하는 말을 듣는다. "형이 나을 때까지 기다릴게. 그다음엔 나랑 같이 마드리드로 가는 거야. 여긴 가난밖에는 아무것도 없어." 남자는 계속 미소를 지어 보이고, 그의 손과 날카롭게 반짝이는 가위의 칼날에서는 다른 동물이 모습을 드러낸다. 이제는 종이 광주리와 항아리 두 개가 같이 있는 귀가 쫑긋 올라간 당나귀이다. 그는 바닥에서 그 동물들을 가지고 논다. 잠시 후 그는 눈을 크게 뜨고 요람에서 일어난다. 그때는 이미 어두워졌으며, 종이로 만든 하얀색, 파란색, 초록색 동물 모양들은 그가 닿을 수 없는 찬장 위로 올라가 나란히 서 있다. 훨훨 날고 있으면서도 늘 꼼짝 않고 있는 벽의 새처럼, 동물들은 꼼짝도 하지 않은 채 나란히 줄을 서서, 물고기 그림이 그려진 커피 잔들 사이에 놓여 있다. 침대 옆의 공기는 아버지의 얼굴 못지않게 후텁지근하다. 아버지가 쓰러진 거라고 한다. 나중에 사람들이 그에게 말해 주었다. 아버지는 몇 달 동안 열이 올랐으며, 약값과 의사 왕진비를 내기 위해 결혼할 때 구입한 암소를 팔아야 했고, 마드리드에서 좋은 직장을 구한 사촌 라파엘과 함께 떠날 수 없었다. 사촌 라파엘은 들에서 돌아오는 길에 매일 오후 아버지를 보러 왔다. 사촌 라파엘은 진흙투성이 바지를 입고 건초와 분뇨 냄새를 풍기면서 왔다. 의사처럼 오지는 않았다. 의사에게서는 약 냄새와 향수 냄새, 알코올의 푸른 불꽃 냄새가 났고, 그리고 의사의 손은 그가 아버지와 함께 우유를 배달하러 갔을 때 루주를 칠한 입술로 자기에게 뽀뽀를 해 주던 아주머니의 손처럼 새하얘서 의사가 더 무서웠다. 사촌 라파엘은 침대 머리맡에 앉아 얘기하면서 작은 테이블에 놓인 상자와 가위를 들었고, 그의 손에서는 마분지로 만든 동물들이 나왔다. 멍멍 짖어 대는 강아지와 콧수염이 위로 치켜 올라간 고양이, 물을 실어 나르는 당나귀, 질주하며 달리는 말이 나타났다. 두 사람이 함께 자라, 이제 처음으로 헤어지려는 거였지만 사촌 라파엘이 여행을 늦췄다. 그들이 두 사람의 일자리를 구해 같은 여관에서 한방을 쓰게 되면 돈을 더 빨리 모아, 그전에 식구들을 마드리드로 데려갈 수 있을 거라고 말했다. 바르셀로나나 독일에 일자리가 더 많다는 건 거짓말이다. 마드리드가 수도인데 어떻게 그럴 수 있겠느냐. 마드리드에서는 아프면 보험이 약값을 지불해 주고, 병이 나을 때까지 계속 일당이 나온다. 집집마다 수돗물이 나오고 가스 오븐이 있으며, 욕실에는 천장까지 타일이 붙어 있다. 마히나에서 아주 먼 세상에서는 별의별 일들이 다 일어나고 있다. 떼 지어 몰려다니는 비행기들이 있고, 해 질 녘이면 하늘에 남은 비행기 흔적이 분홍색으로 바뀐다. 땅을 파는 기계와 씨를 뿌리는 기계도 있고, 돈도 쥐꼬리만큼 주면서 수백 명이 허리가 끊어져라 일하지 않아도 되는 올리브 열매를 수확하는 기계까지 있다. 버튼만 누르면 하루에 지구를 몇 바퀴씩 도는 위성이 있고, 이제 얼마 있으면 달에 가는 것도 마히나에서 노선버스를 타고 주도(州都)를 가는 것보다 훨씬 편하고 빠를 것이다 등등을 얘기했다. 어느 날, 사촌 라파엘은 들에서 입는 옷이 아닌 넥타이를 매고 양복을 입고 찾아왔다. 그는 털이 복슬복슬한 손목이 재킷 소매보다 훨씬 긴 것을 유심히 살펴보았다. 그리고 사촌 라파엘이 걸을 때면 그의 검은 구두에서 나는 이상한 소리도 들었다. 그는 손과 가위가 다시 움직이길 기다렸지만, 그날 그는 사촌 라파엘의 체크무늬 바지 위에서, 무릎 위에서, 움직이지 않고 가만히 있었다. 옷장 안에 걸려 있는 아버지의 양복바지와 같은 바지였다. 사촌 라파엘이 베개 위로 제대로 몸도 일으키지 못하는 아버지의 얼굴에 두 번 입을 맞추었다. 그러고 나서 어머니에게 손을 내밀었고, 그에게는 머리가 천장에 닿을 때까지 번쩍 들어 올려 입을 맞춰 주었다. 그러고는 그가 약간 현기증을 느끼며 땅바닥을 다시 밟았을 때, 사촌 라파엘이 손에 뭔가를 쥐여 주었다. 그가 손을 폈을 때는 그 안에 작은 동물이 아니라, 반짝이 종이에 싸인 박하사탕이 들어 있었다.

그러나 시간도 없고, 정확한 형태도 없고, 사물들과 얼굴들, 동떨어진 말들과 느낌들 사이에 아무 연관성도 없는 그곳은, 우리 부모님의 삶의 무대이기도 했다. 물론, 그 삶은 그가 고이 간직하고 있는 낙원과는 분명 닮지 않았다. 그는 그들에게 간절히 묻고 싶다. 그리고 그는 자기가 그러지 않을 거라는 것을 잘 안다. 그는 나디아의 아들 사진들을 바라보며 그녀에게 묻는다. 세월이 흘러, 우리 둘이 함께한 시간을 당신 아들은 어떻게 받아들일까. 틀림없이 그에게는 한계가 없었을 그 아파트에는 뭐가 남아 있을까. 조금씩 불이 들어오는, 길 건너편 어두운 건물들은 어떻게 기억하게 될까. 어쩌면 그녀의 아들은 그들에게 이야기를 해 달라고 청하지 않을 수도 있다. 쑥스러워서든, 아니면 두려워서든, 부모님의 젊은 시절과 자기가 잉태된 순간 그들 각자의 마음속에 들어 있는 욕망의 정도가 민망해서 그럴 수도 있다. 누군가 태어난 순간, 사랑이 개입하지 않았을 가능성도 있다. 어찌 됐든, 마누엘은 자신의 기원(基源)에서 어둠과 체념, 어쩌면 고통이라는 거대한 입을 보았을 수도 있다. 그것은 그가 태어나면서, 아니면 그보다 훨씬 전에, 그의 부모님이 대들보 방에서 지낸 처음 며칠 중 하루에 그의 영혼에 영원히 새겨 준 고통이었다. 그는 존재하지 않았기 때문에, 그리고 부모님이 서로 알게 된 이후, 침묵을 지키며 마지막 층까지 계단을 올라가 다락방 문을 닫은 후 처음으로 단둘만 있게 되었을 때 그들이 어떤 생각을 했는지, 아니면 무슨 말을 했는지 감히 물어보고 싶지 않았기 때문에, 그는 그것을 상상하기가 더욱 힘들었다. 다락방에는 아직도 유약 냄새와 나무 냄새가 나는, 방금 구입한 새 가구들과 찬장, 부부 침대, 십자가, 사진사 라미로의 사인이 담긴 결혼사진, 은이 아닌 주석으로 만든 최후의 만찬 부조, 옷장, 유리 진열장, 커다란 테이블, 천 의자 여섯 개가 간신히 들어가 있었다. 천 의자들과 커피 잔 세트, 도자기 그릇은 마치 다른 사람들의, 유령 식구들의 부엌 물건인 듯, 아까워서 절대 사용하지 못했다.

그는 상상할 줄 모르거나, 아니면 상상하고 싶어 하지 않는다. 그는 나디아에게서 떨어져, 사진사 라미로의 궤짝이 있는 방으로 다시 향한다. 그는 블라인드 뒤로 무감각하게 오후의 빛을 바라본다. 폭포수처럼 멀리서 밀려드는 거리의 교통 소음을 들으며, 사진들 중에서 부모님의 결혼사진을 찾아, 그녀의 책상 위에서 램프의 불빛을 받으며 한참을 바라본다. 지금 마히나의 집에 걸려 있는 사진과 똑같은 것이다. 거실이라고는 하지만 그 방에 찬장과 크리스털 진열장, 엄숙한 의자 여섯 개를 거느린 테이블이 있기 때문에, 그들은 절대 들어가지 않는 방에 걸려 있는 사진이다. 그는 부모님의 젊었을 때 얼굴을 가까이에서 살펴본다. 이제 그들은 낯선 사람들이 등장하는 옛날 사진들에서나 볼 수 있는 그 당시의 추상적인 분위기를 풍기고 있다. 세월이 흘러 자신만의 독특한 정체성을 잃어버리고, 지난 과거의 상징적인 인물로 변하기라도 한 것 같다. 그는 36년이란 거리를 두고 그 남자와 여자에게 질문한다. 그리고 그들의 눈길과, 그들이 웃으며 서로 손을 잡고 있는 모습으로 미뤄, 그들이 절대 그에게도, 그 누구에게도 말하지 않았을 사실들을 알고 싶어 한다. 순수함과 의구심, 자긍심, 고독, 두려움, 어쩌면 약간의 난폭하고 거친 행동, 억눌린 비명 소리, 그리고 어둠 속에서 잔인하게 헐떡거리는 소리를 알고 싶어 한다. 그는 사진 속 아버지의 눈을 바라본다. 그들이 함께 있을 때, 그가 지난 몇 년 동안 마히나에 몇 차례밖에 가지 않았던 그때, 두 사람은 드러내 놓고 서로를 바라보는 걸 피했다. 그는 결혼식 날, 사진사 라미로의 스튜디오에서 신부 옆에 서 있는 스물다섯 살 먹은 남자의 눈을 바라본다. 남자는 프랑스 정원 앞에서 인위적인 원근법에 따라 꼼짝도 않고 서 있다. 근육의 긴장도 늦추지 않고, 눈동자의 표정도 부드럽게 하지 않았다. 그의 눈동자는 카메라가 아니라, 고독한 충동을 느끼는 자신의 의지를 응시하고 있다. 남자는 턱에 힘을 주었다. 남자는 여자의 어깨 위로 자연스럽게 오른팔을 뻗을 줄 모르거나, 뻗지 못하는 것 같았으며, 아니면 거의 웃을 줄 모르거나, 웃지 못하는 것 같았다. 그녀는 반짝이는 넓은 융단 치마의 중심처럼 앉아 있는데, 결혼해서 행복해하는 미소를 아무 성과도 없이 지어 보이려고 한다. 하지만 그 미소는 입술 위에서 얼어붙어 있다. 그녀는 자신도 모르게 여배우들의, 밸런타인데이 때 애인들이 보내는 엽서와 패션 잡지에 실린 표지 모델들의 미소를 흉내 내고 있다. 이제 그의 아버지는 머리가 하얗게 세고, 얼굴이 많이 부었고, 나이 들어 외모가 많이 상하기는 했지만, 그가 본 아버지의 사춘기 때 사진들과 마찬가지로, 젊었을 때의 그 사진에서도 여전히 아버지를 알아볼 수 있다. 두 눈이 바라보는 모습으로, 강렬하면서도 냉정한 눈에서 뿜어져 나오는 열정으로 알아볼 수 있다. 그리고 그에게는 낯선 열정이다. 희망은 없지만 차분하고 절제된 자존심을 지닌 열정이다. 그가 누구였으며, 지금은 진짜 누구이고, 그가 어떻게 자신의 꿈을 실패했거나 헛되이 낭비했는지, 그가 어떤 사람인지, 혼자 있을 때 무슨 생각을 하고 있는지를 보여 준다.

그는 사촌 라파엘을 제외하고는 그녀와도, 그 누구와도 말하지 않았다. 그는 날이 채 밝기도 전에 시장에 나갔다가, 오후 2시쯤 돌아와 침묵 속에서 점심을 먹었다. 그들의 셋방에는 석유곤로 하나 갖다 놓을 공간이 없어, 공동으로 사용하는 부엌에서 그녀가 준비한 점심 식사가 맛이 있는지도 절대 말하지 않았다. 그는 장사할 때 입는 하얀 재킷을 벗고, 들에 나갈 때 입는 낡은 옷으로 갈아입은 후, 그녀가 접시와 상을 치우기도 전에 담배 한 대를 피워 물고 다시 밖으로 나갔다. 그는 채소를 시장에 넘기고, 10년 동안 악착같이 모은 돈으로 산 암소의 우유를 배달하고 난 다음, 아주 늦게 집으로 돌아왔다. 그는 저녁 식사를 끝낸 뒤, 사촌 라파엘과 와인 한잔을 마시고 어머니를 잠깐 만나러 다시 밖으로 나갔다. 그는 그녀에게 아무 말도 하지 않았으며, 그녀가 겁에 잔뜩 질린 채 임신했다는 말을 꺼냈을 때도 그의 무표정한 얼굴은 전혀 변하지 않았다. 그녀는 현기증이 나고 속이 메스꺼워지기 시작했으며, 생선 냄새와 하수구의 지저분한 물 냄새를 참지 못했다. 그러면서 그녀는 자기가 남편을 어떻게 대해야 할 줄도, 남편을 위해 요리할 줄도, 그리고 어쩌면 남편의 일을 도와줄 건강한 사내아이도 낳을 줄 모른다는 생각이 들기 시작했다. 그녀는 산 로렌소 광장과 형제들, 어머니에게서 멀리 떨어진, 아무도 모르는 그 아득한 동네에서 늘 혼자였다. 그녀는 남편이 불쑥 돌아왔을 때 자기가 없으면 안 될 것 같아, 마음 놓고 나가지도 못했다. 그녀는 자신의 배가 점점 불러 와 뒤뚱거리며 걷는 것도, 다락방까지 힘들게 계단을 올라가는 것도, 빨래터와 우물가에서 듣는 여자들의 웃음소리와 시선도, 자신의 외로움 못지않게 부끄러워했다. 그녀는 벽에 걸린 신부 사진을 보며 거울을 바라볼 때처럼 너무나도 쑥스러워했다. 둥근 얼굴과 짙은 눈썹, 아버지의 입을 쏙 빼닮은 입, 들쑥날쑥하고 약한 이를 남편이 자기에게서 보게 될까 봐, 그녀는 가급적 거울을 보지 않았다. 그녀는 자신을 다른 여자들과, 자기 어머니와 비교했다. 그녀는 어머니의 미모를 물려받지 못한 걸 가슴 아파하며 안타까워했다. 그녀는 자기가 다른 여자들처럼 박장대소하고, 큰 목소리로 말하고, 행동할 줄 모른다고 생각했다. 그러면서 그녀는 죄책감과 벌을 받을지도 모른다는 위협, 가까이 다가온 재난처럼 느껴지는 불행의 나락으로 천천히 떨어져 갔다. 그녀는 부모님의 집에서 살 때도 그런 느낌이었다. 모든 것이 두려웠다. 부모님이 시킨 대로 하지 못할까 봐 두려웠고, 자신의 실수로 동생들 중 누군가 죽을까 봐 두려웠고, 아버지가 들어와 허리띠를 풀어 때릴까 봐 두려웠다.

그녀는 하루 종일 남편을 기다리며 보냈다. 하지만 계단을 올라오는 남편의 발소리가 들리거나, 느껴지면 두려움으로 부들부들 떨었다. 그의 존재가, 그의 침묵 못지않게 그의 말이, 눈에 보이는 그의 냉정함이, 갑작스러운 그의 욕망이, 심지어 그의 입김에서 느껴지는 담배 냄새가, 그의 몸에서 나는 건초 냄새와 땀 냄새가 두려웠다. 하지만 얼음장같이 차가운 안개 뒤로 자신의 목적을 꼭꼭 숨겨 둔 분위기가 느껴지는, 끼어들 수 없는 고독이 특히 두려웠다. 과수원과 집을 사고, 셋방살이의 눈치에서 벗어나고, 암소와 올리브 나무들을 소유하고, 시장에서 그 누구보다 더 많은 채소를 파는 게 그의 목적이었다. 물론, 가끔은 그가 열한 살 때부터 프랑코파의 무어인들에게 허브를 팔 때부터 계산해 두었던 미래를 금세 잊어버린 것 같기도 했다. 그는 자기가 아는 다른 사람들이 그러는 것처럼, 자기도 모든 것을 버리고 마히나를 떠나겠다고 자주 말했다. 그들은 사촌 라파엘처럼 바르셀로나나 독일, 프랑스로 떠나, 다시는 돌아오지 않았다. 하지만 그는 그녀의 눈길을 피하며 침묵만을 지켰다. 그는 음식에는 거의 손도 대지 않은 채 숟가락을 내려놓고, 그 방에 딱 하나밖에 없는 창문 밖으로 마히나의 지붕들을 바라보았다. 그는 이를 꽉 다문 채, 그녀가 음식이 맛

없냐고, 콩이 딱딱하냐고, 싱거운지, 짠지 물어도 들은 척도 하지 않았다. 그녀는 자신의 행동에 대해 그 어느 것 하나 자신이 없었다. 그는 남편이 자기랑 결혼한 걸 후회할까 봐 두려웠다. 남편이 사촌 라파엘처럼 혼자였다면, 고생도 가난도 없는 어느 한 곳으로, 가끔 영화 뉴스에 등장하는 공장 굴뚝처럼 높은 건물들이 있는 멋진 도시와 나라로 훌쩍 떠날 수 있을 거라고 생각했다. 그곳에서 남자들은 흰색 가운과 깨끗한 파란색 작업복을 입었으며, 여자들은 금발 가발과 선글라스를 쓰고 병원 입원실처럼 새하얀 부엌에서 세탁기와 냉장고, 전기가 돌아가는 동안 부끄러운 줄도 모르고 필터 담배를 피웠다.

그녀는 남편이 아들을 싫어할까 봐 걱정되기 시작했다. 자식 일곱을 낳은 그녀의 어머니 레오노르 엑스포시토가 딸의 얼굴에 핀 누런 얼룩들을 한참 바라보더니, 아들이라고 망설임 없이 단정 지었다. 그때 그녀는 아이가 죽은 채 태어날까 봐, 아니면 태어나자마자 죽을 정도로 약하거나, 젖이 모자라거나 영양이 충분하지 못해 제대로 젖을 먹이지 못할까 봐 두려웠다. 임신 마지막 몇 달 동안은 아기의 태동이 잠시라도 느껴지지 않으면, 자세가 나빠 죽은 건 아닐까 덜컥 겁에 질리기도 했다. 왠지 모르게 자기 잘못이라는 의심이 들었고, 그 때문에 벌을 받을지도 모른다는 설명할 수 없는 두려움이 그녀의 영혼 위로 영원한 협박처럼 드리워졌다. 아기가 태어나기 전부터 그녀는 다시 불행의 인질이 되었다. 그는 절대 그녀를 건드리지도 않았으며, 심지어 그는 아내의 부풀어 오른 배를 보지 않으려고 시선을 피했다. 임신 증상이나, 아기가 태어날 정확한 날짜도 묻지 않았다. 그는 잔인한 사람은 아니었다. 단지 다정한 표정이나 표현을 하지 못했을 뿐이었다. 그녀 옆에서 그는 더욱더 자기 자신 속으로 꼭꼭 숨었으며, 산 로렌소 광장에서 그녀 주변을 맴돌 때보다 훨씬 더 낯선 사람이 되어 갔다. 지금 그녀의 곁에 있으면서 서로 몸을 스치지 않는 게 불가능한 그 방에서 하루 몇 시간씩 함께 있을수록 그는 점점 더 이상하고 가 닿을 수 없는 사람이 되어 갔다. 그는 어둠 속에서 그녀 곁에 드러누워 즉시, 거의 곧바로 잠이 들었다. 입을 벌려 숨을 내쉬며 침대는 혼자 차지하고 다리를 벌린 채 잠이 들었다. 그녀와 그녀의 배 속에서 아기가 요동치며 움직이고 있는 큼지막하게 일그러진 배에는 가장자리도 제대로 남겨 주지 않아 편히 쉴 수가 없었다. 그녀는 매일 밤, 잠을 자다가 잘못 엎드려, 자기 몸 안에서 물고기 지느러미처럼 물속에서 움직이고 있는 몸이 눌릴까 봐 걱정되어 뜬눈으로 새웠다. 그녀는 얼굴을 위로 한 채 눈을 크게 뜨고, 다락방 지붕의 갈대 더미와 석회 얼룩을 뚫어져라 쳐다보노라면, 나중에는 눈이 시릴 정도였다. 천장이 너무 낮아 마치 무덤 한가운데서 깨어나기라도 한 듯 숨이 탁 막혔다. 그녀의 아버지가 말하던, 산 채로 매장되었다가 깨어나, 관 안쪽의 안감을 할퀴며 미쳐 버린 그 여자와 같은 기분이 들었다. 아니면 사진사 라미로의 조수로 일하는, 부모님까지 돌아가신 폭격 받은 집의 돌 더미를 치우자 그 안에서 두 눈을 뜬 채 살아 발견되었다는 그 귀머거리에 벙어리와 같은 기분이 들었다. 불면의 시간이 거듭될수록, 커튼이 쳐진 창문으로 들어오는 희미한 빛은 더욱 강해졌다. 그녀는 더욱더 몸을 웅크리며 배의 무게 때문에 짓눌린 기분이었고, 그가 깨어날까 봐 두려워 숨도 제대로 쉬지 못했다. 그녀는 베개에서 처음에는 그림자를, 그리고 나중에는 얼룩진 얼굴을 보면서 그 순간 불이 켜진다 해도 그의 얼굴을 알아보지 못할 것 같은 생각이 들었다. 악몽에서는 흔히 있는 엄청난 착각으로, 그녀가 함께 자고 있는 남자가 남편이 아니고, 심지어 그녀가 언젠가 알았던 그 누군가도 아닐 것 같았다. 자기 배 속에 숨어 있는 눈과 사지, 손가락, 발가락이 제대로 된 인간의 것이 아닌, 아기의 얼굴처럼 눈, 코, 입이 달려 있지 않은 얼굴이며, 그림자들이 너울거리는 얼굴일 것 같았다. 그래도 최소한 아기의 얼굴은 무섭지 않았다. 아기는 자기 배 속에서 잉태되었으며, 자기 피로 영양 공급을 받고, 자기 심장의 리듬에 따라 늘 박동하는 심장을 가지고 있었다. 박동 소리가 자기 것보다 훨씬 미약하지만, 가끔은 아기가 놀라서 자지러지기도 하고, 가끔은 조용해지면서 진정하기도 했다. 너무 약해서 조금만 거칠게 움직여도, 아이가 없어질 것 같았다. 자기에게 귓속말을 소곤거리는 목소리처럼, 지금 어둠 속에 홀로 내버려져 울타리의 땅 아래에 계실 페드로 외할아버지의 목소리처럼, 자기와 너무나도 가깝게 느껴졌다. 그녀의 아버지는 죽은 사람들이 침묵을 지키고 있는 곳을 비꼬며, 아이러니하게 울타리라고 불렀다. 페드로 외할아버지는 이미 죽어서 썩어 문드러져 뼈와 비쩍 말라붙은 피부, 해골에 들러붙은 하얀 머리카락 몇 줌만 남아 있을 것이다. 아니면 카사 데 라스 토레스의 지하실에서 발견되었던 생매장된 그 여자처럼 그대로, 손톱만 신기하게 길어서 썩지 않은 채 있든가. 아주 오래전의 일이었다. 그녀는 기억을 떠올렸다. 그녀는 어린아이였고, 외할아버지는 살아 계셨고, 아버지는 포로수용소에 있을 때였다. 그때는 지금 자기 옆에서, 불면증에 시달리는 사람이 보면 기분 나쁠 정도로 곤히 자고 있는 말이 없고 진지한 남자를 아직 알지 못했을 때였다. 출산일이 다가올수록 불면증은 더욱 심해졌다. 그녀는 어릴 때처럼 담요 밑에 숨어, 어둠 속에서 기다리고 있었다. 계단이 삐거덕거리는 소리가 들렸고, 살인자나 다시 살아서 돌아온 죽은 사람이 자기를 목 졸라 죽이려고 계단을 올라오고 있다고 확신했기 때문이었다. 아이, 엄마, 엄마, 엄마, 누구일까요? 조용히 해라, 얘야, 얘야, 얘야, 이제 곧 갈 거니까. 발소리는 아니었다. 하지만 점점 더 거세지는 박동 소리와 아픈 발길질, 팽팽하게 부풀어 오른 피부 위로 툭 튀어나온 돌기, 배를 걷어차는 작은 발들이 움직이고 스치는 소리는 맞았다. 그리고 그녀의 머리 위에서도, 갈대 지붕 위에서도, 기와들을 들썩이며 새벽녘 북소리와 나팔 소리를 함께 실어 오는 바람 소리와 갈대 소리도 들려왔다. 그리고 부대의 연병장을 행군하는 군인들의 발소리의 메아리와 그해 겨울 거친 밤의 바람과 빗소리도 들려왔다. 그해 겨울, 폭풍우로 전신주와 전선들이 뽑혀 나갔다는 말이 있어서 그런지, 자주 정전이 되었다. 그런데도 그는 그녀의 곁에서 무심하게 짐짝처럼 잠만 자고 있었다. 아니, 어쩌면 깨어 있으면서 자는 척할 수도 있었다. 그녀는 그게 더 무서웠다. 그는 입을 벌리고 숨을 쉬며 코까지 골고, 다리는 쫙 벌린 채 몇 년 동안 보상도 휴식도 없는 피로에 지쳐서 자고 있었다. 어느 날 그녀의 어머니가 멀고도 그리운 산 로렌소 광장에서부터 그녀를 보러 왔다. 어머니가 그녀를 한참 쳐다보더니, 걱정스러워하면서도 자연스럽게 말했다. "배가 많이 처졌구나. 지금 당장이라도 아이를 낳을 것 같다." 그녀는 어머니에게 함께 있어 달라고 부탁하고 싶은 마음이 굴뚝같았지만 감히 그러질 못했다. 그녀는 자기는 괜찮다며, 무섭지 않다고, 그가 곧 돌아올 테며, 날씨가 나빠 오후에는 밭에 나가지 않을 거라고 했다. 그녀는 방금 불을 뒤적인 화로가 놓인 테이블에 앉아 높은 창가에서 내려다보며, 뒤를 돌아보고 자기에게 잘 있으라는 인사를 건네고 몸을 잔뜩 웅크린 채 바람에 맞서 걸어가고 있는 어머니를 바라보았다. 아들의 기억에서는 높은 창가와 화로가 놓인 테이블이 에덴동산의 두 가지 확실한 요소로 영원히 남을 것이다. 그녀의 어머니는 당시 여자들이 올리브 열매를 따러 갈 때 사용하는 검은색 커다란 털 숄을 뒤집어쓰고, 골목길에서 피신처를 찾으며 가고 있었다. 가로등이 매달려 있는 전선줄 아래나, 인도밤나무의 헐벗고 야윈 나뭇가지 아래는 위험했다. 그리고 그녀는 어렸을 때 들었던 말을, 앞으로 바람 부는 날이면 아들에게 자주 들려줄 말을 떠올렸다. "길 한복판으로 걸어가라. 그러면 기왓장이 네 위로 떨어지지는 않을 테니."

하지만 그는 오지 않았다. 엉덩이가 번개를 맞은 듯 날카로운 고통이 느껴졌고, 배는 평소와 달리 조용했다. 아기가 더 이상 움직이지 않으면 자리를 잡은 거라고 그녀의 어머니가 일러 주었다.

그녀는 병영에서 들려오는 식사 나팔 소리를 들었다. 그리고 곧이어 주물 공장에서 2시 반을 알리는 사이렌 소리가 들려왔다. 그런데도 그는 거리의 황량한 골목에 여전히 모습을 드러내지 않았다. 시장에서 시간을 조금 더 지체할 수도 있었다. 어쩌면 점심을 먹으러 들르지 않고, 곧장 아버지의 농장으로 갔을 수도 있다. 가끔 그는 식사나 잠이 필요 없는 사람처럼 보일 때도 있었다. 마치 그것이 자기에게는 허용되지 않은 인간의 약점이라도 되는 듯. 하지만 일찌감치 날이 어두워져, 영화의 조난 장면과 같은 폭풍우가 연상되는 비바람이 마히나의 거리를 휘몰아치고 있는데 대체 어디로 갔단 말인가. 높은 나뭇가지들이 지붕 위로 넘어지고, 창문 유리들이 산산조각이 나 깨질 듯 덜컹거리고 있는데. 그녀는 집 안에서, 문 틈새에서, 벽난로 구멍에서 바람이 휘몰아치는 소리를 들었다. 천장이 그녀의 머리 위에서 흔들리는 것 같았으며, 그녀가 밟고 있는 바닥이 움직이기 시작했다. 그리고 방의 가구들도 빙글빙글 돌기 시작했다. 처음에는 아주 천천히 움직이더니, 나중에는 핵의 눈처럼 어지럽게 빙글빙글 돌았다. 가구들은 점차 얼룩으로, 여름 태풍 때 위로 올라가는 먼지기둥처럼 색깔들이 급히 합치는 느낌으로 지워져 갔다. 그녀는 창문 옆, 유리창에 얼굴을 기댄 채 남편이 모습을 드러내지 않나 거리를 살피며 서 있었다. 그녀는 양손으로 테이블 가장자리를 꽉 붙잡고, 거의 더듬거리며 의자를 찾아야 했다. 그러고는 점점 더 무거워지는 몸과 함께 그 의자 위로 천천히 허물어져 갔다. 그때 정신을 잃을 수는 없었다. 바닥에 쓰러지면 아기가 깔릴 것이다. 의식을 잃으면 정신이 들었을 때 병원 침대에 있을 것이다. 그러면 그녀의 잘못으로, 그녀의 몸이 약하고 용기가 부족해, 아기를 사산했다는 말을 들을 것이다. 그녀는 침대 발치의 몰딩에 닿을 때까지 양손을 뻗어, 간신히 몸을 일으켜 침대까지 갔다. 숨이 탁 막힐 정도로 사지가 끊어질 듯 아팠지만 비명은 지를 수 없었다. 그녀는 어린아이처럼 엉엉 울며, 눈물과 침으로 범벅이 된 입술을 꽉 깨물고 침대 옆에 간신히 기댔다. 그러고는 몇 초간 고통이 멈췄을 때 양 팔꿈치와 발뒤꿈치로 매트리스를 지탱하며 간신히 얼굴을 위로 하고 드러누웠다. 그녀는 바람 소리가 거칠게 포효하는 너무나도 나지막한 천장을 마주 보며 꼼짝도 하지 않고 누워 있었다. 내장이 쏟아져 나와 엄청난 출혈을 막으려는 듯 그녀는 양손으로 배를 감싼 채 다시 고통이 시작되길 기다렸다. 엉덩이를 바늘로 찌르고 깨무는 듯한 고통이 느껴졌다. 번개가 내리치고, 천천히 칼로 후벼 파는 것 같았다. 그녀는 아기가 고양이처럼 할퀴며 자기 배 속에서 길을 열고 있다고 상상했다. 아기가 자기처럼 숨이 막혀 절망감으로 헐떡거리며 멈춰 서 있다고, 아이가 땀범벅이 돼서 배의 분노보다 훨씬 더 집요한 분노에 의해 다시 힘을 내고 있다고 상상했다. 그녀는 자기 눈앞에 있는 거대한 산과 같은 배를 바라보았다. 그 무게에 짓눌려 죽을 것 같았다. 그녀는 신음을 토해 내며 이불을 깨물고, 땀과 피, 눈물, 상처 난 입술에서 나온 피로 축축하게 젖은 베개에 얼굴을 파묻었다. 배는 비명 소리로 바뀔 때까지 점점 커져 갔다. 그 비명 소리는 방 안으로 울려 퍼지는 인간의 비명이, 여자의 비명이 아니었다. 하지만 그녀는 자기가 그런 식으로 비명을 지르는 걸 들어 본 적이 없었다. 자기가 자신의 비명 소리를 듣고 있다는 것은 한참 후에야 깨달았다. 그녀는 꿈속에서처럼 빛이 약해지고, 가구들이 점차 어두운 얼룩으로 바뀌어 간다는 걸 알았다. 그래서 그녀는 침대 옆 작은 테이블에 손이 닿을 때까지 침대 머리맡을 더듬었다. 차갑고 날카로운 유리 가장자리와 램프의 줄이 느껴졌지만 그녀의 손가락은 스위치까지 닿지 않았다. 엄청난 굉음을 울리며 뭔가가 손가락에 걸려 바닥에 떨어졌다. 그리고 그때부터 배의 고통만큼이나 잔인하게 그녀의 청각을 후벼 파는 벨소리가 들리기 시작했다. 자명종을 떨어뜨린 거였다. 그가 돌아오면 야단을 맞을 것이다. 그 소리를 멈춰야 했다. 자명종 소리가 그만 울리거나, 그녀가 죽거나, 아니면 미쳐 버릴 것만 같았다. 그녀는 벼랑 끝을 내려다볼 때 아찔한 위험을 느끼듯 침대 끝까지 간신히 기어가 바닥에 손이 닿을 때까지 뻗어 보았다. 하지만 그녀의 손가락은 자명종의 둥그런 쇠 표면에 닿지 않고 허공에서만 허우적거렸다. 고개를 돌려 눈으로 확인할 수가 없었다. 이제는 자명종 소리가 정확히 양미간 사이에서, 그녀 안에서 울렸으며, 바늘로 찌르는 듯한 고통이 그녀의 배를 후벼 파며 지나가듯 그녀의 고막을 관통했다. 갑자기 자명종 소리가 멈추고, 문이 열렸다. 이미 어두웠고, 누군가 아주 높은 곳에서 그녀를 내려다보고 있었다. 거리에서부터 들어온 일그러진 빛이 가끔씩 비추는 아주 낯설고 창백한 얼굴이었다. 그 얼굴이 그녀의 이름을 부르며 그녀 위로 몸을 숙인 순간, 오목 렌즈에 비치기라도 한 듯 거대해졌다. 그녀의 이마를 매만지며 땀에 젖은 머리카락을 떼어 주는 거친 손과 후끈한 입김으로 그가 누군지 알아보았다. 비겁함과 세심함, 애정이 묻어 있는 차분하고 이상한 목소리 톤으로 알아본 게 아니었다. 그녀는 그가 말하는 걸 들었다. 걱정하지 마, 당신 어머니와 산파에게 알리도록 사람을 보낼게. 가만히 있어. 움직이지 마. 무서워하지 마. 그 역시 겁에 질려, 바닥에서 자명종을 들어 올리며 부들부들 떨고 있었다. 램프의 스위치를 눌렀지만 아무 소용이 없었다. 어떻게 이럴 수가. 그가 말했다. 지금 정전이 되다니. 그가 일어섰을 때 그녀는 그를 붙잡아 두려고 했다. 가지 마요. 그 말을 계속 반복했다. 나 죽게 내버려 두지 말아요. 하지만 그는 금방 돌아오겠다며 그녀의 손을 떼어 놓았다. 그녀는 혼자 남아 그를 찾기 위해 양팔을 허우적거리며, 자기가 폭풍우와 같은 어둠 속으로 가라앉기 시작했다고 느꼈다. 마치 물과 바람이 자기를 집어삼켜, 배의 무게에 눌려 밑바닥까지 끌려 내려가는 기분이었다. 올리브 나무의 그루터기를 정확히 두 동강 낸 도끼질처럼 너무 아파 까무러칠 것 같았다. 그녀는 자기가 피를 흘리고 있으며, 허벅지 사이로 삶이 빠져나가는 느낌이었다. 그러는 동안 침대와 바닥, 천장, 벽들은 바람이 흔들리는 소리에 요동치고 있었다. 그날 밤 나무들이 뿌리째 뽑혀 나갔으며, 전신주들이 쓰러지고 전선줄이 끊겨 도시 전체가 공포와 재난의 어둠 속에 파묻혔다. 많은 사람들은 그날 밤, 비행기 공습경보로 이어진 정전을 기억했다. 그녀는 다시 목소리들을 들었다. 하지만 그 목소리들은 그녀의 심장 박동 소리에 파묻혔다. 그녀는 눈물로 희뿌예지고 땀의 광채가 번뜩이는 공기 중으로 자기에게 다가오는 빛을 보았다. 파란 촛대 위의 촛불과 그 촛대를 잡고 있는 손이었다. 그녀는 레오노르 엑스포시토의 얼굴과 손의 감촉을 알아보았다. 그러고는 피가 흘러넘치는 백정의 손처럼 자기 몸속으로 들어와 헤집는 거친 손길이 느껴졌다. 밀어. 사람들이 그녀에게 말했다. 거의 그녀에게 소리 질렀다. 하지만 그녀는 계속 밀어내면 자기가 아파서 죽을 거라고 확신했다. 그녀는 이를 악물고 두 눈을 감았다. 그녀의 몸을 산산조각 내며 나오는 뭔가가 있었다. 그녀를 기진맥진하게 만든 후, 순식간에 물컹한 뭔가가 미끄러져 나오기 시작하는 느낌이었다. 얼굴들과 몸들이 어둠 속에서 움직이며, 촛불의 흐릿한 불빛 사이로 모습을 드러냈다가 사라졌다. 그 모습들은 천장 위로 길게 늘어진 부서진 그림자들과 혼동되었다. 그사이 그녀는 다시 눈을 감고 이가 부딪치는 소리를 들었다. 그녀는 마지막으로 헛소리를 하며 의식을 모두 잃을 때까지 계속 밀어냈다. 마침내 정신이 들었을 때는, 아직도 살아서 펄떡거리는 껍질을 벗겨 낸 짐승 같은 피투성이 보랏빛 얼굴이 불 앞에 거꾸로 매달려 있었다. 작고, 금세라도 부서질 것 같은 게 흔들거리고 있었다. 눈, 코, 입이 있는 얼굴이 아니라, 35년 전 겨울밤에 무섭게 휘몰아친 바람 소리보다 더 약한 울음이 새어 나오는 너덜너덜하게 해어진 것과 같은 벌어진 입이었다.

제12장

나에게 얘기해 줘요. 몇 분 침묵을 지킨 끝에 나디아가 말한다. 그 몇 분 동안 그녀의 숨소리가 점차 부드러워지더니 잠이 든 것 같았다. 그녀는 온몸을 떨며 벌거벗은 몸을 내 쪽으로 더욱 밀착시킨다. 내가 눈을 감았는지 보기 위해, 그녀의 손가락이 내 눈동자를 찾아 얼굴을 더듬는다. 처음 며칠 밤, 그녀는 침묵과 감은 눈을 두려워했다. 내 목소리를 더 이상 듣지 못하게 될까 봐, 내 눈을 보는 순간 내가 낯선 사람으로 갑자기 변해 있을까 봐 두려워했다. 나를 만나기 전, 덧없는 밤을 보낸 후 지워진 여느 남자들처럼 그렇게 될까 봐 두려워했다. 그래서 우리가 껴안고 있는 동안, 그녀가 헛것을 보듯 뚫어져라 나를 바라보는 이유이기도 했다. 그리고 처음에 죽을 것 같은 쾌통과 더불어 욕망과 안도감이 거세게 들 때, 내가 눈을 감으면 그녀가 손가락으로 부드럽게 내 눈동자를 애무하고, 핥고, 위로 치켜 올리며 내 눈을 뜨게 하는 이유이기도 했다. 내 눈동자를 계속 바라보기 위해, 그리고 그 순간 내가 자기와 함께 있다는 것을 알기 위해, 그녀는 거의 거칠게 나의 눈을 뜨게 했다. 나에게 얘기해 줘요. 그녀가 말한다. 내 귓가에 대고 속삭인다. 내 등을 꼭 끌어안은 채. 그녀의 몸이 내 몸에 딱 맞는 틀이라도 되는 듯, 그녀의 허벅지로 내 허벅지를 꼭 감싸면서. 그러고 나서 다음 날 아침, 아침 식사 후 함께 담배를 피우면서, 그녀는 어젯밤 얘기해 달라고 조르면서, 자기가 아버지에게 조를 때와 똑같은 말투로, 비밀스럽고 은밀하게 그랬다고 설명한다. 그리고 그런 말투를 반복하며, 어릴 때 잠이 오지 않으면 그녀의 아버지가 침대 옆에 앉아 그랬던 것처럼 나를 꼭 끌어안으며 몸을 웅크리는 게 그리움 때문은 아니라고 설명한다. 그때 살아남은 행복하다는 강렬한 느낌이 지금 그녀의 영혼에 그대로 남아 있고, 그녀의 육신에 안정감을 실어 주며, 심지어 깨끗한 시트와 홑이불, 그리고 나의 존재가 그녀의 피부를 감싸는 방법에까지 그대로 남아 있다고 말한다. 마치 내 손의 감촉이 미스터리한 방법으로 자기 손을 감염시키기라도 한 듯 자신의 피부는 그 어느 때보다 지금이 가장 부드럽다고, 그녀가 말한다. 거울로 자신을 바라볼 때면, 내 시선을 통해 자기를 바라보는 것처럼 미스터리하다고 말한다. 자기가 과거에 소유했었는데 잃어버린 것을 그리워하는 게 아니라고 말한다. 그녀는 자기가 아무것도 잃어버리지 않은 것을 놀라워하며 고마워한다. 그녀가 지금 소유하고 있는 것은 자기도 모르는 사이에 늘 그녀와 함께 있어 왔고, 가지고 있었던 것이며, 그녀가 해체되어 미치지 않도록 지켜 주었고, 그녀가 무엇을 기다리는지도 모르면서 기다리게 했다. 그리고 그 선물이 다시 나타났을 때, 누군가의 앞에 번개처럼 나타났을 때, 그녀가 그 선물을 한 눈에 알아볼 수 있도록 예민함과 본능을 지닐 수 있게 해 주었다.

그녀는 내게 계속 얘기해 달라고 조른다. 아직은 자려고 하지 않는다. 어둠 속에서 내가 잠드는 모습을 지켜보는 게, 그 어느 것보다 가장 좋다고 말한다. 그녀가 살짝 벌어진 빨간 입술과 아직 빗지 않은 숱 많은 단발머리를 하고, 테이블 건너편에서 나에게 미소를 지어 보인다. 평소에 너무나도 민감하고, 긴장하고, 초조해하는 나는 그녀 옆에 있으면서 다시 커지는 느낌이 들면서 평화로워진다. 나는 벌거벗은 채 다리를 벌리고 쌕쌕 숨을 내쉬며 곤히 잠든다. 때로 그녀의 입에서 나오는 기분 좋은 소리와 질문에 나 자신을 떠맡긴 듯. 나는 절반쯤 잠이 든 상태에서 그녀의 얘기를 듣는다. 나는 미소를 머금으며 두 눈을 뜬다. 그녀의 얼굴에서 내 허벅지를 간지럼 태운 머리카락을 떼어 주고, 그녀를 그윽이 바라본다. 그러고는 그녀를 내 쪽으로 잡아끌고, 그녀와 함께 몇 초 동안 꿈을 꾸었다고 말한다. 말을 타고 농장 길을 올라가는 우리 아버지를 보았다고, 순간 내가 세 살에서 여덟 살까지 살았던 집으로 돌아갔다고 말한다. 마히나의 거리에서 살았는데, 나에게는 너무나도 평범한 그 거리의 이름이 그녀에게는 광활한 느낌과 여름의 느낌을 준다. 의미가 '웃음의 샘'인 푸엔테 데 라스 리사스 거리였다.

나는 꿈으로 어두워지고 느려진 나의 목소리를 듣는다. 다시 완전히 깨기는 했지만 말〔言〕들이 우리 앞에 걸려 있는 기병의 모습처럼, 아주 자세히 펼쳐지면서 강력하고도 시각적인 느낌으로 내 눈앞에 실려 온다. 말들은 이야기를 하지 않고, 떠오르게 한다. 기억은 나를 내가 이야기하고 있는 내용의, 나디아가 듣고 있는 내용의, 내가 듣고 있는 내용의 움직일 수 없는 증인으로 만드는 순수하고 오래된 시선이다. 나는 그녀를 꼭 끌어안은 채 나만이 할 수 있고, 감히 시도할 수 있는 여행을 조용히 떠난다. 몸을 따뜻하게 감싸고 평화롭게. 의식과 꿈 사이에 나 자신을 떠맡긴 채. 우리 부모님과 함께 극장에 갔을 때처럼. 내가 스크린을 보며 그 크기와 사물들의 색상을 보고 놀라워하다가 잠이 들면 어머니는나를 품에 안아 주었다. 나는 영화를 보다가 실눈을 뜬 채 잠이 들었다. 어느 겨울밤, 외갓집을 늦게 나섰을 때처럼. 그때 거리의 추위가 난로의 열기에서 방금 나온 내 얼굴을 강타했다. 나는 너무 졸려서 양다리를 축 늘어뜨렸고, 아버지가 나를 안아 얼굴을 털목도리로 감싸며 말했다. 입 다물어라. 감기 걸리지 않게. 입김으로 축축해진 따끔거리는 따뜻한 털목도리. 부모님과 함께 골목길과 집들, 그리고 그 집들의 부엌 불빛들을 바라보며 따뜻하게 가고 있다는 행복감. 집집마다 부엌에서는 접시 소리와 저녁을 먹으면서 나누는 대화들, 투우를 알리는 파소 도블레 소리가 울려 퍼지는 라디오 프로그램 소리가 들려왔다. 부모님이 나를 안전하고 부드럽고 따듯한 피신처로, 내 침대로 데려다 주는 동안 부모님의 발소리가 텅 빈 거리 위에 울려 퍼진다. 거인의 실루엣처럼 무시무시한 어둠 속으로 높이 솟아오른 집들. 아버지의 어깨에 얼굴을 기댄 아이는 선잠이 들었으며, 조금 전 외갓집에 갔을 때의 목소리들과 이미지들이 이제는 꿈속에 녹아들어 있다. 스페인과 포르투갈 지도가 그려져 있는 행주와, 구천을 헤매는 영혼들을 기리며 침대 옆 작은 테이블의 대리석 위에서 너울거리는 불빛이 불타고 있는 어둠에 잠긴 방. 안에서 향신료 냄새와 기름에 절인 등심 조각 냄새가 나는 철사 망이 쳐진 선반. 악몽을 꾸는 동안에는 그곳에서 주둥이가 큼지막한 늑대 한 마리가 나올 것이다. 지금처럼 모든 것이 낯설기만 하고, 아무도, 아무것도 아닌 것에 대한 야릇함과 달콤함이 느껴졌다. 어른들의 삶에서 비켜나 있는 존재감. 어른들은 화로가 들어 있는 테이블이나 불가 주변에 모여 앉아, 아직은 제대로 알아들을 수 없는 언어로, 미처 닿을 수 없는 엄청난 공간에서 얘기를 나누고 있었다. 어른들이 팔꿈치를 괴고 있는 테이블은 내가 까치발을 해도 닿지 않았다. 내가 집어던지지 못하도록 물건들을 올려놔 둔 찬장과 선반의 제일 높은 칸에도, 밤이 되면 제단이나 성전처럼 환하게 빛나는 아주 커다란 라디오가 놓인 선반에도, 외할아버지가 시계추 못지않게 금빛 나는 열쇠로 거창하게 태엽을 감아 주기 위해 매일 밤 문을 열었던 벽시계에도 닿지 않았다. 나는 최면에 걸린 듯 유리 안에 들어 있는 시계추를 바라보았다. 번들거릴 정도로 윤이 나는 표면 위로 흐릿하게 보이는 내 얼굴을 1초 동안 바라보고, 톱니바퀴가 맞물리는 리듬 소리를 들었다. 그 삶은 거인들의 키에 맞춰 거대하게 만들어진 거인 나라에 몰래 숨어 사는 삶이었다. 나는 그들이 밟고 지나다니는 곳을 돌아다녔다. 그것들은 너무나도 멀리, 너무나도 높이 있으며,

일하느라 기진맥진한 어른들은 나에게 웃는 낯을 보여 주지 않았고, 아니면 화가 났는지 침묵을 지켰다. 어른들을 이해하기란 힘들었으며, 미스터리하게 동정이 가는 사람들이었다. 그들이 대화를 나눌 때면 너무 진지하고 수수께끼 같아, 나는 고양이처럼 아무 벌도 받지 않은 채 그들을 감시했다. 고양이가 이해할 수 있는 그 이상은 나도 이해하지 못했다. 나는 구석에서 무릎을 꿇고 앉아 화로 받침대 아래로 고무공을 쫓아다녔고, 문을 열기 위해 까치발을 들었다. 어른들이 나를 찾지 못하도록 커튼이 쳐진 침실들이나, 밀들이 바다처럼 펼쳐진 곳에서 헤엄치며 놀 수 있는 창고, 돼지비계와 기름, 소금에 절인 생고기 햄 냄새가 진동하는 항아리들이 있는 방, 어른들이 사용하는 방들에 몰래 숨었다. 몇 번이나 나에게는 그 방들이 훨씬 크게 보였고, 벽들이 훨씬 높아 보였고, 공허한 그림자들이 훨씬 무섭게 보였다. 나는 어른들의 다리 사이를 기어 다니며, 수확과 전쟁 또는 그들의 지치지 않는 설교 등 끝없는 이야기를 들으면서 테이블보 아래를 돌아다녔다. 조심해라. 화로에 데지 않도록 해라. 현관문 쪽으로 가까이 가지 마. 고양이한테 가까이 가지 마. 너를 할퀼 수도 있어. 불가에서 떨어져라. 부엌에서 나가. 프라이팬 기름에 델 수도 있어. 불에다가 종이를 집어넣지 마라. 밤에 오줌 싼다. 깡통을 발로 차고 다니지 마. 네 엄마가 죽을 수도 있어. 우산 돌리지 마. 밥 먹으러 갈 때 식탁에 동전을 흘리고 다니지 마라. 나는 테이블보를 들추고, 테이블 주변에 둘러앉아 있는 여러 다리들과 신발들의 비현실적인 비밀 회합을 지켜보았다. 나는 고양이의 섬뜩한 눈을 보았다. 고양이는 자기 동료라도 알아보는 듯 나를 바라보며 누군가의 다리에 몸을 비볐다. 어쩌면 우리 어머니나 레오노르 외할머니일 수도 있었다. 그리고 재 아래에 있는 뜨거운 불씨는 다이아몬드나 용암과 같은 광채를 띠고 있었다. 특히 누군가 삽으로 화로를 휘저으면 불기가 후끈 달아오르며, 영화에서 본 적이 있는 화산의 분출 장면이 떠올랐다. 몇몇 여자들은 불을 너무 오래 쬐어서 반점이 생기지 않도록, 고무줄로 마분지를 다리에 묶었다. 나는 텅 빈 광주리 안으로 숨어 들어가, 눈을 감고 투명 인간 놀이를 했다. 내가 죽었거나, 태어나지 않았거나, 집을 가출했다고 생각하며 놀았다. 그럼에도 불구하고 나는 어른들이 나에 대해 하는 말을, 나의 죽음이나 부재를 슬퍼하는 말을 들을 수 있었다. 나는 가까이 다가오는 발소리를 들었고, 나를 찾아 집 안 전체를 찾아다니는 어머니나 레오노르 외할머니의 목소리를 들었다. 현관 쪽에서부터 계단을 올라오는 소리를 들었다. 그러면 나는 그들이 가까이 다가오는 소리를 들으면서 벌벌 떨었다. 밀림에 숨어 있는 영화 속 주인공들처럼. 머리에 검은 천을 두른 악당들이 하얀 이를 악물고 말레이족의 신월도를 휘두르며 쫓아오거나, 아니면 타잔의 모험에서 북소리가 격렬하게 울려 퍼질 때처럼. 나는 특히 제인의 흰 다리와 맨발이 좋았다. 나는 그녀의 짧은 가죽 치마를 들어 올리고, 그녀의 따뜻한 가슴 안으로 손을 쑥 집어넣고 싶었다. 당신은 어쩔 수 없어요. 나디아가 웃으며 말한다. 나는 라디오 연속극과 영화에 대한 기억으로 밤잠을 설치게 했던 흑백 영화에 등장하던 지구에서 아주 먼 곳에 있는 세계 주민들을 바라보듯, 어른들을 감시하며 판단했다. 나는 이름을 바꿨기 때문에 어른들이 부르면 절대 대답하지 않겠다며 혼자 비밀리에 결심했다. 나는 숲에서 길을 잃어 늑대에게 위협을 받는 아이가 되기로 했다. 몇 분 후 나는 늑대나, 아니면 끝이 닿을 수 없을 정도로 아주 높은 나무가 되어 있었다. 그리고 그 나무 아래에는 아이가 잠들어 있었다. 나는 기병이, 뱀이, 반인반마가 되어 있었다. 침대 아래에 드러누워 두 눈을 감으면, 외할아버지가 공동묘지에 산 채로 묻혔다는 여자가 되어 있었다. 제일 높은 방으로 올라가 찬장을 열면, 우리 외할아버지나 의사인 돈 메르쿠리오가 되어 있었다. 그리고 손에 쥔 장난감 권총이나 절구통은 카사 데 라스 토레스에서 생매장된 여자를 밝혀 주기 위해 가져갔던 석유등이 되어 있었다.

우리는 대들보 방에서 이사해, 이제 농장들이 펼쳐져 있는 제방과 과달키비르 계곡으로 이어지는 거리에 있는 집에서 살았다. 내게는 무한대로 넓어 보이는 집이었다. 하지만 나는 거의 문밖도 내다보지 않았다. 밖을 내다볼 때는 아버지를 기다리느라 계단에 앉아 있을 때였다. 나는 항상 조용하고, 유순하고, 인내심이 많고, 겁이 많았으며, 놀고 있는 낯선 아이들을 질투와 두려움으로 바라보았다. 기름을 발라 설탕을 듬뿍 친 빵 한 조각이나 초콜릿 한 덩어리를 깨문 채 바라보았다. 초콜릿은 아주 천천히 먹어야 한다. 조금씩, 조금씩 핥아서. 그리고 빵은 많이 먹고. 어머니는 몇 번이나 반복해서 말했다. 초콜릿이 오래가기 위해서뿐만 아니라, 너무 급하게 먹으면 위가 상하기 때문이었다. 모든 일상적인 것에는 나쁜 속성이 숨어 있었다. 물 항아리에 있는 너무 차가운 물을 마시면 열병에 걸려 죽을 수 있고, 기왓장 이끼 사이에는 가끔 길거리로 뚝 떨어지는 독사들이 자랐다. 그 독사는 남자 자손들만 있는 집의 다섯째 아들만이 꼼짝 못하게 하고 순하게 만들 수 있었다. 그리고 여름밤의 별들을 모두 셀 수 있는 사람은 하느님이 데려가고, 자러 가기 전에 난로를 끄지 않으면 불에서 잠자는 사람들을 질식시키는 연기가 나온다고 했다. 거리에서 노는 아이들은 모두 나보다 커 보였다. 그리고 그들이 나에게 같이 놀자고 하면, 그것은 나를 속이기 위한 거라고, 니켈이 번쩍이는 공이나 글을 배우기 전부터 열심히 봤던, 얼마 전에 산 『번개 함장』 만화를 뺏어 가려는 거라고 어머니가 말했다. 그때는 아직 펠릭스를 몰랐을 때였다. 그는 거의 나처럼 말이 없고 겁이 많았다. 그는 옆집 뒷마당 끝에, 어두침침한 방들이 있는 곳에서 살았다. 그 방들 중 한 곳에 그의 아버지가 항상 누워 있었기 때문에 나는 그곳에는 절대 들어갈 엄두도 내지 못했다. 그의 아버지는 불구가 되어, 뼈가 마비되는 고통을 호소하며 침대에서 꼼짝 못하고 누워 있었다. 그 고통이 그를 천천히 죽여, 죽는 데만 20년이 걸렸다. 나는 문가로 나가, 엉덩이에 차가운 돌 기운을 느끼며 앉아서 기다렸다. 하지만 시간은 영원했고, 아버지는 절대 오지 않았다. 골목에 불이 켜지고, 날이 어두워지고, 연기 냄새가 났으며, 성당의 기도 시간을 알리는 종소리와 들에서 돌아오는 염소 우는 소리가 들려왔다. 그러면 곧 아버지도 돌아왔고 라디오 연속극이 시작되었다. 그러면 나는 집 안으로 돌아와 돌이 깔린 현관에서부터 그림자들이 드리워진 마구간과 뒷마당으로 이어지는 복도를 겁에 질려 바라보았다. 축축한 돌 냄새와 분뇨 냄새가 났으며, 영화에서 한 아이가 걸어가고 있는 터널 입구 같았다. 바닥에는 돌이 깔려 있었다. 대리석이나 생벽돌이 아니라 그냥 울퉁불퉁한 맨돌이었다. 사람들이 그렇게 말했다. 광물처럼 그곳에서 태어나고 자라, 고래 등처럼 물에 젖으면 반짝이는 돌이었다. 밤이 깊어지면, 말발굽이 돌 위를 내리칠 때 불똥이 튀었다. 그때는 아버지가 돌아와, 집 안 전체를 갓 베어 낸 풀 냄새와 건초 냄새로 가득 채우며 현관 앞에 한 짐을 내려놓았다. 손을 찌르는 가시들도 있었고, 조그만 빵이나 바나나라 부르는, 입안에 아주 달콤한 즙을 한가득 남기는 초록색 꽃들도 있었다. 하지만 풀이나 아주 여린 줄기를 먹는 건 좋지 않았다. 기근이 있던 해, 풀을 먹은 사람이 배가 부어올라 길 한복판에 쓰러져 죽었다고 했다. 그러면 나는 1년 내내 아무것도 먹지 못하는 힘든 한 해를 한없이 상상했다. 그때는 영원과 같은 고정된 시간이 1년이라는 시간 안에 내포되어 있었다. 나는 어머니 모르게 사람들의 눈에 띄지 않게 집 안을 탐험하고 돌아다녔다. 왜냐하면 사실 나는 그곳에 사는 사람도 아니고, 그들도 나의 친부모가 아니기 때문이었다. 어머니가 창가에 앉아 환한 빛을 쏟아 내는 라디오 근처에서 뭔가를 바느질하고 있는 동안, 실이 팽팽하게 위로 올라가며 그녀의 손가락 사이에서 바늘 끝이 반짝이고, 라디오의 푸른빛과 가스 오븐의 푸른빛이 켜져 있는 동안, 나는 어둠 속으로 몰래 숨어 들어갔다. 가스 오븐이 세기의 발명이라고, 경이로운 진보라고 마누엘 외할아버지가 처음 보았을 때 말했다. 이제는 새벽 일찍 일어나 마구간에서 장작을 가져오거나, 지칠 때까지 바람을 불지 않아도 되고, 집 안도 연기 냄새로, 가난한 냄새로 가득 차지 않아도 된다고, 사람들이 말했다. 어느 날 아침, 아버지가 평소보다 일찍 시장에서 돌아왔는데, 그와 함께 파란 작업복을 입은 남자가 큰 종이 상자를 가지고 왔다. 그리고 그 상자 안에서 광채가 나는 하얀 물건이 나왔고, 곧 거기서 불이 뿜어져 나왔다. 장작불의 노란 오렌지색이나 강렬한 붉은색이 아니라, 푸른색 불이었다. 둥그스름한 불로 가정적이고 아주 은은한 불이며, 성냥을 가까이 갖다 대면 불이 붙었다. 그리고 불꽃이 피어오르기 전에 쉬 소리가 나면서 대기 중으로 아주 고약한 냄새를 풍겼다. 아주 조심해야 해. 나는 어른들이 하는 말을 들었다. 아이는 손잡이를 만지면 안 돼. 불 끄는 것을 절대 잊어버리면 안 되고. 그 여자처럼 우리 모두가 질식해서 죽을 수 있으니까. 사람들 말로는, 그 여자가 부탄가스 잘못으로 자다가 죽었다고 했다. 그녀가 가스 잠그는 것을 잊어버려, 계단을 스멀스멀 기어 올라오는 뱀처럼, 「십계」에서 이집트인들을 죽인 치명적인 안개처럼 가스가 밤새도록 쉬 소리를 내며 나왔다고 했다. 어느 날, 나는 손에 이끌려 이웃 여자들이 모두 모여 있는 집으로 갔다. 어머니가 찬장 위에 설치된 새 가구를 볼 수 있도록 나를 안아 주었다. 라디오와 같은 기계로, 윤이 나는 목재로 둘러싸여 있으며, 하얀 버튼과 배가 볼록 튀어나온 회색 스크린이 달려 있었다. 그 스크린이 곧 눈을 시리게 하는 환한 빛으로 가득 채워지더니, 작은 영화관에서처럼 연방 세세 소리를 연발하며 자기 앞에 놓인 종이쪽지를 보지도 않고 읽는 금발 여자가 나타났다. 그러다가 희뿌연한 잿빛이 잠깐 깜빡거리더니, 금발 여자는 사라지고, 소의 목덜미에 칼을 내리꽂는 투우사가 나타나 이웃 여자들 모두의 박수갈채를 받았다.

나는 사람들이 수도 없이 말하던 그 단어가 좋았다. 진보. 물론 그 단어엔 위험이 잔뜩 도사리고 있었지만, 위험이 이 세상에서 가장 평범한 조건처럼 보였다. 고양이가 할퀴지 않도록 고양이 근처에 가까이 가지 말 것. 머리가 박살 날 수도 있으니 말발굽과 나귀 발굽 근처에는 가지 말 것. 기와가 떨어져 죽거나, 아니면 독사가 땅으로 떨어져 종아리를 깨물거나, 최악의 경우에는 잠자는 사람의 열기를 찾아 집 안으로 들어와 담요와 아이들의 털옷 사이로 숨을 수 있으니, 바람 부는 날에는 처마 밑에 눕지 말 것. 도롱뇽이 침을 뱉은 물은 마시지 말 것. 겨울에는 폐렴에 걸릴 수도 있으니 그늘에서 쉬지 말 것. 사람을 바보로 만들고 입과 눈이 돌아갈 수 있으니 바람이 지나다니는 곳은 있지 말 것. 신선한 어린 피를 찾아다니는 폐병 환자들일 수도 있으니, 낯선 사람이 주는 사탕은 받지 말 것. 가스가 가득 차 있는 공기는 마시지 말 것. 전기 코드는 만지지 말 것. 나는 한 번도 본 적이 없지만, 산 로렌소 광장의 부자인 바르톨로메의 집에 있다고 하는 그 기계를 너무 오랫동안 보지 말 것. 그 기계는 영화관보다 훨씬 작고 색깔도 없었지만 극장과 똑같았으며, 투우 경기와 프랑코의 연설을 들을 수 있었다. 텔레비전이라고 했다. 텔레비전은 화면 안쪽에 있는 흰색 가루와 회색 가루 덕분에 보였는데, 그 가루들은 우리 부모님의 침대 옆 작은 테이블에 놓여 있는 자명종의 숫자와 바늘들을 밤에 환하게 밝혀 주는 수은처럼 눈에 아주 해로웠다. 하지만 누군가 그런 물건들이 존재한다고 확신하지 못했다 해도, 모든 추측이 가능했으며 입증도 불가능했다. 그리고 무슨 일이 일어나면 예외적이면서도, 또 그와 동시에 자연스럽게 느껴졌다. 어두운 밤에 혼자 있는 것. 늑대를 생각하는 것. 잠이 오지 않는 것. 늑대 꿈을 꾸는 것. 두 눈에 햇살을 받으며 깨어나는 것. 발코니에 둥지를 튼 제비들이 지저귀며 우는 소리를 듣는 것. 라디오 연속극의 목소리들과 말발굽 소리, 바람의 분노, 빗속에 미끄러지는 마차 바퀴 소리를 듣는 것. 이 모든 게 초록빛이 흘러나오는 그 기계 안에, 뜨개질 커튼 뒤에 숨어 있었다. 볼륨 채널이나 방송 채널을 어디로 돌리느냐에 따라 소리가 커졌다가 작아졌으며, 말들 사이로 까만 바늘이 움직였고, 음절 하나하나를 큰 목소리로 알아들을 수 있었다. 마드리드, 런던, 파리, 리스본, 안도라, 총리 각하, 교황, 마놀로 에스코바르, 피델 카스트로, 미국 대통령, 코르도바인 마누엘 베니테스, 루이스 칸델라스의 망토, 콜라 카오* 노래를.

나는 항상 들었고, 이해하지 못한 채 감시했으며, 공포와 기적들을 받아들였다. 나는 만만한 정체성들과 가짜 이름들, 존재하지도 않는 친구들을 만들어 냈고, 어른들이 빙 둘러앉아 있는 곳에 순진하게 접근해, 그들의 이야기들을 조금씩 해독하는 법을 배웠고, 그들이 말하는 울림이 큰 말들을 따라 했다. 올리브. 텔레비전. 방금 새끼를 낳은 암소. 세상의 종말. 태풍. 전쟁. 아사냐. 미아하 장군. 갈라스 소령. 돈 후안 네그린.* 프랑코. 「아마 로사」.* 후아니토 발데라마.* 기예르모 사우티에르 카사세카.* 시네마스코프. 치킨 스톡. 부탄가스. 마드리드. 생매장된 미라. 진보. 수술. 병원. 가끔 나는 아무에게도 존재하지 않았으며, 나 혼자 집 안을 탐험하고 돌아다녔다. 짚으로 된 문 뒤에서 보물들을, 침대 밑에서 하얀 먼지 평원을, 불에서 이글거리는 밀림을 찾아냈으며, 가끔은 턱까지 옷을 잔뜩 껴입고 품에 안긴 채 말의 등에 올라가 산꼭대기보다 더 높이 올라가기도 했다. 나는 숄에 푹 싸인 채 어머니의 폭신하고 따듯한 품에 안겨 갔다. 항상 나보다 큰 아이들에 대한 두려움이나, 길을 잃을지도 모른다는 두려움, 아니면 트라간티아 아주머니나 카사 데 라스 토레스의 미라의 목소리가 들릴지도 모른다는 두려움에 쫓겨 누군가의 손을 잡고 다니던 거리였다. 날이 밝기도 전에 나는 어디론가, 레오노르 외할머니의 집으로 가기 위해 일어났다. 그곳에는 음식이 다른 맛이었고, 이불이 훨씬 차가웠고, 냄새도 달랐다. 그곳에서 다시 나는 훌리안이라는, 머리를 빡빡 밀어 툭 튀어나온 뼈만 앙상한 남자가 끄는 커다란 검은 마차에 올랐다. 그 마차는 올리브 나무들 사이로 난 길을 무한정 달려, 붉은 벽돌 건물 앞에 멈춰 섰다. 그곳 복도에는 발이 땅에 닿지 않는 수녀들이 있었다. 수녀들은 바람에 떠밀려 다니는 깃털처럼 대리석 위를 미끄러지듯 걸어가, 하얀 문을 열었다. 그 문 건너편에는 얼굴 양쪽으로 축축한 머리카락이 들러붙어 있고, 눈길이 간절한 낯선 여자가 누워 있었다. 나의 어머니였다. 그녀를 보지 못한 게 한참 되었다는 사실이 어렴풋이 생각났다. 어머니는 아팠으며, 나는 그녀를 잊고 있었다. 하지만 그녀는 하얗고 차가운 침대 쇠 받침대를 붙잡고 몸을 일으켜 앉아 나를 꼭 끌어 안았다. 어머니의 가슴은 똑같이 폭신했지만, 훨씬 따뜻하고 다른 냄새가 나는 것 같았다. 아버지가 주사를 맞으며 누워 있던 대들보 방에서 나던 냄새 같았다. 그곳에서는 알코올과 불행의 냄새가 났었다. 두려움의 냄새가 났었다. 나는 이제 알았다. 그것은 두려움과 병원의 냄새였다.

이유도 없고, 시간 순서도 없고, 중간 과정도 없다. 나는 나디아 옆에 누워 있으며, 정확하게 말할 수 없는 새벽의 어느 시각인가에 누워 있다. 완전히 잠들기 직전이거나, 아니면 의식을 되찾기 직전에 자명종이 놓인 침대 옆 작은 테이블을 더듬을 의지가 부족하기 때문이다. 아파서 열이 나 학교에 가지 않을 때처럼, 완벽하게 게으름을 피우고 싶은 기분이다. 그때는 이불깃을 코까지 뒤집어쓰고, 자면서 보았던 영화의 이미지처럼 사진사 라미로의 궤짝에서 보았던 사진들을 내 꿈에 덧붙인다. 입술이 움직이기 시작해 목소리를 얻으면서도 꼼짝도 않는 인물들. 내가 나디아에게 말하는 동안에는 나도 모르는 사이 그 목소리가 내 목소리가 되었다. 두 사람은 몽유병 환자가 되어, 피곤과 욕망의 한계 너머까지 건너가 지칠 대로 지쳐 서로를 더욱 애타게 찾으며, 더욱 신중하고 달콤하게 서로를 애무했다. 지금 그녀에게 말하듯, 나는 단 한 번도 나 자신에 대해 그렇게 많이 말해 본 적이 없다. 아주 천천히, 아주 자세하게, 내 손가락이 그녀의 입이나 섹스를 열 때처럼, 아니면 침으로 그녀의 젖꼭지를 문지를 때처럼 느릿느릿하게. 그녀는 나에 대해, 내가 생각도 못한 것들을 알고 싶어 한다. 그러면 나는 그때 난생처음으로 내가 듣는 사람이 아닌, 말하는 사람이라는 사실을 깨닫는다. 펠릭스와 내가 여섯 살인가 일곱 살이었을 때, 펠릭스가 나에게 얘기해 달라고 했을 때처럼, 아니면 아버지의 농장에 혼자 있으면서 가짜 미래의 삶을 큰 목소리로 몇 시간씩 말하며 시간을 보낼 때처럼 말을 지어냈다. 자기 자신을 숨기기 위해서가 아니라, 어쩌면 지금까지 절대 이해하지 못했던 모든 것을, 내가 다른 사람들의 목소리 뒤에 숨겨 두었던 것을 설명하기 위해서이다. 이제 내가 듣고 있는 목소리는 나의 목소리이다. 그 목소리가 몇 시간 동안 나에게 말하고 있고, 나디아에게 말하고 있다. 나 자신이 아주 오래전 녹음한 테이프의 목소리를 듣는 기분이다. 아니면 통역실의 헤드폰에서 들려오는 목소리를 나도 모르게 듣는 기분이다. 나는 나디아를 통해, 나 자신의 이야기의 증인이 된다. 내 목소리를 요구하는 사람은, 손으로 나를 애무할 때 못지않은 열정으로 내 목소리를 되살리는 사람은, 내 주변으로 우리 두 사람 이외에는 아무도 없는데도 우리 두 사람의 삶에 있었던 모든 목소리와 모든 이미지들이 흘러갈 수 있는 공간과 시간을 빚어내는 사람은, 바로 나디아이다.

나는 당시 묘했던 기분을, 내 눈이 무장되지 않은 순수함으로 세상을 바라보던 느낌을 생각한다. 낮에는 푸엔테 데 라스 리사스 거리의 제방 위로, 눈앞이 핑핑 돌 정도로 영원한 빛이 내리쬐었다. 그리고 갑자기 어둠이 내리깔릴 때면 그 어둠이 영원했다. 모든 일들은 미래도, 기억도 없는 현재에서 일어났다. 나는 살짝 열려 있는 우리 집 문 앞에서 혼자 놀고 있다. 그런데 갑자기 땅에서부터 습한 한기가 올라오고, 아버지가 들판에서 돌아올 때는 농익은 어둠과 풀 냄새를 가지고 올 것이다. 아버지는 전쟁터에서 무어인의 칼에 맞은 이야기를 하며 목에 난 상처를 보여 준다. 나는 어머니를 찾아 방마다 돌아다닌다. 어쩌면 어머니는 가게에 갔을 수도 있다. 어머니를 찾지 못하자, 나는 다시는 어머니를 보지 못할 거라고 체념하며 슬픔에 잠겨 상상한다. 나는 극장의 어두운 상영관에서 어머니와 함께 있다. 마히나가 아니라 주도(州都)이며, 스크린에서 압도적인 크기의 얼굴과 다리가 잘려 나갔는데도 걸어 다니는 몸을 본다. 나는 양가죽 위에서 벌거벗은 채 잠든 사내아이를 보거나, 꿈을 꾼다. 뱀 한 마리가 사석(沙石)의 구멍 사이로 미끄러져 들어가고, 아이는 깨지도 않은 채 몸을 뒤척인다. 뱀이 그 아이를 깨물 것이며, 어쩌면 그 아이가 나라는 걸 알기 때문에 나는 두 눈을 꼭 감는다. 어머니가 옆집 아주머니와 이야기를 하다가, 갑자기 나를 꼭 끌어안으며 울음을 터뜨린다. 옆집 아주머니는 내가 이해하지 못하는 단어 두 가지를 내뱉는다. 혜성과 세상의 종말. 아버지는 베갯잇보다 더 새하얀 얼굴로 누워 있다. 그리고 침대 옆 작은 테이블 위에는 약병들과, 가위로 오리면 귀가 축 늘어진 개와 큰 광주리를 얹은 나귀, 콧수염이 치켜 올라간 고양이와 같은 동물 모양까지 나오는 작은 약상자들이 놓여 있다. 나는 우리 집이 아닌, 다른 집에서 놀다가 갑자기 어머니가 보고 싶어지며, 어머니는 불러도 오지 않는다는 걸 안다. 나는 커튼이 쳐진 유리문 앞에 놓인 낯선 침대에 누워 있다. 그리고 그 창문 너머에는 나를 무섭게 하는 방이 있다. 윤이 나는 아주 긴 나무 테이블과 그 위로 혀를 내밀고 있는 개 석고상, 그리고 그 주변으로는 내 눈에 투명 인간 여섯 명이 앉아 있는 것 같은 초록색 천 의자 여섯 개가 놓여 있다. 나는 목소리를 듣고 고개를 들었으며, 어머니가 변한 모습으로 웃으면서 다가와 나를 무릎에 앉히고 꼭 껴안아 주며, 차가운 손으로 눈물이 범벅된 얼굴을 어루만진다. 한 남자가 도착해 아버지가 누워 있는 침대 머리맡에 앉는다. 아직 대낮인데 그가 오른손을 펼치자 손바닥에 초록색 종이로 싼 캐러멜이 들어 있다. 그리고 입에 들어간 캐러멜 맛은 더 시퍼런 초록색이고 맵고 아주 강렬하며 공기가 코로 들어가는 듯 시원하다. 대낮인데도 금세 어두워진다. 나는 대들보 방에 있고, 몇몇 남자들이 창문으로 가구들을 꺼낸다. 그러고 나서 나는 푸엔테 데 라스 리사스의 우리 집 뒷마당에서 석류나무 위로 줄지어 올라가는 붉은 개미 떼를 보고 있다. 무화과나무 잎사귀에서는 하얗고 매콤한 액체가 흘러나오며, 그 액체가 묻은 손으로 눈을 문지르면 눈이 따갑다. 어머니가 1초 전까지만 해도 없다가 문 앞에 나타났을 때, 나는 어머니가 앞치마 주머니에 가지고 있던 인디오 고무 인형을 갖고 거리에서 놀고 있다. 낯선 누군가의 그림자가 내 위로 드리워지면서 얼굴이 된다. 그리고 더 이상 내게는 인디오가 없다. 나는 내 앞에 서 있는 야윈 사내아이를 본다. 눈이 크고 머리숱이 많으며 내 앞가리개와 똑같은 앞가리개를 하고 있다. 어머니가 치마 밑으로 무릎이 시퍼렇게 멍든 그 아이의 어머니와 이야기하며 말한다. "이 아이가 펠릭스란다. 친하게 지내렴." 나는 강을 건너는 다리들과, 머리를 위로 올리고 양산을 쓴 여자들이 그려진 양철통을 본다. 나는 그 양철통을 열어 은행권 지폐들이 들어 있는 보물을 발견한다. 그리고 옷장 더 안쪽에서 허리띠와, 권총 모양으로 생겼지만 열어 보니 아무것도 없는 가죽 케이스를 만져 본다. 나는 펠릭스라는 그 아이처럼 크고 조용한 눈을 가진 종이 말〔馬〕을 본다. 내가 그 말을 만지려고 가까이 다가가자, 누군가 농담으로 소리 지른다. "에비, 그러다 물린다!" 나는 얼른 손을 거두고, 레오노르 외할머니가 박장대소하며 웃는 소리가 들려온다. 그리고 그 웃음소리는 꿈에서도 반복된다. 내가 계단을 올라가는데 정전이 되었고, 아래서부터 목소리가 들려온다. 외삼촌의 목소리가 중얼거린다. 아이, 엄마, 엄마, 엄마. 누구일까요? 조용히 해라, 얘야, 얘야, 얘야, 이제 곧 갈 거니까. 꿈에서는 레오노르 외할머니와 거리의 이웃 여자들이 산 로렌소 광장에서 쉬지 않고 웃었는데, 그들은 갈수록 점점 작아지면서 뚱뚱해졌고, 입은 엄청나게 커졌다. 나는 깨어나고, 어둠 속에는 아무것도 없다. 바로 그때 카사 데 라스 토레스에서 생매장된 여자를 본다. 나는 어둠 속에 서 있다. 아주 높은 표면 위에, 테이블 위에. 그리고 내 가슴 앞에 겨울날의 창문처럼 꽁꽁 얼어붙은 유리가 있다. 나는 양손을 뻗지만 아무것도 없다. 위에도, 아래도 없고, 낮도 밤도 아니다. 한 손이 내 손을 만지고, 나는 어머니와 외할머니의 목소리를 듣는다. 그들은 내가 자고 있기라도 한 듯 누군가와 이야기를 하고 있으며, 내가 이해하지 못하는, 나를 섬뜩하게 만드는 단어 한 개를 말한다. 엑스레이. 이제는 빛이 너무 많아, 나는 두 눈을 감아야 한다. 그리고 우리 집안 남자들과는 다른 냄새가 나는 하얀 가운을 입은 남자가 있다. 그의 머리 주변으로 고무줄이 있고, 이마에는 둥근 거울이 매달려 있다. 나는 그 거울을 통해 쫙 벌리고 있는 내 입을 본다. 나는 가슴 있는 데가 시렸으며, 이따금 열이 많이 났고 갈증도 났다. 입천장에서 간신히 혀를 떼어 물을 달라고 할 정도로 절망적인 갈증이다. 어머니는 서리가 낀 유리문 옆에서 나를 품에 안고 있다. 그리고 하얀 옷을 입은 여자가 나를 보고 웃으며 말한다. 그녀가 나에게 거짓말하고 있으며, 나를 우리 어머니의 품에서 떼어 내어 유리 건너편으로 데려갈 거라는 걸 안다. 그곳에는 상당히 큼지막한 눈처럼 보이는 유리판인지, 아니면 쇠판을 이마에 달고 있는 의사가 있다. 푸엔테 데 라스 리사스의 허허벌판에서, 펠릭스와 나는 날개가 달린 개미들을 찾으며 축축하게 엉겨 붙은 흙을 파낸다. 개미들이 날아오르고, 푸른색 금빛 아침에 유리 조각처럼 반짝인다. 어머니가 내 손을 잡고 어딘지 모르는 곳으로 나를 데려가고, 나는 무서워 죽을 것 같다. 초록색 말 네 마리와 채찍을 든 군인이 있는 장난감 마차 한 대가 진열대에 있다. 내가 태어나기 전에, 말들이 끄는 죽은 사람들의 마차가 있었고, 기병이 채찍으로 그 말들을 달리게 했다는 말을 들은 적이 있다. 그 마차의 이름은 폐병이라는 단어와 병원이라는 단어보다 더 많이 나를 섬뜩하게 했다. 마캉카. 나는 금빛의 고양이

한 마리를 내 품에 안고 있다. 어른들이 우리에 대한 이야기 말고도 많은 이야기를 나누는 동안, 고양이는 나와 함께 테이블 아래서 놀고 있다. 아무도 나를 보지 않는 사이에, 나는 나이프와 수저, 달걀을 푸는 손잡이가 빨간 쇠 거품기가 들어 있는 상자 안에 고양이를 가둔다. 나는 그 거품기를 가끔 영화에 등장하는 무기처럼 사용했다. 어머니가 아주 긴 복도 쪽으로 나를 잡아끌고, 땀범벅인 내 손이 어머니의 손에서 미끄러져 나온다. 그리고 나는 두 개의 포석 사이에 멈춰 서 있다. 한쪽 발은 하얀 포석 위에 얹고, 다른 쪽 발은 검은 포석 위에 얹은 채. 나는 어디에 있는지 모르지만, 마히나는 아니다. 뭔가 생각이 떠오를 것이다. 차바퀴들이 잔뜩 쌓여 있는 어느 집 뒷마당에서 내 친구 펠릭스가 시커먼 흙을 몇 줌 먹고 있다. 흙은 쓴맛이 나며, 성모 마리아가 그려진 초콜릿 덩어리처럼 입안에 들어가서 녹았다. 알록달록한 포장지 아래서, 나는 진한 카카오 냄새가 나는 모험 포스터나 영화 여배우들의 포스터를 발견한다. 나는 상자들을 열었고, 그 안은 텅 비어 있다. 나는 누런 신문 종이들이 들어 있는 상자들을 연다. 나는 상자들을 열어, 개킨 옷 아래를 뒤져 사진들을 찾아내는 걸 좋아한다. 어머니는 계단에 앉아 개의 등을 쓰다듬고 있는 머리 하얀 남자가 외할아버지라고 말한다. 정말 이상하다. 어머니는 어린아이가 아닌데도, 어떻게 나처럼 외할아버지가 있는 걸까. 그런데 지금은 어디 있어요. 내가 어머니에게 묻고, 어머니는 나에게 대답하지 않는다. 가끔 어른들은 말하지 않고 가만히 있으며, 질문에 대답하지 않는다. 나는 상자를 열었고, 털이 쭈뼛 곤두선

고양이가 튀어나와 내 손과 얼굴을 할퀸다. 부모님 침실의 빨간 커튼 뒤에 숨으면 모든 것이 빨갛게 보인다. 그러면 그들이 나를 불러도 나는 대답하지 않는다. 나는 밧줄로 의자에 묶여 있고, 이마에 거울을 매단 남자가 내 입 아래로 피가 고여 있는 세숫대야를 받치고 있다. 내가 펠릭스와 나란히 앉아 흙을 먹고 있는 땅바닥은 차갑고 습하다. 잠시 후 불들이 켜지면 어두워질 테고, 병영의 나팔 소리가 들릴 거라는 걸 안다. 흙이 차가워지고 연기 냄새가 나면 아버지가 나귀를 타고 올 것이고, 그러면 밤이다. 이따금 밤은 훨씬 크고 푸른빛을 띠며, 달이 허공에 떠 있다. 그리고 그 달은 물통의 물 안에도 있다. 푸른 밤이면 멀리서 반짝이는 불빛들이 제방에서부터 보이고, 여름 영화관의 목소리들과 음악 소리가 들려온다. 그리고 하늘에는 하얀 길과, 지붕들 위로는 얼굴처럼 생긴 노란 달이 있다. 눈을 떴을 때 나는 침대에 누워 있고, 나는 어딘지 모른다. 하지만 침대 옆 작은 테이블 위에 말 네 마리와 채찍을 휘두르는 군인이 있는 장난감 마차 한 대가 있다. 근처에서 목소리가 말한다. "이제 마취에서 깨어나고 있네." 내가 마취라는 단어를 생각하며 잠들었다는 기분이 든다. 그 단어에서는 병원 냄새와 쓴 약 맛이 느껴졌다. 내가 졸려 하면 어머니가 말한다. 이불 시트가 하얀 극장에 가자. 그리고 나는 아직 불이 꺼지지 않았을 때 우리 앞에 놓여 있는 텅 빈 하얀 이불 시트를 생각하기 때문에 어머니의 말을 믿는다. 극장에는 모든 사람들이 조용히 있으며, 극장 의자의 부드럽고 빨간 가죽 냄새나 해바라기씨 냄새, 밤에 위풍당당한 남자 냄새가 난다. 그리고 새하얀 이불 시트인 스크린에는 아무것도 보이지 않는다. 잠시 후 스크린에서는 낮이며, 좀 더 위로 그 주변은 여름밤이고, 그 위로 어머니의 얼굴을 닮은 달의 얼굴이 꼼짝 않고 가만히 있다. 어른들이 수술을 얘기한다. 어른들이 병원을 얘기한다. 어른들이 요양원과 전립선, 페니실린, 엑스레이, 마취를 얘기한다. 검은 스타킹을 신은 펠릭스 어머니의 다리가 우리 옆으로 나타난다. 소매에 상장이 달린 손이 그를 땅에서 일으켜 세우며 얼굴을 때린다. 그리고 펠릭스의 벌어진 입은 침과 흙, 콧물로 뒤범벅이 되어 있다. 어른들이 내가 조금씩 알아듣기 시작한 단어들을 얘기한다. 물론 가끔은 이해가 불가능한 의미들도 있지만 조금씩 이해되기 시작한다. 어른들이 시간을 죽인다고 말하며, 나는 어둠을 향해 칼을 휘두르는 등이 굽은 남자를 상상한다. 어른들이 영화 스타를 말하며, 나는 극장의 어둠과 시커먼 스크린에서 여름밤의 유성처럼 대각선 방향으로 가로질러 가는 빛을 본다. 어른들이 집을 창문 밖으로 내던진다(가산을 탕진한다)라고 말하며, 나는 푸엔테 데 라스 리사스 거리에 있는 우리 집 부엌 창문을 본다. 그리고 헤라클레스의 키를 물려받은 우리 아버지가 창문 격자를 뜯어내 양손으로 집의 모형도를 들어 길거리로 집어던지고, 그것이 돌길 위에 유리창과 기왓장 깨지는 요란한 소리를 내며 산산조각 나는 것을 본다. 어른들은 자기네들끼리 말하고 이야기하며, 절대 이야기를 멈추지 않는다. 마누엘 외할아버지가 불 옆의 무릎 위에 나를 앉히고 베레모를 벗는다. 외할아버지의 대머리가 불룩 튀어나온 항아리 배처럼 불 아래서 반짝인다. 외할아버지가 웃으며 나에게 말한다. 네가 옛날이야기를 듣고 싶다면 빵과 후추의 절대 끝나지 않는 얘기를 다시 해 주겠다. 나는 좋거나 싫다고, 외할아버지에게 말한다. 그러면 그는 내가 화를 낼 때까지 한 얘기를 또 하고, 또 하고, 계속 반복해서 한다. 나는 네가 좋다 싫다, 라고 얘기하라고 하지 않았다. 네가 옛날이야기를 듣고 싶다면 빵과 후추의 절대 끝나지 않는 얘기를 다시 해 주겠다고 했다. 아니면 나를 뚫어져라 바라보다가 고개를 움직이며 생각에 잠긴 표정으로 말한다. 좋아, 요놈아, 좋아. 그러니까 네가 돈 후안 모레노를 망보는 사람이다. 내가 다시는 그런 말을 하지 말라고 하면, 그는 좋아, 요놈아, 좋아, 그러니까 나는 네가 돈 후안 모레노를 망보는 사람이라고 생각했다, 라고 말한다. 나는 목소리들을 꿈꾸며, 라디오에서 모든 목소리들을 듣는다. 출처를 모르는 목소리들을, 기계 안에서 들리는 목소리들을 듣는다. 나는 브래킷에 닿기 위해 의자 위로 올라가, 그 안에 누가 숨어 있는지 알아내고 싶어, 해 질 녘 초록빛이 흘러나오는 그 틈새 아래를 들여다보려고 기를 쓴다. 스위치만 살짝 움직여도 남자들과 여자들의 목소리와 외국 방송의 말처럼 때로는 이해하지도 못하는 노래들, 남쪽 바다나 파리의 거리에서 일어나는 모험들이 어떻게 연달아 나올 수 있는 걸까. 어떻게 하면 달팽이 안에서보다 더 크게 바다의 굉음이 울릴 수 있는 걸까. 비와 바람, 폭풍우의 천둥소리도. 어떻게 하면 외할아버지가 들려주는 이야기에서처럼 말들이 히이잉 울면서 달리고 늑대들이 울부짖는 걸까. 나는 목소리들을 듣고, 그 목소리들에 얼굴을 붙여 준다. 나는 바다를 듣고, 영화에서 본,

파도가 일렁이며 반짝이는 푸른빛을 가진 바다를 본다. 그리고 나는 이제 진짜 바다 색깔보다 그 색깔을 영원히 더 좋아하게 될 것이다. 나는 도시들과 여자들의 이름을 듣고, 그 여자들에 대한 절망적이고 순간적인 사랑으로 흥분한다. 마히나에서 가장 아름다운 여자에게 바치는 노래입니다. 애인이 보내는 노래입니다. 첫 성체식 날 파키토 푸가 어린이에게 바칩니다. 나는 텅 빈 성당 안으로 울려 퍼지는 울림과 비슷한 작은 새소리와 웅얼거리는 소리를 듣고, 내가 이해하지 못하는 외할머니를 많이 웃기는 외국어로 된 목소리들을 구별한다. 아이, 두고 봐야 해. 외할머니가 말한다. 그 사람들이 얼마나 이상하게 말하는지. 우리는 이렇게 쉽고 분명하게 말하는데 말이야. 나는 레오노르 외할머니의 목소리에 담긴 아이러니와 어머니의 목소리에 담긴 두려움과 애정을 구별하는 법을 배운다. 바닥을 닦고 옆방의 침대를 정리하면서 민요와 콘차 피케르와 네그로 마친의 노래들을 부르며 매일 아침 나를 깨우는 어머니의 목소리를 듣는다. 나는 눈을 뜨고 어머니의 목소리를 듣는다. 나는 꿈을 꾸는 마지막 몇 분 동안 이미 어머니의 목소리를 듣고 있다. 어머니가 내 방에 들어오면, 커튼을 열고 나를 부드럽게 흔들며 얘기할 거라는 걸 안다. 4월의 아침은 잠자기 좋은 아침. 5월의 아침은 한도 끝도 없는 아침. 그사이 발코니 건너편에는 누런 꽃가루와 제비들의 날갯짓이 둥둥 떠다니는 빛이 쏟아져 들어온다. 나는 거리에서 노는 여자아이들의 목소리와 지나가는 행상들이 물건을 파는 소리, 차갑고 오목하게 파인 성당의 어둠 속으로 울려 퍼지는 라틴어를 들으며, 목소리들이 침묵 속에서도 울려 퍼질 수 있다는 사실을 발견한다. 나는 어둠 속에, 밤에 드러누워, 외할아버지가 들려주었던 이야기를, 아니면 살인마의 발자국이나 트라간티아 아주머니의 목소리를 들으며 엄마와 딸이 두려움에 가슴 쿵쾅거리던 이야기를 나 자신에게 들려주고 있는 나 자신의 목소리를 듣고 있다고 상상한다. 트라간티아 아주머니는 너덜너덜한 옷을 입고 초여름 밤 불빛이 없는 골목길들을 돌아다니는 거인이자 발타사르 왕의 딸이다. 내 노래를 들은 자는 산 후안의 날, 하루밖에 살지 못할 것이다.

나는 그 노래가 들릴까 봐 무서워서 양쪽 귀를 틀어막는다. 하지만 잠 못 드는 밤에는 외국어로 속삭이는 말과 비슷한 소리들이 잔뜩 들어차 있다. 나는 이불 아래로 숨으며, 베개로 머리를 덮는다. 내 피와 숨소리를 듣는다. 뱀이 물려고 다가오는 잠든 아이가 나라고 상상한다. 그리고 발소리들이 나를 찾으러 오고 있으며, 나는 부모님을 부르기 위해 입술도 떼지 못한다고 상상한다. 거리의 침묵 속에는 여자아이들이 집으로 돌아가기 전에 불렀던 마지막 노래들의 메아리가 남아 있다. 아이, 여기를 지나가는 게 너무 무섭네. 미라가 내 말을 듣고 있으면 어떡한담. 우리가 레오노르 외할머니의 집에서 나올 때면 나는 아버지의 품에 안겨 거의 잠든 채, 카사 데 라스 토레스의 큼지막한 어두운 그림자와 굳게 닫힌 문, 텅 빈 창문들을 바라보며 생매장되었다는 여자 귀신을 생각한다. 우리가 알토사노 방향으로 포소 거리를 올라갈 때면(부모님이 털목도리로 내 입을 덮어 주었고, 아버지의 재킷과 손에서는 담배 냄새와 축축한 흙냄새, 갓 베어 낸 풀 냄새가 난다) 나는 가까이 다가오는 발소리와 지팡이 소리를 듣는다. 그러면 나는 악몽을 볼 때처럼 두 눈을 꼭 감는다. 눈을 뜨면 아주 큼지막한 외투와 시커먼 안경을 쓰고 한쪽 손을 뻗어 벽을 스치며 인도 쪽으로 내려가는 장님을 보게 될 거라는 걸 알기 때문이다. 그러고 나서 펠릭스는 내게 무서운 이야기를 들려 달라고 한다. 해 질 녘 우리는 그의 집 계단에 앉아 아이들이 거칠게 노는 모습을 바라본다. 나는 그에게 벽에 매장된 여자와 양쪽 눈에 총을 맞은 장님, 뱀이 가까이 다가오고 있다는 걸 모르는 채 잠든 아이에 대해 말해 준다. 펠릭스는 늘 내가 계속 이야기하기를 바란다. 나는 외할아버지에게 들은 이야기들이 끝나면, 영화와 책의 그림들을 떠올리면서 새로운 이야기들을 즉흥적으로 만들어 계속 들려준다. 나는 책이 단어와 침묵의 목소리들로 가득 차 있다는 사실을 발견했다. 외할아버지가 시계 상자 안에 넣어 둔 큼지막한 책을 가끔 펼쳐 보기 때문에 안다. 그것은 마치 단어들이 가득 들어차 있는 궤짝의 뚜껑을 여는 것과 같다. 책 가장자리가 불에 그슬려 있는데, 외할아버지는 전쟁이 일어났을 때 외할아버지가 일하던 농장에서 민병들이 모든 책과 가구들을 불 속에 집어던졌을 때 그 책을 불 속에서 구해 냈다며 자랑스럽게 설명한다. "아주 잘한 짓이지." 레오노르 외할머니가 말한다. "당신도 불 속으로 던져졌을 뻔했으니까." 나는 혼자 있을 때면 그 책을 찾아, 외할아버지처럼 테이블 위에 올려놓는다. 그러고는 외할아버지가 큰 목소리로 말한 단어들을 찾으며 페이지들을 뒤적인다.

하지만 나는 해독할 수 없는 기호들만 볼 뿐이다. 나는 다음 페이지로 넘어가기 위해 외할아버지처럼 엄지손가락에 침을 묻히고, 오른손 검지로 줄들을 따라간다. 나는 그림들을 찾으며, 라이트에 불을 켜고 절벽 끝을 향해 도로 위를 달리는 옛날 차들과, 깃털 달린 모자를 쓰고 털 코트를 입은 여자들, 매부리코에 일그러진 얼굴로 권총을 든 악당들이 나오는 영화 장면들보다 그 그림들이 훨씬 멋있다. 나는 나지막한 목소리로 나디아에게 말하며, 우리 앞에 있는 기병의 그림을 바라본다. 나는 불가능하다는 걸 알면서도, 내가 생각했던 것보다 훨씬 오래전에 외할아버지가 읽어 주던 가장자리가 불에 그슬린 책의 어느 페이지에선가 그 그림을 봤다는 느낌이 든다. 모험이나 꿈, 머나먼 곳에 대한 느낌과, 좁은 산길을 따라 어둠 속을 헤쳐 가는 길과 비슷했다. 폭풍우가 휘몰아치고, 늑대들이 울부짖고, 켄타우로스들이 히이잉거리며 울던 무시무시했던 어느 날 밤, 마히나 산을 지나가던 외할아버지와 같았다. 내가 글을 배웠을 때 처음으로 선물 받은 책에서 읽은 타타르인들에게 쫓기던 미하일 스트로고프와 같았다. 농장에서 말을 타고 오며, 불빛들이 하나둘 밝혀지기 시작했을 때 푸엔테 데 라스 리사스 거리의 골목으로 모습을 드러내는 아버지와 같았다. 나는 펠릭스를 내버려 두고 아버지를 향해 달려간다. 아버지는 단숨에 나귀에서 내려, 나를 번쩍 안아 올려 준다. 아버지가 키스할 때면 내 얼굴에서 아버지의 꺼칠한 수염이 느껴진다. 아버지가 나를 조금 더 높이 들어 올려 말안장에 앉혀 준다. 나는 무섭고 현기증이 난다. 거의 떨어질 것 같다. 나는 아무짝에도 소용이 없다. 내가 태어났을 때부터 아버지는 그 사실을 확실하게 알고 있다. 나는 동물들을, 심지어 도마뱀까지 무서워한다. 하지만 그가 나를 잡아 주고, 내 손에 고삐를 쥐여 준다. 그러면 나도 기병이고, 내가 영화에서 인디오들에게 쫓겨 말을 타고 달리고 있다고 상상한다. 손을 흔들어 펠릭스에게 안녕이라 말하면서. 땅에 떨어지지 않기 위해 아주 순식간에 안녕이라고 말한다.

그리고 바로 지금이다. 내가 나디아에게 말하고 있는 동안, 말들이 꿈의 이미지처럼 너무나도 무의식적이고, 너무나도 거침없이, 순서도 없이 내 입술을 찾아오는 동안, 잃어버렸던 옛 기억이 변하지 않고 내 앞에 그대로 나타난다. 그냥 기억이 아니라, 뭔가보다 강력하고 물질적인 기억이며, 아버지의 뒤에서 그의 허리를 꽉 붙잡고 말을 타고 가는 기분이다. 아버지가 말해 줘서, 양다리와 발뒤꿈치를 말의 등에 꽉 붙이고 가는 기분이다. 돌들이 깔린 마히나의 마지막 언덕길을 뒤로하고, 밝은 초록색 밀과 들겨자들 사이로 난 길을 내려가면서 아버지의 보호를 받으며 가는 기분이다. 나는 아버지와 함께 가고 있으며, 우리가 책에서 읽었던 모험을 찾아 말에 올라탄 채 가고 있다고 상상한다. 내가 여덟 살인가 아홉 살쯤 되었던 걸로 알고 있다. 그리고 얼마 안 있으면 푸엔테 데 라스 리사스의 집을 떠나, 산 로렌소 광장에 있는 외갓집으로 이사 갈 거라고 알고 있다. 밤에 아버지가 쉬지 않고 숫자들을 열심히 끼적인 종이를 앞에 두고 골똘히 생각에 잠겨 있는 모습을 보았다. 나는 그들이 이사와 땅, 높은 액수의 돈에 대해 말하는 걸 들었다. 나는 우리에게 무슨 일이, 라디오와 부탄가스, 오븐보다 뭔가 더 큰 일이 생길 거라는 걸 알고 있다. 우리는 길 아래로 내려간다. 아버지는 지붕이 내려앉은 작은 집 옆에 말을 멈추고, 단숨에 뛰어 내려가 나에게 손을 뻗으며 내게도 뛰어내리라고 한다. 나는 감히 엄두도 내지 못한다. 나는 그의 얼굴에서 실망을 본다. 그는 내가 내려갈 수 있도록 도와준다. 그는 말라비틀어진 포플러 나무에 말을 묶는다. 집은 폐허 상태이고, 울타리와 하수도는 풀에 뒤덮여 보이지도 않고, 물통에 있는 시커멓고 푸르죽죽한 물은 해초와 갈대로 뒤덮여 보이지도 않는다. 버려진 농장 테라스 너머로는 강가까지 이어진 올리브 나무들이 줄지어 있다. 날씨가 맑은 오후에는 산의 완벽하게 푸른 빛이 요동쳤다. 아버지는 담배에 불을 붙이고 오른손을 내 어깨 위로 두른 뒤, 드높은 무화과나무들 아래로 그늘진 오솔길을 따라 나를 데려간다. 그곳에는 부드러운 바람과 함께 새들이 요란하게 지저귀며 난리를 치고 있다. 지금 나는 그때 아버지가 그 버려진 땅을 어떻게 걸어갔는지 기억한다. 아버지는 담배를 입에 문 채 쭈그리고 앉아 은밀한 흥분을 느끼며, 잡초들을 한 움큼씩 뜯어내고, 뿌리가 붙어 있는 새싹들은 꾹꾹 눌러 주었다. 그때까지 그의 입술과 눈에서 한 번도 본 적이 없던 행복과 열정, 순수함이 가득 담긴 미소를 띠고 나를 바라보고 있었다. 그때 그는 서른둘셋쯤 되었으며, 이미 백발로 뒤덮인 빳빳한 머리카락이 구릿빛 젊은 얼굴을 더욱 두드러져 보이게 했다. 사진사 라미로의 궤짝에서 내가 태어나기도 전에 찍었던 그의 사진들을 보지 못했더라면, 나는 지금 그의 얼굴 표정을 떠올릴 수도 없을 것이다. 그날 그가 처음으로 구입한 땅을 직접 밟아 보고, 손으로 직접 만져 보고, 손가락 사이로 흘러내리는 흙을 바라보면서, 자기 인생 최고의 꿈 자체를 만지고 있다는 사실을, 나는 절대 이해하지 못했을 것이다.

제2부

폭우 속의 기병

제1장

나 자신의 애정과 그리움을 위하여, 지금 가짜 기억 한두 개 정도는 아무렇지도 않게 만들어 낼 수 있다. 하지만 진실성이 없거나, 임의적인 기억들은 아니다. 진정으로 내게 속한 기억들은 내가 그 기억들을 선택했거나, 그 기억들 속에 내 미래의 씨앗이 들어 있기 때문이 아니라, 그 기억들이 망각이라는 거대하고 시커먼 호수 위에 떠 있는 기름얼룩처럼, 우연히 조수에 떠밀려 바닷가까지 오게 된 쓰레기처럼 아무 이유도 없이 부유하기 때문이라는 것을 이제야 알겠다. 조난객들이 싫든 좋든 섬에서 쓰레기로 물건들을 대신해 만족하며 살아가야 할 대책을 세워야 하듯, 지금까지는 기억을 간직하는 데 우연이나 전기 작가의 의식과 같은 것이 반반씩 개입한 것으로 알고 있었다. 그런데 사진사 라미로의 셀 수도 없이 많은 사진들을 본 이후로는, 현상액이 담긴 쟁반에서 하얗게 텅 비어 있는 얇은 판지가 회색 그림자와 빛으로 채워져 떠오르듯, 내가 나디아의 얼굴과 목소리, 피부, 기억으로 채워져 가면서는 거의 모든 일반적인 기억들 속에 거짓말의 전략이 숨어 있다는 것을, 그리고 내가 트로피나 유물처럼 받아들였던 것이 임의적인 전리품에 불과하다는 것을 이해하기 시작했다. 거의 아무것도, 내가 믿었던 그대로가 아니었다. 내 안에 들어 있는 누군가처럼 정직하지 못한 문서 보관자이자 인내심 많은, 사기성이 농후하고 끈질긴 숨어 있는 화자가 나한테 그렇게 얘기하고 있었다.

다른 사람들과, 살아 있는 사람들, 죽은 사람들에 대한 것이 아니라, 머나먼 과거의, 내 인생의 사춘기 시절 마지막 며칠 동안의 내 얼굴과 내 목소리에 대해, 나 자신에 대해 내가 몰랐던 그 모든 것의 거대함이, 망각의 폭이 아직도 나를 당혹스럽게 한다. 그때 나는 비겁하게 두려움에 떨며, 거짓으로 전멸해 버린 미래가 펼쳐져 있다고 믿으며 어둠 속에 있었다. 하지만 지금은 내가 기억들을 조작해 낼 수 있는 특권을 조심스럽게 상상해 본다. 내가 소유해야 했지만 실수로, 서툴러서, 경험이 부족해서, 변명들만 잔뜩 쌓여 있는 모든 불행들을 전멸시키겠다는 의지에, 심지어 열정이라는 문학적 특권과 같은 거창한 이유들을 갖고 전멸시키겠다는 의지에 눈이 멀어, 나는 그 기억들을 획득하거나 간직할 줄 몰랐다고 조심스럽게 생각해 본다. 나는 나디아에게 말했다. 그 어느 것도 우리를 망가뜨리고 추하게 하지 않았을 때, 아직 고통이 우리를 더럽히지 않았을 때, 그때 왜 우리는 확실히 만나지 못했을까, 라고. 그렇지만 사실, 전부 거짓은 아닐 수도 있는 몇 개 되지 않는 이미지들이 나에게 보였다고 해서, 나는 그 기원(基源)에서 시간의 순서를 바꾸고 싶지는 않다. 어쩌면 그 이미지들은 내 망각에서 찰나와 같은 순간만 잠깐 머물렀다가 의식까지 도착하지는 않았지만 내 안의 어딘가에, 어둠과 망각의 가장 깊은 곳에 남아, 내가 만들어 낸 거라고 추측하는 기억이 사실은 그 어느 것도 범할 수 없는 어떤 기억의 형태임을 알려 주고 있었을지도 모른다. 그래서 아버지와 함께 마르토스 바의 유리문으로 역광선을 받으며 들어오는 그녀를 보았던 18년 전의 어느 날 아침을 지금 기억하고 있다면, 내가 그녀의 얼굴은 정확히 기억하지 못하면서도 그녀의 붉은 머리카락이 눈부셨던 것만을 기억하고 있다면, 당시 외국인들이 늘 우리에게 불러일으켰던 호기심과 묘한 기분을 기억하고 있다면, 어쩌면 그건 내가 내 과거에 대해 예언가처럼 행동한 것이고, 그래서 더더욱 진심으로 감격스럽기까지 할 것이다. 이제는 진짜 존재했었는지도 확신할 수 없는 그 기억들은 아주 오래전에 박탈당한 기억이었는데. 더는 살고 싶지 않은 집에 걸린 일상적인 그림들과 액자에 걸린 사진들과 비슷한 기억들이었는데. 트로피가 아닌, 비웃음과 방치, 아무도 찾아오지 않는 음침한 예배당에 걸린 거미줄 때문에 품위가 떨어진 유물들과 같은 천박한 전리품들이었는데. 그날 아침 그녀는 돌길 위로 반사되는 햇빛의 그림자를 밟으며 걸어오고 있었다. 나와 친구들이 주크박스에서 짐 모리슨인지 존 레넌인지, 롤링 스톤스의 노래를 듣고 있던 어두침침한 곳에는 햇빛도 제대로 들어오지 않았다.

나는 마르토스 바에서 외국 노래들을 들으며 내 인생의 상당 부분을 보냈기 때문에 그들이 도착한 날, 내가 그곳에 있었을 수도 있다. 외국 노래들의 가사를 힘들게 해석하고 나면 나와는 아주 멀리 있는 뭔가를, 나는 절대 닿을 수 없지만 나와 함께 태어난 뭔가를 암시하는 말들처럼 느껴졌다. 나는 마르틴, 세라노, 그리고 가끔은 펠릭스와 함께, 천천히 생맥주를 마시고 담배를 피우며 가능한 한 오래 시간을 끌었다. 펠릭스는 바로크 멜로디를 나지막이 휘파람 불며 잠깐 있다가 곧 갈 것처럼 굴었다. 우리는 맥주와 연기, 음악의 환각적인 효과를 가능한 한 강렬하게 느끼기 위해, 두 눈을 절반쯤 감은 채 습기 찬 벽에 비스듬히 기대고, 유리창 너머로 지나가는 여자들과 마드리드 버스에서 방금 내린 여행자들을 보았다. 그 버스가 너무 느려 터져, 사람들은 '파바' 라고 불렀다. 그리고 우리는 마르토스 바에서 막 나가려고 하거나, 담배를 사거나 커피를 마시기 위해 들어오는 사람들을 보았다. 우리는 그 사람들이 출발 시간이 가까워지면서 흥분하고 긴장해 자꾸 손목시계를 들여다보며, 바 한쪽 구석에서 주인과 얘기를 나누는 기사를 살피고 있다고 상상했다. 3시 25분쯤이었는데, 그때는 우리도 학교로 돌아가야 할 시간이었다. 기사가 담배를 마지막으로 한 모금 빤 후 서둘러 끄고, 양손을 문지르며 큰 목소리로 자 갑시다, 라고 말했다. 그리고 나도 그럴 수만 있으면 좋겠다, 라고 생각했다.

그 시절, 마히나에서 외지인은 엄청난 관심의 대상이었다. 작은 단독 주택들과 열악한 환경의 빈민가, 돌길이 깔린 거리들, 그리고 나중에는 1층에 차고와 카페가 딸린 아파트 단지들이 북쪽으로 들어섰기 때문에, 우리 모두가 서로 잘 알아서는 아니었다. 가끔 의사의 개인 진료소에 가기 위해 아파트의 엘리베이터를 타면, 폐쇄 공포증이나 말 없는 두려움처럼 정체를 알 수 없는 감탄이 절로 일었다. 외지인은 한 치의 망설임도 없이 쉽게 구별되었다. 신기하게 찍어 대는 카메라를 둘러메고 반바지를 입은, 어쩌다 한 번씩 눈에 띄는 관광객들을 말하는 게 아니다. 그들은 우리가 보기에는 그렇게 대단해 보이지도 않는, 코르티나 거리의 집시들도 절대 살지 않을 낡은 궁전들과, 큰 광주리를 매단 당나귀를 사진에 담으려고 안달이었다. 그렇게 오래되지 않았을 때, 관광객 한 쌍이 나타났다 하면 거리에 있던 아이들은 난리가 났으며, 눈에 띄기보다는 어이없어 보이는 관광객들을 구경하기 위해 쪽문들이 반쯤 열렸었다. 머리가 탈색된 여자들은 창백한 얼굴 위로 양쪽 끝이 뾰족한 선글라스를 쓰고 있었고, 남자들은 나이가 무지하게 많은데도 털이 숭숭 난 허연 다리를 그대로 드러내 놓고, 알록달록한 짧은 양말을 신고, 앞을 훤히 풀어 헤친 꽃무늬 남방을 입고 있었다. 이곳에서 그들은 제대로 정신이 박힌 사람들이라기보다는 어릿광대나 게이, 불우한 유년 시절에 사로잡힌 바보들에 더 가까워 보였다.

한번은 산 로렌소 동네인지, 푸엔테 데 라스 리사스 동네인지, 아직 돌을 던지며 거칠게 전쟁을 벌이는 사나운 아이들의 패거리가 남아 있던 곳이었는데, 그곳에서 관광객 한 쌍이 어찌어찌하다가 추격전으로 돌변한 조용하고 적대적인 호기심에서 헐레벌떡 도망쳐 나온 적도 있었다. 하지만 세월이 흐르면서 도시는 외지인들에게 익숙해져 갔다. 한편으로는 외지인들이 점점 더 많이 찾아오기 때문이었고, 또 한편으로는 그들의 행동과 차림새, 차 번호판의 이국적인 면이 모든 사물들의 변화 속에서 희석되어 갔기 때문이었다. 이제는 나이가 아주 많은 어르신들에게만 당혹스럽고, 심지어 위협적으로 보일 뿐이었다. 이제는 모든 곳에, 모든 시간대에 차들이 돌아다니듯, 관광객들이 돌아다녔다. 이제는 텔레비전과 신호등, 거인만 한 닭고기, 가스 오븐, 주방 세제, 긴 머리를 풀어 헤치고 여자처럼 행동하는 남자 가수들이 있었다. 사람들은 플로렌시오 페레스 형사의 날라리 아들이 그렇다고 했다. 그리고 운동 경기용 다이빙대가 설치된 수영장과 절대 구겨지지 않는 와이셔츠, 8층과 심지어 10층짜리 건물들, 담배와 해바라기 씨 봉투를 파는 자판기들도 있었다. 많은 사람들이 그 자판기를 보고, 곧 로봇이 인간을 대체하게 될 자동화된 세상에서 살게 될 거라는 신호처럼 해석하기도 했다.

하지만 외지인들은 금발이 아니더라도, 목에 카메라를 걸고 어처구니없는 반바지를 입지 않았더라도, 여전히 쉽게 구별되었다. 그들이 발음하는 단어 끝의 '에스' 발음을 들을 필요조차 없었다. 그냥 얼굴만 봐도 알 수 있었다. 마치나 사람이 아닌 사람은, 아프거나 술을 지나치게 마신 것처럼 그냥 알아보았다. 그리고 그들에게는 신화적인 삶과 엄청난 재산을 갖다 붙이기도 쉬웠다. 우리 동네 언덕 너머, 과달키비르 강과 과달리마르 강, 두 곳이

접하는 경계 너머에는 거의 우리 모두에게 금지되어 있는 풍요로운 세상이 무한대로 펼쳐져 있다고 상상하게 하는 막연한 열등감이 원인일 수도 있었다. 무모함에 행운까지 따라 주지 않는 한, 그리고 이곳에서 하는 일보다 더 보람된 일도 아니고, 돈도 제대로 받지 못하는 막노동까지 해도 절대 이룰 수 없는 풍요로움이었다. 우리 아버지는 농장과 올리브 나무들을 팔아, 호텔에서 정원사로 일할 수 있는 베니도름이나 팔마데마요르카로 이사 갈 생각을 늘 하고 있었다. 아버지는 나를 벨보이로 취직시킬 거라고 했다. 그리고 얼마 있다가, 내가 언어를 쉽게 습득하기 때문에 종이를 보지 않고도 열 손가락으로 타이프를 치는 재주를 완벽하게 해서 *maître* (匠人)도 할 수 있을 거라 생각했다. 아버지는 그 단어의 정확한 의미는 알지 못했지만 발음은 공손하게 했다. 누군가, 시장 사람들 중 누군가, 오늘날 *maître*가 된다는 것은, 엔지니어나 의사가 되는 것보다 훨씬 나으며, 마드리드에서 공부하느라 청춘을 낭비하고 시력을 망칠 필요가 없는 장점까지 있다고 아버지에게 귀띔해 주었던 것이다. 아버지는 공부를 너무 많이 하는 바람에 창백하게 병이 들어, 결국 정신 병원의 하얀 타일들로 뒤덮인 병실에서 날아다니는 파리들이나 보고 있다는 사람에 대해 말해 주었다. 아버지는 젊었을 때 마드리드나 사바델, 빌바오로 떠나, 지금은 중앙난방이 되어 있고 욕실이 딸린 아파트에서 확실한 월급을 받으며 살다가, 가끔 자기 차를 운전해 마히나로 돌아오는 친구들과 친척들을 떠올렸다. 그는 사촌 라파엘에 대해 감탄과 그리움을 드러내며 말했다. 친척 라파엘은 사춘기가 끝날 때까지 아버지의 절친한 친구이자, 거의 유일한 친구였다. 그런데 밭에서 노예처럼 일하는 중노동과 굶주림에서 도망쳐 20년이 지난 지금은 마드리드에서 버스 기사를 하고 있다.

하지만 아버지는 마히나를 떠나 출세한다는 게 얼마나 어려운 일인지, 씁쓸하게 인정했다. 사촌 라파엘과 다른 누군가를 제외하고는, 투우사 카르니세리토만이 진짜 제대로 출세한 사람이었다. 휴가 때 돌아온 사람들 대부분은 허영심이나 수치심 때문에, 자기네는 절대 이루지 못한 지위를 누리고 있는 척했으며, 괜히 속임수를 써서 식구들에게 선물을 가져오고, 큰 차를 빌려 자기네 것인 양 과시했다. 마누엘 외할아버지는 카르니세리토가 용기보다는 테크닉이 더 뛰어난 투우사였다고, 자세히 묘사했다. 몇 년 만에 그는 망토를 흔들며 투우를 어지럽게 교란시키는 사람에서 벤타스 투우장 근처의 농장주가 되었다. 그가 시장에서 아버지의 좌판 바로 앞에서 고기를 팔던 사람의 아들이라, 흔히 말하듯 그가 태어나는 걸 보았기 때문에, 우리 아버지는 그를 더욱더 높이 평가했다. 아버지는 아주 유명한 누군가를 알고 있다는 게 기분 좋아, 어렸을 때부터 그의 재주가 남달랐다고 말했다. 이제 카르니세리토는 『디가메』 잡지 표지에도 나왔다 — 얼굴이 길쭉했으며, 옆얼굴이 마놀레테처럼 진지하고 생각에 잠긴 듯했다 —그리고 마히나에도 몇 번 모습을 드러낸 적이 있었다. 레온 산책로와 누에바 거리, 헤네랄오르두냐 광장에서 흰색 컨버터블 메르세데스를 몰고, 한 치의 의심도 없는 금발 외국 여자의 머리카락을 멀리서부터 바람에 흩날리게 했다. 정오에 그가 몬테레이 테라스 카페에서 외국 여자와 같이 앉아 있는 모습을 봤을 수도 있다. 그곳은 얼마 전 광장 아케이드에 새로 문을 연 카페테리아로, 파란 카펫을 두른 벽과 알루미늄 바를 갖추고 있었다. 우리는 그곳을 부자들과 외지인들, 허벅지를 절반이나 드러내 놓고 다리를 꼬고 앉아 담배를 피우는 금발 여자들만 가는 곳이라 생각했다.

우리는 학교에서 내려오는 길이었다. 장군의 그림자가 광장 아케이드의 돌들 위로 얼룩처럼 길게 늘어져 있을 때 멀찌감치에서 그 여자들이 보이면, 우리는 미리부터 숨이 탁 막혔다. 그리고 훤히 드러난 그녀들의 다리를 보면서 들었던 예감은 격정적이면서도 무분별한 불행으로 바뀌었다. 여자들은 시커멓고 커다란 선글라스를 쓰고, 이마 주변에 머리띠처럼 손수건을 둘렀으며, 입술을 붉은색이나 보라색, 분홍색으로 칠했다. 그러고는 남자들의 손목시계 못지않은 커다란 손목시계를 — 우리가 아는 여자들이 차는, 비곗살이 토실토실한 손목에 푹 파묻히는 작은 시계들이 아니었다 — 차고 있었다. 하지만 줄은 꽤 넓은 검정 가죽이었다. 순식간에 스치고 지나가는 유행이겠지만, 우리에게는 이국적이고 도전적인 상징처럼 보였다. 여자들은 반지들을 주렁주렁 끼고 빨갛게 칠한 달걀 모양의, 역시 상당히 긴 손톱을 과시하며 기다란 손가락 끝에 담배를 들고, 아주 기다란 필터 담배를 피웠다. 그녀들에게 있는 모든 것과 마찬가지로, 허벅지와 염색한 생머리, 손, 담배, 심지어 미소와 잔에 얼음이 부딪히는 동시에 크게 울려 퍼지는 웃음소리, 가늘고 여린 손목에서 짤랑거리는 팔찌들도 모두 길쭉했다. 그리고 가끔 가느다란 금 발찌가 반짝이는 가느다란 발목과 에나멜 하이힐과 정확하게 딱 떨어지며 완만한 곡선을 그리면서 내려온 발등도 길쭉했다.

하늘과 장군 동상, 탑의 시계를 광물과 같은 인내심으로 바라보며 비를 기다리는 어두침침한 면 옷을 입은 남자들에게서 한 발자국 떨어진 몬테레이의 둥근 철제 테이블에 앉아 있는 여자들은 확실하게 호화스러워 보였으며, 나른함과 위스키로 둘러싸여 있는 것 같았다. 그때까지 우리는 위스키가 서부 영화에나 존재하는 술이라고 생각했었다. 우리는 그 여자들 옆을 지나가면서 노트를 팔 아래에 끼고 고개를 푹 숙인 채, 욕망과 입가의 수염으로 시커메진 표정을 지으며 안 보는 척하면서 여자들을 흘낏 훔쳐보았다. 우리는 시커먼 선글라스 뒤에 숨어 있는 여자들의 눈은 절대 찾지 않았다. 스핑크스 상처럼 딱딱하게 굳은 얼굴과, 유리잔이나 담배 필터 주변으로 오므린 차갑고 곧은 입술만을 보았다. 그 담배에서는 순한 담배와 돈 냄새뿐만 아니라, 노동이나 햇빛으로 훼손되지 않은, 바다 옆 모래밭에서, 컬러 영화에서 보았던 해변에서 게으름을 피우며 갈색으로 태운 피부 냄새와 목욕 비누 냄새가 났다. 우리 대부분은 그런 해변에는 전혀 가 보지도 못했다. 심지어 말라비틀어진 우리 땅에서 바다는 새로운 발명품의 권위를 누리고 있었다.

공공장소에서 담배를 피우며 몬테레이의 테라스 카페에 앉아 있는 것만으로, 그 여자들을 외국 여자라고 생각하지는 않았다.

여자들의 몸이 다른 차원에 속해 있기 때문에, 마히나의 여자들은 절대 꿈도 꾸지 못할 길쭉하고 멋진 몸매를 가졌기 때문에 외국 여자라고 생각한 것이다. 그 여자들은 영화 혹은 몇몇 친구들의 엄마가 사 온 외국 패션 잡지에 나오는 여자들처럼 나른함과 변화, 도발, 차가운 무관심과 모험과 같은 속성을 지니고 있었다. 마히나 출신인 카르니세리토가 그런 여자들과 함께 다닌다는 것이, 흰색 메르세데스의 새끼 양 가죽 시트에 앉아 영광스러운 트로피처럼 그 여자들을 보여 준다는 것이, 우리에게는 성(性)적인 것과 계급 간의 보상처럼 암묵적으로 느껴졌다. 그래서 우리는 그가 지나갈 때 질투하며 바라보지 않았다. 우리는 긍지를 느끼며, 거의 여름밤 폭죽이 터지는 소리를 들을 때처럼 감격에 겨워 그를 바라보았다. 카르니세리토가 투우에서 자른 소귀의 수를 알려 주는 폭죽 소리였다. 사람들은 길거리에 멈춰 서서 박수를 쳤다. 기억에 오랫동안 남을 어느 오후에는, 폭죽 네 발이 연달아 터지고, 그 뒤를 이어 화약 연기와 냄새가 흩어지며 한참 동안 침묵만 감돌더니, 갑자기 집집마다 창문 유리가 모두 흔들릴 정도로 엄청난 굉음이 터졌다. 카르니세리토가 마에스트란사에서 소꼬리를 잘랐고, 사람들이 그를 어깨에 태우고 큰 문으로 나갔던 것이다. 메르카도 산책로에 있는 산 후안 데라 크루스의 동상처럼 매부리코에 뼈만 앙상한 돈 에스타니슬라오 교구 신부가 산 이시도로 성당에서 마지막 폭죽 소리를 듣고 미사를 중단시키기도 했다. 그가 카르니세리토의 성공을 축하하며 하느님께 감사드리자, 처음에는 신도들이 당황하더니 곧 귀가 먹을 정도로 환호성을 질렀다고, 그

주에 일간지 「싱글라두라」의 특파원인 로렌시토 케사다가 증언했다. 그런데 주교는 그 기사를 읽고 나서 마히나의 가장 신실한 신도들까지도 지나치다고 생각할 정도로 다혈질 신부에게 중벌을 내렸다.

두말할 것도 없이, 사람들은 그 주교가 외지인이라, 로렌시토 케사다가 안타까워하며 우리 도시의 고유 특성이라고 한 말을 잘못 이해한 거라 생각했다. 우리 도시는 부활절의 종교 행렬과 알파풀*과 진흙을 섞어 만든 우리 고장의 특산품만큼이나 명성을 드높인 우리 고장의 투우사에게 푹 빠져 있었다. 그 특산품은 화학 섬유와 플라스틱 통, 깨지지 않는 유리의 침략으로 얼마 전 침체에 빠졌다. 우리 도시는 바다와 국도, 중요 철도에서 멀리 떨어져 있고, 대양 한가운데 뚝 떨어져 있는 것처럼 올리브 나무들 사이에 고립되어 있어, 16세기 이후로 중요한 인물이나 특이할 만한 게 거의 없었다. 우리 도시는 쓸데없이 아름답기만 할 뿐 사람들이 제대로 알지 못해, 우리의 광장이나 거리에서 영화 장면을 촬영해 나중에 영화가 나올 때면 다른 도시 이름으로 나왔다. 길게 볼 때는, 카르니세리토조차도 늘 우리를 쫓아다니는 저주에서 벗어나지 못했다. 두세 시즌 동안은 마지막 미사를 알리는 종소리 위로 투우사가 자른 소귀의 수를 알리는 폭주 소리가 겹치지 않은 일요일이 없을 정도였다. 그런데 그 두세 시즌 동안 승리를 거둔 후에는 그의 투우 경기 수가 폭죽 소리의 수만큼이나 점차 줄어들었다. 사람들 말로는, 그가 투우에서 운이 없었다고 했다. 그래서 부도덕한 기업가들에게 후원을 받은 다른 투우사들이 그에게 사기를 쳤고, 그는 가짜 친구들과 의리 없는 에이전트들의 손에서 몰락했다. 그래도 그는 거의 드러눕다시피 한 채 흰색 메르세데스를 몰았으며, 밝은 색상의 옷을 입고 기름을 발라 촉촉한 머리에 긴 구레나룻을 기른 그를 우리는 여전히 볼 수 있었다. 그는 몬테레이의 반짝이는 알루미늄 의자에 앉아 있었으며, 금발 외국 여자들도 그의 옆에서 담배를 피웠고, 그의 손에는 금빛 음료가 들어 있는 긴 잔이 들려 있었다. 하지만 갈수록 마놀레테의 얼굴과 닮아 가는, 우수에 잠긴 듯 예민한 얼굴에 어린 진지한 표정에는 영원한 고통이 서려 있다고 사람들이 말했다. 어쩌면 환멸이나 성공이, 사진사들의 카메라와 쫓아다니는 여자들이 지겨워져서 그럴 수도 있었다. 그 여자들은 멀리서 봐도 한눈에 꽃뱀처럼 보였다. 여자들은 그에게서 그의 명성과 돈만 찾았을 뿐, 투우 소들과 마주 섰을 때 써야 할 힘을 빼 그를 약하게 만들었다고, 우리 아버지가 말했다. 마히나 밖에서, 우리 거리와 일상적인 일들, 피로 얽힌 복잡한 관계 밖에서, 세상은 불한당들과 외지인들만 살아남을 수 있는 잔인한 밀림과도 같았다. 밤이면 화로가 들어 있는 테이블에 앉아 마누엘 외할아버지가 나를 아주 진지하게 바라보며 말했었다. "착한 아이와 연극이 어느 점에서 비슷한지 모르지?" 외할아버지가 수천 번도 더 넘게 얘기해 줬는데, 어떻게 모를 수 있단 말인가. 하지만 나는 입을 다물고 가만히 있었다. 이제 나는 별다른 믿음도 없었고, 불과 몇 년 전까지만 해도 이 세상의 모든 신기한 일과 미스터리에 대한 모든 가능성이 담겨 있다고 생각한 그 목소리를 무시하고 있었다. "절대 잊어버리지 마라. 착한 아이는 나쁜 친구들과 어울리면 망한다는 점에서 연극과 비슷하단다."

나쁜 친구들의 귀에 발린 말은, 바의 혼탁한 불빛은, 카르니세리토와 같은 부주의한 남자들을 미치게 만들어 결국 잡아먹고 마는 드라큘라와 같은 여자들의 매력은, 나른함을 동반하는 부드러움은, 거친 땅과 변덕스러운 날씨를 한 땀 한 땀 일구며 열심히 일하지 않고 얻은 음식은, 피를 얼어붙게 만드는 나쁜 버릇들은, 우리의 것이 아닌 것을 바라는 두려움은 호주머니에 돈이 들어 있는 사람들에게나 해당될 것이다. 어른들은 막연히 우리를 협박하며 예언하듯 말하면서, 흉년이 들어 끔찍했던 시절을 들려주었다. 우리가 몰랐던 그 시절을, 우리가 1945년에 살지 않았던 그 시절을 들려주었다. 한 세기 전체를 통틀어 어른들이 유일하게 숫자를 기억하는 해였다. 그해, 씨는 땅에서 싹을 틔우지 않았고, 올리브 나무 가지에서는 올리브 열매의 노란 송이들이 꽃을 피우지 않았다. 그해, 갓 태어난 아기들은 젖이 나오지 않아 성질을 부렸으며, 가장 덩치 좋은 남자들까지 피부에 누런 반점이 생기고, 쓴 풀을 먹어 배가 부어올랐고, 굶주림에 폭발해 눈을 허옇게 뜨면서 벼락같은 소리를 내며 바닥으로 쓰러졌다. 우리 어른들은 청춘과 인생을 희생해 고구마나 쥐엄나무 열매가 아닌 흰 빵과 닭고기 같은 너희가 지금 누리고 있는 것을 줬단다. 지금 너희가 무시하는 것을 고마워할 줄 알라고 1945년이 있었던 거야, 라고 말했다. 하지만 그들은 자기네가 베풀어 준 모든 것을 우리는 전혀 신경도 쓰지 않는다는 것을, 그들의 세상이었던 것 중에서 그 어느 것도 우리와 상관없다는 것을, 심지어 땅과 동물들, 그들이 좋아하던 음악들, 그들의 옷 입는 방법과 머리 자르는 방법까지도 우리와 상관없다는 것을 이해하지 못한다. 그들이 부엌에서 저녁 식사를 하면서 우리를 야단치는 동안, 우리는 아무렇지도 않은 표정으로 텔레비전을 보았다. 그들은 우리 젊은이들이 들판에서 마지못해, 어설프게, 화를 내며 일하는 것을 보면서, 한시라도 빨리 마히나로 돌아가 땀 냄새가 진동하고 흙과 먼지투성이의 낡은 옷을 벗어던지고 차가운 물로 씻은 후 일요일 옷으로, 더 고약한 경우에는 청바지로 갈아입기 위해 시간과 인내심을 요구하는 일을 대충 끝내는 걸 보면서, 젊은이들은 믿음이 없다고 말했다. 이제는 어머니들이 재단사에게 맞추거나, '시스테마 메트리코'에서 할부로 사 준 양복들을 무시하는 시기가 왔다. 이제 우리는 성목요일이나 그리스도 성체절에도 절대 넥타이를 매고 싶어 하지 않았다. 어른들은 우리가 청바지를 입고 운동화를 질질 끌고 다니며, 거의 귀까지 내려오는 장발을 하고, 추잡한 놈들처럼, 텔레비전에 나오는 소리나 지르고 다니는 게이들처럼 하고 돌아다닌다고 했다.

우리는 바로 그것을 찾아다니고 있었다. 그때의 친구들인 세라노와 마르틴, 펠릭스와 나는 재킷의 깃을 잔뜩 올리고 호주머니에 양손을 꽂은 채 헤네랄오르두냐 광장을 향해 선원이나 갱들처럼 떼를 지어 올라가고 있었다. 우리는 부모들이 가장 두려워하는 모든 것을, 부모들이 두려워하거나 육체적으로 끔찍이 싫어하는 것을 찾아다녔다. 우리는 나쁜 친구들과 담배 연기, 마르토스에서 울려 퍼지는 영어 노래들을 찾아다녔다. 우리는 어깨까지 덮을 정도로 머리를 길게 기르고 싶어 했으며, 마리화나와 하시시, LSD를 — 우리는 막연하게 LSD도 피우는 거라고 상상했다 — 피우고 싶어 했다. 우리는 히치하이킹을 하며 세상의 건너편 끝을 향해, 밤의 끝을 향해 여행하고 싶어 했다. 두 눈을 감고 짐 모리슨을 듣거나, 아니면 파바에 올라 다시는 돌아오지 않거나, 아니면 몇 년 후 아무도 알아보지 못할 정도로 완전히 다른 사람이 되어 돌아오고 싶어 했다. 장발과 턱수염으로 변장하고, 군화와 군인 점퍼를 입고, 에릭 버든의 분노와 경험, 고통이 녹아 있는 얼굴로, 어느 날 마르틴의 집에 있던 음반 표지에 짐 모리슨이 입고 있던 것과 같은 남방을 입고 돌아오고 싶어 했다. 마르틴의 여동생이 그 음반을 가지고 와서, 외국 여자 친구가 빌려 줬다고 했었다. 그리고 우리는 자유와 인생이 끝없이 펼쳐진 전야(前夜)에 붙잡혀, 한계 앞에 멈춰 서 있는 기분이었다. 그 한계에서 느껴지는 이국적인 어둠이 우리를 매료시키기도 했고, 두렵게 하기도 했다. 학교 벤치에서 우리 옆에 앉아 있는, 가까이 있으면서도 닿을 수 없는 여자아이들의 냄새와도 같았다. 너무 가까이 있어, 우리를 스칠 때마다 깨끗한 머리 냄새가 났고, 마지막 수업 이후에는 약간 시큼한 땀 냄새와 분필 냄새까지 느껴질 정도였다. 그러면서도 마치 그 여자아이들이 다른 종족에 속하기라도 한 듯, 불가능할 정도로 너무 멀게만 느껴졌다. 그들 종족의 관습에서는 우리의 존재조차 모를 것 같았다. 적어도 우리는 여자아이들이 학교를 나설 때 교문 앞에서 기다리고 있는 나이 많은 작자들과, 일요일에 마르토스 바에서 진 토닉을 사 주는 작자들과, 운동장 끝에 있는 디스코장의 분홍빛 어둠 속으로 여자아이들과 함께 들어가는 작자들과 같은 등급이길 바랐다. 우리는 그 디스코장의 푹신한 문을 한 번도 넘어서 본 적이 없었다. 돈이 없어서만이 아니라, 우리와 함께 가고 싶어 하는 여자들이 아무도 없어서였다.

하지만 전야(前夜)였다. 적어도 나에게는 전야였다. 장학금을 타기만 한다면, 장학금을 탈 정도로 높은 점수를 얻기만 한다면, 이제 마히나를 떠날 때까지는 한 학기만 남아 있었다. 나는 미리 앞서서, 두려움과 그리움을 벗어던졌다. 새벽녘, 마르토스의 거리를 걸어 올라가고 있는 나의 모습이 보였다. 그 시간에 마르토스는 닫혀 있었을 것이다. 오른손에는 옷과 책들, 타자기가 들어 있는 트렁크를 들고서, 살레시아노스 중학교와 고등학교에 다니기 위해 그토록 오랜 세월 오갔던 거리들과 집들을 지나가면서 무시하듯 바라보고 있었다. 나는 모든 것을 무시하고 있었다. 학교에 다니지 않는 사람들이, 그 시간 나귀의 고삐를 어깨에 두르고 들판을 향해 고개를 푹 숙인 채 걸어가고 있는 사람들이, 셔터 문을 들어 올리거나 시장에 있는 우리 아버지처럼 인도에 과일 상자들을 진열하고 있는 회색 작업복 차림의 점원들이 안됐다는 생각이 들었다. 나는 1년 안에, 10월에 떠날 거라고 계산하고 있었다. 그리고 만의 하나라도 돌아온다면, 나 또한 이방인이, 변절자가, 유목민이 되어 돌아올 생각이었다. 그리고 나는 18년이 지난 지금에야, 반평생이 지난 지금에야, 부분적으로는 그 시절 내가 되고자 꿈꿨던 낯선 사람이 되어 있다는 것을 발견한다. 내가 나디아와 만났다면, 어쩌면 이미 내 얼굴을 닮지 않은 사춘기 소년의 외로운 광기를 완전히 배신한 게 아닐 수도 있었다.

제2장

그들은 10월 초 어느 날 정오에 도착했다. 축제가 막 끝나 거리마다 줄줄이 매달려 있던 전구와 등, 종이 깃발들의 지저분한 흔적이 아직 남아 있었다. 그들의 관심을 끌었던 카르니세리토라는 이름과 함께 투우 포스터가 붙어 있는 시내에도 — 특히 이런 것들에서 이국적인 면을 발견하는 그녀는 더욱 관심을 보였다 —시커멓고 커다란 주차장 옆에 있는 콘수엘로 호텔의 유리문에도, 축제의 흔적들이 남아 있었다. 마침내 버스가 도착했고, 끝나지 않을 것 같았던 여덟 시간의 긴 여행 끝에, 그들은 연소가 제대로 되지 않은 가솔린 연기 때문에 숨 막혀 하며 내렸다. 그들은, 특히 갈라스 소령이 지쳐서 도착했다. 아침 7시에 마드리드를 출발했기 때문에 졸리기도 했지만, 도로가 막판에 커브 길의 연속이라 약간 멀미가 나서 배고프지는 않았다. 그 도로는 갈라스 소령의 기억에서처럼 여전히 악명이 높았다. 마드리드에서 그들은 벨라스케스 거리의 서글프고 침울한 호텔에서 2주 정도 지냈다. 마드리드에 도착해 이틀째인가 사흘째 되는 날부터 그녀는 그때까지 자기 아버지는 무사하다고 믿었던 노화의 행동과 증상들을 발견했다. 어쩌면 지금까지 그들이 살았던 대학가 변두리에서는 거의 규칙과도 같았던 구닥다리 패션이, 스페인에서는 그의 고색창연함을 확실히 드러냈을 수도 있다. 그녀는 스페인에선 사람들이 만장일치로 유행을 따른다는 사실에 놀라워하며 주의 깊게 살펴보았다. 미국에서는 만장일치로 유행을 따른다는 게 낯설었다. 그녀는 처음으로 자기 아버지의 나이가 얼마나 될까 계산하고 있는 자신을 발견하며 깜짝 놀랐다. 그때까지 자기 아버지를 훨씬 젊게 봐서가 아니었다. 자식들이 자기 부모에게 갖다 붙이는 변하지 않는 영웅적인 나이로 시간 밖에서, 시간의 횡포와는 무관하게 그를 봤기 때문이었다. 그는 키가 커서 수직으로 뻗었으며, 머리카락이 잿빛이었다. 이마에는 머리카락이 드물었고, 딱딱해 보이는 안경테를 썼으며, 여행 중 포기할 뻔했던 중절모와 나비넥타이에 어두운 색 정장을 아직도 입고 다녔다. 그는 아내의 죽음 이후 신중하게 술을 마시기 시작했다. 하지만 그녀에게는, 딸에게는, 그가 드러내 놓고 줄기차게 술을 마시는 것 같았다. 그녀는 자신의 인생 대부분에서 아버지에게 각별하고 예외적인 관심을 쏟았는데, 그의 행동과 눈길, 특히 손동작에서 그조차 모르고 있었던 은밀한 떨림을 감지했다. 그녀는 아버지에게서 세상의 의미와 위험, 시간의 넓이, 뭔가를 꾸미고 있는 듯한 수수께끼, 고통을 보았다. 그녀는 그의 곁에서 자랐고, 그의 말이 그녀를 교육시켰고, 비현실적인 나라와 임의적인 언어, 과거를 그녀에게 주었다. 그녀가 전혀 모르면서도 자기 것으로 선택한 과거였다. 미국에서는 아무도 그를 미국 사람으로 보지 않았다. 하지만 스페인에서는 그의 무뚝뚝한 표정으로 옛 동료들과 확연히 구별되었다. 그래서 그의 모습은 이쪽에서도, 저쪽에서도 대중들의 평범한 외모 속으로 쉽게 녹아들지 않았다. 그녀가 기억하는 한, 그는 집에서조차 그러지 못했다. 그는 확연하게 그 어느 것에도, 그 누구에게도, 심지어 자기 작업실의 물건들과도 상관없어 보였다. 그것 말고도, 그녀나 그녀의 어머니조차 그가 작업실에서 뭘 하는지, 왜 그곳을 작업실이라 부르는지 이해가 되지 않았다. 그는 면도칼로 조심스럽게 연필을 깎고, 책상 위에다가 큰 연필에서 작은 연필 순으로 나란히 정돈한 후, 「뉴욕 타임스」나 『브리태니커 백과사전』이나 영어로 된 지리 탐험서와 자연 과학 서적들을 읽었다. 스페인 책이나 신문은 절대 읽지 않았다.

9월 초 어느 날 아침, 퀸스 거리의 집에서 그녀는 부엌에 앉아, 식어 가는 아침 식사를 바라보고 있었다. 전날 밤 그가 꽤 많이 취해서 아주 늦게 들어왔던 것이다 — 그녀가 기억하는 한, 그는 아내가 살아 있는 동안에는 그렇게 늦게 들어온 적도, 취한 적도 절대 없었다 — 그는 가운을 입은 채 비누와 면도 크림 냄새를 풍기며 욕실에서 나왔다. 하지만 그렇게 오래 샤워를 했는데도, 간밤에 마셨던 알코올 냄새는 좀처럼 가시지 않았다. 그가 그녀 옆에 멈춰 서, 용서라도 구하는 듯 제대로 눈도 마주치지 못하고 얼굴만 살짝 어루만졌다. 그러고는 스크램블드에그가 놓인 접시와 차갑게 식은 찻잔 앞에 앉아, 괜히 심기가 불편한 듯 가운 주머니에서 안경을 꺼내 썼다. 그는 양손으로 잔을 들고, 그녀 쪽을 향해 불었다. 아직도 김이 나오자, 갑자기 낙담해 늙어 버린 표정으로 찻잔을 다시 테이블 위에 내려놓았다. 가운이 지나치게 짧아, 그녀는 아버지가 꽤 약하다는 생각을 하고 있었다. 그때 아버지가 딸에게 말했다(그녀와는 항상 스페인어로 말했다). "우리 스페인에 가면 어떻겠니?"

하지만 그런 갑작스러운 결정은 죄책감이나 도망치려는 마음, 뭔가를 되찾겠다는 내면의 욕구 때문에 느닷없이 든 생각은 아니었다. 몇 달 전, 아내가 이미 병원에 입원해 있는 동안 아내는 물론, 딸에게도 아무 말 하지 않고 스페인 대사관에 편지를 보내 여권을 신청해 두었다. 그는 영원히 여권을 포기하겠다고, 30년 넘게 자기 자신에게 말해 왔었다. 어쩌면 아내가 죽기 전에 이미 여권이 나왔을 수도 있었다. 어쩌면 결말이 가까워지자 용기를 내서 여권을 신청했는지도 모른다. 하지만 그것은 그의 일부였다. 그의 딸은 절대 묻고 싶어 하지도, 물을 줄도 몰랐던 그의 일부였다. 두 사람은 고독과, 그리고 그와 동시에 공모자와 같은 느낌으로 하나로 묶여 있었다. 그런데 그토록 오랫동안 함께 살았던 여자를 이방인처럼 제외시켰기 때문에, 그들은 마음이 불편하기도 했다. 물론 그 여자는 한 남자의 아내이고, 한 여자의 어머니였지만. 물론 그 여자가 무더운 날의 후텁지근한 공기처럼 그들을 압박하며 에워싸고, 세 사람이 능률적으로 살았던 그 집을 그녀가 혼자 독차지했다 하더라도. 그들은 비로소 그녀가 사라지고 나서야, 그녀의 존재감을 확실하게 깨달았다. 집은 끝없는 허공과 같은 무덤이었고, 두 사람은 늘 자기 방이었던 방에서 하숙생처럼, 자기네가 치사한 방법으로 음모해 성공을 거둔 게 영 마음에 걸리는 모사꾼처럼 꺼림칙했다. 그들이 그녀의 병과 죽음에 아무 책임이 없다고 해도, 그녀의 인생이 너무 불행했다는 죄책감에서는 완전히 벗어날 수 없었다. 그는 항상 그녀를 존중하면서도 차갑게 대했다. 어쩌면 그게 그가 딸을 제외한 세상과 사물, 인간들과 접촉하는 유일한 방법일 수도 있었다. 결국 그녀의 목숨을 앗아 간 심장병은 말년에 이르러서는 느리고도 집요한 자살과도 같았다. 어느 날, 그녀는 임종이 임박하자 침대 머리맡으로 딸을 불러 놓고 말했다. "그는 네가 태어나는 걸 원치 않았다. 그는 나에게 인공 유산을 요구했다." 그녀는 죽었고, 그들은 공동묘지에 함께 갔고, 그녀가 말년에 요구했던 대로 가톨릭 장례를 치러 주었다 — 자신이 죽은 후에도 그들이 자기 소원을 들어주지 않을지도 모른다고 의심하며 절망감과 복수심에 시달렸다 — 그녀의 부재로 영원히 황폐화된 집으로 돌아온 이후, 그들은 이제 더 이상 그녀의 이름을 언급하지도 않았고, 큰 소리로 그녀를 떠올리지도 않았다. 18년이 지난 다음에야, 그들은 마치 그녀를 전혀 알지 못했던 것처럼, 그녀가 인생의 한 부분을 갈라스 소령과 함께 살지 않았던 것처럼, 아니면 그녀가 빨간 머리에 긴장한 표정을 짓는 그 여자를 잉태하지 않았던 것처럼 막연하게 그녀에 대해 말했다. 그때 나디아는 병원 침대에서, 거의 새파랗게 질려 얼어붙다시피 한 아버지의 손을 꼭 붙잡고 있었으며, 죽음이 다가왔을 때는 그의 곁에서 다정하고 의리 있게 지켜 주었다. 그가 노망이 들어 모든 기억과 모든 자존심이 불필요해진 이후, 그리고 그녀가 과감하고 잔인하게 자신의 유년 시절과 사춘기 시절에서 벗어나려 한 이후로, 그녀는 그렇게 다정하고 의리 있는 모습은 보여 주지 못했었다. 어머니의 죽음 이후 단둘이 보냈던 첫날 밤, 그녀는 침실로 가서, 켜진 램프를 옆에 두고 침대에서 담배를 피우고 있는 그를 보았다. 그녀는 그의 옆에 앉아, 그의 손가락에서 조심스럽게 담배를 뺐었다. 담배가 거의 끝나 가고 있었고, 재 기둥이 파자마 옷깃 위로 떨어지기 일보 직전이었다. 그녀는 그의 숨소리를 들으며, 그와 눈을 마주치지 않은 채 가끔씩 그를 흘낏 쳐다보며 한참 동안 그의 곁에 앉아 있었다. 그녀는 그의 손을 꼭 붙잡아 자리에 눕히고, 자기도 따라서 그의 곁에 누운 후 불을 껐다. 그녀가 어렸을 때 나쁜 꿈을 꾸면, 그가 그녀를 악몽에서 지켜 주기 위해 같이 누웠던 때를 떠올리며. 다음 날 밤, 그녀는 다시 그의 곁에서 잠이 들었다. 그에게 아무 질문도 하지 않고, 살짝 스치지도 않았다. 그녀는 담요 밑으로 몸을 웅크린 채 베개에 얼굴을 파묻고, 그의 담배 냄새를 맡았다. 그때 그녀가 불을 끄는 것과 동시에, 그가 침대 옆 작은 테이블에 놓인 재떨이 위로 담배를 내려놓는 게 느껴졌다. 하지만 그 후 그는 밤늦게 들어오기 시작했고, 그녀는 저녁 식사를 준비해 부엌의 식탁 위에 뚜껑을 덮어 차려 놓고 양손에 책을 든 채 잠자리에 들었다. 그러고는 아무 이유도 없이 불안해하며, 그가 뭘 하고 있을지, 도서관에서 정년퇴직한 지금은 어디를 갈지, 구체적으로 묻지도 못한 채 자주 자명종만 쳐다보았다. 그녀가 기억하는 한 그는 이전에는 단 하룻밤도 늦게 들어온 적이 없었다. 그녀는 그가 들어오기 전에 잠이 들었다. 하지만 열쇠가 열쇠 구멍으로 들어오는 순간, 눈을 떴다. 그는 불을 켜지도 않았고, 그녀에게 자리를 내주기 위해 한쪽으로 비켜 누워 가급적 움직이지도 않았다. 술 냄새와 가끔씩 나는 싸구려 진한 향수 냄새를 풍기지 않으려고 노력했다. 그가 그녀에게 스페인에 가자고 했을 때는, 그녀가 다시 그녀의 방에서 자기 시작한 지 한 달이 넘었을 때였다.

그들은 뉴욕에서 마드리드로 날아왔다. 두 사람 중 아무도 사랑과 비슷한 감정에 대해서는 전혀 느끼지 못했던 여자에 대한 침묵이, 그들도 모르는 사이에 모든 사물들로 전이되었다. 그들은 9월 중 보름을 한 호텔에서 묵었다. 그는 그녀가 말을 이해하고, 사진들을 알아보고, 대륙과 나라들의 지도를 이해할 나이가 되었을 때부터 그녀에게 들려주었던 도시를 보여 주려고도 하지 않았다. 오후에 침묵을 지키며 그냥 그녀의 곁에서 몇 차례 산책한 게 전부였다. 벨라스케스 거리에서 알칼라와 레티로 공원까지 걸어서 내려갔고, 독립 광장에서부터 저녁노을과 멀리서 보이는 그란 비아 대로와 예술 대학 건물의 타워, 전화국 건물 전경을 가리켜 주었을 뿐이었다. 전화국 건물은 전쟁이 일어났던 가을 초부터 도시를 초토화시켰던 프랑코파의 포병 중대 포병들이 거점으로 삼은 곳이었다. 그녀에게는 그 전쟁이 베트남 전쟁이나 한국 전쟁보다 훨씬 친근하고 신화적이었다. 마드리드는 어린 시절에 그녀가 들었던 이름들이 구체적으로 담겨 있고, 영웅적인 장면과 아버지 안에 미스터리하게 들어 있으면서도 그와 동시에 아버지를 외부 현실로부터 고립시키는 행복한 느낌이 들어 있었다. 그래서 9월, 그 며칠 동안 보았던 도시의 아름다움과 차가운 빛, 수채화 같은 초록빛과 푸른빛, 깜빡이는 네온사인 불빛과 함께 전율이 느껴지는 해 질 녘의 보랏빛이 그녀에게 자신이 그곳에 속해 있다는, 마치 살라망카 동네의 1층에서 태어나기라도 한 듯 아버지처럼 자신도 그곳에 강하게 연결되어 있다는 느낌이, 낯선 기분과 함께 무덤덤한 감동을 안겨 주었다. 분명 그들은 그가 태어난 거리를 한 번 이상 지나쳤을 테지만, 그는 구체적으로 말해 주지 않았다. 어쩌면 고딕 양식의 거벽(鋸壁)이 있는 하얀 성당과 아주 가까운 곳일 수도 있었다. 어느 일요일 아침, 그녀는 그 성당에서 미사를 알리는 종소리가 울려 퍼질 때, 맨 뒷줄의 의자들 중 한 곳에서 무릎을 꿇고 경건하게 있는 그를 우연히 발견했다. 그는 고개를 한쪽으로 돌렸다가 그녀를 보고는, 깜짝 놀라 꼼짝도 하지 못했다. 그녀는 그가 눈치채지 못하도록 몰래 따라와, 감히 신성 모독을 범하지 못하는 사람처럼 망설이며 성당 입구 앞에 멈춰 서서 모자를 벗어 들고, 중앙 복도 쪽으로 조심스럽게 몇 발짝 떼는 그를 보았다. 그때 그녀는 자기 아버지가 낯선 사람으로, 신중한 걸음걸이에 어깨가 넓고 곧으며 어두운 색 양복을 입은 나이 많은 남자로 돌변했음을 알았다. 그때의 그는 하이힐에 춘추복을 입고 털 스톨을 두른 여자들의 팔짱을 끼고 성당을 찾아온 여느 남자들과 다를 바 없었다. 그녀는 너무나도 어렸고, 그에 대해서는 모르는 게 너무나도 많았다. 그래서 그날 아침, 아버지가 마히나에서, 순식간에 전쟁으로 치달았던 혼란의 처음 몇 시간 동안 태어나면서부터 정해져 있던 자신의 운명을 영원히 박차고 나오지 않았더라면 자기 아버지와 닮은 그 남자가 연관이 있었을 수도 있다는 사실은 전혀 알지 못했다.

성당에서 그녀는 경건한 모습이 어색한 혼자 있는 늙은 남자를 보았다. 낡은 벤치의 받침대 위에 얹혀 있는 창백한 두 손과 한 번도 사랑해 본 적이 없는 여자에 대한 무기력한 기억이 담긴 결혼반지, 기도문이라도 중얼거리는 듯 달싹거리는 입술을 보았다. 자주색 띠를 두른 뚱뚱한 군인들과 속이 비치는 베일을 쓴 여자들, 줄무늬 양복에 가느다란 콧수염을 기르고 둔해 보이는 남자들 속에서, 그 어둠 속에서, 성당 벤치들에 등을 돌리고 라틴어를 읊는 신부가 있는 제단에서, 아버지의 모습은 그 자체가 너무나도 어색했다. 사람들은 뒤편 좌석에 앉아 있었다. 하지만 그녀가 들어서자, 그들은 고개를 돌려 그녀를 보고, 청바지에 운동화를 신고 긴 머리를 풀어 헤친 그녀의 행색을 나무라는 표정이었다. 그녀의 머리카락은 흔들리는 촛불 아래 금빛과 구릿빛으로 빛이 났다. 그녀는 거의 보호 본능을 느끼며 아버지 옆으로 가까이 가서 섰고, 그가 고개를 돌려 그녀를 볼 때까지는 약간 시간이 걸렸다. 그는 그녀를 보자 미소를 띠며, 한순간 손을 꽉 쥐어 주었다. 미사가 끝나고 오르간 연주 소리와 안도감이 느껴지는 나지막하게 웅얼거리는 소리가 점차 커져 갔다. 하지만 그녀의 아버지는 밖으로 나가지 않고 의자에 앉아, 거리 쪽으로 나오는 얼굴들을 하나하나 바라보았다. 그러고는 이제 아무도 남아 있지 않은 것 같은데도, 계속해서 움직이지 않고 가만히 있었다. 일분일초가 흘러감에 따라 더욱 절망적으로 노년을 받아들이는 듯, 하얀 두 손을 가지런히 모아 무릎 위에 올려놓은 채 지치고 뭔가에 몰두한 표정이었다. "가요." 그녀가 말했다. 하지만 그는 그녀를 쳐다보지도 않은 채, 고개를 가로저었다. 그녀와 함께 간 극장에서 그녀가 지겨워할 때처럼, 그는 그녀의 인내심을 요구하는 아주 낯익은 손짓을 하고 계속 앉아 있었다. 그러는 사이 성당 복사가 촛불을 끄며 옆을 지나갔다. 그러자 그의 아버지가 약간 경직되는 게, 몸이 약간 수축되는 게 느껴졌다. 양손이 그의 무릎 위에서 아주 미세하게 오그라들었으며, 꼼짝도 하지 않고 자신의 고독 속으로 더욱 깊이 침잠해 들어갔다. 그녀 말고는 아무도 느끼지 못할 정도였다. 그녀는 쌍둥이 형제가 그런 기분을 느끼듯, 그와 동시에 그런 기분을 느껴 보려고 했다. 하지만 그가 그녀에게 미소를 띠고 다시 한 번 손을 잡아 주었어도, 그녀 말고는 아무도 알아볼 수 없는 의리가 느껴지는 고마워하는 표정으로 그녀를 바라보았어도, 그녀는 그가 멀게만 느껴졌다. 제단 왼편에 있는 성기실(聖器室)에서 한 일행이 느릿느릿 걸어 나오고 있었다. 이제는 광택이 흐르는 검은 신부복으로 갈아입은, 미사를 집도했던 신부와 둥근 얼굴에 콧수염을 기르고 검은 양복을 입은 남자가 미는 휠체어에 앉아 고개를 한쪽으로 삐딱하게 늘어뜨린 백발의 여자가 나왔다. 그리고 그녀 옆에는 오른팔에 제식 모자를 벗어 들고 있는 젊은 군인 한 명이 보초를 서듯 있었다. 그들은 성당 안쪽에서 엄숙하고도 을씨년스러운 결정을 내린 듯, 성당 앞의 밝은 쪽으로 걸어 나오고 있었다. 그들이 앞으로 나올수록 대낮의 빛이 휠체어에 앉은 여자의 머리를 더욱더 하얗게 비추었다. 비뚤어진 입의 찌그러진 표정을 더욱 건조하게 만드는 솜털과도 같은 후광이었다. 그들은 무리를 지어, 완전 무장한 듯 당당하게 행렬을 이루며 천천히 박자를 맞춰 걸어 나오고 있었다. 마치 가족사진을 찍기 위해 포즈를 취하는 듯했으며, 서로 흩어지지 않고 걷는 데서 각자의 개성이 완결되는 듯했다. 검은 양복의 남자는 포장도로 위로 바람이 부는 소리를 내며 미끄러지듯 굴러가는 고무바퀴가 달린 휠체어를 부드럽게 밀고 있었고, 군인은 오른편에서 왼팔을 직각으로 구부려 옆구리를 잡은 채 모자를 봉납하듯 완벽하게 수평으로 들고 멋지고 진지하게 있었다. 그리고 왼편에 있는 신부는 고개를 숙이고 하인처럼 약간 비굴하게 웃으며 작별 인사인지, 위로인지 무슨 말인가를 중얼거리고 있었다. 여자는 완벽하게 세상과 고립되어 있는 듯했다. 성당뿐 아니라 다른 남자들의 동반과, 출구 쪽을 향해 자기를 밀고 있는 힘과도 고립되어 있는 듯했다. 그녀는 얼굴과 광대뼈 위에 뽀얀 분홍빛으로 화장을 했으며, 겉도는 미소처럼 입술은 빨갛게 칠했다. 그녀는 무슨 기도문인가를 외우듯 입술을 움찍거리며 멍하니 있었다. 그는, 그녀의 아버지는, 그들이 옆을 지나칠 때 고개도 돌리지 않았고, 그녀는 그들의 눈에 서린 표정을 보지 못했다. 하지만 성직자의 냄새와 애프터셰이브 로션 냄새, 쌀가루 냄새는 맡았다. 그리고 검은 양복을 입은 남자의 눈이 자기를 응시하는 것도 보았다. 어쩌면 고독하고 낯선 중년 남자들에게서 여러 번

본 적이 있는 탁하면서도 공허한 시선이기도 했고, 그와 동시에 그녀를 엄단할 것처럼 용서의 가능성은 들어 있지 않은 시선이기도 했다. 몇 초 후에는 성당에 아무도 남지 않았고, 성당 복사가 일이 많은 경비원처럼 그들에게 눈길도 주지 않은 채, 중앙 제단에서부터 성당 전체가 울릴 정도로 손뼉을 치며 나가 달라는 신호를 보냈다.

그녀는 아무것도 묻지 않고, 성당 밖을 나오면서 그의 팔에 매달렸다. 그녀는 자기가 열두어 살 때 했던 행동을 뿌듯하게 생각하며 떠올려 보았다. 더 추웠지만 햇살은 거의 비슷했던 일요일 아침마다, 그들은 어머니를 성당 문까지 데려다 주고, 가을에 더욱 푸른 보랏빛을 띠는 가로수 거리로 어머니가 나올 때까지 거리를 산책하며 늪지대가 있는 드넓은 공간까지 갔었다. 그곳에서 그들은 맨해튼의 푸른 실루엣과 바다처럼 천천히 널찍하게 흐르는 이스트 강 건너편, 해바라기처럼 생긴 마천루들의 피뢰침들, 물안개가 피어오르는 환영처럼 물 위에 우뚝 솟은 도시의 수직 모양을 바라보았다. 그녀는 아버지의 팔짱을 끼고, 빨간 생머리로 아버지의 얼굴을 스치며 어깨에 뺨을 기댔다. 그녀는 자신이 아버지 영혼의 일부인 동안은 모든 것으로부터 안전하다는 기분을 느끼기 위해, 굳이 아버지와 구식 스페인어로 얘기할 필요가 없었다. 그가 미국으로 오기 전에 어떤 삶을 살았는지, 거의 아는 바가 없어도 상관없었다. 그녀는 아버지를 과거가 없는 사람으로, 그녀가 태어나기 이전 시간대의 허공 속에 우뚝 선 외로운 사람으로, 대학 도서관 업무에 고립되어 있는 사람으로, 심지어 자기 어머니와 균형을 이루고 있지만 멀리 동떨어져 있는 사람으로 보았다. 아버지는 식사 중에도 어머니의 눈은 쳐다보지도 않고 말했다. 거의 느껴지지도 않을 정도로 언짢은 표정을 살짝 지으며, 깍듯하지만 텅 비어 있는 사람과도 같았다. 그는 그녀에게 색칠한 깡통 장난감과 카예하 출판사의 동화책, 색 바랜 잉크로 그린 딱지 앨범, 한 나라의 흑백 사진들이 잔뜩 담긴 책들을 선물로 가져다주었다. 그 나라는 그녀가 열여섯이 될 때까지 마음속에서만 존재했을 뿐, 갈 수 없었던 나라였다. 밤에 그녀가 잠들 때까지 그가 읽어 주던 모험 책들에서 떠돌이 영웅들이 여행하던 나라들처럼, 그녀의 일상과는 너무나도 동떨어진 나라였다. 그녀의 상상력은 아버지의 스페인 기억들 속에서 교육받았다. 세세하고 집요한 기억들이지만, 또한 감정이 드러나지 않는 기억들이었다. 그의 감정이 드러나는 흔적과 삶이 언급될 수 있는 것은 모두 집요하게 지워진 기억들이었다. 마치 그가 그녀의 옆에 나란히 서서, 인간 존재는 모두 삭제해 버린 경치를 보여 주며, 자기도 함께 바라보고 있는 듯한 기억들이었다. 그는 절대 자기 자신에 대해 말하지 않았다. 그들이 함께 스페인에 갔을 때조차도. 쑥스러워서였는지, 아니면 부끄러워서였는지는 모르겠다. 하지만 그는 18년이 지난 다음에야, 임종을 앞둔 마지막 며칠 전에야 뉴저지의 양로원에서 그 부끄러움을 극복했다. 그는 너무나도 오랜 삶을 살았지만, 젊었을 때 안장과 도시를 바꾸듯 거의 무감각하게 그 삶을 살아왔다. 젊었을 때 그는 사람에게는 죽을 때까지 이미 결정된 한 가지 삶만 있다고 생각했었다. 결혼, 자식들, 규칙적인 승진, 권태, 규율, 은퇴, 노화, 마지막 전멸. 그 후 그에게서는 졸업장 몇 개와 사진 몇 장, 늙어 가는 자식들의 얼굴에 나타날 몇 가지 흔적들 이외에는, 이 세상에 아무 흔적도 남지 않게 될 거라고 생각했었다.

그날 일요일, 그들은 레티로 공원의 나무 그늘 아래 있는 매점에 들렀다. 연못이 아주 가까이 있어, 그들이 있던 그늘 아래까지 습한 산들바람이 불어왔다. 그는 그녀에게 올리브기름과 식초에 절인 조개 요리와 베르무트 한 잔을 시켜 주고, 그녀를 주의 깊게 살펴보았다. 어렸을 때 검지로 책을 짚어 가며 한 음절 한 음절 더듬더듬 읽으면서 스페인 책의 그림들이 펼쳐진 페이지 위로 몸을 푹 숙이고 있는 그녀를 바라보듯 주의 깊게 지켜보았다. 그녀는 베르무트를 맛있어 했다. 알코올은 전혀 마셔 보지 않았기 때문에, 사이펀이 있기는 했지만 약간 어지러워했다. 그때부터 감미로운 조개 맛은 항상 마드리드와 일요일의 나른한 오전과 연결되어, 그녀의 입가에 행복을 안겨 주었다. 짭조름한 국물에 빵 조각을 적셔 가며 먹어 손가락에 국물이 묻었다. 그녀는 어머니가 자기를 보면 얼마나 싫어하는 표정을 지을까 상상하며, 겁도 없이 손가락을 쪽 빨았다. 그녀는 베르무트를 한 모금 더 마신 후 종이 냅킨으로 입술을 닦았다. 고개를 들지 않았지만, 아버지가 자기를 보며 흐뭇한 미소를 머금고 있다는 것을 알았다. "아시는 분들이에요?" 그녀가 물었고, 아버지는 입에 담배를 물고 담뱃불을 붙이려다가 라이터를 테이블 위로 내려놓고 아니라며 건성으로 대답했다. 그 성당은 그가 그녀의 나이였을 때 어른들이 데려가던 성당이었다고 했다. 그러고는 말을 멈추고 담배에 불을 붙였다. 지나가다가 갑자기 성당을 알아보고, 초 냄새가 나고 오르간 연주 소리가 들리면서 한순간 열일곱 살 때로 돌아가 사관생도 제복을 입고 벨라스케스 거리를 잠시 거닐기 위해 나온 것 같아 성당 안으로 들어간 거라고 했다. "내가 보기엔 아버지가 아는 사람들 같았는데." 그녀가 말했다. "그리고 그들이 알아볼까 봐 아버지가 약간 두려워하는 것 같았어요." 그는 베르무트를 한 모금 마시고 말하기 전에 미소를 머금었다. 그가 거짓말을 할 때 늘 짓는 표정이었으며, 두 사람 모두 그 표정을 알고 있었다. "나는 아주 많이 늙었고, 마드리드에서 살지 않은 지 꽤 오래되었다. 이제는 아무도 모른단다." 그가 손바닥을 쳐서 웨이터를 불렀고, 지불해야 할 동전들을 모으는 데 한참 시간이 걸렸다. 당시 스페인에서 사용되는 돈의 가치를 받아들이고 계산하는 게 힘들었으며, 쇠로 되어 있는 프랑코 장군의 고상한 옆얼굴을 만지는 게 혐오스러웠다. 그는 세우타의 장교 카지노에서 프랑코 장군을 만났을 때, 프랑코가 자기 어깨 이상은 오지 않는다는 사실을 확인했었다.

"너를 마히나로 데려가고 싶구나." 그가 무덤덤한 선고를 내리듯 말했다. "그 도시가 마음에 든다면 그곳에서 겨울 내내 지낼 수도 있다." 이제 그는 그녀의 어린 시절의 영웅이 아니기 때문에, 아니면 한 번도 그래 본 적이 없었기 때문에 어쩌면 그녀에게 뭔가를 보상해야 할 것 같았고, 그녀에게 거짓말한 것에 대해 자기 자신에게도 사과해야 할 것 같았다. "그러고 나서는 뭐 할 거예요?" 그녀가 물었다. "네가 원한다면 미국으로 돌아갈 수도 있다." "내가 원하는 건 아버지의 나라에서 사는 거예요." 그는 베르무트를 좀 더 들이켜고 나서 옛날처럼 우아하게 담뱃재를 털었다. 전쟁 전의 모습으로, 그녀는 알지 못하는 옛날의 우아함이었다. 그리고 그의 목소리에는 아주 가벼운 슬픈 톤도 들어 있지 않았다. "이제 이곳은 내 나라가 아니다. 이제 내 나라는 아무 데도 없다."

그는 그녀에게 늘 주고 싶었다. 자기가 갖지 못했던 것을, 자기한테 얼마나 소중한지도 모르는 채 자신의 의지와 달리 잃어버렸던 모든 것을 늘 주고 싶었다. 마드리드의 맑은 공기, 마히나의 푸른 산, 열린 기차 창문으로 비릿한 조개 냄새와 함께 느닷없이 밀려 들어오는 바람, 시장에서 들려오는 여인들의 언어와 바에서 들려오는 남자들의 언어, 사람들의 눈, 거리의 낯선 사람들의 솔직하면서도 잔인하기까지 한 시선들, 라디오 프로그램의 음악이 흘러나오는 발코니에 내걸린 옷들, 빵 냄새, 번들거리는 기름 광채를 늘 주고 싶었다. 그는 절대 회복할 수 없고, 그녀는 알지도 못하면서 그리워하는 일상적인 모든 것들을 늘 주고 싶었다. 그는 마드리드에 도착했을 때부터, 환멸과 사기의 소리 없는 확신으로부터 도망치고 있었다. 그가 비행기에서 내리자마자, 미국에서 살았던 모든 세월이 마치 그곳에서 몇 주 살았던 것처럼 순식간에 사라져 버렸기 때문이었다. 하지만 그가 찾으러 온 머나먼 세월들 역시 조금씩 사라져 버렸다. 그렇게 그는 모든 것을 빼앗긴 기분이었다. 여권과 돈, 짐까지 모두 도둑맞은 채 허공에 붕 떠서, 기대도 없고, 그리움도 없는, 딸 이외에는 확실히 얘기할 사람도 없이 진짜 제대로 만날 사람도 없는 관광객과 같은 어처구니없는 기분이었다.

그들이 마히나에 도착했을 때, 그는 두려웠다. 그녀를 실망시키거나, 그녀를 잃어버리거나, 아니면 눈치 빠른 그녀에게 들킬까 봐 두려웠다. 그는 다른 여행자들 사이로 약간 지친 듯 움직이는 그녀를 바라보며, 그녀를 따라 버스에서 내렸다. 그녀가 다른 여행자들보다 약간 키가 크고 젊었다. 흥분해 있어, 회한이나 고통은 전혀 모르는 표정이었다. 그녀는 상당히 꽉 끼는 청바지를 입고 있었는데, 꽤 긴 머리와 주근깨가 내려앉은 광대뼈, 턱 모양과 피부 톤으로 확실하게 외국 여자 분위기를 풍기고 있었다. 그녀는 얼른 짐을 찾아 도시로 나가고 싶어 마음이 급했다. 그녀는 그를 신경 쓰며 리본을 바로잡아 주고, 재킷에 묻은 먼지도 털어 주며 연방 질문을 던졌다. 그 역시 다른 사람에게는 절대 보여 주지 않았을 호의를 보이며 대답했다. 하지만 그녀의 눈과 목소리는 스페인 사람이었다. 그녀는 아버지에게 물려받은 눈동자의 광채와 마드리드 억양을 항상 자랑스럽게 생각했다. 그리고 이제 조금만 있으면 도시를 보게 된다는 설렘으로 흥분해, 아버지에게 기분이 어떤지, 피곤한지, 버스 타고 오면서 차창 너머로 보았던 풍경들과 버스가 도시로 들어오면서 지나쳤던 거리들이 기억나는지 물었다. 알코올 중독자와 같이 고분고분한 분위기를 풍기는 지저분한 남자가 아주 가까이 있는 호텔까지 그들의 짐을 실어다 주겠다며 나섰다. 그곳에서 채 몇 미터도 떨어지지 않은, 같은 거리에 있는 콘수엘로 호텔이었다. 그들은 그 남자의 뒤를 따라 거리로 나왔다. 갈라스 소령은 지난 36년 동안 기억하고 있었는데, 지금은 전혀 알아볼 수 없는 도시에 와 있다는 묘한 느낌과 강렬한 빛에 잠시 당황스러웠다. 고층 건물들과 차고들, 차들이 요란하게 지나다니는 대로들. 그 도시가 마히나와 닮지 않아서뿐만이 아니라, 그들이 마드리드를 떠난 후 버스가 지나쳐 온 거의 모든 도시들과 정확히 똑같았기 때문에, 마치 도시를 잘못 찾아온 기분이었다.

그는 딸의 어깨 위로 팔을 둘렀고, 그녀는 그의 허리를 꽉 껴안았다. 전혀 기억이 나질 않는구나. 내가 어디에 있는지도 모르겠다. 그가 말했다. 그들이 콘수엘로 호텔에 도착하기 조금 전, 바의 문이 열리고 그 안에서 그녀의 귀에 친근한 음악이 잠시 들려왔다. 롤링 스톤스의 *Brown Sugar*의 한 소절이었다. 어렸을 때부터 아버지가 가끔 향수를 달래며 약간 수줍어하며 들었던 1930년대의 노래와 아버지의 나라를 연결하는 데 익숙했기 때문에, 스페인에서 그런 노래를 듣게 되리라고는 전혀 기대도 하지 않았다. 그녀는 정오의 따가운 햇볕을 받으며, 바의 유리창 너머로 그를 꼭 껴안고 있는 자기를 바라보는 게 좋았다. 그러고는 짐을 나르는 서글픈 주정뱅이가 호기심 가득한 표정으로 자기네를 곁눈질로 훔쳐보는 게 느껴졌다. 그들이 부녀간인지 의심하는 표정 같기도 했고, 아니면 꼭 껴안고 거리를 걸어 다니는 걸 놀라워하는 것 같기도 했다. 그 시절에는 마히나에서 그렇게 다니는 사람이 거의 없었다. 전통주의자로 투우를 좋아하는 산 이시도로의 신부가 폭로한 내용에 의하면, 공원에서 스캔들을 일으키며 독사처럼 서로 뒤엉켜 있는 몇몇 외국 커플들이나 겁 없는 연인들만 그러고 다녔다. 그녀는 그를 꼭 껴안는 순간, 자기가 뭔가로부터 그를 지켜 주는 기분이었다. 어머니가 돌아가시기 훨씬 오래전부터 그녀가 그를 돌봐 왔고, 밤이면 그를 기다렸으며, 어머니가 텔레비전 앞에 앉아 칵테일을 마시고 담배를 피우거나, 열쇠를 걸어 잠그고 자기 방에 틀어박혀 있는 동안 그녀가 저녁 식사와 다음 날 입을 깨끗한 옷을 준비해 주었다. 그리고 그녀가 서재의 책과 서류들을 정리했고, 가끔 오후에는 그가 일하는 대학 도서관으로 찾아가 그의 팔짱을 끼고 돌아왔다. 그녀에게는 어머니의 죽음 이후 더욱 돈독해진 부부 사이와 같은 연대감이 들었다. 마히나의 콘수엘로 호텔에서, 그가 침대에 앉아 안경과 중절모를 벗어 침대 옆 작은 테이블에 내려놓고, 피곤에 지친 얼굴을 가리려는 듯 손바닥을 활짝 펴서 두 눈을 비비는 걸 본 순간, 그가 그 어느 때보다 지쳐 보였다. 심지어 마드리드의 성당에서 맨 뒷줄 의자에서 고개를 푹 숙인 채 무기력하게 앉아 있다가 자기한테 들켰을 때보다 더 지쳐 보였다. 그녀가 그곳에서 평생 살 사람처럼 심사숙고하며 짐을 풀어 옷장에는 옷을, 욕실에는 세면도구들을 갖다 놓는 동안, 그녀의 아버지는 천천히 담배를 피우다가 잠시 후 창가로 다가갔다. 그는 커튼을 젖히지 않은 채 대로와 나무 그림자들이 드리워진 인도, 방금 칠한 횡단보도와 아직 작동되지 않는 신호등이 있는 아스팔트, 부드럽고 위생적인 초록색 블라인드가 쳐진 앞쪽의 붉은 벽돌 건물을 바라보았다. 그는 스페인 단어가 얼른 떠오르지 않는 걸 언짢아하며, 그 건물이 *high school*(고등학교)이라고 생각했다. 아파트 단지의 테라스와 각진 모퉁이 위로 저 멀리, 탑들의 피뢰침들이 보였다. 그는 교통 소음 사이로 헤네랄오르두냐 광장의 시계 소리가 들렸다고 믿었다. 마치 마히나에 진정으로 돌아오지 않은 기분이었다. 이제 거의 여행 막바지에 이르렀는데, 실망이나 미숙함 때문에 자기가 찾는 것을 포기할 것 같은 기분이었다. 그는 퀸스 거리의 집 문을 닫아걸고 딸과 함께 케네디 공항에 가기 위해 택시를 탔을 때부터 각 단계를 시작하면서 자기가 확실히 시동을 걸어 돌아가고 있다고 생각했다. 하지만 매번, 도착할 때마다, 출발할 때마다, 자기 자신에게 약속했던 건 단 한 번도 제대로 보지 못했다. 매번 새로 연기될 뿐이었다. 진정으로 감동을 받지 못하고 마음이 메말라 가는 기분이었다. 공항들과 기차역들, 호텔들, 버스들이 출발하는 터미널들, 수평선처럼 절대 닿을 수 없는 머나먼 곳에서 찾아간 도시들만 있었다. 이제 그는 아무 도시에서나 볼 수 있는 방에서 대로와 한 줄로 늘어선 가로수들, 마히나라는 이름과 결부시킬 수 없는 붉은 벽돌 건물을 내려다보며, 머나먼 산의 푸른 선처럼 지붕들 너머로 몇 개의 첨탑들을 보고 있었다. 이제 그에게는 그 첨탑들 위로 걸어 올라갈 힘이 더 이상 없었다.

그가 방 안쪽으로 돌아섰을 때는, 거리에서 들어오는 빛의 역광 때문에 어두워서 그녀가 거의 보이지 않았다. 그는 딸이 영어 노래를 나지막하게 흥얼거리며 옷장 안에 옷을 정리하던 걸 마치고, 그곳에 와 있다는 게 놀라웠다. 딸이 최근 며칠 동안 훌쩍 자라 성숙해졌다는 게, 딸의 행동과 얼굴에 담겨 있는 명랑하면서도 진지한 표정이 익숙지 않았다. 그녀에게는 늘 그런 표정이 있었지만, 어머니의 죽음 이후 그 표정이 훨씬 두드러졌다. 그는 딸을 바라보고 있으면 자긍심과 믿을 수 없다는 감정, 공포심이 신중하지 못하게 뒤범벅이 되었다. 자기에게서 그 여자아이가 잉태되었다는 게 사실 같지가 않았다. 하지만 마히나의 보병대 장교 숙소의 그의 방, 거울 앞에서 차분하게 군복 단추를 채우고 제식 모자를 쓰고 나서 운동장으로 이어지는 계단을 천천히 내려간 이후, 그의 인생에서 벌어졌던 거의 모든 일들 역시 마찬가지였다. 연병장에서 그는 정렬해 있는 보병 대대를 보았고, 그 순간까지는 자신의 동료였지만 그 이후에는 적이나 희생자, 인질이 될 남자들이 소리 지르며 내리는 명령을 들었다. 그는 떠들썩하게 무슨 명분을 택하지 않았다. 자기와는 전혀 무관한 정치적 열정이나, 집안 대대로 내려오는 영웅주의나, 아프리카 전쟁 중 그의 지성 속에 감염되어 있던 영웅적인 의지에 눈이 먼 것도 아니었다. 그 당시, 7월 첫 주 동안은 그의 영혼 속에서 절망이 은밀한 질병처럼 둥지를 틀고 있는지조차 몰랐다. 그는 면도를 하면서, 연병장에서 명령을 내리는 소리와 부대원들의 군화 소리를 들으면서, 반란을 일으킨 대위와 중위들의 일개 그룹이 자기 명령에 불복종해 군기를 깨는 것을 참을 수 없다고 자기 자신에게 말했을 뿐이었다. 그 뒤에 일어난 일은 전혀 예기치 못했으며, 총성과 방화, 대중들, 피, 배가 터지고 다리를 벌린 채 하수구에 버려진 시신들, 후텁지근한 정오의 제방들, 그는 절대 동조하지 않았던 승리의 흥분과 기대감 역시 그의 책임은 아니었다.

"대체 무슨 생각을 하고 계실까?" 딸이 앞에 서서 그의 턱을 치켜 올리며, 자기를 바라보게 했다. 그녀의 밝은 밤색 눈은 광대뼈 주근깨의 색깔과 매우 비슷했으며, 어둠 속에서 새까만 머리카락 햇빛이 방 안을 내리비출 때면 구릿빛을 띠었다. "네가 원한다면 지금 당장 산책을 나가자꾸나. 너에게 도시를 보여 주고 싶다. 어쩌면 내가 길을 잃을지도 모르지만 말이다. 누가 알겠니." 그녀는 머리를 한쪽으로 젖혀 그의 뺨에 입을 맞추며, 아무 말도 하지 않고 미소를 머금었다. 하지만 이제는 그렇게 하기 위해 까치발을 들지 않아도 되었다. 자기보다 쉰 살이나 젊은 그 여자아이가 딸이라는 게, 그리고 두 사람 모두 이 세상에서 다른 혈연관계가 없다는 게 갑자기 이상한 기분이 들었다. 갈라스 소령은 성당 대리석 바닥 위로 휠체어에 타고 오던 고개를 삐딱하게 늘어뜨린 여자와 검은 양복을 입은 남자, 왼손에 제식 모자를 들고 있던 군인을 아무 회한 없이 떠올렸다. 갈라스 소령은 그의 소맷부리에 있던 대위 계급장을 자기도 모르게 눈여겨보았다. 하지만 그의 인생에서 아주 머나먼 옛날, 4월의 어느 날 오후 그가 마히나에 오지 않았더라면, 그가 태어나기를 원치 않았던 그 여자아이가 존재하지 않았을 거라고 확신했다. 그녀의 존재 자체만으로도 그 사실은 정당화되었다. 그들은 호텔 레스토랑에서 점심 식사를 하고 나서, 늦은 오후에 팔짱을 낀 채 거리로 나섰다. 그들은 특이한 관광객 커플처럼 도시를 돌아다닐 생각이었다.

제3장

프락시스의 수업 시간이라 나는 교실 맨 뒤쪽 창가에 앉아 책상 위로 문학 책을 펼쳐 놓은 채 여자아이들이 체조하고 있는 운동장을 바라보고 있다. 한시라도 빨리 그곳을 뛰쳐나가고 싶은 마음과 좀처럼 흘러가지 않는 시간, 분필 냄새와 수업 시간의 땀 냄새가 견디기 힘들다. 정말이지 담배라도 한 대 피우고 싶은 심정이다. 넥타이를 하지 않는다는 그 작자가 입을 다물거나, 적어도 말끝마다 '프락시스'라는 말을 하지 않았으면 싶다. 그리고 그 작자가 자기는 선생이 아니라 우리와 한편이라고 하는데, 제발 그런 허세 좀 부리지 않았으면 하는 바람이다. 손에는 책을 들고 입에는 담배를 물고 교문 아래쪽 나무 아래를 천천히 거닐다가, 마리나를 만나고 싶은 마음이 간절하다. 그녀를 곁눈질로 흘낏 보려는 게 아니다. 채 몇 마디 건네지도 못할 말을 내뱉은 후 계속 걸어가, 나 혼자 아버지의 농장으로 가려는 게 아니다. 6시경에 마르토스에서 애인을 기다리는 다른 남자애들처럼 그녀를 기다리기 위해서이다. 기계에서 노래를 고르고 카페 라테나, 양주를 섞은 콜라를 주문한 후 *Riders on the Storm* (폭우 속의 기병)을 듣기 위해서이다. 담배 연기만을 보지 않기 위해 실눈을 살짝 뜨고 빗소리와 말발굽 소리, 짐 모리슨의 목소리를 들으며, 바 구석에서 입구 유리창 쪽을 보기 위해서이다. 그녀는 체육복이 든 배낭을 메고, 운동화를 신고, 머리를 하나로 묶고 집으로 가는 길에, 아니면 어디든 누가 알겠는가, 그곳을 지나갈 것이다. 하지만 유리창으로 바짝 다가가, 그녀가 지나가는 모습을 지켜보며 슬픔에 잠겨 죽으려는 건 아니다. 나는 욕구 때문에 죽을 용기조차 없다. 단지, 그녀가 올 거라는 걸 알고 싶어서이고, 그녀의 도착을 기다리기 위해서이다. 그녀가 목욕 비누와 장미 향이 나는 샤워 콜로뉴 냄새를 풍기며 마르토스로 들어와, 나에게 다가와 습관처럼 굳어진 친근한 열정을 보이며 내 입술에 얼른 키스하는 걸 보기 위해서이다. 앞으로 남은 반평생을 잃어 가면서 계속 차분하게 기다릴 애정 수업이다. 아주 짧은 치마와 하얀 운동화, 밑으로 흘러내리는 바람에 복사뼈가 드러나 내가 너무나도 좋아하는 자주색 양말, 갈색 피부를 지닌 다리, 바의 어둠 속에서 너무나도 크게 보이는 촉촉한 초록빛 눈. 나는 교실 맨 뒷자리에 앉아 있고, 그녀는 아래쪽, 운동장에 있는 상황에서는 모든 게 너무나도 자연스럽고, 너무나도 불가능하다. 나는 파란색 바지와 흰색 셔츠를 입은 그녀를 이제야 알아본다. 별명이 메두사인 체육과 가사 선생님의 호루라기 소리에 맞춰 한 줄로 뛰어가는 여자아이들 사이로, 나는 온몸에 전율을 느끼며 그녀를 알아본다. 사람들은 메두사가 여자를 좋아한다고 한다. 나는 셔츠 아래로 덜렁거리는 그녀의 가슴을 보고 있다. 해 오지 않은 문학 숙제를 읽어 보라며 교단 앞으로 끌려 나갈 판이다. 그런데 나는 그녀를 생각하며, 그녀가 운동장의 시멘트 바닥을 뛰어다니는 모습을 바라보며, 내가 마르토스에 있고 그녀가 내게 와서 주크박스에서 울려 퍼지는 롤링 스톤스의 그렁그렁하고 껄렁한 노래 *It's Only Rock 'n' roll but I Like it*을 듣고 있는 동안 그녀가 내 배 쪽에 딱 달라붙어 있는 장면을 상상하면서 부드럽고도 조용히 발기되고 있다. 하지만 어찌 됐든 나는 도어스를 더 좋아했다. 짐 모리슨 같은 가수는 아무도 없다. *Riders on the Storm*을, 폭풍우가 휘몰아치는 날 밤, 말을 타고 달리는 기병들을 중얼거리며 고함치고 뱉어 내는 데는 짐 모리슨만 한 가수가 없다. 나는, 혼자, 마히나에서 도망쳐, 아버지의 말을 타고 농장이 아닌 다른 나라를 향해 달리고 있다. 절대 끝나지 않을 도로를 자동차로 달리고 있다. 루 리드의 노래인 *Fly, Fly away*, 떠나라, 멀리 날아올라라. 아니면 짐 모리슨의 다른 노래. 밤의 끝을 향해 가거라. 밤의 끝으로 향하는 도로로 접어들어라. 아니면 세라노가 좋아하는 노래도 있다. 우리가 마르토스의 주크박스에서 처음 골라 튼 이후 그는 항상 그 노래를 틀었는데, 베이스가 그를 미치게 한다면서 스피커에 귀를 바짝 대고 들었다. 그리고 루 리드의 최신곡. *Take a Walk on the Wild Side*. 세라노와 마르틴은 나에게 그 가사를 번역해 달라고 했다. 내 영어 실력이 그들이 생각하는 것처럼 그렇게 출중하지 않다는 걸 들키지 않으려고, 나는 이해되지 않는 부분이 있으면 그 부분은 대충 내 마음대로 지어냈다. 어찌 됐든 번역은 거의 항상 미스터리를 사라지게 했다. 우리에게 전하는 내용은 정확히 그 목소리에 들어 있지 않고, 우리 자신 속에, 우리의 절망과 흥분 속에 들어 있기 때문이다. 그래서 많은 경우, 우리가 담배를 피우고 술을 많이 마시게 되면 예를 들어, 거의 가사가 없는 지미 헨드릭스의 노래를 듣는 게 최고다. 분노로 뒤틀린 기타 소리와 늘 강풍 속으로 사라져 버리는 머나먼 목소리가 우리를 흥분시키며 두 눈을 감게 한다. 그렇게 그 리듬으로 우리 자신과 우리가 태어난 도시를, 머나먼 곳에서 태어나 나는 건너가 보지도 못하고 구경조차 하지 못한 바다를 건너 그녀가 기적적으로 오게 된 그 도시를 잊게 된다.

나는 낯선 남자에 대해, 옛날에는 분명히 나였는데 지금은 내가 아닌 낯선 남자의 망령에 대해 말하고 있다. 내가 그 낯선 남자의 진정한 정체성과 마주쳤더라면, 예를 들어 그 시절 내가 썼던 일기장을 잃어버리지 않았더라면, 추측컨대 그를, 나 자신을, 그의 고통과 욕망, 실패할 수밖에 없었던 바보 같은 사랑, 결핍과도 같았던 우정을 안타까워하며 동정하고 쑥스러워하면서 얼굴을 붉히며 다시 읽었더라면, 그 낯선 남자의 진정한 정체성을 안타까워하고 황당하게 느꼈을 것이다. 어쩌면 음악에서, 지금 내가 다시 듣고 있는 그 시절의 노래들에서 그를 찾을 수 있을 것이다. 세월이 흐르지 않은 듯, 아직 세월을 높이 찬양하며 고칠 수 있는 듯, 우리가 가질 수 없었던 지혜와 아이러니, 행복을 덧붙일 수 있는 듯, 그때처럼 감동하며 듣고 있는 그 시절의 노래들에서 그를 찾을 수 있을 것이다. 그 행복은 그때도, 그 이후에도 계속 상상했다. 우리 세 명이 폭우 속의 기병이고, 도망치는 모습을 상상했다. 샌프란시스코와 와이트 섬에 대한 우리의 꿈들, 마히나라는 화해하기 어려운 우리의 얼굴들, 일요일에 헤네랄오르두냐 광장과 누에바 거리를 어슬렁거리며 돌아다니는 폭우 속의 기병들. 우리는 음침하고 우울한 시선으로 여자들을 바라보며, 얼마 받지도 않는 용돈을 마시스테 살롱의 실내 축구와 광장 아케이드 아래서 파는 싸구려 담배 셀타스를 사는 데 썼다. 그러고 나서 우리는 마르토스로 올라가 마지막 남은 동전을 주크박스에 털어 넣고 맥주를 마시면서 두 눈을 감고, 우리가 싸구려 순한 담배가 아닌 마리화나를 피우고 있다고 상상한다. 펠릭스는 우리와 함께 마르토스에 가는 걸 좋아하지 않는다. 그가 나와 점점 멀어지는 게 느껴진다. 그는 라틴어와 클래식 음악을 좋아하고, 나는 영어와 팝송을 좋아한다. 우리에게 활력을 되찾아 주는 모닥불 주변에 모여 있듯, 주크박스 주변에 모여 있을 때면 펠릭스는 지겹다는 표정을 짓고 건성으로 발을 까닥거리며 리듬을 맞춘다. 그는 맥주도 마시지 않고 담배도 거의 피우지 않으며, 여자아이들 얘기도 하지 않고, 월급처럼 또박또박 장학금을 받기 위해 좋은 점수를 딸 생각만 한다. 그의 아버지는 여전히 침대에서 꼼짝 못하고 누워서 금세라도 돌아가실 것 같았으며, 그의 어머니는 부잣집의 계단과 바닥을 청소하며 그와 동생들을 데리고 힘들게 살아가기 때문이다. 펠릭스는 바로크풍의 아다지오를 잔잔하게 휘파람 불며 길을 걷다가 곧 우리와 헤어져, 라틴어를 번역하기 위해 공공 도서관으로 향한다. 그는 그것만을 위해 사는 것 같다. 그의 집에는 항상 라디오가 켜져 있지만, 그는 '화끈한 40분'이나 '젊은 당신들을 위하여'와 같은 프로그램은 듣지 않고 끝도 없는 클래식 음악 프로그램만 듣는다. 가끔은 그가 나를 배신했다는 생각이 든다. 푸엔테 데 라스 리사스 거리에서 그에게만 들려주기 위해 내가 이야기를 지어내며 보냈던 우리의 과거를 배신했다는 생각이 든다. 하지만 어쩌면 사실은 정반대로, 내가 그를 배신했을 수도 있다. 마르틴과 세라노는 나와 똑같은 노래를 좋아하고, 학교에 가기 싫어하고, 마히나에 사는 걸 싫어하고, 머리를 장발로 기르고 히피풍으로 다 떨어진 청바지를 입고 마리화나나 하시시를 피우는 걸 좋아하기 때문에, 나는 그들과 있는 게 더 좋다고, 양심의 가책을 느끼며 말한다.

프락시스는 달달 외워서 하는 질문과 대답을 요구하는 전형적인 선생은 되고 싶지 않다고 말한다. 그는 다르게 가르치는 방법을, 다른 '프락시스'를 찾고 있다고 절대적으로 확신하면서, "하면 할수록"이라는 말을 무지하게 많이 사용한다. 우리를 교단으로 불러낼 때마다, 그건 질문이 아니라 우리와 일대일로 대화를 나누기 위한 거라고 한다. 질문은 무슨 질문. 그가 우리의 이름들이 적힌 출석부를 열었고, 나는 총알이 나한테까지 오는 걸 막으려는 듯 맨 뒤의 의자에서 본능적으로 몸을 움츠린다. 하지만 운좋게 내 앞줄에 앉은 다른 아이가 걸렸다. 파트리시오 파본 파체코가 걸린 것이다. 그는 시험 때면 커닝하기 위해 늘 내 옆에 앉았다. 그는 문학에도, 실기에도, 역사에도, 심지어 종교에도 아무 생각이 없었고, 체육 시간에는 마르토스에 가서 담배를 피우며 아니스 술을 마시기 위해 건강 진단서를 위조했다. 미술 시간에는 카나리오스의 *Get on Your Knees*나, 여름이 다가올 때 즈음이면 울려 퍼지기 시작하는 싸구려 음악들을 나지막이 흥얼거리면서, 자와 컴퍼스를 이용해 상상의 드럼을 열심히 두드려 댔다. 그는 기름기가 줄줄 흐르는 장발을 하고 다니며, 금색 테에 알이 초록색인 선글라스는 수업 시간에도 절대 벗지 않았다. 그는 몸에 딱 달라붙는 남방과 코끼리 다리 같은 헐렁한 바지를 입고, 널찍한 쇠 버클이 달린 벨트를 하고 다녔다. 일요일이면 날라리 여자들을 유혹한다면서 박하 맛이 나는 연한 담배를 피우고, 군용 라이터로 담배에 불을 붙였다. 파트리시오 파본 파체코는 자기 이름을 자랑스러워하며, 둥근 원 안에 히피 상징과 함께 자기 이름 첫 자를 새겨 넣었다. 그는 군인이 되어 외국 여자들을 유혹하는 게 소원이기 때문에 학교에는 눈곱만큼도 관심이 없었다. 여름에는 마요르카 섬에서 웨이터로 아르바이트를 하며 보냈고, 자기한테 덤벼드는 독일 여자와 스웨덴 여자, 네덜란드 여자들이 너무 많아 전부 상대할 수 없다고 말했다. 한번은 그가 책상 의자 아래로 은색 종이에 만 작은 뭉치를 슬쩍 보여 주며 풀더니, 코 아래 살짝 갖다 대고 냄새를 맡아 보라고 권했다. 나는 그 어떤 냄새와도 비슷하지 않은 달콤하면서도 강렬한 냄새가 무섭기도 하고, 호기심이 나기도 해 온몸에 전율이 흘렀다. 마약이야. 그가 침이 가득 고인 목소리로 나지막하게 말했다. 여자에게 한 모금 빨리면 아주 환장해. 특히 쿠바 리브레와 박하 맛이 나는 연한 담배랑

섞으면 끝내줘. 프락시스가 교단에서 교실 끝 쪽을 바라보며, 그가 누군지를 모르는 듯 그의 아빠 성과 엄마 성을 부른다. "파본 파체코." 그러자 그가 이미 군대에 입대해 우렁차게 울려 퍼지는 군가의 첫 소절을 듣기라도 한 듯 벌떡 일어나 손을 들더니 말한다. "파트리시오입니다." 그러고는 어깨와 궁둥이를 흔들며 양쪽 책상들 사이를 걸어 나간다. 당시 유행하던 엄청나게 높은 신발 바닥 덕분에 실제보다 훨씬 커 보인다. 그는 벨트의 버클에 양쪽 엄지를 끼고는 번거롭다며 숙제 공책도 가져가지 않았다. 뭐 하려고. 프락시스가 그토록 좋아하는 마히나의 잊힌 시인에 대한 작문은 하지도 않았는데. 그는 팔짱을 끼고 양다리를 벌린 채 선글라스도 벗지 않고 선생님을 흘낏 훔쳐보며 칠판을 등지고 선다. 마치 무대에 오른 가수 같다. 1분 후 그는 프락시스에게서 자기 스스로 책임지는 책임감에 대한 일장 연설을 한 차례 듣고 난 후 자기 자리로 돌아간다. 그는 자리에 앉기 전, 나에게 미소를 띠어 보인다. 그는 뚜쟁이와 같은 느긋한 허영심으로 우쭐해하며 기분이 좋아 나에게 윙크를 보낸 것 같다. 프락시스는 올해 새로 부임해 온 티가 많이 난다. 그는 선생님 책상에 앉지 않고 아무 책상에나 가서 앉았으며, 자기는 우리의 친구가 되고 싶다고, 학기 말에 전형적인 시험을 치지 않겠다고 말한다. 어찌 됐든 파본 파체코는 그가 바보이고, 떠버리이고, 게이라는 결론을 일찌감치 내렸다. 프락시스가 절대 끝나지 않는 전쟁시를 큰 목소리로 읽는 동안, 나는 운동장에서 스트레칭을 하고 있는 마리나를 바라본다. 흰색 남방 아래로 출렁거리는 가슴이 나를 현기증 나게 한다. 나는 양 손바닥으로 그녀의 가슴을 움켜잡고, 젖꼭지에 키스하며 애무하는 장면을 상상한다. 그 꿈에서는 젖꼭지가 그녀의 눈 화장 색깔처럼 짙은 초록색이다. 나는 부끄럽다. 자위를 하고 나면 부끄러웠는데, 특히 고질병처럼 끈질긴 고통이 느껴지는 그런 부끄러움이었다. 나는 앞줄에 앉은 반 친구들도 나처럼 공부하고 있다고 상상하면서, 그들의 등과 푹 꺼진 어깨들, 책 위에 얹힌 팔꿈치들을 바라본다. 세라노가 내 쪽을 돌아보며 신호를 보내고는 마르틴을 팔꿈치로 쿡 찌른다. 우리는 서로 맹세라도 한 듯, 한순간 미소를 머금는다. 그리고 프락시스가 수줍게 조용히 하라고 하면, 우리의 관심은 다시 교과서로 돌아간다. 나도 교과서를 쳐다보면서 그곳에 마리나의 이름을 적는다. 나는 곧 열일곱이 되며, 열네 살부터 그녀를 짝사랑해 왔다. 우리는 같은 반 친구라도 채 네댓 마디도 말을 주고받지 않았다. 그리고 학교 밖에서는 단 한마디도 주고받지 않았다. 물론, 길에서 마주치면 그녀가 안녕이라는 말은 건넨다. 그리고 운이 좋으면 미소도 머금어 준다. 방금 나를 본 게 아닌 것처럼 느껴지며, 나는 거의 고맙다는 말을 하려고 한다. 아침에 내가 부엌에 걸린 거울 조각으로 나를 바라봤듯이 그녀가 나를 봤더라면, 어쩌면 무관심이 증오로 바뀌었을 수도 있기 때문이다. 그 거울 조각은 우리 어머니가, 어머니의 어머니와 할머니가 했던 것과 정확하게 똑같이, 해 뜨기 전에 우물에서 물을 떠와 뜨겁게 데운 물로 세수를 하는 세숫대야 위에 걸려 있었다. 엄청난 가난이었다. 우리 집에는 욕실도 없었다. 내가 어렸을 때 외삼촌들이 양손으로 첨벙거리며 거칠게 세수했듯 나도 그렇게 세수한다. 레오노르 외할머니에 의하면 자전거 의자와 닮았다는 내 코를 바라보며 머리 가르마를 타고, 양쪽 눈 위로 앞머리 몇 가닥을 흘린다. 부질없는 짓이다. 내 얼굴은 늘 촌뜨기의 얼굴이자 채소 장수의 얼굴이고, 마히나 시골 청년의 얼굴일 뿐이다. 어떻게 짐 모리슨이나 루 리드를 닮을 수 있단 말인가. 그들의 시커먼 선글라스와 가죽 점퍼, 얄상한 얼굴을 어떻게 닮을 수 있단 말인가. 내 얼굴은 그렇지 않다. 내 얼굴은 큼지막한 싸구려 빵처럼 생겼으며, 이마에 앞머리를 흘린다 해도, 돌격대 남색 군복의 옷깃을 치켜세운다 해도, 절대 나아질 기색이 없는 얼굴이다. 나는 그 군복을 옷장 바닥에서 꺼내, 부모님에 대한 반항의 표시로 입고 다녔다. 그리고 더 끔찍한 것은 코끝에 난 빨간 여드름의 흔적이 아직도 남아 있다는 거다. 자기 자신에 대한 혐오와 벌거벗은 몸을 보면 누구도 자기를 원하지 않을 거라는 것을 아는 자기 학대, 들쑥날쑥한 수염, 얼굴의 여드름, 면도하면서 대충 자른 머리, 오렌지 체크무늬 남방, 어머니가 떠 준 다이아몬드 무늬의 스웨터는 나중에 기억하기도 끔찍한 일상의 고민이었다. 체육 시간에 밖으로 나가기 위해 옷을 벗을 때 팬티가 창피했던 것은 두말할 것도 없었다. 허벅지 중간까지 내려오는, 어머니와 외할머니가 흰 천을 잘라 만든 팬티였다. 축구 선수들의 반바지처럼 엄청 헐렁했다. 심지어 마르틴과 세라노까지도 나를 보고 웃었다. 그들은 텔레비전에서 '슬립'이라 부르는 사타구니가 꽉 끼는 세련된 팬티를 입었기 때문이다. 그리고 조랑말 위로 올라탈 줄도 모르고, 뜀틀이라는 무시무시한 기구를 뛰어넘지 못하는 데서 오는 수치심은 두말할 것도 없다. 껑충 뛰어올라야 할 때면 양발이 땅바닥에 딱 달라붙고, 양손이 몸 중간에 매달린 채 겁에 질린 당나귀처럼 꼼짝도 하지 못했다. 소용없어, 나는 절대 하지 못할 거야. 우리에게 애국심도 함께 심어 주는 마티아스 체육 선생님이 나에게 소리 지르면서 겁쟁이라고 부르며, 심지어 나를 밀치기까지 하지만 나는 할 수가 없다. 나도 모르겠다. 나는 학급의 뚱보들 못지않게 몸이 둔했다. 마티아스 선생님은 우리를 가리켜 둔한 놈들의 무리라고 불렀다. 그러면 아버지가 나에게 암말 위로 뛰어오르라고 한 말이 떠오른다. 나는 암말 위로 올라가 보려고 했지만, 창피하게도 등에서 떨어져 말갈기라도 붙잡으려고 바동거리며 허공에 매달려 있다. 나는 아버지의 얼굴에 드러난 실망감을 보지 않기 위해, 내 얼굴이 발개진 걸 들키지 않기 위해, 고개를 푹 숙인 채 아버지 쪽을 돌아본다. "어째 그리 용기가 부족하니." 아버지는 내가 시키는 대로 하지 못할 때면, 한 번에 뛰어서 말 위로 오르지 못하거나, 힘이 없어 말의 뱃대끈을 제대로 묶지 못할 때나, 채소 짐을 등에 메지 못할 때면 그렇게 말한다. 틀림없이 오늘 오후에 밭으로 나가면 아버지는 내가 늦게 왔다고 화를 내면서 또 그 말을 할 것이다. 곧 마지막 수업 종소리가 울려 퍼질 테고, 여자아이들은 운동장에서 자취를 감출 것이다. 그리고 그녀도 마찬가지일 것이다. 여자아이들은 샤워를 한 후 벌거벗은 채 축축한 수건으로 몸을 감고 탈의실 복도로 나올 것이다. 얼굴 위로 젖은 머리카락이 흘러내리고, 피부는 광채가 나면서. 나는 벌거벗은 모습을 사진에서도 본 적이 없기 때문에 그 모습은 상상할 줄도 모른다. 여자아이들은 얇은 블라우스와 청바지를 입고 운동화를 신은 다음, 핸드백을 어깨에 두르고 거리로 나올 것이다. 나보다 훨씬 나이도 많고 키가 큰 남자들과 데이트 약속이 있는지 누가 알겠는가. 운이 좋으면 그녀와 마주칠 테고, 그녀가 안녕이라 말할 것이다. 운이 나쁘면 팔 아래로 책을 끼고 서둘러 나가 마르틴과 세라노도 기다리지 못하고, 마르토스에 들러 음악도 듣지 못할 것이다. 아버지가 나를 기다리고 있을 테니. 나는 한시라도 빨리 집으로 돌아가 옷을 갈아입고, 장화와 낡은 바지를 챙겨 입고 가능한 한 빨리 밭으로 이어지는 문으로 내려가, 채소를 암말에 싣고 시장을 향해 오르막길을 오르는 아버지를 도와야 한다. 아버지는 하얀 재킷을 입고 환한 미소를 머금은 채 해가 뜨기도 전에 아침 일찍 시장에 나간다. 그 미소는 동네 아주머니들 앞에서만, 매일 채소를 사러 와서 농담 따먹기를 하며 거짓말 같아, 어쩜 그렇게 젊어, 라고 아버지에게 말하는 여자들 앞에서만 짓기 때문에 우리에게는 낯선 미소이다. 그리고 지금 복도에서, 아직도 종소리가 울리는 가운데, 교실 문들이 일제히 벌컥 열리면서 공기가 목소리들과 여자들의 냄새로 가득 차는 가운데 생각해 보니, 그것도 맞는 말이다. 아버지는 집이나 밭에서보다 시장에서 훨씬 젊어 보였다. 아버지가 그윽하게 바라보면서 환한 미소를 머금으면 그의 목소리에 환희의 떨림이 들어 있기 때문일 것이다. 하지만 나는 아버지가 누구이고, 어떤 사람인지 모른다. 세월이 흘러 아버지에 대한 증오와 반항심이 사라져 우리가 서로 얼마나 닮았는지 깨닫게 되면, 그때는 그를 이해하게 될 것이다.

나는 교실을 나오면서 마르틴과 세라노를 놓치고 말았다. 나는 여자아이들의, 가장 용감한 여자아이들의, 10월 말 오후의 차가운 바람과 맞서는 여자아이들의 맨다리를 흘낏 훔쳐보면서 복도를 걸어간다. 지금은 거의 모든 여자아이들이 스타킹이나 긴 양말을 신고 다닌다. 나는 종이 울리자마자 교실에서 튀어나와, 강을 이룬 아이들에 휩쓸려 계단을 내려간다. 나는 그녀가 옷을 갈아입고 화장기 없는 얼굴로 배낭을 어깨에 둘러메고 나올 수 있도록 시간을 주기 위해 더 천천히 가고 싶지만, 다른 아이들에게 떠밀려 금세 현관 쪽으로 나와 있다. 나는 누군가를, 마르틴을, 세라노를 찾고 있다. 이미 그들은 교문 앞의 콘수엘로 호텔 거리에서 담배를 피우며 나를 기다리고 있을 것이다. 나는 얼른 나가지 않고, 게시판에 박혀 있는 성적표에 관심이 있는 듯 행동한다. 그러면서 여자 탈의실 복도 쪽을 흘낏거리며 바라본다. 그녀의 반 아이들 몇 명이 젖은 머리를 하고, 미니스커트에 흰 양말과 운동화를 신고 나온다. 하지만 그녀는 나오지 않는다. 어쩌면 이미 갔을 수도 있다. 그러자 나는 갑자기 솟구쳐 올라오는 두려움과 질투심을 느낀다. 어쩌면 그녀가 누군가와, 가끔 본 적이 있는 검정 옷을 입고 다니는 키가 크고 나이 많은 놈팡이를 만나기 위해 달려 나갔을 수도 있다. 나는 서둘러야 했다. 빨리 나가지 않으면 이제는 그녀를 만나지 못할 수도 있다. 그녀는 계단에도, 나무 아래 공원에도 없다. 어쩌면 마르토스에 갔을 수도 있다. 나는 신호등도 보지 않고 길을 건넌다. 마음이 급해서만이 아니라, 불과 얼마 전에 신호등을 설치했기 때문에 아직 습관이 되지 않아서이다. 나는 콘수엘로 호텔의 바를 들여다본다. 마히나 출신인 카르니세리토의 포스터가 붙어 있는 유리창에 얼굴을 바짝 붙이고 들여다보지만, 마리나는 바에 없다. 나는 언뜻 이방인처럼 보이는 나이 많은 남자를 본다. 안경을 쓰고 어두운 색 양복에 나비넥타이를 매고 있다. 10월 오후의 바람에서는 비 냄새가 나고, 나는 파바 터미널 옆을 지나간다. 그곳에서는 가솔린과 타이어의 메스꺼우면서도 흥분되는 냄새가 흘러나온다. 나는 마르토스에 들어간다. 유리문을 밀자마자 가슴이 쿵쾅거리며 다급한 마음으로 위가 바짝 졸아드는 기분이다. 그녀는 여기 있을 거야, 라고 생각한다. 교실에 늦게 들어가는 바람에 아직 그녀를 보지 못했어도 그녀의 냄새를 알아보듯, 그녀의 냄새는 거의 알아볼 수 있다. 하지만 기다란 아연 스탠드바에는 아무도, 친구들조차 없고, 구석의 어둠 속에서 주크박스의 불빛만 깜빡이고 있다. 노래 한 곡이, *Proud Mary*가 흘러나오고 있다. CCR의 버전이 아니라 아이크와 티나 터너의 버전으로, 드럼과 베이스가 공기 중으로 강하게 진동하고 있다. 나는 구석 쪽으로 걸어간다. 그곳에는 작은 정원과 '아쿠아리오스'라는 디스코장과 연결되는 문이 있다. 나와 내 친구들은 그곳의 칠흑과도 같은 어둠 속으로는 단 한 번도 들어가 본 적이 없다. 나는 벽 쪽의 긴 의자들 중 한 곳에서, 고독과 어둠을 틈타 진한 포옹을 하고 있는 커플을 본다. 여자는 까만 단발머리이다. 어쩌면 마리나의 것일 수도 있는데, 10월 오후의 추위에도 맨다리였다. 나도 모르는 사이에, 나는 그들이 키스하고 있는 모습을 멍하니 바라보고 있다. 여자가 마리나가 아니어서 안심하면서도, 나는 여자에게 한 번도 키스를 해 보거나 껴안아 보지 못해 마냥 부러워하며 바라본다. 여자의 넓적한 허벅지와 무릎부터 더듬어 올라가더니 미니스커트 안으로 손을 쑥 집어넣고, 그러고 나서 여자의 가슴을 쥐어짜듯 거칠게 애무하는 남자의 탐욕스럽고 능숙한 손길을 바라보고 있다. 나는 그 손에 낀 반지와 손목에서 반짝이는 은팔찌를 본 순간, 남자의 얼굴은 여전히 여자의 머리카락에 파묻혀 보이지 않지만 누군지 이내 알아본다. 헐렁한 바지와 굽 높은 신발, 앞머리를 몇 가닥 흘린 기름 낀 파트리시오 파본 파체코의 머리를 알아본다. 그는 여전히 선글라스를 끼고 있다. 입술을 훔치며 그녀의 입에서 떨어지는 순간, 틀림없이 시커먼 초록색 선글라스 사이로 나를 알아보기 힘들었을 텐데도, 그는 원숭이처럼 씩 웃으며 인사를 건넨다. 그러고는 나에게 와서 자기네와 합석하자며 음료수를 주문하라고 권한다. 얼음 섞은 페퍼민트를 한 잔 시키라며, 아직 입도 대지 않은 투명한 초록색 잔 두 개를 가리킨다. 그는 여자를 가리키며 공범자와 같은 뻔뻔한 제스처를 취한다. 그녀의 얼굴은 화장이 상당히 짙어 투박했고 가슴이 꽤 컸다. 그녀는 내가 당혹스러워할 정도로 나를 빤히 쳐다보며 환하게 웃는다. 마치 나에게 권하면서도, 그와 동시에 나를 비웃는 것 같다. 그녀는 확실히 학교 학생도, 외국 여자도 아니다. 파본 파체코가 말하는 날라리 여자일 것이다. 쉬는 시간에 그는 신비로운 콘돔 포장지들을 보여 주며, 테크닉과 관련된 말들을 나에게 가르쳐 주었다. 포즈의 명칭과 성병 등에 대해 말하며, 내가 선택해야 할 여자들을 충고해 주었다. 날라리들은 게걸스럽고, 창녀들은 착하고, 게이들은 사랑에 빠지는 약점이 있고, 스페인에 오는 외국 여자들은 모두 한 가지만 찾는다고 했다. 그런데 마히나까지 오는 여자들이 거의 아무도 없다는 게 단점이라고 했다. 모든 외국 여자들은 마요르카 섬이나 코스타 브라바, 코스타 델 솔에서 머문다고 했다.

나 가 봐야 해. 내가 그에게 말한다. 괜한 비웃음을 살지도 모르기 때문에, 마리나를 봤냐고는 감히 묻지 않는다. 날라리일 수도 있는 여자를 마지막으로 쳐다보았을 때, 그녀가 잔을 잡기 위해 몸을 앞으로 숙였고, 나는 살짝 열린 블라우스 사이로 하얗고 단단한 가슴골을 본다. 나는 거의 얼굴을 붉힌다. 초록 선글라스와 어두운 불빛 때문에 파본 파체코가 나의 어설픈 행동을 눈치채지 못해 그나마 다행이다. 나는 그들에게 작별 인사를 건넨다. 하지만 이미 그들은 다시 키스에 열중이라 나는 거들떠보지도 않는다. 각기 상대방의 입에 혀를 파묻고, 턱과 입술을 핥으며 숨 막힌 사람들처럼 거칠게 숨을 내쉬고 있다. 이제 주크박스에서는 파본 파체코가 나에게 번역해 보라고 했던 에로틱한 노래가 흘러나오고 있다. 그의 말에 의하면, 가까이 다가가 손을 집어넣기 딱 좋은 노래이다. *Je t'aime, moi non plus*. 수업 시간에 우연히 그녀가 내 옆에 앉았을 때 가까이서 나던 냄새를 떠올리며, 나는 거리로 나온다. 그녀의 키스는 어떤 맛이 날까, 상상도 되지 않는다. 이제 학교 학생들은 아무도 남지 않은 공원을 한 바퀴 돌아본다. 헤네랄오르두냐 광장의 머나먼 시계가 6시를 울리고, 마히나의 모든 성당들이 일제히 종을 울리기 시작한다. 나는 그녀를 만나지 못한 채 단념하고 발걸음을 재촉한다. *Take a Walk on the Wild Side*, 나는 양손을 호주머니에 찔러 넣고 쇼윈도 옆을 지나가면서 가만히 나를 지켜보는 감시의 눈초리를 느끼며 생각에 잠긴다. 내가 뉴욕이나 파리의 거리를 늑대처럼 헤매고 다닌다고 상상한다. 나는 혼자 살고 있으며, 열여섯이 아닌 스무 살이라고 상상한다. 나는 산티아고 골목을 지나 누에바 거리 쪽으로 내려간다. 그곳에서는 그녀가 누군가와 산책하고 있을 가능성이 높았다. 어쩌면 조금 더 가서, 아이스크림 가게가 있는 메소네스 거리에서 그녀를 만날 수도 있다. 그곳에서 몇 번 그녀를 본 적이 있었다. 하지만 아이스크림 가게는 이미 문이 닫혀 있다. 아니면 광장 아케이드 아래에 있는 좌판으로 담배를 사러 갔을 수도 있으니, 아케이드에서 만날 수도 있다. 나는 셀타스 한 개비를 꺼내 불을 붙이고 잠시 담배를 피우면서 이데알 극장의 포스터들과 몬테레이의 유리창에 비친 내 팔 아래 끼고 있는 책과 공책들, 호주머니에 들어가 있는 손들, 불안에 사로잡힌 나의 외로운 모습, 고민하는 듯한 표정을 드러내 보이며 시계탑을 향하고 있는 나의 두 눈을 바라본다. 그곳에서는 이미 6시 15분을 가리키고 있다. 아직은 미래의 내 삶이 대부분 그렇게 흘러가리라는 것을 모르고 있다. 절박한 모습에서만 마치 나를 닮은 도시들을 홀로 거닐며, 누군가를, 친구나, 아니면 얼굴 생김새나 머리카락 색깔과 눈 색깔은 달라도 거의 매번 똑같이 생긴 여자의 얼굴을 찾으면서, 의무와 한계를 가리키는 시계들에 쫓겨 지금도 여전히 길을 잃고 헤매 다닐 거라고는, 그때는 몰랐다.

그날 10월 말 오후에 나는 바 유리창이나 가게 거울들을 곁눈질로 흘낏 훔쳐보며, 어떤 이야기 속에도 절대 완벽하게 속하지 못하는 소설이나 영화 속의 인물처럼 나 자신을 만들어 냈다.

나는 광장 아케이드 아래로 내려간다. 그라다스 거리의 골목에 다다른 순간, 마시스테 살롱을 들여다보고 싶은 유혹을 느낀다. 어쩌면 그곳에서 친구들이 당구를 치고 있을지도 모른다. 하지만 나는 이미 늦었다. 봐줄 수 없을 정도로 많이 늦었다. 나는 밤잠을 설치게 하는 크로노미터를 평생 의식하며 살아갈 것이다. 나는 그들을 만날 가능성은 아예 제쳐 두고, 카바와 산 로렌소 동네로 가는 라스트로 거리로 접어든다. 서두르면 어두워지기 전에 아버지의 농장에 도착할 수도 있다. 이발소와 잘 익은 와인 냄새를 풍기는 술집들, 텔레비전처럼 생긴 술집 간판들, 몇 년 있으면 잘려 나갈 아카시아 나무들 사이로 주차된 차들, 콘크리트 기둥과 쇠 대들보로 받침대를 세워 놓은 다 허물어진 저택들의 넓은 부지들, 라스트로 사거리와 안차 사거리에 얼마 전 설치된 신호등. 아직도 많은 사람들이 길을 건너기 위해 그곳에 멈춰 서 있는 게 아니라, 부지런한 초록 남자가 어떻게 깜빡거리다가, 양다리를 쫙 벌리고 기다리는 빨간 남자로 바뀌는지 보기 위해 서 있다. 카바 거리에서도 가장 넓은 보도와 정원들. 그곳에서 성벽을 따라가면 남쪽 전망대로 내려갈 수 있으며, 그곳에는 매일 오후 애인 커플들이 찾아온다. 나는 도시는 쳐다보지도 않고 지나간다. 나는 도시를 너무 훤히 꿰뚫고 있어 도시를 증오하고 거부했다. 나는 그 도시가 영원히 그대로일 거라 믿으며 늘 돌아다녔다. 그 도시가 잔인하게 변하기 시작해 언젠가는 돌아와도 거의 못 알아볼 거라는 사실도 모르는 채. 나는 포소 거리의 골목으로 돌아가려다가 로하스 기병의 동상을 둘러싸고 있는 공원 쪽을 무심코 바라보며, 장미나무들과 도금양 화단들 사이를 걸어서 내 쪽으로 다가오고 있는 남자와 여자를 보았다. 이미 보랏빛으로 물든 석양의 어슴푸레한 빛 아래서, 나는 고통으로 가득 차 내 눈동자보다 더 정확하게 마리나를 알아본다. 그녀는 아직도 운동복 바지와 운동화 차림이고, 그녀의 어깨에는 핸드백 대신 체육복을 넣는 배낭이 걸려 있다. 하지만 머리는 풀었고, 어깨에 웃옷을 걸쳤다. 나는 한 번도 본 적이 없는, 키가 꽤나 큰 남자가 그녀의 옆에서 가고 있었다. 그들은 서로 몸을 닿지 않은 채 약간 거리를 두고 가고 있었다. 그는 마리나의 이야기에 상당히 귀를 기울이고 있었고, 그녀는 양손을 움직이며 자신의 설명이 분명하다고 확신하는 듯 양손을 바라보고 있었다. 나는 수업 시간에 그 제스처를 많이 봤기 때문에 잘 알고 있다. 나는 가까이 오는 그들을 지켜보면서 몇 초 동안 골목에서 꼼짝도 못하고 있다. 마리나의 웃음소리 때문에 가끔 중단되는 대화에 두 사람이 너무나도 몰두해 있어서, 그들이 나를 보지 못할 거라 확신했다. 그들이 내 옆을 지나칠 때는, 내가 움직이지 않고 가만히 있으면 나를 알아보지 못할 것 같았다. 물론, 그녀가 초록빛 큰 눈으로 나를 잠시 바라보며 미소를 머금고 안녕이라고 말하기는 했지만. 나는 얼굴을 돌리고, 고개를 더 푹 숙인 채 우리 집을 향해 포소 거리의 돌길을 걸었다. 그리고 뒤돌아보지 않은 채 다시 마리나의 웃음소리를 들었을 때는 그녀가 나를, 내 얼굴을, 내 불행을, 내 사랑을, 내가 사는 동네를, 내 삶을 비웃는 것 같아 질투와 수치심으로 분노를 느꼈다.

우리 집 부엌은 이미 어둠에 잠겨 있었고, 어머니와 레오노르 외할머니는 창문으로 흘러 들어오는 마지막 빛 옆에 앉아 라디오로 프란시스 여사의 상담을 들으며 바느질을 하고 있었다. 나는 불행에 중독되어 아무 말도 하지 않고 들어가, 테이블 위에 책들을 내려놓았다. 어머니가 서둘러 옷을 갈아입으라며, 농장에 가려면 늦었다고 했을 때는 대꾸도 하지 않았다. 나는 방으로 올라가 전축 위에 애니멀스의 노래를 올려놓았다. 그러고는 그 음악을 들으면서 에릭 버든의 억양을 흉내 내 가사를 따라 부르면서 청바지와 푸른 군복, 운동화를 벗고 들에 나갈 옷으로 갈아입었다. 마치 의무 때문에 억지로 부당한 군복을 입기라도 하듯, 말라비틀어진 흙이 잔뜩 묻어 있는 낡은 군화를 신고, 분뇨 냄새가 진동하는 면바지와 아버지한테 물려받은 큼지막한 회색 스웨터를 입었다. 나는 에릭 버든의 목소리가 내 목소리라도 되는 듯 침묵 속에서 소리를 지르며 입술을 움직였다. 나는 거울 앞에서 분노로 일그러진 무시무시한 그의 표정을 지어 보려고 했다. 내 머리가 지나치게 길다고, 아버지한테 지적받지 않기 위해 머리를 귀 뒤로 넘긴 후 물을 발랐다. 그러고는 뛰어서 계단을 내려가, 멈춰 서거나 다녀오겠다는 인사도 하지 않은 채 산 로렌소 광장 쪽으로 달려 나갔다. 나는 1년 안에 그곳을 떠날 거라고 다짐하며, 다시는 돌아오지 않겠다고 나 자신에게 약속했다. 아버지가 왜 이렇게 늦었냐고 물으면, 대답도 하지 않을 거라고 나 자신에게 맹세했다. 내가 농장에 도착했을 때는 이미 어두워져 있었고, 아버지가 암말에 채소들을 이미 다 싣고 난 후였다. 내가 학교에서 6시 반까지 있어야 했다고 말하자, 아버지는 아무 말도 하지 않고 나를 바라보기만 했다. 움막집에서는 페페 아저씨와 라파엘 아저씨, 차모로 중위가 말린 엉겅퀴로 불을 피워 놓고, 그 주변에 모여 앉아 담배를 말아 피우며 전쟁 때의 이야기를 하면서 갈라스 소령을 떠올리며 와인병을 건네고 있었다. "어제 그를 봤어." 차모로 중위가 말했다. "맹세코 그를 봤어." 나는 그들이 죽은 사람들과 같다고, 그들이 삶의 대부분을 그렇게, 무기력하게, 땅에 묶인 채 망령들이나 떠올리며 살아가고 있다고, 그들을 무시하고 분노를 느끼며, 거의 증오를 느끼며 생각했다.

제4장

해 뜨기 조금 전, 밤의 어둠이 아직 창문에 남아 있을 때, 그는 피곤이나 꿈의 찌꺼기 하나 없이 깨어나 두 눈을 뜨고 가만히 있었다. 벽 뒤로 옆방에서 잠든 딸의 숨소리를 들으며 아무 이유도 없이 경계 태세를 취했다. 하지만 그는 뭔가가 자신을 깨웠다고 확신했다. 꿈을 꾸다가 깜짝 놀라 깨어난 게 아니라, 현실의 어떤 사건이 깨운 거였다. 그는 사냥꾼처럼 움직이며, 이제 자기가 경계 태세를 취해 그 소리의 정체와 출처를 밝혀낼 수 있으니, 같은 소리가 다시 반복되길 바랐다. 그는 깨어난 순간, 젊었을 때의 충동이, 병영에서 새벽을 맞이할 때 긴장하며 불끈 솟아오르던 기운이 느껴졌다. 사관생도였을 때처럼 너무나도 달콤한 휴식을 취한 후 눈을 뜨고 나서, 그는 아직 기상나팔이 울리지 않았음을 확인했다. 꿈을 꾼 거라고 생각했다. 기상나팔이 울렸고, 내가 군대 내무 생활로, 아니면 사관 학교로 돌아가서, 얼른 일어나지 않으면 벌 받는 꿈을 꾼 거야. 그는 침대 옆 작은 테이블의 불을 켜고 안경을 쓴 후 시계를 바라보았다. 7시 정각이었다. 그리고 기다란 바늘이 정확하게 12를 가리키는 순간, 마치 꿈의 횡포가 여전히 지속되듯 아주 멀고도 희미한 소리가 들려와 마음이 뭉클해졌다. 마히나 병영에서 아침 기상나팔을 불고 있었으며, 마치 그 나팔 소리가 머나먼 시간의 밑바닥에서부터 울려 퍼지듯 서풍에 희미하게 실려 왔다. 그는 잠들기 전에 딸이 허락하는 것 이상으로 술을 마셨으며, 딸이 자기를 보러 들어왔다가 알코올의 흔적을 맡는 게 싫어 창문을 활짝 열어 두고 잠이 들었다. 아직 차들이 돌아다니지 않았으며, 새벽의 정적 속에 그 소리는 11월 화창한 햇볕을 받은 풍경의 색깔처럼 전율이 느껴질 정도로 청초하고 맑게 들려왔다. 근처 공원의 새소리와 성당의 새벽 종소리, 기상을 알리는 나팔 소리의 메아리가 거의 잠잠해지고, 잠시 후 7시를 알리는 헤네랄오르두냐의 시계 소리가 들려왔다. 갈라스 소령은 병영 계단을 급히 내려오는 군화 소리와, 아직 제대로 군복도 입지 못한 채 달려 나온 군인들의 잠이 덜 깨서 두려움이 서린 얼굴들, 목 뒷덜미에 매달린 모자들, 제대로 묶지 않은 끈들, 뒤로 처지거나 아니면 다른 군인들에게 떠밀린 굼뜬 군인들, 병영의 일병들과 당번 하사관들의 그렁그렁한 고함 소리를 상상하며, 여전히 이불 아래서 꼼짝도 않고 있었다.

면도도 하지 않은 얼굴들, 빗지 않은 머리들, 밤과 담요, 낡은 군복 냄새를 풍기는 지저분한 육신들, 지겨움과 두려움, 우울함, 굶주림이 어린 시선들. 요란한 군화 소리와 손바닥으로 옆구리를 내리치는 일률적인 소리를 끝으로 대열이 이뤄졌다. 비번이라도, 그 역시 장교 숙소에서 7시에 기상했다. 그는 마음으로라도 단 한 순간의 게으름을 용납할 수 없다는 듯 침대에서 벌떡 일어나, 단 한 번도 바닥에 배를 닿거나 기대지 않은 채 팔 굽혀 펴기를 재빨리 30번 시행한 후 단숨에 벌떡 일어나 차가운 물로 샤워하면 퍼뜩 정신이 들면서 군기가 확실하게 잡혔다. 7시 15분에 그의 사환이 설탕을 타지 않은 뜨거운 커피를 가져왔다. 사환은 창문을 열어 놓고, 그의 앞에서 꼼짝도 않고 서 있었다. 그는 면도칼이 무기이고, 새벽빛이 적의 공격을 알리는 징후라도 되는 듯, 칼날을 천천히 타월에 닦으면서 아직도 면도칼을 들고 서 있는지도 모르겠다. 그는 이름을 외우는 데는 기가 막히게 기억력이 좋았으며, 아직도 그가 데리고 있던 마지막 사환의 이름을 기억하고 있었다. 모레노. 라파엘 모레노였다. 길고 가느다란 코에 귀가 크고, 겁에 질린 농사꾼처럼 동작이 굼뜨고 비쩍 마른 군인이었다. 라파엘 모레노는 권총집에 들어 있는 권총과 신문지로 겉표지를 싼 책 한 권이 항상 놓여 있는 소나무 테이블 위에 커피를 내려놓고, 나가기 전에 군화를 부딪쳐 요란한 소리를 내곤 머리를 뒤로 젖히며 부동자세를 취했다. "소령님, 더 시키실 일 있으십니까?" "고맙네, 모레노. 얼른 군화를 가져오게." 기름칠을 해서 번쩍이는 깨끗한 군화, 광을 낸 버클, 거울 앞에서 왼쪽으로 살짝 기울여 쓴 제식 모자. 욕실에서 그는 헝클어진 머리에 파자마를 입고 있는 자신을 바라보았다. 희끗희끗한 잿빛이 뒤섞인 수염의 흔적과 피부가 축 늘어진 창백한 목을 보았다. 그는 제대로 면도하기 위해 안경을 쓰고, 딸이 수돗물 소리를 듣고 깨지 않도록 신경 썼다. 사물들과 단어들, 시간의 확실한 순서. 거울을 들여다보며 아직도 잠이 덜 깼는지, 아니면 약점 잡힐 모습은 없는지를 찾는 시선. 면도하다가 잠깐 부주의해서 살짝 베지는 않았는지 확인하기 위해 턱의 피부를 쓰다듬는 손가락 끝. 아무도 책 제목을 알지 못하도록 겉표지를 싸고, 나가기 전에 열쇠로 잠가 보관해 두는 책. 해가 뜰 때 창문 너머로 마지막 몇 초 동안 계곡을 바라보는 주의력. 아침 햇살을 받아 다시 회춘한 듯 보이는 모습으로 밤을 달리는 이름 없는 기병의 그림을 바라보는 주의력. 세면대 거울 위를 내리비추는 빛줄기로 그의 피부가 지나치게 창백해 보였으며, 양쪽 입가의 주름과 눈두덩이 두드러져 보였다. 숨을 쉴 때마다 술 냄새가 진동했다. 그가 숨을 내쉬자 거울이 뿌예지면서 얼굴이 보이지 않았다. 높은 턱 끝, 꽉 다문 어금니, 명령을 내리는 고함 소리처럼 분노로 이글거리는 공허한 시선. 지금쯤이면 적어도 사단장은 되어 있을 것이며, 가슴에 번쩍이는 훈장들을 달고 띠를 두른 정장을 입고, 그의 옆을 지나칠 때 눈길조차 주지 않았던 머리가 허옇고 입이 돌아간 몸을 쓰지 못하는 여자의 휠체어를 일요일 아침마다 미사를 마친 후 경건하게 밀었을 것이다. 마치 목 근육이 머리를 받쳐 주지 못하는 듯 그녀의 머리는 계속 흔들렸으며, 로사리오를 양손에 꼭 쥐고 있었다. 마히나 병영에서 혼자 사용하는 침대에서, 밋밋한 탁자 한 개와 작은 책장 한 개, 벽에 걸린 그림 한 개만 있는 방에서 깨어난다는 게 얼마나 큰 위안이었던지. 그 방에는 그와 사환 이외에는 아무도 들어오지 않았다. 그에게는 취침나팔이 울린 이후 다른 장교들처럼 술을 마시고, 카드를 치고, 여자들에 대해 드러내 놓고 얘기하기 위해 다른 동료들을 방으로 불러들이는 습관이 없었다. 누구도 그의 비밀을 알지 못했다. 그에게는 상상이 가능한 그 어떤 소명감도 없는 듯, 군인으로서의 소명감도 절대적으로 결여되어 있었다. 마치 태어날 때부터 다른 사람들은 가지고 있는 내부 기관 하나가 부족한 것 같았다. 하지만 소명감이 없는 것은 절대 티가 나지 않았으며, 어느 정도는 감쪽같이 시치미 뗄 수 있었다. 갈라스 소령은 사춘기 때부터 자존심과 용기, 체면을 분리시키는 내장과 같은 기관 대신, 공허한 공기처럼 아무것도 들어가 있지 않은 굳게 닫힌 함과 같은 숨겨진 텅 빈 공간을 상상했었다. 하지만 신장 한쪽만 가지고 살아가는 사람들도 있으며, 끔찍한 공포에 질려 영웅이 된 겁쟁이들도 있었다. 그는 그것을 들키지 않으려고 가장 낮은 군기까지 철두철미하게 지키며 첫 반평생을 살아왔다. 기숙사와 사관 학교, 스무 살 때부터 근무했던 스페인과 아프리카 수비대들에서 그는 다른 사람들이 게으름을 피우는 것은 눈감아 주면서도, 자기 자신에게는 절대 허용하지 않았다. 술은 아주 조금만 마셨으며 담배는 하루에 대여섯 개비 정도만 피웠는데, 그것도 항상 혼자 있을 때, 자기 방에서 피웠다. 다른 사람들에게 약점을 잡힐까 걱정돼서가 아니었다. 그에게는 담배가 마취 효과가 있었고, 혼자 있을 때만 그 효과에 빠지는 게 신중하다고 생각해서였다. 수비대 대장으로 아버지의 동료이기도 했던 빌바오 대령은 그에게 마히나에서 집을 찾아보라고 권했다. 수도사의 독방과 같은 장교 숙소에선 묵을 수 없다는 것이었다.

외롭게 있지 않도록, 게다가 아내의 임신을 고려해 아내와 아들을 얼른 데려오는 게 좋겠다고 했다. 빌바오 대령은 백발의 곱슬머리였으며, 먹잇감을 노리는 새처럼 목이 구부정했고, 코냑을 많이 마셔 얼굴이 시뻘겋고 불면증으로 푸석푸석했다. 그의 집무실은 남쪽 탑에 설치된 서치라이트들 아래에 있었으며, 계곡과 연병장 쪽으로 난 창문들에서는 밤새도록 불빛이 꺼지지 않았다. 그는 새벽 5시나 6시경에 헐렁한 군복을 입은 채 고급스럽게 조각된 목제 의자에 앉아, 너덜너덜 해어진 상처와 같은 창백한 얼굴의 굵고 붉은 아랫입술로 길게 침을 늘어뜨리며 잠깐씩 졸았다. 대령의 보좌관이 갈라스 소령의 방문을 노크하며, 집무실로 급히 와 달라는 대령의 말을 정중히 전했다. "갈라스, 자네가 이 시각에 나와 친구해 주러 친절하게 와 주지 않는다면 나는 벌써 방아쇠를 잡아당겼을 걸세." 빌바오 대령이 자신의 머리를 날렸던 7월 밤에도, 그는 군복 단추를 풀어 헤친 채 고개를 가슴 위로 떨어뜨리고 잠이 든 것 같았다. 하지만 그의 입에서 흘러나온 침 줄기는 붉고 끈끈했으며, 도시의 이름과 날짜만 적혀 있는 수비대의 문장이 박힌 종이 한 장을 붉게 물들이고 있었다. 빌바오 대령에게는 마드리드에서 정치 행동주의와 방탕한 생활로 일찌감치 포기했던 이혼한 딸과, 서른 살인데도 미래도 없고 소명감도 없이 중위밖에는 되지 않았기 때문에 그가 증오하는 무능력한 아들이 있었다. 빌바오 대령은 불면증의 일부를 두 자식들에게 모욕적인 편지들을 쓰는 데 할애했지만, 새벽이 되어 그 편지들을 늘 찢은 건 아니었다. 갈라스 소령은 대령 앞에 앉아 커피를 마시고 브랜디를 조금씩 홀짝거리며 조용히 그의 얘기를 들었다. "갈라스, 자네는 왜 우리에게 자식이 있는 줄 아는가? 우리의 잘못이 우리보다 훨씬 더 오래 지속되라고 있는 것일세."

그는 욕실의 불을 끄고 조용히 문을 닫았다. 그는 군복을 입고 엄숙한 행렬에 참가하기 위해 준비할 때처럼 정성껏 옷을 차려입었다. 딸이 곱게 접어서 서랍 안에 넣어 둔 깨끗한 와이셔츠와 조끼, 재킷, 구멍에 달아 놓은 대학교 배지, 나비넥타이, 중절모. 새벽녘이면 그새 쌀쌀했지만, 늙는다는 것에 너무 쉽게 굴복하는 듯싶어 외투는 입지 않았다. 그는 더듬거리며 딸의 방으로 들어갔다. 베개를 껴안고 입을 살짝 벌린 채 옆으로 누워 자고 있었다. 새벽빛을 받아 은은하게 하얀빛을 띤 얼굴 위로 헝클어진 머리카락이 흘러 내려와 있었다. 그녀가 이불 아래에서 움직이며, 무슨 말인가 큰 목소리로 잠꼬대를 했다. 영어로 꿈을 꾸는 건지 알아듣지 못하는 단어들을 말하고는, 그녀의 몸은 다시 조용해지면서 침대 위로 약간 더 길게 뻗었다. 나의 딸, 나의 실수, 요구하지도 않아 받을 가치도 없는 나의 유산. 내가 죽으면, 아무도 나를 기억할 사람이 없는데, 너는 세상을 바라보며 내 성과 내 기억의 일부를 가지고 있겠지. 그는 침대 옆 작은 테이블 위에 메모 한 장을 남겨 놓았다. 9시 전에 돌아오마. 지금쯤이면 군인들은 내무반장의 성화에 못 이겨, 세수하고 침대를 정리하고 있을 것이다. 그리고 몇 분 있으면 조식 대열을 위한 나팔 소리가 울려 퍼질 것이다. 그는 호텔 바에서 밀크 티 한 잔을 마셨다. 그의 위는 이제 커피를 받아들이지 못했지만, 커피 향 맡는 걸 너무 좋아해 커피를 마시고 있는 사람 옆에 가까이 있으려고 했다. 그는 독한 술을 한 잔 주문할까도 생각해 보았지만, 나중에 딸이 냄새를 맡을까 봐 두려웠다. 그녀는 아무 말도 하지 않겠지만, 나무라는 표정으로 자기를 바라볼 것이다. 그게 유일하게 그녀의 어머니에게서 물려받은 것이었다. 또한 그녀의 어머니에게서 턱 생김새와 머리와 눈 색깔도 물려받았다. 하지만 다행히 차가운 표정은 물려받지 않았다. 그는 시선 속에 아무도 들어 있지 않은 여자와 함께, 거울 유리와 같은 객관적인 눈동자 앞에서 18년을 살았다. 그리고 지금은 그녀의 불행과 병, 죽음에 대한 책임을 느끼지 않으려고 그녀를 잊으려는 노력조차 하지 않았다. 잊는 것은 어렵지 않았다. 오히려 그녀를 떠올리는 게 어려웠다. 밤에 몇 번인가 그녀의 심장 박동 소리가 들린 것 같아 깨기도 했었다. 인공 펌프를 단 이후로는 심장 소리가 쇠를 두드리듯, 협박과 공갈을 경고하듯 들렸었다. 그러고 나서 그 소리는 병원 침실에서 멈췄는데, 마치 누군가 텔레비전의 코드를 뽑은 것 같았다. 그도, 딸도 그녀가 항상 바라보던 텔레비전은 다시 켜지 않았다. 이제 텔레비전은 고색창연한 가구처럼 침묵을 지키며 무용지물이 되어 있었다. 그녀가 결벽증으로 더 이상은 깨끗하게 청소하지 않을 응접실과 이제는 그녀가 머리를 높이 틀어 올리고 짙게 화장한 후 손에 투명한 잔을 들고 앉아 있지 않을 소파만 오목 튀어나온 회색 스크린 위로 비쳤다.

어렵사리 삶의 리듬을 버티게 해 주는 조잡한 기계처럼 여자의 가슴에 울려 퍼지는 쇳소리는, 곧 내릴 비의 냄새를 품고 멀리 서쪽에서부터 바람에 실려 온 북소리와 트럼펫 소리 같았다. 병영 입구에는 이미 수비대가 대열을 이루고 있을 테고, 하사관이 깃발을 들고 있을 것이다. 그는 호텔을 나서 주차장 옆을 지나, 바람과 맞서며 대로 쪽으로 천천히 걸어갔다. 그곳에서는 이미 셔터 문들이 올라가, 자동차들을 전시한 커다란 쇼윈도가 모습을 드러내기 시작했다. 그는 새벽 일찍 나온 잔뜩 주눅 든 직장인들과 학교 쪽으로 올라가는 학생들, 짐승들의 고삐를 잡고 걸어가는 농사꾼들 옆을 지나갔다. 옛날에 역이 있던 자리에는 지금 가운데 커다란 분수가 있는 공원이 들어서 있었다. 밤에는 그의 방에서부터 환한 조명이 밝혀진 분수가 보였으며, 호텔 직원이 자기네 주(州)에서 그 분수처럼 물이 높이 올라가거나, 그렇게 조명이 자주 바뀌는 분수는 없다며 자기네 지역에 강한 자부심을 드러내며 설명해 주었다. 그는 누에바 거리까지 내려와, 헤네랄오르두냐 광장 쪽으로 계속 걸어갈 생각으로 산티아고 병원의 골목에서 멈춰 섰다. 하지만 그때 광장 앞 양쪽으로 인도밤나무들이 길게 늘어서 있는 남쪽으로 내려가자, 바다 앞에서 멈춰 선 것과 같은 넓은 대로가 보였다. 양쪽으로 늘어선 하얀 집들은 나무 꼭대기보다 낮았고, 오른쪽 끝, 안개에 싸인 마히나 산 정상의 옆쪽, 지붕들 위로 병영의 물탱크가 보였다. "잃어버릴 일은 없습니다." 역에서 사람들이 그렇게 말했었다. "누에바 거리 끝에 가면 물탱크가 보일 겁니다." 그날 아침 그는 세우타의 구릿빛 남자 옆에서 인디아노*의 분위기를 풍기는 밝은 회색 마 정장을 입고 있었다. 그는 소맷부리에 새

계급장을 꿰맨 군복과 가죽띠, 권총, 신문지로 겉을 싼 책 몇 권, 갈아입을 속옷이 든 가벼운 가방을 들고 있었다. 하지만 여행에 지쳤기 때문에, 그렇게 일찍 병영에 도착해 자기를 소개하고, 인사하고, 안부를 물으며 사람을 지치게 할 의식은 치르고 싶지 않았다. 옛 동료들을 만나, 장교 휴게실에서 평범한 셰리주로 건배를 들 수도 있었다. 그들은 질투를 숨기고 분노를 삭이며, 서른두 살에 벌써 소령이라니 믿을 수 없다며 흥분해서 말할 것이다. 세우타에서 그의 아내는 소식을 듣고 샴페인 두 병을 사서 건배를 들며 울음을 터뜨린 후 아무 말도 하지 못하고 드넓은 임신복을 적셨다. 적당한 숙소를 찾으면 아내를 데려올 생각이었다. 새로 부임을 받아 온 잃어버린 도시, 마히나가 어떨지, 처음부터 그와 함께 오면 아내와 아들이 어떤 불편을 감수하게 될지 누가 알겠는가. 추억과 꿈속에서 그는 가끔 두 여자를 혼동했다. 스페인 군인 가문의 딸이자 아내이고 어머니인 여자. 그리고 20년 후 딱 한 번 잠자리를 가졌다가 임신을 시킨 바람에 어쩔 수 없이 결혼하게 된, 도서관 사서로 근무하던 미국 여자. 그녀들에게는 뭔가 공통점이 있었다. 두 여자 모두 가톨릭 신자였으며, 두 여자 누구에게도 사랑과 비슷한 감정은 절대 느끼지 못했다. 심지어 그 여자들은 자기에게 하는 원망, 즉 문을 걸어 잠그고 조용히 복수를 다짐하며 어두운 방에서 눈물을 흘리는 버릇까지 비슷했다. 4월 아침, 어느 낯선 도시에서, 그는 아무런 필요도 없이, 누구를 그리워할 것도 없이, 연극하거나 무조건 동의해야 할 영원한 의무감도 없이, 돌길을 걸으며 혼자 가볍게 추억을 떠올렸다. 비스듬히 기운

11시의 미지근한 금빛 햇살 아래로, 그 길은 풀들로 파릇파릇해 보였었다. 잠시 후 그는 탑과 아카시아 나무들로 둘러싸인 장군의 동상이 있는 광장 아케이드의 한 카페에 앉아 있었다. 그는 아프리카 전쟁에서 그 장군의 명을 받들어 복무해 그를 알고 있었다. 동상의 옆모습은 정말이지 모델에 충실했다. 오르두냐 장군은 모로코의 벌거벗은 협곡에서처럼, 마히나의 광장에서도 거만하면서도 넋을 잃은 듯 멍하니 남쪽을 바라보고 있었다. 우연히 전쟁은 이겼지만, 어느 순간, 어떤 이유로 혼란스러운 참패가 승리로 바뀌었는지 이해하지 못하는 사람의 시선이었다.

하지만 지금은 병영으로 이어진 길을 4월 14일로라 하지 않고, 7월 18일로라 불렀다.* 그에게는 그 야비한 날짜가 뭔가 개인적인 기념을 의미했다. 혼자 가지 않았더라면, 절대 그 길로 내려가지 않았을 것이다. 군인에 대한 기억이 없는 딸에게, 자기가 찾고 있는 것은 죽은 무대, 과거에 대한 부끄러운 무대가 아니라, 불가능한 수수께끼를, 서른두 살까지의 자기 삶의 수수께끼를, 자기에게 전혀 중요하지 않은 일에 그토록 전적으로 매달릴 수 있었던 수수께끼를 풀려는 거라고 어떻게 설명할 수 있단 말인가. 그는 다른 사람들이 자기를 위해 결정해 준 일을 열심히 했으며, 유년 시절이 막을 내린 이후에는 자기에게 그 운명 이외에 다른 운명은 존재하지 않는 듯 노력도, 욕망도 없이 군대의 규율에 길들여졌다. 그가 병원 골목에서 누에바 거리를 건너는 순간, 서쪽의 올리브 나무 언덕에서 불어온 바람에 중절모가 거의 날아갈 뻔했었다. 내리막길이라 더 빨리 걸을 수밖에 없었는데, 자기가 그 발걸음을 재촉하는 게 아니라는 위안이 들었다. 거리와 지평선이 넓어지면서 그곳이 밤나무들보다 훨씬 높다는 느낌이 들었다. 여자들이 대문을 활짝 열어 놓은 채 현관을 쓸고 닦았으며, 베레모를 쓰고 외투를 입고 면바지를 입은 몇몇 남자들이 철책에 묶어 놓은 나귀들의 뱃대끈을 조인 후 삼 고삐를 어깨 위에 두르고 들로 나가는 길을 걷기 시작했다. 인도 쪽으로 내려가자 마구간의 후끈한 냄새가 덮쳐 왔다. 까딱하면 지각할 수도 있기 때문에 서둘러 아이들을 깨우는 어머니들의 날카로운 목소리와 뒤섞인 라디오의 연속극과 노랫소리도 드문드문 들려왔다. 아이들은 파란 가운을 입고, 책가방을 어깨에 메고, 젖은 머리를 딱 달라붙게 빗은 후 문에서 나오고 있었다. 아이들은 경계심과 관심을 동시에 드러내며 그를 쳐다보았고, 여자들도 마찬가지로 드러내 놓고 그를 쳐다보다가, 그가 지나가고 나서야 계속 현관 앞을 쓸었다. 그는 처음 며칠 동안은 불안해했지만, 이제 사람들이 자기를 알아볼지도 모른다는 쓸데없는 걱정은 하지 않았다. 그렇게 오랜 세월이 흘렀는데, 누가 자기를 알아본단 말인가. 그때의 생존자들 중 자기가 돌아온 걸 누가 신경이라도 쓴단 말인가. 이제 자기는 다른 사람이 되었고, 돌아왔다는 기분조차 들지 않는데. 그는 그때 못지않은 타인이 되어, 모든 것을 다 뺏긴 사람이 되어, 거리 끝에, 제방과 계곡의 지평선을 앞에 둔 황량한 평지에 천천히 도착했다. 계곡은 마히나 산의 지맥들이 거대한 뿌리처럼 잠겨 있는 맑고 푸른 안개 속에 아직도 잠겨 있었다. 오른쪽으로, 집들 건너편으로는 시커먼 돌들을 쌓아 지은 병영 건물이 우뚝 솟아 있었다. 건물 모서리마다 작은 탑들과, 붉은 벽돌 창문의 물매들이 있었고, 출입구는 활짝 열려 있었으며, 출입구 양쪽 거탑 위로 보초대와 보병대의 붉은색과 금색 문양이 걸려 있었다. 왼쪽의 동쪽으로는, 농장 나무들이 언덕을 이룬 곳으로는, 마히나 옛 성벽의 폐허들과 지붕들, 전망대의 흰색 현판, 남쪽 지역의 성당들이 이어져 있었다. 이곳이야말로 그가 알고 있던 도시의 모습이었다. 나른했던 4월의 어느 날 오전에 그가 관광객이나 인디오풍의 바지 호주머니에 양손을 집어넣고, 한 가지씩 발견해 나갔던 도시의 모습이었다. 가방은 헤네랄오르두냐 광장의 카페에 잠시 맡겨 뒀었다. 그는 무감각하고 비밀스러운 행복을 느꼈다. 그때까지는 그런 행복이 있는지조차 몰랐기 때문에, 그리고 그 행복이 몇 시간밖에는 지속되지 않았기 때문에 그에게는 무척 가치 있는 행복이었다. "소령님, 우리가 얼마나 걱정했는데요. 우리는 오전 일찍 소령님이 도착하실 것으로 알고 있었고, 빌바오 대령님께서는 소령님이 절대 늦지 않는다고 말씀하셨거든요." 그는 꽤 젊은 중위가 자기 앞에 부동자세를 취하며, 모자챙 아래로 광적이고 확신에 찬 시선으로 쳐다보는 걸 보면서 그가 위험인물이라는 걸 알았다. 하지만 그것은 7시 이후에, 이미 날이 어두워졌을 때인 훨씬 나중의 일이었다. 그는 광장 아케이드의 카페에서 두 시간 동안 앉아 있었다. 그는 들판에서부터 걸어오는 남자들의 소리에 둘러싸여 있었다. 그들은 서서 담배를 피우며 절대 일어나지 않을 뭔가를 기다리고 있는 것 같았다. 그는 맥주 한 잔과 베르무트 한 잔을 주문했다. 어차피 그 사실은 아무도 모를 테니까. 그는 메소네스 거리에 있는 한 식당에서, 기억에 남을 평범한 일분일초를 음미하면서, 창문으로 지나가는 여자들을 바라보며 차분하게 점심을 먹었다. 그러고는 카페와 작은 옷 가게들이 있는 거리로 내려가다가 갑자기, 지평선이 무한대로 펼쳐져 있는 듯한 광장 한 곳을 만났다. 그곳에는 누런 돌들로 지은 저택들과 계단들, 대리석 기둥들이 있는 마당들이 있었으며, 한쪽 끝에는 성당이 있었고, 성당 문 앞에는 귀족의 문양을 받치며 가슴을 드러내 놓은 여자들의 동상과 켄타우로스들의 조각들이 새겨져 있었다. 바닷가 도시처럼, 남쪽으로 뻗은 몇몇 거리의 끝 쪽으로 푸른색 심연이 펼쳐져 있었다. 요란한 종소리들 사이로 가끔 병영의 나팔 소리와 단조로운 북소리가 멀리서 들려왔다. 하지만 늘 시계와 의무감에 쫓겨 살았던 그로서는 납득이 되지 않을 정도로 서두르지 않았다. 그는 우연히 어두운 골목길들과 아카시아 나무인지, 포플러 나무들이 있는 작은 광장들이 있는 곳으로 들어가 마히나의 시내로 돌아왔다. 그곳에는 집 안에서 달그닥거리는 그릇 소리와 마구간의 말발굽 소리, 자기 발자국과 같은 외로운 발소리만 들려왔다. 그가 골목을 도는 순간, 종탑 하나가 불쑥 모습을 드러냈다. 종탑 꼭대기의 철 십자가까지 덩굴이 뻗어 올라가 있었고, 처마 밑으로 홈통들이 한 줄로 늘어서 있는 중세풍의 촌스러운 탑들의 엄호를 받는 저택 앞에 와 있었다. 그러고 나서 그는 정처 없이 돌아다니다가, 우연히 골동품 가게 앞에 와 있었다. 그곳에서 그는 렘브란트의 영인본을 사서 그날 밤 장교 숙소의 자기 방에 걸었다. 그는 너무 오래 걸은 데다가, 맥주와 베르무트 때문에 지쳐서 다른 데 정신을 팔며 걷고 있었다. 그는 오래전부터 자기가 어디로 가고 있는지 알고 싶었고, 누군가에게 물어봐야겠다고 마음먹고 있었다. 골동품 가게는 약간 불룩 튀어나온 성벽과, 습기와 이끼로 시커메진 돌들을 쌓아 지은 저택의 아래층에 있었다. 쇠창살이 쳐진 쇼윈도에는 낡은 궤짝과 구리 절구통, 금이 살짝 간 파란 도자기 항아리, 액자를 해 넣지 않은 어두침침한 영인본 한 개가 있었다. 영인본 모서리가 양피지의 모서리처럼 낡아서 날름날름하고, 안쪽으로 말려 들어가 있었다. 젊은 남자가 밤의 풍경을 등지고 백마를 타고 달려가고 있는 그림이었다. 그 남자 뒤로는 숲으로 뒤덮인 산 그림자와 버려진 성과 같은 뭔가의 옆모습이 있었다. 하지만 기병은 왼손을 허리에 올린 채 거의 허영심에 가깝게 무시하는 듯 그 성을 등지고 있었다. 젊은이의 얼굴에는 뭔가에 몰입한 듯, 진지하면서도 거만한 표정이 담겨 있었다. 의심할 여지 없이 군인이나 무사였다. 그는 타타르족의 것으로 보이는 모자를 쓰고 있었으며, 활과 화살들이 잔뜩 들어 있는 화살통, 칼집에 들어 있는 휘어진 칼을 갖고 있었다. 그림이나 골동품은 거들떠보지도 않았던 갈라스 소령은 쇼윈도를 한참 동안 유심히 바라보았다. 그러고는 가게 안으로 들어가, 아주 적은 액수를 주고 영인본을 구매했다. 그는 자신을 위해 뭔가를 산 적이 없었기 때문에 자신의 행동을 매우 의아해했다. 하지만 그때부터 그는 늘 자기 자신과 함께 그 영인본을 가지고 다녔으며, 미래의 삶이나 망명을 떠난 삶에서도 어디를 가든, 가는 곳마다 자기 눈에 보이는 곳에 걸어 두었다. 그 그림은 지금도 가지고 왔다. 그 그림은 마분지 통 속에 보관되어 얼마 되지 않는 짐들 속에 들어 있다. 그는 액자의 못을 빼고, 그가 영원히 아메리카로 떠나기로 결심했던 날 넣어 두었던 통 속에 다시 집어넣었다. 그리고 18년 후 그의 딸이 그의 장례식을 치른 다음 날, 그의 소지품들을 챙기러 양로원 창고에 갔다가, 마히나에서 찍은 사진들과 스페인어 성서, 군인 임명장 대여섯 장과 어둠 한복판에서 몽유병 환자처럼 무시무시하게 말을 달리고 있는 기병의 영인본을 보관한 마분지 통이 들어 있는 궤짝 한 개를 발견했다.

그는 병영 입구까지 계속 다가가고 싶지 않았다. 연병장의 자갈 위로 훈련을 받고 있는 군인들의 발소리와 하사관들의 명령 소리가 벌써 들려왔다. 그는 예순아홉의 나이에도 여전히, 가끔 기상나팔 소리를 듣고 일어나야 하는데 기력이 달리거나, 아니면 군복이 없어 당번인 담당 하사관이 검열하면 바로 구속되어야 하는 꿈을 꾸며 괴로워했다. 하지만 이미 늦었다. 벌써 9시가 넘어 호텔에 도착하면 딸이 기다리다가 지쳐 있을 것이다. 딸이 어디 갔다 왔느냐고 물으면 거짓말을 할 생각이었다. 그는 주변을 거의 쳐다보지도 않고, 자신의 무관심에 약간 놀라워하며 같은 길로 해서 서둘러 돌아왔다. 리셉션에서 딸이 바에서 아침 식사를 하고 있다고 알려 주었다. 그는 유리창 뒤로 방금 샤워를 마친 딸을 바라보았다. 머리가 젖어 있었으며, 아직도 졸린 얼굴이었다. 딸은 자기는 신경도 쓰지 않은 채 스탠드바에서 누군가와 얘기를 나누고 있었다. 문을 열고 들어가려는데, 호기심과 질투심이 본능적으로 그의 발걸음을 멈춰 세웠다. 딸이 자기가 모르는 남자와 얘기를 하고 있었다. 아주 젊지는 않았으며, 서른 살이 조금 넘어 보였다. 딸이 그에게 미소를 띠고 관심을 보이며, 그 남자 쪽으로 몸을 기울이고 있었다.

제5장

나는 고개를 숙여 그들의 눈을 쳐다보지 않으려고 애쓰면서 침묵 속에서 반항했다. 집요한 노동과 의지로, 이해하지 못하는 공포와 이해하지 못해 두려워하고 받아들이지 못해 딱딱하게 굳은 그들의 얼굴을 보지 않으려고 노력했다. 세상은 그들의 주변에서 변해 갔다. 집에는 텔레비전과 냉장고, 가스 오븐이, 심지어 마당에는 수돗물까지 등장했고, 들에는 경운기와 굴삭기, 씨 뿌리는 기계가 등장했다. 하지만 그들에게 유일하게 새로운 것은 놀라움이었다. 늘 느끼는 두려움에서, 생생하게 경험하고 배우고 물려받은 공포에서, 나지막이 중얼거리다가 그만두는 버릇에서, 혈연관계 속에 꼭꼭 숨어 있다가 복종해서 살아남는 것 이외에는 아무 보장도 받지 못한 데서 지금 그들이 느끼고 있는 우려가 유래한 것이기 때문이다. 모두 순식간에, 영화에서처럼 너무나도 빨리 변해 버렸다. 영화에 등장하는 신혼의 가난한 농사꾼 부부와도 같았다. 그들은 거친 계곡 한복판에서 나무 기둥들을 베어 내어 힘겹게 쌓아 올리며 오두막집을 짓기 시작한다. 순식간에 오두막집이 완성되고 겨울이 된다. 굴뚝에서는 연기가 흘러나오고, 집 안의 불 옆에서는 여자가 금발 사내아이에게 젖을 물리고 있다. 비참했던 농사꾼은 눈 깜짝할 사이에 연미복 차림으로 흰 모자를 쓰고 말들을 몰며, 자라는 데 2분도 걸리지 않은 포플러 가로수 길로 마차를 몰고 간다. 다음 장면에서는 조금 전까지만 해도 젖을 먹고 있던 사내아이가 어른이 되어 전쟁에 참전하기 위해, 어머니와 작별 인사를 하고 있다. 그는 몇 년 세월이 흘러 전쟁에서 돌아오고, 그의 부모는 머리가 하얗게 세어, 기둥들이 드리워진 집 앞 벤치에서 그를 맞는다. 집 앞에는 말들이 끄는 마차 대신 자동차가 한 대 있으며, 이제는 누가 아버지고, 누가 자식들인지, 음악이 흘러나오면서 'The end' 라는 자막이 나타나기 몇 초 전에 잔디가 깔린 공동묘지에서 행하는 장례식이 누구의 것인지 알 방법이 없다. 그런 속도로 모든 것이 변화되었다. 이제는 신기한 이야기들을 늘어놓는 마드리드 관광객들의 이야기 속에서만 변화가 있는 게 아니라, 마히나 자체가 변화되었다. 그리고 그들이 영화를 보다가 까딱 잘못해 줄거리를 놓치듯, 현실에서도 똑같이 일어났다. 그들은 등장인물들의 변화를 감지하지 못했으며, 장면들에서 언급되지 않은 세월을 파악하지 못했고, 가까운 과거와 어지러운 현재를 연결시키지 못했다. 젖을 빨던 아이가 영화에서 2분 만에 어른이 된다는 게 엄격하게 진실성을 따지는 외할아버지와 외할머니에게는 거슬리는 부분이었다. 그러나 예를 들어, 항상 문 앞에서 안장과 마구를 꿰매고 있던, 그들이 알고 지내던 마구 상인이 지금은 철물점을 운영하는 대사업가로 변신한 것이, 아니면 수수료를 챙기며 싱거 재봉틀을 팔던 서글픈 장사꾼이 가전제품 대리점을 체인으로 운영하며 도지 다트를 몰고 다니는 것도, 쉽게 납득이 되지 않았다. 모두 거짓말 같았다. 외할아버지가 젊었을 때 일해 주던 농장 주인의 가족은 지금 완전히 폐가 망신했으며, 그들의 저택들은 아파트 단지를 건축하기 위해 철거되었다. 자식들은 부모의 말을 듣지 않았으며, 농사를 포기하고 공사장이나 카센터, 철공소에서 일했다. 여자들은 공공장소에서 담배를 피우고 바지를 입고 다녔으며, 남자들은 머리를 길게 길러 여자처럼 하고 다녔고, 가수들은 무슨 노래를 부르는지 이해가 되지 않았으며, 스캔들은 일상적인 것이 되어 버렸다. 신부가 되려 했던 플로렌시오 페레스 부서장의 아들이 갑자기 신학교를 그만두고, 공산주의자에 무신론자가 되었다는 말이 있었다. 그때 그는 머리를 어깨까지 늘어뜨리고 지저분하게 엉킨 수염을 기르고, 팬티가 보이는 짧은 치마를 입은 외국 애인이나 정부(情婦)처럼 하고 마히나에 나타났었다. "20층짜리 집!" "녹음기! 올리브 나무를 베는 기계!" 하며 마누엘 외할아버지는 탄성을 내뱉었다. 깨지지 않는 접시들, 무거운 식탁과 찬장, 빈대들이 둥지를 트는 향포 의자는 창피해 창고로 보내게 하는 포마이카 가구들, 얼음을 채울 필요도 없이 음식을 차갑게 하는 냉장고, 부탄가스 난로, 전기 곤로 등등. 하지만 사실 알고 보면 모두 허당이었다. 거대한 닭고기는 지푸라기 맛이 났으며, 현대적인 농장에서 암탉들이 불면증에 시달리며 낳은 달걀노른자는 허여멀건한 데다 영양가도 없고, 병 우유는 아이들을 허약하게 만들었고, 부탄가스는 제대로 꺼지지 않은 석탄 난로의 연기보다 더 치명적이고 집 전체를 허물어뜨리며 폭탄처럼 터질 수도 있었다. 그리고 텔레비전 불빛은 사람을 장님으로 만들어 놓을 수도 있으며, 텔레비전에 나오는 가수들은 실제로 노래를 부르는 게 아니었다. 입술만 움직이고 엉덩이만 흔들어 댈 뿐이었다. 그리고 메인 뉴스에 나오는 사건들의 절반은 거짓말이고, 미국 사람들은 달나라에 가지 않았다. 발전에 대한 허상으로 계속 땅을 버리고 떠난다면, 쫄딱 망해 가장 혹독하게 굶주렸던 1945년으로 다시 돌아갈 수도 있었다.

세상이 획득한 테크니컬러와 같은 광채 아래서, 그들은 옛날의 모든 위협들이 여전히 분노를 내뿜으며 지속될 수 있을지 의심했다. 너 자신과 네 식구들 이외에는 아무도 믿지 마라. 너는 아무것도 가리키지 마라. 야망이나 경솔함으로 두각을 드러냈던 많은 사람들에게 있었던 일들을 절대 잊지 마라. 이웃 사람이나, 아니면 그 집의 아들처럼 운이 나빠 복수가 홍수처럼 밀어닥쳐 휩쓸려 갔던 사람들에게 있었던 일들을 절대 잊지 마라. 그 이웃 사람은 마드리드에서 살면서 신문에 글을 싣는 사람이었는데, 군병 대원*들과의 총격전에서 죽었다. 불쌍한 라파엘 아저씨. 그는 10년 동안 군 복무를 한 후, 이와 지독한 옴에 옮아 거의 폐병 환자가 되어 돌아와서는 30년 동안 고통을 받았다. 늘 경찰의 감시를 받으며, 도둑 못지않게 습하고 수치스러운 개집에 자주 들락거리던 차모로 중위. 농장에서 점심을 먹고 쉬는 시간에 차모로 중위가 사회 혁명과 토지의 공유화를 얘기할 때면, 라파엘 아저씨는 멍한 표정으로 들었고, 우리 아버지는 곁눈질로 흘낏 나를 쳐다보았다. 나는 아버지가 갈수록 점점 더 불편해한다는 걸 눈치챘다. 겨울이면 우리는 아침 10시경에 오두막집의 모닥불 열기 옆에서 토마토에 곁들여 햄과 고기를 먹었으며, 여름에는 농장의 시원한 그늘을 찾았다. 아버지는 나에게 토마토와 양파, 피망, 고추를 따러 보냈고, 나는 저수지에서 흘러내리는 얼음장같이 차가운 물 아래서 채소들을 깨끗이 씻어 갔다. 그러고 나면 아버지가 채소들을 잘게 잘라 커다란 진흙 그릇에 담은 뒤 기름과 소금으로 간을 했다. 그러면 기름을 바른 빵 조각이 입천장에서 즉각적으로 푸짐하고도 환상적인 맛을 내며, 차모로 중위에게서는 찬사가 쏟아져 나왔다. 그는 땅이 너그러워, 정성 들여 정직하게 일한 것에 고마워할 줄 안다고 했다. 욕심 많은 인간들만이 땅을 가난과 고리 사채를 통해 고약한 지옥으로 변질시켜 놓으며, 초창기 인류와 마찬가지로 미래에도 언젠가는 유일하게 고귀한 노동은 손과 머리를 써서 하는 일이 될 것이고, 돈과 인간에 의한 인간 착취는 사라질 거라고 했다. 그 예언의 광채만큼이나 피로와 졸음에도 무관심했던 아버지는 칼을 바지에 쓱 닦고 난 후 손바닥을 치며 말했다. "자, 일하러 가지요. 뻔한 얘기만 하다가 시간이 다 흘러가겠습니다." 지저분한 베레모와 도수 높은 안경을 쓴, 점잖게 늙은 차모로 중위는 도시락 통을 닫고 고개를 흔들면서 젊은 시절 학회에서 배운 유식한 말로 대답했다. "나는 강력하게 항의하네. 자유와 정의의 최악의 적은 프랑코 독재가 아니라, 가난한 사람들의 무지일세." 차모로 중위는 마히나의 병영에서 군 복무를 하는 동안 글을 읽고 쓰는 법을 배웠으며, 그곳에서 전쟁이 발발하기 얼마 전에 타자병이 되었다. 그는 그라나다 주에서 진격해 온 폭도들과 시에라 산에서 전투를 벌인 군대의 소속이었다. 그는 자기 스스로 놀랍게도, 자기에게 작전을 짜고 명령을 내리는 재주가 있다는 사실을 발견했다. 그는 갈라스 소령의 추천으로 바르셀로나의 전투 학교에 파견되었고, 그곳에서 포병 중위를 달고 나왔다. 그는 카탈루냐 후퇴 때 포로가 되어 감옥에서 몇 년을 살았다. 감옥에서 풀려나 마히나로 돌아온 이후에는 다시 들에서 일용 잡부로 일하게 되었다. 하지만 병영 도서관의 책들을 거의 모두 읽었던 열정으로, 닥치는 대로 책들을 읽었으며, 천천히 인내심을 갖고 자신의 기억들과 무정부주의 경제에 대해 쓴 장황한 책들을 타자기로 옮겼다. 그는 작업을 마친 종이들은 신중하게 태워 버렸다. 그는 오후에 가끔씩, 그리고 일요일에는 거의 매번 아버지를 도와주기 위해 페페 아저씨, 라파엘 아저씨와 함께 농장에 내려왔다. 그가 며칠 동안 계속해서 오지 않을 때는 개집에 죄수로 끌려간 거였다. 그가 이제는 힘과 열정도 부족하고, 비밀 회합도 필요 없고, 비밀 회합 장소가 환기도 되지 않고 담배 연기가 지나치게 독해 힘들다고 말하듯, 그가 음모를 꾀해서가 아니었다. 프랑코 장군이 시에라 산에 사냥 가는 길에 마히나 근처를 지나거나, 장관이나 대주교가 도시를 방문한다는 공고가 나면 그는 습관적으로 잡혀 들어갔다. 그러면 어릴 때 친구였던 플로렌시오 페레스 부서장이 죽을상을 하며 얼굴을 잔뜩 찡그리고 그의 집을 찾아와, 화로가 들어 있는 테이블에 앉아 차모로 중위의 아내가 예의상 손님에게 내놓는 과자나 독주를 한잔 들이켜며 말했다. "차모로, 나도 어쩔 수 없네. 나도 내 임무를 행해야 하는 서글픈 상황이라네."

페페 아저씨와 라파엘 아저씨, 차모로 중위는 우리 아버지의 농장으로 내려가면서 자기네가 세 발 의자의 세 발 같은 존재라고 말했다. 페페 아저씨와 라파엘 아저씨는 형제인데도 전혀 닮지 않았다. 그들은 아주 작은 충격에도 귀를 뒤로 젖히며 물어 버리겠다는 표시로 이를 드러내는 버릇이 고약한 나귀 한 마리를 타고 다녔다. 차모로 중위는 주인의 무게에 짓눌려 언덕길에서 사람처럼 불평하는 작은 당나귀 암컷을 타고 다녔다. 당나귀에 올라타면 고무로 되어 있는 샌들 바닥이 질질 끌렸다. 라파엘 아저씨는 작고 마른 체구로, 자기는 사는 동안 늘 운이 없었다며, 아무것도 잘되는 게 없었다며 투덜거렸다. 나귀를 사면 속아서 샀고, 군대를 가면 7년 후 풀려났다. 그는 전쟁에 끌려가 가장 치열한 전쟁터에서 싸웠다. 테루엘을 공격할 때는 양쪽 발이 얼어붙어, 헤네랄오르두냐 광장에서 해바라기 씨를 팔고 소설책과 만화책을 빌려 주는 절름발이처럼 하마터면 양쪽 발을 절단할 뻔했었다. 라파엘 아저씨는 낡은 재킷에 소맷부리가 다 해진 볼품없는 스웨터를 입고 다녔다. 상당히 깔끔했어도, 항상 며칠 동안 면도도 하지 않은 사람처럼 보였다. 그는 아무 성과 없이 죽어라 일만 했는데, 하나밖에 없는 아들은 그를 혼자 남겨 두고 마드리드로 떠나 버렸다. 라파엘 아저씨는 말을 거의 하지 않았고, 말을 해도 용서를 구하는 것처럼 아주 나지막하게 말했다. 페페 아저씨는 한겨울의 포플러 나무처럼 키가 크고, 힘이 세고, 무뚝뚝했다. 그는 양복에 면 조끼를 입고 펠트 모자를 쓰고, 절대 진흙이나 먼지로 더럽혀지지 않은 긴 장화를 신고 농장에 내려왔다. 그는 박사처럼 유창한 언변을 늘어놓았는데, 결국에는 완벽하게 필요 없는 일들을 일일이, 시시콜콜 물고 늘어졌다. 그는 절대 피곤하거나 기분 나쁜 기색이나, 괴로움을 내색하지 않았고, 라파엘 아저씨에게 힘내라며 어깨를 툭툭 쳤다. 형, 그러고 있지 마, 뭐 그렇게 대단한 일도 아닌데, 뭐. 그는 모든 것에 감탄했다. 그는 아직 껍질이 벗겨진 무화과나무 가지에서 첫 새싹이나 막 땅 위로 모습을 드러낸 밀의 아주 작은 눈을 검지로 조심스럽게 가리키며, 잘 봐, 육촌 조카, 보기에는 죽은 것처럼 보이지만 씨가 지렁이처럼 안에서 꿈틀거리고 있으니까, 라고 말했다. 그는 담배를 말거나, 툭 튀어나온 엄지발가락 뼈가 닿지 않도록 신발 안쪽에 붙이기 위해 가죽 조각을 잘라 무두질하는 데는 부처님과 같은 인내심을 보이며 몇 시간씩 할애했다. 그가 뭔가를 얘기하기 시작했다 하면 결국 우리 모두를 화나게 만들었다. 아주 짧은 이야기도 가지를 치며 너무 시시콜콜하게 얘기하는 바람에, 무슨 얘기를 하는지 모르게 만들었다. 그가 전쟁에서 돌아오던 날 밤의 이야기를 시작하면, 그 이야기는 전쟁만큼이나 길게 늘어졌다. 페페 아저씨는 비가 갑자기 내리는 바람에, 들에서 일하고 돌아오는 사람처럼 전쟁터에서 돌아왔다. 그는 전쟁이 거의 끝나 갈 무렵 기병으로 입대했다. 개괄적인 교육을 받은 후, 그는 장총 한 자루와 나귀 한 마리를 받고 전선으로 투입

되었다. 그는 그 나귀를 아직도 기억하고 있었다. 짙은 밤색에, 훤칠하고 아주 착하고 잘생긴 놈이었어, 라고 자주 말했다. 그는 나귀를 타고 가다가 날이 어두워졌으며, 대포 소리들을 들었다. 하수구들에서는 배가 열린 채 창자에 구더기가 들끓는 나귀와 말들의 시신들이 보였다. 그는 마히나에서 나한테 저런 짐승이 있으면 얼마나 열심히 일할 수 있는지 두고 봐야 해, 라고 생각했다. 그는 자기 생각에 너무 골똘히 잠겨 길을 가다가, 뒤로 처지고 말았다. 그리고 그것을 깨달았을 때는 이미 칠흑같이 어두운 밤이었고 비가 내리기 시작했다. 그는 까딱하다가는 감기에 걸릴 거라 생각하고는 나귀를 멈춰 세운 후 뒤로 돌았다. 그는 탈영했다는 이유로 체포되거나 총살당할지 모른다는 걱정도 하지 않고, 누구한테서도 숨지 않고 마히나 가는 길로 접어들었다. 그리고 이틀 후 도착해, 나귀 고삐를 자기네 집 철책에 묶었다. 그의 아내가 나와서 어디서 오는 길이냐고 묻자, 그는 전혀 아무렇지도 않게 대답했다. 어디서 오긴 어디서 와. 전쟁에서 오는 길이지. "그래서 우리가 전쟁에서 진 걸세." 차모로 중위가 말하곤 했다. "우리 편이 그렇게 무질서해서 진 거야." 나는 그들의 얘기를 듣는 게 지겨워, 얼른 점심 식사를 마친 후 아버지 몰래 담배를 피우기 위해 한참 멀리까지 갔다. 차모로 중위는 담배도 피우지 않고, 술도 마시지 않고, 술집에도 드나들지 않았다. 술집은 가난한 사람들의 분노를 술로 풀기 위해 밑 빠진 독처럼 돈을 쏟아 붓게 만드는 곳이라고 했다. "그럼, 어르신은 이 모든 것에서, 그렇게 많은 말을 듣고 벌을 받고 나서 거기서 뭘 얻으셨습니까?" 아버지가 그에게 대들었다. 아버지는 훨씬 건강하고 젊었으며, 내심 자부심이 강했다. 나는 그의 자부심을 아주 잘 알았다. 그건 바로 누구의 도움도 받지 않고 자기 땅을 소유해, 버려진 농장을 몇 년 만에 마하나에서 제일 비옥한 농장으로 탈바꿈시켰다는 자부심이었다. 아버지가 나를 처음 그 농장으로 데려갔을 때는 황폐한 땅만 한없이 펼쳐져 있었다. 도랑은 마른 잡초 더미로 뒤덮여 보이지도 않았으며, 오두막집과 동물 우리는 폐허가 되어 있었고, 저수지는 해초들이 잔뜩 끼고 골풀 더미에 묻혀 거의 보이지도 않았다. 그는 몇 년 동안 모든 것을 희생했다. 푸엔테 데 라스 리사스의 집도 팔았고, 사채업자들과 복잡하게 얽혔으며, 새벽부터 해가 진 한참 후까지 죽어라 일만 했고, 산 로렌소 광장의 집에 우리를 무기한으로 받아 달라며 마누엘 외할아버지 앞에서 무릎까지 꿇었다. 하지만 이제는 흙이 기하학적인 밀림과도 같은 녹색에 가려 보이지 않았고, 물은 저수지에서 무한정 솟아났다. 우리는 겨울이 됐든, 여름이 됐든, 매일 오후 채소들을 한 짐 가득 싣고 시장으로 향했으며, 돼지와 소들도 길렀다. 이제 곧 굴삭기와 랜드로버도 가질 수 있을 것이다. 그가, 우리 아버지가 주인이었고, 멋들어진 제스처와 설교처럼 들리는 말을 늘어놓는 차모로 중위는 일당을 받고 일하는 잡부였다. 아버지는 그가 유식하고 책도 많이 읽어서 존중해 주기는 했지만, 내 앞에서 자기보다 잘난 척하는 건 용납하지 않았다. "내 나이에 내가 얻은 것은 자네보다 훨씬 건강하다는 거네. 나는 자네들이 먹는 독을 허용하지 않기 때문이지. 그리고 무엇보다 중요한 것은 나는 아주 당당하게 고개를 치켜들고 다닌다는 걸세. 나는 한평생 아무도 속이지 않았고, 아무도 이용하지 않았네. 나는 감옥에 끌려가도 절대 내 생각을 숨기지 않았네. 이 배은망덕한 땅에서는 공교육과 사회 정의가 실천되는 것을 보지 못하고 죽는다는 것을 알더라도 말일세. 내 얘기는 끝났네.” “말하고는.” 라파엘 아저씨가 중얼거렸다. “차모로, 자네 말은 늘 번지르르하지.” 페페 아저씨가 차모로 중위를 껴안으려는 시늉을 하지만 그는 얼굴을 한쪽으로 돌리며 거부했다. 내가 보기에는 안경의 유리알 아래로 눈물을 닦는 것 같기도 했다. 그는 비록 나이는 많아도 납작한 얼굴에 작고 강단 있는 남자였다. 농장의 일도 힘차게 능률적으로 잘했다. “너는 공부를 많이 해라.” 그가 나에게 자주 말했다. “읽을 수 있는 책들은 전부 읽어라. 언어를 배워 엔지니어든, 이사든, 선생이 되어라. 하지만 네 노력과 부모님의 희생 덕분에 높이 올라가면 너와 같은 기회를 가지지 못한 사람들에게 등 돌리지 마라. 네 아버지는 약간 이상한 사람이다. 너무 진지하거든. 그러나 네 아버지가 너한테는 아무 말을 하지 않아도, 네가 좋은 성적을 받아 오면 기특해 죽으려고 한다. 네가 열 손가락으로 타이프를 치고, 외국인들의 말을 알아듣고, 텔레비전에 나오는 아나운서처럼 종이를 보지 않고도 읽을 수 있다고 자랑한단다. 공부를 많이 해라. 하지만 땅을 파고, 물을 대고, 올리브 열매를 수확하고, 소젖을 짜는 일도 배우도록 해라. 배움에는 장소가 없다. 우리가 가지고 있는 모든 것은 땅과 노동에서 온 것이다. 내일 어떤 일이 생길지는 아무도 모른단다.”

나는 '배움에는 장소가 없다', '세상은 손바닥과도 같다', '물어서 로마까지 갈 수 있다', '가장 훌륭한 복권은 열심히 일하고 절약하는 것이다'라는 얘기들을 전적으로 순진하게 믿었다. 나는 일요일과 방학 때면 새벽부터 그들 옆에서 일했다. 나는 무의식적으로 정을 느끼면서도 화가 나서 무시하게 되는 뒤죽박죽의 감정으로, 거칠고 단순하고 무식한 그들을 바라보았다. 하지만 또한 그들은 의리가 있고, 그들만이 가지고 있는 본능 덕분에 위엄이 있었다. 그리고 그것은 구릿빛 피부나 거칠고 강한 손만큼이나 그들에게 잘 어울렸다. 크리스마스 전이나 5월 말경, 반 친구들이 학기가 끝나기를 초조해하며 애타게 기다릴 때, 나는 마리나도 볼 수 없고, 꼭두새벽에 일찍 일어나야 하기 때문에 비탄에 잠겨 남은 날들을 손가락으로 꼽아 가며 세었다. 나는 해가 뜰 때부터 올리브 밭이나 농장에서 마구간을 청소하고, 소와 돼지들에게 먹이를 주고, 감자나 양파를 캐고, 땅을 일구고, 올리브를 수확하기 위해 땅 위를 기어 다녀야 했다. 처음에는 뼈 마디마디가 모두 아팠고, 손의 피부가 죄다 들고일어났다. 하지만 곧 얼굴이 갈색이 되고 팔에는 근육이 생겼다. 내 몸에서 그전에는 알지 못했던 힘이 느껴졌고, 손바닥은 곡괭이 끝처럼 단단해졌다. 그리고 밤에 지친 몸으로 돌아와 부엌에서 찬물로 시원하게 세수한 후 옷을 갈아입고 친구들을 만나거나, 마리나가 사는 거리를 돌아다닐 때면 강하면서도 여느 아이들과 다르다는 기분이 들었다. 다른 아이들은 알지 못하는 분노와 고통이 뒤섞인 신체적인 단련으로 내가 그들보다 훨씬 어른스럽다는 기분이 들었다. 수업과 시험은 유치한 의무처럼 보였다. 나는 다른 아이들처럼 아버지에게 자전거를 사 달라고 조르거나, 방학 때 바닷가에 데려가 달라고 조르기 위해 공부하지 않았다. 나는 땅에 묶이지 않은 미래를 얻기 위해, 얼른 마히나를 떠나 굶어 죽지 않고 살기 위해 공부했다. 친구들은 이미 모두 미래의 삶을 선택했다. 낙제생인 파본 파체코까지도 뚜쟁이나 군인으로서의 자기 미래를 확신했다. 마르틴은 과학자가 되고 싶어 했다. 열다섯 살까지 총잡이로 마피아에 들어가고 싶어 했던 세라노는 이제 시인이나 록 그룹의 기타리스트가 되고 싶어 했다. 펠릭스는 고전과 언어학 교수가 되기 위해 철저히 준비하고 있었다. 하지만 나는 우리 부모님이 존경을 표하며 말하는 것과 같은, 당장 내일 정확하게 되고 싶은 게 아무것도 없었다. 나는 누군가가 되고 싶지, 뭔가는 되고 싶지 않았다. 어릴 때 생각했던 외로운 소설 속의 인물이 되고 싶었다. 영화 속 인물들과, 소설이나 만화의 모험가들, 산 로렌소 광장을 지나는 낯선 사람들을 통해 마치 내 미래의 모습을 바라보듯 보았던 사람들로 무책임하게 빚어진 인물이었다. 내가 나를 위해 원했던, 변화를 꾀하는 숨겨진 정체성이었다. 그리고 막판에는 그 정체성에 장발 머리와 덥수룩한 수염, 여행들을 덧붙였다. 무인도를 찾아 아프리카 한복판이나 남쪽 바다를 돌아다니는 여행이 아니라, 유럽과 미국의 도로를 질주하는 여행이었다. 나는 가끔 마르토스의 주인처럼 되고 싶었다. 그는 라디오에서 들을 수 없거나, 마히나의 가게에서 구할 수 없는 음반들을 외국에서 들여왔다. 그의 얘기에 따르면, 그는 옛날에 상선의 선원으로 암스테르담에서 살았으며, 국경과 열대 지방의 항구에서 밀매를 하다가 지금, 서른이 되어서는 모험에 지쳐 모든 것에서 은퇴했다. 그러고는 한때 악당이었던 사람답게 체념하고 그리움을 달래며 합법적인 것만 거래하며 자신의 바와 디스코장을 운영했다. 나는 내 마음대로 이름과 도시, 나라, 언어를 바꾸고 싶어 했다. 나는 혼자서 마히나의 거리를 거닐거나, 아버지 옆에서 침묵을 지키며 농장에서 일할 때면 끊임없이 과거와 미래로 나 자신을 초대했다. 몇 날 며칠, 몇 주 동안 어떤 삶 하나만을 자세히 상상하며 보낸 적도 있었다. 예를 들어, 열아홉의 나이로 파리에서 노르웨이 출신의 애인과 함께 살며 시장에서 과일들을 내리고, 다락방에서 부조리극을 쓰며 살았다. 아니면 나는 샌프란시스코에서 록 그룹의 드러머였으며, 마리나는 스페인에서의 불행한 결혼을 뒤로하고 나에 대한 그리움에 떠밀려 비행기에 올라 바다를 건너 도시의 히피들 사이에서 나를 찾아 함께 살았다. 그녀는 나를 찾을 때까지 굶주리다가 마침내 우연히 나를 만났다. 내 머리가 너무 길었고, 턱수염이 크레덴스 그룹의 드러머 수염과 너무 비슷해 거의 나를 알아보지 못했다……. 하지만 그런 삶들을 살다가 한순간 지겨워지기 시작했다. 소설에서 흔히 등장하는 보헤미안과 섹스가 질렸고, 절망적인 노년이 엿보였다. 그러면 나는 아버지의 농장이나 산 로렌소 광장의 내 방에서 나오지 않은 채 삶을 완전히 바꿔 버렸다. 나는 스물일곱 살이고, 로마의 특파원이 되어 있었다. 나는 코즈모폴리턴적인 여자들과 하룻밤의 섹스에 질려, 여러 언어로 얘기하는 대화에 마지못해 끼지만 유창하게 말하면서도 비아 베네토에 있는 테라스에서 실망에 가득 차 진 토닉을 마시고 있다. 록과 고속도로를 포기하고 마히나 산에서 게릴라 지휘관이 된 시절도 있었다. 마히나 산에서 나는 프랑코 장군을 테러하려는 음모를 성공리에 지휘했다. 차모로 중위가 들려준 이야기들에서 많은 영감을 받아 표절한 것이었다. 그러고 나서 나는 베레모에 빨간 별을 단 수염이 덥수룩한 사람들과 대중들 사이에서, 성당 탑들 위로, 경찰서 발코니에서, 또다시 허물어진 오르두냐 장군의 동상 기둥 위로 물결치는 붉은 깃발들을 앞에 두고, 뚜껑이 없는 지프를 타고 누에바 거리를 통해 도시로 들어갔다. 나는 마르틴의 누나가 자기 방에 붙여 놓은 체 게바라의 사진과 같은 표정을 지닌 차갑고, 차분하고, 무자비한 게릴라였다. 그녀는 대학교 2학년이었는데, 가끔 금지된 가수들의 따분한 곡들과 『문도 오브레로』*를 우리에게 빌려 주었다. 나는 학교 운동장에 쌓여 있는 파시스트들을 — 임시 포로수용소로 사용되었다 — 동정하지 않았고, 부하들이 벌이는 난잡한 축하 파티에도 참석하지 않았다. 지금 내가 모방하고 있는 사람은 라파엘 아저씨의 이야기에 자주 등장하는 갈라스 소령이었다. 키가 크고, 혼자 다니고, 군기와 정의를 지키는 데 가차 없는 사람이었다. 나는 총사령부에 있는 소박한 내 방에 혼자 틀어박혀 지내며, 친구들과 심복들은 — 펠릭스, 마르틴, 세라노 — 아무도 나를 괴롭히는 비밀을 알지 못했다. 어느 날 밤, 어둠 속에 비를 맞으며 나 혼자 지프에 올라 카르멘 동네에 있는 어느 전원주택으로 향했다. 나의 확실한 명에 따라 압수당하지 않은 전원주택이었다. 나는 군복 위로 흘러내리는 비를 군인답게 무덤덤하게 맞으면서, 울타리 옆으로 단숨에 뛰어내려 벨을 눌렀다. 현관에 불이 켜지고, 머리가 헝클어진 젊은 여자가 모습을 드러냈다. 안색은 좋지 않았지만 아직도 너무 아름다운 마리나가 어깨 위에 숄을 걸치고 정원으로 나와 나를 맞았다. 우리는 유명한 프랑코파인 그녀의 남편을 포로로 데리고 있으며, 내 서명만 있으면 그가 풀려날 수도 있었다. 소설이나 라디오 연속극에서 늘 그러듯, 그녀가 초록색 커다란 눈에 눈물을 글썽이며 나에게 애원하고, 자기 남편은 음모를 꾀하지 않았다고 맹세하며 나에게 몸을 허락하겠다고 약속했다. 나를 자기 방으로 거의 끌고 가다시피 했다. 그녀의 블라우스는 단추가 풀려 있었고, 나는 희미한 불빛으로 하얀 가슴이 시작되는 부위를 보았다. 꿈속에서 벌거벗은 모습을 보았을 때는 젖꼭지가 짙은 초록색이었다. 나는 처음에는 그녀에게 아무 대답도 하지 않았다. 나는 곡괭이를 땅에 내려놓고 파헤친 시커먼 땅에서 감자를 캐지 않았다. 그러자 아버지가 내 옆에서 말했다. "하지만 얘야, 그건 오늘 할 일이다. 제발 게으름 피우지 마라." 나는 모든 욕망과 고통을 감추면서, 아주 오래전 오후에 학교 교실과 복도에서 주고받았던 애정을 감추면서 그녀의 눈을 냉정하게 바라보았다. 나는 아무 말도 하지 않고, 바로 그곳에서 전화 두 통을 걸었다. 하나는 그녀 남편의 혐오스러운 이름을 입에 올려 당장 석방시키라는 명령을 내리기 위해 포로수용소로 건 거였다 — 그녀는 마음속 깊은 곳에서는 그를 사랑하지 않았다 — 다른 하나는 그들을 국외로 빼돌리기 위해 국경에 전화를 건 거였다. 나는 올리브 초록색 군복 안주머니에서 봉투 하나를 꺼내 마리나에게 건네주었다. 여권 두 개였다. 그녀가 다시 눈물이 글썽거리는 눈으로 나를 쳐다보면서 여권들을 떨어뜨렸다. 하지만 이제는 고마움으로, 어쩌면 사랑 때문에 눈물을 보인 거였다. 그녀가 내 입술에 키스하며 무슨 말인가를 하려고 했다. 나는 손짓으로 그녀의 말을 가로막으며, 아직 가랑비가 내리고 있는 정원으로 뛰어나갔다. 나는 울타리를 열어 놓은 채 지프에 뛰어올라 라이트도 켜지 않고 시동을 걸며, 그녀를 마지막으로 보지 않기 위해 뒤도 돌아보지 않았다.

그렇게 많이 읽으면 눈이 멀겠다. 모자로 파리를 잡고 말겠다. 네 머리에는 어쩌면 그렇게 많은 말들이 들어갈 수 있니. 그렇게 음악을 크게 틀어 놓으면 귀가 멀겠다. 무슨 생각을 하고 있니. 너는 아무것도 눈여겨보지 않고, 바보처럼 멍하니 다니는구나. 너는 올리브를 수확하는 것보다 타자를 더 빨리 치는구나. 나는 말과 목소리들에 병들어 살았다. 책들의 침묵 어린 말들과 자정이 넘은 시간에 주파수를 맞춘 외국 방송들에서 흘러나오는 노래와 목소리들. 가끔은 자부심과 승리감에 도취되어 이름을 알아보면서, 마천루 꼭대기 층의 조명이 밝혀진 스튜디오에서 말하고 있는 사람이 나라고 상상하면서 영어나 프랑스어 문장 전체를 알아듣기도 했다. 내가 다른 사람이 된 걸 들으면서 행복해하며 소리와 억양을 흉내 내기도 했다. 하지만 지금 나를 더욱 탈바꿈시킨 목소리들은 방송의 목소리나, 우리 집안 어른들의 목소리가 아니라, 누군가 우연히 스위치를 틀었을 때 흘러나오는 라디오 소리처럼 영원히, 계속되는 혼란과 함께 내 안에서 울려 퍼지고 있는 목소리들이다. 나는 뭔가는 되고 싶지 않았다. 나는 대학에 가서 애인을 사귀고, 훗날 아내와 두세 명의 자식들이 생기는 걸 원치 않았다. 사무실이나 교실, 컬러텔레비전과 전기 오븐, 욕실이 딸린 집을 소유하고 싶지 않았다. 나는 마히나에 살면서 들에서 일하는 걸 증오하는 것만큼이나, 그 가능성도 증오했다. 나는 그 어느 것에도, 그 누구에게도 얽매이고 싶지 않았다. 뿌리를 내리고 싶지 않았다. 농장에서 혼자 상상할 때처럼 그런 삶을 실제로 살고 싶었다. 지금 우리 부모님과 외할아버지, 외할머니, 외삼촌들은 너무나도 반복해 식상해진 충고와 기억들을 중얼거리는 그림자에 불과하다. 침묵 속에 보내는 그들의 시간과 고통에 절어 있는 그들의 표정은 그들이 파티를 열어 환하게 웃을 때만큼이나 내게는 관심이 없다. 올리브 철의 마지막 날이 되면 들판에는 망태기로 싼 커다란 적포도주 병들과 피망을 넣은 감자 오믈렛 바구니들이 놓이고, 여자들은 음탕한 노래를 부르며 웃겨 죽으려고 했다. 돼지를 잡는 날이거나, 레오노르 외할머니의 생일날에는 산 로렌소 광장의 대문과 뒷마당이 셀 수도 없이 많은 삼촌들과 사촌들로 가득 찼다. 나는 한 손에 맥주병을 든 채, 혼자 시치미를 떼고 천천히 술에 취하며 따로 떨어져 있었다. 나는 맨 위층에 있는 내 방으로 도망쳐 영어 노래를 들으며 담배를 피웠다. 그리고 오랜 세월이 흘러 새벽녘에 나그네의 보따리를 어깨에 둘러메고 턱수염을 기른 채 신비로운 분위기를 풍기며 마히나로 돌아왔다고 상상했다. 나는 비사교적인데도 유명했으며, 멀리 떨어져 있으면서도 그들과 화해했다. 나는 이웃 사람들에게 스캔들과 부러움을 동시에 불러일으키는 롱다리 외국 금발 애인과 함께 돌아왔다.

나는 묵묵히 밥을 먹고 얼른 식탁에서 일어나, 탑에서 가장 올라가기 힘든 방인 것처럼 내 방으로 올라갔다. 아버지가 붙잡으려고 하면 어머니가 나지막한 목소리로 말렸다. "내버려 둬요. 공부해야 해요." "방에 담배 연기가 그렇게 자욱하고 음악을 그렇게 요란하게 틀어 놓고 어떻게 공부를 하는지 모르겠군." 그들은 벽시계가 걸려 있는 방에서 텔레비전을 앞에 두고 앉아 있었다. 밤마다 외할아버지가 태엽을 감아 주던 시계였는데, 몇 년 전부터 멈춰 서 있었다. 그들은 텔레비전 화면의 반짝이는 푸른빛을 뚫어져라 바라보며 광고와 영화, 뉴스 들의 계속되는 환상적인 장면들을 무차별적으로 놀라워했다. 그들은 텔레비전이 뜨거워지는 건 좋지 않다고, 그 빛이 눈을 상하게 할 수도 있다고 말했다. 아버지는 초인적으로 새벽같이 일어나는 바람에 거의 파김치가 되어 소파에서 잠이 들었고, 레노오르 외할머니는 영화의 줄거리나 인물들의 혼란스러운 정체를 연방 캐물었고, 어머니는 항상 바느질이나 뜨개질로 손을 놀렸고, 마누엘 외할아버지는 점점 노화가 심하게 진행될수록 더욱 두드러지는 진지하고도 불평스러운 표정으로 졸고 있었다. 내가 일어나면 레오노르 외할머니는 나를 당신 옆에 앉히기 위해 내 손을 잡고는, 좀 더 곁에 있으라고 했다. 이제는 나한테 얘기도 하지 않는구나. 그녀가 말했다. 이제 네가 어렸을 때는 생각도 나지 않지. 그때는 만화책을 읽어 달라고 무던히도 졸랐는데. 나도 거의 읽을 줄을 모르는데 내가 너한테 어떻게 읽어 주겠니. 그때는 내가 지어냈단다. 나를 어릴 때처럼 고분고분하게 만들려는 함정이 도사리고 있었기 때문에 그런 애정이 나를 지치게 했다. 이제는 카사 데 라스 토레스의 벽에 생매장된 여자나, 페르디세스 언덕에서 전원 사망한 돌격대의 용맹스러웠던 전투에 대한 외할아버지의 이야기도 듣지 않았다. 나는 그들에게서 벗어나 계단을 두 개씩 성큼성큼 올라갔다. 어릴 때 서랍 안의 사진들과 찬장의 신기한 물건들을 찾으며 돌아다니던 방들도 거들떠보지 않고 올라갔다. 잠자러 가서 불을 껐는데, 삼촌이 아래서 노래를 부르면 무서워 벌벌 떨던 것도 기억나지 않았다. "아이, 엄마, 엄마, 엄마, 누구일까요. 조용히 해라, 얘야, 얘야, 얘야. 이제 곧 갈 거니까." 나는 발코니가 두 개 나 있는 내 방에 틀어박혀 지냈다. 발코니 한 개는 산 로렌소 광장 쪽으로 나 있었고, 다른 한 개는 포소 거리와 과달키비르 계곡과 시에라 산이 보이는 드넓은 지평선 쪽으로 나 있었다. 그곳에서 나는 혼자만의 기쁨을 만끽했다. 음반을 아주 크게 틀고, 누가 올라와 담배 피우는 게 발각되지 않을 거라는 확신으로 담배에 불을 붙인 뒤 소설책을 들고 침대에 드러누웠다. 나는 이미 파리의 다락방이나, 에릭 버든이 노래에서 말한 멕시코 국경의 호텔에 와 있었다. 겨울밤에 꽁꽁 얼어붙은 받침대가 달린 높은 쇠 침대와 화로가 놓인 테이블, 궤짝, 내 책들을 보관하는 책장, 표지가 파란 숙제 공책, 더욱 힘들고 단조로워진 불행을 털어놓은 일기장들이 있었다. 나는 자주 발코니로 나갔으며, 그곳을 떠나고 싶은 마음이 너무나도 간절해, 미리 그곳을 기억하려는 듯 둘러보았다. 이제는 나무들이 베여 나간 광장과 주차되어 있는 차 몇 대들, 카사 데 라스 토레스의 골목에 켜진 가로

등의 노란 불빛, 내가 수도 없이 공을 차며 뛰어놀거나 풀들 사이에서 작은 곤충들을 찾으며 지나다녔던 흙으로 포장된 길을 바라보았다. 하지만 이미 몇몇 집들에는 아무도 살지 않았고, 문 앞에서 소곤거리며 현관의 어둠을 틈타 포옹하는 애인들도 없었다. 나는 발코니에서 담배를 피우며 광장으로 드리워진 내 그림자를 바라보았다. 내가 되고 싶어 하는, 의리도 뿌리도 없는 영웅의 모습이었다. 폭우가 휘몰아치는 밤에, 비바람이 모든 유리창과 창문들을 뒤흔들 때면 내가 바다 옆 등대에서 살고 있다고 상상했다. 나는 매트리스 위에 깔린 양털과 담요를 뒤집어쓰고 따듯해진 몸을 웅크린 채 내가 태어났다는 그 겨울밤을 떠올리는 걸 좋아했다. 나는 국경 도시의 한 호텔에 도착했으며, 내 이름과 출신은 아무도 알지 못했다. 에릭 버든의 노래에서처럼 차가 지나다니는 소리도, 경찰차의 사이렌 소리도 들리지 않았다. 옆집 우리에 갇힌 칠면조들의 울음소리와 광장에 있는 집들의 노커 소리들만 들려왔다. 근처 고속도로를 섬광처럼 지나가는 차들의 라이트 불빛도 지붕과 벽을 훑고 지나가지 않았다. 하지만 두 눈을 감고 담배에 취해 전축의 볼륨을 높이면, 짐 모리슨의 목소리가 약속처럼, 탄원 기도처럼 허공에서부터 들려오면서 저 멀리서 천둥소리와 폭우 소리, 말발굽 소리가 들려왔다. *Riders on the Storm*.

제6장

투숙객 신상 카드의 맨 첫 줄에 적힌 이름이 열두어 개의 이름과 성, 친척 관계, 나이들 사이에 뒤섞여 고무줄로 묶여 있는 신상 카드들 사이에 숨어 있었다. 이 신상 카드들은 콘수엘로 호텔의 직원이 매주 경찰서로 가져왔으며, 대충 훑어본 후 결국에는 소각장이나 지하실 책장에서 끝이 났다. 부하들이 이미 검토했어도 플로렌시오 페레스 부서장이 다시 검토하겠다고 고집을 피우지 않았다면 더 대충 끝났을 것이다. 사실 그는 부하 직원들에게 주눅 들어 살았기 때문에, 어떻게든 그들을 부하라고 불렀다. 그는 놀림을 받으며 살았고, 또 그게 사실이었다. 화가 나서 고상하지 못한 말이 튀어나올 때면 더 그런 생각이 들었다. 그는 집무실에 틀어박혀, 차라리 포위되어, 헤네랄오르두냐 광장으로 나 있는 발코니 앞에서 약간 떨리는 손으로 담배를 말고 있었다. 그리고 이제는 옮겨 적지도 않을 11음절 시구를 상상하며, 그의 명령을 받은 형사 둘이 이미 검토한 호텔의 신상 카드들을 일일이 검토하는 그런 쓸데없는 일에나 몰두하며 단순한 일들을 처리했다. 마히나에서는 그 형사들을 모르는 사람이 아무도 없었고, 첫눈에도 그들이 경찰이라는 걸 알았지만, 그들은 비밀경찰이었다. 그들은 새로운 물결에 따른 현대적인 경찰이었다. 그건 그랬다. 부서장은 탐탁지 않아 하며 약간 무시하듯 그들이 행정 업무를 보는 신부들 같다고 생각했다. 부서장은 칫솔처럼 생긴 콧수염도 나지 않았고, 눈을 잔뜩 찌푸린 채 양복도 제대로 다려 입지 않고 상복처럼 우중충하게 입고 다녔다. 물론 두 형사는 콧수염을 길렀다. 텔레비전의 아나운서처럼 입술을 수북이 덮은 풍성한 수염이었다. 너무 숱이 많아 혐오스럽고 비위생적이었는데, 부서장에게는 그 콧수염이 새로운 시절의 가장 혐오스러운 징후였다. 그들은 세트로 긴 구레나룻과 호롱박 모양으로 생긴 초록색 선글라스를 끼고 다녔으며, 넓은 나비넥타이와 깃이 징그럽게 길고 뾰족한 와이셔츠를 입고, 금 단추가 두 줄로 달린 재킷에, 코끼리 다리처럼 통 넓은 바지를 입고 다녔다. 세상이 세상이었을 때부터, 아니면 부서장이 마히나 경찰서의 황량한 아침과 새하얗게 지새운 밤을 떠올릴 때부터 마시던 고질적인 카페 라테와 코냑을 섞은 커피 대신, 그들은 투우 소처럼 헤네랄오르두냐 광장을 활보하며 몬테레이의 알루미늄 바에 팔꿈치를 괴고 앉아 괜히 기분을 내거나, 철판에 구운 새우와 함께 생맥주나 럼주를 섞은 쿠바리브레를 마셨다. 그들은 광장 아케이드 카페에서 담배를 물고 있는 금발 여자들과, 그 도시에서 집안은 좋지만 망나니인 자식들과 수작을 걸며 희희낙락했다. 그런 사람들 중에는 마히나의 카르니세리토도 포함되어 있었다. 부서장은 투우에 대한 열정을 향토애와 청춘의 방황을 걱정하는 마음과 연결시켜 카르니세리토를 매우 안타깝게 바라보았다. 그는 10월 마지막 축제 때 더 볼품없어진 투우를 펼친 후, 메르세데스를 주차 금지 구역에 세워 놓고는 한가롭게 바들을 전전하며 겨울을 보냈다. 시에서는 감히 그에게 벌금도 물리지 못했다.

형사들은 낯 뜨거울 정도로 솔직하게 그를, 플로렌시오 페레스 부서장을 '노인네'라고 불렀다. 그들은 즉흥적인 새 유행에 따라 부서장의 등을 두드리며 얼마 남지 않은 그의 정년퇴직에 친근한 관심을 보였다. 젊은 세대에게 길을 터 줘야 해요! 그들은 밀수입한 윈스턴 담배를 피웠으며, 틀린 철자와 약자들투성이여서 상부에 제출하기도 힘든 보고서들을 작성했다. 이제는 부서장도 번거로워하며 빨간 펜으로 줄 쳐 주지도 않았다. 플로렌시오 페레스 부서장은 차모로 중위의 집에서, 화로가 들어가 있는 테이블에 앉아 아니스 술 한 잔과 도넛 한 접시를 앞에 두고 자신의 슬픔을 털어놓았다. 부서장은 옛날에 군인이기도 했고, 포로이기도 했고, 마히나 가톨릭 단체의 서기관이기도 했다. "차모로, 내 말을 듣지 않아. 나를 대우해 주지 않아. 내 백발을 존중해 주지 않는다고. 내가 범죄학의 모든 발전에서 늘 기수가 되지 않았었나? 내 평생 완벽한 모범을 보이고 헌신하며 국가를 섬기지 않았나? 그런데 이제는 나를 쓸모없는 늙은이처럼 한쪽으로 제쳐 두려 한다니까." (그는 이 마지막 문장을 우울하게 말하는 순간, 14음절의 시구가 나왔다는 순간적인 만족을 느꼈다. 그는 유명하건 무명이건, 태어난 순간부터 시인이었으며, 선천적으로 그 피를 타고났다.)

그는 매일 아침 로얄 카페에서 첫 카페 라테를 마신 후, 말아 피운 첫 담배 때문에 심각하게 그렁그렁 기침하면서 메소네스 거리 입구에 도착했다. 그는 주민 등록증을 만들기 위해 첫 노선버스를 타고 온 시골 사람들이 줄지어 서 있는 곳을 지나칠 때면, 사람들이 중얼거리며 인사하고 경찰서 문으로 들어갈 수 있도록 자기에게 길을 터 주며 한쪽으로 비켜나는 걸 보면서 잠깐이나마 자부심을 회복했다. 몇몇 남자들은 주도로 오기 위해 쓴 베레모나 구식 모자까지 벗고 인사했다. 그리고 여자들은 아직도 시커먼 두건과 상복과 같은 허리 치마를 입고 있었으며 서명할 줄도 몰랐다. 그들에게서는 아주 오래전 광장에 자주 쳐들어왔던 군중들과 같은 시골 냄새와 땀 냄새, 가난한 냄새가 났다. 하지만 그들은 순한 사람들이었다. 그들은 고해 성사를 할 때처럼 경건한 마음으로 창구에 다가갔다. 그리고 그는 할 일이 없어 뭔가를 하기 위해, 늘 형사들 몰래, 그들 중 몇몇의 주민 등록증 신청서를 대신 써 주기도 했다. 그러고 나서는 무뚝뚝한 친절을 보이며, 그들이 힘들게 사인해야 할 빈칸을 알려 주었다. 그들은 그가 몸소 아랫사람들에게 소탈한 모습을 보여 주는 걸 보고 놀라워했으며, 그는 성서에 나오는 것과 같은 뿌듯한 행복을 느꼈다. 그는 순한 사람들이 축복을 받아야 한다고, 마음이 깨끗한 사람들이 축복을 받아야 한다고 생각했다. 하지만 경비대 옆을 지나칠 때면 회색 제복을 입은 경찰들은 다른 곳을 쳐다보며 그에게 부동자세를 취하지 않았다. 그리고 그는 형사들은 차라리 마주치고 싶지 않았기 때문에, 약탈자들을 냄새 맡고 다니는 기운 없는 짐승처럼 바론 댄디의 향수 냄새를 킁킁거리며 어두침침한 복도를 돌아다녔다. 그는 그들 중 누군가와 맞닥뜨렸다가 제대로 된 대접을 받지 못할까 봐 내심 걱정하며 돌아다녔다. 오전의 이른 시간에는 형사들이 그처럼 광장 시계가 8시를 알리는 순간에 바로 도착하지 않았기 때문에 자주 운이 좋았다. 그들의 말에 의하면, 그들은 밤에 도시의 악당들의 은신처가 되는 유흥업소들을 감시하며 잠복근무했고, 비밀 회합이 열려 그 지역의 반란을 꾀하는 요새가 되는 몇몇 집들을 은밀히 감시했다. 그들 가운데에는 차모로 중위도 포함되어 있었다. 중위가 밤 11시에 정확히 잠자리에 든다는 사실은, 그가 자그마한 나귀에게 푸짐한 밀을 섞은 건초를 한 묶음 주고 나서, 배 속을 깨끗이 하기 위해 물을 큰 컵으로 한 잔 마시고, 침대에서 30분 정도 교육 서적이나 실용 서적을 읽는다는 사실은 부서장도, 그 누구도 아는 다 사실이었다.

호텔과 여관들에서 정리해 보낸 지난 두 달 동안의 신상 카드들이 책상 위에 무더기로 놓여 있었다. 그가 자기 집무실에는 철제 가구의 입성을 단호히 반대했기 때문에, 그의 책상은 여전히 고고학적인 자태를 풍기는 떡갈나무 책상이었다. 여름과 산 미겔 축제 직후 침체기로 접어들기는 했지만, 마히나의 관광이 발전했다는 것은 사실이었다. 로렌시토 케사다는 「싱글라두라」의 한 사설에서, 관광이 백 년은 뒤처진 이 지역을 위한 20세기의 새로운 만나* 라고 언급했었다. 부서장은 전기 화로에 불을 켜고, 성벽의 습한 그림자 때문에 햇빛이 전혀 들어오지 않는 냉장고와 같은 집무실에서 발을 따뜻하게 데웠다. 물론 전기 화로는 포도 껍질을 태워 덥히는 화로의 가족적인 열기와는 절대 비교할 수가 없었다. 그는 총통과 호세 안토니오*의 사진들 사이에 걸린 십자가 앞에서 주기도문을 외웠다. 그러고 나서 광장과 아케이드, 장군의 침착한 동상을 — "……당신의 업적이 청동을 영원케 하리라……." — 재빨리 훑어본 다음, 즐거운 일이 앞에 놓여 있을 때마다 늘 그러듯 양손을 비비며, 오전의 가장 조용한 시간을 그곳을 거쳐 간 사람들의 명단에 할애하기로 했다. 그는 고무줄을 풀어 카드 한 묶음을 왼쪽으로, 몬세라트 대성당의 문진(文鎭) 옆에 내려놓았다. 그는 카드가 한 장이라도 삐져나오지 않도록 카드 패를 뗄 때처럼 카드 가장자리를 두드렸다. 그는 모든 것을, 시간의 흐름과 시계탑에서 울려 퍼지는 온몸에 전율을 흐르게 하는 종소리도 잊고 있었다. 이제는 광장을 훼손시키고 있는, 갈수록 듣기 싫은 교통 소음도 들리지 않았다. 그는 오른손 엄지에 침을 묻히고 첫 번째 카드를 주의 깊게 살펴보았다. 마치 그것이 위조된 게 아닌가 알아보려는 듯했다. 여행자들의 이름과 도착한 날짜, 떠난 날짜, 출발 장소를 읽어 내려가면서 그의 상상력은 그들이 온 도시와 나라들로 날아갔다. 가끔은 자기가 거의 아무 데도 가 보지 못했다는 걸 뒤늦게, 약간이나마 후회하기도 했다. 물론, 마음속으로는 크게 신경 쓰지 않았다. 마히나 말고 어디서 더 편하게 살 수 있겠는가.

로렌시토 케사다가 늘 말하듯, 마히나는 매력적인 거리와 기품 있는 궁전들, 화려한 부활절 축제, 사람들의 두터운 신앙심과 수수한 단순함, 위엄을 갖춘 성당들, 모든 사람들이 제2의 에스코리알이라 부르는 산티아고 병원과 함께 안달루시아의 살라망카였다.

한두 시간쯤 뒤에는, 부서장도 낯선 사람들의 이름을 읽는 일에 지쳐 신상 명세서들을 대충 훑으며 내려갔다. 그러다가 '주의!' 라는 표시로 카드 한 장을 따로 떼어 놓았다. 학기 초 학교에 새로 부임해 온 선생의 카드로, 마드리드 대학교에서 개종 활동을 한 걸로 보고되어 있는 인물이었다. 그러고는 느닷없이 그 사람의 이름이 적혀 있는 걸 본 순간, 부서장은 자기가 제대로 읽었는지 확인하기 위해 코 위로 안경을 바짝 치켜 올렸다. 처음에는 다시 카드를 읽어 보지 않고, 그냥 자기 앞에 따로 분리해 두었다. 그 카드는 큰 키로 대중들 사이에서 툭 튀어나온 사람처럼 일반 카드들 옆에서 다르게 보였다. 그는 다시 첫 번째 성을 읽어 보았다. 당당하게 맞다고 대답하듯 '갈라스' 라고 대문자로 줄 위에 볼펜으로 적혀 있었다. 그의 이름과 두 번째 성은 그가 기억하고 있었기 때문에 우연일 수 없다는 사실을 확인했다. 그러고 나서 그의 시선은 사인 위에 가서 멈췄다. 지난 37년 동안 사인이 그다지 많이 바뀌지 않았다. 구속되었던 플로렌시오 페레스의 석방을 명령하는 확인서 아래 있던 사인과 똑같았다. 그는 총살당할 뻔했던 시절에 대한 추억으로 그 확인서를 협탁 서랍에 늘 넣어 두었다. 나이도 일치했고, 태어난 곳도 마드리드였다. 하지만 직업란에는 도서관 사서라고 적혀 있었고, 그의 현 주소지는 자메이카, 퀸스라는 미국의 한 도시였다. 정말 이상하군. 그는 자메이카를 카리브 연안에 있는 한 국가의 이름이라고 생각했다. 하지만 세계 지도 역시, 다른 모든 것들과 마찬가지로 매일 바뀌는 것 말고는 달리 하는 게 없으니 누가 알겠는가. 그의 막내아들이 노래를 부르는 현대 음악이 전반적으로 그러하듯, 지금은 나라들도 쉽게 이름을 바꿨다. 그 아들이 그에게 가장 실망을 안겨 준 자식이었다. 그러나 마음속으로는 그 돌아온 탕아를 가장 좋아했다.

하지만 그 생각은 더 이상 하지 않는 게 나았다. 갑자기 서글퍼지면 그 슬픔에서 벗어날 길이 없었다. 하루 종일 가시지 않는 두통과도 같았다. 젊은 시절 그를 미치게 만들었던 절대 불가능한 음률에 대한 집착과도 같았다. 그는 한 손에 카드를 들고, 꺼진 채 입술에 물려 있는 담배에 다시 불붙일 생각도 하지 못하고 발코니 쪽으로 향했다. 그는 가까이 다가오는 발소리를 듣고, 형사들 중 하나가 그 신상 명세서를 볼까 봐 두려워 본능적으로 경계하며 재킷 호주머니 안에 집어넣었다. 예전에 열쇠까지 채워 시를 숨겨 두던 그런 두려움이었다. 그는 광장을 건너는 사람들의 얼굴을 하나하나 바라보았다. 마치 갈라스 소령이 아무 때라도 불쑥 광장에 모습을 드러낼 것 같았다. 민간인의 옷차림에 키가 크고 늙었을 테지만 확실하게 알아볼 것 같았다. 바로 지금 부서장이 사용하고 있는 집무실을 차지하고 있을 때처럼 그가 차분하고 무뚝뚝한 모습으로 열여섯 살짜리 딸과 함께 나타날 것 같았다. 그러니까 그는 다른 사람들처럼 죽은 사람도, 갈수록 기억이 나지 않는 유령도 아니었다. 그가 마히나에 있었다. 그는 아케이드에서 사람들과 뒤섞여, 저 발코니들 아래를 한 번 이상은 지나갔을 것이다. 그가 자기를 알아보기란 불가능하겠지만, 어쩌면 누에바 거리에서 마주쳤을 수도 있었다. 플로렌시오 페레스 부서장은 그와 딱 한 번 얘기를 나눈 적이 있었다. 그가 감옥에서 막 풀려나왔을 때, 친구 차모로가 소령을 찾아가 고맙다는 인사를 해야 한다고 했었다. 하지만 어떻게 지냈을까. 그는 갈라스 소령이 당연히 마히나에, 콘수엘로 호텔에 묵었다가 어쩌면 이미 떠났을 거라고 생각했다. 그는 신상 명세서를 꺼내 출발 날짜를 찾아보았다. 하지만 그 칸은 빈칸으로 남아 있었다. 콘수엘로 호텔에 전화를 걸어 봐야 했다. 하지만 자기 이름을 밝히지 않고 물어야 했다. 경찰이 관심을 보인다면 호텔에서 그 손님을 어떻게 생각하겠는가. 그는 다시 책상 앞으로 돌아가 앉았다가, 얼른 일어나서 열쇠로 문을 잠갔다. 그러고는 금세 열쇠로 잠근 걸 후회하고, 다시 문을 열어 두었다. 형사들이 급히 찾아왔다가 문이 잠겨 있는 걸 보고 무슨 생각을 할지 모르는 일이었다. 정말 체면이 말이 아니군. 정말 예민하군. 거짓말 같아. 마히나의 경찰 대장이 자기 아랫사람들을 그렇게 두려워하다니. 그는 평생을 그렇게 살았다. 나이 들어도 고쳐지지 않는 게 있다면, 아니 오히려 더 나빠진 게 있다면 유약한 성격이었다. 그는 수화기를 들었다가 얼른 다시 내려놓았다. 갑자기 더워서 화로를 끄고는 서툴게 담배를 말았다. 그는 다시 이름과 사인, 도착한 날짜를 확인했다. 거의 두 달 전이었다. 소령과 그의 딸은 당연히 이미 떠났을 수도 있었다. 어찌 됐든 너무 오랜 세월이 흘러, 자기와는 아무 상관도 없는 일이었다. 확실하게 음모를 꾀하러 온 것은 아니었다. 때문에 그를 감시하라고 명령을 내리지 않는다 해도, 자기 임무를 소홀히 하는 것은 아니었다. 그리고 그 신상 카드를 다른 카드들과 따로 떼어 내 잘게 찢은 다음 휴지통에 버린다 해도, 자기에게 체제의 적을 보호했다고 나무랄 사람은 아무도 없었다.

그는 전화번호부에서 콘수엘로 호텔의 번호를 찾았다. 그는 번호를 누르고 신호 음을 들으면서 손수건을 꺼내, 영화에 등장하는 납치범처럼 자기 목소리를 알아듣지 못하도록 입을 가렸다. 그때 누군가 들어왔다면, 즉시 수화기를 내려놓고 감기에 걸렸다고 말할 생각이었다. 그의 나이에, 집무실에서 영화의 악당들 흉내를 내며 정말 가관인 풍경이었다. 목소리가 응답했지만 그가 너무 작게 말해서 상대방은 장난 전화이거나, 아니면 잘못 걸린 전화라 생각했는지 전화를 끊으려 했다. 그는 손수건을 집어넣고 목청을 가다듬은 후, 자기는 갈라스 씨의 친구라고 말했다. 처음에는 리셉션에서 그 이름을 기억하지 못해, 장부를 찾아보겠다고 했다. 플로렌시오 페레스 부서장은 손에서 흘러나온 땀으로 축축해진 전화기를 그대로 든 채 안절부절못하며 집무실 문 쪽을 바라보았다. 마침내 목소리가 돌아왔다. 갈라스 씨와 그의 딸은 거의 한 달 전쯤 호텔을 떠났으며, 행선지는 말하지 않았다고 했다. 그는 안도와 죄를 사면당한 기분을 느끼며 전화를 끊었다. 하지만 놀랍게도 몇 분 만에 그 기분은 환멸로, 무기력으로, 권태로움으로 바뀌었다. 휴지통에 들어 있는 산산조각 난 신상 카드 조각들이 그에게 항의하는 것 같았다. 그는 서류 몇 장을 더 찢어 그 위로 집어 던졌다. 분명히, 그도 어쩔 수 없이 늙어 버린 것이다. 젊은 시절 최악으로 지냈던 그 몇 달까지도 그리웠던 것이다. 사태가 터졌을 때 폭도들이 미사를 마치고 나오는 신자들에게 돌팔매질을 하기 위해 모여들었던 추격과 협박의 혼란스러웠던 그날들까지도 그리웠던 것이다. 그때 마히나의 수비대가 그와 합류하리라는 건 분명했었다. 그런데 몇 시간 잠을 못 자며 하룻밤을 보낸 이후 갑자기 모든 것이 어긋났고, 그는 자신의 이상과 믿음을 용감하게 공포한 것 이외에는 아무 잘못이 없었는데도 숨어 다니기 시작했다. 지치지도 않는 로렌시토 케사다가 그의 죽음 이후 출판하려고 애썼던 비망록에, 그는 나중에 그렇게 적었다. 그토록 오랜 세월 그 남자는 어떻게 살았을까. 망명을 떠나 상상도 할 수 없는 어떤 경로를 통해 도서관 사서가 되었으며, 미국에서 살게 되었을까. 그리고 왜 지금 돌아왔을까. 또 왜 그렇게 오랜 시간이 걸렸을까.

부서장은 그의 키와 군인다운 위풍당당한 행동들을 기억했다. 하지만 그의 얼굴은 기억나지 않았다. 그는 변명거리를 만들어, 사진사 라미로를 찾아가 볼까도 생각했다. 분명히 그는 갈라스 소령의 사진을 문서 보관함에 보관하고 있을 것이다. 하지만 딸을 결혼시킬 때 결혼식 사진을 컬러로 현상하는 경쟁 사진사에 맡겼기 때문에, 라미로의 사진관에 가는 게 두렵기도 했고, 약간 미안하기도 했다. 게다가 신분증 사진을 반드시 흑백으로 찍어야 할 필요가 없어지고, 광장의 골목에 사진 자판기가 설치된 이후로는 라미로의 사진관이 가장 확실한 고객들을 뺏겨 버렸다. 그래서 부서장은 그와 마주칠 때마다 죄책감과 동정이 뒤섞인 감정이 들어 안절부절못했다. 손님이 없는 시장의 식료품 상인들을 볼 때와 비슷한 감정이었다. 물론, 그는 토요일 오전에 그들에게서 물건을 샀다. 집으로 돌아오면 그의 아내가 바구니에 들어 있는 시든 채소들과 상한 고기를 보고, 그에게 쓸모없는 인간이라고 불렀다. 그러고는 그에게도 남자들에게 있는 그게 있어서 제대로 사용할 줄 안다면, 시장으로 돌아가 환불해 오라며 야단쳤다.

그는 사진사 라미로의 사진관에는 가지 않았다. 먼지가 내려앉은, 몇 장 되지 않은 신병들과 신혼부부의 사진들이 아직 놓여 있는 진열대를 보는 것만으로도 가슴이 미었다. 그리고 마히나의 카르니세리토가 투우사가 되던 날 찍었던 커다란 사진을 봐도 그랬다. 하지만 그것 역시 오래된 사진이었다. 그것은 『디가메』에 실렸던 사진으로, 도시의 몇몇 술집들에서는 아직도 누렇게 빛바랜 그 사진을 볼 수 있었다. 요즘은 사람들이 사진을 찍으러 가는 곳이 '포토 이미지 2000' 이라는 요란한 간판이 걸린 광장 아케이드에 있는 새 가게였다. 그곳은 가전제품 대리점처럼 넓은 쇼윈도를 갖추고 있으며, 쇼윈도에는 요란한 컬러 사진들이 번쩍이고 있었다. 가끔은 이상한 각도에서 찍은 사진들도 있는데, 부서장은 그 사진들을 보고 있다 보면 현기증이 날 정도였다. 신혼부부들이 분홍 안개에 휘감겨 있거나, 텔레비전 안에서 웃고 있거나, 아니면 현대 음악 잡지의 표지처럼 양팔을 벌린 채 구근 모양의 살바도르 탑 위로, 구름들 사이로 날아다니고 있었다. 그는 '아무것도 이해하지 못하겠군' 하고 생각했다. 그러고는 그날 밤 차모로 중위에게 말했다. "요즘 사람들이 짓는 시는 이해하지 못하겠어. 운율과 각운의 성스러운 법칙을 지키는 것에 그 이름을 붙일 수 있다면 말일세. 나는 사람들이 그리는 그림도, 부르는 노래도, 바에서 하는 말도 도무지 이해하지 못하겠네. 이해가 안 되니까, 요즘 경찰 보고서에서 사용하는 말도 이해하지 못하겠어. 약자들밖에는 없네, 차모로. 자네의 정치 조직 이름을 조금 단순하게 할 수 없겠나? 내 생각에는 자네들조차 이해하지 못할 걸세. 물론, 그게 우리를 혼란스럽게 한다는 게 좀 뭣하지만 말일세. 어찌 됐든 자네들 모두는 같은 것을 찾고 있지 않나. 그게 그러니까, 체제를 무너뜨리는……." 플로렌시오 페레스 부서장은 친구를 체포해야 한다는 의무감이 없이 찾아갈 때면, 산 로렌소 동네의 골목길들을 몇 바퀴 돈 다음 이미 날이 어두워져 아무도 알아보는 사람이 없을 때 몰래 찾아갔다. "플로렌시오, 괜히 나를 열 받게 하지 말게. 자네가 오는 걸 보고 있으니 말일세. 자네도 알다시피, 나는 항상 정치의 거짓말과 종교의 구속을 똑같이 혐오해 왔네." 부서장이 도넛을 한 입 깨물고 아니스 술을 한 모금 마신 후, 달콤하고 분말이 많은 덩어리를 입에 문 채 침과 설탕을 튀기면서 말하기 시작했다. "비교하지 말게, 차모로! 그런 말은 계속하지 마. 안 그러면 화를 낼 테니까!" "자네는 입에다가 뭘 넣고 말하지 말게. 나를 엉망으로 만들어 놓으니. 정말 거짓말 같군. 그렇게 세련되고 예의 바르게 자란 자네가 그러다니. 자네가 먹고 있는 동안에는 아무도 자네 가까이 갈 수가 없네." 차모로의 아내가 그들을 말리기 위해 부엌에서 돌아왔다. 그들이 언성을 높일 때마다 늘 그래 왔다. "자, 플로렌시오, 한 잔 더 하고, 도넛도 한 개 더 드세요. 오늘 밤 안색이 별로 안 좋네요." "그리고 그에게 재떨이도 갖다줘." 차모로 중위가 위엄 있게 말했다. "담배를 피우고 싶어 죽겠는데, 감히 나한테는 말을 못하고 있으니까." 중위는 신선한 약수를 마셨다. 그는 수돗물을 좋아하지 않아, 알라메다 샘에 가서 골골하는 나귀의 작은 광주리에 실어 항아리로 물을 떠왔다. 페레스 부서장은 서둘러 담배 케이스와 담배 마는 종이를 꺼내 허겁지겁 담배를 말았다. 그는 자기에게 부족한 성자의 기이함과 엄격함이 자기 친구에게는 있다고 생각했다. 하지만 그날 아침 자기가 발견한 사실에 대해서는 그에게 아무 말도 하지 않겠다고 맹세했다. 그는 한번 입을 다물었다 하면, 아무리 간곡한 애원에도 침묵을 깨지 않았다. 네로 황제의 지하 감옥에 갇힌 크리스천 순교자들처럼. 체코 감옥의 포로들처럼. 하지만 아니스 술과 도넛, 테이블보 아래의 따뜻한 화로, 그 집의 친절한 환대가 어쩔 수 없이 그로 하여금 솔직해지고 싶은 유혹을 느끼게 했다. "차모로, 나한테 무슨 일이 있는지 모르겠네." 그가 담배 연기를 내뿜어 방 안을 연기로 가득 채운 후 말했다. "자네한테 무슨 일이 있겠나 — 차모로 중위는 기침을 하며 연기를 쫓기 위해 양손을 흔들었다 — 자네는 수도자인데." "나는 개 같은 인간이네. 자네 아내에게 용서를 구하네. 내 말은 못 들었을 걸세. 나에게 무슨 일이 있는 건, 내가 성격도 없고, 권위도 없고, 아무것도 없어서 그런 것일세. 내 막내아들은 그렇게 착해 보였는데, 사제가 되어 나를 기쁘게 해 줄 줄 알았는데,

자네도 보다시피 그러고 있네. 어디에 있는지는 모르겠지만 장발에다가 야만인처럼 수염을 기르고 마약을 하고 엉망진창으로 뒹굴고 다니니. 밀림의 원주민처럼 고래고래 소리를 지르며 노래하면서 말일세. 내 딸은, 내가 딸네 집에 가면 나한테 파슬리를 사 와라, 와인을 사 와라 온갖 심부름을 시킨다네. 그리고 뒷말 잇기 놀이를 하자고 손자 놈을 무릎 위에 앉혀 놓으면 손자 놈은 나를 비웃거나, 아니면 지겨워하면서 내려가, 만화 좀 보게 자기를 내버려 달라는 거야. 큰아들은 부서장이 돼서 마드리드에 부임한 이후로는 아예 나를 어깨 너머로 쳐다보네. 그리고 내 마누라는 두말할 것도 없고, 차모로. 성모 마리아 90일 기도에 같이 가자고 하면, 내가 지금까지 기도한 걸로도 이미 충분하다면서 성당의 습기가 자기 류머티즘에는 좋지 않다고 하네." 그는 자기가 말하는 걸 들으며, 자신의 고행과 어휘를 똑같이 정성껏 다듬는 걸로 위안을 얻었다. 차모로 중위는 얼굴에 묻은 도넛 찌꺼기를 닦아 내고, 전염될까 봐 두려운 듯 술병을 들고 있는 손을 멀리하며 그의 잔에 아니스 술을 조금 더 따랐다. "내 인생에서 뭐가 부족했을까?" 부서장이 계속 말했다. "조금씩이나마 모두 가졌었네. 옛날에는 힘들었어도 궁핍하지는 않았네. 공부도 하고 운도 따랐지. 심지어 전쟁에서도 승리했네. 우리 편이 아니라 자네 편이 이겼다고 상상해 보게. 지금쯤 자네는 장군이나 도지사, 아주 높이 올라가 있겠지. 그리고 나는?" "수도자, 플로렌시오. 엄청난 수도자." "가톨릭 수도자, 차모로, 가톨릭. 훌륭한 스페인 사람 말고 사도에다가 로마인이 되었을 걸세." 차모로 중위가 주먹을 쥐고 테이블을 내리쳤다. "또 시작이군, 자네. 그럼 나는? 나는 미사에 가지 않으니 터키 사람인가?"

그는 차모로 중위에게 아무 말도 하지 않을 작정이었다. 자기 자신에게 그렇게 맹세했었다. 억지로 자백을 받아 비밀을 털어놓을 때처럼 입을 꽉 다물고 있을 생각이었다. 그는 시계를 쳐다보았다. 벌써 10시였다. 늦어도 10시 반까지는 집에 돌아가 있어야 했다. 하지만 거리는 춥고 바람이 많이 불었으며, 차모로 중위의 화로가 놓인 테이블에서는 낙원이 따로 없었다. 화로의 불이 이글이글 타올라, 삽으로 한번 휘저으면 방 전체가 담요를 덮은 것처럼 따뜻하고 훈훈해졌다. 그리고 아주 적당히 튀긴 도넛과, 입안을 촉촉하게 적시며 부드럽게 소화를 도와주어 위를 편하게 하는 아니스 술도 있었다. 하지만 갈라스 소령을 아는 친구인 차모로에게 그 말을 하지 않는다면 누구한테 할 수 있겠는가? 차모로 중위는 갈라스 소령의 부하였고, 신실하지만 아무 죄 없는 젊은 경찰이 감옥에서 풀려날 수 있도록 그에게 부탁했었다. 팔랑헤 모반자들의 덫에 걸려 실수로 붙잡혀 들어갔다고 했다. 부서장이 너무 진지한 표정을 짓는 바람에, 얼굴이 조금 더 길쭉해 보였다. 그는 차모로의 아내가 설거지하고 있는 부엌 쪽을 바라보며, 문을 닫으라는 표정을, 자기에게 조금 더 가까이 오라는 표정을 지었다. "차모로, 내가 자네한테 무슨 말을 해도 절대 아무에게도 말하지 않겠다고 맹세하게." "나는 하느님을 믿지 않기 때문에 맹세는 하지 않네." 부서장은 초조한 표정을 지으며, 그가 하느님을 믿지 않아도 아직은 구원받을 수 있으며, 그가 교회의 품 안으로 돌아올 수 있도록 자기가 매일 밤 기도하고 있다는 말을 친구에게 털어놓을 뻔했다. 프리메이슨이며 의사였던 돈 메르쿠리오와 같은 많은 무신론자들처럼 죽음에 임박해 죽을 때라도 구원받을 수 있다고 얘기할 뻔했다. 하지만 이제는 늦었기 때문에, 그리고 자기가 한 맹세를 깨고 싶어 죽을 것 같았기 때문에 꾹 참았다. "차모로, 그럼 자네의 명예를 걸고 약속하게." "약속하겠네." 부서장이 담배 한 대를 더 말았다. 그는 연기를 조금만 내뱉으려 했지만 소용이 없었다. 그의 아내는 그가 그 누구보다, 기관차보다 더 많은 연기를 내뿜으며, 집 안을 고약한 냄새로 가득 채운다고 했다. 그가 미스터리한 목소리를 냈다. "자네와 나, 우리가 알고 있으며, 오래전 마히나를 떠난 누군가 지금 이곳에 와 있네. 내가 그를 발견했네. 내가 자네에게 말해야 할지 확신하지 못하니, 나한테 누군지 묻지는 말아 주게." 차모로 중위는 연기가 커튼이라도 되는 듯 한쪽으로 밀어젖히며, 크게 웃기 시작했다. "갈라스 소령, 자네 편이 그런 생난리를 피웠을 때 자네의 목숨을 구해 주신 분이지. 그런데 자네는 선을 넘어 우리와 맞서 싸우는 걸로 갚았지." 믿을 수가 없었다. 가장 친한 친구까지 자기의 기대를 저버리다니. 전과자조차 경찰서의 수장만큼 알고 있다니. 그는 비밀의 일부만을 털어놓은 것처럼 굴었다. "어려웠네. 하지만 우리가 그의 흔적을 찾고 있네. 이곳에 몇 주 머물다가 남쪽으로 떠난 것 같네……." 차모로 중위가 단호한 표정을 지으며 벌떡 일어나 창문을 열었다. 푸른빛이 감도는 회색 연기가 흔들리더니 순식간에 밖으로 빠져나가 차가운 공기와 자리바꿈을 하며 어둠 속으로 사라졌다. "플로렌시오,

괜히 고생하지 말게. 그리고 나한테 더 이상 사기도 치지 말고. 그는 숨지 않았기 때문에 자네가 그를 찾을 필요는 없네. 게다가 그는 마히나를 떠나지 않았네. 그는 카르멘 동네에 있는 전원주택에서 살고 있네."

제7장

그녀가 나에게 얘기하고 있는 지금도 어느 것 하나 기억나지 않는다는 게 어떻게 가능할까. 분명 내가 보고 잊어버린 것의 흔적조차 남아 있지 않다는 게 어떻게 가능할까. 겨울 아침, 고양이가 물기를 촉촉이 머금은 자갈 위의 젖은 낙엽 위를 뛰어다니며 햇볕을 쬐던 버려진 정원이나, 아니면 이집트 고양이처럼 꼼짝도 하지 않고 있던 울타리 옆을 내가 그렇게 많이 지나다녔었는데. 그때 나는 그 근처에 사는 마리나의 집 주변을 배회하기 위해 갔었지만, 사실 그곳은 근처에 갈 엄두조차 내지 못하는 동네였다. 그곳은 백만장자들만 사는 동네라고 생각했었다. 마히나 북서쪽에 위치한 카르멘 단지는 전원주택이 많은 동네였다. 마드리드 국도 옆, 황야의 경계 끝에 위치했었다. 그곳에는 오랫동안 살레시아노스 학교만이 유일하게 우뚝 솟아 있다가, 나중에 아파트 단지들이 들어차기 시작했다. 그곳에는 돈 많은 부자들과 마리나의 아버지와 같은 의사, 변호사, 엔지니어 들이 높은 담장이나 철책 울타리 뒤로 숨은 집에서 살고 있다고 상상했다. 그런 집들은 삼나무나 도금양 울타리에 둘러싸여, 초인종과 욕실을 갖추고 있고, 문마다 금색 문패가 달려 있다고 상상했다. 그리고 그곳에 사는 투명 인간들은 우리 동네에서 아주 멀리, 도시 건너편 끝 쪽에서 살고 있으며, 그것은 확실하게 돈으로 인한 거리감을 입증한다고 상상했다. 여름 해 질 녘이면 살수기와 잔디 깎는 기계 소리가 들려왔으며, 그곳을 돌아다니다 보면 재스민과 산매화, 물에 젖은 풀 냄새가 났고, 개들이 짖어 대는 소리가 사방에서 들려왔다. 웃음소리와 목소리들, 하얗게 칠한 철제 의자에 앉아 조용히 나누는 담소, 수영장의 물비린내, 거리에서는 보이지 않는 수영장에서 첨벙대며 노는 소리가 들려왔다.

나디아는 웃으면서 내가 과장하는 거라고, 단지를 통틀어 수영장은 단 세 집밖에 없었다고 말한다. 거의 대부분 단층으로 소박한 정원이 딸린 작은 집들이었으며, 많은 정원들이 국도의 먼지와 연기로 여름을 제대로 이겨 내지 못했다고 한다. 내 상상력이 그곳의 낯섦에 주눅 들어 그곳을 확대해서 본 것이었다. 그곳에서 나는 남의 집을 흘낏거리며 엿보는 사람밖에는 되지 않는다고 생각했었고, 지금도 계층 간의 막연한 반감을 가지고 있다. 그래서 나는 내 눈앞에 있는 것을 제대로 보지 못했다. 하지만 나는 그녀를 볼 수밖에 없었다. 확실히 봤을 것이다. 그런데도 나는 불가능과 좌절로 정점을 이룬 사랑이라는 황폐한 집착에 눈이 멀어 자세히 보지 않았다. 내 삶의 전과 후에서도 무수히 그랬던 것처럼. 누군가 깨어 있고, 걸어 다니고, 말을 한다고 해서, 사물들을 본다는 것은 거짓말이다. 의식적인 기억에 대한 확신은 거짓말이다. 나는 그녀와 그녀의 아버지를 스쳐 지나쳤을 것이다. 그녀가 분명히 나를 봤기 때문에, 그리고 내가 두 눈을 가리고 다니지 않았기 때문에 안다. 그녀는 내가 청바지에 파란 재킷을 입고, 까만 곱슬머리를 이마 위로 살짝 내리고, 담장이 낮은 아카시아 길을 혼자 걸어가는 것을 봤다고 말한다. 열일곱 동그란 얼굴의 내가 입 끝에 담배를 걸쳐 물고 피우는 모습이 너무 인위적이고 문학적이었으며, 약간 삐딱하고 절박하게 쳐다보는 눈길이 인상적이었다고 말한다. 그래서 나를 다시 봤을 때는 알아보는 데 채 5분도 걸리지 않았다고 말한다.

하지만 그 시절, 그녀는 나와는 정반대로 모든 것을 눈부셔 하며 또렷하게 보았다. 그녀는 어릴 때부터 상상하던 도시에서 살고 있었고, 난생처음 비행기를 타고 대서양을 건넜으며, 그녀가 바다 건너편에 내린 이후 보게 된 것은 모든 것이 잔잔한 경이로움이었다. 그녀는 미국에서 멀리 떨어져 요구나 위협 없이 하루하루가 연장되는 현재 속에서, 영원히 계속되는 무감각 속에서, 끝이 없을 것 같은 휴가 속에서 살고 있었다. 잠 못 이루는 밤의 고요 속에서 벽을 사이에 두고 북처럼 쿵쿵거리는 인공 심장을 달고 죽음을 헤매는 어머니가 누워 있던 집과는 멀리 있었다. 그녀는 자기 방의 창문을 통해 맨해튼의 불빛을 바라보았다. 어렸을 때는 자주 가 보지 못한 곳이었다. 너무 조금밖에 가 보지 못해, 훨씬 나중이 돼서야 도시를 제대로 알게 되었으며, 그곳에서 그녀는 다른 모든 곳에서와 마찬가지로 자기가 이방인이라는 기분이 들지 않은 적이 단 한 번도 없었다. 그 점에 있어 우리는 공통점을 가지고 있다. 불편함과 해방감이 영원히 뒤섞인 기분으로 30분이나 열흘만 머물러도, 마치 그곳에 임시로 있다는 기분도, 유목민처럼 떠돌아다닌다는 기분도, 한 언어에서 다른 언어로 옮겨 다니며 여행하고 있다는 어중간한 기분도 들지 않은 채, 영원히 머물거나 몇 년을 산 것 같은 기분이 들었다. 어렸을 때 그녀는 어머니와 어머니의 친구들에게는 이런 식으로 말하고, 아버지에게는 다른 식으로 말해야 한다는 것을 알고 있었다. 하지만 어떨 때는 영어로 말하고, 어떨 때는 스페인어로 말하는 것이 아니었다. 학교에 다니고, 여자 친구들과 어울리면서 자기 집과는 똑같지 않은 집들을 놀러 다니면서부터 그녀는 그 사실을 깨닫게 되었다. 그러고는 그 차이의 핵심이 자기 아버지에게 있으며, 그 사실이 자기를 당혹스럽게 하면서, 그와 동시에 아버지를 자랑스럽게 생각하게 한다는 사실을 아주 뒤늦게야, 그것도 어렵사리 발견했다. 그녀의 아버지는 금발도, 불그스름한 얼굴도 아니었으며, 고래고래 소리 질러 가며 콧소리를 내면서 말하지도 않았고, 어머니의 손을 잡고 다니지도 않았고, 너털웃음을 웃듯 요란하게 웃으며 손님들을 맞지도 않았다. 그녀의 아버지는 이웃 사람들과 전혀 교류하지 않았으며, 정원에서 이웃 사람들에게 음료수를 권하지도 않았고, 여름 오후에 반바지 차림으로 정원 잔디에 물을 주거나, 바비큐 불을 지피지도 않았다. 오히려 여자 친구들의 할아버지를 많이 닮았다. 특히 외국 억양이 아주 강한 영어를 구사하는 할아버지들을 말이다. 하지만 그녀에게는 그 점이 단점이 아닌 장점처럼 보였다. 어쩌면 그 시절, 그녀는 청춘과 노년을 아주 막연하게나마 구분했으며, 어떤 경우에든 노년을 선호했기 때문이었는지도 모른다. 그녀의 아버지는 차를 타고 출근하지 않았다. 걸어 다녔으며 운전할 줄도 몰랐다. 그리고 이 역시 그가 여느 아버지들과 다른 점이었다. 그녀가 여덟인가 아홉 살쯤 되었을 때부터는 가끔 아버지와 함께 기차를 타고 맨해튼의 어두침침한 계단이 있는 아파트에 갔었다. 그곳 붉은 벽돌집에는 아버지와 비슷한 다른 남자들이 있었다. 그들이 스페인어를 말해서뿐만이 아니라, 옷을 입는 방식도 비슷했고, 얼굴 표정도 비슷했고, 집에서 하도 많이 들어 그녀가 외우고 있는 노래들을 틀어서였다. 지금도 눈가를 촉촉하게 적시거나 목에 뭔가 걸리는 기분이 들지 않고서는 「세상에서는」이나 「스페인의 한숨」과 같은 파소 도블레 곡을 들을 수 없다. 그녀는 자신을 비웃으며, 내가 자기를 이상하게 볼 거라고 확신한다. 하지만 자기도 어쩔 수 없다며, 바뀌고 싶지 않다고 한다. 그녀는 격렬한 오케스트라 음악과 콘차 피케르의 걸쭉하면서도 어두운 목소리를 들으면, 기차를 타고 맨해튼에 갔던 여행과, 자기에게 솔직한 그리움과 행복하면서도 의지할 데 없는 허전한 느낌을 전해 주기 위해 아버지가 따뜻하고 커다란 손으로 자기 손을 꽉 잡고 가던 장면이 저절로 떠오른다고 한다. 옛날 가구들과 구리 접시, 벽에 걸린 스페인 사진들, 공화국 국가와 미겔 데 몰리나의 노래가 흘러나오는 전축, 바닥이나 테이블 위에 찻잔과 셰리주 잔을 내려놓고 소파에 예의 바르게 앉아 있는 남자들과 여자들이 있는 아파트였다. 그들은 그녀가 그곳에서만 본 다정함으로 허리를 감싼 채 춤을 추었다. 그녀의 어머니가 주최한 이상한 파티에서는 전혀 본 적이 없는 다정함이었다. 절대 춤추는 법이 없는 그녀의 아버지가 응접실 한쪽 구석에서 웃으며 지켜보는 가운데, 그들은 가끔 그녀를 데리고 나가 스텝을 가르쳐 주었다. 그녀의 아버지는 누군가의 말에 고개를 끄덕이면서도 눈으로는 그녀를 바라보며, 건드리지도 않은 잔을 들고 말없이 그녀를 대견해했다.

그녀는 자기가 아버지와 함께 찾아간 그 남자들과 여자들이 다른 사람들과 같지 않다는 것은 굳이 설명할 필요가 없다는 생각이 들었다. 그녀는 조숙한 마음으로 자부심을 느끼며 깨달았다. 그들의 집은 일상이라는 거대한 현실 한복판에 떠 있는, 폐쇄되어 있는 불안한 섬들과 비슷했다. 그녀가 유일하게 알고 있는 현실이지만, 그 현실 역시 그녀에게 적대적이었다. 그들이 마지막 기차를 타고 돌아오면 어머니는 이미 잠들어 있었다. 하지만 소파 앞, 낮은 테이블 위에 놓인 잔과 얼음이 녹아 있는 얼음 통은 그대로 있었고, 텔레비전도 끄지 않았다. 그녀는 조용히 잠옷으로 갈아입고 머리를 빗고 이를 닦았다. 그녀의 아버지는 욕실 문에 기대선 채 파티 때 두 눈을 반짝이며 쳐다볼 때처럼 가벼운 미소를 머금고 있었다. 입술조차 거의 움직이지 않았는데, 어쩌면 그녀만이 볼 수 있게 존재하는 미소였는지도 모른다. 그녀는 아버지에게 키스하고 스페인어로 저녁 인사를 한 후 불을 끄지 않은 채 누워, 아버지가 들어오기를 조용히 바라며 두 눈을 감고 기다렸다. 그가 가만히 그녀의 방문을 노크한 후 침대 가까이 다가올 때면, 그의 양손에는 스페인 책이 들려 있었다. 그녀는 아버지의 목소리를 들으며 잠들었다. 그녀에게는 아버지의 목소리가 점점 약해지는 것 같았으며, 그와 동시에 불도 어두워졌다. 그러다가 결국 목소리들이 조용히 웅얼거리는 소리로 변하면서 두려움 없는 어둠이 그녀를 감싸 안았다. 이제 잠이 들었는데도 그녀는 아버지가 이불을 올려 덮어 주고, 그러고 나서 자기 이마에 입을 맞추고 머리를 쓰다듬어 주는 손길이 느껴졌다. 그리고 마지막으로 멀어지는 발소리와 조용히 문 닫히는 소리가 들렸다. 그녀는 아버지가 들려준 이야기에 나오는 장면들을 꿈꿨다. 그리고 아버지가 서재 벽에 건 그림 속에 있는 말을 탄 남자와 숲, 어둠에 잠긴 성을 가끔 꿈꿨다.

나는 그녀가 조금씩 마히나의 거리와 겨울에 익숙해져 가는 모습을 상상한다. 처음에는 아버지의 안내를 받다가 점차 용기를 내어 혼자 다녔을 것이다. 틀림없이 한번은 산 로렌소 동네에, 포소 거리에 와 봤을 것이다. 그곳에서는 이웃 여자들이, 어쩌면 우리 어머니나 레오노르 외할머니가 문 앞을 쓸며 설거지한 물을 길 위로 뿌리다가 그녀를 한참 바라보았을 것이다. 그리고 나와도 마주쳤을 것이다. 그러고 나서 그녀는 돌아오는 길에, 헤네랄오르두냐 광장과 트리니다드 거리로 올라가, 밤이면 환한 조명이 밝혀지는 분수가 있는 누에바 토레까지 갔을 것이다. 그녀는 학교 종이 울리는 시간에 학교 앞 인도를 지나갔을 것이다. 교문이 열리면서 내 친구들과 나는 마르토스에서 음악을 듣고 생맥주를 마시기 위해 라몬이카할 대로를 건너갔다. 나는 등에 체육 가방을 메거나, 노트와 책들을 가슴 앞으로 들고 나오는 여자아이들 사이에서 그녀를 구별할 수 있다. 얼굴 모양이나 머리 색깔뿐 아니라, 그녀가 다른 여자아이들처럼 허리와 엉덩이를 흔들지 않고 다르게 걷기 때문에, 그녀가 핸드백도 메지 않고, 화장도 하지 않고, 그리고 자기 또래의 여자아이들보다 어려 보이기 때문에 구별할 수 있다. 그러나 어쩌면 나는 그녀의 모습을 상상하는 게 아닐 수도 있다. 어쩌면 내 기억력이 나보다 훨씬 똑똑해서, 그녀를 기억하는 건지도 모른다. 정확하게 그녀가 아니라, 가끔 마히나에서 보았던 외국 여자들 중 하나를 기억하는 건지도 모른다. 그 여자들에게서는 마르토스의 주크박스에서 영어 노래를 들을 때마다 나를 당황하게 했던, 도무지 손에 넣을 수 없을 것 같은 자유와 약속의 분위기가 풍겼다. 마리나와 그녀의 친구들은 굽 높은 구두를 신고, 눈썹에 마스카라를 하고, 얼굴에 크림을 바르고, 아이섀도를 바르고, 눈썹을 뽑았으며, 금요일 오후에는 미장원에 다녔다. 그녀는 그때도 지금과 똑같이, 무감각하면서도 자연스럽게 걸어 다닌다. 가다가 아무 데나 멈춰 서서 구경하고, 그러다 자기가 가고 있던 방향도 잊어버린다. 그녀는 군화나 운동화를 신고 다니며, 약간 헐렁하게 큰 점퍼를 입고 다닌다. 그녀가 학교 교문 앞을 지나고, 어쩌면 자기 앞을 지나치는 나를 보고, 어디선가 내 얼굴을 본 적이 있다고 생각한다. 그녀는 늦었으며, 아버지의 저녁 식사를 준비하기 위해 이제는 집으로 돌아가야 할 시간이 되었다고 생각한다. 곧 날이 어두워질 것이고, 비가 부드럽게 내리기 시작한다. 그녀는 누군가와 부딪치고, 사과하기 위해 돌아보며 영어로 말한다. 그 남자는 그녀가 전에 본 적이 있는 남자지만 금방 기억이 나진 않는다. 서른 살이 넘어 보이는 남자로, 면 재킷을 입고 넥타이를 맸으며 안경을 쓰고 검은색 서류 가방을 들고 있다. 그리고 그녀를 본 적도 없고, 그녀가 있는지조차 몰랐던 나는 바로 그 순간 마르토스의 주크박스에 동전을 집어넣고, 지미 헨드릭스의 노래를 듣기 위해 한 손에 맥주를 들고 친구들 옆에 가서 앉는다 — 마르틴이 리드미컬하게 고개를 움직이며 화학 노트를 들여다본다. 그리고 세라노는 두 눈을 살짝 감고, 하시시를 피우는 사람들이 짓는 표정으로 담배를 피우며 입으로 담배 연기를 천천히 내뿜는다. 그리고 펠릭스는 절대 좋아지지 않는 그 음악을 지겨워하며, 다른 세상에 가 있는 것 같다 — 지금 나는 그들의 만남을 상상하며 질투를 느낀다. 나는 그녀가 그 남자와 부딪치지 않기를, 아니면 그녀가 사과해도, 그가 그녀를 알아보지 못하기를 바란다. 우리 콘수엘로에서 본 적이 있는데, 그가 미소를 머금으며 말한다. 10월 초, 그 두 사람은 막 도시에 도착해 그곳에서 묵었다. 네가 아버지를 기다리고 있다고 말했잖니. 네가 일어나기도 전에 아버지가 외출하면서 9시에는 돌아올 거라는 메모를 남겼는데, 그땐 이미 10시였기 때문에 너는 아버지가 길을 잃었을까 봐 걱정했잖니. 그들은 카페 라테를 마시면서 호텔 바에 있었다. 그가 거리 건너편에 있는 학교 쪽 유리창을 가리키며 긴장해서 말했다. 그날이 그의 첫 근무이며, 이미 여러 해 경험은 있지만 낯선 도시에서, 모르는 학생들과 어쩌면 약간 비우호적인 선생님들과 함께 새 학기를 시작한다는 게 항상 어렵다고 말했다. 그는 늘 그랬다고, 새 학교에 가서도 자신의 의견을 얘기할 때면 전혀 거리낌이 없어, 동료들이 자기에게 등을 돌렸다고 말했다. 그래서 지금 그녀를 만나 너무 반갑다고 했다. 그녀가 그렇게 멀리, 제국의 수도인 미국에서부터 와서 그 도시와 나라에 익숙해졌을지 자신에게 물으면서 그 두 달 동안 그녀 생각을 많이 했기 때문이라고 했다. 그는 처음 만났을 때 이미 했던 농담을 다시 반복하며 크게 웃었다. 그가 시계를 쳐다보았다. 바쁘지만 그녀에게 커피 한잔 대접할 시간은 된다고 했다. 그녀는 어깨를 으쓱하며 좋다고 대답했다. 그의 말이 빨라 약간 당황하기는 했지만, 그녀는 오랫동안 자기 아버지와 가게의 점원들 이외에는 아무하고도 말하지 않았다. 그리고 그녀의 아버지는 근래 들어 부쩍 말수가 줄어들고 혼자 산책하는 걸 원했으며, 그녀가 잠이 들고 나서야 집으로 들어왔다. 하지만 그녀는 자고 있지 않았다. 어릴 때부터 아버지가 집에 들어와야 잠이 들었다. 불을 끈 채 계속 깨어 있었는데, 울타리 문이 열리고, 그러고 나서 현관문이 열리는 소리가 들리면 반짝이는 자명종 바늘을 바라보았다. 아버지의 발소리를 감시했으며, 그가 불을 켜지 않아 가구에 부딪히고, 욕실에서 한참 있다가 아무 소리도 내지 않고 침대 위로 드러눕는 게 느껴졌다.

그들은 대로를 건너갔다. 그녀가 우연히 마르토스에 들어가자고 제안했지만 그는 싫다고 대답했다. 그 바는 항상 시끄러웠으며, 게다가 늘 학생들로 북적거렸다. 그들은 콘수엘로로 향했다. 그렇게 하면 그들의 첫 만남을 반복할 수 있다고, 그가 웃으면서 말했다. 그는 빌어먹을 개자식이고, 모범적인 투사인 데다, 프락시스와 객관적인 조건들을 좋아하는 영웅이었다. 그는 시험 볼 때 우리에게 담배 피우는 것을 허락했으며, 책과 노트들을 보는 것도 허용했다. 그의 손가락에서는 분필 냄새와 싸구려 두카도스 담배 냄새가 났다. 그는 공작새가 꼬리를 활짝 펼치듯 그녀 앞에서 얘기들을 늘어놓으며, 곁눈질로 그녀의 허벅지와 엉덩이, 브래지어를 하지 않은 가슴을 훔쳐보았다. 그러고는 목소리를 낮추어 자기가 정치 보복을 당한 사람이라고 털어놓았다. 1963년부터 1979년까지 망명을 떠난 세월은 놔두고라도, 대학교에서 보이콧을 당해 시골 고등학교에서 근무하며 먹고살아야 한다고 했다. "우리 아버지도 30년 넘게 망명 가 있었어요." 그녀가 말했다. 그녀는 자기가 낯선 사람을 믿은 걸 금세 후회했으며, 불편하고 불안한 마음이 들었다. 그리고 자기가 약간은 배신한 것 같기도 해서 얼른 그곳을 나가고 싶은 마음만 초조하게 들었다. 하지만 그녀가 초조해하며 시계를 바라보면서 차라리 하지 말았어야 할 말을 내뱉고 나서 입술을 다문 순간, 상대방의 미소는 훨씬 커졌다. 그의 이름은 호세 마누엘이며, 친구들은 마누라 불렀다. 그는 의자 위에서 바짝 몸을 당겨 바에 기대며, 더욱 앞쪽으로 몸을 기울였다. 그들의 무릎과 손이 거의 닿을 정도였다. 그가 독한 담배에 불을 붙였을 때는 담배 연기가 그녀의 얼굴에 와 닿았다. 그는 사방을 둘러본 후 목소리를 낮추며 그녀 쪽으로 몸을 기울였다. 하지만 바는 거의 텅 비어 있었고 조명도 어두웠다. 그는 자기를 아버지에게 소개해 줘야 한다고 말했다. 어쩌면 두 사람은 많은 사람들이 망명을 떠나 있을 때 아니라고 믿었던 투쟁을 지금 이곳에서도 계속 유지하고 있어, 스페인에서 고립된 느낌과 외로움, 방황감을 느끼고 있는지도 모른다고 했다. 나라 전체가 텔레비전과 투우, 개발, 종교로 바보가 되었다고 했다. 심지어 그가 믿었던 교회의 주요 계파들도 민주주의 노선을 취하고 있으며, 몇몇 군인들과 독점 판매자가 아닌 기업가들까지도 그렇다고 했다. 그래서 곧 권력의 상관관계에서 돌이킬 수 없는 변화가 일어날 거라고 했다.

그녀는 예의상 다시 시계를 쳐다보지 못하고 아무 말도 이해하지 못한 채 초조하게 미소만 머금었다. 그녀는 자기가 구사하는 옛날 스페인어와는 너무 다른 그 말들을 전혀 이해하지 못했다. 물론, 자기 눈과 마주치지 않는 그의 눈길은 간파했다. 그의 눈길은 청바지를 입어 꽉 끼는 사타구니 쪽으로 내려가거나, 아니면 조심스럽게 그녀의 가슴 쪽을 바라보기 위해 허공을 쳐다보았다. 그녀에게는 호남형으로 보였다. 까만 머리는 새치가 약간 섞인 장발에 가까웠으며, 두 눈은 까맣게 반짝였고, 손은 큼지막했으며, 손가락엔 니코틴과 분필 얼룩이 묻어 있었다. 하지만 끌리지는 않았다. 그때는 아니었다고, 그녀가 내게 말했다. 단 한 번도 그 연령대의 남자와 단둘이 있어 본 적이 없었기 때문에, 그녀의 아버지가 그를 봤더라면 틀림없이 마음에 들어 하지 않았을 것 같았기 때문에 당혹스러웠을 뿐이었다. 아버지는 지나치게 말이 많고, 웃음이 헤픈 사람은 좋아하지 않았다. 그녀는 혼자서 자기를 기다리고 있을 아버지를 상상했다. 비가 내리고 이미 날이 어두워졌는데 불도 켜지 않은 채, 식당 소파에 앉아 시계와 벽에 걸린 기병의 그림을 바라보고 있을 것 같았다. 그녀는 이제 가 봐야겠다고 생각했지만 프락시스의 말과, 최면술사의 최면력이 있는 동작처럼 움직이는 손 때문에 혼미해져 의자에서 꼼짝도 하지 못했다. 그녀는 지금도 그때를 그렇게 기억한다. 그녀는 말없이 신기해하며 그의 말을 듣고 있었다. 그녀는 그 시절 자신의 너그러움을 비웃기는 하지만 그 고통을 완벽하게 회피하지는 않는다. 왜 바로 그 순간 당신이 나타나지 않았을까. 그녀가 나에게 말한다. 가야 한다는 말을 하는 데 왜 그리 오랜 시간이 걸린 걸까. 그가 차로 집까지 데려다 준다고 했을 때 왜 거절하지 못했을까. 세아트 850 회색 차였다. 그건 나도 확실히 기억난다. 마드리드 번호판이 달린, 홈이 푹 팬 낡은 차였다. 뒤 유리에 유럽 캠핑 스티커들이 붙어 있었으며, 항상 학교 앞에 주차되어 있었다. 그들은 집 처마들 아래에서 비를 피하며 거리로 나갔다. 그녀는 점퍼의 지퍼를 목까지 올리고 깃을 세운 뒤, 프락시스가 차 문을 열어 줄 때까지 기다리며 차 옆에 서 있었다. 그녀는 자기 집이 가깝기 때문에 번거롭게 그러지 않아도 된다며 몇 번을 얘기했다. 그리고 낯선 남자의 차에서 내리는 걸 아버지한테 들키고 싶지도 않았다. 하지만 그녀는 의자에 앉아 시간이 흘러가는데도 일어설 결정을 내리지 못했던 것처럼, 그때 역시 아무것도 할 수가 없었다. 그때까지는 그녀에게 우습게 보이던 힘이 약간은 기분 좋고 만족스럽게 느껴졌다. 바로 남자들을 끌어들이는 힘이었다. 남자들이 그녀를 필요로 한다는 걸 눈치로 알게 하는 힘이었다. 남자들의 욕구와 흘낏 훔쳐보는 시선, 비겁하게 수줍어하면서도 어설프고 뻔뻔하게 행동하는 감정을 알아보게 하는 힘이었다. 차 안에서는 담배 냄새가 났고, 핸들 오른쪽으로는 담배꽁초들이 수북이 쌓인 채 반쯤 열린 재떨이가 있었다. 호세 마누엘인지, 마누인지, 프락시스는 차가 더러워 미안하다고 사과한 후 차의 시동을 걸었다. 그는 와이퍼가 제대로 작동되지 않는 걸 짜증 내며, 그녀로서는 전혀 알수 없는 4년인지 5년 전, 파리의 5월을 얘기하면서 라몬이카할 거리로 차를 몰았다. 그가 그녀보다 훨씬 많이 아는 것처럼 보였지만, 그는 그녀에게 미국 대학들에서 베트남 전쟁을 반대하는 시위와 궐기, 인종 차별에 대해 시시콜콜하게 물었다. 그는 그녀의 기를 죽였다. 그는 모르는 게 없었고, 안 가 본 데가 없었다. 그는 동유럽 국가들에서 음모와 관련된 어설픈 모험들을 경험한 후 비밀리에 스페인으로 돌아와, 몇 달인지 몇 년 동안 가짜 신분증을 갖고 활동했었다. 그는 겨울밤이라 몇 대 지나다니지도 않는 차들을 제대로 보지도 않고 운전했다. 그녀를 보기 위해 돌아보면서 거칠고 아둔하게 정신을 팔았다. 그는 기어를 바꾸면서 그녀의 허벅지를 슬쩍 스쳤으며, 그녀가 단지로 가려면 오른쪽으로 꺾어야 한다고 얘기했을 때는 이미 늦어서, 산티아고 병원의 돌담 옆을 전속력으로 내려간 후였다. 신호등의 불빛이 빨간색으로 바뀌었기 때문에 그제야 차는 요란한 브레이크 소리를 내며 시장 골목에서 잠시 멈춰 섰다. "내가 항상 이래. 미안하구나. 말만 했다 하면 내가 운전하고 있다는 사실을 잊어버린다니까." 병원의 현판과 탑들을 비추는 라이트들은 빗속에 서글픈 오렌지 톤을 띠었으며, 나에게는 마히나 건너편 끝 쪽의 일요일 밤의 불빛이 늘 그랬었다. 그들은 누에바 거리의 끝에 있었는데, 확실하게 사람이 살지 않는 황량한 그곳에는 주도로 이어지는 깜깜하고 황량한 국도 쪽으로 가지 않기 위해 점잖고 지루한 부부들과 연인 커플들, 헤네랄오르두냐 광장 쪽으로 돌아가는 여자아이들 무리가 돌아다녔다. 그곳 너머로는, 수영장과 주유소 너머로는, 좀 더 꼭 부둥켜안으려는 커플들이 어둠을 찾아 그곳으로 향했다. 그곳의 하얀 불빛에는 도시와 낯선 곳 사이의 경계와 같은 뭔가가 있었다. 그녀는 괜찮다고, 그곳에서 자기를 내려 달라고 그에게 말했다. 심지어 문고리를 찾아 열려고 했다. 이제는 비가 그쳤으며, 몇 분만 걸어가면 집에 도착할 수 있었다. 하지만 그녀는 내리지 않았다. 말 한마디만 해도, 손동작 하나만으로도, 상대방의 목숨을 끊거나 구할 수 있는 즉흥적이면서도 별다른 생각이 없는 제스처 하나만으로도 충분했을 것이다. 하지만 그때 나는 이미 맛이 갔어요. 그녀가 나에게 말했다. 그러고는 그녀는 납치당한 누군가 차 유리 너머로 자신을 바라보듯, 죄수 수송 차량의 쇠창살에 얼굴을 딱 붙이고 밖을 내다보는 죄수처럼 멍하니 길거리를 바라보았다. 오렌지 불빛과 골목의 노란 가로등, 우산을 쓰고 천천히 걸어가는 커플들, 짐승 고삐를 잡고 들판에서 돌아오는 축 처진 농부들을 바라보았다. 프락시스가 부주의하게 오른쪽으로 커브를 틀면서 큼지막한 손으로 핸들을 꽉 붙잡았다. "어디로 가는지 알려 줘. 너희 집 바로 문 앞에 내려 줄 테니까." 더러운 유리창에 두 겹으로 겹쳐 보이는 반원을 와이퍼가 깨끗하게 닦아 줬고, 이제 그녀 앞으로 국도와 마지막 건물들이 보였다. 그녀는 차가 주유소 너머로 곧바로 직진할까 봐 두려운 게 아니라, 자기가 낯선 남자 옆에서 어둠 속에 앉아 그런 일이 일어나기를 바란다는 게 두려웠다. 낯선 남자는 그녀를 쳐다보지 않고 계속 말하면서, 그들이 콘수엘로 호텔을 나온 이후 많은 시간이 흐른 것 같다며 몇 시쯤 되었는지 물어보면서 오른손으로 그녀의 허벅지를 슬쩍 스쳤다. 아버지의 얼굴과 이성에 근거한 의지와는 상관없이, 경험하고 싶다는 쪽으로 은근슬쩍 가만히 미끄러져 들어가는 기분이 들었다. 하지만 바로 그 느낌이, 마음속으로는 가장 끌리는 느낌이었다. 은근슬쩍 그녀를 만졌다가 살짝 전기가 오른 듯 얼른 몸을 뗄 때는 서른 살이 약간 넘은 남자가 아니라, 자기 자신 이외에는 아무도 믿을 수 없는 위험할 것 같으면서도 자부심이 생기는 강력한 느낌이 가장 끌렸다. 그녀가 옆으로 나 있는 마지막 길들 중 한 곳을 가리켰다. 바로 저기예요. 오른쪽이오. 그녀가 말했다. 그리고 프락시스는 그녀의 말을 듣고, 지금은 마드리드 국도와 카르멘 단지 쪽으로 얼른 올라갔다. 그녀는 멀찌감치 전원주택들의 하얀 담벼락과 나무들의 높은 실루엣이 보이자 안심이 되었다. 그러면서도 약간은 실망도 되었다. 곧 두려움이 유치하게 여겨졌으며, 시간은 그녀의 손목시계에서 원래의 모습과 평소의 개념을 되찾았다. 자정은 아니었다. 시간은 도망치지도, 아무것도 잃어버리지도 않았다. 8시도 채 되지 않았다. 그녀는 그 시간에 많이 돌아왔었다. 어쩌면 아버지가 집에 없을 수도 있었다. 아니면 책이나 신문을 읽느라 그녀가 늦게 들어온 걸 신경 쓰지 않을 수도 있었다. 그녀가 들어가면, 렌트한 낡은 가구들이 있는 식당에서 잠시 고개를 들어 안경 너머로 그녀를 바라볼 것이다. 그는 그 가구들 사이에서 만족스러운 하숙생처럼 편안하게 돌아다녔다. 거의 집주인 같았다. 그는 미국의 자기 집에서도 절대 그런 느낌은 느끼지 못했다.

하지만 불이 켜져 있었으며, 빗장도 풀려 있었고, 환한 불빛 그림자가 작은 정원으로 길게 드리워져 있었다. 정원에는 첫 겨울바람이 불어 담벼락에 낙엽들이 수북이 쌓여 있었다. 그녀는 식당 창문 뒤에 서 있는 아버지를 보았고, 이제는 프락시스에게 불신이나 매력도 느끼지 않았지만, 그가 차에서 내리지 않기를 바랐다. 두 사람 중 아무도 적절한 작별 인사를 떠올리지 못했다. 그는 시동을 끄고, 이제는 불필요한 와이퍼를 멈췄다. 그들은 스스로는 깨지 못하는 불편한 침묵 속에서, 나무들을 스치고 지나가는 강한 겨울바람 소리를 들었다. 그가 그녀 쪽으로 절반쯤 몸을 돌려 담배에 불을 붙였고, 라이터 불꽃이 이제는 젊어 보이지 않는 얼굴을 환하게 비춰 주었다. 성숙한 남자들의 삶과 머나먼 경험이 엿보이는 누군가의 얼굴이었다. 그녀는 그가 자기한테 키스할 거라고 생각했다. 그리고 그녀도 거부하지 않을 생각이었다. 그녀는 퀸스 가에 있는 자기네 집 하얀 나무 테라스 옆에서 나눴던 그런 비슷한 작별 인사들을 떠올렸다. 아버지 차로 그녀를 파티에 데려갔던 하이 스쿨의 남자 친구들이었다. 그들은 혼란스러워하며 허겁지겁 키스하려다가 맥주와 담배의 쓴맛만을 그녀의 입안에 남겨 놓았다. "자." 그가 미소를 머금은 채 말했다. 앵글로색슨계처럼 지나치게 예절을 따지며, 마치 복도로 나와 작별 인사라도 하려는 듯, 비좁은 차 안에서 그녀에게 한쪽 손을 내밀었다. "이제는 정말 가 봐야겠군." 데려다 준 것을 고마워하고, 정중하게 거절할 기회를 갖기 위해 그를 안으로 들어오라고 하는 게 맞는 것일까? 하지만 혼란스러운 와중에도 그에게 들어오라고 하면, 그가 선뜻 들어올 것 같은 의심이 들었다. 그러나 그가 아버지와 만나는 장면은 상상도 할 수 없었다. 아버지가 그를 위아래로 쳐다보며, 그의 단정치 못한 외모와 수다스러움을 못마땅해할 것 같았다. 그들은 막연하게 나중에 다시 만나기로 했다. 그는 그녀와 악수를 나누며 몇 초밖에는 시간을 끌지 않았다. 그러고는 그녀가 울타리 너머로 사라질 때까지 시동도 걸지 않고, 라이트도 켜지 않았다. 그녀는 자기가 관찰당하고 있다는 것을 알면서 자신의 키와 발걸음, 걸을 때 흔들리는 엉덩이의 리듬을 의식하며 가능한 한 등을 곧게 펴고 길을 건넜다. 굽 높은 구두를 신고 걸을 때처럼 불편한 느낌이었다. 그녀는 울타리를 밀면서, 아직 꼼짝도 하지 않고 있는 차 쪽을 돌아보며 손을 흔들어 작별 인사라도 할까 생각해 보았다. 하지만 바로 그 순간, 다행스럽게도 시동 걸리는 소리가 들려왔고, 라이트 불빛을 받아 정원 돌길 위로 철창의 그림자와 차의 그림자가 드리워졌다. 그녀는 다시 어둠 속에 잠겨, 축축한 흙 냄새와 썩은 낙엽 냄새를 맡았다. 그녀는 문을 열고, '환영' 이라고 적힌 양탄자 위로 신발 바닥을 문질렀다. 현관 옷걸이에 점퍼를 걸어 두면서, 아버지의 외투와 모자가 아직 젖어 있다는 사실을 확인했다. 틀림없이 그도 방금 들어와, 그녀가 없어서 놀랄 겨를도 없었을 것이다. 그가 물어보면 거짓말할 작정이었다. 하지만 그녀의 아버지는 아무것도 묻지 않았다. 그는 나지막한 테이블 옆 소파에 앉아 있었다. 그 테이블 위에는 불이 켜진 스탠드와 코냑

잔 두 개가 놓여 있었다. 그는 무릎 위에 책 한 권을 올려놓고, 발 근처에 작은 전기 화로를 놓은 채 창문을 등지고 있었다. 몇 분 전 그녀가 보았던, 정원을 내다보던 시커먼 그림자를 드리운 남자는 아닌 것 같았다. 하지만 그녀는 남자들이 얼마나 어설프게 시치미를 떼는지 잘 알고 있었으며, 그 행동이 가짜라는 걸 알았다. 아버지는 창문 옆에 서서 그녀를 기다리고 있었다. 그는 차를 보았고, 운전자의 얼굴을 보려고 애썼다. 그러다가 담장 문 열리는 소리가 들리자, 얼른 다시 소파로 가서 앉았고, 자기가 온 것도 모를 정도로 몰입해 책을 읽고 있는 척하고 있었던 것이다. 스탠드 불빛으로 그의 날카로운 옆모습과 마르고 각진 얼굴, 숱이 많은 눈썹, 입 양쪽으로 깊게 팬 주름살이 더욱 두드러져 보였다. 방이 어두워 밤이 더욱 깊은 것처럼 느껴졌으며, 그 어둠 속에서 영인본의 기병이 말을 달리고 있었다. 그녀의 아버지가 책에서 시선을 들어 안경 너머로 바라보았다. 그녀가 집에 들어오면 늘 그러듯, 그는 미소를 머금으며 안경을 벗고 그녀의 키스를 기다렸다. 그녀는 아버지 곁에 가서 앉았다. 소파의 팔걸이에 앉아 차가운 손가락으로 그의 얼굴을 어루만지며, 곧 저녁을 준비하겠다고 말했다. 뭘 읽고 있었는지 그녀가 물었다. 그녀가 가까이 다가가자 아버지는 얼른 책을 덮어 테이블 한쪽 구석으로 슬쩍 밀어 놓았다. 그러고는 장난치듯이 그녀의 손을 붙잡았다. 그녀가 관심을 가질 만한 게 아니라는 거였다. 그녀는 어릴 때 장난으로 싸울 때처럼, 웃으면서 붙잡히지 않은 쪽 손을 날렵하게 뻗어 자기가 찾고자 하는 것을 손에 쥐었다. 그러고는 그에게서 멀어져 방 끝 쪽으로 갔다. 하지만 그것은 책이 아니었다. 판화지로 액자를 두르고 실크 종이를 씌운 두 장의 사진이었다. 사진마다 오른쪽 아래 구석에 필기체의 금색 사인이 있었다. 두 개의 대문자 R자로 롤스로이스의 문양처럼 연결되어, 사진사 라미로라고 읽혔다. 그녀의 아버지는 곧 얼굴이 굳어져 사진을 돌려 달라고 했다. 그녀는 사진들을 좀 더 잘 보기 위해 천장의 불을 켜고, 첫 번째 사진 위에 덮여 있던 실크 종이를 들어 올렸다. 사진관에서 제대로 찍은 젊은 군인의 사진이었다. 제식 모자를 약간 기울여 썼고, 모자챙에는 8각형 모양의 별 하나가 달려 있었으며, 아주 가느다란 콧수염 아래로는 거의 미소도 머금지 않았다. 즉석으로 찍은 것처럼 보이는 두 번째 사진 역시 같은 군인의 사진이었다. 그는 계단 중간쯤에서 위쪽을 바라보며 오른손을 이마 옆에 대고 부동자세를 취하고 있었다. 그녀는 난생처음 젊은 시절의 아버지 모습을 보는 거라, 한참이 걸려서야 자기 아버지라는 걸 알아보았다.

제8장

초인종이 울렸고, 그는 초인종 소리를 듣는 순간 딸이 눌렀다고 생각했다. 하지만 딸은 절대 열쇠를 잃어버리고 다니지 않았기 때문에 이상하다는 생각이 들었다. 그녀는 천성적인 정리 본능으로 욕실의 더러운 옷을 챙기는 것과 매일 밤 잠자리에 들기 전 재떨이와 잔들을 치우는 것을 잊지 않았다. 다른 사람들은 존재만으로도 지저분해지는 것처럼, 그런 정리 본능은 별다른 노력 없이, 별다른 사전 계획도 없이 그녀가 사용하는 향수 냄새처럼 집 안 전체에 배어 있었다. 그는 딸이 없을 때 딸의 침실로 들어갔다. 사춘기 딸을 감시하려는 미심쩍은 호기심 때문이 아니라, 딸이 존재한다는 기쁨을 혼자 만끽하기 위해서였다. 그는 옷장 안에 들어 있는 딸의 옷들과 책장에 나란히 꽂혀 있는 딸의 책들, 그가 마음속으로만 혐오하는 딸의 음반들, 운동화와 부츠 몇 켤레, 서랍 안에 잘 개켜 있는 속옷과 티셔츠, 스웨터를 바라보았다. 그는 여자의 깨끗한 냄새와 질서가 좋았다. 그 질서 안에 모든 게 들어 있는 것 같았다. 그리고 그런 것 하나하나가 딸에 대한 그의 사랑을, 딸이 태어나 자라고, 하나둘 배워 가는 모습을 지켜볼 수 있는 행운을 감사하게 했다. 그리고 딸의 얼굴 표정이나, 바라보는 눈길에서도 사물들을 정리하는 성격이 분명하게 드러났으며, 어쩌면 그것은 본의 아니게 자기가 딸에게 물려준 것일 수도 있다는 생각이 들었다.

하지만 다시 초인종이 울렸고, 딸이 돌아왔을 수도 있었다. 그녀가 담장 앞에 도착한 순간 외출하면서 열쇠를 깜박하고 나갔다는 사실을 깨닫고, 자기가 문을 열어 주면 미안하다며 사과할 수도 있었다. 그는 소파에서 일어나며, 딸이 집 안에 들어서자마자 스탠드가 놓인 테이블 위에 수북이 쌓인 재떨이와 코냑 병을 보고 지저분하게 어질러 놓았다며 말없이 자기를 나무랄 수도 있다고 생각했다. 그도 옛날엔 그랬었다. 그것도 경련을 일으킬 정도로 집착했었는데, 딸은 그 정도는 아니었다. 사물들은 정확히 제자리에 위치하고, 표면은 깨끗하고, 군복은 주름 하나 없이 단추가 모두 채워져 있고, 벨트는 반짝이고, 군화는 광택이 나고, 방에는 아무것도 없고, 테이블에는 먼지 하나 없고, 서류들은 서랍에 정리되어 있어야 하는 마니아였다. 그는 측량 기사의 쇠자와 같은 눈으로 군인들의 행렬도 검열했다. 멀리서, 빌바오 대령이 마지못해 고개를 내미는 갤러리 난간에서 보면, 대열은 머리와 어깨가 직사각형 모양을 이루고 있었으며, 장총의 개머리판으로 향하는 팔들의 일사불란한 움직임과 자갈 위로 부동자세를 취하고 있는 다리들은 기하학적인 기적을 이룬 것과도 같았다. 하지만 가까이에서 보면 얼굴들이며, 멍청하고 가난하게 생긴 생김새와 때에 절어 너덜너덜해진 군복들, 눈곱이 끼어 꼼짝도 못하고 절망이 깃든 눈들이었다. 그 외에는 아무도 눈치채지 못하는 절망감에서 도망치고 싶어 하는 절망감이었다. 하지만 그도 그것을 잊고 있었다. 아니면 수비대와 군인 대열의 질서가, 사무실이나 공장, 곡식을 베는 사람들의 칼날과 같은 복종과 불행만으로 이뤄진 인정사정없는 기계라는 사실을 보지 않기 위해 두 눈을 감고 있었다. 그는 알지도 못했고, 일정 경계 이상은 보지도 않았다. 병영에서 한 발자국 떨어진 곳에 다른 세상이 있다고 상상하지 않았다. 그 세상에서는 사람들이 군복도 입지 않고, 똑바로 줄지어 걷지도 않고, 구령도 붙이지 않았다. 그는 어릴 때부터 단 한 개의 삶의 방식만을 알고 있었으며, 다른 삶들이 존재한다는 생각은, 그가 군인 말고 다른 게 될 수도 있다는 생각은 전혀 하지도 않았다. 그는 군대를 사랑하지 않았다. 하지만 첫 애인과 결혼한 날, 그녀 역시 사랑하지 않았다. 그렇다고 그가 이상적인 장교나, 철저하게 충실한 남편이 아닌 것은 아니었다. 바깥 세계는 그를 당혹스럽게 만들었다. 그가 대하는 군인들 대부분은 무능력하거나 바보스러워 보였지만, 그들의 무능력과 멍청함은 등급을 매길 수 있었다. 그는 적어도 군인들은 이해했다. 반면 민간인들은 마치 다른 나라에 살기라도 하는 듯, 아니면 그가 모방하려는 게 아니라, 민간인들의 행동 규범을 추측하기 위해 필수적으로 공부해야 하는 습관들이 따로 있기라도 한 듯 이해할 수가 없었다. 몇 년 동안은 미국인들도 마찬가지였다. 영어에 익숙해지는 게 힘들어서만이 아니었다. 그들의 반응을 예측하고, 그들의 눈을 쳐다보는 동안 그들이 뭘 생각하는지 차분하게 추측할 수가 없어서였다. 질서 있어 보이는 겉모습만이 유일하게 그를 진정시키거나 변명해 주었다. 제자리에 있지 않은 물건은 한밤중에 듣는 나무 벌레 소리나, 집의 붕괴를 예고하는 첫 번째 균열처럼 그를 깜짝 놀라게 했다. 그래서 그가 창고나 대열을 검열할 때면, 부하 장교들이 부동자세를 취한 채 두려움으로 얼어붙어 있었다. 그는 아주 작은 실수도 그냥 넘어가지 않고, 돋보기나 현미경으로 들여다보듯 침대 밑의 먼지와 주방의 청결 상태, 무기의 광택과 효율성을 모두 꼼꼼히 검사했다. 그리고 그는 검열을 미리 예고하지 않았기 때문에, 그가 부임해 온 이후 마히나 병영의 장교들과 하사관들은 지난 몇 년처럼 나태하게 생활할 수가 없었다. 빌바오 대령이 알코올 중독 증상이 있는 염세주의자이고, 중간 계급의 장교들이 없어서 그런 생활이 가능했었다. 이제 군인들의 휴게실에는 바닥에 버려진 휴지나 음식 찌꺼기가 없었고, 감옥은 소독되어 깨끗하게 회칠이 되어 있었고, 장교 휴게실의 웨이터들은 다시 흰색 재킷과 장갑을 착용했다. 수비대의 침대에는 깨끗한 시트가 돌아왔고, 휴식을 취하는 보초들은 이제 담요에서 말 냄새가 난다거나, 벼룩에 물려 고생한다는 불평을 하지 않았다. 하지만 그의 몇몇 적들이 의심했듯이, 그는 박애적인 군인이나, 드러내 놓고 부대원에게 친절한 정치적인 장교가 아니었다. 그는 자기 삶의 모든 의무들을 묵묵히 완벽하게 이행하고 자기 휘하에 있는 병영과 부하들을 돌보았듯이, 인생이라는 가차 없는 운명이 그를 운전기사라는 직업에 정해 주었다면, 자동차 정비도 묵묵히 제대로 해냈을 것이다. 그리고 그는 부하에게 절대 친근한 제스처를 취하지 않았다. 무시해서가 아니라, 그가 상관에게 무례한 행동은 절대 하지 않는 것과 같은 계급 의식 때문이었다. 그가 막사의 문을 넘어서면, 그의 빠른 군홧발 소리를 들은 병사는 몸이 경직되어 얼른 담배를 집어던지고 군복을 매만졌다. 병사는 소리 높이 외쳐 그의 도착을 알렸으며, 안에서는 일사불란하게 움직이는 군화 소리와 손바닥으로 허리를 내리치는 소리가 들려왔다. 그러고는 수비대에서 가장 계급이 높은 대위나 하사관이 나타나, 그때까지 병영에서 잊고 지냈던 자세로 부동자세를 취했다. 그는 얼른 쉬어 자세를 명하지 않고, 차분하게 인사에 답한 다음 대위나 당번 하사관의 초조함이나 두려움을 살펴보았다. 그는 그들의 눈을 바라보면서, 거의 1분 정도는 차렷 자세로 내버려 두었다. 자기가 들이닥치면서 모든 동작이 갑자기 정지되는 게 내심 흐뭇했다. 그러고 나서 그는 무기부터 보급 창고의 정리와 청소 상태, 사무실의 회계 장부까지 모든 것을 보여 달라고 요구했다. 위협적이지는 않지만 속내를 알 수 없는 행동으로 요구했다. 그래서 고함을 지르거나, 체포하겠다는 협박보다 부하들을 더욱더 당혹스럽게 만들었다. 그는 거만하게 굴지 않으면서도 거리감을 유지했으며, 담합이나 관용과 같은 가능성은 아예 사전에 차단했다. 장교 휴게실과 하사관 휴게실에서는 그의 융통성 없는 냉혹함과 자부심을 놓고 말이 많았다. 그의 고속 승진이 지저분한 정치 영향력 때문이라고 수군거리기도 했다. 그는 누구와도 친하게 지내지 않았으며, 곧 군인들의 반란이 있을지 모른다는 소문에 대해서도 일절 관여하지 않았고, 카지노나 색싯집에도 드나들지 않았다. 그에게 애인이 있다고 흠잡을 수도 없었다. 그는 근무를 마친 후 휴게실에 들러 한잔하지도 않았다. 심지어는 외출도 전혀 하지 않는 것 같았고, 병영 이외에는 아예 다른 삶이 존재하는 것 같지도 않았다. 그는 노이로제에 걸린 듯 철저히 명령을 따르고, 군사 전략에 대한 백과사전을 읽는 것 이외에는 다른 취미도 없는 것 같았다. 병영의 도서관에 꽂혀 있는 백과사전들은 지난 20년간 아무도 들쳐 보지 않았다. 그가 외국어를 유창하게 구사한다는 말도 있었다. 그는 영국 군사 아카데미에서 2년 동안 있었다. 국왕 알폰소 12세가 젊었을 때 망명 가 있는 동안 다녔던 아카데미였다고, 빌바오 대령이 그를 위해 건배를 들면서 자랑스럽게 설명했었다. 그가 도착한 날을 제외하고, 그가 민간인 복장을 한 것은 아무도 기억하지 못했다. 그는 결혼해 아들이 한 명 있었으며, 또 다른 아들을 기다리고 있었다. 하지만 몇 주가 흘러도 그의 아내는 같이 살러 오지 않았다. 모든 사람들을 무시하며 탑에 있는 자기 집무실에서만 틀어박혀 지내는 빌바오 대령은 낮이건 밤이건 아무 때나 그를 불러 몇 시간씩 얘기를 나눴다. 장교들 중에서는 메스타야 중위가 유일하게 그를 변호해 주었다. 메스타야 중위는 젊고, 예민하고, 흥분 잘하고, 광적이고, 체조와 행진, 투포환 종목의 운동, 얼음물로 샤워하는 것을 좋아했다. 군기가 빠진 수비대의 권태로움과 좌절감, 술이 그를 타락시키지는 못했다. 그는 굼뜨거나 비겁한 군인들을 냉정하고 난폭하게 벌주었으며, 군인들이 조랑말에 올라타지 못하거나 줄을 타고 올라가지 못하면 망신을 주었다. 그는 갈라스 소령을 닮기를 간절히 바랐으며, 조국을 구하고 초고속 승진을 할 수 있게 전쟁에서 싸우거나 전사해서 훈장을 타기를 간절히 바랐다. "소령님, 제가 무례하게 굴어 죄송합니다. 하지만 소령님이 오시기 전까지 이곳은 병영이라기보다는 류머티즘에 걸린 노인들을 위한 온천과도 같았습니다." 그는 지나치게 젊어, 자기가 민간인 삶이라고 부르는 것을 대놓고 무시했으며, 대열에서 부동자세로 있을 때면 이를 꽉 다물어 아래턱이 부들부들 떨리기까지 했다. 갈라스 소령이 차분하게 권총을 꺼내 가슴을 겨냥했을 때도 눈썹 하나 까딱하지 않았다. 하지만 아래턱은 먹잇감을 물고 있기라도 한 듯 부들부들 떨었다. 소령은 괴물과도 같은 자기 모습을 비추는 거울을 보며 총을 쏘듯, 그를 향해 총을 쏘았다. 그는 딸이 보지 말았어야 할 그 사진을 찍기 한 시간 전에 그러고 있었다. 이름이 라미로라는, 남색 우비에 목도리를 두르고 베레모를 쓴 남자가 금빛 가장자리를 두른 마분지로 액자를 만들어 가져온 사진 두 장 가운데 하나였다. 그 남자는 전쟁 전에 자기를 알았다면서, 감히 안으로 들어오지도 못하고 그의 앞에서 있었다. 11월 오후에 초인종이 두 번째인가 세 번째로 울렸고, 갈라스 소령은 응접실 창문을 내다본 순간, 초인종을 누른 사람이 딸이 아니라, 낯선 사람이라는 것을 알았다.

우비와 잘 어울리는 플라스틱 베레모 비슷한 것을 쓴 사람은 세금 징수원이거나 배달원일 수도 있었다. 그는 검은색 얇은 플라스틱 가방을, 적당한 영수증이나 개인 사무 서류들을 보관하는 가방 비슷한 것을 팔 아래 끼고 있었다. 비가 많이 내리지 않았지만 우산을 쓰고 있었다. 돈 받으러 온 불쌍한 사람처럼 온순하면서도 인내심이 많아 보이는, 차라리 애절한 모습이었다. 그는 모자를 벗고 소령에게 손을 내밀며 호주머니에서 뭔가를 찾으려다가, 한꺼번에 모든 것을 하려다가 안타깝게도 우산과 가방, 베레모가 모두 뒤엉켰다. 제대로 접히지 않은 우산은 바닥에 떨어졌고, 베레모를 벗기려던 손은 멈추고, 마찬가지로 떨어지려고 해서 팔꿈치로 잡고 있는 가방을 잡으려고 했다. 그는 다른 손을 호주머니에서 꺼냈지만 손가락 사이에 작은 명함이 들려 있었기 때문에, 그 손으로 갈라스 소령에게 악수도 청할 수 없었다. 동그스름한 얼굴에 아래턱이 많이 처졌으며, 그 턱을 목도리가 애써 가려 주었다. 갈라스 소령보다 많이 젊지 않은 것은 분명했지만, 서글프면서도 어려 보이는 슬픔이 묻어 있었다. 하지만 여자처럼 부드럽게 겁에 질린 얼굴이었다. 거의 수염도 나지 않았으며, 세월이 흐르면서 나이는 들지 않은 채 부드러워지고 유약해진 얼굴이었다. 그는 이미 떠나려는 기차에 미처 짐을 싣지 못한 절박한 여행객처럼, 베레모를 벗어 구긴 다음 아무렇게나 호주머니에 쑤셔 넣고 우산을 바닥에 내려놓았다. 그러고는 마치 대재난에 순서를 정해 주려는 듯 갈라스 소령에게 가방을 건네고, 자기는 잃어버린 명함을 다시 찾았다. 명함은 플라스틱 모자의 주름 사이에서 젖은 채 구겨져 있었다. 그는 자기 이름을 중얼거린 후, 막판에 간신히 기차에 오른 듯, 부드럽게 한숨을 내쉬며 미소를 머금었다.

"틀림없이 어르신은 저를 기억하시지 못할 겁니다. 너무나도 오랜 세월이 흐른 데다, 우리는 말을 많이 나눈 사이도 아니었습니다. 사실, 말을 한다는 의미대로 하자면, 우리는 딱 한 번, 어르신이 군복을 입고 사진을 찍으러 제 사진관에 오셨을 때뿐이었습니다. 사실, 제 사진관도 아니지요. 그때는 지금은 고인이 되신 제 스승님인 돈 오토 체너 밑에서 일하고 있었지요. 하지만 그 사진은 어르신이 마히나에 막 부임해 오셨을 때 제가 찍은 걸로 확실하게 기억하고 있습니다. 제가 어르신께 공식적인 사진인지, 아니면 그냥 찍는 사진인지 여쭤 봤었지요. 그때 어르신은 둘 다라며, 사모님께 보낼 생각이라고 하셨습니다. 그러고는 저번 날 헤네랄 오르두냐 광장에서 어르신을 뵈었을 때 낯이 익었습니다. 제가 금세 기억해 냈지요. 일 때문인지는 모르겠지만, 저는 얼굴을 기억하는 능력이 상당히 좋습니다. 그리고 어르신의 얼굴은 세월이 흘렀어도 많이 변하지 않았습니다. 물론, 그게 자연스러운 거지만요. 그래서 제가 제 자신에게 말했지요. 라미로, 갈라스 소령님에게 그 사진을 가져다주는 게 좋겠어. 그리고 그때 다른 사진도 생각났습니다. 그건 별로 잘 찍지 못한 사진입니다. 물론 즉석 사진이고요. 그 당시 모아 놓은 돈으로, 돈 오토 모르게 현대식 플래시가 달린 들고 다닐 수 있는 카메라 한 대를 구입했거든요. 돈 오토는 그런 사진을 찍는 것은 숭고한 예술에 대한 모욕이라고 하셨습니다. 나는 국제적인 리포터들처럼 거리에 있는 사람들을 찍을 생각이었습니다. 그리고 그 일이 벌어진 날 밤, 나는 카메라를 들고 도시로 나갔습니다. 제 자신에게 이렇게 말했지요. 라미로, 오늘 밤은 역사적인 밤이 될 거야. 군병대의 군인들이 반란을 일으켰고, 어르신들이, 그러니까 군인들이 병영에서 나와 시청을 점령할 거라는 얘기가 있었지요. 광장에는 사람들이 여기저기 둥글게 모여 있었고, 그새 무기와 깃발들도 보이기 시작했지요. 총파업도 선포되었고요. 돈 오토는 볼셰비키 놈들이 언제, 어느 때 우리를 덮칠지 모른다며 문을 닫고 빗장까지 채우라고 하셨습니다. 나는 시킨 대로 했습니다. 술에 취한 스승님은 암실에 놔뒀지요. 그분은 축음기로 독일 행진곡을 듣고 있었고, 나는 뒷문으로 몰래 빠져나왔습니다. 무지하게 더운 날씨였지요. 날이 저물었는데도 돌에서는 열기가 그대로 올라왔으니까요. 나는 무슨 일이 벌어질지 보기 위해 병영 쪽으로 갔습니다. 그때 그곳에서 몰려나오는 사람들을 보았습니다. 사람들은 군인들이 자동차와 트럭들을 타고 행렬을 이루어 이미 출발했다고 말했습니다. 시청 쪽으로 간 것 같았습니다. 집집마다 발코니가 모두 열려 있었고 불이 켜져 있었으며, 라디오의 방송 소리가 아주 크게 들렸습니다. 그래서 나는 병영 쪽으로 가지 않고 산타 마리아 광장 쪽을 향해, 사람들에게 에워싸여 시청으로 들어가는 데 성공했습니다. 모든 사람들이 소리를 지르며 말하고 있었고, 라디오에서는 아주 강렬한 음악이 흘러나왔습니다. 혼란 그 자체였지요. 하지만 우리는 어르신네 트럭들의 모터 소리를 듣는 순간, 모두 잠잠해졌습니다. 나는 1층에 있는 한 사무실 창문으로 고개를 내밀고 보았습니다. 그곳에는 서류들이 바닥에 떨어져 잔뜩 널려 있었지요. 나는 트럭들이 도착하는 것을 보았습니다. 트럭들은 산타 마리아 성당 앞 광장에 일렬로 늘어섰고, 군인들이 내리기 시작했습니다. 나는 무서워서 죽을 것 같았지만 셔터 누르는 일을 멈추진 않았습니다. 내가 그날 밤 죽고, 혹 필름이라도 우연히 전해진다면 사람들이 나를 영웅으로 기억할 거라 생각했습니다. 그래서 나는 광장 쪽으로 나가, 시장이 있던 계단 쪽을 내려다보았습니다. 그리고 어르신이 허리에 권총을 차고 혼자 계단을 올라오시는 모습을 보았습니다. 서두르시지는 않았지만 에너지가 흘러넘쳤습니다. 어르신은 아무도 쳐다보지 않았고, 내 옆에 있던 시장은 두려움으로 벌벌 떨고 있었습니다. 어르신이 자기를 체포하거나, 아니면 죽일 거라 추측했겠지요. 그런데 어르신은 두 번째인가 세 번째 계단에서 멈춰 서더니 부동자세를 취했습니다. 나는 카메라를 터뜨렸고, 어르신이 하신 말씀은 듣지 못했습니다. 하지만 여기 사진이 있습니다. 현상한 것입니다. 그리고 첫 번째 사진도 한 장 더 있습니다. 저는 어르신을 본 순간, 제 자신에게 말했습니다. 라미로, 어쩌면 경솔한 짓일 수도 있어. 하지만 틀림없이 갈라스 소령님은 이 기억들을 소장하고 싶어 하실지도 몰라."

뚱뚱하고 수줍음 많은 남자가 고개도 들지 못한 채 소파에 푹 파묻혀 얘기했다. 우비 아래로 입고 있던 외투도, 감기 예방을 위해 목과 가슴을 감싼 목도리도 벗지 않은 채 양 무릎을 다소곳하게 모으고 그 위로 플라스틱 가방을 올려놓았다. 그는 안으로 들어오려고 하지 않았다. 번거롭게 하고 싶지 않다며, 단지 사진들을 건네주러 왔을 뿐이라고 했다. 하지만 소령은 계속 권했다. 진짜 관심이 있어서라기보다는 예의 때문이었다. 그리고 사진사 라미로는 현관으로 들어서면서 다시 한 번 미안하다고 사과했으며, 우비를 벗을 때 소령이 도와주려 하자 무척 고마워했다. 그에게는 그 집에서 자기를 맞아 주는 것조차 영광이었다. 하지만 번거롭게 하고 싶지 않다며, 잠깐만 앉아 있다 가겠다고 했다. 처음에는 가방을 열려는 듯 양팔로 가방을 든 채 소파 끝에 걸터앉았다. 술대접까지 받는 게 옳지 않아 보였지만 지나치게 거절하는 것도 예의에 벗어나는 것 같았다. 그래서 자제하려는 듯한 분위기를 풍기면서 코냑을 조금만 마셨다. 채 입술도 적시지 않았다. 그러다가 조금씩 소파에 편안히 앉으면서 갈수록 긴 모금을 마셨다. 물론, 소령이 조금 더 따르려 하자 사양하기는 했다. 술이 잘 맞지 않았는지, 금세 취기가 올라 평소보다 말이 많아졌다. 하지만 이제는 찬 바람에 대한 두려움도 없이 점점 기분이 좋아지기 시작했다. 코냑이 위를 따뜻하게 데워 주었고, 발치에 아주 가까이 있는 전기 화로의 열기로 얼굴이 발개지기 시작했다. 그는 술을 잘 마시지 않았다. 옛날에 돈 오토 체너의 독일 화주를 마시고 혼자서 미친 듯이 취했던 시절을 아직도 후회했다. 하지만 말은 그렇게 많이 하지 않았다. 그런데 그날 오후에는 거의 자기도 모르는 사이에, 그동안 말하고 싶었던 한을 모두 풀어 버렸다. 소령이 귀머거리에 벙어리인 마티아스보다 더 말이 많은 것은 아니었지만, 소령의 미소에 힘을 얻어 말을 멈추지 못했다. 소령은 간간이 코냑을 조금씩 더 따라 주며, 무릎 위로 양손을 모은 채 그의 말에 고개를 끄덕여 주었다. 라미로에게는 여태껏 본 적이 없는 신사다운 행동이었다. 빳빳하게 높이 쳐든 고개와 이마, 눈썹 그림자 아래 드리워진 맑고 신중한 눈, 입가에 수직으로 진 주름살의 남자다운 분위기, 스포티한 옷, 나비넥타이, 우아하고 견고한 구두. 그는 소령이 자기보다 약간 더 나이가 많다고 계산했다. 하지만 세월은 그에게 가혹하지 않았으며, 갈라스 소령의 외모는 살이나 피부보다는 뼈로 특징지었기 때문에 그렇게 많이 망가지지 않았다. 죽을 때까지 파괴되지 않을 주춧돌처럼 견고해 보였다. 사진을 보면서 이마의 주름은 더욱 깊어졌지만, 자기 얼굴을 바라보는 사람답게 자동적으로 만족스러운 표정을 지으면서도 웃지는 않았다. 소령은 사진관에서 찍은 사진부터 먼저 보았다. 길고 창백한 손으로 아래턱을 만지며, 왜 찍었는지 이유는 기억났지만, 언제 그 사진을 찍었는지는 기억나지 않았다. 아내가 제식 모자를 쓰고, 소맷부리에 소령의 별이 달린 새 군복을 입고 사진을 찍어 보내 달라고 했던 것이다. 그때 사진 가장자리에 헌사를 써서 아내에게 보냈던 것 같기도 했다. 나중에 아내의 편지로, 그녀가 사진을 액자에 넣어 응접실의 피아노 위에 올려놓았다는 걸 알았다. 아들이 아버지의 얼굴을 잊지 않고 성상에 입을 맞추듯, 입을 맞추도록 하기 위한 거였다. 아내는 얼마나 오랫동안 그 사진을 간직하고 있었을까. 그가 자기네 편을 배신하고 미래를 망쳤다는 얘기를 들었을 때 그 사진을 어떻게 했을까. 그는 전쟁으로 인한 선뿐만 아니라, 명예와 품위, 가족과 종교, 조국에 대한 충성으로 완전무결하게 이뤄진 선 너머로 넘어갔다. 두 번째 사진을 찍은 7월의 어느 날 밤까지, 그는 열렬하게는 아니더라도,

확실하게 헌신하며 빈틈없는 정성으로 그 모든 말들에 복종했었다. 그날 밤, 그 순간, 그는 이미 관용이나 용서를 받을 수 없는 탈영병이, 변절자가, 배교자가 되어 버렸다. 그는 통곡과 비명, 배가 불러 땀으로 번질거리는 여자를 상상했다. 그 사진을 피아노 위에 있던 다른 사진들과 따로 떼어, 바닥에 집어던지고 유리가 박살 날 때까지 발로 짓이기는 모습을 상상했다. 그러고는 사진을 들어, 변함없는 그의 미소를 보고 다시 찢어 버렸거나, 말 그대로 부엌의 오븐에 태워 버리려다가 날카로운 유리 파편에 손을 베었을지도 몰랐다. 어쩌면 그녀는 남편의 정치적인 배반과 감정적인 배신에 한꺼번에 희생되어 쓰러졌을지도 몰랐다. 이제 그는 만나지 못할 아들이 금세라도 나올 것 같아, 바닥으로 무겁게 쓰러졌을지도 몰랐다. 마드리드 성당 중앙 복도에서, 휠체어 옆에서 걷고 있던 서른여섯 살짜리 장교였다.

소령은 젊은 시절의 얼굴을 보다 확실히 보기 위해 안경을 썼다. 사진사 라미로가 말하는 얘기를 들은 후 깊은 관심을 보이며 자신을 바라보았다. 하지만 라미로의 말에 신경을 쓰거나, 그가 자기를 두고 하는 얘기는 전혀 믿지 않았다. 그 얼굴은 어떤 기억과도 연결되지 않았다. 그가 매일 아침, 매일 저녁, 거울에서 보는 얼굴과 전혀 닮지 않았다. 훨씬 젊은 남자의 얼굴이라서가 아니라, 자신의 행동을 어떻게 설명해야 좋을지 모르는 아들처럼 자신이 너무 낯설었기 때문이었다. 벨트, 아프리카에서 받은 훈장들이 달린 군복, 아주 가느다란 콧수염, 옆으로 기운 제식 모자, 목을 죄며 가장 높이 달린 단추 바로 옆에서 보병대 문장처럼 군기가 잡힌 미소. 하지만 그 시절에도 그는 사진 속의 그 남자가 아니었다. 다른 사람들이 우러러보고 존경하거나 두려워하는 그 남자가, 빌바오 대령의 신임과 메스타야 중위의 공허한 새로운 사실들을 듣는 남자가 아니었다. 더군다나 몇몇 소수의 패배자들이 전쟁이 끝난 후 오랫동안 마히나에서 기억하고 있는 영웅은 더더욱 아니었다. 그는 자기가 아직 지워지지 않은 끈질긴 그림자였음을 놀라워하며, 거의 짜증을 내며 그 사실을 발견했다. 계속 얘기하면서 화로와 코냑 때문에 숨 막혀 하는 그 불쌍한 남자에 의해 플라스틱 가방 안에서 다시 밖으로 나와 부활한 그림자였다. 라미로는 땀이 번들거리는 부드러운 손을 털목도리 아래로 가져갔다. "갈라스, 자네 아버님이 자네를 얼마나 자랑스러워하실까." 새벽 4시에 빌바오 대령이 무기가 놓여 있는 선반과 깃발이 장식된 넓은 집무실 안을 거닐며 말했다. 대령은 단추를 풀어 헤친 군복을 입고, 양손을 뒷짐 진 채 백발의 머리를 가슴 위로 푹 숙이고, 군화 굽으로 왁스 칠한 마룻바닥을 쿵쿵 울리고 있었다. "특히 자네 아버지가 그럴 걸세. 하지만 자네 장인어른이신 장군님과 자네의 아내도 마찬가지일 걸세. 정말이지 예쁜 소녀였는데. 나는 자네 아내가 어릴 때부터 알고 있었네. 그녀가 자네와 약혼했다는 소식을 들었을 때 마치 내 딸의 일인 양 얼마나 기뻐했다고." 빌바오 대령이 멈춰 서더니, 양손으로 의자 등받이를 붙잡고 백발의 머리를 들어 올리며 갈라스 소령을 바라보았다. "갈라스, 자네에게 한 가지 사실을 말하겠네. 절대 다른 사람에게는 말하지 말게. 아니, 차라리 이 말을 듣고 그냥 잊어버리게. 내 인생의 가장 큰 고통이기 때문일세. 내 딸은 날라리이고 내 아들은 무용지물일세. 하사인데, 자기 능력으로는 기껏해야 소위도 못 올라갈 걸세. 그놈들이 나의 치부일세, 갈라스. 자네를 보면서 자네가 내 자식이면 얼마나 좋을까 하는 생각이 든다네. 나는 자네가 사관생도였을 때부터, 자네 아버님이 자네의 너무나도 훌륭한 점수와 모범적인 행동을 자랑할 때부터 늘 그런 생각을 했었네……. 갈라스, 그만 가 보게. 내가 자네의 잠자는 시간을 빼앗고 있군. 자네는 젊으니까 잠을 자 둬야지." 대령이 가까워지려고 해도, 그는 절대 틈을 주지 않았다. 그는 일어나 문 옆에서 부동자세를 취하며 말했다. "각하, 더 분부하실 것 있습니까?" 그러고는 담배를 피우고 싶은 마음을 꾹 참으며 안뜰을 에워싸고 있는 복도를 따라 자기 방으로 돌아갔다. 담배를 피우는 즐거움은 혼자 있을 때 자기 자신에게 허용하기 위해 그 순간은 뒤로 미뤄 두었다. 과달키비르 강의 어둡고 푸른 계곡이 내다보이는 창문을 등지고, 비좁은 군용 침대에 드러누워 어둠 속에서 기병의 그림을 바라보며 피우고 싶었다. 그 영인본은 비밀스러운 신뢰감 비슷한 기분이 들어, 몇 주 전에 구입했다. 그 젊은 남자에 대해서는 아무도, 아무것도 몰랐으며, 그의 얼굴 표정은 자기 정체성에 대한 수수께끼만큼이나 확실한 수수께끼였다. 그리고 그가 영인본을 발견한 골동품 가게의 진열대에 오기 전에는, 그 그림이 어디에 있었는지, 그것도 수수께끼였다.

그는 사진사 라미로의 존재를 잊고 있었다. 그가 손님으로 온 귀부인처럼 얌전하게, 짧게 기침하는 소리가 들려왔다. 그는 사진에서 시선을 들어, 눈썹을 활 모양으로 구부리며 안경 너머로 쳐다보았지만 그의 눈과 마주치지는 않았다. 라미로의 시선은 빈 플라스틱 가방 위에 나란히 포개진 통통한 자기 손을 응시하고 있었다. 그는 군인을 그만둔 이후로는 그런 복종적인 자세를 어느 남자에게서도 보지 못했다. 그리고 지금은 그런 태도가 그를 짜증나게 했다. 어쩌면 옛날에도 그랬을 수 있었다. 물론, 자기 자신에게 그처럼 솔직하게 인정하도록 허용하지는 않았지만. "제가 보기에 마히나에서는 어르신이 돌아오신 걸 아무도 모릅니다." 라미로가 고개를 들지 않고 말했다. "이제는 아무도 기억하지 못합니다. 하지만 저는 기억합니다. 어쩌면 제 일 때문일 수도 있지요. 저는 옛날 사진들을 보고 정리하면서 매일 시간을 보내고 있습니다. 어르신은 잘 모르시는 로렌시토 케사다 기자가 시청의 후원을 얻어 제 작품들을 전시한 후 모두 책 한 권으로 출판하겠다고 약속했기 때문이지요. 『마히나의 사람들과 이름들 — 어제와 내일』, 뭐 대충 그런 식으로요. 사실, 로렌시토는 진짜 기자는 아닙니다. 그는 '시스테마 메트리코'에서 점원으로 일하는데, 「싱글라두라」에 글을 많이 싣고 있습니다. 물론 돈을 받지 못한다고 불평은 하지만 소명감으로 합니다. 그리고 그는 시청에도, 심지어 경찰에도 아는 사람이 많습니다. 그는 플로렌시오 페레스 부서장과도 각별한 사이입니다. 제가 그에게 말했습니다. 하지만 자네, 케사다, 사람들이 자기를 로렌시토라고 부르는 걸 좋아하지 않기 때문이지요, 누가 이렇게 옛날 사진들에 관심을 보이겠나. 그러면 그는 이 사진들이 보물이라고, 사료(史料)라고 말합니다. 사실, 그것은 슬픔입니다. 제가 상자를 열어 사진들을 볼 때를 상상해 보십시오. 이 사람은 이미 죽었어, 이 사람도 마찬가지고, 그리고 저기 저 사람도. 그렇게 생각합니다. 그리고 대부분의 이름은 저도 기억하지 못합니다. 물론 최악은 그게 아닙니다. 최악은 거리로 나가 사람들의 얼굴을 보며 생각할 때입니다. 저 사람은 어릴 때 내가 사진을 찍어 줬는데. 여드름이 난 저 뚱뚱한 여자는 30년 전 내 사진관에 왔을 때 조각 같았는데. 지팡이에 의지해 등을 구부리고 걸어가는 저 노인은 애인들에게 나눠 주기 위해 사진을 찍었는데, 라고 생각할 때입니다. 어르신께 드리는 말씀이지만, 정말 슬픕니다. 그리고 더 최악은 아무도 그 사실을 깨닫지 못한다는 데 있습니다. 그들은 자기네가 늙었다는 것을, 뚱뚱해졌다는 것을, 머리카락이 빠졌다는 것을, 죽을 거라는 것을 모릅니다. 제게 말씀을 허락하신다면 물론, 어르신은 예외지만요. 그래서 저번 날, 헤네랄오르두냐 광장에서 어르신을 봤을 때 전혀 힘들이지 않고 기억했습니다. 어르신은 이데알 극장 간판을 보고 계셨습니다. 어르신을 옆에서 뵈었지요. 그때 제게 말했습니다. 라미로, 저 남자가 갈라스 소령이야. 그토록 오랜 세월이 흘렀는데도, 머리카락이 약간 빠지고 거의 백발이 되었지만, 죄송합니다, 전혀 변하지 않았어. 저는 제가 무슨 말을 하고 있는지 잘 압니다. 저는 사람들의 얼굴을 주시하며 평생을 살아왔습니다." 그는 새로운 코냑 잔을 거절했다. 이제는 정말 가야 한다고 했다. 소령이 귀찮아 하지 않는다면 물론 다시 돌아오겠다고, 그리고 그를 봤다는 말은 아무한테도

하지 않겠다고 했다. 여러 이유들이 있지만 말한다는 의미로 따진다면, 그는 아무하고도 말하지 않는다고 했다. 그러니까 폭발 사고로 귀머거리에 벙어리가 된 그의 조수 마티아스에게만 말을 하기 때문이었다. 어쩌면 소령이 마티아스를 기억할 수도 있다고 했다. 별명이 부활한 사람으로, 자기는 바로 동정심 때문에 그를 해고하지 않았다고 했다. 그가 무능력할 뿐만 아니라, 이제는 사진관에 일이 거의 들어오지 않아 자기가 사진관을 닫는다면 그 불쌍한 인간이 뭘 할 수 있겠는가, 구걸하거나, 아니면 시장에서 채소를 싣고 내리는 일밖에 더하겠느냐고 말했다.

소령은 라미로가 우비 입는 것을 도와주고, 잊어버리고 갈 뻔한 우산도 챙겨 주었다. 그러고는 기꺼이 그의 말에 고개를 끄덕이며 문 앞까지 배웅 나와, 담장 옆에서 통통하고 나약한 손을 잡고 악수하며, 또 오라고 했다. 사진사 라미로는 고마워 어쩔 줄 몰라 하는 고리타분한 표정을 지으며, 연거푸 미안하다고 사과했다. 필요한 게 있으면 언제든지 말만 하라고 했다. 문서 보관함은 언제든 볼 수 있으며, 그의 딸이 사진을 찍고 싶다면 언제든지 기꺼이 찍어 주겠다, 거리에서 그녀를 본 적이 있다, 아주 예쁜 소녀다, 진짜 제대로 된 옛날 사진을 찍어 주겠다, 최고의 전성기 때 돈 오토 체너가 찍었던 것처럼, 나다르의 불멸의 사진들처럼, 조각과 같은 명암을 살려 흑백 사진을 찍어 주겠다고 말했다. 그는 겨우내 자주 찾아왔다. 우비를 입고 우산을 들고, 목도리를 가슴 위에 십자가 모양으로 두르고 찾아왔다. 그가 말하는 마히나 기후의 냉랭함을 피하기 위해, 목도리는 오히려 목덜미에 딱 달라붙어 있었다. 그리고 세금 징수원의 텅 빈 가방도 들고 왔다. 그는 항상 30분 이상은 있지 않겠다며, 코냑도 한 잔만 마시겠다고 말했다. 하지만 결국에는 어두워져서야 떠났고, 코냑도 홀짝거리면서 반병이나 비웠다. 그러던 4월의 어느 날 오후에는 백 년도 더 전에 벽에 생매장되어 죽은 여자의 사진을 가방에 넣어 가지고 와서, 평소보다 과음한 후 갈라스 소령에게 자기 인생의 커다란 비밀을 털어놓았다. 그러고 나서 창피했는지, 몇 주 동안 찾아오지 않았다. 그리고 5월 중순경의 향긋하고 무더운 어느 날 오후에 찾아왔을 때는 그의 뒤로 건초를 실어 나르는 희한하게 생긴 삼륜차가 도착했다. 달걀 모양의 운전석에서 거의 원추 모양으로 생긴 금발 남자 한 명이 간신히 기어 나왔다. 그는 소처럼 해맑게 웃으면서 헤라클레스와 같은 손으로 섬세하고 재빠른 제스처를 취했다. 그가 부활한 사람, 마티아스로, 이제는 사진사 라미로의 조수가 아니었다. 라미로는 마티아스에게 그 직업을 찾아 주자마자 사진관을 닫고, 그에게 삼륜차를 사 주는 데 저축한 돈의 절반을 지출했다. 마티아스가 뒷문을 열어, 그 안에서 그다지 힘쓰지 않고 큼지막한 궤짝 한 개를 꺼내 옆구리에 끼고는 갈라스 소령의 현관 앞에 내려놓았다. "저는 마히나를 떠납니다. 나의 친구여. 나는 이 배은망덕한 도시를 영원히 떠납니다." 사진사 라미로가 다시 소파에 앉아 춘추복으로 입는 낡은 바지의 무릎 위로 포개어진 손을 바라보며 말했다. "전시회니, 책이니, 아무것도 하지 못하게 되어 제 문서 보관함을 태워 버릴까도 생각했습니다. 그 로렌시토라는 작자가 입만 나불거리는 무분별하고 단순한 놈이라는 걸 이미 알고 있었습니다. 하지만 제 자신에게 말했지요. 라미로, 마히나에서 유일하게 감수성을 가진 사람은 갈라스 소령님뿐이야. 네 평생에 걸쳐 찍은 작품을 그분에게 선물하지그래…….”

(하권에서 계속)

주

11 "라디오 피레나이카": Radio Pirenaica. 프랑코 통치 시절 공산당의 비합법 라디오 방송.

"리에고 군가": 1820년 페르난도 7세의 폭정에 반란을 일으킨 리에고의 반란(1820~1823)을 기려 만든 군가. 제2공화국 때는 공식 군가이기도 했다.

12 "돌격대": 제2공화국 시절 우익 민병대에 대항하기 위해 만들어진 무장 단체.

17 "미하일 스트로고프": 프랑스 작가 쥘 베른의 『황제의 밀사』(1876)에서 황제의 밀사로 등장하는 인물.

18 "볼라 데 니에베": Bola de Nieve (1911~1971). 본명은 이그나시오 비야. 쿠바의 흑인 가수, 피아니스트, 작곡가.

31 "코사코 베르데": 1960년부터 연재된 아동 만화의 이름. 초록 코자크란 의미로 미하일 스트로고프에게서 영감을 받은 정의로운 영웅이다.

"미아하 장군": José Miaja Menant (1878~1958). 스페인의 군인. 내전 중 1936년 11월과 12월에 마드리드를 수호하는 데 결정적인 역할을 했다. 내전 후 멕시코로 망명.

35 "쿠바 전쟁": 쿠바 전쟁(1895~1898)은 스페인이란 구제국과 미국

이란 신제국 간의 대립뿐만 아니라, 19세기를 마감하고 보다 잔인하고 폭력적인 20세기로 접어드는 역사의 전환기에서 결정적인 시점이 되었다. 이 전쟁을 계기로 1492년부터 대제국을 이루고 있던 스페인은 1898년에 이르러 유럽의 약소 국가로 전락했고, 1898년이란 해는 스페인 국민들에게 씻을 수 없는 집단적인 상처를 남겨 주었다. 1898년 12월 10일에 체결된 파리 조약으로 스페인은 쿠바의 독립을 허용해야 했으며, 푸에르토리코와 필리핀을 승전국인 미국에 양도해야 했다. 이러한 현실 앞에서 스페인은 절망감과 환멸, 무기력에 휩싸였고, 이러한 절망감은 곧 정신적 위기로 연결되어, 98세대라는 지식인 계층을 형성하기에 이른다.

36 "엑스포시토 엑스포시토": 전통적으로 스페인 사람들은 이름 뒤에 아버지와 어머니의 성(姓)을 같이 적는데, 고아원에서는 아버지도 어머니도 알 수 없다는 뜻으로 아이들의 성을 '엑스포시토 엑스포시토' 라고 적곤 했다. 엑스포시토(expósito)는 버려진 아이라는 뜻이다.

"알폰소 13세": Alfonso XIII (1886~1941). 스페인의 왕. 1898년에 미국과의 전쟁으로 스페인의 마지막 식민지였던 쿠바, 필리핀, 푸에르토리코를 모두 잃었으며, 이후에도 혼란이 이어졌다. 쿠데타로 군사 독재가 시작되고 공화 혁명이 승리하자 프랑스로 망명했다가 로마에서 사망했다.

37 "테이블": 테이블 아래에 화로를 넣은 난방 형태로, 옛날 우리나라에서 식구들끼리 따뜻한 아랫목에 이불을 덮고 옹기종기 모여 옛날이야기를 하는 장면을 연상시키며, 옛 시절에 대한 그리움 내지 덜 발전된 모습을 떠올릴 때 자주 언급되는 스페인의 전형적인 이미지이다.

45 "프림 장군": 1868년 혁명의 지도자.

48 "9일제": 하느님이나 예수 그리스도, 성자들의 은총을 얻기 위해 어떤 목적을 가지고 올리는 9일 기도.

51 "아마데오 데 사보야": Amadeo I de Saboya (1845~1890). 스페인의 이사벨 여왕이 폐위된 후 스페인의 왕으로 즉위했지만 정치적 혼

란과 정치 기반의 부재로 1871년에서 1873년까지 3년 동안만 통치하고 물러났으며, 그의 폐위와 함께 스페인 제1공화국이 선포되었다.

53 "토리호스": 페르난도 7세에 반란을 일으킨 자유주의적 장군.

63 "버려진 역들": 과달키비르 강변으로 이어진 철로를 위해 세워진 역들. 열차도 제작되었으나 정작 철로는 깔리지 않았다.

"산 안톤": 1월 16일과 1월 17일 밤에 치르는 안달루시아 지방의 축제.

"고라스": 고아원의 소년들이 큰 베레모(스페인어로 '고라')를 쓴 데서 유래한 말.

"산 후안 축제": 6월 21일 하지를 기리는 축제.

69 "의용대": requetes. 내전 중 프랑코 편에서 싸운 우익 반동파.

74 "마리아 데 라스 메르세데스": 요절한 알폰소 12세의 아내로, 일찍부터 민요의 소재가 되었다.

81 "코무네로스": 1520년 카를로스 1세(신성 로마 제국 황제 카를 5세)가 독일을 방문한 틈을 타 카스티야에서 일어난 반란을 카스티야 코무네로스의 반란이라고 한다. 이 반란은 다음 해에 진압되었다.

90 "체카": 내전 중 소련 또는 스페인 공산당 측이 통제하는 감옥을 그렇게 불렀음.

91 "안토니오 마차도": Antonio Machado (1875~1939). 스페인 98세대에 속하는 시인. 당시 지식인의 대표 역할을 했다.

93 "스카풀라": 수도복의 한 종류로 어깨에 걸쳐 가슴과 등 쪽으로 길게 늘어뜨려 입는 소매 없는 겉옷. 현재는 부적처럼 몸속에 지니기도 한다.

101 "하워드 카터": Howard Carter (1873~1939). 이집트 투탕카멘 왕묘를 발굴한 영국의 고고학자.

102 "사르수엘라": 노래 · 합창 · 춤 등으로 이루어진 스페인의 악극. 17세기에 귀족들을 위한 여흥에서 시작되었으며, 주로 신화나 영웅담을 다루었다. 19세기 중엽에 이르러 대중적인 악극으로 부활해, 등장인물들의 일상생활을 풍자적으로 다뤘고, 민속 음악과 춤, 즉흥 연주

등을 포함시켰다.

105 "구스타보 아돌포 베케르": Gustavo Adolfo Bécquer (1836~1870). 스페인의 서정 시인. 불우하고 가난한 생을 살다가 젊은 나이에 스스로 목숨을 끊었다.

108 "않았던 철길": 63페이지의 주 "버려진 역들" 참조.

117 "마누엘 아사냐": Manuel Azaña (1880~1940). 스페인 정치가. 공화국의 마지막 대통령. 프랑코의 쿠데타로 실각.

"전쟁 무훈담": 스페인의 만화가인 보이스카르가 제2차 세계 대전을 그린 전쟁 만화이다.

162 "호세 마리아 힐로블레스": José María Gil-Robles (1898~1980). 스페인의 우파 정치가.

"훌리안 베스테이로": Julián Besteiro (1870~1940). 스페인의 좌파 정치가. 프랑코 쿠데타 후 감옥에서 사망.

163 "산티아고 라몬이카할": Santiago Ramón y Cajal (1852~1934). 스페인의 의학자. 1906년 노벨 의학상 수상.

"미겔 데 우나무노": Miguel de Unamuno (1864~1936). 스페인의 작가, 사상가.

"알레한드로 르루": Alejandro Lerroux (1864~1949). 스페인의 정치가. 급진 공화당의 지도자.

"후안 데 라 시에르바": Juan De la Cierva (1895~1936). 스페인의 공학자. 헬리콥터의 원조가 되는 '오토자이로'를 발명.

"프란시스코 라르고 카바예로": Francisco Largo Caballero (1869~1946). 스페인의 정치가, 노동 운동가. 사회당 지도자로서 노동 총 연맹을 이끎.

"니세토 알칼라사모라": Niceto Alcalá-Zamora (1877~1949). 스페인의 정치가. 제2공화국의 초대 대통령.

"미겔 프리모 데 리베라": Miguel Primo de Rivera (1870~1930). 스페인의 군인, 독재자.

"호세 미얀아스트라이" : José Millán-Astray (1879~1954). 스페인의 군인. 스페인 외인 부대의 초대 사령관.

"플러스 울트라" : 스페인과 라틴 아메리카를 잇는 최초의 비행선 이름.

164 "하이메 셀라시에" : '하일레 셀라시에' 가 맞는 이름이다. 흔한 스페인 이름인 하이메와 혼동한 것.

192 "남겨 주었다" : 36페이지의 주 "엑스포시토 엑스포시토" 참조.

253 "콜라 카오" : 스페인식 핫 초코.

254 "후안 네그린" : Juan Negrín (1892~1956). 스페인의 정치가. 1945년까지 망명 공화 정부의 대통령을 지냄.

"아마 로사" : Ama Rosa. 1950년대 말의 라디오 연속극.

"후아니토 발데라마" : Juanito Valderrama (1916~2004). 1950년대와 1960년대에 활동한 스페인의 플라멩코 가수.

"기예르모 사우티에르 카사세카" : Guillermo Sautier Casaseca (1910~1980). 스페인의 라디오 연속극 작가.

286 "알파풀" : esparto grass. 아프리카 수영새라고도 하며 섬유질이 단단하고 질겨 밧줄이나 신발, 돗자리 등을 제작하는 데 원료로 쓰인다.

345 "인디아노" : indiano. 일확천금을 꿈꾸며 서인도 제도, 특히 쿠바로 떠난 스페인인에 붙인 이름.

347 "불렀다" : 4월 14일은 제2공화국 수립 기념일. 1936년 7월 18일은 프랑코의 쿠데타가 일어난 날.

357 "군병 대원" : guardia civil. 스페인 프랑코의 독재 통치 시절 엄격한 사회 통제를 위해 설립한 군 체제 경찰.

368 "문도 오브레로" : Mundo Obrero. '노동자 세상' . 비합법 공산당의 기관지.

380 "만나" : 이스라엘 민족이 아라비아의 광야에서 하느님으로부터 받은 음식.

"호세 안토니오" : 호세 안토니오 프리모 데 리베라는 팔랑헤당의 창건자로서, 내전 초기 공화주의자들에 의해 처형되었다.

새롭게 을유세계문학전집을 펴내며

을유문화사는 이미 지난 1959년부터 국내 최초로 세계문학전집을 출간한 바 있습니다. 이번에 을유세계문학전집을 완전히 새롭게 마련하게 된 것은 우리가 직면한 문화적 상황에 적극적으로 대응하기 위해서입니다. 새로운 을유세계문학전집은 세계문학의 역할이 그 어느 때보다 중요해졌다는 인식에서 출발했습니다. 오늘날 세계에서 타자에 대한 이해는 우리의 안전과 행복에 직결되고 있습니다. 세계문학은 지구상의 다양한 문화들이 평등하게 소통하고, 이질적인 구성원들이 평화롭게 공존할 수 있는 문화적인 힘을 길러 줍니다.

을유세계문학전집은 세계문학을 통해 우리가 이런 힘을 길러 나가야 한다는 믿음으로 만들어졌습니다. 지난 5년간 이를 준비하기 위해 많은 노력을 기울였습니다. 세계 각국의 다양한 삶의 방식과 문화적 성취가 살아 있는 작품들, 새로운 번역이 필요한 고전들과 새롭게 소개해야 할 우리 시대의 작품들을 선정했습니다. 우리나라 최고의 역자들이 이들 작품 속 한 문장 한 문장의 숨결을 생생히 전하기 위해 심혈을 기울였습니다. 또한 역자들은 단순히 번역만 한 것이 아니라 다른 작품의 번역을 꼼꼼히 검토해 주었습니다. 을유세계문학전집은 번역된 작품 하나하나가 정본(定本)으로 인정받고 대우받을 수 있도록 최선을 다했습니다. 세계문학이 여러 경계를 넘어 우리 사회 안에서 주어진 소임을 하게 되기를 바라며 을유세계문학전집을 내놓습니다.